中國語言文字研究輯刊

初 編

許錟輝 主編

第 **8** 冊

兩周金文軍事動詞研究（上）

莊惠茹 著

花木蘭文化出版社

國家圖書館出版品預行編目資料

兩周金文軍事動詞研究（上）／莊惠茹 著 —— 初版 —— 新北市：
花木蘭文化出版社，2011〔民 100〕
目 4+306 面；21×29.7 公分
（中國語言文字研究輯刊 初編；第 8 冊）
ISBN：978-986-254-704-5（精裝）
1. 金文 2. 漢語語法 3. 周代
802.08 100016360

ISBN-978-986-254-704-5

9 789862 547045

中國語言文字研究輯刊
初 編 第 八 冊 ISBN：978-986-254-704-5

兩周金文軍事動詞研究（上）

作 者	莊惠茹	
主 編	許錟輝	
總 編 輯	杜潔祥	
出 版	花木蘭文化出版社	
發 行 所	花木蘭文化出版社	
發 行 人	高小娟	
聯 絡 地 址	新北市永和區中正路五九五號七樓之三	
	電話：02-2923-1455／傳眞：02-2923-1452	
網 址	http://www.huamulan.tw 信箱 sut81518@gmail.com	
印 刷	普羅文化出版廣告事業	
初 版	2011 年 9 月	
定 價	初編 20 冊（精裝）新台幣 45,000 元	

兩周金文軍事動詞研究（上）

莊惠茹　著

作者簡介

莊惠茹，高雄縣人，成功大學中文所碩士、博士。曾任中央研究院歷史語言研究所專任助理、國立臺灣文學館助理研究員、現任國家圖書館編輯。研究重心爲古文字學，尤以兩周青銅器銘文之語法現象爲關注焦點，累計發表相關論文十餘篇。

提　要

　　本文以兩周軍事動詞爲研究對象，研究材料爲兩周青銅器銘文，並旁及甲骨文、簡帛文字等古文字資料。

　　本文在討論每一個軍事動詞時，先考辨其形義源流，在明晰字義發展與變化下，就其在兩周金文中的用法進行窮盡性的定量分析及計量統計，並以之比較其他出土語料（甲骨文、簡帛文字）明其用法異同，且援用句法、語義、語用三個平面語法理論對個別字分析。

　　據觀察，兩周金文共有 123 個軍事動詞，展現 134 種軍事用法，存在於 660 條文例中。諸動詞可依軍事活動進程分爲（一）先備工作、（二）發動戰事、（三）戰果、（四）班返、（五）安協等五大類，各大類下再依義項區分，共計十八小項。諸動詞的使用具明顯時代差異，以西周晚期高達 209 次的用例數高居兩周之冠，並聚焦於爭戰頻繁的厲、宣時期。

　　在語法結構方面，兩周金文軍事動詞以及物動詞居多，及物動詞每以「S＋V＋O」爲基本句型，動詞之後皆爲單賓結構，受事賓語成分單純，皆爲動作施及的對象或處所。不及物動詞後若接名詞，則必爲處所補語，該處所補語由介詞引介，以「介賓」形式構成一動補結構。兩周金文軍事動詞的狀語成分豐富，計有副詞、助動詞、語助詞、介詞、連詞、形容詞、數詞等七種成分，主要起修飾及限定作用，在七類狀語成分裡，尤以副詞數量最大，可依副詞意義區分爲表時間、程度、狀態、範圍、連接、否定、疑問、判斷等八種。爲建構軍事動詞之語義平面，本文以軍事動詞爲中心，探討其與五項論元：原因、施事、受事、空間、時間所構成的語義關係。

　　漢語軍事動詞萌芽自殷商甲骨文，至西周金文發展成熟，兩周時期共創製 52 個新造字，強調攻擊行動、具完備文意的新生詞多數產生於春秋時期，新詞的創製每以形聲結構爲表現形式，此乃因應時代變遷下的語境需求所致。這些新詞僅少數沿用至秦漢，多數爲兩周時期所特有，展現兩周軍事動詞的獨特用法。

目

次

凡　例

1. 本文研究對象為兩周金文，為廓清語言發展脈絡，稱引文例兼及殷商金文。

2. 本文試圖逐一整理、分析兩周金文軍事動詞，不免遇到單一例證問題，為求全面完備，皆暫予收錄，並於行文中詳析收錄之由。

3. 本文所收新出銘文材料止於 2009 年 10 月底前刊布者。文中所列金文字型，凡《金文編》有收錄者，多採該書，《金文編》未收錄者則摘自原器拓片。

4. 文中數據資料之計算凡屬同銘異範者，皆採一次計。

5. 各動詞按義項予以區分，並按戰程羅列次序，共計有 123 個動詞，展現 134 種用法，各類項下的動詞依《說文》序列逐一說釋，《說文》未收者則列於文末。各例字盡可能析舉銘文文例，器銘之討論以時代先後為序。

6. 所列文例採嚴式隸定，其後以小括弧「（　）」標明常用字體或通假用法。銘文殘泐不清處，若文字盡可悉數，則以□羅列。殘字可補者，以「〔　〕」補出。釋文、斷句博採通人之說，於具爭議處加註說明。

7. 為有效觀察諸動詞用例，皆摘取較長銘文段落以示。段落中的軍事動詞，添下標「＿＿」以顯明。文末以小括弧標示器名、器號、時代、國別及王系。器名及斷代依《集成》所定為主，並參酌近來研究成果校正。修正資料來源於文中詳細說明。器號依《集成》所訂，唯刪去冊號。《集成》未收者，依著錄來源標明刊名或書名、器名、編號及出版項。

8. 本文古音推源參考郭錫良《漢字古音手冊》所示。若所徵引之說與郭氏所採分部不同者，另以括弧標明郭氏之古音主張。至於字與字間的通假關係認定，則參考陳新雄《古音研究》中的「古音三十二部之對轉與旁轉」條例。

9. 註解所示參考論著，凡屬單篇論文者，作者名與篇章名間以逗號（，）區隔，凡參考自專書者，作者名與書名間以冒號（：）間隔。

10. 依學術慣例，文中稱引學者意見時，除業師外，前輩師長時賢皆不加敬稱，敬請見諒。

第一章 緒 論

第一節 研究動機與目的

近百年來古漢語語法研究的發展，是一個不斷揭示古漢語語法規律的過程。在這個過程中，語法學者逐漸意識到「專書語法研究」乃為漢語史研究的基石。這是因為漢語史研究必須明晰漢語在各個時期的特點，才能進而譜系出漢語發展的內部規律。郭錫良嘗云：「漢語語法史需要建立在專書語法研究、斷代語法研究的基礎之上」〔註1〕，何樂士亦有相同的看法：「專書語法研究的興起和發展是語言學史中具有里程碑意義的大事。它把語法研究由主觀取例的方法逐步轉移到充分重視第一手資料的科學軌道上來」。〔註2〕因此，對各個時期的代表專書進行研究，就成了塑造漢語史架構所不可或缺的基礎鋼架。

先秦語法的研究對象多半以傳世典籍為主，然傳世先秦文獻幾經後人更抄改動後，在版本異文上存在著許多的爭議，相較之下，商周帶銘青銅器的出土正可彌補先秦語料的諸多不足與不確定。以助動詞為例，其在先秦語料中的存

〔註1〕 語見郭錫良，〈四十年來古漢語語法研究述評〉，《中國語文研究四十年紀念文集》（北京：語言學院出版社，1993年），頁258。

〔註2〕 語見何樂士：《古漢語語法研究論文集》（北京：商務印書館，2000年），頁382。文中所指「第一手資料」乃指專書中的所呈現的語法現象。

在與否即備受爭議，爭議來自於語法學家們對動詞詞性的認知不同，並且對其在傳世典籍中的語法位置及語法作用有著認知上的歧異，這也連帶的影響了古漢語語法的詞類劃分標準。〔註3〕

青銅器銘文是目前爲止少數僅存的殷周時代實物文字資料，其所處時代的爭議較小、〔註4〕無版本傳抄問題且材料數目豐富，〔註5〕就目前可見的先秦材料而言是相當可貴的。尤以西周金文而言，其長篇銘文甚多，篇幅長而結構完整，且銘文的考釋與隸定幾經前輩學者的努力後，已有比較確當的釋讀結果，爲兩周金文的語法研究奠定了可能的基礎。因此，本文乃以兩周金文爲研究材料，並將研究的詞類對象鎖定在動詞上。

之所以選定動詞爲研究對象，乃源於兩周金文動詞謂語所展現的多樣面貌。我們知道動詞是漢語詞類體系中既重要又複雜的一個詞類，其語義內容豐富且句法結構多變，絕大多數的詞類都能與之結合，形成以動詞謂語爲核心的擴展，如「連動結構」、「動賓結構」、「動賓帶賓」、「動補結構」、「使動結構」等等，正由於動詞謂語能引導出複雜的情況，故而學界據此發展出「動詞中心說」理論。〔註6〕誠如呂叔湘所言：「動詞爲什麼重要，因爲在某種意義上，動詞是句子的中心、核心、動心，別的成分都跟它掛鉤，被它吸引」。〔註7〕因此，

〔註3〕 經研究証明，在兩周時期的助動詞當屬動詞附類，是一種出現在動詞前面的輔助謂語，用以輔助說明其後的謂語句，在特定的語言環境中可以單獨充當謂語中心詞，單獨回答問題。詳見拙作《兩周金文助動詞詞組研究》（臺南：國立成功大學中國文學研究所碩士論文，2003年4月）。

〔註4〕 殷周銘文或有絕對年代無法確知者，或相對王世年代有爭議的，然大抵不脫先秦時代，仍在研究先秦語法的可靠範圍內。

〔註5〕 根據最新的統計，已出土的先秦銅器大約有15,000多件，若以每件銅器十字計算，字數已超過十五萬字。參黃天樹語，見陳英傑：《西周金文作器用途銘辭研究》（上），（北京：綫裝書局，2008年），序二，頁2。

〔註6〕 動詞中心說認爲句子結構中心是謂語動詞，理由是：（1）在句序和句式變化中，謂語動詞的意義是相對穩定的。（2）謂語動詞的來源和構成相對穩定。（3）以謂語動詞爲坐標原點來描寫語序變化，可使語序變化總量達到最小值。（4）謂語動詞是各類結構功能塊編排語序的核心。參陳高春：《實用漢語語法大辭典》（增補本）（北京：中國勞動出版社，1995年），頁267～268。

〔註7〕 呂叔湘，〈「句型和動詞學術討論會」開幕詞〉，《句型和動詞》（北京：語文出版社，1987年）。

若能明瞭動詞的種種複雜性，則漢語的句法問題也能進一步獲得釐清。近年來，古漢語專書語法研究蔚成風氣，一部部古漢語專書語法的問世，開啓了漢語斷代語法和漢語語法發展史新的扉頁，在專書動詞的研究上，學界亦有了較多的觀照，郭錫良亦點明專書動詞研究的迫切性：「首先應該加強專書動詞研究，動詞類別的確定是解決詞類系統的核心，詞類系統解決了，句法結構和句式的研究也就具備了堅實的基礎」。〔註8〕

　　筆者的碩士論文爲《兩周金文助動詞詞組研究》，乃是選定身爲動詞「次範疇」之一的「助動詞」進行兩周金文動詞研究的先導，〔註9〕助動詞之後必接動詞，確認了助動詞的語法功能與語義結構，能幫助我們鑒別出這些處於「助動詞＋動詞」詞組中的動詞。筆者碩論中，歸結出兩周金文助動詞之後的動詞，具有動詞詞義內容相近的特點，其動詞詞義大致可區分爲征伐類、臣事類及表述情志三大類，據推斷，這當與銘文內容不出爲時王嘉美臣功、時王引先臣功績勉勵臣屬、作器者稱美先人功績、以及作器者表述個人情志等。

　　透過吾人對兩周金文助動詞詞組的探討，確立了 8 個助動詞，158 組助動詞詞組，釐清許多原本具爭議的動詞詞性。今冀以碩士論文所得之初步研究成果，將之投注到兩周金文的動詞研究中。兩周金文的動詞可依語義再行分類出職事動詞、賞賜動詞、軍事動詞、趨向動詞、心理動詞等，〔註10〕其中以軍事動詞面貌最爲複雜，許多用字上承甲文再行發展出新面貌，某些軍事動詞則爲兩周獨有，深具時代性。針對軍事動詞進行探析，不但有助於釋讀銘文，並能進一步復原兩周時期的軍事時空背景，對周王室向外經略、周夷關係、乃至西周軍禮、軍法、軍制、軍事思想等提供另一個思考向度。

　　據此，本論文乃以先秦軍事動詞爲研究對象，將材料鎖定在兩周金文，對

〔註8〕郭錫良：《古代漢語專書語法研究》叢書序（河南：河南大學出版社，2002 年）。

〔註9〕一般而言，學者們歸納的動詞附類有三：助動詞（能願動詞）、趨向動詞、判斷詞（繫詞），這些動詞的次範疇因其詞類性質和動詞有所差異，故有學者將之歸爲動詞附類。「次範疇」一詞語出趙振鐸，其以「次範疇」來統稱動詞的所有附類，見劉利：《先秦漢語助動詞研究》鄭氏之序，（北京：北京師範大學出版社，2000 年），頁 1。

〔註10〕職事動詞主要是與受命國政職事有關之動詞，其中凡所受命者涉及軍政事務者，本文將之歸於軍事動詞中。

其中的軍事動詞析字之形義爲綱，以語法研究爲緯，進行盡可能的窮盡分析，〔註11〕釐清其在漢語語法史的定義界說、語義結構和語法功能，若有關係到兩周軍事者也一併論述，期能對金文中的軍事動詞有一全面而客觀的整理與討論，並將此研究成果投注到兩周金文的動詞研究上，爲明晰兩周金文動詞語法種種面貌提供建設性的成績。

第二節　研究材料與範圍

一、主要材料與範圍

　　本文的研究材料主要爲兩周時期青銅器銘文，材料的選取範圍則上自殷商下迄戰國末年，尤以兩周時期爲主，並旁及甲骨文、簡帛文字等古文字資料。銘文所參考的拓本主要依據中國社會科學院考古研究所編輯之《殷周金文集成》，此書之編輯上起 1984 年下迄 1994 年，歷十年編纂完成，凡十八冊，共收 12,113 件銅器銘文，〔註12〕爲歷年來銘文拓片之集大成者，向爲從事古文字研究者的重要參考材料。本論文乃以其爲主要材料，文中所徵引之器名以該書所定爲主，並詳列器物在書中的編號及時代。〔註13〕由於《殷周金文集成》出版後迄今已歷十餘年，考古材料不斷出土，各大博物館及私人收藏家亦不斷地有典藏品發表，爲青銅器研究提供了豐富的研究材料。2006 年出版的《新收殷周青銅器銘文暨器影彙編》收錄了這些散見於期刊、國內外圖錄及考古發掘報告的新出有銘銅器，間亦收錄《殷周金文集成》漏收部分，所收自 1995 年迄 2005 年止，共 2005 件器，能補苴《集成》之不足，爲本文的重要文本材料來源。〔註14〕至於《新收殷周青銅器銘文暨器影彙編》出版以後迄今四年內的新

〔註11〕根據所得材料來看，兩周金文中的軍事動詞爲一個封閉性的詞類，從理論上來說，是可以窮盡列舉的。

〔註12〕多數分冊之器物所收年代至 1985 年底。

〔註13〕器名及斷代基本上以《集成》所定爲主，唯《集成》所斷明顯有誤者，則以近代學者所公認的研究成果校正。相關專著有彭裕商：《西周青銅器年代綜合研究》（成都：巴蜀書社，2003 年）。

〔註14〕鍾柏生、陳昭容、黃銘崇、袁國華編：《新收殷周青銅器銘文暨器影彙編》（臺北：藝文印書館，2006 年）。另有劉雨、盧岩所編：《近出殷周金文集錄》套書，所收近出銘文與《新收殷周青銅器銘文暨器影彙編》相仿，本文採《新收》編次。

出器，則逐行檢閱出土報告、相關論著補入。

二、次要材料與範圍

（一）古文字類

本小節所列為主要材料外的重要輔證及比勘資料，這部分的材料主要是「引得」、「合集」、「字典」三類工具書，其餘文字編、銘文考釋類書籍為免章節冗贅，於行文中採隨文附註，並俱列於論文之後的【參考資料】中。

1. 甲骨文

為明晰軍事動詞用字的發展過程，本文在分析字形字義時皆儘可能上溯至殷商甲骨文。甲骨文主要參考材料為：

‧拓本：

（1）中國社會科學院考古研究所編：《甲骨文合集》（共十三冊）（北京：中華書局，1978～1983 年）。

‧引得及釋文類：

（2）胡厚宣主編：《甲骨文合集釋文》（共四冊）（北京：中國社會科學出版社，1999 年）。

（3）姚孝遂主編：《殷墟甲骨刻辭類纂》（共三冊）（北京：中華書局，1992年）。

‧字典類：

（4）李孝定：《甲骨文字集釋》（臺北：中央研究院歷史語言研究所專刊之五十，1991 年）。

（5）徐中舒：《甲骨文字典》（成都：四川辭書出版社，1998 年）。

‧詁林類：

（6）于省吾主編：《甲骨文字詁林》（共四冊）（北京：中華書局，1996 年）。

2. 金　文

繼《殷周金文集成》之後，近年來陸續出版了以《集成》為基礎所完成的商周青銅器銘文釋文檢索工具。在書籍方面，本論文主要的參考對象有三：

‧引得及釋文類：

（1）張亞初：《殷周金文集成引得》（北京：中華書局，2001 年）。

（2）臧克和等：《金文引得》（殷商西周卷）（廣西：廣西教育出版社，2001
年）。

（3）臧克和等：《金文引得》（春秋戰國卷）（廣西：廣西教育出版社，2002
年）。

（4）中國社會科學院考古研究所編：《殷周金文集成釋文》（共六冊）（香
港：香港中文大學出版社，2001 年）。

・字典類：

（5）陳初生：《金文常用字典》（高雄：復文出版社，1992 年）。

（6）張世超等：《金文形義通解》（共三冊）（京都：中文出版社，1996
年）。

（7）王文耀：《簡明金文詞典》（上海：上海辭書出版社，1998 年）。

（8）黃德寬主編：《古文字譜系疏證》（共四冊）（北京：商務印書館，2007
年）。

・詁林類：

（9）周法高主編：《金文詁林》（京都：中文出版社，1981 年）。

（10）古文字詁林編纂委員會：《古文字詁林》（共十二冊）（上海：上海教
育出版社，1999 年）。

3. 楚　簡

為理解軍事動詞用字的共時發展狀況，本文的討論亦兼及戰國楚簡，尤以
記載軍事思想較豐富的《上海博物館藏戰國楚竹書（四）・曹沫之陣》為主要參
考對象，採用之釋文版本為：

（1）馬承源：《上海博物館藏戰國楚竹書（四）》（上海：上海古籍出版社，
2004 年）。

（2）高佑仁：《「上海博物館藏戰國楚竹書（四）・曹沫之陣」研究》（共二
冊）（台北：花木蘭文化出版社，2008 年）。

（二）典籍類

（1）漢・許慎撰、清・段玉裁注：《說文解字注》（臺北：紅葉出版社，1998
年）。

（2）清・阮元刻本：《十三經注疏》（台北：藝文印書館，1993 年）。

（三）電子資料庫

在銘文材料的釋讀上除參考諸多學者的銘文考釋外，本文亦參考由中央研究院歷史語言研究所、台灣師範大學、中興大學、成功大學、靜宜大學等五個單位聯合執行的國科會計畫成果【金文暨青銅器資料庫】，此資料庫由參與計畫的學者專家針對《殷周金文集成》進行釋文及斷句，並提供相關著錄，爲檢索語料提供相當之便利。〔註15〕另外亦參考了由香港中文大學中國文化研究所中國古籍研究中心所開發的【漢達文庫】，〔註16〕並利用【中研院漢籍電子文獻資料庫】檢索語料。〔註17〕

第三節 研究步驟和方法

古文字學的語法研究乃是建構在明晰字形字義的基礎上，明訓詁後才能通文法，而一個詞類的語法功能及語義層次則需透過窮盡性的定量分析方能得到可靠標準，由此觀察詞類的共時描寫並進行歷時比對，方能釐清詞類的發展與變化。

一、考辨形義源流

爲明悉各個軍事動詞從原始義項過渡到引申義的變化狀況，本文在討論各個軍事動詞時，乃先針對個別字進行釋形釋義的工作，析字上探殷墟甲骨文，下及戰國文字，而以殷周金文材料爲主，敘漢字之構字古意及形體衍化。在義項討論上，兼及該字在甲金文中的詞類分布，以利明瞭該字從原始詞性過渡至軍事動詞的演變機制。

二、鑒別原文

明瞭各個軍事動詞在甲、金文中的詞類分布狀況後，本文即窮盡蒐羅《殷周金文集成》、《新收殷周青銅器銘文暨器影彙編》及其他散見之新出銘文中的各個軍事動詞，並摘取有利於觀察軍事動詞的較大語境來進行鑒別原文的工作。之所以不僅列出軍事動詞詞組，而且摘取較完整的分句，是因爲斷章取句

〔註15〕 【殷周金文暨青銅器資料庫】網址：http://www.ihp.sinica.edu.tw/~bronze/。

〔註16〕 【漢達文庫】網址：http://www.chant.org/。

〔註17〕 【中研院漢籍電子文獻資料庫】網址：http://www.sinica.edu.tw/~tdbproj/handy1/。

（詞）是很難掌握研究對象的確切作用和功能的，故為免影響軍事動詞在語法功能及詞類意義上的判斷，本文儘可能列出各個軍事動詞所在銘文的完整分句。在各別單字的考證方面，由於銘文受器物形制及內容形式的影響，故同一用字每見不同的文例表現，再加上金文異體字極多，拓本亦每因鏽蝕和殘泐之故，文字模糊難辨，種種情況皆使得學界對銘文釋讀及斷句上產生歧異，這也連帶影響吾人對軍事動詞所在文例的判斷。針對這個問題，本文乃以《集成》拓本為主，參酌各家的銘文釋讀後，依據兩周金文軍事動詞在分句結構中的特性，選擇較為合理的釋文和斷句，依時代臚列，條分縷析，或引典籍之例以覈證。

三、計量統計與定量分析

　　計量統計為計量語言學的重要理論之一，唐鈺明嘗云：「所謂定量分析，就是將處於隨機狀態的某種語言現象給予一定的數量統計，然後通過頻度、頻度鏈等量化形式來揭示這類現象背後所隱藏的規律性」。〔註18〕通過計量統計，能夠逐步揭示一種詞類從量變到質變的規律性，從而觀察詞類的發展趨勢，也唯有透過計量分析，才能使語言研究建立在科學的基礎上，確切掌握詞類在各歷史時期的性質變化和發展界限，對於詞類變化中產生的諸多問題做出令人信服的答案。誠如郭錫良所云：「語法的窮盡式研究將迫使研究者無法採取迴避的態度」。〔註19〕近年來的語法研究逐漸趨向運用計量分析予以漢語各種語言現象論證理據。本文採取窮盡性的定量分析，詳示兩周金文中的 123 個軍事動詞的 660 條文例，細列其分期分布並總計其出現頻度，深探每一軍事動詞數量多寡與質變間的關係，並於第六章中繪製兩周金文、甲文、楚簡以及先秦典籍中的軍事動詞之出現頻度比、使用分期表和語法結構表，從表列數據來觀察兩周金文軍事動詞的發展與變化。

四、三個平面的語法探求：句法、語義、語用

　　往昔的漢語語法研究一直是借鑒西方的語法理論，尤其是模仿結構主義語

〔註18〕唐鈺明：《定量和變換——古文字資料詞彙語法研究的重要方法》（廣州：中山大學中文研究所博士論文，1988 年），頁 2。

〔註19〕郭錫良：《古代漢語專書語法研究》叢書序（河南：河南大學出版社，2002 年）。

法理論而只注重形式分析，或是採用傳統語法理論過分偏重意義而忽視形式，兩者皆有其侷限而無法全面反映漢語語法面貌。近年來，漢語語法研究開始擺脫一味引用西方語法理論的研究方法，轉而針對漢語語法自身特點而提出新的語法理論。「三個平面理論」就是在這樣的背景下產生的方法論。其主要是繼承了西方傳統語法、結構主義語法、轉換生成語法之優點，而將語法研究關注在結合句法、語義和語用三個平面上，在漢語語法分析中全面而系統地把句法分析、語義分析和語用分析界限分明的區別開來，又相互兼顧地結合起來，使語法分析做到形式和意義相結合，動態和靜態相結合，描寫性與實用性相結合，而這種結合能使語法分析更為科學與全面。〔註 20〕

三個平面理論誕生後，學界開始運用它來解決漢語動詞的複雜問題。在動詞研究上，句法平面觀察與動詞產生聯繫的主語、謂語、賓語、狀語、補語等各個「組詞造句」的成份，看看這些詞語如何與動詞結合形成短語，短語間又有何種句法關係，體現出何種句法意義，彼此間的語序關係形成何種句法形式，而不同的語序又可以體現出不同的句法意義。如「動詞＋名詞」一般屬動賓結構，表示支配與被支配這種句法意義。簡單來說，句法平面分析句子的組織結構之法，尤其是句中短語的結構之法，主要是觀察句子的語法表現形式。

語義平面則是從動作的施事（動作發出者）、受事（動作承受者）、當事（動作傳遞、服務、指向的對象）、共事（動作的協同對象）、使事（動作的致使對象）、工具（動作使用的工具、方式與手段）、處所（動作發生的處所）等等各個與動詞可能產生聯繫的語義成分進行觀察，〔註 21〕看看它們與動詞如何發生關係，亦即討論動詞與其他名詞成分（動元）之間的語義關係，研究語義搭配的選擇限制，這將有助於說明詞語的組合規律，有利於語法研究的精密

〔註 20〕 「三個平面」理論由胡裕樹、張斌在 1985 年提出和倡導，理論來源乃是受到西方符號學、語用學的影響，同時也繼承了傳統語法、結構主義語法、轉換生成語法優點，是一個針對漢語語法自身特點而提出的語法理論。關於三個平面理論的歷史發展可參高順全：《三個平面的語法研究》（上海：學林出版社，2004 年）。另外范曉：《三個平面的語法觀》（北京：北京語言學院出版社，1996 年）一書採用了三個平面理論來研究語法上的一系列問題，是早期以這個理論論述與運用上的初步成果，亦可參看。

〔註 21〕 此處的語義非指詞匯意義，而是指詞在句法結構中獲得的意義。

化。〔註22〕

　　語法研究三個平面理論中的語用平面，主要是從語句的發出者和理解者（說話人和聽話人），以及語句的環境（說話的場合、對話的雙方、上下文），以及語句在語境中產生的臨時意義（語音）和附加意義（語氣）上來觀察其語用現象。

　　這樣將語法研究的面向結合句法、語義及語用三個層面，先觀察句子基本結構、將句子結構進行層次分析，再從句法表現上「向隱層挖掘語義，向外層探求語用」，〔註23〕這就是所謂的三個平面理論。運用三個平面理論較能反映古漢語動詞語法實際狀況，故本文以之做爲分析兩周金文軍事動詞語法的研究方法，並基於材料特性，著重於句法及語義分析的描述。

五、共時描寫與歷時比對

　　語法的共時描寫與歷時比對，乃是根據語法研究的不同材料所做的區分。〔註24〕

（一）共時研究

　　共時研究乃指對某一時期存在的語法現象進行橫向地和靜態地語法研究。研究的重點是某一語言在特定時間範圍內的語法表現形式和語法規則系統。以本文爲例，共時研究指的是考察軍事動詞在兩周時期這一歷史階段內在其他文

〔註22〕三個平面理論的「動元」是參考西方「動詞配價理論」而來，以「配價」、「動元」討論動詞，乃是起因於動詞往往和多個名詞性成分發生關係，動詞的性質影響甚至決定這些名詞性成分的語義性質，跟動詞發生關係的這些名詞性成分在地位上是不同的，有的是核心成分，是必有的、強制性的，有的是外圍成分，是可有的、非強制性的，這些必有的強制性成分，就是所謂的「配價成分」，或稱之爲「核元」、「主元」、「論元」、「題元」，在三個平面理論裡稱之爲「動元」。如所謂的「一價動詞」就是一個動詞只能帶一個「核元」，如〈榮簋〉：「唯正月甲申，榮各（格）」，「各」在此不帶賓語，只帶一個施事主語「榮」，則動詞「各」在此就是一價動詞（從「動元」觀著眼，則稱之爲一元動詞）。動元理論詳參高順全、范曉之專著。

〔註23〕范曉語：見《三個平面的語法觀》，頁 29。

〔註24〕歷時與共時的語法研究定義參自沈陽：《語言學常識十五講》（北京：北京大學出版社，2006 年），頁 167。

獻中的反映，包括出土文獻及傳世文獻兩種。本文分析兩周金文軍事動詞的語法面貌後，將之與同一歷史階段中的其他文獻進行比較，如此一來，即可透過比較進而觀察出金文軍事動詞在兩周這一時間橫斷面的語法特色。

（二）歷時研究

　　歷時比對指的是從語法發展變化的角度縱向地和動態地研究語法，研究的重點是某些語法現象在特定時間過程中產生和消失的原因和規律。本文的歷時比較方式，乃是觀察殷商至戰國末年間，軍事動詞的使用及分布狀況，透過歷時的比較，可以觀察出先秦軍事動詞在用字與句型使用上，是否隨著時間變化而有著顯著的差異，故本文於行文間凡有描寫例證時，皆以時代先後爲序，以方便文例的歷時比對。

　　至於具體研究步驟，則是逐一檢視《殷周金文集成》及《新收殷周青銅器銘文暨器影彙編》所收共 14,118 件銘文，一一挑出其中的軍事動詞，將所得 123 個軍事動詞的 134 個用法按其意義細分成五大類十八小類，各類項依戰爭進程排列，繼而以「字」爲行，以「器號、器名、時代、國別、文例、語法結構、語義結構」爲列，建置一長達 180 頁的索引資料表，以做爲行文檢索之基礎，並在討論中隨時進行動詞歸類的補充與修正。

第四節　研究回顧與展望

　　本節分別從動詞語法研究及軍事用語兩方面進行文獻回顧。由於古文字語法研究受限於文本資料量大及計量統計要求，故而每見以學位論文的方式寫就，罕見以單篇論文呈現者，﹝註25﹞是以本節關於古文字動詞語法的研究回顧，乃以述評學位論文爲主，間或擇要討論單篇論文。在軍事用語方面，則是基於殷周銘文的語境特性，前輩學者每從考釋銘文中側論殷周軍制、軍禮與軍事活動，故而軍事用語的相關討論多見於單篇論文，數量極爲龐大，無法在此一一羅列，本文將這些單篇論文於第三、四、五章中採隨文附註的方式引注說明，此處關於軍事用語與軍事活動的文獻回顧，亦以論述較爲全面的期刊論文及學位論文爲主。

﹝註25﹞近年來所發表的古文字語法期刊論文，則多爲學位論文修正之發表，或研究計畫之成果報告。

一、古漢語動詞語法研究

　　與其他古文字研究相較，針對古文字進行漢語語法研究者在九十年代前並不多見；然而，隨著古文字學研究的不斷深入，古文字字典、文字編、詁林類、引得類、釋文類等多部大型工具書的出版，使得系統討論古文字語法成為可能，並逐漸形成風氣。相較於古文字語法研究的晚起，語法學界對漢語動詞的研究早已行之有年，並累積了相當豐厚的成果，基於歷史語法研究及單一詞類研究深化的必要，古漢語專書語法中的動詞研究一直是學界聚焦之所在。雖然諸家所論無直接扣緊軍事動詞者，然各項先秦動詞研究子題的開展，皆有助於本論文的深化，故本節乃就先秦動詞研究依材料性質分傳世文獻及出土材料兩類擇要舉列，並就與本文題材高度相關的部分進行述評。

（一）傳世文獻

　　對傳世文獻動詞進行研究的論文有：鍾海軍〈淺談《老子》單音動詞〉（2002）、〔註26〕于正安《《荀子》心理動詞研究》（2002）、〔註27〕劉青〈《易經》心理動詞語法功能析微——兼與甲骨卜辭比較〉（2002）、〔註28〕徐適端《「韓非子」單音動詞語法研究》（2002）、〔註29〕唐智燕《今文「尚書」動詞語法研究》（2003）、〔註30〕鍾發遠《「論語」動詞研究》（2003）、〔註31〕弋丹揚《「左傳」單音節謂語動詞的配價結構淺析》（2005）、〔註32〕畢秀潔《「詩經」到達義動詞研究》（2007）、〔註33〕孫麗娟《今文「尚書」動詞研究》（2007）、

〔註26〕鍾海軍，〈淺談「老子」單音動詞〉，《四川師範學院學報》（哲學社會科學版）2002年第5期（2002年9月），頁41～44。

〔註27〕于正安，〈「荀子」心理動詞研究〉，《黔西南民族師範高等專科學校學報》2002年第3期（2002年9月），頁35～44。

〔註28〕劉青，〈「易經」心理動詞語法功能析微——兼與甲骨卜辭比較〉，《重慶師院學報》（哲學社會科學版）2002年第2期，頁108～111。

〔註29〕徐適端：《「韓非子」單音動詞語法研究》（成都：巴蜀書社，2002年）。

〔註30〕唐智燕：《今文「尚書」動詞語法研究》（桂林：廣西師範大學碩士論文，2003年）。

〔註31〕鍾發遠：《「論語」動詞研究》（重慶：西南師範大學碩士論文，2003年）。

〔註32〕弋丹揚：《「左傳」單音節謂語動詞的配價結構淺析》（西安：陝西師範大學碩士論文，2005年）。

〔註33〕畢秀潔：《「詩經」到達義動詞研究》（長春：吉林大學碩士論文，2007年）。

〔註 34〕宋崢《「左傳」中使令動詞詞義特點對其句法結構和功能的影響》（2007），〔註35〕以及張秋霞《「左傳」征戰類動詞研究》（2009）等。〔註36〕另外崔立斌《「孟子」詞類研究》（2003）中亦闢動詞一章專門討論，〔註37〕其他斷代語法專著亦每見另闢章節討論動詞者，如張玉金《西周漢語語法研究》（2004）中討論了西周漢語動詞的類別、語法特徵與句法功能，並以配價理論討論動賓關係。〔註38〕

　　此外，羅蓓蕾《「左傳」軍事詞語研究》（2004）是第一本討論《左傳》軍事詞語的專著，〔註39〕羅文認為《左傳》中共有 533 個與軍事相關的詞語，其中單音節 356 個，雙音節 174 個，多音節三個，〔註40〕並可按照意義所指的不同劃分為十大類：軍械、載器、軍事外交、建築工事、軍陣、旗鼓、賞罰、行伍編制、戰俘和戰利品、征戰等，其中又以征戰類所包括的詞語最多，共有 272 個，涉及行軍、謀劃、打鬥、援助、士氣、勝負等方面，唯本文的研究目的在於詞彙發展史的補證，故未針對 533 個軍事用法進行分析，而是從詞義源的角度僅就其中的 42 個字進行語源學的討論，職是如此，作為第一本先秦專書軍事用語之學位論文，仍深具參考價值。趙巖《幾組上古漢語軍事同義詞研究》（2006）是結合斷代研究與義類研究，〔註41〕選取殷商到東漢間的的 17 組軍事同義詞進行研究，材料來源基本上以傳世文獻為主，在討論字義本源時溯及甲文，所選同義詞並限於單音節的名詞與動詞兩種，主要是從歷時方面考察了軍事同義詞的發展變化情況。吳戰君《「說文解字」與古代軍事》（2008）、〔註42〕張祥友《「說文解字」軍事詞研究》（2007）則是按詞義將《說文解字》中的軍

〔註34〕孫麗娟：《今文「尚書」動詞研究》（揚州：揚州大學碩士論文，2007 年）。

〔註35〕宋崢：《「左傳」中使令動詞詞義特點對其句法結構和功能的影響》（河北：河北師範大學碩士論文，2007 年）。

〔註36〕張秋霞：《「左傳」征戰類動詞研究》（長春：吉林大學碩士論文，2009 年）。

〔註37〕崔立斌：《「孟子」詞類研究》（開封：河南大學出版社，2003 年）。

〔註38〕張玉金：《西周漢語語法研究》（北京：商務印書館，2004 年）。

〔註39〕羅蓓蕾：《左傳軍事詞語研究》（桂林：廣西師範大學碩士論文，2004 年）。

〔註40〕作者所指的「雙音節」及「多音節」為複音詞。

〔註41〕趙巖：《幾組上古漢語軍事同義詞研究》（長春：東北師範大學碩士論文，2006 年）。

〔註42〕吳戰君：《「說文解字」與古代軍事》（內蒙古師範大學碩士論文，2008 年）。

事詞分軍祭、軍法、符節、旌旗、兵器、軍事動作、軍隊編制及職位及軍用樂器、城防營壘等類別,分類羅列《說文》中的各軍事詞能由此觀察漢人對古代軍事文化的思想。〔註43〕

(二)出土材料

出土材料的動詞語法研究以甲骨文最多,金文次之,楚簡動詞則尚未見論著討論。

1.甲骨文

管燮初《殷墟甲骨刻辭的語法研究》(1953)是最早針對甲骨文進行語法研究的專著,書中有對動詞的討論。〔註44〕陳夢家《殷墟卜辭綜述》(1956)列有文法一章,對動詞的數量、句型、賓語類型略有涉及。〔註45〕趙誠〈甲骨文行為動詞探索(一)〉(1987)著眼於詞義、〔註46〕趙誠〈甲骨文動詞探索(二)——關於被動式〉(1991)則著眼於句式、〔註47〕趙誠〈甲骨文動詞探索(三)——關於動詞與名詞〉(1992)主要討論一些特殊的動詞和名詞的關係。〔註48〕沈林〈甲骨文動詞斷代研究初探〉(1998)探索動詞的用法與分期斷代的關係。〔註49〕喻遂生〈甲骨文動詞和介詞的為動用法〉(2000)則涉及了甲骨文動詞的特殊句式。〔註50〕

在學位論文方面,鄭繼娥《甲骨文動詞語法研究》(1996)〔註51〕與陳年福《甲骨文動詞詞匯研究》(1996)〔註52〕,是最早針對甲骨文動詞語法撰寫的學

〔註43〕張祥友:《「說文解字」軍事詞研究》(重慶:西南大學碩士論文,2007年)。

〔註44〕管燮初:《殷墟甲骨刻辭的語法研究》(北京:中國科學院,1953年)。

〔註45〕陳夢家:《殷墟卜辭綜述》(北京:科學出版社,1956年)。

〔註46〕趙誠,〈甲骨文行為動詞探索(一)〉,《殷都學刊》1987年第3期,頁7～17。

〔註47〕趙誠,〈甲骨文動詞探索(二)——關於被動式〉,《中國語言學報》(北京:商務印書館,1991年)。

〔註48〕趙誠,〈甲骨文動詞探索(二)——關於動詞與名詞〉,《古文字研究》第19輯(北京:中華書局,1992年),頁552～564。

〔註49〕沈林,〈甲骨文動詞斷代研究初探〉,《重慶師專學報》1998年第1期,頁88～94。

〔註50〕喻遂生,〈甲骨文動詞和介詞的為動用法〉,《漢語史研究集刊》第2輯(成都:巴蜀書社,2000年1月),頁30～41。

〔註51〕鄭繼娥:《甲骨文動詞語法研究》(重慶:西南師範大學碩士論文,1996年)。

〔註52〕陳年福:《甲骨文動詞詞匯研究》(重慶:西南師範大學碩士論文,1996年),後於

位論文，陳氏之書析列「軍事動詞」一項，就 64 個軍事動詞概略論之。楊逢彬《殷墟甲骨刻辭動詞研究》（1998）則是全面分析了甲骨文裡的動詞，〔註53〕然只進行了一般類別性的舉例描述，未對每一個動詞作出具體分析。爾後西南師範大學喻遂生教授指導了一群研究生們，分別就甲骨文動詞的各項子題進行系統研究，分別有朱習文《甲骨文位移動詞研究》（2002）、〔註54〕郭鳳花《甲骨文謂賓動詞研究》（2003）、〔註55〕賈燕子《甲骨文祭祀動詞句型研究》（2003）、〔註56〕韓劍南《甲骨文攻擊類動詞研究》（2005）。其中，韓劍南針對軍事動詞中屬「敵我雙方出兵進攻」的一類詞訂名為攻擊類動詞，從義素分析的角度選定核心義素為「攻擊」而附加義素含有「出兵」的 22 個動詞，對此進行窮盡統計與定量分析，並從「語義語法範疇」及語用角度研究甲骨文攻擊類句型，頗有見地。〔註57〕另外，王欣《甲骨文軍事刻辭研究》（2004）則是第一本針對甲骨文軍事刻辭進行描述的學位論文，〔註58〕王氏延用陳年福所舉出的字例與分類，從分期斷代著眼，進行分期的辭例比較研究，該論文對殷卜辭中所見的軍事活動進行了復原，並在此基礎上對殷代的戰爭進行定性研究。由於王氏所論未立足於精確的文字考釋基礎上，故爾降低了該論文的參考性。

　　鄭繼娥於 2004 年完成的博士論文《殷墟甲骨卜辭祭祀動詞的語法結構及其語義結構》，〔註59〕乃是針對甲骨文中的祭祀動詞從語法結構、語義結構、特殊

2001 年由巴蜀書社出版。

〔註53〕楊逢彬：《殷墟甲骨刻辭動詞研究》（武漢：武漢大學博士論文，1998 年），後改訂為《殷墟甲骨刻辭詞類研究》，於 2003 年由花城出版社出版。

〔註54〕朱習文：《甲骨文位移動詞研究》（重慶：西南師範大學碩士論文，2002 年）。

〔註55〕郭鳳花：《甲骨文謂賓動詞研究》（重慶：西南師範大學碩士論文，2003 年）。

〔註56〕賈燕子：《甲骨文祭祀動詞句型研究》（重慶：西南師範大學碩士論文，2003 年）。

〔註57〕語義語法範疇是王力最早提出的語法論，其概念類似於三個平面理論中句法平面與語義平面的結合，韓劍南論文的研究方法結合了「語義語法範疇」及「語用研究」，就方法論而言近似於與三個平面理論。參韓劍南：《甲骨文攻擊類動詞研究》（重慶：西南師範大學碩士論文，2005 年）。

〔註58〕王欣：《甲骨文軍事刻辭研究》（廣州：中山大學碩士論文，2004 年）。

〔註59〕鄭繼娥：《殷墟甲骨卜辭祭祀動詞的語法結構及其語義結構》（成都：四川大學博士論文，2004 年），後改訂為《甲骨文祭祀卜辭語言研究》，於 2007 年由巴蜀書社出版。

句式等方面進行了系統而深入的研究，該文最值得借鑒的地方，是能在方法論上有所突破；古文字語法研究多半採用西方結構主義進行討論，以西洋語法理論框架重建古文字語法，勢必在體質不同的狀況下有所侷限，尤其在動詞研究上難以深入。鄭氏是第一本使用三個平面理論來研究古文字語法的學位論文，尤重於句法和語義的討論，從而宏觀上總結出祭祀動詞語言在語義形式上的靈活性，從語言學的角度推進了古文字動詞語法的研究。本文以三個平面理論做為研究方法，即受鄭氏啓發。

2. 金　文

　　眞正有意識地對金文詞類進行研究的首先是陳夢家。早在 1950 年代，他在《西周銅器斷代》中提列四組「賞賜動詞」擬作討論，惜未竟成憾。〔註 60〕1980 年，新加坡大學周清海完成其博士論文《兩周金文語法研究》，周氏主要是從詞法及句法的角度對兩周金文進行研究，屬平面分析，不脫早期語法寫作範疇，然在某些詞類的歸納上雜亂無章，限制了周氏的研究。1981 年管燮初出版了《西周金文語法研究》，〔註 61〕該書是全面研究金文語法的第一部專著，其參照了丁聲樹《現代漢語語法講話》中的體例，共分十三章就語法和詞類進行討論。管氏依性質區分動詞為行為動詞、存在動詞、表示同一性的動詞、助動詞及次動詞 5 種，討論了 2,338 句動詞謂句中的 471 個動詞，但僅有簡單數字表列，而無就各別動詞進行具體分析。再者，管氏僅選取西周 208 篇銘文為研究對象，材料上顯得不足，而釋文方面亦僅參考郭沫若《兩周金文辭大系圖錄考釋》以及郭氏其它金文論著，故該書在銘文釋讀及斷句上不免有所偏頗，連帶地影響其對動詞的定義和計量統計。然而，該書較全面地分析了金文各式句型中的語法結構，並採以表格方式呈現計量分析的結果，仍具草創之功。

　　1985 年，兩岸出現了第一本專就西周金文詞類進行研究的學位論文：方麗娜《西周金文虛詞研究》，〔註 62〕方文主要著眼於周金文虛詞用法的陳述性研究，未對各類虛詞間的差異，以及各虛詞的詞類演變進行探討，故其研究成果

〔註 60〕陳夢家：《西周銅器斷代》（上冊）（北京：中華書局，2004 年），頁 429～431。

〔註 61〕管燮初：《西周金文語法研究》（北京：商務印書館，1981 年）。

〔註 62〕方麗娜：《西周金文虛詞研究》（臺北：國立臺灣師範大學碩士論文，1985 年）。

無法突顯金文材料的特性。2000 年，陳美琪完成博士論文《西周金文字體常用詞語及文例研究》，〔註63〕依銘文內容區分「頌揚先祖詞」、「冊命訓誥詞」、「征伐紀功詞」、「法律契約詞」、「祝願詞」等，進行各類詞語在文例表現上的討論。唯陳文多見羅列文例以示其變化，未能有深入的語法結構分析。

前修未密，後出轉精，隨著卜辭語法研究的開展，金文語法研究的熱潮逐漸興起，學界關注的焦點從詞匯開始，繼而走向句法，隨著研究的積累與深入，系統化的詞義研究於焉展開。

從詞匯的角度來看金文動詞者，有朱明來《金文的詞義系統研究》（2001），〔註64〕其從義素分析法討論金文詞義的變化和引申，共將金文分爲 16 個語義場，其中軍事動詞包含在表示動作關係的義場裡。諶于藍《金文同義詞研究》（2002）涉及了幾組動詞單音及複音同義詞的討論，〔註65〕如「追：逐」、「征：伐：望」、「監：臨」等。陳美蘭《兩周金文複詞研究》（2003）討論了一百組複詞，〔註66〕其中對「敦伐」、「各伐」、「翦伐」等詞在詞義辨析上有細緻的描述，可資參看。楊懷源《西周金文詞匯研究》（2006）從因聲求義的角度區分字詞來源，〔註67〕注重形音義的整體繫聯，共得 90 例動詞詞匯，並特闢一節做動詞同義詞的語源學討論，分析頗詳。陳英傑《西周金文作器用途銘辭研究》（2008）則對西周金文器用銘辭中的動詞進行了研究。〔註68〕

從句法的角度討論動賓關係者，有潘玉坤《西周金文語序研究》（2003）、〔註69〕鄧章應《西周金文句法研究》（2004）。〔註70〕潘文著重對雙賓語句結構及語序的討論；鄧文則簡單討論了金文的句子成分，並對動賓結構以配價理論

〔註63〕陳美琪：《西周金文字體常用詞語及文例研究》（臺北：中國文化大學博士論文，2000 年）。

〔註64〕朱明來：《金文的詞義系統研究》（濟南：山東大學碩士論文，2001 年）。

〔註65〕諶于藍：《金文同義詞研究》（廣州：華南師範大學，2002 年）。

〔註66〕陳美蘭：《兩周金文複詞研究》（臺北：國立臺灣師範大學博士論文，2003 年）。

〔註67〕楊懷源：《西周金文詞匯研究》（成都：四川大學博士論文，2006 年）。

〔註68〕陳英傑：《西周金文作器用途銘辭研究》（上下冊）（北京：線裝書局，2008 年）。

〔註69〕潘玉坤：《西周金文語序研究》（上海：華東師範大學博士論文，2003 年），於 2005 年由華東師範大學出版社出版。

〔註70〕鄧章應：《西周金文句法研究》（重慶：西南師範大學碩士論文，2004 年）。

討論之。

　　針對金文虛詞進行討論者，以武振玉論著最豐，其博士論文為《兩周金文詞類研究（虛詞篇）》（2006），〔註71〕對兩周金文中的虛詞系統：代詞、副詞、介詞、連詞、嘆詞、語氣詞等進行全面研究，其採用窮盡性數量統計、歷時分析及共時比較的方法，全面揭示兩周金文的虛詞系統，成果豐碩。〔註72〕爾後，武振玉發表了一系列金文語法論文，觸角漸擴及虛詞及實詞，例如〈兩周金文中的「偕同」類介詞〉（2008A）、〔註73〕〈兩周金文中的祈求義動詞〉（2008B）、〔註74〕〈兩周金文介詞「用」、「以」用法比較〉（2008C）、〔註75〕〈兩周金文助動詞釋論〉（2008D）、〔註76〕〈試論金文中「咸」的特殊用法〉（2008E）、〔註77〕〈兩周金文中「雩」的詞性和用法〉（2009）等。〔註78〕

　　以金文動詞為研究主題的學位論文另有鄧飛《兩周金文軍事動詞研究》

〔註71〕武振玉：《兩周金文詞類研究（虛詞篇）》（長春：吉林大學古籍研究所博士論文，2006 年）。

〔註72〕武振玉在博論的基礎上相繼發表相關論著，計有〈金文「于」字用法初探〉，《吉林省教育學院學報》2005 年第 3 期，頁 83～86。〈試論「既」字在金文中的用法〉，《蘇州科技學院學報》（社會科學版）2005 年第 4 期，頁 64～66。〈金文中的連詞「而」〉，《湖南科技學院學報》2005 年第 10 期，頁 255～256。〈金文「于」并列連詞用法辯正〉，《長春大學學報》2005 年第 5 期，頁 40～42。〈兩周金文中否定副詞「毋」的特殊用法〉，《長春師範學院學報》（人文社會科學版）2006 年第 1 期，頁 69～61。〈兩周金文中的無指代詞〉，《長江學術》2006 年第 3 期，頁 67～71 等六篇。

〔註73〕武振玉，〈兩周金文中的「偕同」類介詞〉，《吉林師範大學學報》（人文社會科學版）2008 年第 2 期，頁 21～24。

〔註74〕武振玉，〈兩周金文中的祈求義動詞〉，《瀋陽師範大學學報》（社會科學版）2008 年第 4 期，頁 131～133。

〔註75〕武振玉，〈兩周金文介詞「用」、「以」用法比較〉，《綏化學院學報》2008 年第 5 期，頁 113～114。

〔註76〕武振玉，〈兩周金文助動詞釋論〉，《殷都學刊》2008 年第 4 期，頁 114～117。

〔註77〕武振玉，〈試論金文中「咸」的特殊用法〉，《古漢語研究》2008 年第 1 期，頁 32～35。

〔註78〕武振玉，〈兩周金文中「雩」的詞性和用法〉，《重慶：重慶三峽學院學報》2009 年第 1 期第 25 卷（115 期），頁 94～96 轉 124。

（2003）、〔註79〕閆華《西周金文動詞研究》（2008）、〔註80〕寇占民《西周金文動詞研究》（2009）。〔註81〕鄧飛是第一個針對金文軍事動詞進行系統研究者，其於碩士論文中整理了金文121個軍事活動動詞，著重於討論軍事動詞的共時和歷時使用狀況，表列了甲骨文及金文的軍事動詞使用分期表，嘗試由文字發展的角度討論詞彙發展規律，並由此淺涉當時的軍事思想和文化觀念。鄧飛將121個軍事動分為組織、行軍、攻擊、防禦、班師、戰果、其它、音義不明、無法確定等九個小類，前六大類目大抵能涵蓋金文軍事動詞的全貌。唯其釋字僅參考《銘文選》的說法，《銘文選》未收者，則參考出土報告，在識字未明之下致使動詞歸類錯誤，某些字詞的考釋亦有違眾解，且未能探定量分析，以致未能參照其他類似文例以得確解。至於語法分析上，鄧氏簡單羅列了49個不及物動詞，51個及物動詞，未能討論軍事動詞與其他論元間的語義本質，甚為可惜。

　　閆華的博士論文《西周金文動詞研究》（2008）以意義標準將動詞分為七大類，討論了367個動詞，與軍事動詞相涉者有第二章的動作動詞、第四章的使令動詞，以及第六章的趨向動詞，由於材料過於龐大，故所收僅限《殷周金文集成》，未及於新出材料。分析動詞用例也僅能滿足於擇舉略論，無法進行計量統計與定量分析。不過他能參考楊逢彬《殷墟甲骨刻辭詞類研究》及陳年福《甲骨文動詞詞匯研究》的研究成果，將西周金文動詞與甲骨文動詞相較，從動詞數量和詞目變化上歸結出兩者共有與相異的詞，並將110個共存並用的詞進行詞義變化的觀察，證明西周語言的表現力已經大大超過了商代，許多現代漢語動詞中的幾大類別早於甲骨文時代就已基本備齊。

　　相隔一年，寇占民完成與閆華題目完全相同的博士論文，析西周金文單音動詞493個，複音動詞102個，依據語法功能分為九類。數量的差異來自於新

〔註79〕鄧飛：《兩周金文軍事動詞研究》（重慶：西南師範大學碩士論文，2003年）。鄧飛後來在碩論的基礎上發表了〈西周金文軍事動詞的來源和時代淺析〉，《西華師範大學學報》（哲學社會科學版）2005年第2期，頁85～91。以及〈兩周金文軍事動詞語法分析〉，《樂山師範學院學報》第23卷第6期（2008年6月），頁33～35。

〔註80〕閆華：《西周金文動詞研究》（合肥：安徽大學博士論文，2008年）。

〔註81〕寇占民：《西周金文動詞研究》（北京：首都師範大學博士論文，2009年）。

收材料的補入與動詞定義的不同。兩文寫作方式、討論重點、章節安排亦大相逕庭。寇氏將所析動詞於文末以附表方式完整羅列其例字、義項、語義、例句、例句出處、斷代及頻率等，眉目清晰、易於翻查。而正文則著重於從多角度闡述西周金文的詞義，如單義和多義、本義和引申義、同義和反義、虛化等。最後從文字的形義和詞語的語法功能角度，擇 33 個動詞進行綜合疏証。

二、銘文軍事相關研究〔註82〕

基於殷周銘文的語境特性，前輩學者每從考釋銘文中側論殷周金文中的軍制、軍禮與軍事活動，今擇要述於次：

（一）軍　事

劉釗〈卜辭所見殷代的軍事活動〉（1989）分上、下兩編，〔註83〕針對卜辭中有關軍事活動的部分進行討論，上編討論軍事，分組織及兵種兩類，下編討論戰爭，列出集合、出兵、偵察、騷擾、征伐、防禦、追擊、擒獲、遭遇、殲擊、駐紮、聯絡等十二類。其分類涉及與軍事活動相關的各個部分，可視爲軍事語詞的研究的奠基之作。

劉雨〈西周金文中的軍事〉（1998）一文，〔註84〕是最早全面討論金文軍事活動的專文。劉雨挑選 70 篇長銘討論軍隊編制與西周早、中、晚期各次戰役，

〔註82〕 本單元主要介紹歷來與銘文軍事相關的研究成果。其實在中國軍事史的專著中，論及先秦軍事、軍制時，已見有援引甲、金文資料以資佐證者，相關討論以陳恩林爲代表，參陳恩林：《先秦軍事制度研究》（長春：吉林文史出版社，1991 年）。另中國軍事史編寫組：《中國軍事史：第一卷：兵器》（北京：解放軍出版社，1994 年）、童超主編：《中國軍事制度史：第四卷：後勤制度卷》（湖南：大象出版社，1997 年）、劉紹祥主編：《中國軍事制度史：第一卷：軍事組織體制編制卷》、王曉衛主編：《中國軍事制度史：第五卷：兵役制度卷》等，其先秦期間的討論主要是參考傳世典籍，資料詳實可徵，可與銘文對參。

〔註83〕 劉釗，〈卜辭所見殷代的軍事活動〉，《古文字研究》第 16 輯（北京：中華書局，1989 年），頁 67～139。

〔註84〕 文見張永山主編：《胡厚宣先生紀念文集》（北京：科學出版社，1998 年），頁 228～251。該文劉氏在同一年另以〈西周金文中的軍禮〉之名發表於《容庚先生百年誕辰紀念文集》（廣州：廣東人民出版社，1998 年），頁 326～346。唯是書該篇於文末未收有〈西周金文中的軍事〉附錄一「紀述西周戰事的金文資料」及附錄二「記述西周車事裝備的金文資料」。

另選 35 篇銘文討論西周各期的俘獲和賞賜的車旗、兵器與防護器。在「表示征戰的詞語一節」中，討論了征、伐、克、敓、戈、狩、及、戍、御、追、搏等 11 個「戰事用語」（作者語），並從語用的角度討論這些軍事動詞的時代分布，由此側論西周國力的盛與衰。

（二）軍　制

楊寬〈西周時代的「六師」、「八師」和鄉遂制度的關係〉（1964）是作者鑽研西周鄉遂制度與軍隊編制關係後的得力大作，〔註 85〕楊寬引用金文資料證明《周禮》所言的國野之分，鄉遂制度不僅只是行政區域的劃分，更是兩個不同階層之人的居住之地，西周時代的六師和八師既是國家的軍隊組織，又是自由公民的地域組織，並由此兼論了師氏所掌管的邑人、奠人等奴僕來源。楊氏之文發表後，于省吾撰〈關於「西周時代的「六師」、「八師」和鄉遂制度的關係」一文的意見〉（1965）反駁其說，〔註 86〕論證兩周時期的六師與八師設有「冢司土」、「司藝」等官職，當已掌管土地有關事務，是「我國歷史上最初出現的軍事屯田制」，反對楊寬視六師、八師為自由國人，其主要工作是耕種，戰時才被召集調撥的說法。

張永山〈試論金文所見宗周的軍事防禦體系〉（2006）從宗周優越的地理位置談起，〔註 87〕認為宗周的軍事防禦體系乃是結合分封，在西陲建立層層保護圈後，藉由西六師及殷八師的屯駐，以達到攔截南北入侵勢力的威脅，奠定西周繁盛長安的基礎。

（三）軍　禮

楊寬致力於西周制度史的復原，於《西周史》（1999）中對與軍禮相關的鄉飲酒禮、大蒐禮、射禮、冊命禮、出征禮（禷祭、禡祭）等做了系列考察，著重禮制的起源與其在兩周時期的發展與變化。陳高志《西周金文所見軍禮探微》

〔註 85〕原載《考古》1964 年第 8 期，後收入《西周史》（上海：上海人民出版社，1999 年）。

〔註 86〕《考古》1965 年第 3 期。楊、于你來我往的討論引發了一連串關於西周軍源的討論，詳見《金文文獻集成》第 40 冊（香港：明石文化，2004 年），不再俱引。

〔註 87〕北京大學考古文博學院主編：《考古學研究（六）──慶祝高明先生八十壽辰暨從事考古研究五十周年論文集》（北京：科學出版社，2006 年），頁 375～383。

（2002）從「禮」的角度討論軍禮思想的起萌，〔註 88〕著重從思想史的觀點談西周的軍事建制與軍事律則。商艷濤《西周軍事銘文研究》（2006）主要內容涉及禮儀制度以及軍事詞語的考證，重點在于前者。〔註 89〕

（四）敵我關係

林澐〈甲骨文中的商代方國聯盟〉（1981）從「比」字的考訂討論甲骨文資料所反映的商代諸方國的關係。〔註 90〕何樹環《西周對外經略研究》（2000）從西周銘文來看周人對四土的經營，〔註 91〕尤對武王克殷及周初東征、昭王南征以及西周諸王對殷遺、淮夷、南淮夷、玁狁、犬戎等的政策多所著墨，其中涉及相關銘文的討論，亦一併做了字詞考訂。

何樂士在論及語法研究的分析方法時嘗云：

> 如果不從發掘和分析資料入手對語料事實進行詳盡清晰的描寫，而僅僅滿足於畫出幾條貌似美妙的線條，那不僅沒有什麼實際價值，反倒可能是無效勞動。甚至可能是做了自欺欺人、害人誤己的事。〔註 92〕

的確，沒有確切地針對材料進行詳實地分析，就不可能有充分的立論來還原材

〔註88〕陳高志：《西周金文所見軍禮探微》（臺北：國立台灣大學博士論文，2002 年）。

〔註89〕商艷濤：《西周軍事銘文研究》（廣州：中山大學博士論文，2006 年）。該論文刻正修改準備出版中，此摘要乃蒙其告知。商先生已將論文中與字詞考釋相關部分發表了六篇專文：〈金文中的一組征伐用語〉，《中國語文研究》2007 年第 2 期，頁 1～6。〈金文札記二則〉，《嘉興學院學報》第 19 卷第 5 期（2007 年 9 月），頁 87～90。〈金文中的俘獲用語〉，《語言科學》第 6 卷第 5 期（2007 年 9 月），頁 95～101。〈金文中「征」值得注意的用法〉，《華南師範大學學報》（社會科學版）2007 年第 5 期，頁 143～145。〈金文「戠」字補議〉，《古漢語研究》總第 79 期（2008 年 2 月），頁 83～85。〈西周金文所見與征伐相關的幾種活動〉，《東方文化》待刊稿。諸篇論文承蒙商先生持贈，特此致謝。

〔註90〕林澐，〈甲骨文中的商代方國聯盟〉《古文字研究》第 6 輯（1981 年 11 月），頁 67～92。

〔註91〕何樹環：《西周對外經略研究》（臺北：政治大學博士論文，2000 年）；林澐，〈甲骨文中的商代方國聯盟〉《古文字研究》第 6 輯（1981 年 11 月），頁 67～92。

〔註92〕何樂士，〈專書語法研究的幾點體會〉《古漢語語法研究論文集》（北京：商務印書館，2000 年），頁 373。

料之原始面貌。就專書研究而言如此，對金文語法研究亦同。針對某一時空下的單一文本進行語法研究，則在此成果基礎下進行歷史比較研究就有了比較可靠的依據，所概括出來的語法特點也就可能有較高的科學性。

自 1920 年代至今，金文語法研究是一個由淺揭到深探的過程。近代學者運用了句式分析、歷時和共時比較、計量統計的方式，試圖揭開了兩周金文語法的神祕面貌，透過古文字材料對先秦語法進行補強的工作，並期待從語法的角度對銘文釋讀提供另一層面的思考。本論文在這樣的研究基礎下，選取兩周金文中未被深入討論過的「軍事動詞」進行研究。

在今天，以古文字材料進行語法分析、釐清其中的語法現象，並藉以補正（證）漢語語法史的研究，已逐漸形成一股潮流；然而，針對其中的動詞的子項進行句法平面、語義平面及語用平面的結合分析，並上下求索，觀察其共時的描寫與歷時的比較，予以窮盡性的定量分析之論文尚屬少見。筆者選定「軍事動詞」爲研究對象，期待從句法、語義、語用三個方面研究金文軍事動詞語法，爲先秦漢語軍事動詞的研究進行補白。再者，語言是思維的反映，筆者期待能在金文軍事動詞的研究基礎上，試著討論周人對軍事用字所賦予的美惡褒貶之「情感意義」，並以軍事動詞及其所連帶的成分爲主要分析材料，開展兩周軍事哲學、空間地理觀念等各項研究。

第二章　兩周金文軍事動詞之界說

　　1898 年馬建忠撰寫的《馬氏文通》，是我國第一部漢語語法專著，書中將漢語詞類區分成實詞與虛詞兩大類，各類項下再依性質進行更細緻的劃分，後世學者多沿襲其分法，而在名稱上間或有所不同，如呂淑湘在《中國語法要略》中分詞爲「實義詞」、「輔助詞」。然雖名稱不同，於涵義實無區別，僅在界定實詞及虛詞時有程度上廣狹的不同而已。

　　一般而言，實詞具有比較實在的詞匯意義，用以表示事物、時間、空間、動作、性狀、數量等概念，在語法上的特點，其位置不固定，數量開放，能夠充任主語、賓語和謂語，不必依靠其他詞語幫助而能獨立成句。相較於實詞的具體，虛詞沒有比較實在的詞匯意義，且不能獨立成句，其位置固定，數量封閉，只能用來表示詞與詞、句與句間的關係。亦即，虛詞主要是用來表示語法作用的，是語句結構或子句之間的工具；而實詞則夠單獨充當句子裡的成分。〔註1〕

〔註1〕本文對實詞、虛詞的定義，主要參考楊伯峻、何樂士《古漢語語法及其發展》一書。朱德熙另將實詞與虛詞做出如下的區別：（1）實詞絕大部分是自由的（即能單獨成句），虛詞絕大部分是黏著的（不能單獨成句）。（2）絕大部分實詞在句法結構裡的位置是不固定的，可以前置也可以後置；而絕大部分虛詞在句法結構裡的位置是固定的，如「嗎」總是後置的，「也」總是前置。（3）實詞是開放性的詞類，難於在語法書裡一一列舉其成員，虛詞是封閉性的詞類，可以盡地列舉。參朱德熙：《語法講義》（香港：商務印書館，2007 年），頁 35。

　　漢語學者楊伯峻依據詞的語法功能（詞在句中的地位與作用）、詞與詞的結合關係、詞的意義等，將古漢語詞類區分爲十四類。〔註2〕若將此十四類依上述實詞及虛詞的概念區分，則屬於實詞類的有：名詞、動詞、助動詞、形容詞、數詞、量詞六種；屬虛詞類的則有：代詞、副詞〔註3〕、介詞、連詞、助詞、語氣詞、感嘆詞等七種。〔註4〕

　　本論文的討論對象爲兩周金文中的軍事動詞，屬實詞類中的動詞，本章先由分析古漢語動詞的名義及分類開始，繼而釐清軍事動詞的定義及判斷標準，並進一步對金文軍事動詞進行再分類。

第一節　古漢語動詞的名義及分類

一、動詞的名義、語法特徵和句法功能

　　本文所指漢語動詞的名義、分類及語法特徵，皆指古漢語動詞而言。現代漢語動詞的發展或已逸出此定義，不在本文論述範圍內。

（一）動詞的名義

　　凡是能夠表示人事物的行爲、動作、存在、活動、發展狀況等現象者，稱爲動詞。

〔註2〕楊伯峻、何樂士：《古漢語語法及其發展》（上）（修訂本）（北京：語文出版社，2003 年），頁 84。

〔註3〕代詞與副詞雖無實在詞義，但就句法功能言，兩者很接近實詞，如多數代詞都可以單獨充當句子的某一句法成分，副詞亦同，故在漢語現代語法裡，代詞與副詞一般被視爲實詞。在某些古漢語語法專書裡，也將之歸入實詞，如張玉金《西周漢語語法研究》即是。本文討論古漢語語法，故分類應以能符合古漢語使用狀況爲要。張文國、張能甫分析古人的虛字觀，發現「古人所說的虛字是指沒有概念意義、詞彙意義的詞，它是以有無詞彙意義爲標準而區分出來的一個類別，詞彙義實際上就是指客觀世界中所有的事物及其行爲動作、性質狀態等」，文見張文國、張能甫：《古漢語語法學》（四川：巴蜀書社，2004 年），頁 15。爲能詳實照應古漢語語法（尤其是先秦語法）的各部分，故本文將代詞與副詞歸入虛詞項下。

〔註4〕本文關於古漢語的詞類區分、語法定義等參考眾多書籍，詳見參考書目；其中關於古漢語語法的論述，以楊伯峻、何樂士之書爲主，此書或有不全之處，則參考他家見解並於註解中說明。

（二）動詞的語法特徵

1. 可以接受副詞的修飾

能受副詞修飾，是動詞在語法上的一個重要特徵，除一般不受程度副詞（如「很」）修飾外，〔註5〕常受否定副詞如「不」、「弗」等修飾表否定義，如〈毛公鼎〉（2841，西周晚期）：「女（汝）毋弗帥用先王乍明井（刑）」，動詞「帥」之前受兩個否定副詞「毋」、「弗」修飾。動詞亦可接受範圍副詞如「畢」、「具」等修飾，如〈䜌鐘〉（260，西周晚期）：「南夷、東夷具見，廿又六邦」，動詞「見」指來朝覲見，其前副詞「具」表朝覲者所涵蓋的範圍。

2. 動詞能夠重疊

動詞能夠重疊的現象在《詩經》裡已經出現，如《詩‧周頌‧有客》：「有客宿宿，有客信信」、《詩‧大雅‧公劉》：「于時言言，于時語語」等，唯此時動詞重疊主要起修辭作用，表示連續和加強語氣之意，而非表動量。〔註6〕

3. 能帶賓語

動詞的另一個語法特徵，是除了不及物動詞外，多數動詞都能帶賓語，如〈小子𤰈卣〉（5417，商）：「令𦥔（望）人方罗」、〈師寰簋〉（4313，西周晚期）：「左右虎臣正（征）淮夷」等，「人方罗」與「淮夷」分別是巡省與征伐的對象。

（三）動詞的句法功能

在一個句子裡，動詞主要用作句子的謂語，也可以作主語、賓語、定語或狀語。〔註7〕

〔註5〕其前不能受「很」所修飾，是區分動詞與形容詞的重要標準。參朱德熙：《語法講義》，頁52～53。

〔註6〕或有以爲《周南‧芣苢》「采采芣苢」的「采采」是「採」的本字，解作採而又採，或採而不止，楊伯峻認爲全部《詩經》中所有這類重疊字，都是形容詞，「采采」是用以形容芣苢的茂盛或鮮嫩罷了。至於動詞重疊表示作的量，應是先秦以後才出現的語法現象，在現代漢語裡，動詞重疊皆表示動量。見《古漢語語法及其發展》（上）（修訂本），頁175。可備參。

〔註7〕一個句子主要由主語及謂語兩個成分組成，「謂語」（述語）用來對主語進行陳述、描繪或評論，謂語的中心詞叫做謂詞（述詞）。參楊伯峻、何樂士《古漢語語法及其發展》（上）（修訂本），頁47。

1. 作主語、賓語〔註8〕

「主語」是謂語陳述、描繪或評論的對象,一般位於謂語之前。「賓語」,指不藉助其他成分、一般直接位於動詞後面,與動詞有各種語義關係的句子成分。動詞出現在主、賓語位置上時,有時是動詞帶上賓語構成動詞性短語充當主語、賓語,如《詩經・小雅・楚茨》:「執爨踖踖,爲俎孔碩」。有時是單個動詞作主語、賓語,這時的動詞仍可保有動詞詞性,也可能已經名詞化了,或者屬於動名詞,兼屬於動詞和名詞兩個類別。〔註9〕

2. 作定語

「定語」是名詞或名詞性短語的修飾語,被修飾語叫中心語。定語和中心語構成名詞短語,如《詩・周南・卷耳》:「我姑酌彼金罍」,「金」爲名詞,在此作爲「罍」的定語,用以表示罍的性質。通常動詞及其短語作定語時,是用以表示人、事、物的性質和特徵。單個動詞作定語,例〈十五年史趨曹鼎〉(2784,西周中期):「王射于射廬」,《呂氏春秋・盡數》:「流水不腐」。動賓短語作定語者,如《孟子・盡心上》:「有事君人者,事是君則爲容悅者也;有安社稷臣者,以安社稷爲悅者也」。

3. 作狀語

「狀語」指謂詞前或主謂結構前起修飾作用的修飾性詞語,多由副詞和介賓短語組成,如《詩・小雅・采薇》:「昔我往矣,楊柳依依。今我來思,雨雪霏霏」,時間副詞「昔」、「今」位於主謂短語前做狀語,以表時間。西周漢語裡動詞做狀語的例子較少,偶見《尚書》及金文,如《尚書・酒誥》:「奔走事厥考厥長」,〈召卣〉:「奔走事皇辟君」,「奔走」爲一連動複詞,置於謂語中心詞「事」的前面,用來強調「事皇辟君」的情況。一般而言,最常作狀語的,是視爲動詞附類的助動詞,如〈默鐘〉(260,西周晚期):「南或(國)艮子,敢陷處我土」,「敢」爲助動詞,用來強調南國艮子膽敢攻陷侵佔周土這個意志。

〔註8〕 動詞作主語與賓語時的詞性功能類似,故在此合而論之。

〔註9〕 早期學界認爲動詞如果作主語、賓語,即已名詞化了,張玉金針對西周漢語動詞作主語及賓語時的詞性現象進行研析,發現至少在西周漢語裡不能如此一概而論,並針對個別動詞作主語、賓語的三種情況有詳細論述,詳見《西周漢語語法研究》,頁41～44。

二、動詞的詞義分類

（一）動詞的詞義分類

漢語動詞的分類，早期是沿用西方語法的分類原則，按照動詞之後能不能帶賓語而區分成及物動詞（外動詞、他動詞）與不及物動詞（內動詞、自動詞）兩種，〔註10〕這種分類，乃是根據動詞的「語法關係」進行分析，特點是緊密聯繫動詞的語法形式和句法上的組合規律。〔註11〕後來學界開始注意到從「語義關係」上來看，對動詞進行分類，以呂叔湘《中國文法要略》（1982）、王力《中國現代語法》（1985）為代表。「語義關係」和「語法關係」相對，強調動詞內在義素與客觀對象之間的關係，如動作和動作者、動作和受動者、動作和工具、動作和處所等關係，故有行為動詞（如坐、起等）、心理動詞（愛、惡、思）、存在動詞（有、無）等分類。〔註12〕

隨著語法研究的開展，在具體的分類技術上，語法學者因著眼點不同而所取相異，但各種分類的共同取向，則是注意動詞和它的連帶成分的關係，如其後所接為名詞性或非名詞性、是單賓語還是雙賓語、賓語身分是受事還是施事等，亦即以動詞後的賓語情況為分類焦點。這種分類結合了語法關係與語義關係，先從語法結構上分析動詞帶不帶賓語，再從語義關係上分析該動詞帶什麼性質的賓語，以至於將各種不同的賓語根據他們的詞義、構詞形式及其他語法特徵細緻分類。如「愛」、「惡」一類表示心理活動的動詞帶賓語是無條件的，「啓」、「止」帶的賓語常是兼類詞等。主張結合「語匯意義」與「語法意義」來討論動詞分類者，〔註13〕以楊伯峻、何樂士《古漢語語法及其發展》（1992）

〔註10〕 如《馬氏文通》在「實字」下列有「動字」一項，包括內動字、外動字、受動字、同動字、助動字、無屬動字等六小類。馬建忠的分類除了考慮到動作是施事還是受事外，還從動詞的動靜之勢、受事類型、施事受事有無「次」的變化等。參見馬建忠：《馬氏文通》（北京：商務印書館，1983 年），頁 21。

〔註11〕 「語法關係」為語言學專有名詞，特指語言結構中，各構成成分之間的配合與構造關係，語法結構關係就是指主謂、動賓、動補、偏正、聯合等結構關係。

〔註12〕 「語義關係」的定義參自陳高春：《實用漢語語法大辭典》（北京：中國勞動出版社，1995 年），頁 141。

〔註13〕 「語匯意義」為一專有名詞，又稱為詞語意義、概念意義、邏輯意義，是指由語言裡所有的實詞和固定短語等語匯形式所表達的語義。「語法意義」則指由結構、

為代表。〔註14〕

綜上所述，顯示在進行漢語分類時，區別形式與區別意義同樣重要。注重語義關係是動詞分類的一大重點，這種分類原則，較能反映出缺乏形態變化、注重語義內容的漢語之語言事實，但由於意義標準具主觀性，故若能結合語法功能標準來劃分詞類，如此一來，意義和功能皆並重，是比較能實際反映漢語動詞樣貌的分類方式。

（二）古漢語動詞的詞義分類

動詞的分類，指的是漢語動詞內部的小類或次類的劃分。近年來，討論古漢語語法的專書在論及動詞分類時，大抵是結合動詞的意義與功能來進行分類，在動詞這個大類項下再行細分時，則多據意義而定，各家分類由兩類到八九類不等，一般而言，不脫下列六個類項：〔註15〕

1. 動作動詞

一般出現在「施事主語＋謂語＋受事賓語」的句式中，該動詞所表示的動作行為，對其後賓語所表示的人或事物本身有直接的影響，能直接帶受事賓語，如弒、討、戮、伐等。例《公羊傳‧隱公十一年》：「君弒，臣不討賊，非臣也」。如果動作動詞單獨作謂語，其主語一定是受事主語，這個句子一定是被動詞，例《公羊傳‧隱公十一年》：「君弒，賊不討，不書葬」。動作動詞充當被動句時，可以是無形式標誌的意念上的被動句，如上例「君弒」，也可以用「為」等作為標誌，成為有形式標誌的被動句，如《左傳‧襄公三年》：「合諸侯以為榮，揚干為戮」。由於動作動詞一般帶受事賓語，以動賓關係出現，故動作動詞很少作

語序、虛詞、形態、重音、句調等形式所表達的語義，在動詞謂語句中，主要是靠句中名詞相對於動詞的排列順序和結構中各個成分之間的結構關係來決定施受動關係。參沈陽：《語言學常識十五講》（北京：北京大學出版社，2005 年），頁 207。

〔註14〕關於漢語動詞分類的語法史討論，可參申小龍：《漢語語法學》（南京：江蘇教育出版社，2001 年），頁 383～395。

〔註15〕各家分類精粗不同，對各個分類的定義亦略有別，這與學者所著重討論的文本材料有關，如張玉金在《西周漢語語法研究》裡所列之「行為動詞」一項（頁 40），張文國、張能甫依《左傳》用例，視動詞其後賓語有受事與當事之別，從而細分成「動作動詞」與「行為動詞」二類。參張文國、張能甫：《古漢語語法學》，頁 72～76。

定語。

2. 行為動詞

行為動詞表示自主的行為，但對他物沒有直接的影響，通常作為施事主語的謂語，其後可以帶當事賓語，而不能帶受事賓語。如去、如、軍、坐、來、入等。例《孟子・公孫丑下》：「孟子去齊」，「齊」為處所賓語。《左傳・僖公二十四年》：「晉師軍於盧柳」。「於盧柳」可視為介賓短語作賓語，或是介詞提介處所賓語。

3. 狀態動詞

表示事物狀態發展變化的動詞，這種發展變化不是由於外物的力量而產生，而是產生於事物本身，如：旱、卒、死、饑、病等，狀態動詞一般單獨作謂語，不帶賓語或補語。例《左傳・僖公十四年》：「秦饑」、《孟子・梁惠王上》：「七八月之間旱，則苗槁矣」。

4. 心理動詞

表示人、物意念的動詞，這類動詞大多表示與思維、情感、感知等相關的心理活動，如愛、惡、哀、憚、懼、夢等。其語法特點，是可以帶主謂短語作賓語，如《孟子・梁惠王上》：「吾不忍其觳觫，若無罪而就死地」，「其觳觫」即為一主謂短語做「忍」的賓語。

5. 存現動詞

表存在、變化、消失的動詞，主要為有、無等，「有（無）＋VP」是古漢語很常見的句型，在這種句型裡，存現動詞有、無之後的 VP 為賓語，「有（無）＋VP」視為一動賓結構。〔註16〕例《論語・衛靈公》：「志士仁人，無求生以害仁，有殺身以成仁」。

6. 能願動詞

又稱助動詞，一般視為動詞附類，常見的有可、敢、能、克等，助動詞的判斷標準有五：（1）只出現在動詞或動詞性成分的前面。（2）能夠進入「不……

〔註16〕VP 指動詞謂語句。「有（無）＋VP」中尤於屬「V＋VP」句型，故前人對這種結構有諸多異說，或視有、無為副詞、代詞、連詞等，張文國、張能甫全面分析先秦文獻中的所有「有（無）＋VP」結構用例，證之「"有""無"帶謂詞性成分時仍然是存現動詞」，參《古漢語語法學》，頁 79～81。

不」的雙重否定框架。（3）具有動詞的全部或部分語法特點。（4）在語義上對句子表述的命題賦予判斷、評估等情態意念。（5）所表的情態意念不指向句子所述及的對象（主語），也不指向對象（謂語）的陳述。兩周金文已見大量助動詞用例，如〈曾伯霥簠蓋〉（4631，春秋早期）：「元武孔肅（致），克狄（剔）瀤（淮）尸（夷）」。〔註17〕

第二節　軍事動詞的定義及判斷標準

透過上節的分析，可知結合詞義與語法功能對漢語進行分類，是漢語動詞的分類趨勢，古漢語動詞可從而析分出六大類。在對專書或某一特定文本進行語法分析時，又可再按詞義及文例特點，進行更細緻的區分。如陳年福在《甲骨文動詞詞匯研究》一書中，將甲骨文分爲八大類：行爲、生活、生產、軍事、休咎、天象、祭祀、占卜等。〔註18〕

本文的討論對象爲兩周金文軍事動詞。軍事動詞顧名思義，是與軍事相關的動詞，本文以下列三個原則作爲判斷標準：

一、根據動詞的語法功能

第一步先從動詞的語法功能上確立。軍事動詞必然具備有動詞的所有語法功能，故而判斷一個字是否爲軍事動詞的前提，即確定該字是否爲動詞。軍事動詞除具上節所述動詞的語法特徵與句法功能外，另具二個特點：

（一）軍事動詞主要是作謂語，並多爲謂語中心詞。

例：〈中觶〉（6514，西周早期，昭王）：「王大省公族于庚（唐）」。

（二）軍事動詞之後常接賓語，此賓語的類型一般而言爲受事賓語，是軍事動詞動作的直接支配對象。〔註19〕

例：〈乖伯簋〉（4331，西周晚期）：「王命益公征眉敖」。該句爲兼語句，施

〔註17〕先秦漢語助動詞的使用狀況，及其在古文字中的用例，可參拙作《兩周金文助動詞詞組研究》（台南：國立成功大學中國文學研究所碩士論文，2003年）。

〔註18〕陳年福：《甲骨文動詞詞匯研究》（成都：巴蜀書社，2001年），頁11。

〔註19〕唯使令類軍事動詞具兼語特性，故在「S＋V1（使、令）＋O＋VP」句中V1的受事賓語，亦爲其後VP的施事主語，在這種情況下，O可視爲當事賓語。

令者爲時王，王命的受事賓語爲「益公」，「益公」並爲「征眉敖」的施事主語。軍事動詞「征」指征伐，其所所接爲征伐之對象賓語「眉敖」。

（三）軍事動詞之前常受副詞修飾，如否定副詞「不」、「弗」，及程度副詞「大」、範圍副詞「廣」等。

例：〈禹鼎〉（2833，西周晚期）：「噩（鄂）侯馭（馭）方率南淮尸（夷）東尸（夷）廣伐南或（國）東或（國）」。

「廣」字本有廣大義，常用於軍事銘文中，意指受賜者能大敗敵國、大成其功等，「廣伐」可理解爲「廣泛地侵伐」，在西周金文中只用於外敵侵犯時，故「廣伐」動作的發出者必爲外敵，其受事賓語必爲有周，在「廣伐」結構中，「廣」字做範圍副詞使用，用以修飾「伐」的範圍。

（四）軍事動詞之前常受助動詞修飾

例：〈彔威卣〉（5419，西周中期）：「戲！淮夷敢伐內國」。

「敢」字象兩手相持之形，與「爭」義同，於周金文多用作助動詞使用，義指膽敢、敢于。〈彔威卣〉本句爲王對彔威下達戍守命令之前語，其句子結構爲：主語（淮夷）＋助動詞（敢）＋動詞（伐）＋賓語（內國）。「內國」在此有「內地」之意，指的是親附於周的方國，爲周人屬地。〔註 20〕「敢」字在此用以彰顯淮夷來犯乃是其意志上的膽敢冒犯，「敢」字屬意願類助動詞，在此釋作膽敢義。

二、根據詞義內容

第二步是根據詞義內容進行判斷。軍事動詞的詞義內容，必須與軍事行動相關，換言之，軍事動詞的意義歸類全屬軍事方面。此方法之所以可行，是因爲軍事動詞的主要義素多能清楚包含與軍事相關的語義，〔註 21〕然而，這些軍事相關動詞並不具有封閉性、獨立性，而是往往與其他領域、行爲現象相關，

〔註 20〕何樹環引楊樹達之說，云此處的內國爲「內地」之義。何樹環並申論當時邦國林立，故此處的「內地」不能用秦統一之後以華夏爲內，蠻夷爲外的概念來理解，故當視爲周之屬國。參何樹環：《西周對外經略研究》，頁 185。唯覈諸何氏所引楊樹達《積微居金文說》篇目，未有此言，何氏所從待查。

〔註 21〕某些難釋字如「償」等雖本義不明，但大抵還是能從其語法位置及前後語義關係確認其爲軍事動詞，並在此基礎上從聲符及義符上求索而定其訓。

這種語義集合上的交叉現象使得某部分的軍事動詞並不用於軍事，而可能用於其他活動中。一般而言，軍事動詞皆可劃歸上述的動作動詞及行為動詞類項下，某些動詞或不專指軍事行動，可散見於一般行為的描述中，如「行」、「往」、「執」、「救」等字，但由於其在兩周軍事銘文裡直接指涉一種軍事行動，故本文亦將之納入討論，以求能完整呈現兩周金文的軍事動詞系統。

三、根據聚合規則

聚合規則指的就是語法成分的歸類規則，亦即能出現在同一類銘文（軍事銘文）的同一位置上的詞，就應該具有相同或相近的詞類和功能。這是現代結構語法學提出來的理論，其理據在於語言中大大小小的語言片段都可以分為語素、詞、詞組、句子和句組等語法單位，這些不同的語法單位「"豎著看"可以替換出現在語法結構某些相同位置上的詞的類，即具有聚合關係的詞的類」，〔註22〕簡單來說，聚合關係，也就是成分之間可以相互替換的關係，當什麼樣的成分能替換出現在某個組合位置上具有了固定的規則，則稱之為該詞類的「聚合規則」。〔註23〕根據聚合規則，我們可以對那些在語法功能及詞義內容難以判斷的詞（即不符合一、二條件者），從其與典型軍事動詞可共同出現在相同位置上這一點，作出是軍事動詞的判斷。

第三節　金文軍事動詞的分類

一、軍事動詞分類的回顧

（一）甲　文

針對古文字進行漢語語法研究者在 90 年代以前並不多見，從 90 年代開始，一些碩、博士論文開始從詮釋字形、字義的角度系統性地研究卜辭中的動詞，基於材料語境特點，被討論得最多的是祭祀動詞。在這個時期，劉釗在《古文字研究》第十六輯（1989）中發表了長文〈卜辭所見殷代的軍事活動〉，其主

〔註22〕沈陽：《語言學常識十五講》，頁 189。

〔註23〕語法單位除了「豎著看」的聚合關係外，另有「橫著看」的組合關係，也就是成分之間「橫著」的相互結合關係，如「吃飯」一詞是實詞加實詞（動詞＋名詞）的詞組，又可從兩個成分之間具有動作和所支配事物的關係而定為動賓詞組，參上註，頁 188。

要是針對卜辭中有關軍事活動的部份進行討論。其分類涉及與軍事活動相關的各個部分，故所論不限於動詞。該文雖非爲語法研究專著，然其分類與討論已涉及相關字詞之施事、受事與動賓之間的關係，爲後來的軍事動詞研究奠立了基礎。

90 年代以後，研究卜辭動詞的碩、博論漸增，其中特別分列出軍事動詞一類進行討論的，見於陳年福《甲骨文動詞詞匯研究》一書。〔註 24〕陳氏將甲骨文動詞依詞義及辭例分爲 8 大類，其中軍事動詞屬第 4 類，他參考了劉釗的文章，將軍事動詞再細分成 9 個小類，共計有 64 個軍事動詞。〔註 25〕分別是：

(1) 征集類：比、共、峴。

(2) 監伺類：目、見、望。

(3) 行軍類：以、及、步、涉、出、啓、行、還、肇、鼓、歸、次、調、旋、邁。

(4) 征伐類：正、圍、途、叙、敦、璞、伐、戔、執、射、追。

(5) 侵擾類：出、來、啓、至、凡、冓、侵、凡皇。

(6) 防禦類：御、爰、衛、捍、戍、易。

(7) 擒獲類：馘、俘、圅、降、獲、執、擒。

(8) 傷害類：杲、震、喪、雉、敗、戈。

(9) 附、刑法類：刖、訊、劓、剢。

陳氏的分類主要是依據戰爭進程來序列，其分類基本上涵蓋了卜辭軍事活動的各個層面，在傷害類及刑法類上，亦突顯了某些殷商文化特有的軍事用字。

（二）金　文

劉雨 1998 年發表於《胡厚宣先生紀念文集》的〈西周金文中的軍事〉一

〔註 24〕該書原爲作者 1996 年完成的碩士論文（西南師範大學漢語史研究所），後於 2001 年以同名於巴蜀書社出版。另有王欣：《甲骨文軍事刻辭研究》（廣州：中山大學中國語言文學系碩士論文，2004 年），唯該書以卜辭軍事刻辭的辭例爲研究對象，所討論者包含軍隊、方國、軍禮等，不限於軍事動詞，該論文所收錄的軍事動詞，大抵不出前輩學者研究所得。

〔註 25〕陳年福：《甲骨文動詞詞匯研究》，頁 17〜27。

文，是最早全面討論金文軍事活動的專文，〔註26〕文中討論 11 個軍事用語。

鄧飛《兩周金文軍事動詞研究》乃第一本針對金文軍事動詞進行系統研究的學位論文，該文整理出軍事活動中的動詞共 121 個，著重於討論軍事動詞的共時和歷時使用狀況，嘗試由文字發展的角度討論詞彙發展規律，並由此淺涉當時的軍事文化思想。鄧飛將 121 個軍事動分爲 8 個小類：

（1）組織：放興、某、遷殳、同、率、及、遣、令、比、從、降、以、事、會、告、省、興。

（2）行軍：之、組、弅、奔、行、先、即、出、來、往、至、征、步。

（3）攻擊：達、狄、攻、攻龠、譖征、門、內、上、圍、侄、博、戮、質、戠、鬲刂、戰、戲、軐、𢦔、攸、陷虘、刺、敓、奪、冂戠、各、薛、戡、征、伐、敦、逐、追、𢿭、入、出。

（4）防禦：處、戒、師、救、衛、御、戍。

（5）班師：班、返、還、歸。

（6）戰果：并、進、靜、闢、滅、喪、求、兄、印燮、折、復、孚、載、敗速、遺閒、孚、及、禽、取、執、隻、𢦏、獻、克、告、敗、又、啓。

（7）其它：被、蒙、燔𨸏、復、奮、振、殿、左、右、鄙、用。

（8）音義不明：鋘靜、戠戕、𢦚、儥。

扣除其它及音義不明二項，鄧飛所列六大類目大抵能涵蓋金文軍事動詞的全貌，其能依戰程列序諸動詞，亦收有綱舉目張之效。然一旦細讀，可發現其研究還存在許多不足之處，其缺失主要表現在：

1. 識字未清，致歸類錯誤

鄧文在文字考釋方面不甚詳確，故而在識字未清下導致諸多軍事動詞出現歸類上的訛誤。如將多指賞賜義的「兄」（貺）讀爲「荒」，釋爲滅絕義而歸於戰果項下；又如釋〈戎生編鐘〉之「譖征」之「譖」爲參，義爲參與；唯覈之前後文意，則「譖」當讀爲「潛」，有沉潛義，作副詞用，指暗地裡出征，是一種戰術應用；又誤識字型而分列薛、戡爲二字，並強釋薛爲戰勝，戡爲阻擊；

〔註26〕張永山主編：《胡厚宣先生紀念文集》（北京：科學出版社，1998 年），頁 228～251。

又讀「各」爲「略」指強取……凡此種種，皆有違眾解。再者就「音義不明」項下列有「鋝靜」、「戠戝」、「價」等字，學界或有初步共識，如讀「鋝靜」作「鎭靖」；「戠戝」不作一詞，「戠」讀爲「擋」，「戝」字下讀，與「戝人」爲一詞組，「戠戝人」指「抵擋勇武之人」。「價」則以讀作督爲尙。凡此種種，雖非定論，但不至於全然不明。至於「左」、「右」二字，作者已明言爲軍隊名，卻又將之列爲軍事動詞，著實令人費解。

2. 研究方法上的疏失

近年來，針對一個封閉性的詞類進行語法研究時，採用定量定性分析已逐漸爲一必然趨勢，鄧文雖析出 121 個軍事動詞，惜未能探定量分析，在文例材料的蒐集上亦不全面，再加上釋字僅參考《銘文選》的說法，甚至有將書中注釋整段複抄的狀況，參照不全的情況下致使諸多動詞的釋義、歸類及語用分析略失其參考價值。再者，作者在語法分析上只簡單析出及物與不及物動詞兩種，並未對及物動詞的賓語進行分析，亦缺乏對所探討之軍事動詞進行語法及語義層面的系統研究。

3. 動詞數稱說不一

細數鄧氏所稱的軍事動詞，實際數目應爲 132 個，不知爲何凡屬連動結構的複音動詞，作者皆以一個單位視之？

凡此總總，顯見將金文中的軍事動詞進行完整歸類，尙需更科學精密的作法。

第四節　本文的分類

所謂「前修未密，後出轉精」，本文在前人的基礎上，擴大對軍事動詞的材料選取範圍，逐片翻檢《殷周金文集成》而挑出殷周時期屬軍事動詞的所有詞目，並據《殷周金文集成引得》建立專字卡片，析列所有的軍事動詞文例。爾後結合歷年來學者們對每個字的釋形說義，確認其軍事動詞用法後，再補入《新收殷周青銅器銘文暨器影彙編》及該書出版以後自 2006 年迄今（2009 年 10 月）的新出青銅器資料，從而確定了本文所要討論的軍事動詞數目，共計 123 個，其中某些動詞包含一個以上的軍事用法，爲求完備，乃依其義項之別分置於不同類項下，故爾 123 個動詞總計有 134 種用法。本文依軍事活動的進程將之區

分為 5 大類 18 小項，其中「發動戰事類」下的「攻擊項」動詞最多，高達 33 個，為使說釋清晰，則再依各動詞所從偏旁細分成从戈、从又、从止及其他等 4 個小目，類目列之於下：

（一）先備工作類：（32） [註27]

1. 巡查：1 望、2 省、3 遹、4 貫、5 監、6 行1、7 征1、8 狩、9 迅。

2. 使令：1 令、2 遣。

3. 組織：1 師、2 次、3 正(整)1、4 振、5 迨(會)、6 蘿(觀)、7 比、8 同、
　　　　 9 興、10 用、11 被(披)、12 遷、13 率、14 以、15 價。

4. 行軍：1 行2、2 徂、3 迮1、4 逆、5 從、6 奔1。

（二）發動戰事類：（68）

1. 出發：1 出1、2 于、3 各、4 來、5 往、6 之、7 即。

2. 侵犯：1 反、2 敓(迮)2、3 出2。

3. 防禦：1 吾(衛)、2 御(禦)、3 衛、4 戒、5 軟(捍)、6 害(衛)、7 玫(捍)、
　　　　 8 戍、9 處、10 戝(擋)。

4. 攻擊：
　　（1）从戈：1 戜、2 伐、3 戰、4 戡、5 戡(捷)1、6 栽(誅)。
　　（2）从又：1 變(襲)1、2 毀、3 殺、4 支、5 敁、6 臺(敦)、7 攻、8 啟、
　　　　　　　 9 敝、10 戲、11 印(抑)、12 搏、13 羞。
　　（3）从止：1 達(撻)、2 追、3 逐、4 征2、5 禦(襲)、6 冊(踚)。
　　（4）其他：1 靜(靖)、2 入、3 圍、4 兼、5 罙(深)、6 臽、7 并、8
　　　　　　　 錩(鎮)。

5. 覆滅：1 質、2 覆、3 盜、4 狄(剔)、5 貓(剔)、6 刜、7 隆(隳)、8 刷、
　　　　 9 闢、10 滅、11 喪、12 勝。

6. 救援：1 救、2 復1、3 重。

（三）戰果類：（23）

1. 俘獲：1 折、2 取、3 奪、4 敓(奪)、5 孚(俘)、6 得、7 隻(獲)、8 秡(獲)、
　　　　 9 執、10 㧖(捋)、11 禽(擒)、12 戡(捷)2。

---

2. 勝敗：

（1）戰勝：1 敗、2 賢、3 克、4 又(有)、5 𢦏、6 上(攘)、7 戠(捷)3、8 隙(卻)。

（2）戰敗：1 出3、2 奔2、3 敗。

（四）班返類：(6)

1 班、2 歸、3 反(返)、4 還、5 復2、6 整2。

（五）安協類：(5)

1 燮2、2 褱(懷)、3 頙(柔)、4 琡(柔)、5 誅(舒)。

本章針對古漢語動詞的名義及分類進行縷析條列，確認了古漢語動詞以「凡能夠表示人事物的行爲、動作、存在、活動、發展狀況之現象者」爲名義，其語法特徵爲可受副詞修飾，能夠重疊及帶賓語。在句子中主要作主語、賓語，亦可作定語及狀語。結合動詞的形式及意義，則提列出「軍事動詞」一項，以軍事動詞的語法功能及詞義內容爲標準，再根據聚合原則，觀察出兩周金文共有 123 個軍事動詞，具備 134 個用法。

本論文將於第三、四、五章從微觀的角度個別討論兩周軍事動詞的形義源流，並特別述明該動詞在甲、金文中的各詞類分布狀況，以明軍事動詞該詞類發展之梗概。第六章則就前三章的分析結果，從語法結構及語義結構兩項做一宏觀的綜合觀察，並於第七章總結兩周金文軍事動詞的使用分期、出現頻度，並從歷時及共時的角度比較甲、金文及楚簡等出土材料中，軍事動詞在數量及用例上的傳承與發展。

第三章 兩周金文軍事動詞分類彙釋
（一）——先備工作類

　　本章討論敵我雙方正式開戰前的戰前先備工作類軍事動詞，依內容細分成
（一）巡查、（二）使令、（三）組織、（四）行軍4個小項，共羅列32個動詞
進行討論。本論文第三章、第四章、第五章依戰程分述各軍事動詞，著重於各
個動詞的形義考釋及語法結構分析，並予以定性及定量分析，是第六章綜合討
論時的基本依據。

　　《左傳・成公13年》：「國之大事，在祀與戎」，[註1] 西周初年武王得政後，
爲了有效控管居於成周四方的殷遺民，並抑制東南淮夷的進犯掠奪，乃以成周
爲中心，進行四方的軍事部署，尤其首重對東南方的經略。這些長年累月的軍
事活動，其具體內容，包括有修築戰道、設建指揮所、巡察監撫四方等，並在
布點設防的基礎下，派駐師旅進駐各處防禦所，經年累月地進行各項軍事訓練
及演習，以作爲日後發動戰事之準備。以下，按類分述軍事先備工作所包含的
32個軍事動詞。

第一節　巡　查

　　巡查類軍事動詞計有望、省、遹、貫、監、行、征、狩、述等9個，依序

〔註1〕晉・杜預注、唐・孔穎達等正義：《春秋左傳正義》（臺北：藝文印書館，1997年
　　　初版13刷，《十三經注疏》第6冊），頁460。

分述如下：

1. 【望】

望，今作望，甲骨文字形作[?]（《合》7220），隸作「望」，象人立於土堆之上，豎直眼睛張望之形，其本義乃指人挺立瞻望，甲文常作省土之形。金文作[?]（〈保卣〉，5415）形，在字形上直接繼承甲文，土堆部位簡化成一橫劃。本義為張望、看望義的「望」，後來被借假為朔望之「望」，故而增「月」旁，寫作[?]（〈士上盉〉，9454）、[?]（〈盠駒尊〉，6011），強調舉頭所望之物，這是望字被假借為朔望字後的新成字。西周中期从「臣」的偏旁偶見訛作「耳」者，作[?]（〈師望尊〉，2818）。在此同時，「臣」字開始聲化作「亡」，以「亡」為聲符者寫作[?]（〈無重鼎〉，2814）字形从望省，亡聲，這就是今日常見而習用的「望」字。〔註2〕《說文》「望」字下載有古文作「望」，云「古文望省」，〔註3〕其省月之形恰合於甲文原貌。

望字在卜辭中的用法，徐中舒認為與「目」、「見」二字相同，作偵伺義；〔註4〕趙誠在〈甲骨文行為動詞探索〉一文中，談及動詞詞義引伸的自由性時，也視目、見、睍、望諸字皆是在「目」的原始動詞義「用眼睛觀看」該義項下進一步引申而來，其云：

> 卜辭的望作為動詞，有觀察、監視之義，應是本義之引申。如：「貞，乎(呼)望吾方（《戩》十二‧七）。」望本是遠望，用為觀察、監視之義，和目、見、睍一樣，都是很自然的引申。〔註5〕

徐、趙之說符合「望」字在卜辭中的樣貌。晚近陳年福在分析甲骨文動詞詞匯時，同樣將望歸於軍事動詞的監伺類，強調其為瞭望、偵察義。〔註6〕

兩周金文中，僅西周早期的〈保卣〉及〈小盂鼎〉二器寫作望，然而，與

〔註2〕望→望→望字形演變說法參自李孝定的見解，見氏著《金文詁林讀後記》（臺北：中央研究院歷史語言研究所，1992年），卷八，頁320。季旭昇亦有相同的見解，見氏著《說文新證》（下冊）（臺北：藝文印書館，2008年），卷八，頁22。

〔註3〕漢‧許慎撰、清‧段玉裁注：《說文解字注》（臺北：洪葉文化事業，2001年），頁391。

〔註4〕徐中舒：《甲骨文字典》（成都：四川辭書出版社，1998年），頁929。

〔註5〕趙誠，〈甲骨文行為動詞探索（一）〉，《殷都學刊》1987年第3期，頁15。

〔註6〕陳年福：《甲骨文動詞詞匯研究》（成都：巴蜀書社，2001年），頁18。

其他大量常見的望字一樣，皆非本義之用，而用作月相名「既望」。另一個常見的用法，乃是假借作「忘」，取其遺忘之義，如「弗望（忘）」、「毋敢望（忘）」諸語。金文中的望字作偵察、偵伺義者，今僅見於商金文〈小子𪊍卣〉（05417）一器，銘云：

> 乙子（巳），子令（命）小子𪊍先以人于董。子光商（賞）小子𪊍貝二朋。
> 子曰：「貝唯蔑女（汝）歷」。𪊍用乍母辛彝。才（在）十月＝隹（惟）子
> 曰：「令𡊄人方彝」。

𡊄在銘中寫作𡊄，字所在分句位於文末，屬商金文常見之置「記時詞語」於文末的用法。文例結構為「月份＋惟＋事件」，屬「惟＋月份＋事件」的倒裝用法，類似的記時文例可參新出器〈𣪘甗〉所載「惟十又〔二〕月王〔令〕南宮〔伐〕〔虎〕方之年，〔惟〕正〔月〕既死霸庚申，〔王〕在〔宗〕周……」〔註7〕，所不同者，在於〈𣪘甗〉屬西周中期器，大事紀年之語依當時慣例置於銘文前段，〈𣪘甗〉並於月份下詳列朔望與干支日。〈小子𪊍卣〉該句銘文可讀作「在十月，月惟，子曰：『令𡊄人方彝。』」〔註8〕。銘文記載小子𪊍在子下令對人方彝這個地方進行偵伺、監看的這一年十月，因先率人前往董地有功而受賞。𡊄字之前的施事主語「子」承上省略了，而受事對象有可能是小子𪊍或他人，在此亦有所省略。〔註9〕𡊄字之後直接附加所𡊄之地，而不見介詞「于」字之用，這點和卜辭𡊄字的慣用手法相同。

2.【省】

省，《說文》作𥆞，入眉部，云「視也，从眉省，从屮」。段注：「省者，察也……屮，音徹，木初生也……从屮者，察之於微也，凡省必於微也」。

〔註7〕參見孫慶偉，〈從新出𣪘甗看昭王南征與晉侯燮父〉，《文物》2007 年第 1 期，頁64～68。孫氏文中所引銘文，乃據北京大學考古文博學院董珊釋讀的結果。

〔註8〕分句中「月」字右下有一符號「＝」，歷來有重文符及數字「二」兩種討論，《殷周金文集成釋文》視為重文符，讀其句為「在十月，月惟，子曰：『令𡊄人方彝。』」《商周青銅器銘文選》則讀作「在十月二」，視為十月又二月的簡省。本文參考黃國輝的說法，視「＝」為重文符，見氏著，〈小子𪊍卣記時新證──兼談「蓬子受鈕鐘」的記時辭例〉，《中國歷史文物》2008 年第 4 期，頁 79～81。

〔註9〕子的身份，可能是時王之子，或諸王之子，在卜辭裡常助祭，獻貢予王或受獻貢，地位很高。

〔註10〕《說文》的解釋大抵能代表傳世文獻對省字的理解，如《易・觀・象傳》：「先王以省方觀民設教」，孔穎達《疏》：「以省視萬方，觀看民之風俗，以設於教，非諸侯以下之所爲，故云先王也。」〔註11〕《呂氏春秋・音初》：「禹行功，見涂山之女，禹未之遇，而巡省南土」。由此可見，省字做爲視察義在先秦時期就相當普遍。

省字甲骨文作 （《合》6390）、（《合》9641），多云从目从屮，會視察草木之意。該字應以 爲初形，从丨从目，象目注於一綫，〔註12〕在卜辭中多作巡視、視察解。金文省字於屮形上有所拉長，添點爲飾，作 （〈省作父丁瓻〉，7234）形，爾後點拉長，遂成从生偏旁，且以之爲聲符，作「眚」字：（〈𩰧攸从鼎〉，2818）。該字在西周中期發展出从彳偏旁的徣：（〈𣪘鼎〉，2721），从彳係強調周行視察之義。〔註13〕金文中的省字有名詞、形容詞、動詞三種用法。名詞用指人名，形容詞則釋作「善」，例如：〈天亡𣪘〉（4261，西周早期）：「不（丕）顯王乍眚（省），不（丕）緐王乍庸（庚）」等。〔註14〕動詞則爲巡

〔註10〕清・段玉裁注：《説文解字注》，頁137。

〔註11〕魏・王弼、晉・韓康伯注、唐・孔穎達等正義：《周易正義》（臺北：藝文印書館，1997年初版13刷，《十三經注疏》第1冊），頁60。

〔註12〕《甲骨文編》「省」字下收有 、 兩形，尤以 形較爲常見。古文字省字目上之「屮」多數學者視屮爲草木本義，徐中舒以金文聲化之後的聲符「生」爲例，証屮爲生，乃以今證古，誤也。徐說見《甲骨文字典》，頁376。聞一多云 「象目光所注，繁其筆畫則爲「」，此說爲朱歧祥所承，並覈諸文例，證兩字用法相同。從文字演化的角度來看，則 →→ 演變之跡合理可從，故本文從其說。聞說見于省吾主編：《甲骨文字詁林》（第1冊）（北京：中華書局，1999年），頁570。朱說參氏著《殷墟甲骨文字通釋稿》（臺北：文史哲出版社，1989年），頁89～91。

〔註13〕〈史頌鼎〉（2787～88，西晚）「」以及〈史頌𣪘〉（4229～36，西晚）中的「」，李孝定《金文詁林附錄》，頁1396～1404、張亞初《殷周金文集成引得》等皆視爲从「直」或从「省」，隸作徝、徱，釋爲「省」。其實這個字當隸作徸、偅，劉心源、高田忠周、郭沫若早已指出是从崮(睦)的，劉釗云右邊構件之中的中形加飾點並彎曲的形態，「直」和「省」絕無作此形者，詳見本文「組織類」第13例「𧼝」字說釋。

〔註14〕亦有學者視〈𤼈鐘〉：「王肇遹眚（省）文武勤疆土」，以及〈大盂鼎〉：「雩（粵）我其遹省先王受民受疆土」中的省字用法與此處相同，爲形容詞，本文不以爲是，詳

視義。

　　甲骨文中的省字已表現出巡守特點，從卜辭「省」字所在文例來看，其視察巡省之際，常伴隨有軍事武裝行動，既巡且守，既巡且伐，軍事性質特出，且機動而頻繁，不限時間。〔註15〕再者，卜辭所「省」的巡守地點多樣，計有四方侯國、軍事據點、農牧業生產地、小臣封地、舟船、監獄、倉庫等，此巡守行動並伴隨有複雜的禮儀。〔註16〕金文上承卜辭用法，只是巡守的種類與屬性不若卜辭來得豐富多樣，但就銘文內容來看，可知周王室爲有效控制諸侯，已建立了巡撫視察制度，其目的包含鎮壓與恩撫兼有。〔註17〕

　　傳世文獻裡對巡守制度已有相當地描述，如《孟子‧梁惠王下》：「晏子曰：『天子適諸侯曰巡狩，巡狩者，巡所守也』」。〔註18〕孫奭疏：「天子往於諸侯謂之巡狩，巡狩者，謂巡諸侯爲天子所守土也」。〔註19〕《尚書‧舜典》：「歲二月，東巡守至于岱宗柴」，《傳》云：「諸侯爲天子守土故稱守。……守，……本或作狩」，孔穎達正義云：「王者因巡諸侯，或亦獵以教戰，其守皆作狩。《白虎通》云：『王者所以巡狩者也。巡者，循也。狩者，收也。爲天子循收養人』。」〔註20〕《禮記‧王制》亦載有類似《尚書‧舜典》的記載，並加以規整化，體

見下文。

〔註15〕聞一多是最早提出「于省」與《詩》「于征」、「于狩」同義，俱有「伐」義者，其說見〈古典新義〉（下），《聞一多全集》，本文參自《甲骨文字詁林》（一），頁577。

〔註16〕關於商代巡守禮，郭旭東有很好的分析可以參考，見氏著〈從甲骨文字「省」「徇」看商代的巡守禮〉，《中州學刊》2008年3月第2期，頁163～166。

〔註17〕黃盛璋認爲「以恩撫爲第一位，鎮壓出於不得已，必須在形成直接對抗，不使用武力就失去守衛疆土與統治時才使用，目的仍然是爲周守土。巡狩作爲政治手段，主要方式就是利用覲見、獎勉、賞賜，精神與物質鼓勵相結合，對抗王命才進行征伐，利用政治與軍事相結合，以政治爲主，軍事爲輔」。參見氏著〈晉侯穌鐘銘在巡狩制度、西周曆法、王年與歷史地理研究上指迷與發覆〉，《中國文化研究所學報》2000年第9期，頁3。

〔註18〕漢‧趙岐注、宋‧孫奭疏：《孟子注疏》（臺北：藝文印書館，1997年初版13刷，《十三經注疏》第8冊），頁33。

〔註19〕漢‧趙岐注、宋‧孫奭疏：《孟子注疏》（臺北：藝文印書館，1997年初版13刷，《十三經注疏》第8冊），頁34。

〔註20〕漢‧孔安國傳、唐‧孔穎達等正義：《尚書正義》（臺北：藝文印書館，1997年初版13刷，《十三經注疏》第1冊），頁38。

現周人對巡守制的理想:「天子五年一巡守,歲二月東巡守至于岱宗……五月南巡守至于南嶽,如東巡守之禮。八月西巡守至于西嶽,如南巡守之禮。十有一月北巡守至于北嶽,如西巡守之禮」。〔註21〕

周王巡守四方並非僅是單純的視察監看,往往動員大批軍事武力伴隨,以利伺機而起的征剿行動,「省」字這種兼及巡撫視察和武裝軍事活動的詞義特性,不僅於甲金文常見,在傳世典籍也每每可徵,如《詩・大雅・常武》:「率彼淮浦,省此徐土」,朱熹《詩集傳》注「循淮瀕而省徐州之土,蓋伐淮北徐州之夷也」,朱熹的注解說明了先秦時「省」字之用兼及了鎮撫二義。《禮記・檀弓》載「舜葬於蒼梧之野」,孔穎達疏云:「舜南巡守因征有苗而死」。〔註22〕《左傳・僖公四年》:「昭王南征而不復」,鄭玄注云:「昭王,成王之孫,南巡守,涉漢,船壞而溺」等例皆同。〔註23〕

商周金文作巡守義的「省」字凡14見,可依巡視對象與目地的不同作如下的分類:

(1)省四方、侯國

此處的四方係指以宗周到成周這一個範圍為中心點(周王室行政中心),向東、南、西、北輻輳所及之處。〔註24〕

①東　方

省於東方者有2例:

例1.

　　公違省自東,才(在)新邑,臣卿易(賜)金,用乍(作)父乙寶彝。(〈臣卿鼎〉,2595,西周早期)〔註25〕

〔註21〕漢・鄭玄注、唐・賈公彥疏:《禮記正義》(臺北:藝文印書館,1997年初版13刷,《十三經注疏》第5冊),頁225~226。

〔註22〕漢・鄭玄注、唐・孔穎達等正義:《禮記正義》(臺北:藝文印書館,1997年初版13刷,《十三經注疏》第5冊),頁125。

〔註23〕晉・杜預注、唐・孔穎達等正義:《春秋左傳正義》(臺北:藝文印書館,1997年初版13刷,《十三經注疏》第6冊),頁202。

〔註24〕此處以成周為中心的四方方位的概念參自陳美蘭的劃分,詳見陳美蘭:《西周金文地名研究》(臺北:臺灣師範大學國文研究所碩士論文,1998年),頁16。

〔註25〕同器主另有〈臣卿簋〉(3948,西周早期),銘文相同。

〈臣卿鼎〉爲西周早期器，「公」的身份可能是周公旦，也可能是召公奭，若據史載成王時周公、召公「分陝而治」一事來看，則此處的「公」以營建成周及數度率兵伐東國的周公可能性爲大。「省」字前面受「遑」字所修飾，《爾雅・釋詁》：「遑，遠也」，爲形容詞作狀語使用，強調「省」的程度。「省」字之後以介詞「自」帶出所來之處，「東」爲一區域名稱，陳夢家以爲指山東魯地，馬承源則云「泛指東國」。〔註26〕不管是專指還是泛指，「東」所指大抵爲成周以東之地。銘云周公自東方遠巡歸來，在成周新邑對部屬進行賞賜，臣卿之所以能獲賜吉金，或與其跟隨周公東省有功相關，唯周公所省具體地望與目的銘文無說，然周公之所以遠省於東土，當可根據史料推測與西周初年屢次率軍東征，在東土上陸續發生有克殷、踐奄等歷史背景有關。

例2.

　　隹(惟)王卅又三年，王親(親)遹省東或(國)、南或(國)。正月既生霸戊午，王步自宗周，二月既望癸卯，王入各成周，二月既死霸壬寅，王儥(儥)〔註27〕坒(往)東，三月方死霸，王至于蕭(范)，分行。王親令晉侯達乃坒，左洀(盤)〔註28〕蘮、北洀(盤)□，伐夙(宿)尸(夷)。晉侯穌折首百又廿，執嘽廿又三夫。王至于勳(鄆)戝(城)，王親遠省坒。王至晉侯穌坒，王降自車，立南鄉，親令晉侯穌自西北遇(隅)章(敦)伐勳(鄆)戝(城)。(〈晉侯穌鐘〉，《新收》870～873，

〔註26〕陳氏之說見《西周銅器斷代》（上冊）（北京：中華書局，2004 年），頁 66。陳氏並據「新邑」一詞定〈臣卿鼎〉爲成王器。馬氏之說見《商周青銅器銘文選》（三）（北京：文物出版社，1988 年），頁 88，本書凡再次徵引，皆簡稱《銘文選》。

〔註27〕「儥」字有饋（黃盛璋：饋賜）、潰（王暉：潰敗）、殿（馮時：後來）、儥（趙平安：繼續）、儥（劉釗：率領、督促）等說法，其中以劉釗之說形義最爲穩當通順，本文據此。見劉釗，〈釋「儥」及相關諸字〉，原載《中國文字》新 28 期，頁 123～132，後收入劉釗：《古文字考釋叢稿》（湖南：岳麓出版社，2005 年），頁 226～237。

〔註28〕「洀」字歷來說解不同，于省吾釋爲「盤」，即盤迴義。陳雙新引證甲金文、戰國文字及秦簡，釋爲「盤旋」，可進一步解作盤駐義，全句譯爲「左邊盤駐在蘮地，北邊盤駐在□地，對宿夷形成夾擊之勢」。參見于省吾，〈釋洀〉，《甲骨文字釋林》（北京：中華書局，1999 年），頁 93～94。陳雙新：《兩周青銅樂器銘辭研究》（保定：河北大學出版社，2003 年），頁 207～208。

西周厲王）〔註29〕

〈晉侯穌鐘〉記載周厲王 33 年時的一次重大戰役，〔註30〕「省」字兩見。銘首記「隹(惟)王卅又三年，王窺(親)遹省東或(國)、南或(國)」，屬紀年繫以記事，在周厲王 33 年正月既生霸戊午，到二月既望癸卯(巳)的這 35 天，王從宗周走南境巡守南國而至成周。在當年的二月既死霸壬寅，〔註31〕王督率軍隊往東，巡守東國，在三月方死霸時，王軍及晉軍到達蒮(范)地，〔註32〕厲王在此進行軍隊的分列調度，為出戰宿夷（山東東平縣東）及鄆城（山東鄆城縣東）〔註33〕作準備。伐宿夷的第一戰晉侯大勝之後，王繼續前進到晉師所在的鄆城

〔註29〕 「新收 870～873」係指鍾柏生、陳昭容、黃銘崇、袁國華編：《新收殷周青銅器銘文暨器影彙編》（臺北：藝文印書館，2006 年）書中所收錄編號 870～873 的器，後文皆類此，不再註明。

〔註30〕 〈晉侯穌鐘〉的銘首紀年一直是學界長期聚訟未決的問題，主要的衝突來自於《史記·晉世家》所載晉王世系與銘文反映並不一致，而其中亦牽涉到西周月相和部分王年不能貼合的問題，由於這些難點在現有資料上並不能得出最後結論，只能採行較為可信而合理的推度。本文暫依「夏商周斷代工程」所定，將〈晉侯穌鐘〉歸於周厲王 33 年。參見夏商周斷代工程專家組：《夏商周斷代工程 1996～2000 年階段成果報告》（北京：世界圖書出版公司，2000 年），頁 22～23。

〔註31〕 〈晉侯穌鐘〉上段銘文的 3 處月份及月相記載諸家解釋不同，有隔年說、同年大誤筆、同年小誤筆等多重看法，莫衷一是。本文參考黃盛璋先生的看法，讀二月既望癸卯為癸巳之誤，黃氏之文參見〈晉侯蘇鐘銘在巡狩制度、西周曆法、王年與歷史地理研究上指迷與發覆〉，《中國文化研究所學報》2000 年第 9 期，頁 1～31。

〔註32〕 「蒮」地李學勤釋作「菡」，即「闞」，今山東汶上西；裘錫圭先生疑當讀為「范」，云「故址在今山東范縣東南，其位置在鄆城西北面，在宿夷所居的東平的西面。周王在此『分行』，北路伐宿夷，南路伐鄆城，是很合理的」。黃盛璋從古文字材料、歷史地理及實地勘查後，證明裘氏之說可從。李文見〈晉侯蘇編鐘的時、地、人〉，《中國文物報》1996 年 12 月 1 日。裘文見〈晉侯蘇鐘筆談〉，《文物》1997 年第 3 期，頁 66。黃文見〈晉侯蘇鐘銘在巡狩制度、西周曆法、王年與歷史地理研究上指迷與發覆〉，《中國文化研究所學報》2000 年第 9 期，頁 23～24。

〔註33〕 宿夷及鄆城所在，有山東說及河南說兩種說法，持山東說者以馬承源為代表，為多數學者所從。河南說以周書燦及王暉為代表，王暉認為〈晉侯蘇鐘〉所記為《國語·周語》所說宣王喪南師並「料民於太原」後的戰事，故歸該器於西周宣王時期，認為器銘所載交戰之地非齊魯鄆城一帶，而是在今河南中南部的「南國」

附近，進行調度與指揮，命令晉侯從西北隅攻入鄆城。由此可知在「王卅又三年，王窺（親）適省東國、南國」的過程中，晉侯隨同王行，並在東巡時成爲迎戰宿夷的主將，鐘銘的紀功內容由此。這種周王親率王師與諸侯之師前往戰地督戰的情況，金文及傳世文獻都很少見，兩處的省字用法皆明顯帶有征討義。第一個省字之前的「適」字，《爾雅・釋詁》：「適、遵、率，循也」，〔註34〕可知「適省」合義作巡視解，「適省」一詞亦見〈獸鐘〉及〈大盂鼎〉。

　　②南　方

省南方者6例：

例1.

　　正月，王在成周，王戍于楚麓，令小臣夌先省楚
　　（居），王至于戍
　　（居）無遺（譴）。（〈小臣夌鼎〉，2775，西周早期，昭王）

小臣夌受王命先巡省位於楚地的行宮，爲王的南行做準備。

　　例2.

　　王才（在）宗周，令師中眔靜省南或（國）相。**𢱢**（設）
　　（居）。（〈靜方鼎〉，《新出》1795，西周早期，昭王十七～十八年）

一般認爲〈靜方鼎〉的「師中」即安州六器的「中」，〔註35〕「中」在〈靜方鼎〉裡被稱爲師中，可能是職級升遷之故，這種情況與〈師虎簋〉和〈虎簋〉類似。〔註36〕王令師中及靜巡視南國，並設居於南國的「相」地，此處的「相」

鈞台一帶。其說見〈晉侯蘇鐘銘勛城之戰地理考〉，《中國歷史地理論叢》第21卷第3輯（2006年7月），頁102～106。本文採用山東說，確切地望可參黃錫全，〈晉侯蘇編鐘幾處地名試探〉，《江漢考古》1997年第4期，頁64～66一文所論。

〔註34〕晉・郭璞注、宋・邢昺疏：《爾雅注疏》（臺北：藝文印書館，1997年初版13刷，《十三經注疏》第8冊），頁8。

〔註35〕〈靜方鼎〉由北大考古系副教授徐天進墨拓自日本出光美術館，文章發表於《文物》1998年第5期，隨即引發學界討論，一般視作器者與穆王時器〈靜簋〉、〈靜卣〉及〈小臣靜彝〉之器主爲同一人，其與「中」同樣自昭王時即任職於王室，相關討論見張懋鎔，〈靜方鼎小考〉，《文物》1998年第5期，頁88轉90、王占奎，〈關於靜方鼎的幾點看法〉，《文物》1998年第5期，頁89～90、王長丰，〈「靜方鼎」的時代、銘文書寫者及其相關聯的地理、歷史〉，《華夏考古》2006年第1期，頁56～61轉72。

〔註36〕此說由張懋鎔提出，張文見〈靜方鼎小考〉，《文物》1998年第5期，頁88轉90。

即同爲昭王時器的〈作冊析尊〉等器「眡望土于相侯」之相，確切位置仍待研究。〔註37〕

例3.

> 隹王令南宮伐反虎方之年，王令中先省南或（國），貫行，鈘（設）王
> 应（居）在夒障，負山。（〈中方鼎〉，（二）（三）2751、52 二器同銘，
> 西周早期，昭王 17 年）

例4.

> 王令中先省南或（國）貫行，鈘（設）应（居）在由（曾）。……中省自方、
> 登（鄧），遊（周）□邦，在噩（鄂）白師（次）。伯買父□□厥人□漢中
> 州，曰段，曰旂，厥人□廿夫，厥貯鄰言曰貫□貝。（〈中甗〉，949，
> 西周早期，昭王 18 年）

例5.

> 王大省公族于庚（唐），屏（振）旅。王易中馬，自隨（屬）侯四鳾，南
> 宮兄（貺），王曰：用先。中執（揚）王休，用乍（作）父乙寶尊彝。（〈中
> 觶〉，6514，西周早期，昭王）

例 3～5 中氏諸器於北宋重和元年（西元 1118 年）在今湖北省安陸地方出土，同時出土銅器 6 件：方鼎三、圓鼎一、觶一、甗一，習稱爲「安州六器」。銘文紀錄了「中」參與昭王南行伐虎方的一連串先備工作。若將銘文內容進行串連，可知中的主要任務在於巡視南國各地，並同步進行開通軍道及設立行宮。此處的南國，乃泛指漢水流域以北的地區，所涉地名皆集中於今河南省南方與湖北省北部，其巡省路線爲〈中方鼎〉：夒（湖北秭歸東）→〈中甗〉：曾（湖北隨縣南）→〈中甗〉：方（湖北竹山東南）、鄧（湖北襄樊北）、鄂（湖北鄂城）→漢：漢水→〈中觶〉：唐（湖北隨縣西北）、屬（湖北隨縣北）。就地理位置來看，昭王所開通的南向道路起於成周，一路於方、鄧、鄂等漢水流域設置軍隊臨時駐蹕所，作器者「中」此行的最後任務，乃於於南道的終點湖北夒地一處山口（夒障）之背山處設置王的行宮。〔註38〕〈中鼎〉及〈中方鼎〉中

〔註37〕李學勤疑可能即「湘」，爲湘水流域的諸侯國。見〈靜方鼎補釋〉，《夏商周年代學札記》（瀋陽：遼寧大學出版社，1999 年），頁 78。

〔註38〕關於方、鄧、鄂等地的位置，唐蘭有不同的看法，他認爲方爲河南方城、鄧爲河

「省」的施事主語是「中」，而〈中觶〉則爲王親自南行巡視諸侯軍事部隊的活動。〔註39〕

例6.

　　王肇遹眚（省）文武，堇（觀）疆土。南或（國）及子敢臽（陷）處我土。

　　王童（敦）伐其至，戜（撲）伐𠦪都。（〈𪒠鐘〉，260，西周厲王）

厲王時期戰爭頻仍，征伐不斷，〈𪒠鐘〉記周厲王巡守疆土時親自擊敗了南夷的侵犯，並促使南夷、東夷共廿六邦「來逆昭王」，可知周厲王所巡省之處當爲南方。此處的省從黃盛璋之說，作巡省征討解，其前有「遹」字，用法與上文的〈晉侯穌鐘〉「遹省」一詞相同。「堇」字歷來多視爲「勤」，唯釋作「勤」不好理解，本文參黃氏之說，將「堇」字讀作「觀」，「堇（觀）疆土」和遹省疆土義義同，「觀」有視察義，和上句的「省」字呼應。〔註40〕該句義爲周王巡省文王

────────────────

南鄧州、鄂爲河南南陽南，見《西周青銅器銘文分代史徵》（北京：中華書局，1986年），頁287。安州六器地望本文參考李學勤的說法，見〈靜方鼎與周昭王曆日〉，原載《光明日報》1997年12月23日，後收於《夏商周年代學札記》（瀋陽：遼寧大學出版社，1999年），頁24。李學勤〈盤龍城與商朝的南土〉，原載《文物》1976年第2期，後收入氏著《新出青銅器研究》（北京：文物出版社，1990年），頁12～17。李學勤在〈盤〉文中依路程排列三器序列爲〈中觶〉、〈中甗〉、〈中方鼎〉（二）（三），〈靜方鼎〉問世後，李氏依月份及事件進行序列重整，得〈靜方鼎〉、〈中方鼎〉（二）（三）、〈中甗〉、〈中觶〉序列，並定爲昭王17～19年間的南巡活動，參〈靜方鼎考釋〉，《第三屆國際中國古文字學研討會論文集》（香港：中文大學，1999年）。本文對諸器的時代序列是參考李氏之說。彭裕商對器的序列與李氏相同，唯年代意見不同，將靜方鼎、中方鼎（二）（三）皆視爲昭王15年器，見《西周青銅器年代綜合研究》（四川，巴蜀書社，2003年），頁268。

〔註39〕〈中觶〉中王所省的「公族」身份，唐蘭引《詩經》傳、箋及《春秋左傳正義》內容，證其身份爲「諸侯的同族」，通常指的是整個同姓貴族而言。參見唐蘭，〈論周昭王時代的青銅器銘刻〉，原載《古文字研究》第2輯（1981年），後收錄於《唐蘭先生金文論集》（南京：紫禁城出版社，1995年），頁289。

〔註40〕黃盛璋的說法見〈晉侯穌鐘銘在巡狩制度、西周曆法、王年與歷史地理研究上指迷與發覆〉，頁2。按「堇」字在金文除作名詞指人名、瑾璋，作形容詞則具謹慎義，若爲動詞，則有朝觀、朝見等用法，例如〈女𪒠鼎〉：「𪒠堇（觀）于王」（2579，殷或西周早期）。黃氏讀「堇」作「觀」，當是從"見"的這個意義層面進行思考。

武王之疆土。

③西　方

例1.

> 王令宜子㱃西方，于省，隹反（返）。王賓（賞）戍甬貝二朋，用乍父
> 乙霝。（〈戍甬方鼎〉，2694，商）

「㱃」舊釋作「會」，在此當讀爲「及」。「于」，往也。于省，往省。銘載商王
令宜國君長前往西方省視後歸返。作器者名「戍甬」，或視爲一武官私名甬者，
他可能因隨行有功而受王賞，「西方」確切地望不明。

④北　方

例1.

> 穆穆魯辟，遳（徂）省朔旁（方）。（〈梁十九年鼎〉，2746，戰國・
> 魏）

〈梁十九年鼎〉爲戰國魏器，器主「亡智」因隨從君王前往北方巡省而作器記
之，《說文》云：「退，往也」，或體作「徂」，籀文从虘作「遳」。〔註41〕「遳省」
與〈戍甬方鼎〉的「于省」義同。

⑤疆　土

例1.

> 王若曰：「盂，酒畺（召）夾死（尸）嗣（司）戎，敏諫（速）罰訟，夙夕召
> 我一人烝（烝）四方，雩（粤）我其遹省先王受民受疆土。」（〈大盂鼎〉，
> 2837，西周康王）

此處的「遹省」用法和〈訣鐘〉、〈晉侯穌鐘〉相同，作巡視解。鼎銘載王命盂
協理有關兵戎事務，並輔助王循省四方，亦即指巡視先王傳授下來的人民與疆
土。

（2）省都城

例1.

> 丁子（巳），王省夔京。（〈小臣俞尊〉5990，商帝乙）

〈小臣俞尊〉載王巡察夔京，具體地望不明。

〔註41〕段玉裁注：《說文解字注》，頁71。

（3）省　道

例 1.

　　隹十又一月，師雔（雍）父徣（省）道至于𣢦（胡），𣪕從。其父蔑𣪕曆，

　　易金。對揚其父休，用乍寶鼎。（〈𣪕鼎〉，2721，西周穆王）

師雍父所省的「道」字陳夢家從郭沫若舊說，以為國名，云「省道」猶〈史頌鼎〉之「省蘇」，並讀「𣢦」作「甫」，云「甫在汝南，與道相近，故省道而至于甫」。〔註42〕郭沫若後釋道作道路解，並為多數學者所從。〔註43〕「𣢦」為胡國，地望主要有汝陰（安徽阜陽縣）與郾城說（河南漯河市東），結合師雍父器群（𢧑簋、𢧑方鼎）所載與淮夷在成周以南的𣦼林、珈𠂤以及胡的一連串戰事，可知「𣢦」應從裘錫圭所分析，定在郾城。〔註44〕胡國此時與成周友好，互為軍事聯盟。〔註45〕師雍父此行的主要目的，在於循視成周以南至於胡國的戰道，以利戰時戰車之行。

（4）省農牧地

　　卜辭中有商王巡省畜牧（省牛）、手工業作坊（省工）等記載，推測可能與軍用馬牛的畜牧管理及武器製作業在當時皆已頗具規模有關。〔註46〕金文裡則僅見省農牧地的記載。

例 1.

　　庚午，王令𠁩蘉省北田四品，在二月，乍（作）冊、友史賜贖貝，用乍

　　（作）父乙尊，羊冊。（〈𠁩蘉鼎〉，2710，商）

金文的「品」有品類之義，可用於田、氏族、玉三種，〔註47〕此處的四品，唐

〔註42〕見陳夢家：《西周銅器斷代》（上冊）（北京：中華書局，2004 年），頁 179～180。

〔註43〕郭氏之說見《兩周金文辭大系圖錄考釋》（景印本），頁 60。

〔註44〕裘錫圭，〈論𢧑簋的兩個地名——𣦼林和胡〉，《古文字論集》（北京：中華書局，1992 年），頁 386～392。

〔註45〕馬承源認為𨺅（珈）𠂤與𣢦當為軍事上的犄角，見《銘文選》，頁 114。

〔註46〕童超主編：《中國軍事制度史：後勤制度卷》（河南：大象出版社，1997 年），頁 35～38。

〔註47〕參林宛蓉：《殷周金文數量詞研究》（臺北：東吳大學中文系碩士在職專班碩文，2006 年），頁 64～65。

蘭云「四品即四類，當是分高下四類」。〔註48〕銘載王命令霝蒐去考察北地的四類農田，其視察重點應爲農業收成，而省農牧業生產亦爲卜辭常見的巡守重點。〔註49〕

3.【遹】

金文常見的「遹」，從矞從辵，作 遹（〈大盂鼎〉，2837，西早）、遹（〈𪿎鐘〉，260，西晚）、遹（〈小克鼎〉，2798，西晚）、遹（〈寥生盨〉，4460，西晚）諸形。《說文》云：「遹，回辟也。從辵矞聲」，另收有「矞」字入冏部，云「以錐有所穿也，從矛，從冏」。〔註50〕甲文未見有從矞偏旁者，而西周金文「遹」字所從「矞」旁早期作從矛從丙，晚期增口形，且丙、內不分，爲《說文》從冏之源。「矞」從矛從丙所會之意，白川靜有進一步的解釋：「乃象立矛於臺座之形也，即揭舉象徵征伐權之矛，以示威武之字」，並舉與矞同部的商字証之曰：「乃樹大辛于臺座之上之象，乃表示刑罰權之字也，殷以商爲其王國之號者，蓋亦取其意也歟？以此言之，則遹並非回辟之義，乃示威武而行遹省、遹正之義也」。白氏之說可由《爾雅》証得。《爾雅·釋詁》云：「遹、遵、率、循、由、從，自也」以及「遹、遵、率，循也」，〔註51〕若依白氏之言，則從辵的遹字是在立矛穿臺的「矞」字之旁添加表動作義的辵而來，強調其巡省、巡征的動詞義，其言遹字形義可從。〔註52〕

惟金文「遹」字的詞性及用法學界看法頗爲分歧，如〈克鐘〉銘云：「王親令克遹涇東至于京白（師）」、〈𪿎鐘〉云：「王肇遹眚（省）文武，堇（覲）疆土。」兩器之「遹」，學者多據《爾雅·釋詁》：「遹、遵、率，循也」而將此處的「遹」

〔註48〕唐蘭：《西周青銅器銘文分代史徵》（北京：中華書局，1986 年），頁 93，唐氏讀「北」爲「邶」，國名，並歸於成王時器。今依《集成》定爲殷器。

〔註49〕郭旭東，〈從甲骨文字「省」「𥄂」看商代的巡守禮〉，《中州學刊》2008 年第 2 期（2008 年 3 月），頁 163～166。

〔註50〕段玉裁注：《說文解字注》，頁 73。

〔註51〕晉·郭璞注、宋·邢昺疏：《爾雅注疏》（臺北：藝文印書館，1997 年初版 13 刷，《十三經注疏》第 8 冊），頁 8。

〔註52〕金文遹字所從之矛爲省形，孫詒讓云矛本字「上象刺，中象英飾，下象柲……此作𠁁者，省矛爲𠁁，即上尚刺兵之形」，可參。見氏著《古籀餘論》（卷三），本文參自《古文字詁林》第 2 冊（上海：教育出版社，1999 年），頁 408。

讀爲遵循解，取其敬循之義，以爲遹字本義之用。〔註53〕然《爾雅・釋詁》「遹」字與遵、率、循、由、從並舉，而歸義於「自也」，郭璞注：「自，猶從也」。《爾雅・釋詁》又云「遹、遵、率，循也」，郭璞注：「遹、遵、率三者又爲循行」。〔註54〕可知「遹」字固然有遵循之義，在先秦時期已常用作循行解，應爲〈克鐘〉此處之用。〈克鐘〉此處的「遹」爲王令語，而「遹」字之後所接「涇東至于京師」，乃爲方位短語做補語，則「遹」字在此當做巡行、巡察義，並帶有按撫、督察義。〔註55〕另一個引發爭議的「遹」字見於〈克鼎〉，銘云：「王命善（膳）夫克舍令于成周，遹正八𠂤（師）之年」，此處的「遹」或每視爲語氣詞，說者乃爰引先秦詩書「聿」、「遹」、「曰」互用不別之例爲證，〔註56〕如此一來此處的「遹」乃屬假借用法。按「遹」於傳世文獻確實多用於句中或句首，有順承上文、強調語氣之勢，和《詩經》聿、言、薄之用相同，唯這種用法在金文裡並未出現，〈克鼎〉銘首載：「佳王廿又三年九月，王才宗周，王命善（膳）夫克舍令于成周，遹正八𠂤（師）之年」句，屬銘首繫年於事，「遹正八師」做爲「年」的定語，「遹正」的對象是成周八師，故「正」字在此不宜視作「征」，而宜做整頓解，這種用法金文常見。故而「遹正」乃爲一連動結構，有先循視後振整

〔註53〕如馬承源：《銘文選》，頁279。陳初生：《金文常用字典》（高雄：復文圖書出版社，1992年），頁179。王文耀：《簡明金文詞典》（上海：上海辭書出版社，1998年），頁437等，皆採此說。

〔註54〕晉・郭璞注、宋・邢昺疏：《爾雅注疏》（臺北：藝文印書館，1997年初版13刷，《十三經注疏》第8冊），頁8。

〔註55〕商艷濤視《爾雅・釋詁》中的「循、述」等皆表巡行義，故遹本義爲巡行，而遵循義乃由此發展而來，其說可參。文見商艷濤，〈金文中的巡省用語〉，《殷都學刊》2007年第4期，頁67。

〔註56〕馬承源、陳初生、王文耀、戴家祥、李學勤在釋〈牆盤〉時皆採用此說，戴文見〈墻盤銘文通釋〉，《師大校刊》1978年，頁65。李文見〈論史墻盤及其意義〉，《考古學報》1978年第2期，頁150。馬、陳、王之說同註53。戴、李之說參自周法高編撰，《金文詁林補》第1冊（臺北：中央研究院歷史語言研究所，1997年），頁573。張玉金《西周漢語語法》裡將之列入副詞項下的語氣副詞，該字何樂士、楊伯峻《古漢語語法及其發展》書中未收，用法相同的「聿」則歸入語助詞項下。由此可知諸家對此類虛詞的定義有所不同。張氏之語見《西周漢語語法》（北京：商務印書館，2004年），頁67。何、楊之語見《古漢語語法及其發展》（修訂本）（上）（北京：語文出版社，2003年），頁476。

的遞進關係。全句云膳夫克受王命於成周發號施令，循視並振旅整頓駐蹕於周東土的常備軍成周八師，其用法與〈克鐘〉、〈獃鐘〉相同。

引起學界討論的尚有〈牆盤〉：「鬚圉武王，遹征四方，達（撻）殷畯民」一句，此處的「征」諸家皆做「征伐」解，連劭名讀為「正」，訓做定，舉大量典籍中的類似文例為證，《銘文選》從其說，云「正四方即政天下，統治天下之意」，而字寫作征為正者，金文有〈員方鼎〉（2695，西周中期）「正月」作「征月」可為其証。〔註57〕麻愛民承此，並舉証《逸周書・世俘解》「武王遂征四方」句中的「遂」不當作連接詞用，《爾雅・釋言》但云「遹，述也」，〔註58〕且典籍中遂常與述通，故證之遹、遂、述可通用，如此一來，〈世俘解〉「武王遂征四方」正合於〈牆盤〉「武王遹征四方」語，該句乃指武王克殷以後，按撫正定四方，此處的「征」不做征伐解，亦解決了武王克商二年而崩，不可能有征伐四方之事所產生的矛盾。〔註59〕綜上所述，可知遹字詞義的發展乃是由「循視」義引申有「按撫」義，再引申有「遵循」義，爾後遹字因假借為語助詞而逐漸虛化，而為典籍常見的虛字之用。

金文「遹」字作巡省用法者，有下列 6 例：

例 1.

王若曰：「盂，迺諷（召）夾死（尸）嗣（司）戎，敏諫（速）罰訟，夙夕召我一人烝（烝）四方，雩（粵）我其遹省先王受民受疆土。」（〈大盂鼎〉，2837，西周早期，康王）

例 2.

曰古文王，初敖（龖）龢于政，上帝降懿德大甹，匍（撫）有上下，迨（合）受萬邦。鬚圉武王，遹征（正）四方，達（撻）殷。（〈牆盤〉，10175，

〔註57〕連劭名，〈史墻盤銘文研究〉，《古文字研究》第 8 輯（1983 年），頁 31～32。《銘文選》，頁 154。

〔註58〕晉・郭璞注、宋・邢昺疏：《爾雅注疏》（臺北：藝文印書館，1997 年初版 13 刷，《十三經注疏》第 8 冊），頁 37。原文「律、遹，述也」，郭璞注云「皆敘述也，方俗語耳」，邢昺疏云「遹者，述行之也，〈大雅・文王有聲〉云『遹駿有聲』之類是也」。

〔註59〕麻愛民，〈墻盤與文獻新證〉，《語言研究》第 23 卷第 3 期（2003 年 9 月），頁 73。

西周中期，恭王）

例3.

王肇遹眚（省）文武，堇（覲）疆土。南或（國）及子敢臽（陷）虐我土。
王臺（敦）伐其至，戙（撲）伐氒都。（〈獄鐘〉，260，西周晚期，厲王）

例4.

佳（惟）王卅又三年，王窺（親）遹省東或（國）、南或（國）。（〈晉侯穌
鐘〉，《新收》870，西周晚期，厲王）

例5.

佳十又六年九月初吉庚寅，王才周康剌宮。王乎（呼）士智召克，王
親令克遹涇東至于京𠂤（師），易克甸車、馬乘。（〈克鐘〉，204～8，
〈克鎛〉209，西周晚期，宣王）〔註60〕

例6.

佳王廿又三年九月，王才宗周，王命善（膳）夫克舍令于成周，遹正（整）
八𠂤（師）之年。（〈小克鼎〉，2796～2801，西周晚期，宣王）

6器「遹」字語法結構分析

時　代	西周早	西周中	西　　周　　晚			
施令者	×	×	×	×	王	王
執行者	康　王	恭　王	厲　王	厲　王	膳夫克	克
動　詞	遹省〈大盂鼎〉	遹征（正）〈牆盤〉	遹省〈獄鐘〉	親遹省〈晉侯穌鐘〉	遹正（整）〈小克鼎〉	遹〈克鐘〉
介　詞	×	×	×	×	×	×
賓　語	先王受民受疆土	四　方	疆　土	東或（國）、南或（國）	八𠂤（師）	涇東至于京𠂤（師）

〔註60〕劉雨解釋〈克鐘〉這段銘文爲「王在歧周之周城親自向克下令，克由涇水上游出
　　　發，沿水而下，自西向東，到達京師」，其云京師即鎬京。並從〈克鼎〉中克受封
　　　之「陣原」等地看，其封地正在涇水上游之齒地。其說可爲克巡省之方向作解。
　　　參見劉雨，〈多友鼎銘的時代與地名考訂〉，《考古》1983年第22期，後收入《金
　　　文文獻集成》第28冊，頁525。

透過上表，可知「遹」字常與其他動詞結合，形成連動和並列兩種結構模式，如「遹省」共3例，使用時代遍及整個西周時期，「遹」及「省」並列會指巡視義，彼此之間詞義并列，沒有先後主次關係，「遹省」後接巡視的地點。而「遹征」、「遹正」則屬連動用法，前後有時間先後或主次之分，先遹而後征、先遹而後振旅，彼此之間形成一種自然順序，明白表達時王的軍事活動內容。「遹」字單獨作動詞使用僅見於西周晚期的〈克鐘〉，「遹」是王對克下達的軍事命令，「遹」字之後所接為一表地點的短語。值得注意的是，「遹」字之前或有「親」字，如〈晉侯穌鐘〉「王親遹省」，「親」字之用或傳達時王對「遹」這一軍事先備動作的重視。

4.【貫】

金文𧶴（〈中方鼎〉2751、52，西周早期‧昭王）、𧶜（〈晉姜鼎〉2816，春秋早期）嚴隸作毌，象串貝之形，唐蘭云「當是貫的初文」，隸作貫。〔註61〕《說文》未見「串」字，但「患」字之下古文作「𢙈」，其中从毌的偏旁恰合於金文。毌字之義可參《說文》對「貫」字的說解，其云「貫，錢貝之毌也，从貝毌」，取貫穿錢貝義，正是貫字本義。據段注所云，古書有「錢貫」之稱，是貫字的名詞用法，而貫字後來被假借做「慣」，先秦詩書常見做習慣義用的「貫」。〔註62〕故《爾雅‧釋詁上》云：「貫，事也」郭璞注：「《論語》曰『仍舊貫』」、〔註63〕《爾雅‧釋詁下》「貫、串，習也」。〔註64〕用習慣義來解釋「貫」這個字時，取的是「串」這個字形，可見「串」乃為慣（貫）之本字。

金文貫字見於三器，皆用作動詞本義，所貫穿打通者皆為戰道：

例1.

王令中先省南或（國）毌（貫）行，𧽮（設）應（居）在由（曾）。（〈中甗〉，949，西周早期，昭王）

〔註61〕唐蘭，〈論周昭王時代的青銅器銘刻〉，原載《古文字研究》第2輯（1981年），後收入於《唐蘭先生金文論集》（南京：紫禁城出版社，1995年），頁290。

〔註62〕段玉裁注：《說文解字注》「貫」，頁319。「患」，頁519。

〔註63〕晉‧郭璞注、宋‧邢昺疏：《爾雅注疏》（臺北：藝文印書館，1997年初版13刷，《十三經注疏》第8冊），頁10。

〔註64〕晉‧郭璞注、宋‧邢昺疏：《爾雅注疏》（臺北：藝文印書館，1997年初版13刷，《十三經注疏》第8冊），頁25。

例2.

　　隹王令南宮伐反虎方之年，王令中先，省南或（國）𨅎（貫）行，起（設）
　　王廤（居）在夔𨻤，負山。（〈中方鼎〉，2751、52 西周早期，昭王）

例3.

　　勿灋（廢）文侯覿令，卑（俾）𨅎（貫）甬（通）□，征繁湯（陽）、鼺，
　　取氒吉金，用乍（作）寶尊鼎。（〈晉姜鼎〉，2826，春秋早期）

從前文對「省」字的考察，可知〈中甗〉、〈中方鼎〉中的「貫行」指的是貫通
戰道，乃爲昭王南征之時戰車的通行做準備。〔註65〕〈晉姜鼎〉作器者爲女性，
晉姜是嫁給晉文侯的齊國姜姓女子，其自述因掌理晉國後宮有功，受夫君晉文
侯賞賜鹵積等物資，用以佐助夫君貫通□地、征伐繁陽和鼺地，以獲取青銅。
值得注意的事，此處所貫通之道，除了爲征繁陽及鼺地做準備，其向南發動軍
事行動的主要目的，當是獲取南方盛產的金錫資源。根據陳公柔的說法，西周
初年以來，周人經營南土、東土，伐荊蠻、克淮夷，用政治、軍事手段敉平江
漢平原以及淮水流域諸多方邦，其戰爭目的之一，在於獲取當地盛產的金錫資
源。故《詩·魯頌·泮水》：「憬彼淮夷，來獻其琛，元龜象齒，大賂南金」，其
說可爲兩周積極向南「貫行」的目的作解。〔註66〕

　　除上述三器名，西周中期的〈牆盤〉尙有「奐」字，亦做貫字解：

　　弘（宏）魯卲（昭）王，廣歔楚荊（荊），隹奐（貫）南行。（〈牆盤〉，10175，
　　西周中期，恭王）

兩周金文「奐」字7見，除〈牆盤〉外，其餘皆爲人名使用。如〈師奐父鼎〉
（2353，西周晚期）等。〈牆盤〉中的「奐」，字作𡨄，徐中舒讀爲患，引古書

〔註65〕貫行，李學勤視爲路名，言與殷墟卜辭常見的某行同例。語見〈靜方鼎補釋〉，收
　　　　入《夏商周年代學札記》（瀋陽：遼寧大學出版社，1999 年），頁 76。南國是否眞
　　　　有「貫行」這一路名，而此路名在成周以南何處何地，如何通到「中」所巡視的
　　　　湖北各地，皆有待更多的證據來證明。而讀爲貫通義則文通意順，且有例可徵，
　　　　故本文在此採用「貫」爲動詞的說法。

〔註66〕陳公柔，〈「曾伯霎簠」銘中的「金道錫行」及相關問題〉，原載中國社會科學院考
　　　　古研究所編著，《中國考古學論叢——中國社會科學院考古研究所建所四十年紀
　　　　念》（北京：科學出版社，1993 年），後收錄於陳公柔，《先秦兩漢考古學論叢》（北
　　　　京：文物出版社，2005 年），頁 2。今據後者。

證「叀」字乃周人指涉昭王南征不復之事。[註67]李學勤析字上從守，下從収，讀爲狩。[註68]于省吾隸作寏，視寏爲奐字繁形，奐字的本義訓作大、盛、眾多，故解釋該句爲「形容昭王統帥六師以南征，其士卒眾多」，銘意在於「炫耀其出征的盛況」，[註69]其說爲張亞初所從。[註70]裘錫圭則讀爲貫，[註71]爲多數學者所從。按古音奐、串、貫皆爲元部字，例可通假。[註72]此處寏讀作貫，文從義順。

綜而觀之，可知「貫行」通用於兩周，貫字皆本義之用，指貫通之義，所貫通者皆爲行道，貫通道路乃是爲日後的戰車行駛及經濟運輸做準備，故而本文將貫字列入巡察類軍事動詞。〈中甗〉及〈中方鼎〉的記載恰合於〈牆盤〉中對昭王功業的描述。有趣的是，兩周時期所殫謀戮力貫通者，皆爲南向行道，顯示兩周時期物產豐富、淮夷盤聚的南國富土，確實是在位者積極經略的目標。

5.【監】

監，甲骨文作𦣻（《合集》27742），從見從皿，象人俯就於盛水之器照其面容之形，後由觀照義引申有視察義，甲骨文常見「……令監某」的用法。[註73]監字《說文》入臥部，云：「𥇓，臨下也，從臥，䛅省聲。𥪧，古文監，從言」[註74]，《說文》強調的是從上往下監看的意義，與本義貼合，唯釋形有誤，小篆中的見字目旁改作臣形，與人身分離成「臥」字，而皿字之上添筆示水形，

〔註67〕徐中舒，〈西周墙盤銘文箋釋〉，《考古學報》1978年第2期，後收入《金文文獻集成》第28冊（香港：香港明石文化，2004年），頁397。

〔註68〕李學勤，〈論史墙盤及其意義〉，原載《考古學報》1978年第2期，後收入《新出青銅器研究》（北京：文物出版社，1990年），頁76。今據後者，又李氏自註此說參自張政烺。

〔註69〕于省吾，〈牆盤銘文十二解〉，《古文字研究》第5期（1981年），後收入《金文文獻集成》第28冊（香港：香港明石文化，2004年），頁400。

〔註70〕張亞初：《殷周金文集成引得》（北京：中華書局，2001年），頁155。

〔註71〕裘錫圭，〈史墙盤銘解釋〉，《文物》1973年第3期，後收入《金文文獻集成》第28冊（香港：香港明石文化，2004年），頁389。

〔註72〕見郭錫良：《漢字古音手冊》（北京：北京大學出版社，1986年），頁216～219。

〔註73〕徐中舒：《甲骨文字典》（成都：四川辭書出版社，1998年），頁930。

〔註74〕段玉裁注：《說文解字注》，頁392。

又誤爲血，故有从臥，衉省聲之說，其所錄古文下从言，季旭昇言「應該是戰國楚系進一步的訛形」，可參。〔註75〕

監字在金文中有名詞及動詞二種用法，分述如下：

（1）名詞用法，可分二類：

①職官名，如〈雁監甗〉：「雁（應）監乍寶尊彝」（883，西周早期）。

〈仲幾父簋〉：「仲幾父事（使）事（使）于者（諸）侯、者（諸）監」（3954，西周中晚期）。

②器名，如〈吳王夫差鑑〉：「吳王夫差擇厥吉金，自乍御監（鑑）」（10294，春秋）。

郭沫若是最早據銘文「應監」而提出〈應監甗〉反應了周代監國制度，應監即應侯之監，「就是派往應國的監國使臣所作的銅器」。〔註76〕李學勤認爲〈仲幾父簋〉中的「諸監」與「諸侯」並列，可知兩者身份不同，諸侯是朝廷所封，監則爲朝廷臨時派遣，如周初三監，正是受派遣的，〔註77〕據此，則「應監」、「諸監」之監，可視作從監字經由監視、監察、監管等動詞本義逐步發展而來的名詞用法，「監」字的詞類分化過程符合漢語史由實至虛的演化規律。

（2）動詞用法，可依詞義內容細成分二類：

①一般動詞，監看義，如〈頌鼎〉：「監嗣（司）新廏（造）」（2827，西周晚期）。

②軍事動詞，監管義，如〈善鼎〉：「令女（汝）左（佐）疋（胥）彙侯，監𤔲（酄）師戍。易女（汝）乃且旂，用事」（2820，西周中期）。

「監」在金文中專作軍事監管例見〈善鼎〉。從上文〈雁監甗〉中可知「應

〔註75〕 季旭昇：《說文新證》（下冊）（臺北：藝文印書館，2008 年），頁 26。

〔註76〕 郭沫若〈釋應監甗〉，《考古學報》1960 年第 1 期。伍士謙承此，據〈應監甗〉、〈仲幾父簋〉中所載應國地望論證西周的監國制度，云「應監即周王派往應國的監國者」。文見〈論西周初年的監國制度〉，《西周史研究》《人文雜誌叢刊》第 2 輯（1984 年 8 月），頁 120～130。郭氏之說轉引自伍文。

〔註77〕 李學勤，〈應監甗新說〉，收入《古文字詁林》第 7 冊（上海：教育出版社，1999 年），頁 542。

監」爲應國之監國者，而〈仲幾父簋〉中「諸監」身份亦同於此，將之結合《孟子》、《逸周書》、《尚書大傳》、《帝王世紀》等文獻所載周初「三監」制度，以及《周禮・太宰》所云「乃施典于邦國而建其牧，立其監，設其參」，鄭玄注：「監，謂公侯伯子男各監一國」，賈公彥疏：「建，立也。每一州中，立一牧。立其監者，每一國之中立一諸侯，使各監一國」，〔註78〕《禮記・王制》：「天子之大夫爲三監，監於諸侯之國者，其祿視諸侯之卿」，〔註79〕可知監字在銘文裡的用法，已從監視、監察的義項中再析分出帶有監管義的用法。〈善鼎〉中記載新王上任，賡續先王對器主善的職務派令，命其佐助彔侯，監撫在𤔲地戍守的軍隊，並賜予軍事武力象徵的軍旗，「戍」在此爲名詞用法，指戍守之事。彔侯之彔爲地名，常見於甲文，據郭沫若考證，爲殷之邊鄙，距殷都約有 40 天路程，或距𨞵地不遠，在今陝西省扶風、岐山一帶，〔註80〕西周時期設諸侯于此，稱之彔侯。關於善在𤔲地所「監」的實際內容，耿鐵華有精湛的論述：

> 𤔲師的𤔲，殆即〈靜簋〉「𤔲苤𠂤」、〈趞鼎〉「𤔲𠂤」之「𤔲」，譚介甫先生認爲是幽之本字，𤔲是其省字，皆讀爲邠。𤔲是彔侯所管轄的戍地，乃西周邊鄙的軍事要地。彔侯是𤔲地的最高行政長官和軍事長官。先王當指昭王。昭王命善佐胥彔侯在𤔲地作監𤔲師。今王——穆王仍之，足見周王室對善是相當信任的。善奉先王和今王之命所監視的，當然不僅是𤔲地戍守的軍隊，也當包括最高軍事長官彔侯在內。佐胥不過是文飾，監視才是實質。這位被稱作善的監國者不見經傳，根據西周中晚期作監者的身份和地位不高這一特點，可以判斷善的身份、地位要低於地方諸侯——彔侯。然而他卻有監視彔侯的特殊權力，隨時可以向王朝中央，乃至周穆王報告當地的政治、經濟、軍事情況。這正反映出西周監國制度在發展和完善中的某些特點。〔註81〕

〔註78〕 漢・鄭玄注、唐・賈公彥疏：《周禮注疏》（臺北：藝文印書館，1997 年初版 13 刷，《十三經注疏》第 3 冊），頁 34。

〔註79〕 漢・鄭玄注、唐・賈公彥疏：《禮記正義》（臺北：藝文印書館，1997 年初版 13 刷，《十三經注疏》第 5 冊），頁 269。

〔註80〕 郭沫若：《卜辭通纂考釋》第 596 片考釋（東京：文求堂書店，1933 年）。

〔註81〕 耿鐵華，〈關於西周監國制度的幾件銅器〉，《考古與文物》1985 年第 4 期。後收入

〈善鼎〉作器者善爲時王所派任至鬳地的監國者，所監者包括當地行政、軍事長官鬳侯的行政作爲，更重要的是鬳地的一支戍守於鐄地的軍旅（鐄師），作爲監者的善，爲中央派駐邊地區的監視者，對周王室而言，是協助穩定邊遠地區、控制軍事重鎮局勢的重要使臣。故「監」字的軍事用義極爲明顯，「監」字在此乃從監看、監撫義而引言有監管義。

6.【行】

行，甲骨文作𧾷（《合集》568），金文作𧗟（〈虢季子白盤〉，10173，西周晚期）、𧗟（〈浮公之孫公文宅匜，10278，春秋〉），楚簡作𧗟（《包》2.81），小篆作𧗟。字本象行道之形，西周晚期以後字稍訛變，成爲楚簡及《說文》裡從彳从亍寫法所從，其本義當爲行道，《爾雅・釋宮》：「行，道也」〔註82〕，在古文字裡這樣的名詞用法是很常見的，如上文所引〈中方鼎〉（2751、52，西周早期，昭王）「貫行」之「行」。金文「行」字在頻繁的使用下，詞義的分化也隨之多元起來，引申有：

    （1）行列義：〈姑發臀反劍〉：「才（在）行之先，以用以隻（獲）」（11718，春秋晚）。

    （2）行走義：〈虢季子白盤〉：「執訊五十，是以先行」（10173，西周晚期）。〔註83〕

    （3）履行義：〈新郪虎符〉：「乃敢行之」（12108，戰國晚期）。

    （4）遵行義：〈兆域圖銅版〉：「不行王命者，殃聯子孫」（10478，戰國晚期）。

    （5）〈中山王𨟡鼎〉：「隹（惟）㦬（吾）老賙是克行之」（2840，戰國）。

    （6）品性義：〈中山王𨟡鼎〉：「𪐓（省）其行，亡不怂（順）道」（2840，戰國）。

    （7）行儀義：〈郾王詧戈〉：「郾（燕）王詧恷（作）行議（儀）鋚」（11350，戰國）。

《金文文獻集成》第 40 冊（香港：香港明石文化，2004 年），頁 224～225。

〔註82〕晉・郭璞注、宋・邢昺疏：《爾雅注疏》（臺北：藝文印書館，1997 年初版 13 刷，《十三經注疏》第 8 冊），頁 74。

〔註83〕「先行」之「行」或有釋作"行列"解者，本文不採此說，詳見本節第三單元「行軍」類「行」字解。

　　行字另有引申做巡狩、巡省義者，這種用法典籍常見，如《爾雅・釋言》「征、邁，行也」。邢昺疏云「皆出行也，注《詩》曰『王于出征者』，〈小雅・六月〉文也，云『邁』亦『行』者，《詩》云『周王于邁』是也」。〔註84〕《周禮・地官・州長》：「若國作民而師、田、行、役之事，則帥而致之，掌其戒令與其賞罰」，賈公彥疏：「師謂征伐，田謂田獵，行謂巡狩，役謂役作，此數事者皆須徵聚其民」。〔註85〕在金文裡將「行」做爲軍事巡行之義者，數量頗多，可依其文例區分成下列幾種類型：〔註86〕

（1）征　行

①用征用行：〈尌仲甗〉：「用征用行。」（933，春秋早期）

②以征以行：〈叔夜鼎〉：「以征以行。」（2646，春秋早期）

③以行以巡：〈鄭義伯罏〉：「以行以川（巡），我奠（鄭）逆造。」（9973，春秋）

④征行：〈史免簠〉：「史免作旅匡，從王征行，用盛稻梁。」（4579，西周晚期）

〈侯母壺〉：「侯母作侯父戎壺，用征行，用求福無疆。」（9657，春秋早期）

（2）巡行某處

①〈中山王嚳鼎〉：「身勤社稷，行四方，以憂勞邦家。」（2840，戰國）

②〈工盧王劍〉：「北南四行。」（11665，西周晚期）

③〈姑發臂反劍〉：「余處江之陽，至于南，至于西行。」（11718，春秋晚）

〔註87〕

　　從上述所舉文例中，可以發現自西周晚期開始，征、行時常連用，尤以東

〔註84〕晉・郭璞注、宋・邢昺疏：《爾雅注疏》（臺北：藝文印書館，1997年初版13刷，《十三經注疏》第8冊），頁38。

〔註85〕漢・鄭玄注、唐・賈公彥疏：《周禮注疏》（臺北：藝文印書館，1997年初版13刷，《十三經注疏》第3冊），頁183。

〔註86〕由於器銘過多，此處不一一列舉，擇要列之。

〔註87〕馬承源讀〈姑發臂反劍〉「余處江之陽，至于南，至于西行」爲「我在長江之南（按，當爲北），既可出師于南，又能出師于西。南，指百粵。西，指楚」。見《銘文選》，頁365。

周時期最爲常見，其中或以介詞「用」、「以」間隔，形成形式及韻律上的美感，而凡以「用征用行」、「以征以行」成句者，皆無載明所征所行的具體地點，可知「用征用行」、「以征以行」之用已脫離記錄實質，而成爲靈活篇章的修辭手段。

由於銘文中常征行對舉，且云往某處征行去，故可推測這些行當帶有且行且征、亦即在巡行的過程中伴著預設或隨機性的征伐，與「省」字的字義分化成分相同，故「省」、「行」、「征」皆帶有巡回視察兼及伺機進行武裝軍事活動的詞義。上述之「行」的行爲發出者多爲王臣，偶見用於方國王器。另外，銘文常見的「行壺」、「行它（匜）」、「行盨」等「行器」之「行」，周亞云：「凡在田狩或征行等流動性活動時所用之器，可用伇、行、旅等字修飾器銘，以表明器之用途。」〔註88〕則銘云「行某」（器屬）者可看作是出行、巡行時的用器，此時的「行」屬動詞性修飾語，其義則爲「用」也。「行」字的這種用法典籍常見，如《周禮・天官・庖人》：「春行羔豚膳膏香」，賈疏：「言行者，義與用同」。〔註89〕

7.【征】

征，《說文》入「延」字或體：「延，正行也，从辵正聲，祉，延或从彳」。〔註90〕甲骨文作𢓆（《合集》31791），从彳从正，「正」字徐中舒言「表舉趾往邑，會征行兩義」。〔註91〕從字形來看，「正」的本義爲出行，後添彳、辵，強調其動詞義。〔註92〕金文征字作征、征，與甲文無別，只是將表都邑的□改圓筆而填實而已。徐中舒指甲文正(征)字皆爲征伐義，孫詒讓則明析甲文之征亦含巡狩、征行之義。〔註93〕征字兼有征伐及征行兩義的現象，在金文中十分常見，做巡行義者，如上文談【行】所舉「以征以行」相關文例，而這種用法在傳世典籍裡也可以看到，如《周禮・大卜》「以邦事作龜之八命，一曰征……」，

〔註88〕周亞，〈館藏晉侯青銅器概論〉《上海博物館集刊》第 7 期（1996 年 6 月），頁 34。

〔註89〕張世超等：《金文形義通解》（上）（京都：中文出版社，1990 年），頁 124。

〔註90〕段玉裁注：《說文解字注》，頁 71。

〔註91〕徐中舒：《甲骨文字典》，頁 146。

〔註92〕裘錫圭：《文字學概要》（北京：商務印書館，2007 年），頁 229。

〔註93〕于省吾主編：《甲骨文字詁林》第 1 冊（北京：中華書局，1999 年），頁 790。

鄭玄注云：「征，謂征伐人也。……征亦云行，巡守也」。〔註94〕《爾雅‧釋言》「征、邁，行也」。〔註95〕《詩‧小雅‧小明》「我征徂西，至于艽野」，孔穎達正義云：「知者以言，我征徂西，至于艽野，是遠行巡歷之辭……是述事明矣」。〔註96〕《左傳‧襄公十三年》「先王卜征五年」，杜預注：「先征五年而卜吉凶也，征謂巡守、征行」，孔穎達正義：「征訓行也，先王之行謹慎而卜……遠行莫過巡守，故知征謂巡守也」。〔註97〕

值得注意的是，由於金文中的征字兼有巡省及征伐兩義，在「某行某征」、「用征用行」及「以爲永征」（〈衛姒鬲〉，594，春秋早期）、「用從遙征」（〈衛夫人鬲〉，595，春秋早期）的句型裡，「征」字之用已較爲虛化，然尚且容易辨別屬巡省用法，〔註98〕然而，當「征」字在其他句子裡單獨出現時，其義項的指涉就值得我們仔細推敲，這樣例子見於〈啓尊〉、〈啓卣〉、〈乖伯簋〉三器：

例1.

啓從王南征，逷山谷，在洀水上，啓乍且丁旅寶彝。（〈啓尊〉，5983，西周早期）

例2.

王出獸（狩）南山，搜洲山谷，至于上侯滰川上。啓從征，蓳（謹）不燮（擾、憂）。乍且丁寶旅尊彝。（〈啓卣〉，5410，西周早期）

例3.

隹王九年九月甲寅，王命益公征眉敖，益公至，告。二月，眉敖至，見（覲），獻鼃。己未，王命中（仲）歸乖白（伯）貀（貔）裘。（〈乖伯簋〉，

〔註94〕漢‧鄭玄注、唐‧賈公彥疏：《周禮注疏》（臺北：藝文印書館，1997 年初版 13 刷，《十三經注疏》第 3 冊），頁 371。

〔註95〕晉‧郭璞注、宋‧邢昺疏：《爾雅注疏》（臺北：藝文印書館，1997 年初版 13 刷，《十三經注疏》第 8 冊），頁 38。

〔註96〕漢‧毛亨傳、鄭玄箋、唐‧孔穎達等正義：《毛詩正義》（臺北：藝文印書館，1997 年初版 13 刷，《十三經注疏》第 2 冊）。

〔註97〕晉‧杜預注、唐‧孔穎達等正義：《春秋左傳正義》（臺北：藝文印書館，1997 年初版 13 刷，《十三經注疏》第 6 冊），頁 556。

〔註98〕這樣的用例計有 20 則。

4331，西周晚期）

〈啓卣〉、〈啓尊〉同地出土，銘文述及作器者啓跟隨王南行狩獵，跋山涉水至當時的狩獵區域「上侯」，〔註99〕卣器言「征」、尊器言「狩」，而所征所狩者不見方國軍隊及俘馘執訊，且征狩地在王狩獵區，故可證此處之征係指巡狩之事，這種巡行時兼及進行狩獵活動者，詳見上文【省】字之說。〔註100〕〈乖伯簋〉云王命益公征眉敖，眉敖一詞歷有爵名、〔註101〕方國君號等說法，〔註102〕皆爲南方君主之稱。簋銘載益公受王命「征」眉敖，益公順利到達並傳達王命（告），在隔年二月，眉敖前來朝見，覲而獻玉帛，所記正是典籍可見的贄見禮儀，眉敖（乖伯）來朝入覲，實具有「委質爲臣」的義涵，〔註103〕故此處的「征」實有巡查按撫義。

　　上述三例「征」的行爲主體，〈啓卣〉〈啓尊〉王、臣并舉，〈乖伯簋〉中的益公則受王命前往楚地。〈啓尊〉中「征」方向「南」，〈啓卣〉的處所賓語承上省略。〈乖伯簋〉「征」字之後逕接「眉敖」，爲南國君長，是巡行類軍事動詞罕見的用法。〈啓卣〉「征」字之前有一動詞「從」做狀語，說明「征」的狀態，三器皆未見以介詞提介賓語者。

　　關於征字在銘文上的判斷方法，商艷濤歸結出兩個重點：〔註104〕

（1）征伐類銘文中常有些與戰爭相關的詞語，如「伐」、「搏」、「追」、「捷」、「獻俘」等，但這些用語在表征行義的征字所在銘文裡，均未出現。

〔註99〕說見馬承源，《銘文選》，頁 204～205。「上侯」一地尚見〈師俞尊〉，故馬氏推測該地爲時王（孝王）的狩獵區。

〔註100〕馬承源、楊樹達、楊寬皆採此說。馬文見《銘文選》，同上註。楊文見《積微居金文說》（北京：中華書局，1997 年），頁 184。楊文見《西周史》（上海：上海人民出版社，1999 年），頁 435。

〔註101〕楊樹達：《積微居金文說》（北京：中華書局，1997 年），頁 184。其云「蓋眉敖者爵名，乖伯者字也，歸夆則其名也」。

〔註102〕持此意見者，如馬承源、楊寬。馬文見《銘文選》，頁 140。楊寬則認爲「"敖"是比王低一等的稱呼」，可參。語見氏著《西周史》（上海：上海人民出版社，1999 年），頁 435。

〔註103〕贄見禮之說詳見楊寬，《西周史》，頁 797。

〔註104〕商艷濤，〈金文中「征」值得注意的用法〉，《華南師範大學學報》（社會科學版）2007 年第 5 期，頁 143～145。

（2）從銘文前後關係及與文獻對比看，某些征指征伐值得懷疑。

商氏之說可做爲征字判讀之參考，然該文某些例舉視爲巡守義的征字，則猶有可商之處，如以〈鄂侯馭方鼎〉（2810，西周晚期）：「王南征，伐角、鄱，唯還自征」、及〈翏生盨〉（4459，西周晚期）：「王征南淮尸（夷），伐角、津」等「征」字，視爲「在巡行過程中征伐某一國族，把這種“征”看成帶有征伐意味的武裝巡行更爲合理」，其實未必貼合銘文中「征」字的用法，將這些「征」字視爲征伐義即可，不必多做推求。〔註 105〕

8.【獸】（狩）

甲骨文「獸」字，爲「狩」之初文，字从單从犬作，「單」字字形葉玉森云：〔註 106〕

> 象捕獸器，其形似叉有幹，象叉上附箸之銛鋒似鏃，口在叉下，蓋以繫捕獲之雉兔者。从者乃省變，金文譌作〈邵鐘〉、〈師寰簋〉、〈王母鬲〉，篆文復譌作、。

葉氏之說可爲獸字形演變之解，唯「單」字的解釋，李孝定有不同的看法：〔註 107〕

> 單、干古爲一字，並盾之象形，田狩者以單自蔽，以犬自隨，故字从單从犬會意，亦猶戰字从單从戈會意也。金文或作，象單下有鐏之形，或作下从，亦鐏形，……爲則爲譌形。

獸字在甲骨文中作名詞者，指禽獸；作動詞者，指狩獵義，李孝定認爲「獸之初誼謂田獵，本爲動詞，繼謂獸所獲爲獸，其生獲者或加畜養，此許書嘼訓犍也一義之所自來也」，其說可從。〔註 108〕

〔註 105〕商氏於〈金文中「征」值得注意的用法〉一文中，列舉諸多征伐、適征並舉之銘文爲例，視諸「征」字之用爲巡守義，這些觀點本文不表贊同，認爲除〈啓卣〉、〈啓尊〉及〈乖伯簋〉外，其餘「征」字應讀作征伐解，詳見本節「發動戰事」項下「攻擊」類「征」字所析。

〔註 106〕見葉玉森：《殷墟書契前編集釋卷一》，參自《古文字詁林》第 10 冊（上海：教育出版社，1999 年），頁 925。

〔註 107〕李孝定：《甲骨文字集釋》第 14 冊（臺北：中央研究院歷史語言研究所，1974 年），頁 4201。

〔註 108〕同上註。

金文的獸字多見名詞之用，唯不見禽獸義，而常見人名、音律名兩種用法，並有假借作「酋」者，係指俘獲的部族酋長，如〈小盂鼎〉（2839，西周早期）「執嘼（酋）」。獸字在金文中做動詞者共 4 見，皆爲狩獵義，並帶有出巡性質，文例如下：

例 1.

　　王來獸（狩）自豆彔（麓），在禤師（次），王鄉（饗）酉（酒），王光宰甫
　　貝五朋，用作寶𣪕。（〈宰甫卣〉，5395，殷）

例 2.

　　王出獸（狩）南山，搜逊山谷，至于上侯㵼川上。啓從征，薑（謹）不
　　燰（擾、憂）。乍且丁寶旅尊彝。（〈啓卣〉，5410，西周早期）

例 3.

　　交從獸（狩），逆即王。賜貝，用作寶彝。（〈交鼎〉，2459，西周早期）

例 4.

　　唯征（正）月既望癸酉，王獸（狩）于昄（視）斅（廩，林），王令員執犬，
　　休善。用乍父甲𣪕彝。（〈員方鼎〉，2695，西周中期）

〈宰甫卣〉載王在豆麓進行田獵行動後，在禤這個軍事駐紮地（次）進行田獵後的宴饗酒禮，主要的慶賞對象是從行有功的人員，宰甫當因同行有功而受賞。從這裡可以很明顯的看出，商王這次的「來狩」並非一般的狩獵性質，而是帶有校閱駐防在禤一帶軍隊的目的。〈啓卣〉載王出狩於南山，搜索追捕野獸的區域遍及山谷與河川，可見當時的狩獵區域相當廣大，啓因從王征行有功而受賞。〈交鼎〉未言狩獵區域，銘載「逆即王」，逆字舊釋逑、遷，義不可通，今據黃德寬釋作「逆」，讀爲「弼」，即輔佐之意。「即」義爲「就也」、「近也」，「逆即」大意是「輔佐親近」，〔註 109〕可見作器者交也是因爲隨從王出狩有功而受賞。〈員方鼎〉裡則載明身爲執犬官的員因所職有功，而於王結束巡狩後受賞。

　　作爲巡狩字義的「獸」字使用具明顯時代性，反映當時的巡狩制度，故其

〔註 109〕黃德寬，〈釋金文逆字〉，《容庚先生百年誕辰紀念文集》（廣州：廣東人民出版社，1998 年），頁 468～478。

用例商器 1 見，西周早期 2 見，當爲沿續商金文的用法，到了西周中期以後，除〈員方鼎〉外，不再見獸作巡狩之用例。巡狩之「獸」的執行者皆爲時王，〈交鼎〉裡亦兼及隨行的王臣「交」。「獸」字之前受趨向詞「來」、「出」「從」修飾，爲巡行動詞裡較爲罕見的用法。「獸」字之後或以介詞「自」、「於」提介處所賓語，從「南山」、「豆麓」、「視林」等地名亦可明白所巡狩的地點，皆在山林之境，有師旅駐紮之地。

按上述四器裡，時王進行的並非單純的田獵活動，而當是帶有軍事檢閱、軍事演習、軍事部署性質的「大蒐禮」。據《周禮・大司馬》記載，「大蒐禮」按四季進行，在選定的地方建築校場及圍獵場所，進行教練進退作戰、進軍狩獵等活動，整個大蒐禮在凱旋而歸時，還包括了奏鼓振旅、俘獸獻禽、慶賞處罰等儀式，雖然《周禮・大司馬》所載相當程度反映了漢人對先秦「禮」儀的美好推度，但結合《毛傳》、《春秋左傳正義》、《穀梁傳》等傳世文獻及金文中的相關描述，可知透過固定的田獵活動以模擬戰事、進行軍事訓練、軍防演習的大蒐禮，實具有明顯的軍事性質，上述四器即爲大蒐禮儀節的一個反映。故此處的「獸」非爲單純的狩獵義，而是帶有巡視、監察的積極意義。在這些巡狩活動中，進行狩獵的行爲主體皆爲時王，受賞者皆爲隨行輔佐有功者，賞賜典禮則於狩獵行動結束後的慶賞酒會中進行，燕饗地點當是臨近巡狩地的師旅駐紮地，受賜者所獲賞賜品以貝爲主；以上種種，皆與實際戰事發生班師回朝，論功行賞的告捷禮、飲至禮基本儀節相同，足見這種閱兵式和軍事演習的巡狩制度，在爭戰頻繁的商周時期，是國家用來進行軍事部署、軍隊整頓、人員校閱及訓練戰爭技巧的重要手段。〔註110〕

9.【狨】

狨字常見於甲文，作 𧿇、𧾷 等形，从辵从 ✝，✝ 字有 𠂤、𠂤、𠂤、𠂤、𠂤 諸形，〔註111〕該偏旁諸家理解不同，有讀作 戔、戈、戊、屯、弋等。由於卜辭常見「王△（于）某，往來亡災？」的貞卜，故而該字釋形釋義的分歧連帶影響了文句的釋讀，今就諸家之說擇要羅列於次：

〔註110〕關於「大蒐禮」在先秦時的發展過程及詳細儀節，詳見楊寬：《西周史》（上海：上海人民出版社，1999 年 11 月），頁 693～715。

〔註111〕字形來源：《殷墟甲骨刻辭類纂》。

（1）後

羅振玉云「从彳从戈，或省止，與許書之後同」，後與踐同，訓行、往，此說爲王襄、董作賓所從，董氏並引《說文》訓後爲迹，訓踐爲履，故後言足迹之所踐履也，以示往來之義，在卜辭裡指王遊蹤之所至。〔註112〕

（2）武

商承祚云「从彳从玷，當是步武之專字」。〔註113〕

（3）越

郭沫若初析字从辵从戌聲，並不从戈，或从弋乃戌省，引《說文》辵部「越，踰也」，視爲後世「越」字初文，言「卜辭言越，乃遠逝之意」。〔註114〕後於《殷契粹編考釋》中改釋此字爲越，讀爲遊。

（4）迍

孫海波釋从屯从辵，即《說文》遭字，喻逐物之意，云「迍當是屯遭之本字」。〔註115〕

（5）过

楊樹達釋从戈从辵，戈爲聲符，云过即過字。〔註116〕

（6）迖

李學勤隸作迖，視爲狩獵動詞，指田獵，〔註117〕其隸作迖爲多數學者所從。〔註118〕

（7）祕

裘錫圭視十爲「祕」的象形初文，「祕」字金文作夬，云祕是常見的賞賜品，字从十而於兩側增點，究其原形，乃是指古代戈、戟、矛等武器的柄。上形則

〔註112〕于省吾主編：《甲骨文字詁林》第 3 冊（北京：中華書局，1999 年），頁 2256。董氏之語，見頁 2258。

〔註113〕《甲骨文字詁林》第 3 冊，頁 2257。

〔註114〕郭沫若：《卜辭通纂考釋》，本文參自《甲骨文字詁林》第 3 冊，頁 2257。

〔註115〕孫海波：《甲骨文編》，頁 69～70，本文參自《甲骨文字詁林》第 3 冊，頁 2258。

〔註116〕《甲骨文字詁林》第 3 冊，頁 2258。

〔註117〕李學勤：《殷代地理簡論》（臺北：木鐸出版社，1982 年），頁 1。

〔註118〕如劉桓，〈釋甲骨文迖字——兼說「王迖于（某地）」卜辭的性質〉、張亞初《殷周金文集成引得》，頁 470 等，皆採此說。

為去掉戈頭部分所致，亦屬祕的象形初文，在卜辭裡讀作「毖」，作敕戒鎮撫解。〔註119〕

　　諸家論述不同，主要在於對十、十、十、十、十、十偏旁的理解有異所致，十形與戈形近易混，故有戔、武、戔之說，而十形略近於屯，故而有誤作迍字者。這個字的討論隨著出土材料的增加有了新的看法，劉桓引證楚簡弋、貸等字，十當隸定作「弋」，本義為「杙」，形似「木樁一端銳而斜形」，字上端像樹枝，表示樹木，中有圈束可以繫牲，此木樁即橛之類，可以掛物、繫牲，故贊同李學勤隸作迏，但認為應讀為「代」，義指出行，並云卜辭中的「迏實為武裝出行，商王在出行期間亦進行政事活動」。〔註120〕其實，裘錫圭在〈釋「弋」〉一文裡，已提出弋「字所象當是一種尖頭的祕狀物」，並引郭沫若《金文叢考》語「祕離戈言，固是木杙」來討論兩者的關係，但裘氏認為弋（十）、祕（十）雖同樣為木杙之屬，但其象形初文是兩個不同的字，當予以區分，其定迏字所从為「祕」，而字象戈者乃為形近之訛，至於「祕」字中間有圈畫者，則為添加指示符號的繁體。〔註121〕

　　細查卜辭中迏字之所从，第三期前多做十形，尖頭豎筆，其上2／3處有一橫畫，1／2處則有圈形。引發弋、祕之爭的十、十形則多見於第五期，其中尤以十形最為常見，在第一期中出現在2／3處的橫畫往下做斜筆而離歧頭較遠，其形與金文常見的祕（十）形貼合，而作戈（十）形者鮮少，當為十形之誤。從時代來看，第三期作十，五期作十、十，上端筆劃歧出，中端不見圈筆，固而就字形演變順序來看，迏字的初形當以劉桓的分析為確，該字本象尖頭木杙，這種木杙可繫物，爾後用作戈、戟一類武器的握柄，而專名為「祕」，但是在卜辭裡的隸定上，仍應還原其原始本形本義，隸作迏。

　　在釋義上，前人讀作遊、過、往來諸義，可謂略涉皮毛；李學勤視為田獵字，並從活動進行的地點上指與苗、狩、田等三個田獵動詞有所區別，頗有見地；〔註122〕裘錫圭則因隸作迏而從其音讀找到《說文》比部「毖，慎也。从比，

〔註119〕裘錫圭，〈釋祕〉，《古文字研究》第3輯（1980年11月），頁17。

〔註120〕劉桓，〈釋甲骨文迏字——兼說「王迏于（某地）」卜辭的性質〉，《考古》2005年第11期，頁58～62。

〔註121〕裘錫圭，〈釋弋〉，《古文字研究》第3輯（1980年11月），頁23～27。

〔註122〕李學勤：《殷代地理簡論》，頁1～2。

必聲」以及《廣雅‧釋詁》：「必，敕也」之例，認爲卜辭中的逊（达）乃用指
商王去到某一地進行敕戒鎮撫。由於對某一對象加以敕戒鎮撫，往往需要到那
一對象的所在地去，故「逊」之後往往接國族名或地名，字之所以从辵，乃用
以強調前往義。

　　按裘文對於逊（达）字的理解十分正確，卜辭裡，达多用「王达（于）某，
往來亡災？」句型，與卜「田」的「田某，往來亡災？」句型相似而不同，其
用法不同處在於卜問田獵時，常於辭末附記田獵中的擒獲，而貞达之辭末則
少有記載獵獲物者，兩者在用法上明顯不同。〔註123〕可知达的出行非同於一般
田獵。再者，卜辭有「其遉（振）旅，征达，往來亡災」句（《合集》38177），
「振旅」係指整頓軍旅，用於軍隊出發及班師回朝之際，此處當是用指商王巡
撫活動前的整頓軍隊，由此可知王的达行，乃帶有武裝部隊的武裝巡行，具有
軍政活動的積極目的，〔註124〕而田獵活動，則爲巡行時臨時興起的乘興行爲，
〔註125〕這也是卜辭达字與其他田獵動詞在內部意義上的最大區別。

　　金文达字5見，除兩例假借爲借貸之「貸」外，其餘的3例之用與甲文同：

例1.

　　癸亥，王达于作冊般新宗，王商（賞）作冊豐貝，大（太）子賜東大貝，
　　用乍父己寶鐙。（〈作冊豐鼎〉，2711，商代晚期）

例2.

　　丙申，王达于洹，隻（獲）。王一射，般射三，率亡濃（廢）矢。王
　　令爰騅兄（貺）于乍（作）冊般，曰：奏于庸，乍母寶。（〈作冊般
　　黿〉，《新收》1553，商代晚期）

〔註123〕卜辭有「己丑卜，貞：王逊於台，往來亡災。才九月，茲 � ，隻（獲）鹿一。」句，
　　　　　裘先生認爲這一頭鹿應該是在路途中偶然得到的。參〈釋弋〉，《古文字研究》第
　　　　　3輯（1980年11月），頁19。

〔註124〕裘錫圭，〈釋秘〉，《古文字研究》第3輯（1980年11月），頁17。

〔註125〕劉桓雖釋該字爲达，讀作行，與裘釋作逊不同，但其在討論「王达于（某地）」的
　　　　　卜辭性質時，則完全接受裘氏對該字用法的觀點，並補充道「商王在出行時也常
　　　　　乘興去田獵」，以融合李氏的田獵說以及裘氏的鎮撫說，其說能貼合达字在卜辭及
　　　　　金文中皆偶見有擒獲計數的事實，故本文從其說。劉文見〈釋甲骨文达字──兼
　　　　　說「王达于（某地）」卜辭的性質〉，頁60～62。

例 3.

正月，王在成周，王迮于楚麓，令小臣夌先省楚应（居），王至于迮
应（居），無遣（譴），小臣夌賜貝、賜馬丙（兩）。（〈小臣夌鼎〉，2775，
西周早期）

〈乍冊豐鼎〉與〈作冊般黿〉皆爲商代晚期器，鼎銘云王於癸亥日這一天巡行
來到作冊般的新宗，隨行的尚有太子，可見出巡行列的盛大。〈作冊般黿〉爲一
罕見之青銅龜形器，背甲有四矢射入黿體，銘首「干支，王迮于某，獲」之句
型與田獵卜辭形式相近，作器者亦見於〈作冊般鼎〉及〈作冊般甗〉二器，是
殷末帝乙帝辛時期受王重用並有相當地位的貴族。〔註126〕銘載作冊般隨王巡迮
於商都附近的洹水，在隨興而起的射獵活動中與王共發四箭，箭無虛射，而獲
王賞賜射獲的黿（鱉屬）。〔註127〕〈小臣夌鼎〉中的迮字 2 見，第一個迮作動
詞用，指巡行義。第二個迮作名詞用，「迮应（居）」即爲行宮，銘載王意欲出巡
至於楚山一帶，故令小臣夌先行前往視察該地居所（行宮），等到王來到這個行
宮時一切安妥順遂，故而賞賜小臣夌貝與馬二匹。〔註128〕

從時代上來看，迮這個字大量出現於卜辭，商金文亦見，但到了西周時期
僅見於西周早期一例，可視爲卜辭用法之遺緒，故迮字之用具明顯時代性，而
其施事主語則僅見於時王，迮字前後不見任何修飾語，亦未與其他動詞連用，
在金文裡王巡迮之地皆以介詞「于」字帶出，有王臣新宮、商都水濱及楚地山
麓三處，可見迮字所指涉的處所賓語在範圍上較具彈性。

本節討論望、省、遹、貫、監、行、征、狩、迮等 9 個巡省用語，其在形
義用法上或上承卜辭、或爲兩周金文所獨有、亦有典籍常見而銘文用法卻與一
般理解不同者，諸字詞在形義解釋上的分歧，連帶地影響了銘文的釋讀，也使
得同組器在進行軍事排譜、征伐路程、蒐禮儀節與文獻對讀等種種分析上產生
問題。本節先從字形上溯其形體演變脈胳，繼而從文例比對上確認詞義，並就

〔註126〕朱鳳瀚，〈作冊般黿探析〉，《中國歷史文物》2005 年第 1 期，頁 9。

〔註127〕王冠英，〈作冊般銅黿三考〉，《中國歷史文物》2005 年第 1 期，頁 11～13。

〔註128〕此處的「丙」爲「兩」的假借，視爲數詞，而非作量詞（輛）。參陳宛蓉：《殷周
金文數量詞研究》，（臺北：私立東吳大學中文系碩士在職專班論文，2006 年 7
月），頁 59。

語法學上進行「施－動－賓」關係上的討論，從而確認望、省、遹、貫的施事主語以王臣為主，巡省對象較廣，遍及方國、土田與道路；而狩、迖施事主語為王，其動作行為帶有巡省田蒐性質，是巡狩兼及軍事訓練、校閱駐軍的軍事行動；行、征則同樣屬於武裝巡省，並常伴有征伐活動。以下將諸字的使用現象以表格列出：

巡察類動詞用例分析表

巡查類軍事動詞		望	省	遹	貫	監	行	征	狩	迖
文例數		1	15	6	4	1	約100	23	4	3
義　項		巡察	巡察13 巡征2	巡察	貫通	監管	巡行	巡行	巡狩	巡行
施令者		子	王	王	王	王	王	王	王	王
執行者		×	王(5見) 周公 王臣	王(4見) 王臣	王 王臣 晉姜？	王臣	王 王臣	王 王臣 衛姒？	王 王臣	王
介　詞		×	自、于	×	×	×	以、用、于(皆前置)	×	於、自	于
修飾語／連動結構	商	×	于△(商晚)	×	×	×	×	×	來△	×
	西周早期	×	違△ 遠△ 先△ 遹△ 大△	△省	×	×	×	從△南△	出△ 從△	×
	西周中期	×	×	△征 △正	唯(發語詞)	×	×	×	×	×
	西周晚期	×	親遹△ 親遠△	△省 親△省	×	×	征△	×	×	×
	春秋戰國	×	徂△(魏國器)	×	×	×	征△	×	×	×
巡查對象	四方、方國	人方甼	東方 南方 西方 北方	四方 東國 南國 疆土	×	彙(闢、邠)	四方 南方 西方 北方	南方(眉敖)	×	×
	師旅(駐紮地)	×	師 公族	八師 京師	×	雙師成	×	×	×	×
	道　路	×	成周→胡國(河南)	×	行、行道	×	×	×	×	×
	行　宮	×	楚居、曾居、夔山居、相	×	×	×	×	×	×	新宗

巡查類 軍事動詞	望	省	遹	貫	監	行	征	狩	遂
都　城	×	蘷京	×	×	×	×	×	×	×
農牧地	×	北田四品	×	×	×	×	×	南山 豆麓 視林	洹水 楚麓

第二節　使　令

　　使令類軍事動詞計有令(命)、遣兩個，所在文句皆爲時王將相發號施令，遣將派員以進行軍事部署時，依序分述如下：

　　1.【令】

　　甲骨文作𠆢(《合集》14127正)，金文作𠆢(〈二祀切其卣〉，5412，商)、𠆢(〈成周鈴〉，416，西早)，後增口作命：令(〈𤾩簋〉，4215，西晚)、命(〈駒父盨蓋〉，4464，西晚)，春秋晚期時增飾筆「＝」作令(〈蔡侯紐鐘〉，211，春秋)，戰國時期再增「攴」作敏：令(〈鄂君啓舟節〉，12113，戰國)，增「殳」作殺：令(〈鄂君啓車節〉，12113，戰國)，[註129]楚簡作令(包2.18)、令(包2.2)外，亦見令(包2.25)形，可知从攴、殳者具楚地特色。

　　令、命爲一字分化，令的本義爲發號施令，《說文》卩部：「令，發號也，从𠆢、卩。」段注「發其號嘑以使人也……號嘑者，招集之卩也，故从𠆢卩會意」。[註130]甲骨文令字下爲人跽受命形𠂰，可知許氏、段氏以符節釋𠂰爲誤。令字之上的𠆢歷有集結說、[註131]鈴鐸說、[註132]屋宇說，[註133]以及倒口說四種。[註134]視𠆢爲集結、集合，乃是受《說文》亼部下所收亼云：「𠆢，三合

〔註129〕何琳儀：《戰國古文字典》(下冊)錄令於令字之下，以爲「殳」爲「攴」稍異者，見《戰國古文字典》(北京：中華書局，1998年)，頁1147。

〔註130〕段玉裁注：《說文解字注》，頁435。此說以羅振玉爲代表。

〔註131〕羅振玉：《殷虛書契考釋》(中)，頁54，本文參自《甲骨文字詁林》第1冊，頁364。

〔註132〕方述鑫，〈甲骨文口形偏旁釋例〉，《古文字研究論文集》四川大學學報叢刊第10輯，頁281，本文參自《甲骨文字詁林》第1冊，頁365。徐中舒亦採此說，見《甲骨文字典》，頁1000。

〔註133〕洪家義，〈令命的分化〉，《古文字研究》第10輯(1983年7月)，頁122。

〔註134〕林義光：《文源》，本文參自《甲骨文字詁林》第1冊，頁364。李孝定：《甲骨文

也，从入、一。象三合之形」所影響。〔註135〕亼部後起，甲文未見用例。鈴鐸說釋「令」為該人以執鈴鐸示其執事，牽強難解。屋宇說視A為余，乃舍之省文，亦屬強說。按「令」字上方所从當為倒口，其下从一跪跽之人，示上令下，人跪以受命之意。至於令、命分化之因，洪家義從複輔音聲母的角度作解，認為令、命原是一字，讀[ml]，後各立門戶，「命佔有了複輔音中的[m]，而令則得到了複輔音中的[l]」，〔註136〕類似[ml]分化亦見有來、麥之由別。

　　「令」字在甲骨文裡面除作地名以外，皆作本義之用，指發號施令使人有所為也，卜辭所見的施令者有上帝、諸神及王。如「帝令雨正年」、「河不令雨」及「王令狩」、「令五族戍羌方」等，隨著施事主語身份的不同，所「令」的內容亦有不同。〔註137〕金文「令」字另發展出命令、賜命意旨、生命、人名等多種名詞用法，並假借作「鈴」用，如〈成周鈴〉：「王令（鈴），成周」（417，西早）。

　　金文「令」字凡542見，「命」字299見，其中為施事主語下「令」、「命」而屬軍事行動者，計有「令」字39見，「命」字8見，計35器46個字例，可依時代先後序列如下表：

殷商時期						
序號	器　　名	器　號	文　　　例	施令者	受令者	事　由
1	〈小子𠂤卣〉	5417	子令小子𠂤先目（以）人于菫，子光商（賞）𠂤貝二朋。	子	小子（官名）𠂤	以人于菫
2	〈𰷖鼎〉	2710	王令𰷖省北田四品，在二月，乍（作）冊友史賜𰷖貝。	王	𰷖	省田
3	〈戍甬鼎〉	2694	王令宜子迨（會）西方，于省佳反，王賞戍甬貝二朋，用乍父乙𩵋。〔註138〕	王	宜子（宜國君長）	巡省西方
4	〈小子𤔲簋〉	4138	𤔲商（賞）小子𤔲貝十朋，在上魯，唯𤔲令伐人（夷）方。	𤔲	小子𤔲	伐夷方

字集釋》，頁2867。朱歧祥：《殷墟甲骨文字通釋稿》（臺北：文史哲出版社，1989年），頁45。

〔註135〕段玉裁注：《說文解字注》，頁225。

〔註136〕洪家義，〈令命的分化〉，《古文字研究》第10輯（1983年7月），頁122～126。

〔註137〕參朱歧祥：《殷墟甲骨文字通釋稿》，頁45。

〔註138〕《說文》：「迨，遝也，从辵合聲」。「遝，迨也」。一般多視會、迨古為一字。《廣韻》：「迨、遝，行相及也。遝，及也」。故「會」在此當釋作「及」。

　　「令」字於殷器凡 4 器 4 見，下達命令者王 2 例、子 1 例、王臣 1 例。王下令巡省田地及四方，子下令率軍駐點，王臣則下令征伐方國。可知「令」字之用在商器裡無明顯的身份別，諸軍事活動時王、王儲子及王臣皆可下達命令。

西周早期							
序號	器名／王系	器　號	文　　　例	施令者	受令者	事　由	備　註
1	〈小盂鼎〉康王	2839	1. 告曰：王□(令)盂目□□伐畞(鬼)方□□□□□(執)□(酉(酋))三人盂拜頴首，□(目)酉進，即大廷。 2. 王令焚(榮)□(鏃)酉(酋)。…	王	盂／榮	伐鬼方／審訊鬼方酋領	
2	〈臣諫簋〉康王	4237	隹戎大出于軷，井(邢)侯尃(搏)戎，征(誕)令臣諫[以]□□亞旅處于軷。	邢侯	臣諫	率亞旅處守於軷	狀語：誕△
3	〈朢鼎〉康王	2740 2741	隹王伐東尸(夷)，潇公令朢眾史旗曰：『以師氏眾有嗣、後或(國)或(捷)伐腺(貉)。』朢俘貝，朢用乍(作)饒公寶尊鼎。	潇公	朢、史旗	伐腺(貉)	康王東征
4	〈憲鼎〉康王	2731	王令趞截(捷)東反尸(夷)，憲肇從趞征，攻鬲(蠲)無奢(敵)，省于卑身，孚(俘)戈。	王	趞	捷東反夷	康王東征
5	〈魯侯尊〉康王	4029	唯王令明公趞(遣)三族伐東或(國)，才□，魯侯又(有)囡工(功)，用乍旅彝。	王	明公	伐東國	康王東征
6	〈中甗〉昭王	949	1.「王令中，先省南或貫行，埶应(居)在甾(曾)。 2. 史兒至，吕王令曰：「伞(余)令女(汝)史(使)小大邦，卑又舍女(汝)苑，量至于女(汝)庸(墉)小多□。」	王	中	省南國貫行設居、使小大邦	昭王南征
7	〈中方鼎〉昭王	2751 2752	隹王令南宮伐反虎方之年，王令中，先省南或(國)貫行，埶王应(居)在夔降眞山。	王	中	省南國貫行、設居	昭王南征
8	〈縭段〉昭王	4192 4193	王事(使)焚(榮)檆(蔑)曆(歷)、令鉍(往)邦，乎易緣旂，用保卑邦。縭對揚王休，用自乍寶器，萬年，目(與)卑孫子寶用。	(王)	縭	往邦、保邦	昭王南征

			西周早期				
序號	器名／王系	器　號	文　　　例	施令者	受令者	事　由	備　註
9	〈小臣夌鼎〉昭王	2775	正月，王在成周，王迂于楚麓，令小臣夌先省楚应（居）。	（王）	小臣夌	省居	昭王南征
10	〈陵貯簋〉王系不明	4047	□陵貯罘子鼓𩵋鑄旅段。隹巢來钕，王令東宫追目（以）六𠂤（師）之年。	王	東宫	追擊來犯（巢）	

　　「令」字西周早期凡 10 器 12 見，其中施令者爲王有 8 次，分別是康王 3 次、昭王 4 次、及西周早期的王令 1 次。王臣令出現於〈夆鼎〉及〈臣諫簋〉，惟〈夆鼎〉之施令者𣼤公乃是跟從昭王伐東夷的將領，他下令部屬夆和史旟率領後方小邦國的官兵協助戰事，仍可歸原於王令的語境脈胳裡。史載昭王時戰事頻仍，故昭王所令者之事，無非是省道、貫道、設居及伐捷之事。在語法結構上「S（王）＋V1（令）＋O（某）＋VP（所令之事）」成爲固定結構，在〈臣諫簋〉中，「令」字之前受「祉（誕）」字修飾，該字用法與迺、遂、延字相同，詩書常見，爲一表「於是」、「然後」義的接續性副詞。〔註139〕

			西周中期				
序號	器名／王系	器　號	文　　　例	施令者	受令者	事　由	備　註
1	〈班簋〉穆王	4341	王令毛白（伯）更虢馘（成）公服，𩩅（屏）王立（位），乍四方亟，秉緐、蜀、巢令（命）。〔註140〕易鈴、𩍂，咸。王令毛公目邦冢君、土（徒）馭、戎人伐東或（國）痛戎，咸。王令吳白（伯）曰：「目乃𠂤（師）左比毛父！」王令吕白（伯）曰：「目乃𠂤（師）右比毛父！」遣令曰：「目乃族從父征。」祉（肇）〔註141〕城（誠）衛父身〔註142〕，三年靜（靖）東國，亡不成肬。	王	毛伯（公）（2）／吳伯／吕伯／遣	率軍伐東國／左比毛父／右比毛父／從父征	遣令句施令者承上省略，並屬倒裝結構

〔註139〕參見張玉金，〈《詩經》《尚書》中「誕」字的研究〉，《古漢語研究》1994 年第 3 期，頁 34～37。又張玉金，〈論甲骨文中表示兩事先後關係的虛詞〉，《古漢語研究》1998 年第 3 期，頁 36～37「延」字部份。

〔註140〕〈班簋〉銘文共出現 6 個令字。首段文句「王令毛白（伯）更虢馘（成）公服，𩩅（屏）王立（位），乍四方亟，秉緐、蜀、巢令（命）」中的二處「令」字，第 1 個

西周中期							
序號	器名／王系	器　號	文　　　　例	施令者	受令者	事　由	備　註
2	〈彔卣〉穆王	5419 5420	王令彔（或）曰：「戲淮尸（夷）敢伐內國，女（汝）其以成周師氏戍于䣄（固）師（次）」。	王	彔	淮夷來犯出師戍次	金文中最早記載征伐淮例

「令」屬職事動詞，第 2 個令宜作「命令」解，「秉命」猶評「執命」，在此指王令毛伯更續虢成公的職務，屏衛王位，作爲四方的準則，執掌緐、蜀、巢三個邊遠方國的事務。參李學勤，《青銅器與古代史》（臺北：聯經出版社，2005 年），頁 304。

〔註141〕「『呂乃族從父征』．徙城衛父身」中的徙字，多隸作徙，讀爲「延」或「誕」，語氣助詞。據陳劍的考証，口上之字當爲中（草）之初形，非從止，當隸作「徙」，是「造」字異體，用法類似典籍中的「肇」（非「始」、「敏」之義），虛詞無實義，用於動詞之前，表對發出的動作的一種肯定和強調。參陳劍，〈釋造〉，原刊於《出土文獻與古文字研究》第 1 輯（上海：復旦大學出版社，2006 年 12 月），後收於《甲骨金文考釋論集》（北京：綫裝書局，2007 年 5 月），頁 127～176。「徙（肇）」字之後的「城衛」一詞，「城」者，李學勤引《廣雅・釋詁一》：「敬也」讀「城」爲「誠」，「衛」者，保衛也，「肇誠衛父身」爲作器者總結戰功之語。文見氏著〈班簋續考〉，《古文字研究》第 13 輯（1986）。按陳劍之說符合文例與文意所指，其說可從。

〔註142〕〈班簋〉釋讀諸家意見容或有異，如馬承源以毛白＝毛公＝毛父＝班，「趞」即動詞「遣」，派遣之義，參見《銘文選》，頁108。郭沫若視「班」爲毛伯（公）之子，趞爲文首提及之虢成公。郭氏並云「本銘四『王令』句，各兩兩相對爲文」，郭文見《兩周金文辭大系考釋》，頁 21～22。按毛公即班之說從銘文內容來看，可明顯判定有誤，毛伯（公）與班顯然是兩個不同的人。言趞爲虢成公，則與前後命句語境明顯不符。李學勤云西周前期金文常見「遣」，都未見寫作从走的，〈趞尊〉、〈趞卣〉等以趞爲名氏者，皆作趞，故云趞不能讀爲動詞遣，趞當爲〈盂簋〉提到的趞仲之下一代。李氏贊同班爲毛公之子，但就趞與班的關係，不能定論。彭裕商參酌李氏之見，視趞爲班，趞爲班之名，班爲趞之字，趞有派遣義，班有返還義，符合古人名字相應的原則。「趞命曰」即王命趞，趞爲作器者，故特將王命某之慣語做一更改，將趞字提前，以示強調。又趞（班）雖稱毛公爲父，但從文末班有其族又有其昭考這一點來看，班不一定是毛公的兒子，只能理解是毛公的族人，而毛公比班高一輩，就像穆王稱毛公爲毛父一樣，其說可從。李文見〈班簋續考〉，《古文字研究》第 13 輯，頁 181～187。彭文見氏著：《西周青銅器年代綜合研究》（四川：巴蜀書社，2003 年），頁 311～313。

	西周中期						
序號	器名／王系	器　號	文　　　　例	施令者	受令者	事　由	備　註
3	〈競卣〉穆王	5425	隹白（伯）犀父以成自（師）即東，令伐南夷。正月既生霸辛丑，才（在）壼。白（伯）犀父皇競各（格）于官。競蔑曆，賞競章（璋）。	（王承上省略）	伯犀父	伐南夷	用「命」字
4	〈史密簋〉懿王	《新收》636	隹十又一月，王令師俗、史密曰：「東征，敆南尸。」膚虎會杞尸、舟尸，藋（觀），不所（質），廣伐東或。齊自、族土（徒）、遂人乃執啚（鄙）寬亞（惡）。師俗率齊自、遂人，左□[周]伐長必。史密右率族人、釐（萊）白（伯）、僰、眉（殿），周伐長必，獲百人，對揚天子休，用乍朕文考乙白障段，子子孫孫其永寶用。〔註143〕	王	師俗、史密	東征敆南尸	史官率兵出征
5	〈昌鼎〉	《新收》1445	隹七月初吉丙申，晉侯令昌追于倗，休，又（有）禽（擒），侯釐昌縎胄、甶、戈、弓、矢束、貝十朋。受茲休。用乍寶簋，其孫子子永用。	晉侯	昌	追于倗	晉器

　　西周中期「令」字之用凡 5 器 9 例，穆王時器有 3，施令者爲穆王，分別下令對東夷、南夷進行攻伐。其中〈班簋〉「令」字共出現 6 次，前 2 次中的第 1 個屬職事動詞，第 2 個令則爲名詞用法。後 4 次中的前 3 次例皆爲「王令某（曰）」句式，最後一個令字爲省主倒裝句法，施事主語「王」承上省略，並特將受命者「趞」提至「令曰」字前，形成「某令曰」的句式，如果將此 4「令」排比來看，很容易依前 3「令」而誤以爲第四句的施令者爲「趞」，故而有趞令

〔註143〕〈史密簋〉1986 年出土於陝西，李學勤定爲孝王器，張懋鎔定爲宣王器，李啓良從師俗主要活動於西周中期的恭王、懿王之世，定爲西周中期恭、懿時器，吳鎭烽從李氏之說，定爲懿王時器，今從吳氏之說。參張懋鎔，〈安康出土的史密簋及其意義〉，《文物》1989 年第 7 期，後收於氏著《古文字與青銅器論集》（北京：科學出版社，2002 年 6 月），頁 24～33。李學勤，〈史密簋銘所記西周重要史實考〉，《中國社會科學院研究生院學報》1991 年第 2 期，頁 5～9。李啓良，〈陝西安康市出土西周史密簋〉，《考古與文物》1989 年第 3 期，頁 7～9。吳鎭烽，〈史密簋銘文考釋〉，《考古與文物》1989 年第 3 期，頁 55～60。

班「目乃族從父征」的誤解。在先秦典籍及金文中，未透過任何介詞，而將受事賓語提介至動詞前，形成無形式標誌的倒裝句，乃是一種相當常見的用法，倒裝的用意在於強調受事者，這與作器者鑄器留名、世代流傳的用意吻合。故「趞令曰」乃是承上省略了施事者「王」，並將受事者「趞」提至動詞「令」之前，起強調作用。於一篇有著 6 個「令」字，以及不斷排比「王令某（曰）」的句子中，在最末一個「令」字出現時採用這樣的書寫策略，無疑是相當特出的章法安排。此外，軍事使令用語中的「令」增口作「命」形者，亦始見於穆王時期的〈競卣〉。

西周晚期							
序號	器名／王系	器　　號	文　　　　例	施令者	受令者	事　由	備　註
1	〈克鐘〉宣王	209／204〜8	王親令克遹涇東至于京自(師)，易克甸車、馬乘。	王	克	遹涇東至于京師	親△；〈克鎛〉銘同
2	〈小克鼎〉宣王	2796〜2802	王令善(膳)夫克舍令于成周，遹正(整)八自(師)之年，克乍朕皇且釐季寶宗彝，……〔註144〕	王	膳夫克	舍令于成周	
3	〈五年師旋簋〉厲王	4216〜18	王曰：「師旋，令女(汝)羞追于齊，儕(齎)女(汝)冊五、易(錫)登盾生皇(凰)、晝內(枘)戈琱𢆶(緱)必(柲)、彤沙(緌)。敬毋敗速(續)。」	(王)	師旋(汝)	羞追于齊	
4	〈敔簋〉厲王	4323	南淮尸(夷)遷殳。內伐湦、昴、參泉、裕敏、潒(陰)陽洛。王令敔追迎(襲)于上洛、怤谷，至于伊。	王	敔	追禦南淮夷	
5	〈晉侯穌鐘〉厲王	《新收》870-885	1. 王親令晉侯穌乃自，左洀𤔲、北洀□，伐夙尸，晉。 2. 親令晉侯穌自西北遇(隅)臺伐𣂭𤖕，晉侯穌達卒亞旅小子或人先敌。 3. 王令晉侯穌達大室小臣，車僕從述逐之。	王	晉侯	率師出擊夷方	親△

〔註144〕「舍令」指守命、處命，見馬承源，《銘文選》，頁 222。故此處的「令」作名詞解，指命令之義。

			西周晚期				
序號	器名／王系	器　號	文　　　例	施令者	受令者	事　由	備　註
6	〈禹鼎〉屬王	2833	亦唯噩（鄂）侯馭方率南淮尸（夷）、東尸（夷）廣伐南或（國）東或（國），至于歷內。王迺命西六自（師）、殷八自（師）曰：「戜（撲）伐噩（鄂）侯馭（馭）方，勿遺壽幼。」	王	西六師殷八師	戜伐鄂侯馭方	迺△／用「命」字
7	〈多友鼎〉屬王	2835	唯十月，用嚴（玁）獫（狁）放（方）興（興），賓（廣）伐京自（師），告追于王。命武公遣乃元士羞追于京自（師），武公命多友衛（率）公車羞追于京自（師）。	（王）／武公	武公／多友	羞追玁狁／率公車羞追	用「命」字（2見）
8	〈史頌鼎〉共和	2787、8	隹三年五月丁巳，王才宗周，令史頌𥑆穌（蘇），𤔲（姻）友、里君、百生（姓），帥（率）堣（偶）盩于成周，休又（有）成事。	（王）	史頌	省蘇	〈史頌簋〉4229-36銘同
9	〈不娶簋〉宣王	4328（器）4329（蓋）	白（伯）氏曰：「不娶，馭方、厰允（玁狁）廣伐西俞（隅），王令我羞追于西，余來歸獻禽。余命女御（禦）追于畧。女（汝）目（以）我車宕伐敵允（玁狁）于高陶」。	王	伯氏	羞追馭方、玁狁	
				伯氏	不娶	禦追馭方、玁狁	
10	〈師寰簋〉宣王	4313、14	王若曰：「師寰夋（越）！淮尸（夷）繇（舊）我員（帛）畮（畝）臣，今敢博（薄）氒眾叚（暇），反氒工吏，弗速（蹟）我東邨（國）。今余肇令女（汝）達（率）齊帀（師）、曩（紀）、釐（萊）、𩰫眉，左右虎臣正（征）淮尸（夷）」，即質氒邦獸（酋），曰冉、曰莽、曰鈴、曰達。	王	師寰	淮夷不納貢，反抗王官	令字之前受「肇」字修飾
11	〈柞伯鼎〉屬宣時期	《文物》2006年第五期	惟四月既死霸，虢仲令柞伯曰：『在乃聖祖周公繇（舊）又（有）共（功）于周邦。用昏無殳，廣伐南國，今汝埶（其）衛（率）蔡侯左至於昏邑』既圍城，令蔡侯告迖（報）虢仲、趠氏曰：「既圍昏」。	虢仲／柞伯	柞伯／蔡侯	率蔡侯左／既圍昏	
12	〈應侯見工鼎〉屬王	《新收》1456	隹南尸㧑，敢乍非良，廣伐南國，王令雁（應）侯見工，曰：「政（征）伐㧑，我□令戜伐南尸㧑。」	王	應侯見工	征伐南尸㧑	

西周晚期							
序號	器名／王系	器　號	文　　　例	施令者	受令者	事　　由	備　註
13	〈應侯見工簋〉屬王	《首陽吉金》，頁 112 〔註145〕	唯正月初吉丁亥，王若曰：「雁（應）侯見工，伐淮南尸（夷）丰，敢尃（搏）氒（厥）眾臠（魯），敢加興乍（作）戎，廣伐南國。」王命雁（應）侯正（征）伐淮南尸（夷）丰。休克。氒伐南尸（夷），我孚（俘）戈。	王	應侯見工	正（征）伐淮南尸（夷）丰	「淮南夷」疑爲「南淮夷」之誤。

　　西周晚期的「令」字之用凡 13 器 18 例，除〈不娶簋〉與〈柞伯鼎〉外，其餘多爲王令句，非王令句裡，下命的將領亦是秉承王命的主將，所以有權指派其他部將進行軍隊的列陣與追擊。西周晚期的「令」字句型皆爲「S（王）＋V1（令）＋O（某）＋VP（所令之事）」，與前期相同，唯西周晚期的「王令」句於所令之事後，多添「于」、「自」等介詞引領一組介賓結構作爲處所補語，句型較前期更爲完整。此外，西周晚期以後「令」、「命」互見的情況較爲普遍，如〈禹鼎〉的「王迺命」、〈多友鼎〉的「命武公」、「武公命多友」，以及〈不娶簋〉「王令我」、「余命女」等句。可見令命互用無別，命字之用始自西周中期，至晚期次數漸增，但在軍事動詞裡，仍用「令」字居多。這個時期的另一個特點，是「令」前的成分增加許多，有情態副詞「親」、關聯副詞「迺」及助詞「肇」。「親」字張玉金認爲在此作情態方式副詞，用來表示動作行爲的狀態、情態、方式，該器是用來強調「王令」的情態，親自謂也。〔註146〕「迺」則屬關聯副詞，〔註147〕用以關聯王之所令之因「噩（鄂）侯馭方率南淮尸（夷）、

〔註145〕首陽齋、上海博物館、香港中文大學文物館編：《首陽吉金——胡盈瑩、范季融藏中國古代青銅器》（上海：上海古籍出版社，2008 年），頁 122。

〔註146〕張玉金：《西周漢語語法研究》（北京：商務印書館，2004 年），頁 239。「王親令」亦見於〈晉侯穌鐘〉：「王窺令晉侯」、〈史懋壺〉：「窺令史懋」及〈鄂侯鼎〉：「王窺易馭方」，《說文》：「親，至也，从見，亲聲」，段注：「至部曰：到者，至也。到其地曰至。情意懇到曰至」。「窺，至也，从宀，親聲」，段注：「至者，親密無間之意。……《廣韻》曰窺古文親也」。「親」字《說文》訓「至」，故有學者讀諸器之「窺」爲至，爲「王至，令某之用。然學界亦頗疑《說文》本作「至見也」，今本奪「見」字。（參黃德寬主編：《古文字譜系疏証》（四），頁 3573）。金文之「窺」讀作「親自」、「至」義爲佳。

〔註147〕張玉金：《西周漢語語法》，頁 69。「關聯副詞」又稱爲「連接副詞」，表示前後兩

東尸（夷）廣伐南或（國）東或（國），至于歷內」與果「命西六㠯（師）、殷八㠯（師）曰：『戠伐噩（鄂）侯駁（馭）方，勿遺壽幼』」。〈師袁簋〉之「肇」作時間副詞使用。〔註148〕

東周時期							
序號	器名/國別	器　號	文　　例	施令者	受令者	事　由	備　註
1	〈秦王卑命鐘〉楚	37	秦，王卑（俾）命競（景）坪（平）王之定，救秦戎。	楚王	景平王之定	晉救奔晉之伊洛之蠻	年代：春秋晚期至戰國早期
2	〈景之定器〉楚		王命竟（景）之定，救秦戎	楚王	景之定（景平王之定）	晉救奔晉之伊洛之蠻	《文物》，2008 年第一期
3	〈攻吳王姑發難壽夢之子叡匔郜劍〉吳	《新收》1407	攻敔（敵）王姑發難壽夢之子叡匔郜（舒），之（往）義（羲）□。初命伐□，[有]隻（獲）。型（荊）伐郄（徐），余䣄（親）逆，攻之。敗三軍，隻（獲）[車]馬，攴七邦君。	吳王	吳王之子叡匔郜（餘祭）	伐某國	餘祭受命前往徐國準備往伐某國，巧遇楚伐徐，轉戰楚軍，大獲其勝。

東周時期的軍事使令有 3 例，皆爲楚出，銘文內容相近。〈秦王卑命鐘〉的「命」字之前有一使役動詞「卑（俾）」。「俾命」即使令之義。

總體而言，殷周金文的「令」字句的施令者多爲時王（40 / 46），王臣令較少（6 / 46）。殷商時期與西周早期的王令內容有率軍駐點、省田、省西方及征伐等，內容較爲豐富。西周中期以後，則多見令「伐某」例，令「遹省」者僅見零星少數。王令句也從「S（王）＋V1（令）＋O（某）＋VP（所令之事）」發展出「S（王）＋V1（令）＋O（某）＋VP（所令之事）＋（于）某地」的完整句型。而「令」字之前較少使用修飾語，唯 4 例爲西周早期出現的的關連副詞「誕」、西周晚期的情態副詞「親」、關連副詞「遒」、時間副詞「肇」。

項在情理上的順承，或時間上的銜接，常出現在複句的後面分句中，鄉車接表推理或結果的謂語，有「就」、「便」、「於是」之意。參楊俊峻、何樂士：《古漢語語法及其發展》（上），頁 353。

〔註148〕「肇」在金文及典籍中的另一種用法爲語助詞，用於動詞之前，用以表示對其後所發出動作的一種肯定和強調。如〈班簋〉：「𢓊（造：肇）城（誠）衛父身」。

2.【遣】

遣字義項繁多，有差使、釋放、放逐、排除、使令等用法。《說文》辵部：「遣，縱也，从辵𢍰聲」，〔註149〕縱字云：「緩也，一曰捨也」，〔註150〕可知《說文》此採遣送義，是遣字的諸多用法之一。遣的本字爲𢎑，《說文》𨸏部𢎑字：「𢎑，𢎑商，小塊也，从𠂤从臾」。〔註151〕𢎑字甲文作 𓊝、𓊝、𓊝，金文此三形外，另增从走、从辵的偏旁，即今之遣字字型：𓊝（〈遣叔鼎〉，2212、西中）、𓊝（〈㝬鐘〉，260，西晚）。遣的原始字型爲从臼持𠂤會意，林義光《文源》：「从𠂤，𠂤者師省，所遣者也，臼象兩手遣之」。故《說文》𢎑字从臾之說，實爲臼字之譌也。「遣」字在卜辭裡多爲"差遣"義，另有讀作「愆」，意謂差池、過失。如《合集》11484 正：「乙未酒，多工率㝬遣」。這種用法在金文裡常見，如〈大保簋〉及〈麥尊〉裡的：「亡遣」一詞。〔註152〕金文裡的遣字凡 22 見，共有人名、派遣（職事）、調遣（軍事）及譴（過錯）四種用法，以作人名使用者最多，其他三種用法較爲少見，其中作爲調遣義的軍事用法共 4 例：

例 1.

> 叡！東尸（夷）大反，白（伯）懋父吕殷八𠂤（師）征東尸（夷）。唯十又一月，𓊝（遣）自𢈔𠂤（師），述東陕，伐海眉。雩氒復歸才牧𠂤。（〈小臣謎簋〉，4238，西周早期，昭王）〔註153〕

〔註149〕段玉裁注：《說文解字注》，頁 73。

〔註150〕同上註，頁 652。

〔註151〕同上註，頁 741。

〔註152〕蔡哲茂釋卜辭之「有遣」如金文之「無遣」，參看氏著〈說出遣又𓊝〉，《中國文字》第 51 冊（1974 年 3 月），收入《甲骨文獻集成》第 13 冊（成都：四川大學出版社，2001 年），頁 29～34。蔡讀遣作愆爲姚孝遂所駁，認爲卜辭無如此用法，見《甲骨文字詁林》第 4 冊，頁 3051。近來陳劍論証蔡氏所引《合集》31935、5447 乙的「有遣」與《合集》11484 的「㝬遣」之遣，皆與西周金文常見的「亡遣」之「遣」同義，「遣」讀爲「譴」或「愆」，意爲過錯、災患。㝬作動詞用，當是「遭遇」一類的意思。見陳劍，〈釋造〉，原刊於《出土文獻與古文字研究》第 1 輯（上海：復旦大學出版社，2006 年 12 月），後收於《甲骨金文考釋論集》（北京：綫裝書局，2007 年 5 月），頁 146～148。

〔註153〕〈小臣謎簋〉有康王說、昭王說二種。主康王說者，以伯懋父爲衛康叔之子康伯髦，文獻又稱王孫牟，見郭沫若、馬承源，《銘文選》，頁 50。主昭王說者，以伯

例 2.

　　唯王令明公遣三族伐東或（國），才酆，魯侯又（有）囚（繇）工（功），
　　用乍旅彝。（〈魯侯尊〉，4029，西周早期，昭王）〔註154〕

例 3.

　　王廼命西六𠂤（師）、殷八𠂤（師）曰：「𢦏伐噩（鄂）侯馭（馭）方，勿遺
　　壽。」肆𠂤（師）彌突（宊），匐（洶）匡（恇），弗克伐噩（鄂）。肆（肆）
　　武公廼遣禹率公戎車百乘、斯（廝）馭二百、徒千曰：「于匡（將）朕肅
　　慕，惠西六𠂤（師）、殷八𠂤（師），伐噩（鄂）侯馭（馭）方，勿遺壽幼。」
　　（〈禹鼎〉，2833，西周晚期，厲王）

例 4.

　　唯十月，用嚴（玁）𤞷（狁）放（方）興（興），寬（廣）伐京𠂤（師），告追
　　于王。命武公遣乃元士羞追于京𠂤（師），武公命多友𧗟（率）公車羞
　　追于京𠂤（師）。（〈多友鼎〉，2835，西周晚期，厲王）

〈小臣謎簋〉記昭王時東夷大反一事，伯懋父率領駐守於東方的殷八師征伐東
夷，在 11 月時，調遣駐紮在𩵋地的軍旅（𩵋師，亦屬殷八師一支），順著東陝
進軍，〔註155〕征伐東夷的濱海之隅，最後回到殷八師的駐守中心牧師。此處的
遣寫作𨔶，郭沫若視爲人名，唯將「𨔶（遣）自𩵋𠂤（師），述東陝，伐海眉」三
句並列來看，可知遣、述、伐爲平列的三個動詞，其後以介詞「自」提介白懋
父征東夷的支援部隊。〔註156〕按殷八師爲周王室所安置在成周的一支重要軍

　　懋父爲祭公謀父，爲周公之孫，在文獻及金文裡的地位甚高，爲軍旅主帥，率軍
　　東征北征，又參與昭王南征，並能主持〈師旂鼎〉中的官員訟事，地位顯赫，遠
　　超出衛國國君康伯髦的職權範圍。此說以唐蘭、彭裕商爲代表，見唐蘭《史徵》，
　　頁 238～241；彭裕商《西周青銅器年代綜合研究》（四川：巴蜀書社，2003 年），
　　頁 271～273。昭王說論証詳實合理，本文從之。伯懋父活躍於昭穆時期，此器爲
　　昭王時器，應在其年壯時。

〔註154〕〈魯侯尊〉陳夢家、馬承源訂爲康王器，今據彭裕商《西周青銅器年代綜合研究》
　　　　一書，列爲昭王器。

〔註155〕簋銘「述東陝」，《說文》：「述，循也。」故「述」在此可釋作循著、順著。

〔註156〕𩵋字未識，唐蘭隸作𪓪，疑從𪔂象聲，即「河亶甲居相」的「相」，爲殷城，在今
　　　　河南省黃縣境，離牧野不遠，在原殷王國境內。又讀陝爲滕，在今山東省滕縣，

旅，該區原屬殷人故地，殷八師的設置當有陣壓餘殷勢力，以及防禦東夷入侵的雙重目的，是西周初年的重要兵制之一，在此銘中提到了的殷八師的覺師及牧師二支軍隊，其他各師另見他器記載，如〈𧽊卣〉的「炎師」、〈師袁簋〉的「齊師」等。〔註157〕〈小臣謎簋〉「遣」的施令者爲伯懋父，其調派的部隊爲殷八師之一的覺師，調派的目的在於對付東反夷。此處的「遣」字唐蘭釋作發送義，〔註158〕馬承源贊同此說，〔註159〕這是從《說文》「遣，縱也」的遣送義引申來的說法，在此處略顯義隔，不若釋調遣、派遣義來得貼合。

〈魯侯尊〉載昭王令明公遣派三族伐東國，此處的明公根據李學勤的說法，乃是美稱，非指周公子明保，與〈令方尊〉、〈令方彝〉的「明公」亦非同一人，「明」作形容詞用，「明公」乃是作器者魯侯對長上的一個尊敬稱謂。〔註160〕他受王命所遣派的三個氏族，童書業據《左傳·定公四年》所載周初分魯以殷民六族，衛以殷民七族之說，疑此三族爲殷民六族之三，按此說符合周王室於西周早期慣以殷餘民佈局於東線，以做爲進行東征的重要軍事力量。〔註161〕

〈禹鼎〉及〈多友鼎〉皆爲厲王時器，武公受命率兵抵禦來犯之噩侯馭方（率東、南淮夷）及獫狁，作器者禹及多友皆爲武公部屬，禹受武公之命（武公迺遣禹）「率公戎車百乘、斯（廝）馭二百、徒千」而「惠西六𠂤（師）、殷八𠂤（師），伐噩侯馭（馭）方」，因能「以武公徒馭至于噩，敦伐噩，休，獲厥君馭」而受賞。〈多友鼎〉載獫狁聚興，廣伐京師，王於是「命武公遣乃元士羞追于京𠂤（師）」，武公繼而「命多友衛（率）公車羞追于京𠂤（師）」，後因能「有成事，多擒，靜（靖）京師」而受賞。

可參。語見唐蘭：《史徵》，頁240。

〔註157〕于省吾「凡金文中地名之稱"某𠂤"者，"𠂤"的上一字爲原有地名，"𠂤"字則由於時爲師旅駐紮而得名」。語見〈略論西周金文中的"六𠂤"和"八𠂤"及其屯田制〉，《考古》1964年第3期，頁152～155。

〔註158〕唐蘭：《史徵》，頁240。

〔註159〕馬承源：《銘文選》，頁50。

〔註160〕參李學勤：《青銅器與古代史》，頁265～274。

〔註161〕參趙世超，〈西周政治關係、地緣關係與血緣關係并存現象剖析〉，《周文化論集》（陝西：三秦出版社，1993年7月），頁95～102轉99。

上述四器中，能調兵遣將的施事者皆爲朝中大將，當外侮侵迫時，掌有軍事大權，能自由遣派精英部隊（冪師、三族、元士、徒馭、公車）抵禦外犯。基於「遣」字在此的軍事特性，故施事主語與受事賓語皆爲強兵勇將。遣字句型結構爲「S（施令者）＋（adv）（廼）＋V（遣）＋O（受事者）＋VP（動賓結構）」。

透過上文的分析，可知這類使令類動詞所在分句，均屬兼語句，所謂兼語式，指的是一個動賓結構套上一個主謂結構，其中動詞的賓語兼作主謂結構的主語，因此把它叫做兼語。〔註 162〕兼語句能使句子的含義和人物之間的關係都顯得更清楚，不僅先秦傳世文獻可見，在金文裡亦屬常見，可見兼語句有很早的發展歷史，推測與這種句式能精確表達複雜語法形式有關。〔註 163〕先秦時期並以使令派遣類爲最常見的兼語式，語法學者認爲：「兼語式先由“使令派遣類”發展起來，逐步發展到其他方面，以至到反映抽象思維的褒貶評論等方面」。〔註 164〕「令」、「遣」均屬於兼語句中的第一個動詞，可以 V1 代表，其賓語（O）之後所接的動賓結構，可以 V2 代表，以〈小子𪔂卣〉爲例，其標準句型如下：〔註 165〕

王　　　　　　　令　　　　　明公　　　遣　　三族　　　伐東國
S（施事主語）＋ V1（令、遣）＋ OS（受事賓語）＋ V2 ＋ O ＋ VP（動賓結構）

　　　　　　　　　　　　　　　　　兼語

使令類軍事動詞的施事主語爲代表人的專名，如「王」、「武公」等，常承上省略，其後所接的第一個動詞 V1 代表他所發出的動作，兼語之後的 V2 則爲

〔註 162〕楊伯峻、何樂士，《古漢語語法及其發展》（下）（修訂本）（北京：語文出版社，2003 年 1 月），頁 588。

〔註 163〕楊伯峻、何樂士等發現《左傳》兼語式的 V1 約有 10 個，到《史記》增長到 40 餘個，從金文材料看來，早在西周金文裡，兼語的 V1 就已出現，足見其發展之早。

〔註 164〕同上註，頁 610。

〔註 165〕黎錦熙在《新著國語文法》中，對兼語句有較詳細的論述，他把兼語句中的第一個動詞 V1 分成三類，第一類就是表使令、請託或勸告。第二類爲表稱、認定等。第三類表情意作用如愛、惡、希望等，可參看。見《新著國語文法》（北京：商務印書館，1955 年），頁 18～22。張玉金則將黎氏所歸納的第一類兼語稱之爲「使令式兼語句」，見《西周漢語語法研究》，頁 301。

兼語所發表的動作。兼語皆為表人名詞，且為專指，如「禹」、「多友」、「元士」、「西六師」等。

另外，在第二個動詞 V2 之後，有時接連動結構（VV），如〈不嬰簋〉：

```
   余          令          女          御    追    于䓫
S（施事主語）+ V1（令、遣）+ OS（受事賓語）+ V2 + V3 + CO（補語）
                                            ----------------
                                              連動結構
```

有時在兼語之後以比較複雜的複句（兩個分句）形式出現，如〈多友鼎〉：

```
   武公         命          多友      率公車，羞追于京自(師)
S（施事主語）+ V1（令、遣）+ OS（受事賓語）+ 複句式
                            --------------------
```

透過上述的句型分析，可知金文中的使令類軍事動詞在西周晚期，於兼語句型上已有高度發展。

第三節　組　織

在準備發動戰爭之前，需經原本散居鄉遂之中的大批軍事人力進行徵調組織，集結會合於某師之後，再由王所命之將領率隊出發，前往各戰地進行攻防。組織類軍事動詞計有師(次)、師(次)、正(整)、屖(振)、迨(會)、雚(觀)、比、同、興、用、被(披)、遷、率、以、價等 15 個，依《說文》之序分述如下：

1.【師】（次）

師，《說文》帀部：「師，二千五百人為師，从帀、从自。自四帀，眾意也」。〔註166〕師在古文字裡多用指軍旅，甲文作 𝌆、𝌇，為師字初形，孫海波依《說文》：「自，小自也」謂自之本意為小阜。〔註167〕李孝定謂自、自當橫看，即丘山之形而豎書者。〔註168〕又徐中舒引用加藤常賢的說解，視 𝌆 象人之臀尻，本應橫書，其云：〔註169〕

〔註166〕段玉裁注：《說文解字注》，頁 275。

〔註167〕段玉裁注：《說文解字注》，頁 737。孫海波：《甲骨文錄考釋》，本文參自《甲骨文字詁林》第 4 冊，頁 3037。

〔註168〕李孝定：《甲骨文字集釋》卷十四，頁 4120。

〔註169〕徐中舒：《甲骨文字典》，頁 1500。

　　自既象臀尻之形，故可表人之坐臥止息及止息之處。古人行旅，止
　　息於野必擇高起乾燥之地，故稱此類止息及其處亦爲自。《說文》即
　　用此引申義謂：「自，小自也。」土山高厚爲自，小自爲自，蓋由人
　　體高厚之處爲脽尻而連及稱之。

　　自字未見橫書者，釋作臀尻之形應是受臀部古稱「脽」的影響，脽、臀古
聲母近，韻部微、文對轉，具同源關係，且《釋名・釋形體》又云：「臀，殿
也」，其以殿字聲訓臀，而殿字本指高大殿堂，「自（堆）」與「殿」也屬同源關
係，故裘錫圭云：「『自』（堆）之轉爲『殿』，猶『脽』之轉爲『臀』」。〔註170〕
按將自訓爲小阜，而爲「堆」之古字，段玉裁已於《說文》自字之下注出，其
云：「小自，自之小者，……其字俗作堆，堆行而自廢矣」。〔註171〕自（阜）字甲
文做ϐ，商承祚云：「ϐ與ϐ爲一字，即古師字也。金文从ϐ之字亦作ϐ，筆畫增
減，古人任意爲之」。〔註172〕裘錫圭細察卜辭自字文例，發現δ、ϐ在開始時有
明顯區分，第一期卜辭裡表示「師」的「自」字通常寫作δ而不寫作ϐ、ϐ。
在這個時期，δ讀爲「師」，指軍隊、師旅，ϐ、ϐ讀爲「堆」，指由人工堆築高
出於地面的堂基一類建築。到了第三期以後的卜辭裡，δ、ϐ的區分才不那麼
嚴格，然而在早期，甲骨文把表示「師」的「自」字寫作δ，當是有意跟其他
自字的用法相區別，其云「有可能δ跟ϐ本來是兩個字，後來才混而不分」，
其說可從。〔註173〕甲骨文裡的「自」字皆爲名詞用法，並經常用來表示旅途
中止息駐紮地之稱，後遂爲軍事編制單位之稱的用法。另有从弔聲的䬵（ϐ、
ϐ）字，初文作弔（ϐ），〔註174〕讀作「次」，《廣雅・釋詁》：「次，舍也」。在
一、四期卜辭中，䬵指被祭的神主位次，第五期以後，言王「在某䬵」者，指

〔註170〕裘錫圭，〈釋殷墟卜辭中與建築有關的兩個詞——「門塾」與「自」〉，原載《出土
　　　　文獻研究》第2輯，後收入氏著《古文字論集》（北京：中華書局，1992年3月），
　　　　頁193。

〔註171〕段玉裁注：《說文解字注》，頁737。

〔註172〕商承祚，《殷契佚存》，頁15，轉引自裘錫圭，〈釋殷墟卜辭中與建築有關的兩個
　　　　詞——「門塾」與「自」〉，頁192。

〔註173〕裘錫圭，〈釋殷墟卜辭中與建築有關的兩個詞——「門塾」與「自」〉，頁192。

〔註174〕弔字或有視作來者，已爲于省吾所駁，詳見于省吾，〈釋弔、䬵〉，《甲骨文字釋林》
　　　　（北京：中華書局，1999年），頁417。

王之外出臨時駐於某地，〔註175〕從師（次）兼及駐紮及駐紮地的用法來看，可將之歸於動名詞。〔註176〕甲、金文另有𠂤字，从𠂤从一或从二，《說文》所無，是𠂤之孳乳字，所增之橫劃是用以區別其屬動詞用法，專指軍旅停止不行，就地駐紮，義爲「次」，即舍止之義。卜辭中的𠂤字之用與𠂤、師不同，𠂤兼有師旅、駐紮地二種名詞用法，師專指軍隊舍止之處，屬動名詞用法，而𠂤則專爲動詞之用，指師旅之止舍。〔註177〕在金文裡𠂤（𠂤）、帀（帀）、師（師）三形并用無別（金文師、𠂤之用詳下文）。作名詞指軍隊、軍旅、職官等，如西六師、殷八師、師尹、師克、工師等。〔註178〕也常用指軍隊長駐的營地，如炎師、𨛸（固）師等。作動詞時，則用指駐紮、駐師，讀作次，這樣的用法僅見於西周早期的〈隩作父乙尊〉及春秋晚期的〈叔尸鐘〉，師字在此可視爲名詞的活用：

例 1.

> 隹公遠（遠）于宗周，隩從公帀（次）旣，洛（格）于官（館），商（賞）隩貝，用父乙寶尊彝。（〈隩作父乙尊〉5986，西周早期）

例 2.

> 隹王五月，辰才戊寅，師（次）于𤔉（淄）湩。（〈叔夷鐘〉272～285，春秋晚期，齊靈公）

〈隩作父乙尊〉中的「遠」本義爲人所登之高平原野，即「原」，在此疑假借作

〔註175〕同上註，頁 417～418。

〔註176〕具有特殊形式而被當做名詞用的動詞，叫做動名詞。它在詞根意義上看是指動作，但在語法選用上卻把這動作名物化了。參陳新雄等編：《語言學辭典》（臺北：三民書局，1989 年），頁 44。

〔註177〕𠂤字的詞類析辨李孝定、姚孝遂、劉釗等所言相同，見《甲骨文字詁林》第 4 冊，頁 3042～3043。另師字之說可參見《甲骨文字詁林》第 4 冊，頁 3046～3047。

〔註178〕張亞初、劉雨指出，金文裡作爲職官的「師」所掌管的事有三大類：（1）軍事長官（主率軍參戰）、（2）行政長官（如爲周王的禁衛部隊長官、管理王室事務等）、（3）教育方面長官（任教育之事）。其名稱之由來起因軍隊單位名叫師，這樣的單位領導也就相應地稱爲"師"，郭沫若云：「師氏之見於彝銘者乃武職，在王之側近，是則師氏之名蓋取諸師戍也」。郭文見〈周官質疑〉，《金文叢考》，頁 85。張、劉之說參《西周金文官制研究》（北京：中華書局，2004 年），頁 5～6。

「遠」，「隹公逶于宗周」疑爲「隹公遠省于宗周」之省，「遠省」之詞周金可見（詳上文「省」字文例）。〔註179〕隌跟從公自宗周遠省而來，駐紮於旣後，再前往宗周爲諸侯所設的公家館舍，並在此受公賞賜。〔註180〕

〈叔夷鐘〉該器師字 5 見，僅文首之師作動詞用，其餘皆爲名詞，指軍隊、師旅。

2.【帥】（次）

上文提到，典籍常見作爲軍隊留止處的師次、軍次的「次」，甲、金文作帥，本指軍隊在某地臨時的駐紮，後引申爲軍隊的臨停之處。《左傳‧莊公三年》：「公次于滑」，《疏》云：「凡師，一宿爲舍，再宿爲信，過信曰次」。〔註181〕「次」作動詞用者，如《左傳‧僖公四年》：「師進，次于陘。夏楚子使屈完如師，師退，次於召陵」。〔註182〕可知帥字兼有兩個義項：作動詞用時，則爲臨時駐在某地；作名詞用時，指的是軍隊的留止處，這種名詞用法，當從甲文帥的動名詞用法發展而來。金文帥字的義項可以從文例上進行判斷。凡云「在某帥」者，皆爲名詞之用，凡云「在某師帥」者，則帥爲駐紮義。值得注意的是，甲骨文中專用指駐紮動詞義的皀字，在金文裡雖有出現，但皆用於人名，金文只帥表駐紮義，讀爲「次」。除上文【師】字曾舉列〈隌作父乙尊〉以帀代帥、〈叔夷鐘〉以師代帥外，金文的皀、帀、師、皀等皆未見有動詞用法。金文帥作動詞用者，僅見於〈中甗〉：〔註183〕

〔註179〕《說文》：「逶，高平之野，人所登。從辵，备彔，闕」。柯昌濟：「古文原、逶、遠三字皆通」。語見《金文詁林》，頁 314。丁山謂字當列於田部，逶，高平之野，人所登，從田從夂，逶聲，語見《金文詁林》，頁 315。陳夢家云〈隌作父乙尊〉之「逶」近金文的「原」字，在此有"往"義，參陳夢家：《西周銅器斷代》上冊（北京：中華書局，2004 年），頁 87。其說爲馬承源所從，釋該句爲「公循行至于宗周」。參《銘文選》，頁 91。

〔註180〕「官館」之說參見陳夢家《西周銅器斷代》，頁 88。

〔註181〕晉‧杜預注、唐‧孔穎達等正義：《春秋左傳正義》（臺北：藝文印書館，1997 年初版 13 刷，《十三經注疏》第 6 冊），頁 138。

〔註182〕同上註，頁 202。

〔註183〕另黃德寬釋〈克罍〉：「克宷匽」，云克在匽居次，云匽因受封于匽，在匽地經營。黃氏對宷的字形分析可從。唯銘云太保（克）受封於匽，用事匽地，任職事，則匽地旣爲克之封邑，當不應僅止於軍事駐紮，故處之宷的釋讀尚有可商之處，本文

王令中先省南或（國）貫行，**㪔**（設）**应**（居）在甴（曾）。……中省自方、
登（鄧），造□邦，在雴（鄂）自鯀（次）。（〈中甗〉949，西周早期，昭
王）

中受昭王之命，巡省南國並貫通行道，在曾（湖北隨縣南）設立臨時行館後，
中再巡省方（湖北竹山東南）、鄧（湖北襄樊北），並一路南下，在鄂（湖北鄂
城）地駐紮。

3.【正】（整）

正字甲文作 **⿱止口**，□象城郭，下從止，表舉趾攻城，會征行之義，為征之本
字。卜辭或用為充足之足。﹝註184﹞金文正字改□為圓筆，並填實作 **⿱一止** 形，爾後
點筆拉長作 **⿱丄止**，為小篆 **正** 字所本，戰國文字常於字之上增飾一短橫，如《包》
2.77**⿱一正**，與《說文》古文作 **正** 相同。

「正」字在甲骨文裡作名詞時，指祭名、月名、地名。形容詞為充足義，
如《合》229：「辛未卜，古貞，黍年有正（足）雨」。動詞則有征伐義，如《佚》
18：「貞，勿往王正（征）呂方，上下弗若」。常見「王來征」，即言來此地進行征
伐。動詞另有作禎求福祥義，如《合集》36315：「☑貞：翌日癸卯王☑妣癸必，
正，王受有祐？」﹝註185﹞可與「又征」參看，即「佑征」，指師出征伐前占卜
吉凶，以求鬼神相佑。﹝註186﹞

「正」字在金文裡義項較多，與征、政、整音近相通，互用無別。名詞用
法與卜辭相較，多了職官之用，如：〈作冊魖卣〉「辨于多正」（5432，西周早
期）；亦通「政」，指政事，如〈叔夷鐘〉：「宦執而（爾）正（政）事」（272～285，
春秋晚期）。作形容詞時，有正直義、正當義，如〈毛公鼎〉：「無唯正昏，引其
唯王智」（2841，西周晚期）、〈盨盨〉：「卑非正命」（4469，西周晚期）等。作
動詞時，其義有三：

暫備不錄。參黃德寬，〈釋琉璃河太保二器中的「**宋**」字，張光裕、黃德寬主編：
《古文字學論稿》（合肥：安徽大學出版社，2008 年 4 月），頁 27～30。

﹝註184﹞徐中舒：《甲骨文字典》，頁 146。朱歧祥：《殷墟甲骨文字通釋稿》，頁 65。另戴
家祥以為「正」乃古代天子諸侯學射而設之箭靶，止乃基址，止之上為受矢點。
見氏著《金文大字典》（中）（上海：學林出版社，1995 年），頁 2266。

﹝註185﹞參見朱歧祥：《周原甲骨研究》（臺北：學生書局，1997 年），頁 110。

﹝註186﹞參朱歧祥：《殷墟甲骨文字通釋稿》，頁 65。

（1）征伐義

如〈師袁簋〉：「左右虎臣正（征）淮夷」（4313，西周晚期）、〈中子化盤〉：「用正（征）筥」等（10137，春秋戰國）。兩周時期正、征互用頻繁，「正」作「征」用，是金文「正」字最常見到的使用方法。

（2）治理義

〈大盂鼎〉：畎（畯）正乒民。（2837，西周早期）

（3）振整義

作振整義者，應當是假借作「整」所產生的義項。正、整皆爲照紐耕部，音韻全同，兩字通假之用典籍亦見，如《禮記·月令》：「命僕，及七騶咸駕旌旐，授車以級，整設于屏外」，鄭玄《注》：「整，正列也」。賈公彥《疏》云：「正其行列」。〔註187〕銀雀山竹簡184號：「人胃（謂）就（造）父登車喋（攬）綵（彎）馬汁（協）險（斂）正齊周（調）勻」。〔註188〕湯漳平〈論唐勒賦殘簡〉云：「此爲楚人唐勒〈御賦〉殘簡，見《淮南子·覽冥》所引，云：『昔者王良造父之御也，上車攝彎，馬爲整齊而斂諧』」。〔註189〕可知自先秦時期乃至其後，正、整通用無別。

金文「正」作整頓振旅義者，其例有二：

例1.

佳王三祀四月既生霸辛酉，王才周，客（格）新宮。王征（誕）正（整）師氏。王乎（呼）師朕易（賜）師遽貝十朋。（〈師遽簋蓋〉，4214，西周中期）

例2.

佳王廿又三年九月，王才宗周，王命善（膳）夫克舍令于成周，適正（整）八自（師）之年。（〈小克鼎〉，2796～2801，西周晚期，宣王）

郭沫若釋師氏乃職司師戌之武人，此處的「正」爲考成、考核之意。〔註190〕陳

〔註187〕漢·鄭玄注、唐·孔穎達等正義：《禮記正義》（臺北：藝文印書館，1997年初版13刷，《十三經注疏》第5冊），頁339。

〔註188〕銀雀山漢墓竹簡整理小組編：《銀雀山漢墓竹簡》（北京：文物出版社，1985年）。

〔註189〕王輝：《古文字通假字典》（北京：中華書局，2008年），頁371。

〔註190〕郭沫若：《兩周金文辭大系圖錄考釋》，頁84。另郭氏訂器爲懿王時期。唐蘭《史徵》、馬承源《銘文選》訂爲恭王時期。陳夢家疑爲懿、恭時期。彭裕商《西周青銅

夢家則釋「正」爲校閱。〔註191〕按「師氏」在金文中有不同的涵義，一指師（軍隊）的領導，如「左右師氏」；一則泛指軍隊的各級負責人及其所屬士兵，即〈師遽簋蓋〉所指，〔註192〕郭氏師氏之解無誤。唯「正」字在此用作振整、整頓義爲佳，類似的用法如《詩・大雅・皇矣》：「王赫斯怒，爰整其旅」。《詩・大雅・常武》：「大師皇父，整我六師」等。

〈小克鼎〉此段銘文於上文「巡查」類【遹】字項下曾做過說解，屬記年繫事筆法，「遹正八師」做爲「年」的定語，「遹正」的對象是八師，正字做整頓解，「遹正」乃爲一連動結構，有先巡視後振整的遞進關係。全句云膳夫克受王命於成周發號施令，巡視並振旅整頓成周八師。另有「整」字本字之用者，見於〈晉侯穌鐘〉：「王隹反歸在成周，公族整自（師）。」（《新收》878，西周晚期，屬王）唯此處的「整」指王遹征東國之後，大獲全勝的公族師旅回到成周，進行軍隊整頓以利接下來「大蒐禮」的進行，「公族整師」的目的除了展示軍容之盛，亦具有恫嚇外人，使之震懾而不敢輕侮之意，〔註193〕唯此處的「整」不屬於先備工作，而屬於班師回朝時的行爲，故不列於先備工作類項，詳見第五章第二節「班返」項下。

4.【屖】（振）

振，甲文作🜚（《合集》18257），从辰从止，隸作「屖」，或繁體作🜚（《合集》36426），爲从晨从辵之形，隸作「遉」。卜辭屖、遉用法不同，「屖」讀作"震"，意指驚醒騷動，類似今日的"震驚"義，卜辭習見的「今夕自不屖」、「今夕自亡屖」語，乃是卜問師旅是否有驚有警，可參劉釗之釋：

> 「屖」當讀作「震」，與「屖旅」之「屖」用法不同，與"寧"爲安
> 寧義相對，是指因外部侵擾而引起的騷動、驚警而言。卜辭還見有
> 「邑屖」，乃卜問城邑有無因侵擾而引起騷動。〔註194〕

　　　器年代綜合研究》以爲年代不能確考，但大致不出孝夷時期，見彭書，頁345。

〔註191〕陳夢家：《西周銅器斷代》，頁161。

〔註192〕參張亞初、劉雨：《西周金文官制研究》，頁6。

〔註193〕按典籍所稱振旅、大閱、治兵等儀節，皆屬於大蒐禮，兩周時的大蒐禮是一套具有軍事檢閱、軍事演習和軍事部署性質的重要儀典，詳參楊寬，〈「大蒐禮」新探〉，《西周史》，頁693～715。

〔註194〕劉釗，〈卜辭所見殷代的軍事活動〉，《古文字研究》第16輯（1988年），頁71。

卜辭遭形 2 見：(1)《合集》36426：「丁丑王卜，貞：其遭（振）旅，征戉于孟，坐來亡灾，王固曰：吉，才九□」。(2)《合集》38177：「王其遭旅，征戉，不遘大雨」。「遭旅」即典籍常見的「振旅」，如《左傳‧隱公五年》：「故春蒐、夏苗、秋獮、冬狩，三年而治兵，入而振旅。歸而飲至，以數軍實」，杜預注：「治兵禮畢整眾而還，振，整也。旅，眾也」。〔註195〕《公羊傳‧莊公八年》曰：「出曰祠兵，入曰振旅，其禮一也，皆習戰也」。〔註196〕唯卜辭「振旅」之用與典籍所載不同，鍾柏生分析發現：「振旅在殷商時候只是“整齊隊伍列陣行進之意”，其目的在治兵，但到周代晚期，除了保有殷商時候的意義外，還含有“中春習兵之專名”，或“凱旋”、“戰捷”等意義於其中」，〔註197〕屈萬里釋《詩‧采芑》「伐鼓淵淵，振旅闐闐」句時，亦云：「振旅，言整飭師旅，以備戰也。《公羊傳》及《爾雅》：『出曰治兵，入曰振旅。』之說，殆非古義」。可知振旅的實際內容，在西周早期以前，屬戰備整軍，主要是於出兵前後整頓軍旅以備檢閱，出兵前振旅，用以收束精神，操演以備校閱。西周中期以後，振旅亦用於戰後凱旋歸來時，戰勝後凱旋而歸時的振旅，則用以展示軍威與軍容，威嚇眾人，並爲接下來「歸而飲至，以數軍實」的論功行賞做準備。上述兩段卜辭皆提及王於巡省（戈）時振旅，正好符合大蒐禮所載，周王每按四季節氣的不同，於出狩田獵之際進行各種不同攻擊技巧的軍事訓練與軍事演習。

金文振旅之振作「屛」，僅 1 見，主持振旅者與卜辭所載相同，皆爲時王：

> 王大省公族于庚（唐），屛（振）旅。王易中馬，自𤔫（屬）侯四𩨹，南宮兄（貺），王曰：用先。中𢾃（揚）王休，用乍（作）父乙寶尊彝。（〈中觶〉6514 西周早期，昭王）

銘載昭王南巡時於唐（湖北隨州西北）點校軍隊，因中於南省貫道有功而賜其屬侯所獻之馬，屬國位於今湖北隨州北，與唐地點相近，兩處並接近於〈中甗〉

〔註195〕晉‧杜預注、唐‧孔穎達等正義：《春秋左傳正義》（臺北：藝文印書館，1997 年初版 13 刷，《十三經注疏》第 6 冊），頁 59。

〔註196〕漢‧何休解詁、唐‧徐彥疏：《春秋公羊傳注疏》（臺北：藝文印書館，1997 年初版 13 刷，《十三經注疏》第 7 冊），頁 85。

〔註197〕鍾柏生，〈卜辭中所見殷代的軍禮之二：殷代的大蒐禮〉，《中國文字》新 16 期（1992 年 4 月），頁 91。

所載，「王令中，先省南國貫行，設居在曾」的「曾」地（湖北隨州）。

5.【迨】（會）

「迨」字《說文》入辵部：「迨，遝也，从辵合聲」，「遝」字則列於迨字之前，兩字互訓。段玉裁於「遝」下注云：「《廣韻》：『迨遝，行相及也』……《方言》：『迨、遝，及也』」，〔註198〕從古文字形來看，以相及義訓迨，當為會合義之引申，而非本義。迨字甲文作􀀀（《合》24267），另有从彳作彶者，如􀀀。金文作􀀀（〈牆盤〉，10175）。探討「迨」字初形本義，當從「合」字理解。「合」字甲文作􀀀（《合》3297正）、􀀀（《合》14365）、􀀀（《合》22066），象器之相合，另有从合从日之形，如􀀀（《合集》18553）、􀀀（《合集》30956）。「合」字入《說文》亼部：「合，亼口也。从亼口」，知許說之集合義乃為引申用法。段注：「〈釋詁〉曰：『敆、郃、盍、翕、仇、偶、妃、目匹，會合也。妃、合、會，對也』」，〔註199〕則段氏所引實揭「合」之本義。「合」字甲文亦用指會合義，如《菁7》：「戊戌卜，殼貞：王曰：侯虎往，余不無，其合致乃事歸」。

甲文之􀀀至金文維持原形作􀀀（〈召伯虎簋〉4292）。其作􀀀形者，至金文中間部件筆劃增繁，作􀀀（〈鬵羌鐘〉，161）、􀀀（〈會奻鬲〉，536）、􀀀（〈蔡子匜〉，10196）等形，隸定作「會」，至戰國時期發展出从辵的繁形「遀」，如􀀀（〈中山王􀀀方壺〉，9735）。故􀀀為「會」字初文，此器蓋相合之器金文自名為鐺，是一種器淺圈足的食器，由簋蓋衍化而來。〔註200〕而器上下相合中間的部分，有視作所貯之物者，〔註201〕亦有視為甌中之算者，〔註202〕皆指器中之物無疑。〔註203〕此器原以金為材質，後因「會」字用作相會義，故而增金旁作「鐺」以

〔註198〕段玉裁注：《説文解字注》，頁71。

〔註199〕段玉裁注：《説文解字注》，頁225。

〔註200〕張日昇之説，為李孝定所從。見張日昇：《金文詁林》，頁931～932。李孝定：《金文詁林讀後記》，頁207～208。劉雨云「會，合也，兩物相合之謂也，故凡相合者即可名會，不必僅指簋也」。見劉雨，〈信陽楚簡釋文與考釋〉，見《古文字詁林》第5冊，頁406。

〔註201〕李孝定：《金文詁林讀後記》，頁207～208。。

〔註202〕戴家祥：《金文大字典》（上），頁1311。

〔註203〕《新收》636〈史密簋〉收有一「敆」字，銘云：「王令師俗、史密曰：『東正，敆南夷』。」《爾雅·釋詁》：「敆，猶合也」，又見於《説文》：「合會也，从攴、合，

還原本義。《說文》會部下云「會，合也。从亼，从曾省。曾，益也。凡會之屬皆从會。給，古文會如此。」〔註204〕知許氏釋會从曾省爲誤。

甲文之迨除作地名外，另有會合本義之用，如《合集》36518：「乙巳，王貞，啓乎巴曰：盂方共［人］其出，伐↓白高。其令東迨［于］高，弗每」。〔註205〕合字增辵作迨，乃是從器物相合引申爲行而相見、會遇義。

「會」、「迨」在金文裡有會合、會盟義，唯「迨」字多見於殷器，「會」、「遳」則僅見於戰國時期。「會」作會集、會合義者非專指一場軍事行動，如〈盇𦈕壺〉：「佳朕先王，茅蒐田獵，于彼新土，其遳如林」（9734，戰國晚期）、〈中山王䜑方壺〉：「齒張（長）於遳（會）同」（9735，戰國晚期）。〔註206〕另有用指輔弼義者，見於2003年出土的〈逨盤〉（《新收》757～3，西周晚期，宣王）云：「逨曰：丕皇高祖單公……夾詔文王、武王。……雩朕皇高祖新室仲……會詔康王。……雩朕皇高祖惠仲盠父……用會昭王、穆王。……」盤銘歷數逨之先祖「夾詔」、「用詔」、「用會」西周王室，學界由此推論「會」與「詔」意義相同，皆有佐助、輔弼之義，單做「會」者，與它銘中「詔夾」亦可單作「詔」者情況相同。《爾雅·釋詁上》：「匹、會，合也。」而「匹」字在典籍裡亦復見佐助輔弼義，則匹、合可互訓，而會、合常互用，故「會」亦當有佐助輔弼

合亦聲」，蓋字書都解作會合義，但從銘文來看，不能是周王室軍隊與南夷集結會合，故當從字形析敆乃會以手敲擊，使器皿與蓋嚴合之義，本義爲合而擊之，或曰圍而合之，是一種軍事攻擊，而非組織活動，參張懋鎔，〈安康出土的史密簋及其意義〉，《文物》1987年第7期，收入氏著《古文字與青銅器論集》（北京：科學出版社，2002年），頁26。「敆」字說釋參本論文第四章「發動戰事類」攻擊項第二單元「從攴、手、殳等相關偏旁」第五字例「敆」，頁188。

〔註204〕同上註。

〔註205〕參胡厚宣主編：《甲骨文合集釋文》第4冊（北京：中國社會科學出版社，1999年）。

〔註206〕〈中山王䜑方壺〉「會同」一詞2見，指中山國與他國的同盟。按「會同」爲古法，《周禮·大宗伯》云：「時見曰會，殷見曰同。」鄭注：「時見者，言無常期。諸侯有不順服者，王將有征討之事，則既朝覲王，爲壇於國外，合諸侯而命事焉。《春秋傳》曰：『有事而會，不協而盟』是也。殷猶眾也。十二歲王如不巡守，則六服盡朝，朝禮既畢，王亦爲壇，合諸侯以命政焉」。參漢·鄭玄注、唐·賈公彥疏：《周禮注疏》（臺北：藝文印書館，1997年初版13刷，《十三經注疏》第3冊），頁275。

義。〔註 207〕

迨、會作軍事用者 2 見：

例 1.

> 丁卯，王令宜子迨(會)西方于省隹反(返)，王賞戍甬貝二朋，用乍父乙齋。(〈戍甬方鼎〉，2694，商帝乙帝辛)

該器之「迨」讀作「會」，指會合義。《銘文選》讀「王令宜子迨西方于省」爲「王令宜子迨省于西方」之倒裝用法，云銘載商王令宜國君長集結會師，前往西方省視。〔註 208〕針對此集結會師之舉，鄭憲仁舉〈保卣〉、〈麥方尊〉之「迨」爲例，認爲「迨」字常用於朝聘禮，唯〈保卣〉及〈麥方尊〉中的「迨」屬朝見天子的覲禮，〈戍甬方鼎〉乃是殷王遣宜子會見西方諸侯的聘禮，其性質近於巡狩禮，其說可參。〔註 209〕

例 2.

> 唯廿又再祀，屭羌乍戎(戎)，氏(是)辟(匹)韓宗，敾(徹)逹(率)征秦逿(迮)齊入張(長)城，先會于平陰(陰)，武侄寺力，寡敓(奪)楚京。(〈屭羌鐘〉157～161，戰國早期，晉)〔註 210〕

〈屭羌鐘〉記三晉伐齊一事，時韓、趙、魏三家未分，屭羌仕晉國之卿韓氏，於伐齊之役中受命率韓軍征秦國（指東秦，非隴西之秦）迮迫齊國，攻入齊長城之內，與聯軍會合於平陰，恃其勇武剛強之力，很快地奪取齊國的楚京一地。「會」字之前受時間副詞「先」所修飾，表示「會于平陰(陰)」發生的時間在最前。〔註 211〕

〔註 207〕相關論述參何樹環，〈金文「叀」字別解〉，《第十七屆中國文字學全國學術研討會論文集》（臺北：聖環圖書公司，2006 年 5 月），頁 320～321。

〔註 208〕劉桓，〈殷代戍甬鼎銘文考釋〉說與之同。參《黃盛璋先生八秩華誕紀念文集》（北京：中國教育文化出版社，2005 年），頁 32～35。

〔註 209〕鄭憲仁，〈銅器銘文所見聘禮研究〉，《經學研究論叢》第 16 輯（臺北：臺灣學生書局，2009 年），頁 123～152。

〔註 210〕此段斷句、隸定及釋文參考陳雙新：《兩周青銅樂器銘辭研究》（保定：河北大學出版社，2002 年），頁 225～237。

〔註 211〕「氏(是)辟(匹)韓宗，敾(徹)逹(率)征秦、逿(迮)齊」或有隸作「氒(厥)辟韓宗徹，逹(率)征秦、逿(迮)齊」者，趙平安從劉節，釋「氏」爲「是」，釋舊以爲韓

另有指會盟義，強調在軍事行動的集結，其例有二：

例1.

> 隹十又一月，王令師俗、史密曰：「東征，敆南尸（夷）。虘、虎會杞
> 尸（夷）、舟（州）尸（夷），雚（觀），不所（質），﹝註212﹞廣伐東或。齊
> 旨、族土（徒）、述（遂）人乃執啚（鄙）寬亞（惡）。」師俗達（率）齊旨、
> 述（遂）人，左，□﹝周﹞伐長必。史密右，達（率）族人、釐（萊）白（伯）、
> 僰（僰）、屑（殿），周伐長必，隻（獲）百人。對揚天子休，用乍朕文
> 考乙白（伯）蹲趕，子子孫孫其永寶用。（〈史密簋〉，《新收》636，西
> 周中期）

例2.

> 齒諹（長）於遪（會）同。（〈中山王𧻹方壺〉，9735，戰國晚期，中山）

〈史密簋〉記西周中期時一次南夷的集結來犯，時廬（今安徽廬江西南）與虎
（安徽長豐南），與杞夷（由河南遷往山東後周人賤稱爲夷）、州夷（今山東安
丘）集結聯盟，大舉攻進周王室東土。﹝註213﹞〈中山王𧻹方壺〉「會同」一詞2
見，指中山國與他國的會盟。按「會同」爲古法，《周禮・大宗伯》云：「時見
曰會，殷見曰同。」鄭注：「時見者，言無常期。諸侯有不順服者，王將有征討
之事，則既朝覲王，爲壇於國外，合諸侯而命事焉。《春秋傳》曰：『有事而會，
不協而盟』是也。殷猶眾也。十二歲王如不巡守，則六服盡朝，朝禮既畢，王

宗之名韓景子文的「敵」（徹）讀爲輒，示「專擅」義。吳其昌並指出此處秦非陝
　　西之秦，而爲山東齊魯之交之秦，如此方能在時間上和地理上與下文之「迕齊入
　　長城」相連。「武恁恃力」之「恁」有剛強意，「恃」者，憑也。〈厵羌鐘〉相關討
　　論多達五十餘篇，此處釋讀參考陳雙新，同上註頁231～232。

﹝註212﹞〈史密簋〉前段銘文諸家斷句不一，「雚，不所」中的「雚」字有謹（喧亂）、觀
　　　　（觀兵）之說，本文從觀兵説，詳下例「雚」。「所」字初隸作「墜」，陳劍隸作「所」，
　　　　讀爲「質」，從原本的質地、本性引申出樸實、樸素、淳樸、質樸等意，並云簋銘
　　　　在此可用「安於本性」、和「安守本分」來概括，銘云諸夷人不質，就是指不安分、
　　　　不老實的意思。說見陳劍，〈說慎〉《甲骨金文考釋論集》，頁45。

﹝註213﹞〈史密簋〉地望參考張懋鎔及李學勤的説法。張懋鎔，〈安康出土的史密簋及其意
　　　　義〉，《文物》1989年第7期，後收於氏著《古文字與青銅器論集》（北京：科學
　　　　出版社，2002年6月），頁24～33。李學勤，〈史密簋銘所記西周重要史實考〉，《中
　　　　國社會科學院研究生院學報》1991年第2期，頁5～9。

亦爲壇，合諸侯以命政焉」。〔註214〕銘文云：「齒長於會同」即爲當時常見的軍事會盟。

6.【雚】（觀）

《說文》佳部：「雚，雚爵也，从萑吅聲。《詩》曰：『雚鳴于垤』」。段注：「爵當作雀，雚今字作鸛，鸛雀乃大鳥，各本作小爵，誤」。〔註215〕知「雚」之本義爲鳥屬。「雚」字甲文作 🦅（《合》26931），金文作 🦅（〈邁父癸方彝蓋〉，9890，商晚）、🦅（〈雚母觶〉，6150，商晚）、🦅（〈王人甹輔甗〉，941，西中）、🦅（〈效卣〉，5433，西中）。根據吳其昌的觀察，卜辭「雚」有四訓。其一爲原始本義，象一雚（鸛）鳥形。省雙目形吅，則爲「萑」，小篆作雚。《說文》解「萑」字云：「鴟屬，从佳，从屮，有毛角。所鳴其民有旤」。吳氏云殷代卜辭萑、雚殆爲一字矣，似亦以雚爲不吉之鳥，故有「己巳卜，其遘雚」、「用王□大巳卹二牢，叀萑」語。其二，引伸以爲地名，或以其地因產雚著聞故。其三，引伸假借爲「觀」，此殆因雚鳥雙睛炯然，視察銳利，故凡以目炯灼視察者，遂以雚形容之，就以「觀」呼之也。其四，祭名。如「酒萑」，殆其祭須裸酒而獻雚矣。〔註216〕冶甲文學者很早就發現卜辭 🦅（萑）、🦅（雚）爲一字，〔註217〕楊樹達認爲「雚」乃於「萑」加注聲符吅。〔註218〕金祥恆於〈釋 🦅、🦅〉一文中例舉大量 🦅、🦅文例相互排比，證明萑、雚爲一字，唯不從許書釋吅爲聲符，認爲「吅」實乃目，《說文》釋「萑」爲鴟鴞之屬，鴟鴞以其睛異於他禽，則瞋目怒視，其狀甚惡，則其目不注，毛角特顯，故不書之。故甲文一書 🦅、一書 🦅，或多吅，或省之。又因鴟鴞夜鳴其聲萑萑然，人之而厭惡，故許書云「所鳴其民有旤」。〔註219〕金氏釋字初形本義較吳其昌的鸛鳥說合理，並於卜

〔註214〕漢・鄭玄注、唐・賈公彥疏：《周禮注疏》（臺北：藝文印書館，1997 年初版 13 刷，《十三經注疏》第 3 冊），頁 275。

〔註215〕段玉裁注：《說文解字注》，頁 146。許慎：《說文》原作：「雚，小爵也」。「小」字段《注》改爲「雀」。

〔註216〕吳其昌：《殷虛書契解詁》，參自《古文字詁林》第 4 冊，頁 141～142。

〔註217〕如羅振玉：《殷墟書契考釋》（中），頁 33、楊樹達：《卜辭求義》，頁 19 等。參自《古文字詁林》（四），頁 141～143。

〔註218〕同上註。

〔註219〕金祥恆，〈釋 🦅、🦅〉，《中國文字》第 24 冊，參自《古文字詁林》（四），頁 143

辭足有可徵，其說可從。另卜辭「萑」作祭祀用者，吳氏以爲是由「萑」做爲
祭品而得名，楊樹達視「酒萑」之「萑」爲風神「飆師」，金祥恆則視爲草本植
物「萑」之混書，是祭祀用的藉陳之物，今多視爲「祼」祭之「祼」，因假而
通。〔註220〕

　　西周金文有「雚」無「萑」。「雚」除少數作爲名詞外，多以「雚」作「觀」，
如〈效卣〉（5433，西周中期）：「王雚（觀）于嘗」，指周王觀於嘗地。此處之觀
係指觀省，是古代的一種娛遊，典籍見載，如《書・周書・無逸》：「則其無淫
于觀，于逸，于遊，于田」，疏云：「觀物者如《春秋・隱公》：『如棠觀魚』、『莊
公如齊觀社』；《穀梁傳》曰：『常事曰視』、『非常曰觀』，此言無淫于觀，禁其
非常觀也」。西周金文從雚從見的「觀」字2見，一作人名用，見於〈觀鼎〉（2076，
西周），字作▨。二作動詞用者有指諦視，指仔細觀看，見於戰國時期〈中山王
𧽍方壺〉（9735），銘云「明犮（跋）之于壺而時觀焉」。「雚」字疑屬軍事動詞用
法者，見於西周中期的新出器〈史密簋〉，銘云：

　　隹十又一月，王令師俗、史密曰：「東征，敆南尸（夷）。盧、虎會杞
　　尸（夷）、舟（州）尸（夷），雚（觀），不斦（質）。」

〈史密簋〉開頭行文先言周王發出征令，次云開戰原因，與西周晚期戰爭銘文
如〈多友鼎〉「唯十月用玁狁放興，廣伐京師」、〈禹鼎〉：「鄂侯馭方率南淮
夷、東夷廣伐南國、東國」等先敘戰因，再敘周王下達征令者有所不同，顯現
西周時期戰爭銘文敘述風格的轉變。簋銘「雚」字的解釋學者意見不一，銘文
首發者李啓良視「雚」爲杞夷、舟夷之屬國，爲該次戰役中師俗、史密聯軍的
對象，斷句作「會杞尸（夷）、舟（州）尸（夷）、雚、不、斦，廣伐東國」，徵之「廣
伐東國」之施事主語皆爲侵周之外敵，知該說明顯有誤。〔註221〕該器刊佈後，
討論者皆視「雚」爲作亂之南夷的行爲動作，李學勤讀「雚」爲「讙」，指喧亂
義；〔註222〕王輝亦採「讙」說，唯引《說文》釋爲「嘩」也，釋作「大呼小叫」，

〔註220〕張世超等：《金文形義通解》（上），頁895。
〔註221〕見李啓良，〈陝西安康市出土西周史密簋〉，《考古與文物》1989年第3期，頁7。
〔註222〕李學勤，〈史密簋銘所記西周重要史實考〉，《中國社會科學院研究生院學報》1991
　　　年第2期，頁5〜9。

則此處的「蘿」爲形容詞用法。〔註223〕張懋鎔探吳其昌視「蘿」爲「鸛」之本字的說法，云「蘿」在此指「鸛陣」，是一種作戰時的陣法。劉雨讀「蘿」作「觀」，指軍事術語「觀兵」，在此指炫耀武力。按張懋鎔之說過於迂曲，自難圓融；而李學勤和王輝之說，尚不足以構成一次戰役的理由。劉雨的觀兵說值得參考，其能引周公所作〈時邁〉之詩，說明先王之道有「耀德不觀兵」的原則，示「觀兵」爲先秦時期的一種軍事手段，誠屬明見；唯其犯了和李啓良相同的錯誤，將「蘿」的施事主語視爲周師聯軍。寇占民在劉雨的思路下徵引傳世文獻中對「觀兵」的記載，認爲「蘿」在此當從劉雨讀作「觀兵」之「觀」，是西周春秋時的一種軍事行爲，其云「觀兵的實質是向對手炫耀武力，以達到震懾對方的目的，也可以說是一種挑釁行爲」，〔註224〕並舉《左傳‧宣公十二年》：「觀兵以威諸侯」、《左傳‧昭公五年》：「楚子遂觀兵于坻箕之山。」杜預注：「觀，示也」。楊伯峻《春秋左傳注》：「觀兵，檢閱示威」以爲証。而史密簋之「觀」者，乃指夷人不守臣道，公開聚兵，擾亂東國也。〔註225〕從語法結構來看，銘文「蘿」與「不所（質：質守本分）」對舉，可視爲同位語，是一個省略了施事主語「盧、虎、杞夷、舟夷」的謂語句，而其後所接「廣伐東國」，則可視爲該分句的結果補語。唯金文蘿作動詞用者僅見於此，缺少相關敘述語境旁參，則「蘿」字於銘文中的確切詞義內容仍待更多資料補白，本文爲求收錄全面故暫備於此。

7.【比】

《說文》比部：「𣬛，密也。二人爲从（𠚤），反从爲比。凡比之屬皆从比，𣬜古文比」。段注：「其本義爲相親密也，餘義備也、及也、次也、校也、例也、類也、頻也。……（古文比）蓋从二大也，二大者，二人也」。〔註226〕許愼以「密」訓比雖爲聲訓，唯段注已指出密亦有親密、親比義，比的本義從親密聯合引申有相從、相次、比聯義及夾輔義等，《說文》比字古文象二人攜手並肩相

〔註223〕王輝：《商周金文》（北京：文物出版社，2006年），頁201。

〔註224〕參寇占民：《西周金文動詞研究》（北京：首都師範大學博士論文，2009年5月），頁285。

〔註225〕同上註，頁286。

〔註226〕段玉裁注：《說文解字注》，頁390。

親密之形，正爲「比」字的最原始用義。故《爾雅・釋詁》云：「比，俌（輔）也」，〔註227〕《詩・唐風・杕杜》：「嗟行之人，胡不比焉」，鄭玄箋：「比，輔也」。在字形上，許愼「反从爲比」的說法並不符合古文字所示，「比」字甲文作 ⑴、金文作 ⑵，與「从」字作 ⑶、⑷ 形近而別，其最主要的差異不在人之所向，而在於個別部件「匕」與「人」古文字形體本所不同，以甲文觀之，「匕」字作 ⑸，「人」字作 ⑹，最大的差別在於人身下部，「匕」字強調彎曲向旁，「人」字垂直向下，在上半部，「匕」手掌部位多見曲折向上（偶有例外）。〔註228〕甲骨文中的「比」多用於商王在軍事行動中和其他方國聯盟，用以攻打敵方，如：「貞：王比興方伐下危」、「王勿比鬼」。「比」在金文裡多爲人名，如「爾比」等，用作相次輔佐義者1見：

> 王令毛公㠯（以）邦冢君、土（徒）馭、𢦏人伐東或（國）瘖戎，咸。王
> 令吳白（伯）曰：「㠯（以）乃㠯（師）左比毛父！」王令呂白（伯）曰：「㠯
> （以）乃㠯（師）右比毛父！」遣令曰：「㠯（以）乃族從父征」，⑺（肇）
> 城（誠）衛父身，三年靜（靖）東國，亡不成眊。（〈班簋〉，4341，西周
> 中期，穆王）

〈班簋〉載穆王令毛公膚續虢城公的職務，執掌江淮一帶的繁陽、蜀國、巢國三個邊遠方國，率領周封舊部落首領、步兵、車兵、服役的庶人伐徐戎。〔註229〕穆王並且下令吳伯率其部隊爲左師，呂伯率其部隊爲右師，毛公族人趙（班）則

〔註227〕晉・郭璞注、宋・邢昺疏：《爾雅注疏》（臺北：藝文印書館，1997年初版13刷，《十三經注疏》第8冊），頁25。

〔註228〕林澐將甲骨文的「从」、「比」與「人」、「匕」相對應，指出各原有所從，對應極爲明顯，並以此規則檢視288條「比」字卜辭，發現僅有二例錯刻可視爲例外現象，其說可從。參林澐，〈甲骨文中的商代方國聯盟〉，《古文字研究》第6輯，頁69～74。

〔註229〕「𢦏人」舊有治鐵工人（郭沫若、李朝遠）、作戰士卒（唐蘭）、國族名（黃盛璋、馬承源）、服雜役之人（陳夢家、李學勤）諸說，黃聖松統整前人說解，於李學勤的基礎下進一步申論，析𢦏爲從呈聲，從戈的形聲字，余母耕部，與《左傳》常見屬余母錫部「役人」之「役」聲同韻近。役人的主要身份是庶人，需配合國家的需要服繇役，故於服役期間被稱之爲役人，其隨軍對外征伐時的工作，是採集柴薪及建構壁壘。文見黃聖松，〈釋金文「𢦏人」、「𧗸𢦏徒」〉，《成大中文學報》第15期，2006年12月，頁1～25。

以族軍跟從毛公出征，作爲軍隊中的主幹。銘文中的兩個「比」字之前受「左」、「右」兩個方位名詞性成份的狀語所修飾。〔註230〕

8.【同】

《說文》冂部：「同，合會也。从冃，从口。」〔註231〕許慎依小篆字形釋「同」爲从冂从口，林義光《文源》據金文而改从凡从口，爲多數學者所從。从凡从口所指爲何，劉心源云「凡者多也，凡亦聲……別其紛以歸於要，故爲凡」。楊樹達《積微居小學述林》云「《說文》凡訓最括，引申有皆字之義，此與口字義會，且與咸、僉皆諸文組織相似，其形是也……凡口爲同，猶亼口爲合也」，可參。〔註232〕「同」字甲文作 (《合集》22202)、金文作 (〈沈子它簋〉，4330)、 (〈師同鼎〉，2779)，字形無別，甲文「同」字5見，有作祭名用者；作動詞用則指會同、會合本義，如《合集》30439：「丁丑卜，狄貞，其用茲卜，異，其涉兒同。吉」〔註233〕。金文「同」字多作名詞之用，作動詞指會同本義，如〈作冊令方彝〉：「公令 同卿士(事)寮」(9901，西周早期，昭王)。

金文「同」字屬軍事動詞用法者義項微有差異：

(1) 會 盟

〈中山王𦨢方壺〉：「齒張(長)於遒(會)同」(9735，戰國)。按「會同」一詞典籍常見，意指「會盟」一事。如《論語・先進》：「宗廟會同，非諸侯而何」，《詩・小雅・巧言》：「君子屢盟，亂是用長」，傳云：「凡國有疑，會同則用盟而相要也」。〈中山王𦨢方壺〉此處亦指會盟諸侯一事。

(2) 會合集結

「同」作爲軍事會合用者，見〈不𢀖簋蓋〉：

〔註230〕張玉金：《西周漢語語法研究》，頁250。

〔註231〕段玉裁注：《說文解字注》，頁357。

〔註232〕參見《古文字詁林》第7冊，頁81～84。釋形另有他說，如李孝定云：「冃爲槃之初文，用爲最括之辭乃假借，說者以同、咸並舉，以說『同』字會意之指，是取冃之假借義，恐未必然，『同』字何以取冃口爲義，蓋未易言也。」說見氏著《金文詁林讀後記》，頁301。沈寶春師則釋「取冃口」爲義乃四手抬槃以口許聲也。參師著〈釋凡與𠛥凡凹𠚕〉，《第二屆國際中國古文字學研討會論文集》(香港：中文大學中國語言及文學系，1993年)，頁115。

〔註233〕釋文參考胡厚宣主編：《甲骨文合集釋文》第3冊。

唯九月初吉戊申，白氏曰：「不騏（騏），馭方、厰允（玁狁）廣伐西俞（隅），
王令我羞追于西，余來歸獻禽（擒）。余命女御（禦）追于畧，女（汝）
曰（以）我車宕伐厰允（玁狁）于高陶。女（汝）多折首執訊。戎大同，
坴（永）追女（汝），女（汝）彶戎大臺（敦）戟（搏）。女（汝）休弗曰（以）
我車圅（陷）于囏（艱），女（汝）多禽（擒），折首執訊。（〈不騏簋蓋〉
4328、29，西周晚期，宣王）

〈不騏簋蓋〉學者多已指出當在宣王時期，李學勤更進一步指出這是秦莊公期
器，王輝修正爲器作於秦仲後期，即同宣王六年（B.C. 882）之前數年內。銘
載周人與玁狁之間的戰事。伯氏爲秦仲，不騏爲伯氏之子，即後來的秦莊公（《史
記・十二諸侯年表》載秦莊公名其），《史記・秦本紀》載周宣王以秦仲爲大夫，
誅西戎，秦仲後死於戎，其長子曰莊公受周宣王徵召，伐西戎，破之。銘文所
記即秦仲尚在，已爲軍隊統帥的秦莊公（不騏）大戰西戎之事。〔註234〕銘云「戎
大同，坴（永）追女（汝），女（汝）彶戎大臺（敦）戟（搏）。」是戰爭初次告捷，伯
氏返回周王宗廟進行告捷獻禽禮時，西戎餘軍再次集結所引發的第二次戰事，
「大同」即大集結，坴爲永字異體，器銘作「從」，此處以蓋銘爲是。永者，
遠也，此句說西戎集結兵力，遠追擊不騏。「同」的施事主語爲西戎，所聚集的
目的爲了攻打周王室，此語境與上述諸動詞之施事主語皆爲周王室之軍有所不
同。「同」字之前受形容詞兼類作程度副詞，表過甚的「大」字所修飾，用以強
調西戎聚集的強大力量。

9.【興】

《說文》舁部：「興，起也，从舁、同。同，同力也」。〔註235〕按興訓起爲
本義，甲文興作 ，金文作 ，从舁从凡，會四隻手抬起架子（抬槃）之一角，
有興起之義，〔註236〕後增口作 ，商承祚云「舉重物邪許之聲也」，〔註237〕从

〔註234〕銘文釋文參見王輝：《商周金文》（北京：文物出版社，2006 年），頁 245～248。
　　　　另氏著《秦銅器銘文編年集釋》亦有相關討論，唯其云「戎大同」句爲伯氏意在
　　　　告誡不騏敵甚強大，不可輕視之言，而非實際戰事，本文以爲對應其後之賞賜，
　　　　當爲實際戰事的描述。

〔註235〕段玉裁：《說文解字注》，頁 106。

〔註236〕沈寶春師，〈釋凡與丮凡出疒〉，《第二屆國際中國古文字學研討會論文集》（香港：
　　　　中文大學中國語言及文學系，1993 年），頁 109～131。

凡的偏旁字增口後爲「同」，成爲篆文𦥏所本。另有从爿从興者，作𤕌（〈多友鼎〉，2835）。〔註238〕卜辭「興」字用爲地名、祭名，如「興祖庚」、「興妣戊」等，是否有作爲興起本義之用者尚存疑。〔註239〕金文「興」字多爲人名之用，但已具由本義引申而來的聚集、徵調義，這樣專指「興兵」義的軍事動詞用法，典籍常見，如《尚書・費誓》：「徂茲淮夷，徐戎並興」、《毛詩・秦風・無衣》：「王于興師，脩我戈矛」等。金文凡 2 例：

例 1.

> 唯十月，用嚴（玁）㺇（狁）放（方）𤕌（興），賨（廣）伐京𠂤（師），告追于王。命武公遣乃元士羞追于京𠂤（師），武公命多友衛（率）公車羞追于京𠂤（師）。（〈多友鼎〉，2835，西周晚期，屬王）

例 2.

> 甲兵之符，右才王，左才新郪。凡興士被甲、用兵五十人以上，必會王符，乃敢行之。燔隊事，雖母（毋）會符，行𣪊（也）。（〈新郪虎符〉，12108，戰國晚期，秦嬴政）

〈多友鼎〉銘首云「唯十月，用嚴（玁）㺇（狁）放（方）𤕌（興）」，「用」字楊樹達《詞詮》卷九讀爲「由」或「因」，作介詞用。〔註240〕李學勤指「方興」即典籍常見的「并興」，舉《尚書・顧誥》云「方興」之「方與旁同」，《說文》：「旁，溥也」，「溥，大也」，故釋「放」爲「方」，大義，「玁狁方興」意即玁狁大起，〔註241〕放（方）有「大」義，在此作程度副詞用，表過甚。此處「興」字指興兵

〔註237〕于省吾編，《甲骨文字詁林》第 4 冊，頁 2851。

〔註238〕張亞初認爲〈多友鼎〉的𤕌字左邊从床几之爿，右邊从興，結合興字的「起」義來看，這個𤕌字可能是「夙興夜寐」之興的專字，與瘍爲繁簡字，並舉〈伯先父鬲〉中，伯先父爲名瘍，先父爲字，名字意義相聯，其説可參。見張亞初，〈談多友鼎銘文的幾個問題〉，《考古與文物》1982 年第 3 期，後收入《金文文獻集成》第 28 冊，頁 522～523。

〔註239〕如徐中舒舉《甲》2124：「丁卯卜，賨貞，歲不興亡，旬五月」，云此處之「興」有「舉」義。見徐中舒，《甲骨文字典》，頁 254。另李孝定云「見歲不興用」中的興，當訓起，姚孝遂不以爲是，參註 53，頁 2852，姚孝遂按語。

〔註240〕楊樹達：《詞詮》（上海：上海古籍出版社，2008 年），頁 403。

〔註241〕參李學勤，〈論多友鼎的時代及意義〉，原載《人文雜誌》1981 年第 6 期，後收

集結，玁狁大舉聚集興兵，目的在於「廣伐京師」，「廣伐」與「放興」正相對應，遭玁狁大軍壓境的京師於是「告追于王」，遂有王命武公派遣其部下元士（多友）進追玁狁於京師之事。「興」字的施事主語為玁狁，其前有形容詞「放」作狀語，描述「興」的程度與狀態。「興」字之後無受事賓語，但承上可知所興者當為玁狁士兵。

〈新郪虎符〉為一呈臥虎形的兵符，銘文記載當時使用軍用符節的規定，云「凡興士被甲、用兵五十人以上，必會王符，乃敢行之」。「興士被甲」與「用兵」義近而微別，「興」有聚集興兵義，「被」有分派義，「用」有動用、動員義，所動員者為一般士兵與甲士，甲士即車兵之別稱，以其普遍配備堅硬的皮制甲冑得名。全句指的是徵調士兵分派甲士以及動用兵員，泛指進行軍事行動。「興」字的施事主語為左兵符的持有者秦縣新郪之地方官長。「興」字之後的受事賓語當為秦駐守於新郪之地的士兵。「興」字之前受程度副詞「凡」所修飾，「凡」，表示「所有的」，強調所說範圍之內沒有例外。

10.【用】

「用」字入《說文》用部：「用，可施行也。从卜、中。衛宏說。凡用之屬皆从用。用古文用。」〔註242〕甲文作用（《合》21805），金文作用（〈我方鼎〉，2763，西周早期），字象有把之日常所用桶形器，因而引伸為施用之用，許書引衛宏說釋乃望文生義之誤。〔註243〕「用」由日用器引伸為器用、施用、役使義。卜辭多見施用義，用於祭祀，如「用羌」、「用牢」等。金文亦以施用義最為習見，如「永用」等，並已虛化為介詞，義與「以」同，如「用作」。另有連詞用法，義猶「與」、「及」，如「用享」例等。金文中的「用」字屬軍事動詞用法者，有動用、動員義，見於〈新郪虎符〉：

入《新出青銅器研究》（北京：文物出版社，1990年6月），頁126～133。又黃盛璋釋「放」之本義為放縱、放逸，無節制約束以至於極，故有「極至」之義，「放」字从方，故方、放、旁、滂等字皆有放縱至極之義，可作為李氏「放」說之補釋，參見黃盛璋，〈多友鼎的歷史與地理問題〉，《考古與文物》叢刊第2號《古文字論集》（一）（1983年）。後收入《金文文獻集成》第28冊，頁526～528。

〔註242〕段玉裁注：《說文解字注》，頁129。

〔註243〕參于省吾之說，見氏著《甲骨文字釋林》，頁360。

甲兵之符，右才王，左才新郪。凡興士被甲、用兵五十人以上，必會王符，乃敢行之。燔燧事，雖母（毋）會符，行殴（也）。（〈新郪虎符〉12108，戰國晚期，秦嬴政）

「用」有動用、動員義，所動員者爲一般士兵與甲士。「興士、被甲、用兵」三詞組構詞方式相同，皆爲動賓結構，全句指的是徵調士兵分派甲士以及動用兵員，泛指進行軍事行動。

11.【被】（披）

「被」字入《說文》衣部：「𬒈，寢衣長一身有半。从衣皮聲。」〔註244〕段注：「小臥被是也，引伸爲橫被四表之被」。〔註245〕「被」字甲文未見，金文僅見於〈新郪虎符〉（12108，戰國晚期，秦）字作𬒈，雲夢秦簡作𬒈（〈日乙〉189），形構與之相同。雲夢簡云：「被黑裒衣」，則「被」乃通「披」。《說文》手部收「披」字：「𢬵，從旁持曰披」，段注：「披、陂皆有旁其邊之義」，皆著重於分散分派義。〔註246〕按「被」字从衣从皮，「皮」字金文作𤿭（〈祝叔皮父簋〉，4127，春秋早期），从又从革省，會以手剝取獸革之意。從動詞剝皮義引申而有分解、分散、分開、分派、披掛義，後造「披」字以專此。故如《左傳‧成公十八年》：「今將崇諸侯之姦而披其地」，注云：「披猶分也」。〈新郪虎符〉云「興士被甲」，先秦典籍有「被甲」而非「披甲」，「被甲」見於《春秋穀梁傳‧僖公二十二年》：「古者被甲嬰胄，非以興國也，則以征無道也」，至於「披甲」則用例較晚，見於《漢書‧陳湯列傳》：「數百人披甲乘城」。此處的「披」當用指披掛義。〈新郪虎符〉之「興士」與「被甲」對舉，可與其後「用人」詞組參看，則「興」、「被」所指當皆「用人」之事，故此處之「被」或可視爲分派義，「被甲」指分派甲冑之兵。

12.【遷】

𨙻，从𡊁从辵，嚴式隸定作遷，僅見於西周晚期厲王器〈敔簋〉（4323，西周晚期，厲王），其載「隹王十月，王才成周。南淮尸（夷）遷殳。內伐溟、鼎、參泉、裕敏、潧（陰）陽洛」。〈敔簋〉見宋《宣和博古圖》摹本。遷字諸家看法

〔註244〕段玉裁注：《說文解字注》，頁398～399。

〔註245〕同上註，頁399。

〔註246〕同上註，頁608。

不同，孫詒讓釋爲「遷」，〔註247〕郭沫若、楊樹達贊同，郭氏讀該句爲：「南淮夷遷殳，內（入）伐……」，謂南淮夷遷至「殳」地，入寇甚深。〔註248〕楊氏則讀遷爲竄，竄者，走也，斷句爲：「南淮尸（夷）邐（遷）及內，伐……」，謂南淮夷竄入內地。〔註249〕陳夢家隷作邐，斷句作「南淮尸邐、殳內伐洈、昂參、泉裕、敏陰、陽洛」，云「邐殳」二字是族名，猶「馭方玁狁」之例。〔註250〕按邐字从嬰从辵，嬰字从臼持囟，下从女，該字甲、金文未見。金文遷字作 (〈何尊〉，6014)，隷作「鄻」，與嬰形僅从臼从囟的部位相同，嬰字無，且下部从女，兩字實大有別，視遷爲鄻過於牽強。陳夢家隷作邐亦與字形大相逕庭。

馬承源據《三體石經・僖公》古文婁作 ，云遷即婁字，僅下部從 爲臨摹失誤。〔註251〕按金文婁字作 ，作人名使用，見於〈是要簋〉（3910，西周中期），確合於 字所从偏旁，信陽楚簡婁字作 ，可參。故遷字可隷作「遷」，《說文》辵部：「遷，連遷也，从辵婁聲」，段注：「連遷謂不絕貌」。〔註252〕敔簋「遷」字並非連遷用法，而當讀作「摟」，聚集之義。《說文》手部：「摟，曳聚也，从手婁聲」。段注：「摟亦曳也，《釋詁》曰：『摟，聚也』」。〔註253〕

摹本遷字下一字作「」，像手持某物之形，與「及」之作 者有別，諸家多隷作「殳」，甚確也。「摟殳」一詞典籍未見，典籍「摟」字多單用，或有「摟牽」之語。馬承源從《爾雅・釋詁》「摟，聚也」項下邢昺《疏》云：「摟

〔註247〕孫詒讓：《古籀拾遺》，頁 26。

〔註248〕郭沫若：《兩周金文辭大系圖錄考釋》，頁 109～110。郭氏斷句爲：「南淮夷遷殳，內（入）伐洈、晶（昂）、參泉、裕、敏滄（陰）、陽洛」。

〔註249〕楊氏之說見氏著：《積微居金文說》（增訂本）（北京：中華書局，1997 年 12 月），頁 58。楊氏斷句爲：「南淮尸（夷）遷及內，伐洈晶（昂）、參泉、衷、敏滄（陰）、陽洛」。

〔註250〕陳夢家：《西周銅器斷代》（上冊）（北京：中華書局，2004 年 4 月），頁 230。陳氏此說爲陳連慶所贊同，見陳連慶，〈敔簋銘文淺釋〉，《古文字研究》第 9 輯（1984 年），頁 308。

〔註251〕馬承源：《銘文選》，頁 286。

〔註252〕段玉裁注：《說文解字注》，頁 75。

〔註253〕同上註，頁 608。

猶今言拘摟」疑摟殳爲拘摟之倒文，並證拘、殳韻同可通。〔註254〕按「殳」字甲文作ㄅ，李孝定揆諸契文字例，〔註255〕視「殳」爲刺兵，云：「似爲有ㄋ刺兵……契文从殳諸文如殼、毁均作ㄅ……金文从殳之字作ㄓ或又作ㄑ，與ㄑ同，與契文異」。根據沈融的研究，「殳」的產生可上溯到新石器時代晚期，初爲狩獵工具，似石斧而秘端套有一狀齒錘，《周禮》將之與戈、戟、酋矛、夷矛合稱爲「五兵」，視爲格鬥兵器，先秦時期亦爲外族所使用，並加以改良成戰殳。〔註256〕〈敔簋〉此處的「殳」疑當爲本字之用，「遷殳」指聚集軍用兵器，意即大舉興兵，準備發動戰事。「遷」的主語爲來犯的淮夷，「遷」字之後以名詞「殳」爲工具賓語，說明遷聚之物。〔註257〕

13.【率】

作率領義的率字，甲文作ㄓ，金文作ㄘ（〈大盂鼎〉2837，西周早期）、ㄖ（〈小臣謎簋〉4238，西周早期）、ㄘ（〈䣄羌鐘〉165，戰國早期）、ㄖ（〈永盂〉10322，西周中期）等形，可以看出是在甲文ㄓ形的基礎上改ㄖ旁點筆成「行」（ㄔ），金文ㄘ今嚴式隸定作衒，見於西周早期的〈大盂鼎〉、西周晚期的〈毛公鼎〉以及〈柞伯鼎〉。金文多見衒添止成爲从辵偏旁者，從〈小臣謎簋〉及

〔註254〕馬承源：《銘文選》，頁286。

〔註255〕李孝定：《甲骨文字集釋》第3卷，頁999。張日昇於《金文詁林》按語中駁殳不象刺兵，而謂蓋捶物之器，李氏後撰《金文詁林讀後記》時，以文字偏旁之類化譌變者多矣爲由，堅持殳爲有ㄋ刺兵之說。參《金文詁林讀後記》（臺北：中央研究院歷史語言研究所，1992年12月再版），頁99。

〔註256〕沈融，〈中國古代的殳〉，《文物》1990年第2期，頁70～73。

〔註257〕2005年中國國家博物館徵集到的西周晚期〈柞伯鼎〉有「用昏無殳」語，該器「殳」字與〈敔簋〉同形，首位發表者朱鳳瀚隸作「無及」，指「無人可及」。後來學者有正「及」爲「殳」者，唯對「殳」字的用法意見不同，此處的「殳」當不爲格鬥兵器本義之用，李學勤讀作「輸」指「委輸」，亦即貢納義，「無輸」是不繳貢納。見〈從柞伯鼎銘談「世俘」文例〉，《江海學刊》2007年第5期，頁14。鄔國盛、季旭昇皆視「無殳」爲來犯者（昏國）私名，並引陳夢家釋〈敔簋〉「遷」、「殳」兩字爲氏族名爲證，則〈柞伯鼎〉「用昏無殳」之「無殳」指昏國國君的私名，所論較爲合理。唯其對〈敔簋〉的「殳」字看法與本文見解不同。參鄔國盛，〈關於柞伯鼎銘「無殳」一詞的一點意見〉，轉刊於中國社科院先秦史研究室網頁，首刊於何處未明。季旭昇，〈柞伯鼎銘「無殳」小考〉，收入張光裕、黃德寬主編《古文字學論稿》（安徽：安徽大學出版社，2008年4月），頁31～39。

〈鬲羌鐘〉皆點筆俱存，而添辵旁之形，可知率字以 ⟨圖⟩ 爲初形，而從行、從辵、從止者，皆爲增添同義意符的繁形。《說文》率部：「率，捕鳥畢也。象絲網，上下其竿柄也。凡率之屬皆从率」。〔註258〕羅振玉、孫詒讓皆據《說文》而云甲、金文率字皆象絲網之形，並省其上下竿柄，兩旁散點爲絲網之緒餘。〔註259〕戴侗云：「率，大索也，上下兩端象所用絞索者，中象率旁象麻枲之餘，又爲率帶之率，別作緶繂」，此說爲馬敍倫、戴家祥所承。按率字所从之 ⟨圖⟩，今隸作玄，本象絲線之形，〔註260〕上下兩端爲束絲之緒也，《古璽文編》裡猶見從 ⟨圖⟩（系）的率字，故戴氏之說可從。「率」字在傳世典籍裡多作率領義，與「帥」字互用無別，未見本義之用者。

　　金文寫作衛者，《說文》未見，《說文》另有衛字收入行部：「衛，將衛也，從行率聲」。段注：「衛，導也，循也，今之率字，率行而衛廢矣。率者，捕鳥畢也，將帥字古祇作將衛，帥行而衛又廢矣」。〔註261〕將衛猶今之將帥，是名詞用法。另收有「達」字於辵部下：「達，先道也，从辵，率聲」。段注：「道，今之導字」。〔註262〕馬敍倫釋「先道也」爲「先也，道也，先爲前行，即導率義……古書多借帥爲達」，這是率字的動詞用法。在金文裡寫作「率」之初形衛，多不做動詞用，如〈毛公鼎〉「衛（率）褱（懷）不廷方」（2841，西周晚期），衛在此作爲語助詞，主要用來強調一種語氣，這用語氣表示與上文相承接或相轉折，用以增強感情色彩。衛另有作範圍副詞者，位於謂語之前，用以概括主語的整體行爲特徵，見〈大盂鼎〉：「隹殷邊侯田（甸）雩（與）殷正百辟，衛（率）肄（肆）于酉（酒）」（2837，西周早期）。衛亦見於〈柞伯鼎〉，作軍事動詞用，當爲達之省筆寫法。從用字頻度來看，推測「率」字寫作衛與達，或有用法上的區別。金文裡率字多作達形，表率領義，〔註263〕所督所率的內容，有職事與軍事二種，

〔註258〕段玉裁注：《說文解字注》，頁669。

〔註259〕孫詒讓：《契文舉例》（下）；羅振玉：《增訂殷墟書契考釋》，俱收入《古文字詁林》第10冊，頁9。

〔註260〕「玄」字之說參季旭昇：《說文新證》（上），頁313。

〔註261〕段玉裁注：《說文解字注》，頁79。

〔註262〕段玉裁：《說文解字注》，頁70。

〔註263〕唯一的例外見〈小臣謎簋〉：「賜師達征自五鼺貝」之達，其詞性爲何，學界意見不同，馬承源《銘文選》、陳初生《金文常用字典》皆視爲語助詞用法，陳夢家《斷

以軍事爲多，凡 13 例：

例 1.

> 隹六月初吉乙酉，才**㽙**自（次），戎伐**馭**，**彧**達（率）有嗣、師氏**倴**（奔），
> 追**鄄**（襲）戎于**馘**（棫）林，博（搏）戎**戲**（胡）。朕文母競敏**嬴**行，休宕
> **㐀**心，永**鄄**（襲）**㐀**身，卑（俾）克**㐀**啻（敵），隻（獲）**馘**百，執**絲**（訊）
> 二夫，孚戎兵。（〈**彧**簋〉，4322，西周中期，穆王）

〈**彧**簋〉所記來犯的戎，可據〈**彧**方鼎〉推知爲淮戎，金文中的「戎」不特指
周王室長年的西方外患玁狁，亦可指王畿東南方的外族，如〈班簋〉有「東國痟
戎」一詞。〔註264〕作器者**彧**即〈遇甗〉中戍於古師並奉命省道至於胡的師雍父，
〔註265〕爲西周穆王時期的重要將領。此次淮夷來犯，**彧**率軍疾速追討襲擊戎於
馘林（河南葉縣），〔註266〕並進一步在胡國與戎搏戰。〔註267〕此次軍戰更獲敵

代》、唐蘭《史徵》皆視爲範圍副詞，有「悉」、「凡」之義。楊樹達《金文説》裡
視爲名詞之用，「師達」即「師帥」。從銘文內容來看，視作語助詞在釋讀上較爲
順暢。另典籍常以帥代率，唯金文「帥」字多與「刑」結合成複詞「帥刑（型）」，
有遵循效法之意。此處的「帥」釋作"循也"。達亦偶見不特爲軍事之用，而屬
一般職事動詞用法者，如〈商鞅方升〉：「十八年，齊達（率）卿大夫眾來聘」。馬承
源此處的率已引申有派遣義。另見「侯帥」一詞，亦爲名詞之用。

〔註264〕唐蘭視此處的戎爲居住在今陝西省涇水之西的犬戎，並據後句「搏戎胡」證戎爲
胡，故而言**馘**林在周原一帶。此說爲李學勤、馬承源所駁，李氏引〈曾伯棻簋〉
淮夷作「潍夷」證**彧**氏諸器之「潍夷」、「戎」皆指東方淮夷。並舉《尚書‧費誓》
「互茲淮夷，徐戎並興」爲證。其說可從。詳見唐蘭，〈用青銅器銘文來研究西周
史——附錄：伯**彧**三器銘文的譯文和考釋〉，《唐蘭先生金文論集》（北京：紫禁城
出版社，1995 年 10 月），頁 506～508。李學勤，〈從新出青銅器看長江下游文化
的發展〉，《新出青銅器研究》，頁 265。馬承源，《銘文選》，頁 117。

〔註265〕李學勤云：「**彧**讀爲終，義爲盡、止，雍意爲閉、塞，**彧**和雍是一名一字，伯雍
父官職爲師氏，簡稱師，故又稱師雍父」。其說可從，見李學勤，〈從新出青銅器看
長江下游文化的發展〉，《新出青銅器研究》，頁 265。

〔註266〕**馘**林地望參裘錫圭，〈談**彧**簋的兩個地名——**馘**林和胡〉，《古文字論集》，頁 388。
彧所率的有嗣即文獻上的有司，爲掌事人員的統稱。參張亞初、劉雨：《西周金文
官制研究》，頁 57。

〔註267〕**鄄**舊釋絕、御、顥、闌、隔等，裘錫圭根據馬承源釋新出的〈晉侯對盨〉「遑（原）
鄄（隰）」而從聲音關係上讀**彧**簋之「追**鄄**」爲「追襲」，說解穩當，本文從之。參

首百件，執俘二人，並俘獲大批戎兵。

例 2.

　　彧曰：「烏虖！王唯念彧辟剌（烈）考甲公，王用肇事（使）乃子彧，達
　　（率）虎臣御（禦）灘（淮）戎」。（〈彧方鼎〉，2824，西周中期，穆王）

〈彧方鼎〉此處「唯……用」乃屬偏正複句中的因果複句，彧自敘時王因悼
念彧之父甲公，因而命令甲公之子彧率虎臣抵禦淮戎。虎臣即《尚書·顧命》
的「虎賁」，在內爲王室禁衛軍，在外爲軍隊中的精銳部隊，隸於師氏之下。

〔註 268〕

例 3.

　　隹十又一月，王令師俗、史密曰：「東征，敆南尸（夷）。膚、虎會杞
　　尸（夷）、舟尸（夷），雚（觀），不所（質），廣伐東或。齊𠂤、族土（徒）、
　　述（遂）人乃執啚（鄙）寬亞（惡）。」師俗達（率）齊𠂤、遂人，左，□
　　[周] 伐長必。史密右達（率）族人、釐（萊）白（伯）、僰（僰）、眉（殿），
　　周伐長必，獲百人。（〈史密簋〉，《新收》636，西周中期，懿王）

〔註 269〕

〈史密簋〉記西周中期的一次南淮夷大規模集結來犯，攻進周王室東土。王於
是下令師俗及史密率齊國三軍、六遂所出士卒，從左方圍攻長必（地望不明，
估在今山東南部），史密則負責率領齊宗族軍旅、萊國軍旅、僰國軍旅等殿後，

　　裘錫圭，〈關於晉侯銅器銘文的幾個問題〉，《傳統文化與現代化》1994 年第 2 期，
　　頁 41。又彧所率領的師氏在西周時期爲直接指揮軍隊戍守、征伐的統帥，地位極
　　高，而在此銘中受彧所領導，足見彧之位階極高。參王貽梁，〈「師氏」、「虎臣」
　　考〉，《考古與文物》1989 年第 3 期，頁 61～65。

〔註 268〕王貽梁，〈「師氏」、「虎臣」考〉，頁 64。

〔註 269〕眉字諸家說解不同，多視爲氏族名，與前文釐伯、僰同爲氏族軍旅。劉釗分析字
　　　　形从尸从𦣞，𦣞又據裘錫圭考証爲“堆”之古字，與脽、臀音近，故釋眉爲脽的
　　　　古字，與脽、臀同源，可釋爲「屋」，讀爲「殿」，並引《集韻》：「軍前曰啓，後
　　　　曰殿」眉在此乃是作後軍使用。文見劉釗，〈談史密簋銘文中的「眉」字〉，《考古》
　　　　1995 年第 5 期，頁 434～435。其說可參。唯劉氏之文釋眉之後的「周」當讀與上
　　　　句「周伐長必」之「周」不同，不當釋爲圍攻，而視爲「周朝軍隊」，本文以爲不
　　　　必。兩處「周伐長必」當作相同釋讀即可。

計從右邊圍攻長必，[註270] 軍分「左」、「右」有其戰略上的考量，而軍隊有前鋒及後軍（眉（殿））進行「周伐」者，亦屬戰術之運用。「獲百人」是器主史密在這次戰役裡的功績，史密簋銘文亦證明了史官有擔任軍職的武官職能。值得注意的是，此次周王命師出征並沒有王師參加，而是以齊師為主力，根據諸侯國軍隊只能由諸侯將領統帥這一點來看（如〈班簋〉毛伯率邦冢君、徒御），師俗與史密兩人皆為齊軍統帥，且能率領東土各國抗敵，符合《左傳‧僖公四年》載管仲云：「昔召康公命我先君太公曰：『五侯九伯，女實征之，以夾輔周室』」的記載，證明齊國自初封起，就有征伐不服的特殊權力。[註271]

例 4.

> 亦唯噩（鄂）侯馭方達（率）南淮尸（夷）、東尸（夷）廣伐南或（國）東或（國）至于歷內。王迺命西六㠯（師）、殷八㠯（師）曰：「戠（撲）伐噩（鄂）侯馭（馭）方，勿遺壽幼。」肆㠯（師）彌突（枼），匋（洵）匡（恇），弗克伐噩（鄂）。肆（肆）武公迺遣禹達（率）公戎車百乘、斯（廝）馭二百、徒千曰：「于匡（將）朕肅慕，惠西六㠯（師）、殷八㠯（師），伐噩（鄂）侯馭（馭）方，勿遺壽幼。」雩禹以武公徒馭至於噩，敦伐噩，休獲厥君馭方。（〈禹鼎〉，2833，西周晚期，厲王）

〈禹鼎〉為西周晚年對南方用兵的重要記事，銘載鄂侯馭方率東南淮夷攻進南國及東國，一路進軍到了歷內一地。[註272] 這是一次極大的軍事威脅，故禹有「天降大喪於下國」語，雖然厲王以西六師、殷八師出征，但王室軍力隨周室衰微而每下愈況，甚至發生懼戰的狀況。在戰爭中充當主力不是王軍，而是武公的親軍和禹（即多友鼎之「向父」）的武裝部隊，並反擊攻入噩地「雩禹以

[註270] 關於銘文「左」、「右」兩字所在語序不同，李學勤云只是行文的變化，沒有深義。文見氏著，〈史密簋銘所記西周重要史實考〉，《中國社會科學院研究生院學報》，頁 8。然軍旅分左右當有其戰略上的考量。

[註271] 參李學勤，〈史密簋銘所記西周重要史實考〉，頁 9。

[註272] 歷內所在地望不明，黃盛璋認為歷內就是歷汭，歷為析水，其谷道可以由伊洛水入侵成周。王暉云歷就是《逸周書‧世俘》記武王克商後所伐之有「曆」國，春秋稱「櫟」，兩者可為備說。參黃盛璋，〈駒父盨蓋銘文研究〉，《考古與文物》1983 年第 4 期，頁 55。王暉，〈周武王東都選址考辨〉，《中國史研究》1998 年第 1 期，頁 18。

武公徒馭至於噩，敦伐噩，休獲厥君馭方」，相較於王軍的「匐（洵）匩（恇）」，〔註273〕武公族軍不但能抵抗入侵的東南夷，更進一步打入噩地，一舉殲滅噩國。〔註274〕這種以諸侯軍備作爲戰爭主力的情況，亦見於〈史密簋〉、〈晉侯穌鐘〉與〈多友鼎〉等，由此可看出周王室軍力到西周中期以後已日漸衰微，在西周晚期更顯疲態，全依賴各地諸侯軍員的支撐。「率」字在本銘出現二次，施事主語分別爲鄂侯馭方及禹，顯見「率」字之用未具美惡褒貶義。

例5.

（1）王親令晉侯逨（率）乃𠂤，左洀𤖪、北洀□，伐夙尸（夷），晉侯穌折首百又廿，執噩（訊）廿又三夫。（〈晉侯穌鐘〉，《新收》871，西周晚期，屬王）

（2）王至晉侯穌𠂤，王降自車，立南卿（嚮），親令晉侯穌自西北遇（隅）𣄺（敦）伐匍戜，晉侯逨（率）厥亞旅、小子、或人先啟（陷），入，折首百，執噩（訊）十又一夫。王至，淖淖列列，尸（夷）出𡔜（奔）。（〈晉侯穌鐘〉，《新收》873，西周晚期，屬王）

（3）王令晉侯穌逨（率）大室小臣、車僕從，述（遂）逐之。晉侯折首百又一十，執噩（訊）廿夫；大室小臣車僕折首百又五十，執噩（訊）六十夫。（〈晉侯穌鐘〉，《新收》876，西周晚期，屬王）

〈晉侯穌鐘〉記載周厲王三十三年時王征東夷一事，主要的攻打對象爲東方的

〔註273〕「彌突（罙）匐（洵）匩（恇）」歷來多從徐中舒〈禹鼎的年代及其相關問題〉，《考古學報》1959年第3期之釋，隸作「彌宗匐匩」，彌者，久也。宗同怵，懼也。匐，帀也、偏也。匩，恇也；全句訓指西六師及殷八師恇懼之甚。近來黃天樹認爲吳大澂《愙齋集古錄》釋宗作突（罙）甚確，突（罙）今作「深」，卜辭已見「罙（深）西土」例，用法猶如《詩‧商頌‧殷武》：「罙入其阻」之罙，字初形象把手伸進器皿中試探深淺，後器皿訛變爲「穴」，手形再訛，即成小篆突（窛）字。「師彌宗（罙：深）匐（洵）匩（恇）」指西六師和殷八師深入鄂境而確實恇懼。黃氏之新說釋字形義有據，據之論周軍參戰情況，亦較合理，本文從之。參黃天樹，〈禹鼎銘文補釋〉，《古文字學論稿》，頁62～64。

〔註274〕徐中舒語「後來禹率武公徒馭伐噩，以至進入噩境，俘獲其君馭方，噩侯馭方的歷史當然就在這一戰役中結束了」，文見〈禹鼎的年代及其相關問題〉，《考古學報》1959年第3期，後收入《川大史學‧徐中舒卷》（四川：四川大學出版社，2006年8月），頁374～397。

宿夷及鬭城。銘載王自二月從宗周巡守南境而至成周後，繼續督率軍隊往東，到達蘴（范）地後在此進行軍隊的分列調度，爲出戰宿夷（山東東平縣東）及鬭城（山東鄆城縣東）作準備。第一個「率」字分句云「王親令晉侯蘇達（率）乃自，左洀蘭、北洀□，伐夙尸，晉侯蘇折首百又廿，執嘅廿又三夫」，是周厲王下令晉侯率晉軍分兩隊進攻夙夷，一隊從左方舟行蘭水，一隊從北方行某水，晉侯此役大獲全勝。〔註275〕

第二個率字見於鬭城之戰，銘云：「王至晉侯蘇自，王降自車，立南卿（嚮），親令晉侯蘇自西北遇（隅）章（敦）伐鬭馘，晉侯達（率）厥亞旅、小子、或人先敔（陷），入，折首百，執嘅（訊）十又一夫。」晉侯於伐宿夷第一戰大勝之後，王繼續前進到晉師所在的鬭城附近，進行調度指揮，並命令晉侯從西北隅攻入鬭城。這種周王親率王師與諸侯之師赴戰地，但並不親自出征，而於戰地就地督戰的情況，金文及傳世文獻都很少見。此段銘文對晉侯軍隊的兵員有較詳細的描述，亞旅指卿大夫，小子有可能是由卿大夫之庶子、餘子充任之官，或人疑爲服雜役之人。〔註276〕三者皆屬晉師軍旅，以亞旅、小子爲晉國此役之主力，晉師此役並大獲全勝。

第三段銘云：「王至，淖淖列列，尸（夷）出盩（奔）。王令晉侯蘇達（率）大室、小臣、車僕從，述（遂）逐之。〔註277〕晉侯折首百又一十，執嘅（訊）廿夫；

〔註275〕「洀」字學界釋字多歧，于省吾釋作「盤」，謂巡行盤游義。張持平釋作「覆」，本義指覆舟，吳匡、蔡哲茂、馬承源贊成此說。湯餘惠則認爲字象舟船浮行水上之形，即古書寫作「汎」，今通作「泛」之字。按湯氏之說形音義俱佳，以之檢覈金文，通讀無礙，驗之新出的〈晉侯蘇鐘〉，所舟行的蘭字從水，也可能是水名，故本文從湯氏之說。參于省吾：《甲骨文字釋林》，頁 93。吳匡、蔡哲茂，〈釋金文洀、㷉、𣃁諸字〉，《盡心集——張政烺先生八十慶壽論文集》（北京：中國社會科學出版社，1996 年 11 月），頁 137～145。馬承源，〈晉侯蘇編鐘〉，《上海博物館集刊》1996 年第 7 輯，頁 1～17。湯餘惠，〈洀字別議〉，《容庚先生百年誕辰紀念文集》（廣東：人民出版社，1998 年 4 月），頁 164～171。

〔註276〕黃聖松，〈釋金文「戔人」、「𤖅戔徒」〉，《成大中文學報》第 15 期，2006 年 12 月，頁 1～25。

〔註277〕「述逐」二字字跡難辨，馬承源釋首字爲「逋」並視爲金文新見字，引《說文》：「逋，亡也」，《廣雅・釋言》：「逋，竄也」，指「逋」爲逃竄的夷人。其實「逋」字金文已見，該字李學勤釋爲「述」，即「遂」字古文，其說較爲合理，爲多數學

大室、小臣車僕折首百又五十，執嘼（訊）六十夫。」此處之命率，乃是爲了追逐戰敗逃奔的夙夷，故屬王再次下令，所不同的是晉侯此際所率非僅晉軍，還有參與軍旅的周王軍眾，分別是周王大室之職官"太僕"，以及太僕之佐"小臣"，以及王室用於作戰的車隊及兵員等。這次的追捕窨夷功績是分開計算的，〔註278〕晉侯俘馘110，執訊20夫，王室軍隊則俘馘150，執訊60。

〈晉侯穌鐘〉銘文呼應《尚書·文侯之命》：「汝多修，扦我於艱」的記載，證明西周晚年王室和晉的關係密切，晉侯穌的部隊幾乎成了周王的宿衛軍，晉侯並授權率領大室小臣和車僕等王室的武裝，伐宿夷的三役晉侯共折首330人，執訊54人，加上王室軍隊的俘馘150人，執訊60人，總計折首480人，執訊114人，戰果之豐，僅次於西周初年〈小盂鼎〉之獲馘4800餘，在西周晚期，亦僅〈虢季子白盤〉的折首500可與之相比。〔註279〕

例6.

唯十月，用嚴（玁）緩（狁）放（方）興（興），實（廣）伐京自（師），告追于王。命武公：「遣乃元士，羞追于京自（師）。」武公命多友達（率）公車，羞追于京自（師）。（〈多友鼎〉，2835，西周晚期，屬王）

周屬王因玁狁集結廣伐京師，戰情告急，因而命武公追擊犯京之玁狁，武公爲屬王時期要將，亦見於〈禹鼎〉、〈敔簋〉等器。做爲這次戰役主將的武公命令手下部將多友率領兵車，與玁狁在京師展開車戰追逐，計斬殺三百餘人，生擒28人，截獲戰車127乘。根據李學勤的考證，多友是私名，從其獲勝後只能向武公獻俘，而未能直接面見周王來看，他的身份僅不過是武公的一名部下。待武公得到天子賞賜回到自己的宗廟後，再命叔向父召見多友，對其賞賜。〔註280〕

者斤從。李文見〈晉侯蘇編鐘的時、地、人〉，《中國文物報》1996年12月1日，參自陳雙新：《兩周青銅樂器銘辭研究》，頁210。

〔註278〕「大室、小臣、車僕」之釋參馬承源，〈晉侯穌編鐘〉，頁15。李學勤認爲此處大室即宗廟，指的是蘇的祖父靖侯（銘號晉侯喜父）的屬臣與車僕，從銘文內容來看，李氏之說殊爲費解，故此處存而不用。

〔註279〕參王世民之論，見〈晉侯蘇鐘筆談〉，《文物》1997年第3期，頁54～56。

〔註280〕李學勤，〈論多友鼎的時代及意義〉，《人文雜誌》1981年第6期，後收入氏著《新出青銅器研究》，頁126～133。

例 7.

　　王若曰：「師袞，戈（越）！淮尸（夷）緐（舊）我𩛯（帛）畮（畝）臣，今敢博（搏）氒眾，叚反氒工吏，弗速（蹟）我東郮（國）。今余肇令女（汝）達（率）齊帀（師），𢼸（紀）、贅（萊）、僰，眉（殿）。左右虎臣正（征）淮尸（夷）」，即質氒邦獸（酋），曰冉、曰莽、曰鈴、曰達。（〈師袞簋〉，4313、14，西周晚期，宣王）

原應定期向周王室獻納布帛米粟貢物的淮夷，今竟敢攻伐周朝庶民百姓，反抗王臣工吏，不順從東土王官之管治，故周王一怒，令師袞率領齊師、紀、萊、僰等四侯國軍隊爲後軍，跟在做爲前鋒的正副虎臣之官（左右虎臣）後面，〔註281〕征討淮夷，後殘殺淮夷四位邦君，並俘其士、女、牛、羊及吉金。〈師袞簋〉率領齊軍聯合東方諸國軍隊，所示諸國與〈史密簋〉可相對應，可知師袞爲齊將領，兩次對抗東夷的戰役皆發動了齊師、萊師與僰師作戰，說明周王室習就近調動邊境侯國參與四土之戰。

例 8.

　　惟四月既死霸，虢仲令柞伯曰：「在乃聖祖周公緐（舊）又（有）共（功）于周邦。用昏無殳廣伐南國，今汝墍（其）衒（率）蔡侯左至於昏邑」。既圍城，令蔡侯告遘（報）虢仲、趞氏曰：「既圍昏」。（〈柞伯鼎〉，《文物》2006 年第五期，西周晚期，屬宣之際）

〈柞伯鼎〉載屬、宣之際，因昏國國君私名爲無殳者廣伐南國，故而虢仲令柞伯率蔡侯從左方攻入昏邑，採包圍戰術進行搏伐，後柞伯獲勝，執訊 2 夫，獲馘 10 人。〔註282〕

〔註281〕參見黃盛璋，〈關於詢簋的製作年代與虎臣的身份問題〉，《考古》1961 年第 6 期。林文華，〈「師袞簋」銘文考釋〉，《美和技術學院學報》第 20 期，2002 年，頁 18。

〔註282〕〈柞伯鼎〉「無殳」一詞有無人可及義（朱鳳瀚）、無繳貢納義（李學勤）、不好義（黃天樹）及昏邑領袖名（鄔國盛、季旭昇）等四種說法，朱氏、李氏、黃氏之說皆義有未及處，季旭昇詳細歸納周人對外敵的稱呼用語文例後覈之此銘，論此處「無殳」做私名較爲合理，其說可從。詳參季旭昇，〈柞伯鼎銘「無殳」小考〉，收入張光裕、黃德寬主編《古文字學論稿》（合肥：安徽大學出版社，2008 年 4 月），頁 31～39。

例 9.

　　隹王五月初吉丁未，子軏（犯）宕（佑）晉公左右，來復其邦。者（諸）
　　楚粉（荊）不聖（聽）令于王所，子軏（犯）及晉公達（率）西之六皀搏伐
　　楚粉（荊），孔休。（〈子犯編鐘〉，《新收》1009、1021，春秋中期，
　　晉）

〈子犯編鐘〉於 1992～1993 年於山西聞喜盜墓出土，共 16 件，今有 12 件藏於
台灣故宮博物院，鐘銘主要記敘了周襄王十六年五月初吉丁未這一天，晉文公
謀臣子犯輔佐晉公子重耳返晉復國，後因楚荊不聽命於王，故而率西六師擊伐
楚荊（晉楚城濮之戰），功成後行踐土之盟，受王豐賞。子犯據《左傳》載名
「狐偃」，是晉文公的舅舅，佑其出亡及復國，編鐘所載與《左傳》、《史記》吻
合。此處晉文公及子犯銜王命率軍攻打楚荊，值得注意的有兩點：（1）鐘銘兩
人所率為王軍——西六師，顯示設於西周的西六師之編制遲至春秋中期仍然存
在。至於未言晉軍僅言王軍一事，黃錫全云「子犯為歌頌周王，故著意點出是
仰仗周王的“六師”大軍才得以獲勝的」。（2）六師奉王命參與城濮之戰，但《左
傳》、《國語》、《史記》均未載周王六師亦參戰，〈子犯編鐘〉的史料價值可見一
斑。〔註283〕

例 10.

　　庳（庚）達（率）二百乘舟，入籬（莒）從河，台（以）元（亟）伐麤□丘，
　　〔註284〕殺其□□□□毁（擊）者（諸）俘□□□□□其士女。（〈庳壺〉，

〔註283〕黃錫全，〈新出晉「搏伐楚荊」編鐘銘文述考〉，《長江文化論集》（湖北：湖北教
　　　　育出版社，1995 年 6 月），頁 326～333。參自江林昌，〈新出子犯編鐘銘文史料價
　　　　值初探〉，《文獻》1997 年第 3 期，頁 98～99。

〔註284〕由於器銘殘泐，「伐」之之前一字苂或視為「元」（馬承源《銘文選》），或當視為
　　　　「亟」（張政烺、張亞初《引得》以為「殛」）。「亟」字甲文作亟，金文作亟〈毛
　　　　公鼎〉，何琳儀云「加口為飾，加攴繁化兼有行動之義，戰國文字承襲兩周金文，
　　　　或上加短橫為飾，或下加口旁為飾，或省攴為卜旁，或省攴旁，或省口旁」。《戰
　　　　國古文字典》（上），頁 32。《說文》：「亟，敏疾也」，《廣雅・釋詁》：「亟，急也」。
　　　　「元」字金文作元〈晉鼎〉，兩周時期下無橫劃，故以隸作亟為佳。「亟伐」指敏
　　　　捷地攻伐，「亟」在此為副詞。筆者〈金文「某伐」詞組研究〉一文，載《古文字
　　　　研究》第 27 輯（2008 年 10 月），嘗參考馬承源的說法將字隸作元，讀為「大」，

9733，春秋晚期，齊莊公）

〈庚壺〉載齊將武庚的三次戰績，與記齊莊公賜叔夷以萊都的〈叔夷鐘〉爲同時器，庚與叔夷皆爲齊國滅萊大將。〔註285〕〈庚壺〉中的三場戰役裡，武庚第一、二次滅萊，第三次出征西南，〔註286〕「率」字所在爲第二次戰役，庚率領的「二百乘舟」中，「乘」爲「舟」的量詞。〔註287〕「入筥從河」中的「入」字，應與壺銘前段「庚入門之」之「入」相同，爲攻入之意，〔註288〕「鄑」字張光遠、張政烺皆隸作「筥」釋爲春秋國名「莒」，位於山東東南緣，近萊國。銘謂庚率領二百乘舟，走河道經由莒國攻入萊都，在兒□丘這個地方敏疾地進行攻戰。庚之所「率」當爲齊靈公所授命，其所率者以舟乘數量詞代替軍隊兵員，亦爲兩周金文僅見。

例 11.

唯廿又再祀，驫羌乍戎（戎），氒（是）辟（匹）韓宗，敝（徹）逹（率）征秦、逤（迮）齊入張（長）城，先會于平陰（陰），武侄寺力，奪敓（奪）楚京。賞于韓宗，令于晉公，卲（昭）于天子，用明則之于銘。（〈驫羌鐘〉，157～161，戰國早期，晉）

鐘銘載周威烈王二十二年、晉烈公十六年（公元前 404 年），尚未分晉的韓、趙、魏三家奉周王之命聯合伐齊一事（此役次年三家分晉），驫羌整編軍旅，輔佐其主韓宗征討山東秦地，迫使齊軍退到齊長城以內，並最先與齊軍在平陰交鋒，恃其勇武剛強之力，很快地奪取齊國的楚京一地。值得注意的是，率字之前承上省略施事主語，率字之後亦省略了賓語，亦無載俘獲數計。唯於率字之前以訓作「專擅」的「徹」做程度副詞，表態度專一，爲西周銘文「率」字用法之特例，深具東周銘文風格。

視爲副詞，今正。

〔註285〕張政烺，〈庚壺釋文〉，《出土文獻研究》（北京：文物出版社，1985 年），後收入《金文文獻集成》第 29 冊，頁 485～486。

〔註286〕張光遠，〈春秋晚期齊莊公時庚壺考〉，《故宮季刊》1982 年第 3 期（第 16 卷），頁 103。

〔註287〕林宛蓉：《殷周金文數量詞研究》（臺北：東吳大學中文系碩士在職專班論文，2006 年），頁 58。

〔註288〕張政烺，〈庚壺釋文〉，頁 485。

例 12.

含（今）盧（吾）老賙觀（親）達（率）參軍之眾，呂（以）征不宜（義）之邦，歔（奮）桴（枹）晨（振）鐸，闢（闢）啓封疆，方霥（數）百里，刺（列）城霥（數）十，克億（敵）大邦。（〈中山王𰯼鼎〉，2840，戰國晚期，中山）

鼎銘載燕王子噲禪位給子之，引起內亂，中山王𰯼趁齊伐燕之際，亦派相邦賙出兵伐燕，奪得土地。老賙所率為中山國之左中右三軍，鼎銘述其奮起鼓椎撼振兵鐸，為中山國奪得數百里的封疆，增列數十個城池，能與其他大邦國相匹敵，雖未言執俘之數，亦可見戰功彪炳。

例 13.

佳司馬賙訢（斬）狢（諤）戰（憚）忢（怒），不能盗（寧）處。達（率）師征郾（燕），大啓邦洧（宇），枋（方）霥（數）百里，佳邦之斡（幹）。（〈妊蚉壺〉，9734，戰國晚期，中山）

妊蚉為中山王𰯼後人，其表彰父輩老臣司馬賙功業時，述及伐燕一事，所述內容與鼎銘相仿，由於為追述性質，故簡語帶過，強調的仍是其率師征燕而能大大拓展中山國領土範圍之事。率字之前承上省略施事主語「司馬賙」。

以下將諸器「率」字文例分析如下：

分類／器名	時代	起　因	施事主語（下令者）S	兼語（率軍者）OS	賓語（所率之軍）O	攻伐對象CO	戰　　績	狀語
敄簋	西中穆	戎伐馭	無	敄	有司、師氏	戎	獲馘百、執訊二夫，孚戎兵135款，捋戎俘人114	無
敄方鼎	西中穆	淮夷來犯	王	敄	虎臣	淮夷		無
史密簋	西中懿	南夷聚集來犯	王	師俗、史密	齊師、族徒、遂人	東國諸夷	獲百人	無
禹鼎	西晚厲			鄂侯馭方	東南淮夷	周南國東國	至於歷內	無
		東南淮夷來犯，王軍懼戰	武公（承王命）	禹	公戎車百乘、廝馭二百、徒千，會西六師、殷八師	鄂侯馭方	獲鄂侯馭方	無

分類 器名	時代	起　因	施事主語 （下令者） S	兼語 （率軍者） OS	賓語 （所率之軍） O	攻伐 對象 CO	戰　績	狀語
晉侯穌鐘	西晚厲	王巡狩	王	晉侯	晉師／晉亞旅、小子、戈人／王軍：大室小臣	夙夷、鬭城	共折首 480，執訊 114	無
多友鼎	西晚厲	玁狁方興，廣伐京師	武公（承王命）	多友	公車	進犯京師之玁狁	共折首 300 餘人，執訊 28 人，捷獲戰車 127 輛	無
師寰簋	西晚宣	淮夷不納貢	王	師寰	齊師、紀、萊、僰（爲後軍）	淮夷	殺四邦酋，俘其士、女、牛、羊及吉金	無
柞伯鼎	西晚厲宣之際	昏國無殳來犯	虢仲（承王命）	柞伯	蔡侯	昏邑	執訊 2 夫，獲馘十人	其
子犯鐘	春秋中・晉	楚不聽命於周王	晉文公（承周王命）	子犯及晉公	西六師	楚	孔大休功	無
庚壺	春秋晚・齊	滅萊	齊靈公〔註289〕	庚	二百乘舟	萊國	殺□、俘士女	無
𪚔羌鐘	戰國早・晉	《左傳・襄公十六年》：「齊不庭」	韓宗（承周王命）	𪚔羌	韓宗軍隊	齊長城	入長城，奪得齊地楚京都邑	敵（徹）
中山王𡉤鼎	戰國晚期	燕內亂	中山王	司馬賙	三軍之眾	燕	闢（闢）啓封疆，方𩅸（數）百里，剌（列）城𩅸（數）十，克僼（敵）大邦	覾（親）
奼蚉壺	戰國晚期	燕內亂	中山王	司馬賙	中山之師	燕	大啓邦沽（宇），枋（方）𩅸（數）百里	無

　　兩周金文「率」字凡 13 見，其中 3 例見於西周中期，5 例見於西周晚期，2 例見於春秋時期，3 例見於戰國時期。由於「率」字所在銘文皆詳載戰事經過與獲，爲戰爭過程之實錄，從時代分布的頻率上可略窺兩周戰事集中在西周晚期與東周時期。由於「率」字之用皆爲外敵來犯的大型戰爭，故而時王需下達指令，授權大將「率」軍進行攻防，從這一點來看，「率」字的使用與其他組織類軍事動詞已有語義層次上的區別，凡用「率」者，已非一般軍事的集結調度，而是箭在弦上，不得不發耳的攻防戰，這一點可以從「率」字銘末必載戰果而證之。「率」字所在句型亦有時代差異，西周時期的標準句型爲：

〔註289〕由於銘載庚所參與的戰事有三，滅萊的前兩次爲齊靈公之命，第三次出征西南則爲齊莊公所命，壺銘裡出現的「率」字在第二次滅萊之役中。

（某命）＋某＋率＋軍隊＋征、伐＋來犯者＋（于）＋（某地）

「率」字句之前段必述及發動戰事之由，除晉侯穌鐘屬巡狩性質外，其餘皆爲來犯。所命者若非王，必也是承王命的再命者，征伐之地省略者偶見。另外，〈禹鼎〉銘首載「霝（鄂）侯馭方達（率）南淮尸（夷）、東尸（夷）廣伐南或（國）東或（國），至于歷內」，可知「率」字的使用敵我皆可。東周時期的句型則爲：

（某）＋（徹、親）率＋（某）＋征、伐＋某＋（于）＋（某地）

與前期相較，則帶兵者往往承上省，所帶兵種亦皆爲列國軍隊，不需特指，故亦省略。「率」字之前增加了修飾成分，用來強調帶兵者的心志，所征伐的對象不爲來犯者，而爲發動國積極攻略的目標，通常以國名代之，故而於「征某」之後不再特別交待作戰地點，在這樣的情況下，東周時期的「率」字句戰果不再是獲馘與執訊，而是「闢（闢）啓封疆，方彎（數）百里，剌（列）城彎（數）十」般的攻城及掠地。

14.【以】

《說文》：「以，用也，从反巳，賈侍中說己意巳實也，象形」〔註290〕。《說文》將「以」作「用以」、「用」來解，屬介詞用法。「以」字在甲骨文作🝅、🝆，徐中舒視🝅爲耜之本字，因耜爲用具，由用具引申有用意，寫作🝆謂人用耜形〔註291〕。朱歧祥視🝅爲胎之本形。〔註292〕裘錫圭則認爲🝆和🝅是繁簡體的關係，🝆象人手提一物，故🝅爲手提之物。〔註293〕典籍「以」字多表「用」、「用以」，作介詞使用，甲文則既有作「用」、「由」者，亦有表「率領」義者。其詞義變化當有演進關係。甲文「以」作「用」解者如《南明 499》：「癸亥貞：召方以牛其登于來甲申。」釋作「由」者如《粹 227》：「其盥以小示」。從詞義演化的角度來看，兩例作介詞用的「以」當是從提攜、攜帶之動詞本義虛化而來的結果。甲文「以」常見「率領」本義的動詞用法，如：

〔註290〕段玉裁注：《說文解字注》，頁 753。

〔註291〕徐中舒：《甲骨文字典》（成都：四川辭書出版社，1998 年），頁 1592。又，或曰以象人手攜物之形，引申爲用義。見何琳儀：《戰國古文字典》（北京：中華書局，1998 年 9 月），頁 56。

〔註292〕朱歧祥：《殷墟甲骨文字通釋稿》，頁 458。

〔註293〕裘錫圭，〈說「以」〉，《古文字論集》（北京：中華書局，1992 年），頁 106。

（1）丁未卜，爭貞：勿令<u>罩</u>以众伐卬？（《合》26）

（2）丁未卜，貞：惟亞<u>以</u>众人步？十二月。（《合》35）

（3）丁卯卜，令堵<u>以</u>人田于獵？十一月。（《合》1022乙）

　　三例中的「以众」、「以众人」、「以人」詞義相同，爲率領眾人義。其後與動詞「伐」、「步」、「田」相接，結合成一謂語結構。這幾條表「率領」義的「以」學者或依中古及現代漢語「以」字使用狀況而視爲介詞，然此一說法已逐漸獲得修正。上古漢語語料中表「率領」義的「以」字就初形本義來看，表現出明顯而強烈的動作，並與動詞具有相同的位置分布，從其在古籍中每與動詞異文使用，以及後世爲其他動詞所取代等現象，都證明了它的動詞性質。〔註294〕故「以」字的本義當從裘氏之說爲率領，作動詞使用，唯「以」字於殷商時期已常見虛化表「用」、「由」的介詞用法。

　　金文中的「以」皆省人形作 𠃜，嚴式隸定作㠯，秦漢以後又增人形，爲隸楷所承，即今「以」字之所從。「以」字在典籍及金文裡多作介詞使用，如《詩經・衛風・氓》：「將子無怒，秋以爲期」、〈五祀衛鼎〉：「衛以邦君厲告于井白」（2832，西周中期），金文「以」作介詞時，或釋作"與"，如〈虢仲盨蓋〉：「虢仲以王南征，伐南淮夷，才成周，乍旅盨」（4435，西周晚期）。雖然如此，但在金文裡，從攜帶義引申而來的帶領、率領義仍屬常見，與大量的介詞用法並存，顯見在西周時期，「以」字的介詞及動詞用法同樣活躍。兩周金文表率領義的以字共9例：〔註295〕

例1.

　　令焚（榮）遘罾（酉）。焚（榮）即罾（酉）遘厥故。〔曰〕：趞伯□□
　　𢼸（鬼）蘠（獵？聞？），𢼸（鬼）蘠（獵？聞？）盧（且）<u>以</u>新（親）□從」。
　　咸，折罾（酉）于□。（〈小盂鼎〉，2839，西周早期，康王）〔註296〕

〔註294〕關於表「率領」義的「以」字字義、詞類之相關討論，可參郭錫良：〈介詞"以"的起源和發展〉，《古漢語研究》1998年第1期（總第38期），頁1~5。于智榮：〈上古典籍中表"率領"諸義的"以"字不是介詞〉，《語文研究》2002年第2期（總第83期），頁33~37。

〔註295〕商金文一例，見〈小子鲞卣〉（05417），銘云：「乙子（巳），子令（命）小子鲞先<u>以</u>人于堇」。

〔註296〕〈小盂鼎〉銘文殘泐，此處參考馬承源、張亞初及李學勤的隸定，依據李學勤的

例2.

佳戎大出〔于〕軝，井（邢）侯厚（搏）戎，征令臣諫〔以〕□□亞旅處
于軝，〔從〕王□□。（〈臣諫簋〉，4237，西周早期，康王）

例3.

叡！東尸（夷）大反，白（伯）懋父㠯（以）殷八自（師）征東尸（夷）。唯
十又一月，曾（遣）自䈊自（師），述東陝，伐海眉。雩厽復歸才牧自。
（〈小臣謰簋〉，4238，西周早期，昭王）

例4.

佳王伐東尸（夷），溓公令**寧**眔史**旗**曰：『㠯（以）師氏眔有嗣、後或
（國）**戠**（捷）伐腺（貊）。』**寧**俘貝，**寧**用乍（作）**䤙**公寶尊鼎。（〈寧鼎〉，
2740、41，西周早期，昭王）

例5.

王令**彔**曰：「戲！淮尸（夷）敢伐内國，女（汝）其㠯（以）成周師氏戍于
䆁（固）師（次）」。伯雍父蔑彔曆，賜貝十朋，彔拜頶首，對揚伯
休，用乍（作）文考乙公寶尊彝。（〈彔卣〉，5419，西周中期，穆王）

〔註297〕

例6.

王令毛公㠯（以）邦冢君、土（徒）馭、戜人伐東或（國）痌戎，咸。王
令吳白（伯）曰：「㠯（以）乃自（師）左比毛父！」王令呂白（伯）曰：「㠯
（以）乃自（師）右比毛父！」趞令曰：「㠯（以）乃族從父征，**诰**（造：

看法，此段話乃爲王命榮審訊三鬼方首領時，鬼方之君名「聞」者之言，其大意
云周朝的**越**伯因故侵犯了鬼方之君，鬼方之君便率其親屬與之交戰。參李學勤，〈小
盂鼎與西周制度〉，《歷史研究》1987 年第 5 期，後收入氏著《青銅器與古代史》，
頁 237～252。

〔註297〕〈彔卣〉中王所令派之「彔」即後文之「伯雍父」，又稱「師雍父」。伯雍父之器
亦見〈彔簋〉、〈彔方鼎〉等器，李學勤指出彔與伯雍父爲一名一字，見氏著，〈西
周中期青銅器的重要標尺〉，《新出青銅器研究》，頁 90。彭裕商推測彔爲彔國之
君長，而彔爲其族人，與〈班簋〉所載班與毛公的關係相似，見氏著：《西周青銅
器年代綜合研究》，頁 306。故馬承源定〈彔卣〉爲〈彔彧卣〉，以爲王令之彧與
伯雍父所蔑之彔爲同一人，非矣。見馬承源《銘文選》，頁 114。

肈）城（誠）衛父身。」（〈班簋〉，4301，西周中期，穆王）

例 7.

佳白（伯）犀父𢎜（以）成𠂤（師）即東，命伐南夷。正月既生霸辛丑，
才鄣（坏）。（〈競卣〉，5425，西周中期，穆王）

例 8.

孚禹𢎜（以）武公徒馭至于噩（鄂），敦伐噩（鄂），休，隻（獲）氒（厥）
君駿（馭）方。（〈禹鼎〉，2833，西周晚期，厲王）

例 9.

唯九月初吉戊申，白氏曰：「不𣄃，馭方、厰允（玁狁）廣伐西俞，王
令我羞追于西，余來歸獻禽（擒）。余命女御（禦）追于㝅，女（汝）𢎜（以）
我車宕伐厰允（玁狁）于高陶。（〈不娶簋〉，4328（器）、29（蓋），西
周晚期，宣王）

觀察上述 9 例，可知金文表率領義的「以」、「率」在字義、句型與語法作用上
完全相同。唯東周時不見「以」字之用，凡表率領義者，皆以「率」字代之。「以」
字句在西周早期句型為：「（某）＋以＋軍隊＋征、伐＋來犯者」。西周中期以後
則以句型頗有變化：

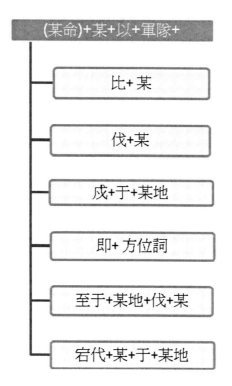

透過「率」、「以」句型的分析，可知此二字在句型上皆屬兼語句。

15.【儥】

金文作爲軍事動詞的「儥」出現在〈晉侯穌鐘〉中：

> 隹（惟）王卅又三年，王親（親）遹省東或（國）、南或（國）。正月既生
> 霸戊午，王步自宗周，二月既望癸卯，王入各成周，二月既死霸壬
> 寅，王儥（儥）辵（往）東，三月方死霸，王至于萬（范），分行。（〈晉
> 侯穌鐘〉《新收》870～873，西周厲王）

在西周金文和戰國楚簡中，有一系列從峕聲或從𥪡聲的字，郭沫若最早將之釋
爲「饋」，即饋贈義，爲唐蘭、馬承源釋〈厚趠鼎〉：「厚趠又（有）儥于棾公」，
以及黃盛璋釋〈晉侯穌鐘〉：「王儥往東」時所從。這個儥字或隸作「儥」，見
《說文》人部：「儥，見也」，段《注》：「𧷓即《周禮》之儥字，今之覿字，儥訓
見即今之覿字也，《釋詁》曰：『覿，見也』。……《周禮》儥訓買，《玉篇》作
儥，買也」。〔註298〕李學勤考釋包山楚簡 151～152 號簡中的一篇無題法律文
書，〔註299〕釋其中「歓食田，病于儥，骨（過）儥之」中的「儥」爲「鬻」，意
思是「賣」；裘錫圭在考釋郭店楚簡〈窮達以時〉：「白（百）里迍遒五羊」時，
亦引文獻論證迍當與「賣」義有關，進而將之隸作遪，即遪，讀爲「賣」，通
「鬻」。

　　劉釗在李文的基礎上，考證「儥」、「鬻」兩字的聲音關係，得知「儥」古
音在定紐屋部，「鬻」在章（莊）紐覺部，兩字皆爲舌音，韻皆爲入聲韻尾，並舉
屋、覺二紐在《詩經》有合韻之例，證成「“儥”與“鬻”兩字音義皆近，顯
然是一對同源詞或一個詞的不同寫法」。〔註300〕至於「儥」所從的「𧷓」，據
《說文》可知乃爲「睦」字古文「𧆨」。劉釗比對包山簡及郭店簡中的「儥」字，
發現其中的「目」旁多成了橫置或豎置的「自」，如𧷓等，故而將楚簡裡從广或

〔註298〕段玉裁注：《說文解字注》，頁378。

〔註299〕李學勤，〈包山楚簡中的土地買賣〉，原載《中國文物報》1992 年 3 月 22 日，後
　　　　收入作者《綴古集》（上海：古籍出版社，1998 年），頁 152～155。

〔註300〕劉釗，〈釋「儥」及相關諸字〉，原載《中國文字》新 28 期（台北：藝文印書館，
　　　　2002 年），頁 123～132，後收入氏著《古文字考釋叢稿》（湖南：岳麓書社，2005
　　　　年），頁 226～237。

從片自來隸作癪的諸字，皆隸作癗。劉氏將齒所從的「目」訛成「自」的變化過程，援引金文中的「展」（殿）字的三種不同寫法爲證。上文嘗舉過的〈師袁簋〉裡，有一個早期被視爲從尸從爪的 ⿸尸爪（今隸作展，即殿），到了〈衛簋〉寫作從尸從目的 ⿸尸目，在〈史密簋〉裡，則作從尸從自的 ⿸尸自 形，「殿」字的三種類型正好與齒字可作從目及從自的情形相符。釋出了價字，則〈厚趠鼎〉中「厚趠又(有)價于龏公」的「價」乃爲買賣義，劉釗釋讀作「厚與龏公之間進行了買賣交易，即厚趠賣給了龏公某種東西，然後用得來錢『作文考父辛寶尊齋』」。〔註301〕〈晉侯穌鐘〉的「既死霸壬寅，王價(價)生(往)東」則當讀作「督」，古音「價」在定紐屋部，「督」在端紐覺部，聲爲一系，韻皆爲入聲韻尾。其引《廣雅‧釋言》：「督，促也」云銘文言「王價往東」意爲「王率領或督促部隊向東進發」。〔註302〕

趙平安在裘文的基礎上，覼查古文字資料中所有從㐭的偏旁，證實㐭當釋讀爲賣，古文字中諸多的從賣偏旁的字，多從聲符賣假借而來，然其視〈厚趠鼎〉中的「價」當假作「覿」，「厚趠又(有)價于龏公」指「厚趠又被龏公接見，事情非常榮耀，所以厚趠作鼎紀念」；而該字在〈晉侯穌鐘〉則假爲「續」，云：「鐘銘載周王親省東國南國，從宗周出發，到成周，然後到山東，一路東進」，並論證以齒爲初文的字，乃取象於沼澤植物「藚」，〔註303〕齒字的演進過程爲 ⿱屮自 → ⿱屮自 → ⿱屮目，其演進邏輯恰與劉釗所論相反，然而從甲文及西周早期已見 ⿱屮自 形，從目的偏旁則晚至西周中期始見這點來看，趙平安推源齒字的演進過程是較合理的。

季旭昇綜合諸家異說後云：〔註304〕

> 「齒」形本作「從屮從自」形，西周中期開始訛變爲「從屮從目」
> 形，但「從屮從目」和「眚」形又會混淆，所以戰國文字或把「屮」
> 形的上筆向左上彎曲。楚系文字「齒」形多半保留「從屮從自」形，

〔註301〕同上註，頁 234。

〔註302〕同上註，頁 236。

〔註303〕詳見趙平安，〈釋古文字資料中的「齒」及相關諸字〉，《中國文字研究》第 2 輯，華東師大中國文字研究與應用中心編，（南寧：廣西教育出版社，2001 年），頁 78～85。

〔註304〕季旭昇：《說文新証》（上冊），頁 254。

但也有一些開始訛變為「从中从目」形了。《說文》「嗇」上部訛从
「朱」。當然，我們也不排除「嗇」和「嗇」有不同的來源。

陳劍認為嗇旁的「目」形上面的部分，跟西周金文中的「告」（造）形除去「口」
的部分在形體上十分接近，並根據裘錫圭的看法，認為本象枝莖柔弱的植物之
形省去下半的寫法演變而來，是嗇字的聲符。但他同意季旭昇的看法，認為不
將嗇與嗇特意牽合為一字，是更近於事實的。〔註305〕

　　回到〈晉侯穌鐘〉來看，「二月既死霸壬寅，王儥（儥）坒（往）東」一句，黃
盛璋承襲舊說，釋儥作「饋」，強調這是周王巡狩之後饋贈侯國禮物的行為。趙
平安讀為「續」，指周王巡省之後繼續往東，馮時讀作「殿」，視為時間副詞，
表時間先後。〔註306〕劉釗讀作「督」指率領督軍之義。按學者皆從假借的角度
出發來解釋「儥」這個字，則何釋為優當結合鐘銘文意來看。上文在討論「率」
字時，曾說明〈晉侯穌鐘〉記載周厲王三十三年時王親征東夷的功烈，主要的
攻打對象為東方的宿夷及匍城。銘載王自二月自宗周巡守南境而至成周後，繼
而率軍往東，到達藼（范）地後在此進行軍隊的分列調度，為進攻宿夷及匍城做
準備。晉侯於伐宿夷第一戰大勝之後，王繼續前進到晉師所在的匍城附近，進
行調度指揮，並命令晉侯從西北隅攻入匍城。銘文處處顯示這種周王親率王師
與諸侯之師赴戰地，就地督戰的情況。因此，結合鐘銘所述，則〈晉侯穌鐘〉
中的「儥」字當以劉釗的「督」字說為優，督字有督導、率領之義。

　　本節共討論了 15 個組織類軍事動詞，表析各字用法於次：

組織類軍事動詞	文例數	詞義	時代	施事主語 S	受事賓語 O	VP	介詞 P	處所補語 CO	前置成份
師	2	駐紮	西早、春晚	公	×	×	×	既	×
次	1	駐紮	西早	中	×	×	在	靈師	×
整	2	振整	西中、西晚	王／善夫克	師氏／八師	×	×	×	遹
振	1	振旅	西早	王	公族（前置）	×	于（前置）	唐（前置）	×

〔註305〕陳劍，〈釋造〉，原刊於《出土文獻與古文字研究》第 1 輯（復旦大學出土文獻與
　　　　古文字研究中心集刊）（上海：復旦大學出版社，2006 年），後收入氏著《甲骨金
　　　　文考釋論集》（北京：綫裝書局，2007 年），頁 127～176。

〔註306〕馮時，〈晉侯蘇鐘與西周歷法〉，《考古學報》1997 年第 4 期，頁 410。

組織類軍事動詞	文例數	詞義	時　代	施事主語 S	受事賓語 O	VP	介詞 P	處所補語 CO	前置成份
會	4	會師/會戰/會盟	商/戰國/西周、戰國	武官/武官/敵方、盟國	×	×	×/于	西方/戰地	×
董(觀)	1	聚兵	西晚	(敵方)	×	×	×	×	×
比	1	相輔	西中	王	毛父	×	×	×	左
同	2	會合/會盟	西晚/戰國	盟國/西戎	×	永追汝	×	×	大
興	2	聚集興兵	西晚/戰國	玁狁/秦將	秦甲士	廣伐京師	×	×	放/凡
用	1	動員	戰國晚期	秦將	秦兵	×	×	×	×
被(披)	1	分派	戰國晚期	秦將	秦甲士	×	×	×	×
遷	1	聚集	西晚	南淮夷	殳(兵器)	內伐……	×	湡/鼎/參泉/裕敏/淪(陰)陽洛	×
率	13	率領	西中3/西晚5/春秋2/戰國3	武官/噩侯馭方	士兵	奔追襲/禦/廣伐/淊/陷/入/逐/征	于	棫林/長必/南國東國/京師	徹、親
以	6	率領	西早2/西中3/西晚1	武官	士兵	征/捷伐/戍	于	固次/鄂	×
儥	1	督率	西晚	王	(王師)	往	×	東	×

第四節　行　軍

　　行軍係指軍事部隊基於作戰、訓練及行政等要求所進行的地面移動。在金文裡有行、徹(徂)、迲、逆、從、奔等 6 個字例，諸字所從偏旁皆與示行走義的彳、止、辵等相關。

1.【行】

　　在本章第一節巡查類動詞裡，我們曾提到金文用作軍事巡行義的「行」字數量頗多，尤以「用征用行」、「以征以行」成句者最爲常見，這時的「征」非指征伐，而是帶有巡迴視察之義，與之搭配的「行」亦作此用；另外，屬軍事移防之行軍性質的「行」字用法甲文已見，〔註307〕這是從「行走」義引申而來

────────────

〔註307〕陳年福：《甲骨文動詞詞彙研究》將「行」歸入行軍類動詞項下，見頁19。

的用法，金文有 1 例：〔註308〕

> 隹十又二年正月初吉丁亥，虢季子白乍寶盤。不顯子白，壯（壯）武
> 于戎工（功），經繿（維）四方，愽（搏）伐嚴狁（玁狁），于洛之陽，折
> 首五百，執訊五十，是吕（以）先行。趄趄（桓桓）子白，獻戝（馘）于
> 王。王孔加（嘉）子白義。王各（格）周廟宣廚（榭），爰卿（饗）。（〈虢
> 季子白盤〉，西周晚期，宣王）

盤銘「先行」有「在行列之先作爲前驅」，以及「先行歸返」兩解。第一解的
「行」讀陽聲韻，與盤銘韻協，「先行」義爲「先驅」，指器主子白因搏伐玁
狁極爲勇猛，故以之爲軍隊前鋒。此說以馬承源爲代表。〔註309〕第二解以郭
沫若、楊樹達爲代表，其將盤銘與〈不嬰簋蓋〉對讀，云〈不嬰簋蓋〉之白
氏即盤銘之虢季子白，簋銘：「白氏曰：『不嬰，馭方嚴允（玁狁）廣伐西俞
（隃），王令我羞追于西，余來歸獻禽。余命女御（馭）追于䇂。女（汝）吕（以）我
車宕伐嚴允（玁狁）于高陵。』」其「余來歸獻禽」即盤銘「折首五百，執訊五
十，是吕（以）先行」的先行之由。據此，則子白是爲了急歸獻禽，故而先行歸
返。〔註310〕

　　關於〈不嬰簋蓋〉之白氏是否爲〈虢季子白盤〉的子白，唐蘭從兩器的書
法、年月、史實及文體四點來觀察，証實兩者不當放在一起：

> 我以爲虢季子白既然稱爲子白，就只是公子而不是公，頤和園舊藏
> 有虢宣公子白鼎，可以證明子白是虢宣公的兒子。……至於不嬰簋
> 的伯氏，應當屬於伯的一族，而不是仲叔季的任何一族；例如：召
> 伯虎簋也有伯氏，他的父親是幽伯，士父鐘說到他的父親是叔氏。
> 那末，如果要說到虢季，就只能稱季氏，而不能稱伯氏，可見不嬰簋

〔註308〕馬承源《銘文選》（頁59）以〈呂行壺〉（9689，西周早期，昭王）：「唯三月，白
　　　　懋父北征，唯還。呂行戝（捷），孚貝。用乍寶尊彝。」中的「呂行」非爲人名，
　　　　而是白懋父之從將「呂」其「行捷」，謂呂行軍得捷者，唯「戝」以捷獲戰勝義解
　　　　爲主，此以「行」訓軍行而以「捷」作爲「行」字補語者，與後文補語「孚貝」
　　　　不符，故本文仍依《集成》定名「呂行」爲器主名。

〔註309〕《銘文選》，頁309。陳煒湛、唐鈺明亦採此說，云：「先行：居于軍列之先」，語
　　　　見《古文字學綱要》（廣東：新華書局，1990年），頁266。

〔註310〕楊樹達：《積微居金文説》，頁129～130。

的伯氏，不會是虢季子白了。〔註311〕

虢族史載有二：虢仲（西虢）、東虢（虢叔）；盤銘則示西周有第三個虢，虢季是虢之氏稱，而不是行輩，虢季封於「小虢」，位處西戎和東土隔絕，春秋初期為秦國所滅。唐氏之說成立後，則郭、楊將兩器對讀證成伯氏身份之說隨即瓦解，然這不影響引援盨銘證成「先行」之義。從文義來看，盤銘首記作器者「子白」征伐玁狁有功，次記歸而獻俘，再記王饗子白於宗廟進行賞賜，順著語義脈胳，子白乃先出征告捷：「搏（搏）伐獫軟（玁狁），于洛之陽，折首五百，執訊五十」，而後歸而獻馘：「獻戒（馘）于王」，再接受王之飲至禮：「王孔加（嘉）子白義，王各（格）周廟宣廚（榭），爰卿（饗）」，由此看來，則「是以先行」的「行」應視為具積極目的的急行軍，而不是描述性的指前驅「行伍」。此處行軍的帶隊將領為虢國的虢季氏公子「子白」，行軍的目的是為了班師回朝行告捷獻俘禮，「行」字之前有一時間副詞「先」，對「行」這個動作行為的發生時態進行描述。

2.【徂】（徂）

典籍裡常見的「徂」字，甲文、金文未見，〔註312〕《說文》則收於退字或體，入辵部：「退，往也，從辵且聲，齊語，徂，退或从彳，遣，籀文从虘」。〔註313〕金文作徂，从彳虘聲，與《說文》籀文相近，見戰國魏器：

> 穆穆魯辟，徂（徂）省朔旁（方）。（〈梁十九年鼎〉，2746，戰國·魏）

銘載器主「亡智」因隨從君王前往北方巡省而作器記之，「徂省」與〈戍甬方鼎〉的「于省」義同。

另外，〈師寰簋〉有一「組」字學者多釋作「徂」：

> 師寰虔不家（墜），夙夜恤氒牆（將）事，休既又工（有功），折首執訊，

〔註311〕唐蘭，〈虢季子白盤的製作時代和歷史價值〉，原載《光明日報》1950 年 6 月 7日，後收入《唐蘭先生金文論集》（北京：紫禁城出版社，1995 年 10 月），頁 415～426。

〔註312〕夏渌將甲文「徂」皆隸作「徂」，分訓作往也、始也和終也三義，多處隸定有誤，有違眾識（《甲骨文字詁林》第 3 冊，頁 2239：「徂，征之異體」），不論。見夏渌，〈古文字的一字對偶義〉，《武漢大學學報》1988 年第 3 期。

〔註313〕段玉裁注：《說文解字注》，頁 71。

無誅(諅)徒馭，毆(毆)俘士女、羊牛，俘吉金。今余弗叚(暇)組(徂)。

余用乍朕後男齜尊簋，其萬(萬)年，子子孫孫，永寶用享。(〈師袁
簋〉，4313、14，西周晚期)

〈師袁簋〉銘載淮夷不納貢並反叛周王室，周宣王乃下令師袁率領齊師、紀、
萊、釐等四侯國軍隊征討，後戮殺淮夷四位邦君，並俘其士、女、牛、羊及吉
金。「今余弗叚(暇)組(徂)」居文末，爲師袁功成之後自述語，「組」郭沫若釋
爲馬轡，讀「弗叚組」爲解征轡。〔註314〕劉心源讀「組」爲「徂」，馬承源承
之，云「弗叚，即經籍中的『不遐』，《詩‧大雅‧抑》之『不遐有愆』，即『不
有愆』之意。組，亦即徂、退。今余不再往征，說明征戰結束」。〔註315〕若將
此處的「暇」字視作「遐」，典籍中每作副詞用，與「胡」、「何」用法相同，屬
疑問副詞中的表示反問的副詞，〔註316〕如《詩‧小雅‧南山有臺》:「樂只君子，
遐不眉壽。」以之訓簋銘之「弗叚(暇)組(徂)」，釋作不往征者能合文意，故多
數學者皆從馬氏之說。

近來孟蓬生參考裘錫圭討論〈牆盤〉所云:「卣銘的『且』和盤銘的『取』
都應該讀爲『沮』，『沮』古訓『止』、訓『壞』。」〔註317〕和于豪亮釋曰:「『弗
敢取』、『弗叚組』和『弗敢喪』的涵義是相同的，取讀爲喪(取爲精母字，
喪爲心母字，二者聲母相近；取爲魚部字，喪爲陽部字，魚、陽對轉)，喪字
讀爲忘(喪與忘並从亡得聲)。因此『牆弗敢取』就是『牆弗敢忘』。」〔註318〕
的說法，比對金文中與「余弗叚組」用法相近的文例，如〈耳卣〉(5384):
「弗敢且」、〈應侯見工簋〉(《文物》2007 年第七期):「余弗敢且」、〈牆盤〉
(10175):「牆弗敢取」等，認爲裘錫圭從吳闓生讀爲「沮」並訓爲「止」或
「壞」，是最爲可取的解釋，其並進一步申論「組」、「且」、「取」應該跟傳世
文獻中表示懈弛、懈怠的「沮」相同。如《素問‧生氣通天論》:「味過於辛，
筋脉沮弛，精神乃失。」張志聰《集注》:「沮，懈弛也。」又《潛夫論‧勸

〔註314〕郭沫若:《兩周金文辭大系攷釋》，頁147。

〔註315〕馬承源:《銘文選》，頁308。

〔註316〕楊伯峻、何樂士:《古漢語語法及其發展》(上)，頁333～334。

〔註317〕裘錫圭，〈史牆盤銘解釋〉，《古文字論集》，頁380。

〔註318〕于豪亮，〈牆盤銘文考釋〉，《古文字研究》第7輯(1982年)，頁99。

將》:「此其所以人懷沮懈,不肯復死也。」等。孟氏云懈、弛爲同義詞,「沮弛」、「沮懈」可以看作由兩個同義語素組成的詞,故金文中的「弗叚且」、「弗叚取」就是不敢懈怠的意思。〔註319〕至於〈師袁簋〉中的「叚」字語法位置其他相近文例作「敢」,如〈牆盤〉:「弗敢取」,類似可資比對的尚有〈毛公鼎〉(2724):「毋敢妄(荒)寧」及〈晉姜鼎〉(2826)作:「不叚妄(荒)寧」、〈師望鼎〉(2812)的「不敢不分」、〈盉方尊〉(6013)作:「不叚不其(諆)」等,可知諸「叚」字當理解作「敢」。孟氏並證「叚」古音見紐魚部,「敢」古音見紐談部,二者聲紐、主要元音及聲調均相同,區別只在於韻尾的有無,故可通轉。其說理據充分,論証清楚,以之訓讀銘文,無不通順,一掃舊說之困頓,故〈師袁簋〉之「組」不當視爲「徂」,而當視作「沮」之借字,「弗叚組」就是不敢懈怠的意思。

3.【迮】

《說文》辵部:「𧺆,迮迮,起也,从辵乍聲」。段注:「迮,起也,……引伸訓爲迫迮」。〔註320〕寫作「迮」的字在金文裡僅見於春秋晚期的〈籩大史申鼎〉,該器的「迮」不作侵迫義解,而應釋作軍行義,迮起而行,可知「行」是從「迮」的本義引申而來的用法。〔註321〕

> 唯正月初吉辛亥,鄩(郡)宷(中)之孫籩(笪)大(太)史申,乍(作)其造(竈)鼎十,用征台(以)迮,以御賓客,子孫是若。(〈籩大史申鼎〉,2732,春秋晚期)

湯餘惠於《戰國銘文選》中在釋讀〈鳳羌鐘〉「率征秦迮齊」一句時,引〈籩大史申鼎〉「用征用迮」(按:「用」字爲「台」字之誤),証〈鳳羌鐘〉「迮,與"征"義近」。由於銘文無載征伐事蹟,而以類似「以征以行」的習語出現,可知鼎銘「以征以迮」之「迮」當釋作「行」解,唯不當作巡行解,而以軍行解爲佳。至於〈鳳羌鐘〉之「迮」爲迮迫義,本文置於「發動戰事」類的「侵犯」項,詳下文。

〔註319〕孟蓬生,〈師袁簋「弗叚組」新解〉,復旦大學出土文獻與古文字研究中心網站:
　　　　　http://www.guwenzi.com/SrcShow.asp?Src_ID=705。(2009 年 2 月 25 日發佈)

〔註320〕段玉裁注:《說文解字注》,頁 71。

〔註321〕張世超等:《金文形義通解》(上),頁 299。

4.【逆】

《說文》辵部：「逆，迎也。从辵屰聲」，段注：「逆、迎雙聲，二字通用。如〈禹貢〉：『逆河』，《今文尚書》作『迎河』是也」。[註322] 甲文作：𢓜（《合》4919），趙誠云：「从𐤔象倒人形，表示從對面過來的人，也就是迎面過來的人，从屮从彳表示足行於道。整個字所表示的就是人從對面走過來或迎面走過來的人」。[註323] 在字形取象上，孫常敘有更細詳的論述：[註324]

> 人自對方向我而來，我舉趾迎之，這一事態，殷周文字以𐤔或𐤔和屮的相互制約關係在對立統一中，顯示了它的意象（單用時，作𐤔形以見意；與屮對構時，重在趾向和頭向的對迎，而不拘整體的倒正）。人來，迎之于路，加北以象通衢，其字作𣥢，則迎人之意更是顯而易見。𣥢簡化為𢓜，𢓜經小篆整齊，變而為逆（泰山嶧山刻石徐鉉摹本），在此基礎上，又隸變為迸（曹全碑）。

在用法方面，趙誠云：「卜辭作為動詞，即用其本義。……『貞：舌方其來，王逆伐』（《金》508）──舌方來侵犯，商王迎上前去擊伐」，[註325] 故「逆」以「迎接」或「迎上前去」為本義，在卜辭裡所迎的對象常為來犯的敵軍，「逆伐」用指「迎」而「伐」之，顯示攻擊動作的趨向。金文「逆」字作𨖬（〈九年衛鼎〉，2831，西周中期）、𨒫（〈鄂君啓舟節〉，12113，戰國中期），字形及字義皆上承甲文，並在本義「迎」之外引申有接受、違背等義；用作名詞則有族氏名、人名及北方等用法。金文有「逆攻」一詞，用法與卜辭相同，見於春秋晚期的新出器〈攻吳王壽夢之子劇𤔲郘劍〉：

> 攻𢾾（敔）王姑發難壽夢之子劇𤔲郘（敔），之（往）義（鄝）□。初命伐□，[有] 隻（獲）。型（荊）伐郘（徐），余鄔（親）逆，攻之。敗三軍，隻（獲）[車] 馬，攴（擊）七邦君。（《新收》1407，春秋晚期，吳）

劍銘「余鄔（親）逆攻之」可依文意斷句作「余鄔（親）逆，攻之」，指吳王姑發之

[註322] 段玉裁注：《説文解字注》，頁 72。

[註323] 趙誠：〈甲骨文行為動詞探索〉（一），《古文字研究》第 17 輯，頁 326。

[註324] 孫常敘，〈智鼎銘文通釋〉，《吉林師大學報》1977 年第 4 期，復收入《金文文獻集成》第 28 冊，頁 449。

[註325] 趙誠：〈甲骨文虛詞探索〉《古文字研究》第 15 輯，頁 281。

三子餘祭親自迎戰楚軍，「逆攻」與卜辭「逆伐」義同，此處的「逆」字有「迎敵」義，迎而後戰之，則主要的攻擊義由「攻」、「伐」擔負，「逆」之前受情態副詞「親」字修飾。

5.【從】

《說文》从部：「𠈌，相聽也。从二人。凡从之屬皆从从」。次收「𧾷，隨行也。从从辵，从亦聲」。〔註326〕甲、金文之「从」同形，皆象二人前後相隨之形，如𠈌（《合》29156）、𠈌（〈宰㮰角〉，9105，商晚～西早），唯金文「从」字以左向爲多數。添辵爲「從」者未見甲文，金文做𨑻（〈兮甲盤〉，10174，西周晚期），唯所添義符不定，西周晚期以後，有增「彳」做𨑻（〈內公鐘〉，31，西周晚期）者，或增從「止」作𨑻（〈中山王𢐧鼎〉，2840，戰國）等。在字義方面，金文的「從」繼承「从」字的用法而另有開展，做名詞義時，「从」字有「隨行之器」及「人名」兩種用法，動詞義則爲「跟隨」、「隨他人做某事」、「聽從」及「放縱」等用法。〔註327〕

張世超曾撰〈說「從」〉一文討論甲文「從」字可用於跟隨義，亦可用指追逐或追擊，其云：

> "从"甲骨文作"𠈌"，較接近初期文字的形式。此字的本義是一人追隨另一人前行這個行爲的本身，而不管這個行爲是什麽性質的。跟隨一個對自己不懷敵意的目標前進，叫做"从"；跟隨一個與自己敵對的目標前進，也叫"从"。後者多用在狩獵或戰爭的場合，現代語用"追逐"或"追擊"譯更明白些。甲骨文中，《佚》81「其从虎曰𣥂又𤞤，𢆶用。」《粹》925「其从虎𣥂」「王重虎从亡戈」，典籍中，《詩·小雅·吉日》：「從其群醜」「漆沮之從」……以上皆是"從"字用於狩獵之例。《孫子·軍事篇》：「佯北勿從。」《左·閔二年傳》：「狄入衛，遂從之，又敗諸河」……以上皆是用於戰爭之例，《左傳》一書，此例甚多。〔註328〕

張氏並據《左傳》分析在軍事用語中，「追」與「從」的不同，言道：

〔註326〕段玉裁注：《說文解字注》，頁390。

〔註327〕張世超：《金文形義通解》（中），頁2037～2042。

〔註328〕張世超，〈說「從」〉，《松遼學刊》1985年第4期，頁38～39。

“從”與“追”不同。“從”的目的是追上並打擊或捕獲之；而
“追”則可以只做個追的樣子。……戰場上所用的“從”，使用範
圍再擴大，則敵雙方迎面接近也叫“從”，如《左傳·文二年》：「以
從秦師于河曲」、《宣十二年》：「有敵而不從，不可謂武」等。……
他書如《逸周書·克殷解》：「周車三百五十乘，陳於牧野，帝辛
從。」……皆指交戰雙方迎面接戰這一動作過程。《廣雅·釋詁》三：
「從，就也。」是從上面說的情況歸納出來的詞義。現代語可譯成
“進攻”、“衝向……”、“逼近”、“迎擊”。

根據張氏的看法，「從」字本義爲追隨前行，追隨友好者則爲「跟隨」義，追隨
敵對者則具「追逐」義，逐敵之「從」用於狩獵及戰爭的敘述中，此時的「從」
有進攻、衝向、逼近、迎擊之義，而「跟隨」義之「從」則發展有聽從、順從
之義項。自秦漢以後，「從」在狩獵或戰爭中的用法逐漸罕見，而從跟隨所引申
出的聽從、順從義被廣泛使用，遂成今《說文》所釋樣貌。

　　唯審之張氏所舉「從」之甲文用例，則諸例之「從」字詞義似尚未足具「攻
擊」義，唯典籍所載戰爭用例可提列出「進攻」、「迎擊」義者，這是「從」追
隨義的引申用法。審之金文，則有二器之「從」仍應依舊釋爲「跟從」爲佳：

　　例1.

　　　　王令晉侯穌遶（率）大室小臣、車僕從，述（遂）逐之。（〈晉侯穌鐘〉，

　　　　《新收》878，西周晚期，屬王）

銘載周屬王令晉候率領族師車僕追擊竄逃的宿夷。鐘銘「某從，述（遂）逐之」
之可視爲「從逐」之繁形。銘文「從」、「逐」分在二句，知此處「從」、「逐」
意義有別，「逐」具追擊義，[註329]「逐」字在此則作爲結果連詞，「從」用指
是晉軍的集結行軍，目的在追擊敗逃之宿夷。

　　例2.

　　　　唯九月初吉戊申，白氏曰：「不娶，馭方厰允（玁狁）廣伐西俞（隅），

　　　　王令我羞追于西，余來歸獻禽。余命女御（禦）追于䇂。女（汝）吕（以）

　　　　我車宕伐敵允（玁狁）于高陵。女（汝）多折首藝嚇（執訊）。戎大同，

　　　　從追女（汝），女（汝）彶（及）戎大章（敦）戰（搏）。」（〈不娶簋〉，4328

[註329] 參本論文第四章第四節第三「從止」項下「逐」字說釋。

器、4329 蓋，西周晚期，宣王）

馭方玁狁廣伐西隅，故王令白氏前進於西隅追逐驅敵，白氏首戰告捷後先行歸告禽，此時敵軍猶有殘留勢力，故白氏命不其留意並抵禦殘軍，並追擊至於畧地。兩軍於高陵產生激戰，不其以官方兵車掃蕩玁狁，多折首執訊，唯當此之際，玁狁殘軍再次集結，追擊欲班返的不其軍隊，故雙方再次展開大殺搏。〈不嬰簋〉的「從追」即〈晉侯穌鐘〉的「從逐」，鐘銘用「逐」簋銘用「追」，皆指追逐也。所不同者唯施事主語有別，〈晉侯穌鐘〉為周軍（晉師）「從」戎，〈不嬰簋〉則為戎「從」周軍，可見「從」字之用敵我皆可。

6.【奔】

「奔」字甲文未見，金文作🔥（〈大盂鼎〉，2837，西周早期）、🔥（〈敌簋〉，4322，西周中期）、🔥（〈克鼎〉，2836，西周晚期）、🔥（〈中山王𰻞鼎〉，2840，戰國中晚期）。金文从夭从三止，會人奔走如飛之意，三止或譌為三屮，為小篆喬形所本。〈敌簋〉作🔥，从彳从奔，為奔之繁文。《說文》：「喬，走也，从夭卉聲，與走同意俱从夭。」段注：「走者，趨也。渾言之則奔、走、趨不別也，引申之凡赴急曰奔，凡出亡曰奔」。〔註330〕金文「奔」凡 9 見，作名詞用者，指「虎奔（賁）」，餘類皆從本義，並從奔走、急走、出奔之義引申有役使而效力義，形成固定詞組「奔走」，如〈大盂鼎〉：「享奔走畏天畏」、〈邢侯簋〉：「克奔走上下」、〈效卣〉：「效不敢不邁年夙夜奔走」等，這樣的用法典籍常見，如《書‧武成》：「丁未，祀于周廟，邦甸侯衛，駿奔走，執豆籩」等。屬軍事用法的「奔」字見於〈敌簋〉與〈晉侯穌鐘〉，其中〈晉侯穌鐘〉之「奔」用指戰敗出奔，強調其敗走逃散之急。〔註331〕〈敌簋〉（4322，西周中期，穆王）云：

> 隹六月初吉乙酉，才𡑞（堂）𠂤，戎伐馭，敌達（率）有嗣、師氏徝（奔），追鄿（襲）戎于𩔲（域）林，博（搏）戎獸（胡）。朕文母競敏啓行，休宕毕心，永鄿（襲）毕身，卑（俾）克毕啻（敵）。（〈敌簋〉，4322，西周中期，穆王）

銘載淮夷侵伐馭地（地望不詳），以敌領率的周軍快速前往受敵入侵的馭地後，追擊襲戎至於域林（今河南葉縣東北）。「奔」有急馳義，在此指急行軍，「奔」

〔註330〕段玉裁注：《說文解字注》，頁 499。

〔註331〕參本論文第五章第一節「戰果類」之（二）「戰敗」項下「奔」字例。

字之用用以強調用軍驅敵之急。

　　根據陳年福的研究，甲骨文中的行軍類動詞共有 16 個，分別是以（率領）、及（進及）、步（進軍）、涉（渡水）、出（出兵）、啓（開拔）、行（行軍）、還（撤軍）、肇（以……爲先鋒）、鼓（擊鼓進軍）、歸（回歸）、次（駐扎）、調（調遣）、旋（班師）、遘（遭遇）。〔註332〕陳氏所歸納的 16 個動詞其實並非全爲行軍類，如作調遣義的「調」字，依本文的歸納，當入於「使令」類下，作出兵義的「出」字，則應歸於發動戰事的「出發」項下更爲妥適，眞正涉及發動戰事前之軍隊移動部署者，只有步、涉、行 3 個，唯陳氏漏收「往」與「即」，當補入甲文行軍類動詞中，「往」、「即」本文歸於發動戰事類之「出發」項下。將甲、金文軍事行動類動詞相較，則「行」、「往」、「即」三字俱見。可見甲、金文該類動詞在使用上有明顯的繼承關係。

〔註332〕陳年福《甲骨文動詞詞匯研究》，頁 19。

第四章　兩周金文軍事動詞分類彙釋
（二）——發動戰事類

　　本章依戰程次序討論敵我雙方正式開戰後的所有動詞類目，其內容可細分成（一）出發、（二）侵犯、（三）防禦、（四）攻擊、（五）覆滅、（六）救援等六個單元（小節），共羅列 68 個動詞進行討論。

第一節　出　發

　　此處從王室本位觀點來看軍隊的出軍行動，計有出、于、各、來、往、之、即等 7 個，各動詞包含「出發」以及「前往」兩個義素。

　　1.【出】

　　「出」字甲文作𡵂（《合》217），从止从凵，凵（坎）或作凵，多視作古代穴居之洞穴。𡵂字象人自穴居處外出之形，與「各」𡴋（《合》27000）字象人之足趾向凵，會來至義者相反而相成。金文字形上承甲文，「止」形略譌，凵形則多偏右下，作𡵂（〈啓卣〉5410）、𡴎（〈師望鼎〉2812）等形。在用法上，甲文「出」字有出入、日出、發生出現及貞人名等 4 義。〔註 1〕甲骨文中屬軍事行動的「出」施事主語可以是商王，如《合》6810：「……王出……征……方」；也可以是敵

〔註 1〕徐中舒：《甲骨文字典》，頁 682～683。

方，其中最常見的「方出」者爲舌方，如《續》3.10.2：「壬子卜，殻貞：舌方出，隹我有作禍」等。並常有「往出」連用者，「往出」的目的可能是田獵，也可能是巡省或出戰。如《合集》9504 正：「丙午卜，守貞：王往出田，若」、《合集》11181：「王往出省」。金文「出」字有外出、出動、取出、支出繳納、發出、發佈等義。〔註2〕屬軍事動詞的「出」，其施事主語亦有我軍與敵軍之別，我軍之「出」，係指出軍，敵方之「出」，則屬來犯。此處從王室本位觀點談 3 件屬我軍之「出」的器，敵方之「出」的文例本章第二節「侵犯」項下。

例1.

> 惟王九月初吉庚午，王<u>出</u>自成周，南征，伐反𩰍（子）：麇（英）、桐、濿，伯𢦏父从王伐，覝（親）執訊十夫、馘廿，得孚（俘）金五十句（鈞），用作寶𣪕，對揚，用享于文祖考，用易（賜）𦗏（眉）壽，其萬年子子孫孫永寶用享。〔註3〕（〈伯𢦏父簋〉，《首陽吉金》，頁 106，西周晚期，屬王）

〈伯𢦏父簋〉爲新出器，共 3 件，銘文內容、行款大致相同，僅少數字因空間配置關係錯行及失鑄。〔註4〕銘云王南征反子，可與〈㝬鐘〉：「王肇遹省文武堇

〔註2〕 另朱鳳瀚從商人宗族的政治區域討論非王卜辭中的「出」，如《合》21616：「辛未，幼卜，我出？」、《合》21647：「鼎貞，我允出南？」、《合》22478：「朕出，今月？」、《甲研》B.3241＋《前》8.10.1：「己丑子卜，貞，余有乎出墉？」等，認爲「出」之含意當與「入商」之「入」相對，「入商」之「商」指殷商王國中心區域，則「出某」之「某」在王卜辭是指從王所居的中心區域（商：大邑商）出行，在非王卜辭裡就是從施事者自己的屬地出行，此乃因商人宗屬地各有一定的界限，界限之內爲其政治區域，故「出某」即「出自某」，「某」恆指自己屬地。據朱氏所言，則「出南」當理解爲自屬邑出行往南。朱氏指四例卜辭之「出」皆應是指從自己之家族屬地轄域離開，第四例是子自己卜問是否將被從自己所居住的城墉（屬邑）呼出。參朱鳳瀚：《商周家族形態研究》（增訂本），頁 149～150。據此，則卜辭「出某」之「出」與金文軍事動詞「出」用法相同，「出」後屬地常見省略，但可由上下文意推知，故「出某」之「某」若爲地名，則不爲出發目的地，而是所出之來源地。

〔註3〕 李學勤，〈談西周屬王時器伯𢦏父簋〉，《安作璋先生史學研究六十周年紀念文集》（濟南：齊魯書社，2007 年），頁 86～87。

〔註4〕 參邱郁茹，〈伯𢦏父簋〉，《首陽吉金選釋》（高雄：麗文出版社，2009 年），頁 113。

（覲）疆土，南國反子敢陷處我土」對讀，李學勤指兩器與〈翏生盨〉、〈鄂侯馭方鼎〉指同一次戰役，唯盨銘寫出了反子中三國的名字：虞（英）、桐、潏。〔註5〕「桐、潏」亦見〈翏生盨〉：「王征南淮夷，伐角、潏（津），伐桐，遹」及〈鄂侯馭方鼎〉：「王南征，伐角、鄩」等，所攻伐的南淮夷諸國各器所舉不同，合觀諸器，則知該次戰役周厲王率軍自成周（今河南洛陽）出發，向東南行進，伐英、桐，最遠至長江一帶的潏。歸途則沿江而上，在湖北鄂城受鄂侯馭方之納醴（〈鄂侯馭方鼎〉：「唯還自征，在砳。鄂侯馭方納醴于王」）。〈伯笅父盨〉「出」字所在語法結構爲爲「S＋V（出）＋介賓（自成周）」。

例2.

唯八月甲午，楚公逆祀氒（厥）先高畁（祖）考，夫（敷）工（供）三（四）方首。楚公逆出求人，用祀三（四）方首，休，多禽（擒）。（〈楚公逆編鐘〉，《新收》891～896，西周晚宣王時期，楚）

〈楚公逆編鐘〉於1993年於山西北趙晉侯墓地出土，器主據孫詒讓考定宋出土的〈楚公逆鎛〉，知乃爲楚國熊鄂，於西周晚期宣王時期在位，該器當爲周宣王三十九年時伐叛楚時所獲，後入於晉侯墓中。〔註6〕器載楚公逆爲祭祀祖考以及設祭四方社稷之神，故而發動戰爭掠奪人牲以作爲祭品。「楚公逆出求人」的句型結構爲「S（楚公逆）＋V1（出）＋V2（求）＋O（人）」，「出」者，出發、出動也，爲「出自某」之省語，其後省略來源地。「求」者，求索也。此次揮軍出擊的目的是俘獲人牲，「用祀四方首，休，多擒」董珊視爲「人」的後置定語，

〔註5〕李學勤云虞从「央」聲，爲史籍裡的「英」，或稱「英氏」，漢石經《公羊傳》作「央」。其參陳槃《春秋大事表列國爵姓及存滅表撰異》指係偃姓古國，傳爲皋陶之後，在今安徽六安西，「桐」也是偃姓國，在今安徽桐城北。參〈談西周厲王時器伯笅父盨〉，《安作璋先生史學研究六十周年紀念文集》（濟南：齊魯書社，2007年），頁87。唯朱鳳瀚參酌可見之二器，認爲李隸作虞之字，上部不象鹿形，下與央亦有別，不知是否爲異體，闕疑待考。參朱鳳瀚，〈由伯笅父盨再論周厲王征淮夷〉，《古文字研究》第27輯（2008年10月），頁195。

〔註6〕在晉侯墓發現了楚公逆鐘，段渝認爲是晉穆侯二十二年）周宣王三十八年（公元前790年）時「敗北戎於汾隰」有功，故於宣王三十九年「方叔伐楚，毀廟遷器，俘楚公逆編鐘而返，再將編鐘頒賜與晉穆侯以表功，作爲對其戰勝西北邊防大患的表彰。此即楚公逆鐘之出現在晉穆侯墓地的複雜由來」。其說可參。詳見段渝，〈楚公逆編鐘與周宣王伐楚〉，《社會科學研究》2004年第2期，頁138。

未若視作「出求人」的補語爲當。〔註7〕至於「人」的身份，段渝結合楚國地望及銘文後半段「鎮毓（？）內（納）鄉（享）赤金九萬鈞」，認爲當是長江中游占有並採冶銅綠山古礦源的濮越人。〔註8〕在此次戰役裡，楚王逆大獲全勝，不但俘獲了人牲，亦俘獲了九萬鈞（270 萬斤）的銅料。

例 3.

> 女（汝）隹克弗井（型）乃先且（祖）考，闢厥（玁）[狁]，出戲（捷）于井阿，于曆厰（嚴），女（汝）不畏戎。女（汝）□長父，以追搏戎，乃即宕（蕩）伐于弓谷。女（汝）執訊隻（獲）馘、俘器、車馬。（〈四十二年逨鼎〉，《新收》745-1，西周晚期，宣王）

〈四十二年逨鼎〉是 2003 年 11 月於陝西眉縣楊家村發現的西周單氏家族窖藏青銅器之一，該窖藏器主之名見於〈何尊〉、〈史牆盤〉及〈單伯鐘〉等，唯逨在諸器中非作人名使用。學界多將這個字隸作「逨」，陳劍據郭店簡〈緇衣〉引《詩·小雅·正月》「執我仇仇」及《周南·關雎》「君子好逑」中，仇、逑皆作「羍」旁，故將該字嚴隸作「遾」寬隸作「逑」，讀爲仇，可參。〔註9〕作器者逨爲貴族單氏之後，在〈逨盤〉中記載其曾任虞林，爲掌管林地供給朝廷用材及野物之官，於〈四十二年逨鼎〉則記載逨擊伐玁狁於井阿、曆岩，後因戰功而受賞 40 田，爲西周金文土地賞賜之最。身爲虞官的逨能夠上戰場出征，李零推測當與虞的職能除了出林川澤外，也管馴養鳥獸和畜牧業，包括圈養戰馬

〔註7〕〈楚公逆編鐘〉早期釋文作「唯八月甲午，楚公逆祀厥（厥）先高祖考，夫壬三方首。楚公逆出，求厥（厥）用祀三方首，休，多禽（擒）。」見黃錫全、于炳文，〈山西晉侯墓地所出楚公逆鐘銘文初釋〉，《考古》1995 年第 2 期，以及李學勤〈試論楚公逆編鐘〉，《文物》1995 年第 2 期。陳劍始就銘文三處「厥」字筆劃之別，隸作「出求」之後的厥字爲「人」，並主張最好在「人」下斷句。見陳劍，〈晉侯墓銅器小識〉，《中國歷史文物》2006 年第 6 期，頁 75～76。此說爲董珊所從，並讀「夫」作「敷」，釋「壬」爲「工」之誤識，讀作「供」等。本文鐘銘隸定及斷句從董氏之說。詳見氏著，〈晉侯墓出土楚公逆鐘銘文新探〉，《中國歷史文物》2006 年第 6 期，頁 67～74。

〔註8〕段渝，〈楚公逆編鐘與周宣王伐楚〉，《社會科學研究》2004 年第 2 期，頁 135。

〔註9〕陳劍，〈據郭店簡釋讀西周金文一例〉，《北京大學中國古文獻研究中心集刊》第 2 輯（北京：燕山出版社，2001 年 4 月），後收入氏著《甲骨金文考釋論集》（北京：綫裝書局，2007 年 4 月），頁 20～38。

及御馬，故逨能參戰。〔註10〕銘載「闢厤（獫）［狁］，出戢（捷）于井阿，于曆
厰（巖），女（汝）不畏戎」，「闢」字殘泐，初將下旁約略摹出「辟」字，而有上
讀作「女（汝）隹克弗井（型）乃先且（祖）考辟」者，不可解。該字李零隸作吊，
「癶」上之字不明。後裘錫圭隸作「闢」，下讀作「闢獫狁」。〔註11〕審之原拓，
字下從兩手闢向左右之形明確，裘氏之釋較爲適切。「闢」除了有開闢義外，在
金文裡亦有屛除、除去義，如〈盂鼎〉：「闢氒匿」，兵器銘文裡亦常見「闢兵」
一詞，爲屛除、避免、止息兵戈之意；〔註12〕〈逨鼎〉「闢」義同此。「闢厤（獫）［狁］，
出戢（捷）于井阿」或斷句作「闢厤（獫）［狁］，出，戢（捷）于井阿」，義同。「出
捷」與「闢」語法位置相同，詞義明確，皆爲動詞，「出捷」連用，指出發捷擊，
爲「出自某」之省，出字之後以介詞「于」帶出交戰地點「井阿」、「曆巖」，「阿」
「巖」及下文的「弓谷」都是山區地貌，是逨家族封侯所在的「楊國」故地，
據李伯謙推測，當在今山西省中南部的洪洞縣坊堆的永凝堡一帶，是西周晚期
獫狁經常入侵的地方。〔註13〕

2.【于】

甲文「于」字作于（《合》5223）、亏（《合》37398），字形所由無識，早期
學者多從《說文》所云：「亏，於也。象气之舒亏。从丂从一，一者，其气平也」，
而視爲吁氣之「吁」的本字。〔註14〕李孝定曰：「字作亏者，實爲本字，作于者，
其省文也。字蓋竽之象形初文，竽爲管樂，字象管之曲折，吹之成聲，故引申
有气之舒于之義，用爲語詞，則爲假借」〔註15〕。李氏之說是很有見地的，後
郭沫若首先釋甲文彡、㐱爲竽之初文，裘錫圭同意此說，云字本象竽形，後省
形作亏，再省作「于」。〔註16〕卜辭中的「于」字多作介詞，以介人、時、地，

〔註10〕 李零，〈讀楊家村出土的虞逨諸器〉，《中國歷史文物》2003 年第 3 期，頁 27。

〔註11〕 董珊，〈略論西周單氏家族窖藏青銅器銘文〉，《中國歷史文物》2003 年第 4 期，頁
40～50。

〔註12〕 張世超：《金文形義通解》（下），頁 2761～2763。

〔註13〕 李伯謙，〈晉國始封地考略〉，《中國文物報》1993 年 12 月 12 日。轉引自董珊文，
見董文頁 48～49。

〔註14〕 如陳邦福、白玉崢等，參《甲骨文字詁林》第 4 冊，頁 3436～3437。

〔註15〕 《金文詁林讀後記》，頁 183。

〔註16〕 裘錫圭，〈甲骨文中的幾種樂器名稱——釋「庸」、「豐」、「𩍲」〉，原載《中華文史

亦有作連詞者，釋作「與」。「于」之動詞義和「往」義相近，如《合集》33124：「壬寅卜，王于商」。〔註17〕這樣的用法常見於《詩經》，如〈桃夭〉：「于歸」、〈豳風〉：「于茅」等，毛《傳》、鄭《箋》釋「于」爲「往」、「往取」，是正確的說法，它們與甲骨文中「于」字動詞用法相同。郭錫良認爲「往」重在表明離開甲地要去乙地的意向，而「于」則重在表明從甲地到達乙地的進程。從語言發展進程來看，本義爲樂器名的「于」字先被假借表去到、前往義的動詞「于」，爾後再虛化成介詞與連詞。〔註18〕

金文「于」字作于（〈大盂鼎〉2837）、𠂤（〈毓且丁卣〉5396），在字形與用法上與甲文相同，唯作動詞者用例極少，占全部用例的 1% 不到。〔註19〕屬出軍之義者凡 2 見：

例 1.

> 隹周公于征伐東尸（夷）：豐白（伯）、尃古（薄姑），咸戕。公歸𩰯于
> 周廟。戊辰，飮秦飮，公賞𥃩貝百朋，用乍尊鼎。（〈𥃩方鼎〉，2739，
> 西早，成王）

《尚書大傳》：「周公攝政，一年救亂，二年克殷，三年踐奄」，周公第一年制止了叛亂，第二年發動第二次克殷而平定三監及武庚之亂，第三年則東征滅亡東夷奄國，有效弭平了周初東土的混亂局勢。《孟子‧滕王公下》：「周公相武王誅紂；伐奄，三年討其君」。可知伐奄之戰歷三年始功成。〈𥃩方鼎〉所載即周公東征伐夷一事，文中並涉及「飮至」裡的記載。〔註20〕「隹周公于征伐東尸（夷）」

論叢》1980 年第 2 輯，後收入《古文字論集》（北京：中華書局，1992 年），頁 203 ～204。

〔註17〕陳夢家、楊樹達是最認爲「于」字有動詞義，此說爲姚孝遂所駁，認爲其所舉文例位於殘片上，故訓于爲往者，實不可信（見《甲骨文字詁林》（四），頁 3437 姚氏按語）。郭錫良以姚氏之說考察《甲骨文摹釋總集》中的所有于字用例，證明卜辭中的「于」確實有動詞用法，並存在著多種類型。詳參氏著〈介詞「于」的起源和發展〉，《中國語文》1997 年第 2 期，頁 131～138。

〔註18〕郭錫良，〈介詞「于」的起源和發展〉，頁 131～138。

〔註19〕這是郭錫良分析《銘文選》只獲三動詞例後的結論，參〈介詞「于」的起源和發展〉，頁 134。

〔註20〕楊伯峻：《春秋左傳注》：「凡國君出外，行時必告於宗廟，還時亦必告於宗廟。還時之告，於從者有所慰勞，謂之飮至」（北京：中華書局，1981 年），頁 42。鼎銘

的句型結構爲「發語詞（隹）＋主語（周公）＋V1（于）＋V2（征）＋V3（伐）＋賓語（東夷）」，其後的「豐白（伯）、專古（薄姑），咸戈」爲謂賓補語，「豐伯、薄姑」據馬承源所云，屬東夷諸國之強者，「咸戈」說明了征戰的結果，亦啓銘文下半段祭廟告成之端。「于」字在此訓作"往"，與「征伐」一詞連用，形成罕見的三連動結構。

例 2.

> 隹王于伐楚白（伯），才炎，隹九月既死霸丁丑，乍冊矢令尊宜于王姜。（〈令簋〉，4301，西周早期，昭王）

〈令簋〉非屬軍事銘文，唯銘首大事記年語裡載有昭王南征一事，其云「王于伐楚伯」一事，亦見〈牆盤〉：「宖魯邵王，廣𢼒楚荊」、〈狀馭簋〉：「狀馭（取）從王南征，伐楚荊，又（有）得」等。「王于伐楚伯」句型結構與上例〈𨟎方鼎〉相似，爲「發語詞（隹）＋主語（王）＋V1（于）＋V2（伐）＋賓語（楚伯）」，其後的「才炎」爲一處所補語。「炎」字地望歷有東土〔註21〕、南土二說〔註22〕，結合文意來看，似以南土說爲尚。

3.【各】

《說文》：「𠯑，異詞也，从口夂，夂者有行而止也」。〔註23〕《說文》所云之「各」已非甲文「各」字本義，甲文各字作𠮠（《合》27000），从倒趾向凵（坎），于省吾云「象人之足趾向下陷入坑坎，故各字有停止不前之義，典籍各字通作格，《小爾雅・廣詁》訓格爲止」。〔註24〕《爾雅・釋詁》：「格，至也」，均與「各」字本義之「止」陳陳相因。「各」字或从彳作𢓜（《合》37386）、徦（〈沈子它簋

言周公征伐歸來於周廟行飲至之禮，可見周公東征時所具的攝政之特殊身份。

〔註21〕郭沫若《大系》認爲是山東南部接近江蘇的郯城縣，唐蘭《史徵》從之。相關論述可參陳美蘭碩論：《西周金文地名研究》，頁 162～164 的整理，該文「暫從郭沫若所釋」。

〔註22〕據譚戒甫所考，「炎」爲「熊」之通假，楚爲有熊氏之後，居有熊故地，或遂成地名，故「炎」指楚國都城。參氏著〈周初矢器銘文綜合研究〉，《武漢大學人文科學學報》1956 年第 1 期，收入《金文文獻集成》第 29 冊，頁 289～301。馬承源則指「炎」爲「昭王往伐楚伯的中途駐地」，參《銘文選》，頁 66。

〔註23〕《說文解字注》，頁 61。

〔註24〕于省吾：《甲骨文字釋林》，頁 398。

蓋〉，4330，西周早期），亦有从辵者**𧺆**（〈庚嬴卣〉，5426，西周早期），皆爲增形符以強調行走義，在甲、金文裡的「各」亦每訓作「格至」、「來到」義，可隸作「徦」或「格」。《爾雅‧釋文》：「格，字或作徦」。金文中用爲出兵義的「各」但見於〈兮甲盤〉（10174，西周晚期，宣王）：「隹五年三月既死霸庚寅，王初各（格）伐厰狁（玁狁）于㫑盧。兮圅（甲）從王折首執嘫（訊），休亡敃（愍），王易兮圅（甲）馬四匹、駒車」。此處之「各」早期學者讀作「略」，有武略義，[註25]《銘文選》則讀爲格擊之「格」，[註26]均非確解。金文之「各」皆訓爲來至義，故此處之「各」沒有理由另作他解。再者，「各伐」詞例與〈旅鼎〉（2728，西周中期）：「隹公大保來伐反尸（夷）年」、〈小臣艅尊〉（5990，西周早期）：「隹王來正（征）人方」文例相仿，可以爲證。[註27]

4.【來】

《說文》來部之「來」云：「**𣏟**，周所受瑞麥來麰也，二麥一夆，象其芒朿之，天所來也，故爲行來之來，《詩》曰：『詒我來麰』，凡來之屬皆从來」。[註28] 來字甲文作**禾**（《合》223），金文作**來**（〈宰甫卣〉，9353，西周早期），字本象禾麥，多假借爲往來之來，麥桿頂上的橫畫或說爲表示行來義之分化指示符號，但實際文字應用並無明顯區分。[註29] 甲、金文之「來」多作前往義，由此至彼的「往」，與由彼至此的「至」皆可爲其訓，[註30] 金文中特用於描述軍隊出發之「來」則訓作「出」，見於〈小臣艅尊〉（5990，西周早期）：「隹王來正（征）人方」、〈淯嗣徒逜簋〉（4059，西周早期）：「王來伐商邑」[註31] 及〈旅

[註25] 如吳式芬：《攈古錄金文》、郭沫若：《兩周金文辭大系圖錄攷釋》等。

[註26] 《銘文選》，頁305。

[註27] 參王人聰，〈中文大學文物館藏「兮甲盤」及相關問題研究〉，《古璽印與古文字論集》（香港：香港中文大學文物館，2000年），頁271～283。

[註28] 《說文解字注》，頁233。

[註29] 李旭昇：《說文新證》（上），頁463。

[註30] 陳初生：《金文常用字典》（高雄：復文圖書出版社，1992年），頁602。

[註31] 該器之「來」作**禾**形，或有隸作「朿」讀作「刺」者，唯「朿」甲文作**朿**，金文作**朿**，象長矛類之刺殺利器，上象刺殺之銳鋒，鋒下有著地之長柄，其與金文「來」字**來**、**禾**形近而有別，最大的差別在於「朿」之上部必有刺鋒，而「來」之頂端爲向天之麥桿。覈之文例，「來伐」爲習語，而「刺伐」未見，且與「伐」字組合之V1動詞多具攻擊義，而無刺殺義者。

鼎〉（2728，西周中期）：「隹公大保來伐反尸（夷）年」。三器之「來」皆置於銘首記事語，其後所接「征」、「伐」詞相近，「來征」、「來伐」係指前去征伐，為當時軍事銘文文首記事習語。

5.【往】

甲骨文（《合》557），从止王聲，隸作㞷（㞷），為今往來之「往」。㞷字從止，故有前往之義，卜辭常見，共計300例，屬位移動詞，常與其他動詞組成連動結構，如「往狩」、「往逐」、「往伐」、「往田」及「往陷」等，並常以介詞「于」引介處所做補語。〔註32〕《說文》「㞷，草木妄生也。从之在土上。讀若皇」。〔註33〕《說文》所言顯非㞷字本義。《說文》彳部另收有「往」字：「䢖，之也。从彳㞷聲。䢖，古文从辵」。〔註34〕金文㞷字作（〈䵼卣〉，5322，西早）、（〈陳逆簋〉，4096，戰早）、（〈𡢁䖵壺〉，9734，戰早）三形，皆非本義，〈䵼卣〉假借為皇考之"皇"，〈陳逆簋〉假為皇祖之"皇"，〈𡢁䖵壺〉則讀為旺，盛旺義。〔註35〕又有从彳、从宀等繁形，其中訓做前往者有三例，分別寫作（〈鄂君啓舟節〉，12113，戰國）、（〈吳王光鑑〉，10298，春秋晚）、（〈者汈鐘〉，126，春秋），可知㞷字自春秋時因字假借他用而添彳還原本義，然遲至戰國，仍以不从彳的㞷字較為廣用，並有添宀作宔之例。侯馬盟書及戰國陶文復有从辵之「䢖」字，即《說文》古文所本。

〈鄂君啓舟節〉銘曰「自鄂往」，鄂為地名，指舟載物從楚地出發前往。〈吳王光鑑〉銘曰「往己叔姬，虔敬乃后」，乃記吳王嫁女之事，二器之「往」字雖俱前往義，然與軍事無涉。與軍行相關之往字見於〈者汈鐘〉：

> 隹（唯）戉（越）十有（又）九年，王曰：「者（諸）汈（咎），女（汝）亦虔秉不汭（汭：墜）惪（德），以克續光朕卲（昭）丂（考）之愻（訓）學，桓桓（桓桓）戕（輔）弼王宅（宅、侘），宔（往）攼（捍）庶戡（盟），台（以）祗（底）光朕立（位）」。（〈者汈鐘〉，126，戰國早期，越）〔註36〕

〔註32〕參朱習文：《甲骨文位移動詞研究》（重慶：西南師範大學碩士論文，2002年4月），頁18、28。

〔註33〕段玉裁：《說文解字注》，頁275。

〔註34〕同上註，頁76。

〔註35〕容庚：《金文編》第4版（北京：中華書局，1985年），頁417。

〔註36〕隸定及釋文參董珊，〈越者汈鐘銘新論〉，《東南文化》2008年第2期（總第202

鐘銘分兩段，本文所錄爲上段，銘載越王對大臣者氾德行與功績的陳述，[註37]大意爲者氾能恭持而不失德，因此能夠繼續發揚光大越王昭考的訓教，威武地輔弼王室，捍衛諸同盟國，因而鞏固和光大了越王的王位。[註38]「寁（往）玫（捍）庶戬（盟）」爲越王對者氾功績的陳述。「趕趕」是形容詞，經傳作「桓」。《詩·魯頌·泮水》云「桓桓于征」，毛傳：「桓桓，威武貌」，鐘銘「趕」用法與《詩》「桓」字相同。詩云「桓桓于征」，鐘云：「趕趕（桓桓）战（輔）弼王甍（宅、侘），寁（往）玫（捍）庶戬（盟）」，知「桓桓」同作「輔弼王宅」與「往捍庶盟」的狀語。「往捍」即《詩》之「于征」。「戬」今作「盟」，鐘銘最早的考釋者郭沫若未識，由李平心隸出，其云：

> 古盟誼源於攻守之約，故字从戈；从目與从囧無殊，皿亦聲。皿爲盟誓盛血之器（即玉敦），故盟血等字皆从皿作。庶戬即庶萌，亦即《書·皋陶謨》之明庶。古稱民爲萌，不煩舉証。[註39]

李氏以盟誼攻守之約解「戬」，甚是。[註40]唯讀「庶戬」作「庶民」，何琳儀

期），頁 50。

〔註37〕〈者氾鐘〉舊釋氾爲沪，定爲戰國早期器，郭沫若依銘中「刺」字之刀旁與「氾」相同而改隸沪爲氾，定爲春秋時期越王翳之子諸咎粵滑，器作於公元前 371 年，即周烈王五年。郭說可參〈者氾鐘銘考釋〉，《考古學報》1958 年第 1 期，頁 3～6；此說爲何琳儀所承，云該文爲越王翳十九年申訓太子者氾（諸咎）之詞，何說見〈者氾鐘銘校注〉，《古文字研究》第 17 輯（1989 年），頁 147～159。容庚則視者氾爲越王勾踐之子「與夷」，說見《商周彝器通考》（臺北：文史哲出版社，1985 年），頁 500。饒宗頤認爲器主是勾踐之臣「柘稽」，說見〈者沪編鐘銘釋〉，《金匱考古綜合刊》第 1 輯。陳夢家、曹錦炎從字音對應出發，認爲越大夫柘稽與越王與夷是同一個人，參曹錦炎，〈吳越青銅器銘文述編〉，《古文字研究》第 17 輯（1989 年）。諸說未有定論，董珊認爲從銘意來看，「者氾」能承續當時越王之父的訓教，又輔弼時王長達十九年，則視其爲任職兩代越王的大臣是較合理的，參董珊，〈越者氾鐘銘新論〉，《東南文化》2008 年第 2 期（總第 202 期），頁 51。

〔註38〕董珊，〈越者氾鐘銘新論〉，《東南文化》2008 年第 2 期（總第 202 期），頁 51。

〔註39〕李平心，〈「者氾鐘銘考釋」讀後記——兼釋戬、目、相、盾、息、敬等字〉，《中華文史論叢》第 3 輯，1963 年，頁 91～100，後收入《金文文獻集成》第 29 冊，頁 194～196。

〔註40〕李氏誤引《書·皋陶謨》之「庶明」爲「明庶」，當正。李平心，〈「者氾鐘銘考釋」讀後記——兼釋戬、目、相、盾、息、敬等字〉，《中華文史論叢》第 3 輯，1963

另舉《書·皋陶謨》：「庶明勵翼」之「庶明」，典籍亦作「庶萌」、「庶氓」爲証，云鐘銘之「庶盟」即「庶民」，在此指越國之平民百姓。張亞初釋「庶盟」爲「諸盟國」，董楚平繼而認爲這兩句意爲「內輔王室，外捍盟國」，〔註41〕董珊補充道：「捍衛庶民乃內政，所行不遠，與『往捍』之『往』的詞似不搭配」。〔註42〕按「女（汝）亦虔秉不墜（沦：墜）惪（德），以克續光朕卲（昭）丂（考）之懸（訓）學」講文治，「趩趩（桓桓）戉（輔）弼王罷（宅、侂），宝（往）玫（捍）庶戰（盟），台（以）祗（底）光朕立（位）」講武功，內輔王室與外捍盟國爲越王對者汈功業的描述。金文宝字從宀者但見於此，做前往義，「往」字之與動詞「捍」形成一連動結構，「庶盟」則爲「往捍」的受事賓語。可知「往V」爲殷周時期通用的構詞方式。

6.【之】

《說文》之部：「屮，出也。象艸過中，枝莖漸益大有所之也。一者，地也」。段注：「引伸之義爲往，《釋詁》曰：『之，往』是也」。〔註43〕卜辭「之」字，羅振玉以爲「从止从一，人所之也」爲初誼，字象人足踏地，以示欲往某地也，其說甚是，《說文》之釋殊誤。〔註44〕卜辭「之」用爲代詞，可釋作「是」、「此」，〔註45〕未見有位移動詞的用法，〔註46〕金文「之」字訓作往，用指軍事行軍義者1見：

> 攻敔（敔）王姑發難壽夢之子歔蚼郐（舒），之（往）義（鄒）□。初命伐□，[有]隻（獲）。型（荊）伐郐（徐），余嬛（親）逆攻之。敗三軍，隻（獲）[車]馬，攴（擊）七邦君。（〈攻吳王壽夢之子歔蚼郐劍〉，《新收》1407，春秋晚期，吳）

劍銘「姑發難壽夢」爲器主父名，即吳王壽夢。「姑發」爲吳國王室氏稱，「難

年，頁91～100，後收入《金文文獻集成》第29冊，頁194～196。

〔註41〕董楚平：《吳越徐舒金文集釋》（浙江：浙江古籍出版社，1992年），頁183。

〔註42〕董珊，〈越者汈鐘銘新論〉，《東南文化》2008年第2期（總第202期），頁54。

〔註43〕段玉裁注：《說文解字注》，頁275。

〔註44〕季旭昇：《說文新証》（上），頁498

〔註45〕參朱歧祥：《殷墟甲骨文字通釋稿》，頁62。徐中舒《甲骨文字典》，頁678指「之」有作人名、地名用者，當爲誤將代詞釋爲名詞所致。

〔註46〕朱習文碩論《甲骨文位移動詞研究》裡亦無收入。

壽夢」為名。「戲姁郜」為史載之吳王姑發之三子餘昧。餘昧初受命前往臨近徐國的「義」邑（安徽省泗州北），攻伐某國有獲，後遇楚國來伐徐國，於是與楚軍進行交戰，大敗楚之三軍，並俘獲車馬，也一併攴擊了追隨楚國伐徐的七個小國之君。〔註 47〕其中「之」作「前往」解，其後所接賓語「義」即國「鄩」邑。

7.【即】

《說文》皀部：「?，即食也，从皀卪聲」。甲文作? (《合》32228)，本象人就食之形，用作祭名、人名，並作動詞用，訓就也、至也，係指向一定方向移動的即就義，卜辭「即」字多用為「就」，〔註48〕在甲骨文裡用作軍事行動的「即」，指敵方來犯，如《屯南》1009：「方來即，史于犬征」、《合》151 正：「方其大即」等，謂方來犯也。〔註49〕亦可指我方出動，如《合》32895：「癸亥卜，三尹即于西」，「即」在這裡可以釋作「開赴」義。〔註 50〕「即」在金文裡有多種用法，皆從動詞本義「就」、「至」引申而來，如〈小盂鼎〉(2839，西早)：「王令榮邐畧，□□[榮廼]即畧邐卒故」中，「即」有靠近義。〈兮甲盤〉(10174，西晚)：「敢不用令，則即刑」，「即刑」為就刑義。其他如即位、即令、即事之用亦常見。「即」在金文屬行軍之用者，作前往義：

例 1.

隹伯屖父吕（以）成自（師）即東，命伐南夷。正月既生霸辛丑，才
𩫖（坯）。(〈競卣〉，5425，西周中期，穆王)

銘云伯屖父受命率成周八師前往東地，征伐南夷。〔註51〕該句為一兼語句，「成師」（受事主語 OS）兼作動詞「吕（以）」（V1）的賓語，又是謂語「即東」（V2＋補語 CO）的主語，句型為「S（伯屖父）＋V1（以）＋OS（成師）＋V2（即）＋CO（東）」。一般而言，屬軍事行動的行軍、出發類軍事動詞，其施事主語可

〔註47〕參曹錦炎，〈吳王壽夢之子劍銘文考釋〉，《文物》2005 年第 2 期，頁 67～74。

〔註48〕于省吾主編：《甲骨文字詁林》「即」字按語，頁 373。

〔註49〕同上註，頁 372，姚孝遂、肖丁所論舉。

〔註50〕鄧飛：《兩周金文軍事動詞研究》，頁 26。

〔註51〕楊樹達《積微居金文說》將「即」釋作"受"，斷句作「隹白屖父以成師即東命，伐南夷」云「東命」乃為王令白屖父東行之命也，此說有違金文慣例，本文不以為是。

以是周王室，也可以是敵方，從周王室立場來看，我方的出擊行動，無論被動應戰或主動出擊，本文皆隸歸於「行軍類」與「出發類」；而相同的動作若由敵方發出，則歸於「來犯類」項下，以明晰義項使用之別。

例2.

> 王若曰：「師寰，哉！淮尸（夷）繇（舊）我員（帛）晦臣，今敢博（搏）氒眾，叚反氒工吏，弗速（蹟）我東鄩（國）。今余肇令女（汝）達（率）齊帀（師），曩（紀）、鷘（萊）、僰眉，左右虎臣正（征）淮尸（夷），即質氒邦獸（酋），曰冉、曰莃、曰鈴、曰達……」（〈師寰簋〉，4313、14，西周晚期）

簋銘載本爲王室納貢者的淮夷造反，攻擊周王朝派駐於當地收納貢賦的王官，使周之東國出現了不循道的事，故王令師寰率齊、紀、萊、僰等諸侯國之軍東征，在戰場上殿於前鋒左右虎臣之後以爲後軍，出發前往反夷，以折淮夷邦酋之首爲要務。「即」字之後未接目的地，而是逕接一動詞謂語句「質氒邦獸（酋）」。

第二節　侵　犯

侵犯者，可以是我方犯敵，亦可是敵方對我方的出軍行動，計有反、伐（狂）、出 3 個。

1.【反】

《說文》又部：「反，覆也。从又厂。反，古文」。〔註52〕甲文作反（《前》2.4.1），金文亦作此形。楊樹達云：「反者，抃之或字也，《說文》三篇上抃部云：『抃，引也，或作攀』（原注：今字作攀）反字從又從厂者，厂爲山石厓巖，謂人以手攀厓也」。此說爲多數學者所從。〔註53〕「反」字在甲文裡作地名使用，在金文通假作「返」（歸還）、「鈑」（鉼金）、「叛」（反叛），亦作爲樂律術語、地名及人名等。〔註54〕其中作反叛義解的「反」字，有形容詞及動詞兩種用法，如〈過伯簋〉（3907，西早，昭王）：「過白（伯）從王伐反（叛）荊」，「反荊」做爲

〔註52〕段玉裁注：《說文解字注》，頁 117。

〔註53〕徐中舒：《甲骨文字典》，頁 290、張世超：《金文形義通解》（上），頁 640 等。

〔註54〕張世超：《金文形義通解》（上），頁 640～641。

「伐」的賓語，即指反叛的荊楚，相同用法的還有〈憲鼎〉（2731，西早，康王）：
「王令趩戜（捷）東反（叛）尸（夷）」、〈旅鼎〉（2728，西早，康王）：「隹公大（太）
保來伐反（叛）尸（夷）年」，以及〈中方鼎〉（2751、52，西早，昭王）：「隹王令
南宮伐反（叛）虎方之年」等 3 例。唯兩例動詞用義皆見於西周早期：

例 1.

> 王伐彔子耴（聖），戲！彔反（叛）。王降征令于大保。大保克芎（敬）
> 亡昬（遣）。王永大保易休余土，用茲彝對令。（〈大保簋〉，4140，西
> 周早期，成王）

銘載成王討伐彔國國君子聖，彔君稱「子」，可見其已服從於周，故而周按統治
荒服制度而封以子爵。〔註 55〕彔君因叛周，周王因而率軍討伐，並下征伐之令
予當時的執政大臣召公大保，召公能敬慎亡咎而受賜土地。「彔反」中的「彔」
為代名詞，指上文的彔子聖，「反」者，叛也，「彔反」可視為「王伐彔子聖」
的原因補語。

例 2.

> 戲！東尸（夷）大反（叛），白（伯）懋父呂（以）殷八𠂤（師）征東尸
> （夷）。唯十又一月，遣自𦥑𠂤（次），述東陝，伐海眉（湄）。雩彔復
> 歸才牧𠂤（次）。（〈小臣謎簋〉，4238，西周早期，昭穆之際）

〈小臣謎簋〉的時代郭沫若以白懋父為衛康叔之子康伯髦，故列為康王時期，
此說為馬承源所從。唐蘭定為康、昭時期，〔註 56〕彭裕商繫聯伯懋父諸器，定
伯懋父為昭穆時人，本文從之。〔註 57〕銘載昭王時東夷大反一事，伯懋父率領
駐守於東方的殷八師征伐東夷，在十一月時，調遣駐紮在𦥑地的軍旅，順著東
陝進軍，征伐東夷的濱海之隅，最後回到殷八師的駐守中心牧師。「反」字之前
乃受程度副詞「大」字修飾。

　來犯東夷之「反」皆見於西周早期，當與周初三監聯合東夷叛亂有關。〈大
保簋〉所載之「彔子」為周初周公攻滅東夷奄、蒲姑之後所收服的彔國，故封
以子爵，彔子聖於成王時反叛，故而成王下令征伐。史載成康之際周王室的用

〔註 55〕楊寬：《西周史》，頁 551。

〔註 56〕唐蘭：《史微》，頁 238～241。

〔註 57〕彭裕商：《西周青銅器年代綜合研究》，頁 271。

兵主力在於東方，以金文爲例，康王時的〈霊鼎〉、〈魯侯尊〉等都有「伐東國」之語，一直要到昭穆之際的〈小臣謎簋〉猶見東夷之叛亂，此役之後，再無有周征伐東夷的記載，當是昭王之後今山東半島的東夷已被征服而成爲臣服的齊、魯之民。

2.【𢓜】（迮）

作，初形「乍」，甲文形爲㞢，繁形作𢓜（𢓜），金文有比、𣥂、㘝諸形。徐中舒謂象作衣之初僅成領襟之形，故以作衣會意而有「治作」義。〔註58〕曾憲通分析乍字構件，云比下似匕的部分爲乍字原始構件主體，其取象爲古代之耒耜，其上部分，則疑似以耒起土時隨前曲之庇而起的土塊，故而「以耒起土是「乍」字的本義，引申而爲耕作、農作之作」。〔註59〕曾氏耒耜起土說較徐氏作衣說合理，亦可說明在甲、金文及傳世典籍裡，「作」除了製作義外，多引申作「興起」之義者，如甲文《人》2301：「其作蚩」。〔註60〕《說文》人部：「作，起也」。以「起」訓「作」典籍常見，如《詩·秦風·無衣》：「王于興師，修我矛戟，與子偕作。」《傳》云：「作，起也」。《禮記·檀弓》：「孔子蚤作」，《注》云：「作，起也」。《左傳·襄公二十三年》：「今君聞晉亂而後作焉，寧將事之？」杜注：「作，起兵也」。「乍」是金文出現頻度最高的字，共4,359見，〔註61〕除少數爲人名外，多爲製作本義。

「乍」字在西周早期已有從攴作「𢓜」的寫法，見於西周早期的〈陵貯殷〉（4047），到了東周時期，亦有從又作𣪠（攵）（〈書也缶〉10008，戰國中期）「又」旁或居下方，如𣪠（复）（〈中山王𰯼方壺〉9735，戰國）、亦有增辵作𨒅（迮）（〈𪔂羌鐘〉161，戰國早期）。諸從攴或從辵之「乍」字並非專用爲迮迫之「迮」，僅能視爲「乍」之異體，如〈叔夷鐘〉「𢓜」字2見，一作侵迫義、一作鑄作解。由於「乍」字從「起土」義引申出多種意義，如製造、興起、作爲、從事、福報（胙）、侵迫（迮）等，故需結合上下文義以正確判斷其用義。

〔註58〕徐中舒：《甲骨文字典》，頁887。

〔註59〕曾憲通，〈「作」字探源——兼談耒字的流變〉，《古文字研究》第19輯（1992年8月），頁411。

〔註60〕參徐中舒：《甲骨文字典》，頁887。

〔註61〕張亞初，〈《殷周金文集成》單字出現頻度表〉，《殷周金文集成引得》，頁1511。

　　金文「敀」字今作「迲」,《說文》辵部:「逜,迲迲,起也,从辵乍聲」。
〔註 62〕段注:「迲,起也,⋯⋯引伸訓爲迫迲」。〔註 63〕典籍常見迲訓迫者,如
《後漢書‧陳忠傳》:「共相壓迲」,註:「迲,迫也」。《後漢書‧竇融傳》:「囂
執排迲,不得進退」,註云:「排迲,蹙迫也」,故而張亞初以爲迲訓迫是本訓,
其說可從。〔註 64〕卜辭有「東呼迲」、「呼迲」應即令人施加壓力。〔註 65〕金文
中唯一寫作从辵从乍的「迲」見〈簹大史申鼎〉,銘云:「用征以迲」,征、迲兩
字連用,張亞初認爲兩字「並非重文疊義,而是對文別義」,字義相近而略有區
分,先「征」後「迲」,征伐而迫使敵人降服也,故其意義是遞進的。〔註 66〕其
他能夠視作侵迫義解的「乍」字銘文作「敀」〈陵貯簋〉、「逜」〈鳳羌鐘〉、「弳」
〈晉公盆〉,〔註 67〕可見有「迲迫」義的「迲」字除了从辵之外,从攴(攵)、又
是其中一個特點,當有強調手持武器逼迫、侵犯之義。文例有 4:

例 1.

　　□眔子鼓毊鑄旅趞。隹巢來敀(迲),王令東宮吕六㠯(師)之年。(〈陵
　　貯簋〉,4047,西周早期)

例 2.

　　余咸畜胤(俊)士,乍馮(憑)左右,保辥(乂)王國。剌票
　　(暴)霖(舒)弳(迲),□攻虢者(都)。(〈晉公盆〉,春秋晚期‧晉平公)

例 3.

　　余易女(汝)馬車戎兵,鳌(萊)僕三百又五十家,女(汝)㠯(以)戒戎

〔註 62〕段玉裁注:《說文解字注》,頁 71。

〔註 63〕《說文》竹部另有「笮」字可參:「笮,迫也,在屋之下棼上。从竹乍聲」,段注:
　　　　「笮在上椽之下,下椽之上,迫居其閒,故曰笮。《釋名》曰:『笮,迲也』編竹
　　　　相連迫迲也,以竹爲之,故從竹」。見《說文解字注》,頁 193~194。

〔註 64〕張亞初,〈古文字源流疏證釋例〉,《古文字研究》第 21 輯,頁 377。

〔註 65〕同上註。

〔註 66〕張亞初云「這種字義上的差異和文句上的遞進關係,過去注意得不夠,認爲迲也
　　　　就征,顯然是不恰當的」,參上註,頁 378。

〔註 67〕由於盆銘殘泐,弳字《銘文選》及《集成釋文》隸作「傻」者,細察拓片,當从「弓」
　　　　不从「人」,或以「弓」爲「人」形之異寫?夅字之上有否从宀亦難辨識。今從張
　　　　亞初《引得》隸作「弳」。

㪥(迮)。(〈叔夷鐘〉，276、283、285(鎛)，春秋晚期，齊靈公)

三器之「迮」皆指外來之侵迫。〈陵貯簋〉「迮」字位於文末，屬大事記年語，與銘文主旨關係較小。「巢來迮」之「巢」，馬承源引《尚書・周書》：「巢伯來朝」，孫星衍《注》所引鄭玄曰：「巢伯，殷之諸侯，伯爵也，南方之國」，視巢為殷諸侯，將之歸於東國淮夷之一，並云「此或是康王後期伐東夷諸役之一」。〔註68〕簋銘「迮」字之前並有一趨向動詞「來」作狀語，形成一連動結構。〈晉公盆〉為春秋晉器，銘載晉平公自敘能帥型先王，安和萬邦，保治王國，除暴安良，平息外犯。「𩃬(舒)𧾷(迮)」義指平定來犯。〈叔夷鐘〉中王賜予叔夷馬車戎兵及萊僕，使其能以之「戒戎」，銘云「以戒戎作」一詞又見於《詩・大雅・抑》：「修爾車馬，弓矢戎兵，用戒戎作，用逷蠻方」，以者，用也。「戒戎作」孔《疏》：「言汝當用備兵事之起」。

例4.

唯廿又再祀，𠫑羌乍戎(戎)，氏(是)辟(𠍿)韓宗，𢽾(徹)達征秦、遂(迮)齊入𨱍(長)城，先會于平陰(陰)，武侄寺力，䧹敓(奪)楚京。(〈𠫑羌鐘〉，157～161，戰國早期，晉)

〈𠫑羌鐘〉記三晉伐齊一事，時韓、趙、魏三家未分，𠫑羌仕晉國之卿韓氏，於伐齊之役中受命率韓軍征山東齊魯之交的秦國(非關中之秦)，並向東迮迫齊國，攻入齊長城，並最先與齊軍在平陰交鋒，恃其勇武剛強之力，很快地奪取齊國的楚京一地。「迮齊」，侵迫齊國。

3.【出】

「出」字初形本義說釋詳見上文「出發」類第一個字例，此處要談的是關於外敵的來犯之「出」，其例有2：

例1.

隹戎大出[于]軝，井(邢)侯𤊽(搏)戎，征(誕)令臣諫[以]□□亞旅處于軝，[從]王□□。(〈臣諫簋〉，4237，西周早期，成康之際)

例2.

隹十月初吉壬申，馭(馭)戎大出于楷(楷)，䈇搏戎，執𡡊隻(獲)馘。

〔註68〕馬承源：《銘文選》，頁103。

（〈菁簋〉,《新收》1891, 西周中期, 穆王）

二器「出」字之後皆以介詞「于」帶出處所, 此處所爲外敵侵犯之地。〈臣諫簋〉云「戎大出于軧」, 軧爲國名, 讀爲「泜」, 因爲於泜水流域而得名, 位於今河北省石家莊, 近邢侯首封之邢台, 故北戎犯軧, 由邢侯與之搏鬥, 並令臣諫率軍處守於軧。[註69]〈菁簋〉的來犯者爲「馭戎」, 昔楊樹達釋〈不娶簋〉「馭方玁狁」之「馭」爲「朔」之假借,「馭方即朔方也」, 李學勤據此釋〈菁簋〉之「馭戎」爲「朔戎」, 即北方之戎。「駁（馭）戎大出于櫨（楷）」之「楷國」則位於陝西北方, 正是北戎最易攻入的地點。[註70]

第三節　防禦

與主動攻擊不同, 防禦指的是防備與抵禦, 包括防衛、防守等, 主要是防禦侵略者的破壞, 在這個過程中發生的戰爭, 稱之爲防禦戰。防禦類軍事動詞計有吾（衛）、御（禦）、衛、戒、執（捍）、害（衛）、攼（捍）、戍、處、戲（擋）等10個, 依序分述如下:

1.【吾】（衛）

「吾」字甲文未見,[註71] 金文作𠮷（〈庚姬尊〉, 5997, 西周早期）、𠮷（〈沈子它簋蓋〉, 4330, 西周早期）、𠱏（〈毛公鼎〉, 2841, 西周晚期）。「吾」字《說文》入口部:「吾, 我自偁也, 从口五聲」。[註72] 金文「吾」有第一人稱代詞、名詞（人名）等用法。《金文編》「吾」字條下收〈毛公鼎〉之𠱏, 云:「吳大澂以爲古敔敔字, 經典通作捍禦」。[註73]〈毛公鼎〉「吾」乃「敔」之省形, 並重其聲符「五」。金文另有「敔」字作𣀷（〈敔簋〉, 3827, 西周早期）、𣀷（〈戕孫鐘〉, 93, 春秋晚期）者, 楚簡見从戈作「戜」例, 如𢧵（包

[註69] 參李學勤,〈元氏青銅器與西周的邢國〉,《考古》1979 年第 1 期, 收入氏著《新出青銅器研究》, 頁 60～67。

[註70] 李學勤,〈菁趞銘文考釋〉,《故宮博物院院刊》2001 年第 1 期, 頁 1～4。

[註71] 卜辭中有「五」用若「吾」者, 未能確論。參張世超編:《金文形義通解》（上）「吾」字條解字, 頁 152。

[註72] 段玉裁注:《說文解字注》, 頁 57。

[註73] 容庚:《金文編》, 頁 57。可參吳大澂《說文古籀補》第 3, 頁 17 所云:「古敔敔字, 經典通作捍禦, 敔與圉通, 又通禦, 漢碑多以衛爲禦」。

2.34）。金文凡「敔」皆重其聲符「五」，西周時期多省口，春秋早期以後方成從重五、口、攴之形。唯金文從攴之「敔」非為軍事專用字，這點與「工」字從攴之「攻」常與「工」字互用不別的情況相同，唯金文兩例干字從攴作「玫」者皆作軍事用途，可知此類添加動作義符的金文不特為別義專用字，仍需仔細鑑別文句以明其義項。金文「敔」字在西周時期皆用作人名，如〈敔簋〉、〈敔仲簋〉等，春秋器中的「敔」無一例外皆用指吳國（國名），金文作「攻敔」者典籍作「句吳」。至於「敔」字釋義，《說文》攴部云：「禁也。一曰樂器椌楬也。形如木虎。從攴吾聲」。〔註74〕段注：「與圉禦音同，《釋言》：『禦、圉，禁也。』《說文》禦訓祀。圉訓图。囹，所以拘罪人。則敔為禁禦本字，禦行而敔廢。古假借作御、作圉」。〔註75〕《說文》以禁禦為「敔」之本義，段玉裁引字書言敔為禦之本字，常假借作御、圉，知吳大澂之說本於此。

金文「吾」讀作「敔」作禁禦用者見於〈毛公鼎〉與〈師詢簋〉，〔註76〕歷來皆引《說文》讀鼎銘之「吾」作「敔」，〈毛公鼎〉（2841，宣王）云：「王命毛公以乃族干（捍）吾（敔）王身」，〈師詢簋〉（4342，懿王）：「率以乃友干（捍）䇂（敔）王身」、類似的文例還見於西周中期〈師克盨〉（4467，孝王）：「干（捍）害（衛）王身，乍叹（爪）牙」、〈大鼎〉（2807～8，西周晚期）：「召大以氒友入玫（捍）」。比對前三項文例後，可知「干（捍）害（衛）」、「干（捍）吾（敔）」義同。吾、禦同為疑紐魚部，例可通假。陳美蘭參考馬承源視〈毛公鼎〉「干吾」為同義連文，即扞禦，義為捍衛的說法，認為「干（捍）」字所接賓語既為「王身」，自然應該採用保衛、蔽扞的意思，這是因為在金文及先秦典籍中所禦的對象必是與主語相對的敵方或災厄，故「干（捍）吾（敔：衛）王身」讀作「扞（捍）吾（敔：衛）王身」要比「干（捍）吾（禦）」來得好。從音理來看，「衛」屬匣紐月部，與疑紐魚部的「吾」聲母旁紐，韻亦可通轉，兩字通假是沒有問題的。〔註77〕從施事主語來看，金文中的「友」表示族人的意思，故〈師詢簋〉的「乃友」

〔註74〕段玉裁注：《說文解字注》，頁127。

〔註75〕同上注。段氏於「一曰」句後注云：「按此十一字後人妄增也」。

〔註76〕〈師詢簋〉「吾」字左右兩側有似「艹」之筆劃，在此據張亞初之釋文嚴隸作「䇂」。

〔註77〕陳美蘭：《西周金文複詞研究》，頁81～82。

與〈毛公鼎〉的「乃族」異詞同義，[註78] 指的是宗族武裝，即所謂的族軍，這些分布王畿四周的族軍在西周時期是周王用以有效穩固政權、監伺邊服、經略四方的重要軍事力量。[註79] 三器文例相近，器主領軍所捍衛的對象皆爲周王，用法與〈班簋〉：「衛父身」相同，「干(捍)吾(衛)」可視爲聯合式合義複詞。

2.【御】(禦)

《說文》行部：「御，使馬也。从彳卸。馭，古文御，从又馬」。[註80] 《說文》將御、馭混爲一談，學者多指其誤。從古文字形來看，「御」甲文作![字形](《合》272 正)，从卩从午，其形義之由早期學者多惑於許愼之馭馬說而釋「午」爲鞭馬之索策，聞宥首正「午」爲聲符，則象人跪而迎迓形，客止則有飲御之事，故又孳乳訓進、訓侍。[註81] 李孝定肯定聞氏之說，並對御、馭之朔誼與源別提出釐清：

> 御之本義當訓迓，其訓進訓用者均由此誼所孳乳。其用爲祭名者，則假爲禦。卜辭御字以用爲祭名之義爲多，其訓爲「使馬」之義者字當作馭，與御截然二字。……御馭二字之用於先秦文獻中猶有不混者，如《詩》：「百兩御之」，《穀梁·成元傳》：「齊使禿者御禿者」、《左·襄六年傳》：「朱也當御」，皆當訓迓。《周禮·保氏》：「四曰五馭」、《管子·形勢解》：「馭者操轡也」，《荀子》：「東野子之善馭」，此使馬之訓用其本字作馭，而經傳中固多已假御爲馭矣！[註82]

李氏之說可謂審諦。其云「御、馭二字之用於先秦文獻中猶有不混者」，實肇因於二字在先秦文獻早已互用，此乃先秦經書每經漢人隸寫改易之故，遲至漢代，

〔註78〕〈班簋〉的「乃族」義同此。

〔註79〕參童書業：《春秋左傳研究》（上海：上海人民出版社，1980 年），頁 122。朱鳳瀚《商周家族形態研究》（增訂本）（天津：古籍出版社，2004 年初版，1990 年），頁 293。王曉衛主編：《中國軍事制度史》卷五：兵役制度卷（河南：大象出版社，1997 年），頁 40～41。

〔註80〕段玉裁注：《說文解字注》，頁 78。

〔註81〕聞宥，〈殷虛文字孳乳研究〉，《東方雜誌》25 卷 3 號，頁 56。參見《甲骨文字詁林》（一），頁 393。

〔註82〕李孝定：《甲骨文字集釋》（第 2 卷），頁 589～590。

御、馭混用，在古文字資料中，甲、金文尚未見混用例，最早可見混用者為秦簡〈除吏律〉，可知不晚至漢代，戰國末期御、馭已互用。

卜辭之「御」多為「禦祭」之用，作祭名，故增「示」旁作𧗳（《合》30297），即《說文》示部所云：「禦，祀也。从示御聲」。〔註83〕字用在征伐方面者，是由「止」義所引申而出的捍禦義，常見「禦某」辭例，「禦」字之後為抵禦的對象，有方、羌、舌方等方國部隊，「禦某」指禦某方入侵。〔註84〕「御」字金文作𢓊（〈御簋〉3468，西早）、𢓊（〈頌簋蓋〉4338，西晚），形義上承甲文，尤以「迎迓」義所引申出的義項為多，有侍奉義、勸侑義、進獻義、治理辦理義等。其名詞用法則用指執事者、御正、御史等，〔註85〕用作抵禦義者凡3見：〔註86〕

例1.

> 彧曰：「烏虖！王唯念彧辟剌（烈）考甲公，王用肇事（使）乃子彧，達（率）虎臣御（禦）濰（淮）戎。」（〈彧方鼎〉，2824，西周中期，穆王）

例2.

> 唯九月初吉戊申，白氏曰：「不期，馭方、厰允（玁狁）廣伐西俞，王令我羞追于西，余來歸獻禽（擒）。余命女御（禦）追于䇦，女（汝）㠯（以）我車宕伐厰允（玁狁）于高陶。（〈不娶簋〉，4328（器）、29（蓋），西周晚期，宣王）

例3.

> 工厰大子姑發𦉢反自乍元用。才行之先，呂用呂隻（獲），莫敢敔（禦）余。（〈姑發𦉢反劍〉，11718，春秋晚期，吳諸樊）

〈彔卣〉載「戲淮尸（夷）敢伐內國」一事，故伯雍父（彧）受命以成周師氏戍守

〔註83〕卜辭常見「禦于某」者，乃為對"某"進行禦祭。聞宥云：「卜辭所出御字多言迎尸之事，積久則為祭之專名」。至於禦祭的主要目的，學者多認為是為了禳除災禍。參見《甲骨文字詁林》（一），頁394～406。

〔註84〕王貴民，〈說卯史〉，《甲骨探史錄》。參自《甲骨文字詁林》（一），頁404。

〔註85〕文例可參張世超：《金文形義通解》（上），頁393～397所引。

〔註86〕〈彧簋〉、〈敔簋〉有「追𢓊」一詞，𢓊隸作𢓊，舊釋為「御」，這是較普遍的看法，該字當讀作「襲」，參本文「攻擊類」動詞項。

抵禦，〈彧方鼎〉與〈彔卣〉爲同時器，推測「王用肇事（使）乃子彧遂（率）虎臣御（禦）濰（淮）戎」者，或與「淮夷敢伐內國」爲一事，則〈彧方鼎〉所「御」者爲來犯的淮夷（戎），符合敵「伐」至而我「御」之的文意。〈不嬰簋〉首戰爲馭方玁狁來犯而伯氏「羞追」，伯氏戰前告捷，先來歸獻禽，故而繼令不嬰「御追」而宕伐玁狁於高陶；後戎再次集結「大同從追」不嬰，不嬰應敵終至大獲全勝。〔註87〕「御追」指不嬰在新的前沿奮繼續迎擊禦敵，「從追」指玁狁大規模集結，正面攻擊、抗禦周師。〈姑發臂反劍〉之御乍「敔」不從卩而從攴，強調其抗禦義也。

在句型結構方面，西周兩器皆爲「A 伐 B，C 率令 D 御（A）（于 E）」例，〈姑發臂反劍〉則以警句的方式對外發出「莫敢敔（禦）余」之豪語，故而「御」字之前所省略的是用劍對象，「御」字之後則爲第一人稱代詞「余」，指代武器的持有者「諸樊」。

3.【衛】

「衛」字商器作　（〈弓蟲且己爵〉8843），象四足繞邑之形，即眾人圍城巡行，乃圍、衛之初文。李孝定曰：「衛、圍古亦當爲同字，自城中者言之謂之衛，自其外者言之謂之圍，其後始孳乳爲二字耳」。〔註88〕衛的初文爲「韋」，甲文作　（《合》346），從「行」爲累增偏旁，甲文作　（《合》21744）。周金作　（〈衛簋〉4209，西中）、　（〈司寇良父壺〉9641，西晚）。四足圍繞的方城在西周中期已有作「帀」之例，爲小篆　所本。

《說文》行部：「衛，宿衛也」。〔註89〕「衛」在甲文有名詞（祭名）及動詞（捍衛）兩種用法，「衛」作捍衛義時，皆指殷對方國而言。如「戍干（捍）衛」、「衛年」、「衛禾」等，後二例是指保衛成熟穀物以免受他國劫掠。〔註90〕

〔註87〕或有讀「馭方玁狁」之「馭」爲「禦」者，做抵禦解，視「方」與「玁狁」爲同位語，則「馭（禦）方玁狁」爲一動賓結構，施事主語爲不其，全句讀爲「爲了抵禦廣伐西隃的方國——玁狁，所以王令我往西邊前去抵禦」。說見何樹環：《西周對外經略研究》（臺北：政治大學博士論文，2000 年），頁 211。唯上文曾論及甲、金文「馭」不曾假作「禦」，且作如此訓釋則文句不順，本文不從。

〔註88〕李孝定：《金文詁林讀後記》，頁 46。

〔註89〕段玉裁注：《說文解字注》，頁 79。

〔註90〕劉釗，〈卜辭所見殷代的軍事活動〉，《古文字研究》第 16 輯，頁 117。

甲文另有添加「眉」旁的衛字，作𧗲，根據劉釗的考釋，從眉從衛的衛字，只用於方國的防禦，如「方𧗲」、「舌𧗲」等。〔註91〕金文的「衛」多作名詞，有地名（衛國）、人名（攸衛）等；作捍衛、護衛用法者，見於西周穆王時期的〈班簋〉：

> 王令毛白（伯）更虢𪇰（城）公服，甹（屏）王立（位），乍四方亞，秉緐、蜀、巢令（命）。易鈴、鏨，咸。王令毛公㠯邦冢君、土（徒）馭、戜人伐東或（國）痟戎，咸。王令吳白（伯）曰：「㠯乃白（師）左比毛父！」王令呂白（伯）曰：「㠯乃白（師）右比毛父！」遣令曰：「㠯乃族從父征。」徙（造：肇）𪇰（誠），衛父身，三年靜（靖）東國，亡不成眽（尤）。天畏（威）否（不）畀屯（純）陟。（〈班簋〉，4341，西周中期，穆王）

上文曾提過，本文贊同彭裕商的看法，視〈班簋〉器主班爲毛公之子輩名「趞」者，器載毛班（毛趞）之父輩毛公更續虢成公的職務後，受王令率軍東征亂戎，王並下令吳國、呂國兩國侯伯爲毛公之左右輔軍，令趞（班）率毛族之軍跟從父輩毛公出征。「『㠯乃族從父征』。徙𪇰衛父身」中的徙字，多隸作迮，讀爲「延」或「誕」，作語氣助詞。本文採陳劍之說，隸徙作迮，視爲「造」字異體，用法類似典籍中的「肇」（非「始」、「敏」之義），虛詞無實義，用於動詞之前，表對發出的動作的一種肯定和強調。〔註92〕「𪇰」字隸作「城」，李學勤引《廣雅・釋詁》一：「敬也」，讀「城」爲「誠」，「肇誠衛父身」爲作器者總結戰功之語。〔註93〕趞能誠敬從事，保衛毛父，三年內平定東國，無戰敗過失，故天威而不予以純陟，即天有威而不予東國亂戎以美升。「衛」字之前承上省略主語「趞」，其後所接的護衛的對象「父身」，即指毛公。

4.【戒】

《說文》戈部：「𢍏，警也。從廾戈，持戈以戒不虞」。〔註94〕「不虞」指的

〔註91〕同上註，頁118。

〔註92〕陳劍，〈釋造〉，原刊於《出土文獻與古文字研究》第 1 輯（上海：復旦大學出版社，2006 年 12 月），後收於《甲骨金文考釋論集》（北京：綫裝書局，2007 年 5 月），頁 127～176。

〔註93〕李學勤，〈班簋續考〉，《古文字研究》第 13 輯（1986 年），頁 181～187。

〔註94〕段玉裁注：《說文解字注》，頁 105。

是意料之外的事，典籍常見「戒不虞」語，如《詩・大雅・抑》:「謹爾侯度，用戒不虞」。《易・萃》:「君子以除戎器，戒不虞」等。「戒」字有防備、警備之義。甲文作🀄（𢦦）（《合》3814）、🀄（《合》7060），金文作🀄（〈戒叔尊〉，5856，西早）、🀄（〈中山王𗹣方壺〉，9735，戰國）。〈中山王𗹣方壺〉戒下的「＝」爲飾筆，〈叔夷鐘〉戒字同此，唯「＝」上移至🀄上。卜辭之「戒」用作「烖」，祭名。〔註95〕金文「戒」字多用作人名，用如本義者 2 見，分別爲〈中山王𗹣方壺〉:「載之簡策，以戒嗣王」，及〈叔夷鐘〉的「以戒戎钕」，後者屬軍事用法:

> 余易女（汝）馬車戎兵，釐（萊）僕三百又五十家，女（汝）台（以）戒戎
> 钕（作）。（〈叔夷鐘〉，276、283、285（鎛），春秋晚期，齊靈公）

〈叔夷鐘〉中王賜予叔夷馬車戎兵及萊僕，使其能以之「戒戎」，銘云「以戒戎作」一詞又見於《詩・大雅・抑》:「修爾車馬，弓矢戎兵，用戒戎作，用遏蠻方」，以者，用也。「戒戎作」孔《疏》:「言汝當用備兵事之起」。故「戒」字在此有戒備義。其後所接爲需戒備之事，即戎之來犯。

5.【倝】（捍）

「倝」字甲文未見，金文作🀄（〈戎生編鐘〉，《新收》1614，西周晚期）、🀄（〈𩵦羌鐘〉，165，戰國），楚簡作🀄（包 2.75）。從時間上來看，「倝」字出現較晚，《說文》倝部云:「倝，日始出光倝倝也。从旦，㫃聲」。〔註96〕「倝」字形體歷來多釋，許書云字从旦，應是受日下筆劃牽引所致，董蓮池認爲金文🀄所从之🀄與旦之作🀄者不同，觀🀄形，則示「日始出」似無疑義。〔註97〕林義光認爲字从「早」，何琳儀《戰國古字典》亦採此說。〔註98〕唯「早」字晚出，首見戰國金文，作🀄（〈中山王𗹣鼎〉2840），从日棗聲，楚簡亦從此構，「棗」形或省，作🀄（信 2.022）等，一直到秦簡才出現類「早」的構形。〔註99〕唯甲文

〔註95〕徐中舒:《甲骨文字典》，頁 239。

〔註96〕段玉裁注:《說文解字注》，頁 311。

〔註97〕董蓮池:《說文部首形義新證》（北京:作家出版社，2007 年），頁 174。

〔註98〕林義光:《文源》卷十一，參自《古文字詁林》（六），頁 446。何琳儀:《戰國古文字典》（下）（北京:中華書局，1998 年），頁 967。

〔註99〕「早」之說釋參季旭昇:《說文新證》（上），頁 533。

「易」字作𝌆（《合》3387）、金文作𝌇（〈小臣鼎〉，2678，西周早期），覈之甲、金文从易諸字，知𝌇爲易可信。其形象日在丂上，丂爲柯之初文，會旭日初昇之形。後加二至三斜筆爲飾，寫作𝌈，爲篆文易所本。〔註100〕故「軦」當爲从易抚聲，本義如許書所云，爲日始出也。〔註101〕

「軦」在戰國文字裡多假借作「韓」，作爲姓氏，如上舉晉器〈𩵋羌鐘〉：「賞於軦（韓）侯」、晉璽「軦（韓）侯」等；或疑作地名，如燕璽「韓佑」等，〔註102〕典籍亦常見韓、餘（从軦聲）互作例。〔註103〕「軦」字作軍事動詞用者，見於新出器〈戎生編鐘〉：

> 「嗣（司）綔（蠻）戎，用軦（捍）不廷方」（《新收》1614，西周晚期，
> 屬王時期晉器）

戎生編鐘共八枚，爲保利博物館自海外蒐得，銘共 155 字，「軦」字所在位於第一段，器主戎生追述其祖父憲公於穆王時受封，建小邦於王畿之外，「嗣（司）綔（蠻）戎，用軦不廷方」。第二段敘父親邵伯功業，在於「召匹晉侯，用龔王令」。知戎生家族至父親時，已爲晉侯效力。第三段戎生自云己之功伐，乃是「劫遣卤（鹽）責（積），卑（俾）譖（潛）征縣（繁）陽」，故能「取厥吉金，用作寶協鐘」。李學勤云認爲器主家族始臣於周室，後服於晉侯，很可能是因爲封地被晉國兼併的結果，史載晉地所在多戎，若依金文人名作「某生」可讀爲「某甥」例，則戎生（甥）之名源於戎生（甥）之祖憲公受命司戎後，他的父親和戎女成婚所致。〔註104〕回過頭來討論「嗣（司）綔（蠻）戎，用軦不廷方」，戎生之祖憲

〔註100〕「易」之説釋參李孝定：《甲骨文字集釋》，頁 2973。季旭昇：《説文新證》（下），頁 87。

〔註101〕如郭沫若《金文叢考·𩵋羌鐘銘考釋》、季旭昇：《説文新證》（上），頁 541 等皆採此説。

〔註102〕參何琳儀：《戰國古文字典》（下），頁 968。

〔註103〕「韓」字篆文从韋軦聲，裘錫圭嘗引漢簡及典籍餘、韓互作例，證三者例可通假。參裘錫圭，〈漢簡中的俗文學資料〉，原載《復旦學報》（社會科學版）1993 年第 3 期，收入氏著《中國出土古文獻十講》（上海：復旦大學出版社，2004 年），頁 399～400。

〔註104〕李學勤，〈戎生編鐘論釋〉，《保利藏金》（廣州：嶺南美術出版社，1999 年），頁 376～377。

公受命建邦，目的在於就近掌管邦邑附近的蠻戎，這些擾周者金文習稱「不廷方」，或省稱爲「不廷」（見〈毛公鼎〉、〈逨盤〉），典籍作「不庭方」，指不來朝覲的方國。討論「倝不廷方」句很容易聯繫到《詩・大雅・韓奕》：「倝不庭方，以佐戎辟」。裘錫圭引薛漢《韓詩章句》訓「倝」爲正，鄭玄《箋》以「作楨榦而正之」，認爲「榦」從「倝」得聲，故釋鐘銘「倝」爲「正」。〔註105〕馬承源亦採此說，認爲和〈毛公鼎〉的「褱（懷：安撫）不廷方」策略不同，鐘銘和〈韓奕〉篇對不廷方的態度乃是糾正，而非懷柔。〔註106〕李學勤則解爲「扞拒」。〔註107〕

「榦」入《說文》木部：「𣝔，築牆耑木也，從木倝聲，一曰本也」。段《注》：「榦，俗作幹。……木下曰本，木身亦曰本」。〔註108〕《廣雅・釋詁》：「榦，本也」。將本義爲耑木的「榦」於〈韓奕〉詩中訓作「正」，並引之爲鐘銘「倝」字之解，似有橫隔。裘錫圭證倝、榦、韓三者通假，趙平安細述「韓」字本義，引《說文》云：「井垣也」，《集韻・寒韻》云：「榦，井上木」，認爲門檻與井垣、井欄意義相通。〔註109〕寇占民由此推論井上木的作用就是防止人落入井中，故「榦」具明顯防禦義，又指出西周金文中的「倝」字常寫作「干」或「攼」，而與「吾」、「敔」、「害」連用構成複音詞，此時的干、攼是爲捍衛、防禦義，據此，則〈戎生編鐘〉之「倝」當讀爲捍，作抵禦義解，這要比讀作「正」或「扞搪」等來得合適。〔註110〕按趙氏引《集韻》云「倝」有井上木之說，應是倝、韓通假後「倝」所引伸出的後起義，倝的本義《說文》已明白指出爲築牆時支撐在牆兩側的柱子，故寇氏由此推論「榦」具防禦義並不確實。再者，金文「倝」

〔註105〕裘錫圭，〈戎生編鐘銘文考釋〉，《保利藏金》（廣州：嶺南美術出版社，1999 年），頁 368。

〔註106〕馬承源，〈戎生鐘銘文的探討〉，《保利藏金》（廣州：嶺南美術出版社，1999 年），頁 363。

〔註107〕李學勤，〈戎生編鐘論釋〉，頁 376。

〔註108〕段玉裁注：《說文解字注》，頁 255～256。

〔註109〕趙平安，〈說文古文考辨（五篇）〉，《河北大學學報》（哲社版）1998 年第 1 期，頁 19。

〔註110〕寇占民：《西周金文動詞研究》（北京：首都師範大學博士論文，2009 年），頁 276～281。

字未與「吾（敔）」結合，金文「干（捍）吾（敔）」詞組結構穩定，不當由詞義相近而論「干」、「玫」、「戟」有互作的可能。

〈戎生編鐘〉之「戟」與《詩·韓奕》之「幹」當如何作解，應當從通假角度來看。「戟」古音皆見母元韻，〔註111〕今用作捍衛義之「捍」初形作「干」，西周晚期从攴作「玫」（詳下列）。「干」古音見母元韻，〔註112〕與「戟」聲韻畢同，故「戟」（幹）在此不煩曲折作解，可視爲「干（玫：捍）」之假借，作捍衛義。鐘銘「用戟（捍）不廷方」中，「戟（捍）」字之前以介詞「用」字引進目的，有「用此」、「由此」之意。

6.【害】（衛）

上文嘗引〈師克盨〉（4467，西周中期，孝王）〔註113〕：「則繇隹乃先且（祖）考又（有）爵（恪）于周邦，干（捍）害（衛）王身，乍叉（爪）牙。」與「干（捍）吾（衛）」詞例對讀。「干害」一詞僅見於師克器，「害」字早見於甲文，字从 ++ 作 (《合》27791）、 (《合》37439），金文作 (〈師害簋〉，4116，西周晚期）、 (〈師克盨蓋〉，4468，西周中期），楚簡作 (包2.256）。「害」字構形本義不明，歷有矛頭說（何琳儀）、屋桷說（高鴻縉）、缶蓋說（郭沫若）、臿之本字說（陳秉新）等，〔註114〕甲文之「菁」作地名用。〔註115〕在釋義方面，「害」入《說文》宀部：「𡧱，傷也，从宀口，言从家起也，丰聲」。〔註116〕許書所云非害之本義，從古文字形來看，析从丰聲亦不可從。裘錫圭、李家浩就曾侯乙編鐘、編磬之「姑」从「害」聲寫作 獲得啓發，疑金文之「害」乃从古聲。〔註117〕劉釗認爲金文「害」字應本作 ，後加口爲羨符，又變形音化从古聲作 ，又加「五」聲作 ，後下部受上部影響類化成 。從音理來看，「害」屬匣紐月部，

〔註111〕郭錫良：《漢字古音手冊》，頁 185。

〔註112〕同上註，頁 184。

〔註113〕另有一蓋（4468），器蓋同銘。關於師克盨的年代，目前尚有爭議，近夏含夷提出應爲西周晚期宣王時器。本文暫從舊說，視爲孝王時期。

〔註114〕以上諸說參季旭昇：《說文新證》（上），頁 603 的整理。

〔註115〕《甲骨文字詁林》（二），「菁」字頭下姚孝遂按語，頁 1334。

〔註116〕段玉裁注：《說文解字注》，頁 345。

〔註117〕裘錫圭、李家浩，〈曾侯乙墓鐘、磬銘文釋文與考釋〉，《曾侯乙墓》（上）（北京：文物出版社，1989 年），頁 554。

〔註118〕「古」見紐魚部，〔註119〕「五」疑紐魚部，〔註120〕古文字常見魚月通轉例，三字聲母見、疑同屬牙音，與匣為旁紐，故劉氏之說於音理可通，亦具構形演化之理。

　　金文「害」字有形容詞（大也）、疑問代詞（何也）、及名詞（人名）、動詞四種用法。作動詞用者，皆為假借之用，如借為「匄」訓祈求義，也有訓作賜予義者，至於〈師克盨〉：「干（捍）害王身，乍叉（爪）牙」之「害」有通假作「敔」與「衛」兩種說法。本單元例一中已明晰「敔」在這類文例中當通假作「衛」，指捍衛義，故「害」通假為「敔」或「衛」意義上沒有區別，但若從聲音關係來看，「衛」屬匣月，與「害」聲韻畢同，自然比屬疑魚的「敔」來得相近，故在此讀作「干（捍）害（衛）」即可。

　　7.【干、攼】（捍）

　　今作捍衛義解的「捍」字《說文》未見，《說文》有攼、戟兩字，攼字入攴部：「攼，止也。從攴旱聲。《周書》曰，捍我于艱」。段注：「攼、扞古今字，扞行而攼廢矣」。〔註121〕戟字則入戈部：「戟，盾也。從戈旱聲」。段注：「旱、攼、戟等字古音皆讀同干也」。〔註122〕觀察古文字形，《說文》以盾釋戟是正確的。金文作捍衛義解的「捍」字有兩種寫法，一寫作干：𢆉（〈師詢簋〉4342，西中）、𢆉（〈毛公鼎〉2841，西晚），這是「捍」字的初形，作干盾之形，早見於甲文𢆉（《合》28059），郭沫若云象盾形，其上之叉筆為羽飾，其下有蹲。〔註123〕李孝定亦云金文中間的實筆圓形乃為古盾之象形，與𤰞、𢆉、𢆉（單）同源，故「干」本義為盾。〔註124〕金文「捍」字另有從攴作「攼」者：𢼃（〈大

〔註118〕郭錫良：《漢字古音手冊》，頁123。

〔註119〕同上註，頁92。

〔註120〕同上註，頁91。

〔註121〕段玉裁注：《說文解字注》，頁124。

〔註122〕段玉裁注：《說文解字注》，頁636。

〔註123〕于省吾主編：《甲骨文字詁林》（三），頁2316。

〔註124〕于省吾主編：《甲骨文字詁林》（四），頁3087～3088。又甲文「單」字徐中舒於《甲骨文字典》，頁209中遲隸作「干」，該字甲金文字形變化之說同李氏，唯其釋「𢆉」為狩獵工具，其兩端所縛乃尖銳之石片，兩歧下則縛重塊而成𤰞。季旭昇師據考古資料云先秦無圓盾，認為單、干可能比較像田獵、作戰工具，可參。

鼎〉2807，西晚）、𢦏（〈者汈鐘〉126，春秋），字从干从攴，當是於⼲字之後加攴旁以強調捍衛之義。

甲文無「攼」字，其做捍衛義的字作从盾形从戈之形：𢧄、屯、𢦏、𢧄、𢧄，嚴隸作「戔」，寬隸作「戩」，即今之「捍」字。卜辭用爲方國名，動詞用指捍禦義，其捍禦之「戔」殷與方國皆可稱用。殷戔方國之侵犯者，如《屯南》1049：「己未貞，王令戔▢于西，其▢」。戔字之後殘泐的部分，應即來犯的方國。方國稱「戔」之例如《合》39966：「貞亘其龠，隹戔」。〔註125〕

金文軍事捍衛義有五例：

例1.

　　率以乃友干（捍）菩（衛）王身。（〈師詢簋〉，4342，西周中期，懿王）

例2.

　　則緐隹乃先且（祖）考又（有）爵（恪）于周邦，干（捍）害（衛）王身，乍（作）叉（爪）牙。（〈師克盨〉，4467，西周中期，孝王）

例3.

　　王乎（呼）善（膳）大（夫）驟召大以厃友入攼（捍）。（〈大鼎〉，2807～8，西周晚期，夷王）〔註126〕

例4.

　　王命毛公以乃族干（捍）吾（衛）王身。（〈毛公鼎〉，2841，西周晚期，宣王）

例5.

　　隹（唯）戉（越）十有（又）九年，王曰：「者（諸）汈（咎），女（汝）亦虔秉不湏（汭：墜）悳（德），以克續光朕卲（昭）丂（考）之悤（訓）學，趄趄（桓

　　見氏著《說文新証》（上），頁134。

〔註125〕甲文戔字文例參劉釗，〈卜辭所見殷代的軍事活動〉，頁118～119。

〔註126〕〈大鼎〉爲膳夫大與其族人入宮守衛周王，以利周王行歸脤禮。據銘意則器主爲職事而入宮守攼受賞，唯「膳夫」的基本職能在西周晚期早已越出掌王膳羞，而有領兵守城之軍職實責（如大克鼎器主膳夫克），故本文將〈大鼎〉之「攼」視爲軍事動詞。相關討論可參張亞初、劉雨：《西周金文官制研究》（北京：中華書局，2004年），頁42。

> 桓）戠（輔）弼王宅（宅、侘），室（往）攼（捍）庶盟（盟），台（以）祗（底）光朕立（位）」。（〈者汈鐘〉，126，戰國早期，越）

前 4 例見【吾】字下說釋。〈者汈鐘〉記越王陳述器主者汈功業，云其對內能恭持而不失德，因此能夠繼續發揚光大越王昭考的訓教，對外則威武地輔弼王室，捍衛諸同盟國，因而鞏固和光大了越王的王位。室（往）指前往，「捍」指捍衛，捍衛的對象是「庶盟」，即越之同盟國，該句之施事主語「者汈」承上省略。

8.【戍】

《說文》戈部：「戍，守邊也。从人持戈」。〔註 127〕「戍」字甲、金文無別，作（《合》26879）、（〈作冊夨令簋〉4300，西周早期），象人負戈，會戍守之義。「戍」字與「伐」字同構，皆从人从戈，然（伐）弋援必及人頸，與从人持戈的（戍）不同。唯在金文裡，兩字亦有形近而誤者，如〈競卣〉（5425，西中）：「隹白（伯）屖父以成自（師）即東、命戍南夷」之「戍」據文義判斷，當爲「伐」字之誤。「戍」的本義爲戍守，在甲文裡常見王乎「某戍某」語，「戍」因此引申作職官名，如「戍某」，陳夢家云此類之「某」乃族邦名。〔註 128〕金文「戍」字用法上承甲文而多所發展，其名詞之用除人名、武職官名外，亦可指戍守之地與戍守之事，如〈令簋〉（4300，西早）：「公尹伯丁父兄（貺）于戍」、〈善鼎〉（2820，西中）：「令女（汝）左（佐）疋（胥）彖侯，監豳（豳）師戍」等。作戍守義者凡有 5 例，見於西周早、中期：

例 1.

> 中省自方、登（鄧），造□邦，在噩（鄂）𠂤帥（次）。伯買父迺以氒人戍漢、中、州，曰叚、曰旋，厥人鬲廿夫。（〈中甗〉，949，西周早期，昭王）

例 2.

> 王令敔曰：「𠭯淮尸（夷）敢伐內國，女（汝）其以成周師氏戍于𠧟（㭉）師」。伯雍父蔑彔曆，賜貝十朋。（〈彔卣〉，5419，西周中期，穆王）

〔註 127〕段玉裁注：《說文解字注》，頁 636。

〔註 128〕參徐中舒：《甲骨文字典》，頁 1361。

例 3.

　稛從師雒(雍)父戍于由自，蔑曆，易貝卅寽。稛拜韻首，揚師雒(雍)父休。(〈稛卣〉，5411，西周中期，穆王)

例 4.

　隹六月既死霸丙寅，師雒(雍)父戍才由□(由)自，遇從。(〈遇甗〉，948，西周中期，穆王)

例 5.

　隹十又三月既生霸丁卯，䑏從師雒(雍)父戍于□(珇)自之年，䑏穫曆，仲競父易赤金。(〈䑏尊〉，6008，西周中期，穆王)

西周早期的〈中甗〉云：「伯買父迺以氒人戍漢、中、州，曰叚、曰旋(克)」，戍字句型爲「A 以 B 戍某」，A 是主事者，其率領 B（軍隊）戍守於某地，「曰叚、曰旋(克)」屬動詞性詞語作後置定語，之所以後置乃是爲了強調伯買父所率之軍隊成員，故而顛倒原有語序。〔註 129〕〈彔卣〉、〈稛卣〉、〈遇甗〉、〈䑏尊〉眾人皆從師(伯)雍父戍於珇師有功而受賞，〈彔卣〉載「淮夷敢伐內國」，故而王令㦵（即師雍父）領軍戍於珇師。□、□《金文編》收於「古」字之下，陳夢家首讀〈遇甗〉□字爲由，並疑□乃从由从玉。〔註 130〕林澐則與甲文由字作□象冑形，與古字作□象盾形加口旁，指出兩字起源不同。〔註 131〕蔣志斌《四版金文編校補》中已將□改入「由」字條下，而將□入於附錄。〔註 132〕至於「珇師」的地望陳夢家從淮夷入侵而王命以成周師氏戍於由，推測當在成周之南淮水之北，〔註 133〕陳美蘭推測此支淮夷乃爲南淮夷，原本分布於周王室以東，後經周初幾次征伐，某支系遷到東南淮水流域，成爲淮夷遷到成周以南的支系。〔註 134〕師雍父諸器「戍」字句上承「A 以 B 戍某」句型而有所擴充，其變化如

〔註 129〕張玉金：《西周漢語語法研究》，頁 333。

〔註 130〕陳夢家：《西周銅器斷代》(上冊)，頁 117，其云「□爲由，□从由从丰，疑是玉。由即金文冑字所以」。

〔註 131〕林澐，〈新版《金文編》正文部分釋字商榷〉，中國古文字學第八屆年會論文，1990 年。

〔註 132〕蔣志斌：《四版金文編校補》(長春：吉林大學出版社，2001 年)，頁 22。

〔註 133〕陳夢家：《西周銅器斷代》(上冊)，頁 117。

〔註 134〕陳美蘭：《西周金文地名研究》，頁 205～206。

下：「A 以 B 戍某」（中甗）→「A 以 B 戍于某」（彔卣）→「C 從 A 戍于（在）某」（稱卣、過甗、臤尊）。故而「C 從 A 戍于（在）某」可視為「C 從 <u>A 以 B</u> 戍于某」的簡省句。

9.【處】

《說文》「處」入几部為「処」之或體：「処，止也，从夂几，夂得几而止也。𡔿，處或从虍聲」。段注：「人遇几而止，引申之為凡尻処之字」。〔註135〕「處」字甲文未見，金文作 （〈臣諫簋〉4237，西周中期）、 （〈史墻盤〉，10175，西周中期）、 （〈𪒠鐘〉260，西周晚期）、 （〈魚鼎匕〉，980，戰國）、 （〈鄂君啓車節〉，12110，戰國）。字从虍从止从几，象人據几而處，虍為聲符。或說字从人从几，人形足部加止，虎聲。〔註136〕戰國時期「止」旁或訛作「女」，更常見的是省虍聲作「尻」，容庚將省虍聲者隸作処，以別於「居」字。「居」、「尻」、「處」、「処」四字音義接近致長期混淆，根據季旭昇的看法：「尻」與「処」皆為「處」字省體，簡體「処」產生較晚。《說文》以「処」為字頭，反以「處」為其異體乃本末顛倒。「居」有蹲踞義及居住義，其居住義與「尻」為同源字。〔註137〕

金文「處」字有名詞及動詞兩種用法。動詞指安坐、居處、居住義，名詞義由動詞而來，指居所。如〈𪒠鐘〉：「武王則令周公舍㝢以五十頌<u>處</u>」。做為軍事動詞之用的「處」則強調其處守義，有學者或視為駐紮義。凡 5 例：

例 1.

> 隹戎大出[于]軝，井（邢）侯厚（搏）戎，征（誕）令臣諫〔以〕□□亞旅處于軝，[從]王□□。[臣]諫曰：「拜手頜首，臣諫□亡，母弟引章（庸）有長子□，余弅（併）皇辟侯，令餬（肆）服。」[作]朕皇文考寶尊，隹用□，康令于皇辟侯，匄□□。（〈臣諫簋〉，4237，西中，穆王）

「戎大出于軝」的「軝」為周之侯國，從「氐」得聲，讀為「泜」，因為於泜水流域而得名，位於今河北省石家莊，位於周成王首封周公子邢侯之河北邢台

〔註135〕段玉裁注：《說文解字注》，頁 723。

〔註136〕季旭昇：《說文新證》（下），頁 249。

〔註137〕同上註，頁 249～250。

（古邢國）的北邊。「戎」指的是北戎，位於黃河之北的河北，李學勤云：

> 北戎是散居晉國境內的一種民族，多數在今山西省東部和東南部。
> 〈臣諫簋〉所記，應即北戎東出井陘南下，以致威脅邢國。周平王
> 時，北戎乘周室危弱之機，由太行向南發展，又被邢國擊破，從這
> 裡我們可以看到，邢國的建立本來就有遏制戎人，作周朝北方屏障
> 的作用。故北戎犯軹，由邢侯與之搏鬥，臣諫爲邢侯之臣，並令臣
> 諫率軍處守於軹。〔註138〕

北戎大舉侵犯軹國，由邢侯與之搏鬥，在擊退北戎之後乃命臣諫率手下的眾大
夫（亞旅）處守於軹國，由此可見軹、邢政勢的消長。「處」後以「于＋處所名」
作補語。

例 2.

> 王肇遹眚（省）文武，堇（覲）疆土。南或（國）艮子敢臽（陷）處我土。
> 王𢼸（敦）伐其至，戡（撲）伐氒都。艮子廼遣閒來逆卲（昭）王，南尸
> （夷）東尸（夷）具見廿又六邦。（〈𫊣鐘〉，260，西周晚期，屬王）

〈𫊣鐘〉之「處」早期因舊摹之譌而誤釋爲「虐」，〔註139〕唐蘭云「臽虐我土，
於詞不順」，並首據故宮藏器正𫊣當爲「處」，云「謂陷我土而處之也」，爲多數
學者所從。〔註140〕張世超將此處的「處」釋作「駐紮」義，這是從居處、處守
義引申而來的用法。陳雙新引《論語・里仁》：「富與貴，是人之所欲也，不以
其道得之，不處也」，指「處」有「享有」、「據有」義。〔註141〕按「南或（國）
艮子敢臽（陷）處我土」中的「南國」係指周時南方諸國，「艮子」爲艮國之君主。
「敢陷處我土」之「敢」爲助動詞，膽敢義，表示主語（南國艮子）竟然膽敢
攻佔周地，句型結構爲「主語（南國艮子）＋助動詞（敢）＋動詞（陷處）＋

〔註138〕李學勤：《青銅器與古代史》，頁 226。

〔註139〕郭沫若：《兩周金文辭大系攷釋》，頁 51。張亞初：《引得》，頁 811。馬承源：《銘
文選》，頁 279。王輝：《商周金文》，頁 211。

〔註140〕唐蘭：《史徵》，頁 504～505。另有〈周王𫊣鐘考〉，收入《唐蘭先生金文論集》，
頁 34～44。容庚：《金文編》，頁 922、中國社科院考古所《殷周金文集成釋文》
等皆從之。

〔註141〕陳雙新：《兩周青銅樂器銘辭研究》（保定：河北大學出版社，2002 年 12 月），頁
127。

賓語（我土），其中「陷處」爲一連動結構，攻陷據守之義。陳氏說法之缺點在於《論語・里仁》乃談居於仁者之里爲美，該句之「處」當以居處義爲是，不當過份解讀。唯〈戲鐘〉之「處」係指南國艮子攻陷周土之後的動作，釋作「居住」不若「駐紮」來得好，而其軍旅駐紮於周土，其實就是佔居的動作，故「處」的動作發出者爲「南國艮子」，「處」在此釋作「佔領處守」義是合理的。「處」字之後的「我土」，乃是以人稱代詞「我」作爲中心詞「土」的定語，爲一定中結構。

例 3.

> 工獻大子姑發闇反自乍元用。才行之先，呂用呂隻（獲），莫敢致（御）余。余處江之陽，至于南，至于西行。（〈姑發闇反劍〉，11718，春秋晚期，吳諸樊）

〈姑發闇反劍〉爲吳太子諸樊之自乍用劍，其云鑄劍用於軍隊之前鋒，用於戰鬥以有所俘獲，無人敢與之抗禦。其「處守」於長江之北，既能出師於南（百粵），亦能出師於西（楚）。〔註142〕「余處江之南」的句型結構爲「主語（余：吳太子）＋動詞（處）＋賓語（定中結構：江之南）」。

例 4.

> 虩虩（赫赫）成唐（湯），又（有）敢（嚴）才帝所，專（溥）受天命，刪（剗）伐夏司，戲厥靈（靈）師，伊少（小）臣唯楠（輔），咸有九州，處塙（禹）之堵（土）。（〈叔夷鐘〉，276、283、285（鎛），春秋晚期，齊靈公）

該句爲作器者叔夷受賞後數典先舊高祖之語，其云成湯受天命削伐夏的統治，擊滅凌暴的有夏軍隊，以伊尹爲輔佐，佔有九州天下，居守於原夏禹的疆土。是故「處」乃承上省略了主語「成湯」，其後則省略了介詞，直接賓語「禹之土」。

例 5.

> 余以行匀（台）師、以政匀（台）徒、余以伐郘（？）、余以伐徐，美子孫余弔（冉），鑄此鉦（征）鋮，女（汝）勿喪勿敗，余處此南疆，萬葉

〔註142〕馬承源：《銘文選》（三），頁 365。

(世)之外，子子孫孫，友偁（朋）乍（作）以□〔永〕□〔鼓〕。（〈冉鉦鋮〉，
428，戰國・越王）

〈冉鉦鋮〉舊名〈冉鉦〉、〈南疆鉦〉，全銘泐損較多而難以通讀，張亞初釋器主
冉爲戰國時越王「羑」（錯枝，B.C. 375）之子或孫。〔註143〕鉦銘自云作器的目
的在於「以行訋（台：領格）師」、「以政訋（台）徒」、「以伐郢（?）」、「以伐徐」，
並自云其處守之地爲南疆，「處」字之後以一指示代詞「此」做定語，其中心語
爲「南疆」。「處此南疆」的句型結構與〈訣鐘〉「處我土」相同。

10.【戠】（擋）

1978 年安徽南陵縣一座極普通的土墩墓中出土了〈攻敔王光劍〉一柄，出
土報告初隸銘文爲「攻敔王光自乍用鑬（劍）台戰戉人」，〔註144〕「戰戉」兩字
拓片作「戠戉」，劉雨認爲「戠」當隸作「戠」，「戠」讀爲「當」，从戈爲附加
成分，《廣韻》：「當，敵也」。「戉」當隸作「戓」，其舉《說文》：「勇或从戈用」
爲證，「戓人」指驃悍勇猛之人。銘爲「攻敔王光自乍用鑬（劍），台戠（當）戓
（勇）人」，講明此劍乃是吳王光自作防身殺敵用劍。〔註145〕據此，則戠字可
讀作「擋」，抵禦義也。〔註146〕

兩周金文防禦類動詞有吾（敔）、御、衛、戒、釬（捍）、害（衛）、玟（捍）、
戍、處、戠等 10 個，經觀察發現，御（禦）、衛、戒、害（衛）、干（捍）、戍等 6
字字形上承甲文，其中「害」字變形音化後成从「古」聲，再添「五」聲，而
爲形聲加聲字。釬（捍）、處、戠（擋）3 字始見周金，釬、處 2 字戰國楚簡亦見，
而戠爲周金獨有，未見他世。在六書結構方面，吾（衛）、衛、釬（捍）、害（衛）、

〔註143〕張亞初，〈金文考証例釋〉，《第三屆國際中國古文字學研討會論文集》，頁 278。

〔註144〕劉平生，〈安徽南陵縣發現吳王光劍〉，《文物》1982 年第 5 期，頁 59。

〔註145〕劉雨，〈關於安徽南陵吳王光劍銘釋文〉，《文物》1982 年第 8 期。復收入《金文
文獻集成》第 29 冊，頁 165。

〔註146〕周曉陸、張敏，〈「攻敔王光劍」跋〉，《東南文物》1987 年第 3 期。復收入《金文
文獻集成》第 29 冊，頁 165～166。該文贊成劉雨隸定，但反對其訓讀，認爲「戠」
爲賞賜戈器的專用字，「勇人」指吳王光賞賜此劍的勇士，即土墩墓的主人，故將
銘文斷句作「攻敔王光，自乍用鑬（劍），台戠（賞）戓（勇）人」，由於兩周金文
未見賞字作「戠」者，孤例難以爲證，再者，銘既云「自乍用劍」，故以之賞勇人，
不符合劍銘文例，故本文不採此說。

處、戙（擋）爲形聲字，構形比率爲 6：10，御（禦）、戒、干（捍）、成爲會意字，構形比率爲 4：10，〔註147〕總體而言，金文防禦動詞構字多以形聲爲主，常見假借用法。由於軍事防禦的目的在於抵擋侵略者的破壞，故防禦類動詞的詞義內容包含防備與抵禦兩主要義素，西周中期多見吾（衛）、攷（捍）、戍之用，以捍衛爲主要義素，所捍衛、保衛的對象爲周王及周土。西周晚期以後周土不平，外侮頻擾，戰事滋繁，故銘文多用御（禦）、戒、敢（捍）、處等字，強調抵禦及處守防備之義，此時軍事防禦的目的在於抵擋侵略者的破壞，在防禦的過程中往往直接引發防禦戰，成爲一場大規模戰役的起點。在語法結構方面，以「S＋V＋O」爲基本句型而有所增益，施事主語多爲王臣，共十九例。常見連動結構，如「干（捍）吾（衛）」、「往干（捍）」、「入干（捍）」、「御（禦）追」等，兩動詞連用具先後時間順序，以示戰程推移。在賓語內容方面，所警戒、防禦、抵擋的對象賓語爲外敵，所保衛、捍衛的對象賓語爲周王及其他同盟國，所處守的處所賓語則爲王土。

第四節　攻　擊

金文的攻擊類軍事動詞數量頗多，共有 33 個，是軍事動詞中最重要也是最複雜的小類，這類指涉敵我雙方出兵進攻的詞，乃是以「攻擊」爲其核心義素，其附加義素可約略析出「出兵」、「攻克」、「擊打」等。本文暫按各字偏旁之所從將之分爲從戈、從又、從止及其他等 4 類，分述於次。

一、從　戈

從「戈」之攻擊類軍事動詞計有戠、伐、戰、戮（撲）、戢（捷）、栽（誅）等 6 個。

1.【戠】

「戠」字見於新出〈燕王職壺〉，該器爲上海博物館近年由香港古玩市肆購得的一件戰國晚期燕國器，壺銘資料由周亞於《上海博物館集刊》第八輯中首次刊布，文中推斷該器所載爲《戰國策》及《史記》所言戰國時期燕昭王二十八年時東征齊國之史事，器主燕王職即燕昭王，補足《史記・燕召公世家》缺

〔註147〕干作「攷」者，則屬會意字。

截燕王職之史學懸案。周亞所釋銘文如下：〔註 148〕

> 唯郾（燕）王職〓（洀）〓（阼）〓（承）祀，乇幾三十，東〓（創）〓國。
>
> 〓（命）日任（壬）午，克邦〓（隳）城，威（滅）水〓（齊）之〓（殺）。

壺銘中的「〓」字拓片不清楚，摹作〓，周亞隸作「〓」，認爲與《古文四聲韻》卷四所收「創」字古文接近，疑爲創字異體。「創」字讀作懲，有懲創之意，「東創〓國」指燕國伐齊，聯合了秦、魏、韓、趙等國，應是由西、北方向發起進攻，故謂之東創。〔註 149〕董珊、陳劍則指出「〓」字所从左旁乃爲「壽」字，該種寫法爲燕國文字所特有，並舉《古璽匯編》5630〓、1889〓兩枚燕系私璽「壽」字爲證。〔註 150〕董、陳隸「〓」爲「〓」，《說文》未見，然古文字戈、殳、攴每互作，故「〓」當與《說文》「𣪠」、「𢿱」可互相參看。《說文》殳部下收𣪠（𣪠），云：「〓，縣物𣪠擊也，从殳𠷎聲」，段注：「此與手部擣（搗）音義同，擣，手椎也」。〔註 151〕𢿱字入《說文》支部：「〓，棄也，从攴𠷎聲，《周書》以爲討，《詩》曰：『無我𢿱兮』」，段注：「〈鄭風〉毛傳曰：『𢿱，棄也。』許本毛也，鄭乃讀爲醜。」〔註 152〕據此，則董、陳二氏視壺銘的「〓」爲「𣪠」、「𢿱」的異體，並指出從文意來看，「〓」字在銘中出現於談到燕昭王伐齊這一事件的場合，故無疑當讀爲「討」。壺銘「東討〓國」，二氏則參考楊寬《西周史》中「趙燕共相樂毅破齊示意圖」，認爲燕伐齊時，先從燕境進攻齊燕接壤的北地，再南下至齊的西面，聯合五國於濟西展開主戰，後燕東向深入取臨淄，故〈燕王職壺〉的「東討」說顯然是以濟西之戰爲說的。至於燕所討伐之「〓國」，「國」字前一字右从「攴」，左形不識，周亞隸作「〓」，疑與齊國之名稱相關，董、陳則疑爲戰國時代敵國常用的「仇」字。〔註 153〕黃錫全初隸「〓」之左旁爲「會」，

〔註 148〕周亞，〈郾王職壺銘文初釋〉，《上海博物館集刊》第 8 期（2000 年 12 月），頁 144～150。

〔註 149〕同上註，頁 148。

〔註 150〕董珊、陳劍，〈郾王職壺銘文研究〉，《北京大學中國古文獻研究中心集刊》第 3 輯（2002 年 10 月），頁 37。按董、陳之文未列字形，本字形由黃錫全，〈燕破齊史料的重要發現〉，《古文字研究》第 24 輯（2002 年 7 月），頁 250 所刊。

〔註 151〕段玉裁注：《說文解字注》，頁 120。

〔註 152〕同上註，頁 127。

〔註 153〕董珊、陳劍，〈郾王職壺銘文研究〉，頁 38。

認為下部所从之「臣」為「會」字中間字之訛變，後贊同董珊、陳劍的看法，將該字之左旁隸作「壽」，讀作「籌」，義為籌劃、謀策。「」字左面字形當是「囧」字，「𩫁國」即「盟國」，指的是《史記・田敬仲完世家》所載燕、秦、楚、三晉合謀，各出銳師以伐齊之事。〔註 154〕

關於「」字說釋，由於董、陳二氏舉出燕古璽為證，則隸作「䜟」可從。「䜟」字的說釋參看《說文》對「毃」、「毄」、「椎」、「討」等相關字義的說解，每與擊打、誅討義相關，〔註 155〕可知「䜟」字係以「攻擊」為主要義素，以「糾責治紛」為附加義素。黃錫全讀「䜟」為「籌」乃是建立在「䜟」字賓語「國」之「」為「盟」的基礎上，然古文字「囧」字作、，从囧之字如明：、；盟：、等，所从之囧皆與四邊方形而點劃其上的，筆劃明顯不同，故釋作「盟」不妥，則讀「䜟」為「籌」亦不可從。考量到兩周金文攻擊類動詞的語法規律，「V＋O」中的受事賓語多為所伐擊的國家，故字所指以周亞的「齊國之名稱相關」為上。

2.【伐】

「伐」字《說文》人部云：「，擊也。从人持戈。一曰，敗也，亦斫也」。段注：「《尚書》：『不愆于四伐五伐』，鄭曰：『一擊一刺曰伐』。《詩》：『是伐是肆』，《箋》云：『謂擊刺之』，按此伐之本義也，引伸之乃為征伐」。〔註 156〕段氏的注解頗能代表「伐」字在經傳中的釋義，如《詩・召南・甘棠》：「蔽芾甘棠，勿翦勿伐」，《毛傳》：「伐，擊也」，《詩集傳》：「伐，伐其條榦也」。〔註 157〕許慎、段注與經傳皆從砍擊、砍伐的角度來釋「伐」之本義。

甲文「伐」字作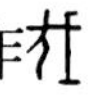（《合》1011），所从之戈亦有省而作弋者，如（《粹》

〔註 154〕黃錫全，〈燕破齊史料的重要發現〉，《古文字研究》第 24 輯（2002 年 7 月），頁 250。

〔註 155〕《說文》：「椎，所以擊也」，《說文》「討」下云：「治也」，段注：「發其紛糾而治之曰討」，《說文》「誅，討也」，段注：「凡殺戮糾責皆是」。

〔註 156〕段玉裁注：《說文解字注》，頁 385～386。《說文》斤部：「斫，擊也，从斤石聲」，段注：「擊者，攴也，凡斫木、斫地、斫人皆曰斫矣」，參頁 724。另《說文》伐字為人部會意字，本文從其所屬之攻擊義項出發，而與戰、戭、戕、戠、𢦏同例於「戈」旁討論。

〔註 157〕余培林：《詩經正詁》（臺北：三民書局，2005 年），頁 33。

136）等，金文「伐」字作（〈大保簋〉4140，西周早），春秋器〈冉鉦鋮〉（428）作，此人、戈分離之「伐」成爲爲東周以後的普遍寫法，如信陽楚簡作等。

「伐」字形義早期學者多受許愼「从人持戈」一語影響，而與《說文》「戍」字「守邊也，从人持戈」混談，並與(㦰)、(䞞)形混，故有負戈、持戈、揮戈、人在戈下、人在戈旁等說法，〔註158〕郭沫若首正伐、戍之別，其云：「殷周古文伐字與戍字頗相亂，然亦有區別之處。伐象以戈伐人，戈必及人身；戍示人以戈守戍，人立在戈下，此其大較也」。〔註159〕李孝定參酌郭說，揆正道：

> 契文作，象戈刄加人頸擊之義也，非从人持戈。契文有眾人持戈作者，羅氏亦釋伐，諸家多从之。字在卜辭爲人名，與伐之用爲征伐或殺人以祭者義別，當非一字。疑爲之異構，當釋䞞。契文伐、戍之別，誠如郭氏之言。……伐則皆象戈刄加人頸以示擊義，不象人負戈也。卜辭恆之義也，或言伐若干人，殷墟發掘所見王室大墓其墓道中嘗見有排列整齊之人頭骨，爲數頗多，舍殺人以祭外，此種現象實無由解釋，且後世文獻中複有相同之記載。〔註160〕

按將「伐」字形義結合字形與出土實物來看，李氏之說可從。卜辭之「伐」義項有三，一爲祭祀動詞，指殺牲以祭祀，如《合》902 正：「翌甲寅有伐于大甲？二告」。一爲人牲計數單位，如《合》891 正：「侑于成三十伐」。三爲征伐義，如《合》6733 正：「亥卜，爭貞：王循伐方」等。其中，祭祀義和征伐義都是從以戈擊殺人的本義引申而來，而「伐」作爲量詞又是祭祀義的引申。金文之「伐」義項有三，一爲名詞，用作人名或器名，後者如自名「伐鼎」、「伐器」等，指征伐之用器或兵器。〔註161〕一爲動詞用法，指稱美、功閥，如〈緐簋殘底簋〉（4146，西周早期）：「公令緐伐（閥）于㠱伯，㠱伯穖（蔑）緐曆，賓（儐）

〔註158〕如方國瑜、董作賓、馬敘倫等，參《古文字詁林》第 7 冊，頁 404～406。

〔註159〕郭沫若：《殷契粹編考釋》，轉引自《古文字詁林》第 7 冊，頁 405。

〔註160〕李孝定：《甲骨文字集釋》卷八，頁 2661～2662。

〔註161〕何琳儀曰：「所謂『伐器』即『攻伐之器』」，語見《戰國文字通論》（北京：中華書局，1989 年），頁 112。

祓廿、貝十朋，緐對揚公休。」另一種動詞用法指征伐、進攻，是金文「伐」字最常見的用法，商金文例見〈小子睘簋〉(4138)：「癸巳，䢅商(賞)小子睘貝十朋，在上魯，唯䢅令伐人(夷)方，睘賓(儐)貝，用乍(作)文父丁尊，在十月四」。餘65例見於兩周金文，「伐」字之語義結構可結合傳世文獻進行戰爭事件的比對，今按時代表列詳述於次：〔註162〕

（1）西周早期

西周早期							
戰事	器名	器號	文例	帶隊將領	征伐對象	句型結構	備註
成王東征	〈𪓐方鼎〉	2739	隹周公于征伐東尸(夷)，豐白(伯)、專古(薄姑)咸𢦏。公歸𩰫于周廟。戊辰，畬秦(至)畬，公賞𪓐貝百朋，用乍尊鼎。	周公	東夷〔註163〕	S＋V1(于)V2(征)伐＋O	《史記・周本紀》：「召公爲保，周公爲師，東伐淮夷，殘奄，遷其君薄姑。」
	〈禽簋〉	4041	王伐𡠗(蓋、奄)侯，周公某(謀)，禽祴，禽又(有)㪔(振)祴。王易金百寽(鋝)。禽用乍寶尊彝。	成王	商奄〔註164〕	S＋伐＋O	《尚書・大傳》：「三年踐奄。」
	〈渣嗣徒逘簋〉	4059	王朿(刺)伐商邑，仙(誕)令康侯啚(圖)于衛，渣(沬)嗣(司)土(徒)逘眔(與)啚(圖)，乍氒(厥)考尊彝。𣄰。〔註165〕	成王	商邑	S＋V1(刺)伐＋O	《尚書・大傳》：「四年建侯衛。」

〔註162〕除標準器外，西周銅器在斷代上普遍存在難以具體斷代確立王世的難點，故無法將銅器中的諸王戰事和文獻記載完全比附，某些銅器的戰事記錄甚至在文獻中闕如（如〈小盂鼎〉的伐鬼方），凡此種種，是銅器銘文在應用上的侷限，本節欲從「伐」字繫聯諸戰事以示「伐」字在有周時期的使用狀況，在王世斷代上也儘可能參酌眾說，進行較合理的推度。

〔註163〕「薄姑」位今山東臨淄西北五十里，靠近濟水處。「豐伯」位今山東益都西北。周初東夷地望參楊寬：《西周史》，頁144～145所載，不再註明。

〔註164〕今山東曲阜東。

〔註165〕〈渣嗣徒逘簋〉多視爲史載成王伐商邑後封康侯於衛之事，故讀「啚」爲「鄙」，謂分封也。其中的「朿」有「來」（來之誤筆，楊樹達）與「刺」（刺殺，陳夢家）二說（《金文編》入「朿」字），彭裕商揆諸舊說，隸「朿伐」爲「來伐」，表示某個人物至某地以施事某事之義，並讀「令」爲賜命；讀「啚」爲「圖」，即地圖。

西周早期							
戰事	器　名	器　號	文　　例	帶隊將領	征伐對象	句型結構	備　註
	〈宜侯夨簋〉	4320	隹四月，辰才丁未，王省珷（武）王成王伐商圖，延（誕）省東或（國）圖。	武王成王	商	S1S2＋伐＋O	
成王北征	〈大保簋〉	4140	王伐彔子耴（聖），馭！氒反。王降征令于大保。	成王	彔子聖〔註166〕	S＋伐＋O	
	說明	《尚書大傳》：「周公攝政，一年救亂，二年克殷，三年踐奄，四年建侯衛，五年營成周，六年制禮作樂，七年致政」。史載武王克商後二年去世，管叔、蔡叔不服周公攝政，故而招誘武庚及夷狄叛亂，欲爭奪王位。《逸周書‧作雒解》載：「（武）王既歸，乃歲，十二月崩鎬。周公立相（阼）天子，三叔及殷東、徐、奄及熊盈以略。……二年又作師旅，……凡所征熊盈族十有七國」。楊寬謂熊盈族就是指嬴姓的東夷和淮夷，而「奄」就是淮夷中主要的方國。〔註167〕				
康王東征	〈魯侯尊〉	4029	唯王令明公遣（遣）三族伐東或（國），才邀（擇），魯侯又（有）囚（優？）工（功），用乍旅彝。	康王	東國	A令B遣C伐D	B、C爲兼語
	〈小臣謎簋〉	4238、39	馭！東尸（夷）大反，白（伯）懋父目（以）殷八自（師）征東尸（夷）。唯十又	伯懋父	東夷海堳	(S)＋伐＋O	省主句

簋銘乃載王賜康侯以地圖，也即是命康侯管理衛國，此時的康侯原爲康國之侯，封至衛國但不爲衛侯，而僅屬受王管轄的方伯。「渣嗣徒逨」之「渣」即「沬」，又作「妹」，紂都。「渣（沬）嗣（司）土（徒）逨眔（與）啚（圖）」指身爲殷遺民而掌土地籍田的司徒逨參與了賜圖典禮，並因司徒之職權而負有保管地圖之責。參彭裕商，〈渣司徒逨簋考釋及相關問題〉，《紀念于省吾先生百歲誕辰紀念文集》，頁80～84。按彭氏之說大抵可從，唯「朿」應仍釋「刺」爲上。蓋簋銘書「朿」，不與「來」混，雖朿、來偶見混用者，如2682〈新邑鼎〉「王來」誤作「王朿」，然究諸「朿」字甲文，本象木芒之形，因強調其「刺」義而在卜辭動詞中有有刺殺義。簋銘載成王「朿伐」商邑，覈諸史實與字義，實不煩改讀。甲、金文「朿」字用法詳參鍾柏生，〈釋「朿」及其相關問題〉，《史語所集刊》第58期（1987年），復收入氏著：《鍾柏生古文字論文自選集》（臺北：藝文印書館，2008年3月），頁19～38。

〔註166〕「彔」國地望不明。楊寬謂此處的「彔」即西周中期彔、或諸器之「彔」，歸於群舒之一，參《西周史》，頁552。由於〈大保簋〉屬「梁山七器」，出土於清道光年間山東省梁山，同時出土的尚有商器，陳壽由其組合來看推論不爲成套隨葬品，有可能是窖藏。參〈大保簋的復出和大保諸器〉，《考古與文物》1980年第4期。何樹環將之歸於周初對北土經略的証明。參何樹環：《西周對外經略研究》，頁101。

〔註167〕楊寬：《西周史》，頁142～143。

西周早期							
戰事	器　名	器　號	文　　例	帶隊將領	征伐對象	句型結構	備　　註
			一月，遣自鼍自（次），述東陕，伐海眉（堳）。雪臤復歸才牧自（次）。				
	〈雪鼎〉	2740、41	隹王伐東尸（夷），溓公令雪眔史旗曰：「以師氏眔有嗣後或（國）戜（捷）伐腺。」雪俘貝，雪用乍（乍）飴公寶尊鼎。	王	東夷	發語詞（隹）＋S＋伐＋O	與〈小臣謎簋〉爲同次戰役
				雪、史旗	腺〔註168〕	A令B以C＋V1（捷）伐＋D	
	〈旅鼎〉	2728	隹公大保來伐反尸（夷）年，才十又一月庚申，公才盩自，公易旅貝十朋。旅用乍父尊彝。	公大保〔註169〕	東夷〔註170〕	S＋V1（來）伐＋O	與〈小臣謎簋〉爲同次戰役
	〈保員簋〉	《新收》1442	唯王既㝮（燎），雫伐東尸（夷），才十又一月。公反自周。己卯，公才虘，保員邁，犀公易保員金車，曰：「用事」。隊于寶殷，殷用鄉公逆洀（造）吏（事）。	康王	東夷	S（代詞）＋伐＋O	與〈小臣謎簋〉爲同次戰役〔註171〕
康王西征	〈小盂鼎〉	2839	隹八月既……盂以多旂佩。戜（鬼）方子□□入三	康王	戜方〔註172〕	A令B以C伐D	B、C爲兼語

〔註168〕「腺」地望不明，下云俘貝，當是近海之東夷國名。參馬承源：《銘文選》，頁51。

〔註169〕馬承源《銘文選》稱「公大保」爲召公奭，唐蘭《史徵》以爲此時召公當已死，即令還在，年壽已高，不能統兵遠征，故當爲「明公」。上文已提及「明公」之「明」李學勤以爲「美稱」，而不特爲周公後人，不過可以確定的是，此爲「保傅」之人必是當時德高望重，握有軍政權力的王臣。

〔註170〕唐蘭《史徵》云「反夷」沒有指出是東夷還是南夷。按從器物云戰事發生在「十又一月」，與〈雪鼎〉、〈小臣謎簋〉屬同次戰役，則可知當時大反（叛）者當爲東夷。

〔註171〕銘文隸定及釋讀參考張光裕，〈新見保員簋銘試釋〉，《考古》1991 年七期，頁649～652。張氏據「才十又一月……己卯」推斷，器爲〈旅鼎〉「才十又一月，庚申」之後的第 19 日，所載爲同次戰役，保員因隨犀公出征有功而受賞。

〔註172〕李學勤認爲〈小盂鼎〉的戜方之戜字從「戈」，與殷墟甲文「鬼方」寫法不同，而甲骨另有與此寫法相同的「鬼子」，故周康王所伐之鬼方是否即商王武丁所伐鬼

西周早期							
戰事	器　名	器　號	文　　例	帶隊將領	征伐對象	句型結構	備　　註
			門，告曰：王令盂以□□伐戚（鬼）方，□□馘□，執嘼（酋）三人，獲馘四千八百又二馘。				
說明	康王時期的戰役史籍缺載，成康之間號稱刑措四十餘年不用，故而無重大戰役，康王末期後戰爭重起，〈小盂鼎〉及〈小臣謎簋〉等器的出現彌補了史料的不足。						
昭王南征	〈令簋〉	4301	隹王于伐楚白（伯），才炎，隹九月既死霸丁丑，乍冊夨令尊宜于王姜，姜商（賞）令貝十朋、臣十家、鬲百人。……	昭王	楚	S＋V1（于）伐＋O	
	〈過伯簋〉	3907	過伯從王伐反荊，孚（俘）金，用乍宗室寶尊彝。	昭王	楚	A 從 B 伐 C	
	〈鼒簋〉	3732	鼒從王伐荊，孚，用乍餴簋。	昭王	楚	A 從 B 伐 C	
	〈䟒馭簋〉	3976	䟒駿（馭）從王南征，伐楚荊，又（有）得，用乍父戊寶尊彝。	昭王	楚	A 從 B 伐 C	
	〈中方鼎〉	2751、52	隹王令南宮伐反虎方之年，王令中先，省南或（國）貫行，埶王应（居）在夒𨸏眞山。中乎歸生鳳于王，埶于寶彝。	南宮	虎方〔註 173〕	A 令 B 伐 C	
	〈𢾊甗〉		惟十又［二］月，王［令］南宮［伐］［虎］方之年，［惟］正［月］既死霸，庚申，［王］在［宗］周，王□□𢾊使于繁。〔註 174〕	南宮	虎方	A 令 B 伐 C	《文物》2007年第一期，頁64～68。

方，尚存疑。見李學勤，〈小盂鼎與西周制度〉，《歷史研究》1987 年第 5 期，後收入氏著《青銅器與古代史》，頁 241。楊寬則認為鬼方是周西面的一個翟（狄）族大部落，以游牧、狩獵維生，可參。楊寬：《西周史》，頁 555。

〔註 173〕虎方為周室南疆的一個方國，即春秋時之「夷虎」，位於今安徽長豐南，是昭王南征過程中被征伐之國。

〔註 174〕〈𢾊甗〉為「天馬曲村遺址晉侯墓地」中 M114 晉侯墓所出土，經修復遭爆破的數十碎片而得，銘文由董珊釋讀而出。「銘文雖有殘，但文義清楚，即在王令南宮

<table>
<tr><th colspan="8">西周早期</th></tr>
<tr><th>戰事</th><th>器　名</th><th>器　號</th><th>文　　例</th><th>帶隊將領</th><th>征伐對象</th><th>句型結構</th><th>備　　註</th></tr>
<tr><td rowspan="3"></td><td>〈員卣〉</td><td>5387</td><td>員從史旟伐會(鄶)，員先內(入)邑。員孚金，用乍旅彝。</td><td>史旟</td><td>鄶〔註175〕</td><td>A從B伐C</td><td>周人開通南征之路過程中所進行的一次戰役。〔註176〕</td></tr>
<tr><td rowspan="2">〈郭(鄘)伯馭(搢)簋〉</td><td rowspan="2">4169</td><td rowspan="2">唯王伐逨(徠)魚，祉(肇)〔註177〕伐淖(朝)黑，至燎(燎)于宗周，賜郭(鄘)伯馭(搢)貝十朋。</td><td rowspan="2">王</td><td>逨魚</td><td>S+伐+O</td><td rowspan="2">王世系、所伐方國不明</td></tr>
<tr><td>朝黑</td><td>語助詞(肇)+伐+O</td></tr>
<tr><td>說明</td><td colspan="7">《古本竹書紀年》:「昭王十年伐楚荊，涉漢，遇大兕」、「十九年，天大曀，雉兔皆震，喪六師于漢」，史載昭王南征共有十六年及十九年兩次，本表上列爲昭王南征中「伐」字所在器銘，何樹環嘗排比所有昭王時器，發現昭王對南土的經營並不限於兩次，亦不在短短數年間。至於昭王南征的「楚荊」有泛指漢水南北一帶之部族及熊繹之後裔所建的楚國兩說。南征的目的舊說「南進掠銅」，何氏則認爲昭王乃是藉由軍事行動將概念中的南土正式納入成爲周的實際屬地。其說可參。〔註178〕</td></tr>
</table>

上表列出西周早期「伐」字共21例，句型結構以「S+伐+O」爲基本句型而有所擴展，變化如下：

伐虎方之年的正月，王在宗周令㪤出使于繁，王賜㪤貝，故㪤作此器以紀念之」（孫慶偉）。從銘文紀年可知該器可與安中六器接軌，孫慶偉將之定爲昭王十八年十二月器，作器者㪤所出使的繁可能就是「繁陽」，位於河南新蔡縣北，近於荊楚，㪤的出使與昭王隨後的南征有密切相關。參孫慶偉，〈從新出㪤甗看昭王南征與晉侯燮父〉，《文物》2007年第1期，頁64～68。

〔註175〕「會」或作檜、鄶，在今河南中部密縣新密市，爲一妘姓古國，公元前769年爲鄭國所滅。參馬承源：《銘文選》，頁 78。周書燦，〈由員卣銘文論及西周王朝對南土經營的年代〉，《考古與文物》1999年第3期，頁55～56。

〔註176〕周書燦，〈由員卣銘文論及西周王朝對南土經營的年代〉，頁55～60。

〔註177〕此處「祉」字舊隸作「征」釋作「延」，即典籍之「誕」，用在順承複句之後的分句之首，爲一關聯詞語，參張玉金：《西周漢語語法研究》，頁 344。唯「口」旁之上不從「止」，今從陳劍隸定作祉，爲「造」字異體，讀爲「肇」，用於動詞之前表示發出的動作的一種肯定和強調。參陳劍，〈釋造〉，《甲骨金文考釋論集》，頁173。

〔註178〕參何樹環，《西周對外經略研究》（臺北：政治大學博士論文，2000年12月），頁167～181。

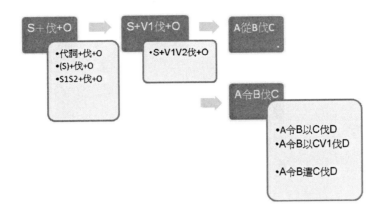

（2）西周中期

西周中期							
戰事	器　名	器　號	文　　例	帶隊將領	征伐對象	句型結構	備　註
穆王伐東國	〈班簋〉	4341	王令毛公目邦冢君、土（徒）馭、戉人伐東或（國）痻戎，咸。	毛公	東國痻戎	A 令 B 以 C 伐 D	
穆王禦敵	〈彔卣〉	5419、20	王令彔曰：「䢅！淮尸（夷）敢伐內國，女（汝）其以成周師氏戍于𦎫（𤳹）師（次）。	淮夷	內國〔註179〕	S＋助動詞（敢）＋伐＋O	與〈彔簋〉爲同次戰役
	〈彔簋〉	4322	隹六月初吉乙酉，才（在）堖𠂤，戎伐馭，彔達（率）有嗣、師氏徲（奔）追，𧛲（襲）戎于臧林，博（搏）戎歔。	戎〔註180〕	馭	S＋伐＋O	與〈彔卣〉爲同次戰役〔註181〕
穆王伐南夷	〈競卣〉	5425	隹白（伯）屖父目成白（師）即東，命戍（伐）南夷。正月既生霸辛丑，才（在）䣙。	伯屖父	南夷〔註182〕	(A) 命 (B) 伐 C〔註183〕	伐誤作「戍」

〔註179〕何樹環結合〈彔簋〉推論戰鬥的具體地點在河南中部的偃城一帶。參何樹環博論，頁 195。

〔註180〕此處之「戎」可與〈彔卣〉之「淮夷敢伐內國」及〈彔方鼎〉之「戎率虎臣御淮戎」對讀，知戎即淮戎、淮夷。

〔註181〕夏含夷〈西周之衰微〉指出淮夷先行入侵，周人此次作戰是「抵禦性」的勝利，其說可從。參《盡心集：張政烺先生八十慶壽論文集》（北京：中國社會科學出版社，1996 年）。

〔註182〕南淮夷地處周之東南，或稱爲「南夷」，銘文云「南征」、「東征」之淮夷，皆指南夷。參何樹環博論，頁 196。

〔註183〕此句中的「伯屖父」爲受命者，乃受王命率成師東行，伐南夷。

西周中期							
戰事	器　名	器　號	文　　例	帶隊將領	征伐對象	句型結構	備　註
	〈仲偁父鼎〉	2734	唯正五月，初吉丁亥，周伯邊及仲偁(催)父伐南淮尸(夷)，俘金，用乍(作)寶鼎，其萬年，子子孫孫永寶用。〔註184〕	周伯邊、及仲偁父	南淮夷		王世斷代不明
恭王	〈史牆盤〉	10175	𦎫圉武王，遹征(正)四方，達(撻)殷畯民，永不(丕)巩。狄(剔)虘〔註185〕髟〔註186〕，伐尸(夷)童(東)。〔註187〕	武王	夷東	(S)＋伐＋O	追述武王功烈

〔註184〕參張亞初《引得》、《集成釋文》所隸。

〔註185〕「虘」有感嘆詞「嗟」與方國名兩種說法，結合上下文例和語境來看，「虘」以方國說爲尚，相關論證可參劉士莪、尹盛平，〈微氏家族青銅器群研究〉，《西周微氏家族青銅器群研究》（北京：文物出版社，1992年），頁43～46。

〔註186〕「髟」字原形作【圖】，諸家考釋分歧，有「長」（洪家義、徐中舒、戴家祥）、「微」字初文（唐蘭、李學勤、馬承源）、「麾」字初文（于豪亮）、「嵩」（越誠）、「微」（劉楚堂、裘錫圭、《集成釋文》）、「髟」（陳世輝）等六說。林澐分析與【圖】字形類的甲金文諸字及文例，肯定陳世輝之說，並補證【圖】原是像人有飄飄長髮之形。《說文》：「髟，長髮猋猋也」，髟與「飄」、「猋」同入宵部。卜辭南方「風曰髟」，即《詩·卷阿》「飄風自南」之「飄風」，指旋風、疾風，是指持續時間較短暫但風力甚大而有破壞力的風，爲夏季風之特點。【圖】字在卜辭中亦作地名用，是一個和商互有交往與攻伐的方國或部族。承此，〈史牆盤〉及北京琉璃1193號大墓出土的〈大保罍〉、〈大保盉〉中的「髟」可互證，皆指方國或部族，位於周初燕國的東北面，是渤海西北岸一帶的方國。參見林澐，〈釋史牆盤銘中的「遹虘髟」〉，《陝西博物館館刊》第1輯（1994年），復收於《林澐學術文集》（一）（北京：中國大百科全書，1998年），頁174～183。卜辭南方「髟方」之考釋，林澐另有專文可參：〈說飄風〉，《于省吾教授百年誕辰紀念文集》（長春：吉林大學出版社，1996年），頁7～11。筆者〈金文「某伐」詞組研究〉一文，載《古文字研究》第27輯（2008年10月），嘗參考馬承源的說法將字隸作兕，讀爲「愷」，指「凱樂」，即凱旋振旅之樂，今正。

〔註187〕「夷童」有夷地東國以及蔑稱「夷」爲「僮」的兩種看法，但總之皆指今山東一帶的東方區域。蔑稱「夷」爲「僮」者例之銘文，則缺少相關敘述語境，故不便妄加推測，本文暫採夷地東國之說。

西周中期							
戰事	器　名	器　號	文　　例	帶隊將領	征伐對象	句型結構	備　註
懿王東征	〈史密簋〉	《新收》646	隹十又一月，王令師俗史密曰：「東征，敆南尸（夷）。膚虎會杞尸（夷）、舟尸（夷），藿（觀），不所（質），廣伐東或。齊自、族土（徒）、述（遂）人乃執啚（鄙）寬亞（惡）。」師俗達（率）齊自、述（遂）人，左，□[周]〔註188〕伐長必。史密右，達（率）族人、釐（萊）白、僰，眉（殿），周伐長必，獲百人，對揚天子休，用乍朕文考乙白（伯）障段，子子孫孫其永寶用。〔註189〕	東夷	周東土	(S)＋副詞（廣）＋伐＋O	東夷來犯
				師俗	長必	(S)＋副詞（周）＋伐＋O	懿王禦敵而進攻入東夷

　　西周中期「伐」字共 7 例，句型結構上承早期之「S＋伐＋O」為基本句型，並習於「伐」字之前添加修飾成分，用以強調「伐」的程度與意識，如「副詞＋伐」結構有「廣伐」、「周伐」，「助動詞＋伐」有「敢伐」詞組。

〔註188〕此「周」據下文所補，李學勤讀「周伐」為圍伐，指師俗、史密二人兵分兩路，師俗出於左，史密出於右。按甲文「周」字作囲、用，本象田疇界，中附四點者有二說，一指種植之物，一指以別於田、甲諸字者（朱歧祥《殷墟甲骨文字通釋稿》，頁 286）。《說文》口部：「周，密也，从用口」（頁 59）。李孝定《甲骨文字集釋》以為「象密致周帀之形，許君說字之本誼是也」（第 2 集，頁 387）。此處「周伐」可讀作圍伐，亦可讀如本義「密伐」。

〔註189〕學者多指〈史密簋〉與〈師寰簋〉關係密切，所記極有可能為同一次戰役，結合〈師寰簋〉銘文來看，可知懿王時原對周王室貢納的淮夷（膚虎）聯合山東境內的杞尸、舟尸共同作亂，周王於是派師寰為主帥，率左右虎臣為前軍，師俗率齊、遂人為左軍，史密率族人、釐（萊）白、僰殿後，以包圍戰術攻進南夷的重要據點「長必」。

（3）西周晚期

<table>
<tr><td colspan="9" align="center">西周晚期</td></tr>
<tr><th>戰事</th><th>序號</th><th>器　名</th><th>器　號</th><th>文　　例</th><th>帶隊將領</th><th>征伐對象</th><th>句型結構</th><th>備　註</th></tr>
<tr>
<td rowspan="4">厲王南征</td>
<td>1</td>
<td>〈瘚鐘〉</td>
<td>260</td>
<td>王肇遹省文武、菫（覲）疆土，南或（國）及龎（子）敢臽（陷）處我土。王𡓬（敦）伐其至，戵伐氒都。〔註190〕</td>
<td>厲王</td>
<td>南或（國）及子〔註191〕</td>
<td>S＋V1（敦）伐＋O
S＋V1（戵）伐＋O〔註192〕</td>
<td>及子先來犯，故厲王出兵抵禦攻至其都</td>
</tr>
<tr>
<td>2</td>
<td>〈伯𩰬父簋〉</td>
<td>《首陽吉金》，頁106</td>
<td>惟王九月初吉庚午，王出自成周，南征，伐及龎（子）：麇（英）、桐、潏，伯𩰬父从王伐，親（親）執訊十夫、馘廿，得孚（俘）金五十句（鈞）。</td>
<td>厲王</td>
<td>及子</td>
<td>（S）＋伐＋O</td>
<td>與〈瘚鐘〉爲同次戰役</td>
</tr>
<tr>
<td>3</td>
<td>〈鄂侯馭方鼎〉</td>
<td>2810</td>
<td>王南征，伐角、鄱（遹），唯還自征，才矿。噩（鄂）侯馭（馭）方內（納）豊（醴）于王，乃裸之。</td>
<td>厲王</td>
<td>角、遹〔註193〕</td>
<td>（S）＋伐＋O</td>
<td>與〈瘚鐘〉爲同次戰役</td>
</tr>
<tr>
<td>4</td>
<td>〈翏生盨〉</td>
<td>4459～61</td>
<td>王征南淮尸（夷），伐角、潚（津），伐桐、遹（遹），翏生從。執嚛（訊）折首，孚戎器，孚金。</td>
<td>厲王</td>
<td>角、津、桐、遹</td>
<td>（S）＋伐＋O</td>
<td>與〈瘚鐘〉爲同次戰役</td>
</tr>
</table>

〔註190〕 「𡓬（敦）伐」之𡓬隸作𡓬，今作「敦」。《說文》：「𡓬，怒也」，故「敦伐」有怒伐說（馬承源《銘文選》、王輝《商周金文》），然皆不若屈萬里引《詩・魯頌・閟宮》「敦商之旅」及《孟子・萬章》釋《書・周書・康誥》「殺越人于貨，閔不畏死，凡民罔不譈（今作憝）」、《周書・世俘》：「凡憝國九十有九國」之「譈（憝）」訓作「誅」來得妥。故「敦伐」乃殺伐、討伐義也。另郭沫若引卜辭「王𡓬缶」證《詩》「敦商之旅」及〈瘚鐘〉「王𡓬伐其至」云「𡓬者，撻伐也」，亦可參。屈、郭之說參陳美蘭《西周金文複詞研究》第19條「敦伐」項下的梳理，頁106～108。

〔註191〕 「南國」周時南方諸侯國。「及子」，「子」爲蠻夷君長之稱，及子指及國的君主。楊樹達云及音近濮，及子可能就是濮君，可參。楊樹達：《積微居金文說》，頁183。

〔註192〕 「其至」主謂結構，「氒都」定中結構。

〔註193〕 〈鄂侯馭方鼎〉之「角、鄱」即〈翏生盨〉之「角、津、桐、遹」，均爲淮夷群邦。馬承源：《銘文選》，頁290。

戰事	序號	器　名	器　號	文　　例	帶隊將領	征伐對象	句型結構	備　註
	5	〈禹鼎〉	2833	亦唯噩（鄂）侯馭方率南淮尸（夷）、東尸（夷）廣伐南或（國）東或（國），至于歷內。王迺命西六自（師）、殷八自（師）曰：「戡（撲）伐噩（鄂）侯馭（馭）方，勿遺壽幼。」肆自（師）彌突（深），匔（洶）匡（恇），弗克伐噩（鄂）。肆（肆）武公迺遣禹率公戎車百乘、斯（廝）馭（馭）二百、徒千曰：「于匡（將）朕肅慕，重西六自（師）、殷八自（師），伐噩（鄂）侯駿（馭）方，勿遺壽幼。」雩禹以武公徒駿（馭）至于噩（鄂）。叀（敦）伐噩（鄂），休隻（獲）氒君駿（馭）方。	鄂侯馭方	南國東國	A率B＋副詞（廣）＋伐C	
					西六師、殷八師	鄂侯馭方	（S）＋V1（撲）伐＋O	
					西六師、殷八師	鄂侯馭方	否定副詞（弗）＋助動詞（克）＋伐＋O	
					禹	鄂侯馭方	（S）＋伐＋O	
					禹	鄂	（S）＋V1（敦）伐＋O	
	6	〈應侯見工鼎〉〔註194〕	《新收》1456	用南尸（夷）屰（逆），敢乍非良，廣伐南國，王令雍（應）侯見工，曰：「政	南夷逆〔註195〕	南國〔註196〕	（S）＋副詞（廣）＋伐＋O	南夷逆先來犯，故屬王怒而

〔註194〕李學勤定應侯見（視）工諸器爲屬王早年。參李學勤，〈論應侯視工諸器的時代〉，原載《青銅文化研究》第4輯（2005年），後收入《文物中的古文明》（北京：商務印書館，2008年10月），頁252～257。李學勤，〈「首陽吉金」應侯簋考釋〉，香港浸會大學《人文中國學報》第15期（上海：上海古籍出版社，2009年9月），頁1～5。

〔註195〕「屰」字作，中筆直而上通，爲《金文編》「逆」字所從，李學勤據此定爲「逆」，讀爲「逆」，系南夷首長之名，但與宣王中葉的楚公逆（熊咢）但非一人。參李學勤，〈論應侯視工諸器的時代〉，原《文物中的古文明》（北京：商務印書館，2008年10月），頁256。李朝遠則將之視爲南夷或百濮之「小大邦」中的一族，相當於〈㝬鐘〉中的「反子」、〈鄂侯馭方鼎〉中的角、適。云〈應侯見工鼎〉所記應侯受王之命伐南夷事，恐與抗擊鄂侯馭方來犯有關。參李朝遠，〈應侯見工鼎〉，原載《上海博物館集刊》第10期（2005年），復收入氏著，《青銅器學步集》（北京：文物出版社，2007年），頁282～293。學者多將〈㝬鐘〉、〈翏生盨〉〈應侯見工鼎〉、〈應侯見工簋〉、〈鄂侯鄂方鼎〉視爲同一次戰役。如李學勤、朱鳳瀚等，詳下文。

戰事	序號	器　名	器　號	文　　例	帶隊將領	征伐對象	句型結構	備　註
				西周晚期				
				（征）伐屰（逆），我［受］令（命），屢（撲）伐南尸（夷）屰（逆）。」我多孚（俘）戎。	應侯見工〔註197〕	南夷逆	（S）＋V1（征）伐＋O	出征
					應侯見工	南夷逆	（S）＋V1（撲）伐＋O	
	7	〈應侯見工簋〉	《首陽吉金》，頁112〔註198〕	唯正月初吉丁亥，王若曰：「雁（應）侯見工，伐淮南尸（夷）屰（逆），敢尃（搏）氒（厥）眾薑（魯），敢加興乍（作）戎，廣伐南國。」王命雁（應）侯正（征）伐淮南尸（夷）屰（逆）。休克。屢伐南尸（夷），我孚（俘）戈。	應侯見工	淮南夷逆	S＋伐＋O	「伐」字異形
					南淮夷逆	南國	（S）＋副詞（廣）＋伐＋O	「淮南夷屰」簋銘又云「南夷」，鼎銘云「南夷屰」，指的是淮水流域的南夷
					應侯	淮南夷逆	A 令 B＋V1（征）伐＋O	
					應侯	南夷	（S）＋撲伐＋O	
	8	〈虢仲盨蓋〉	4435	虢仲以王南征，伐南淮尸（夷），才成周，乍旅盨，丝（茲）盨友（有）十又二。	厲王	南淮夷	（S）＋伐＋O	
厲王東征	1	〈晉侯穌鐘〉	《新收》871～873	王親令晉侯穌率乃自，左洀癰、北洀□伐夙尸，晉侯穌折首百又廿，執嘛廿又三夫。王至于蒦（鄆）城（城），王親遠省自。王至晉侯穌自，王降自車，立南卿，親令晉侯穌自西北	晉侯	夙夷	A 令 B 率 C 伐 D	
					晉侯	鄆城〔註199〕	（A）令 B 自 C＋V1（敦）伐 D	

〔註196〕李朝遠云：「〈㝬鐘〉中的"南國"似爲西周尚未直接統治的地區，〈見工鼎〉的"南國"則是被南夷征伐之地，似已是西周的領域。可見這一區域的諸小邦國，朝版無定，周朝統治區域亦常有縮放。」同上註，頁284。

〔註197〕應國爲周公所封之國，位於今河南省平頂山市，爲鄂之北方，是鄂軍北伐周地的必經之地，故成爲阻止鄂軍長驅直入的第一道屏障。參李朝遠，〈應侯見工鼎〉，頁286。

〔註198〕首陽齋、上海博物館、香港中文大學文物館編：《首陽吉金——胡盈瑩、范季融藏中國古代青銅器》（上海：上海古籍出版社，2008年），頁122。

〔註199〕「宿夷」位於今山東東平縣東，「鄆城」位於今山東鄆城縣東。相關論略參本文第三章「先備工作」類「省」字項下所引。

西周晚期								
戰事	序號	器　名	器　號	文　　例	帶隊將領	征伐對象	句型結構	備　註
屬王畿內禦敵				遇（隅）臺（敦）伐㦤馘，晉侯達卑亞旅小子或人先馘。				
	1	〈敔簋〉	4323	隹王十月，王才成周。南淮尸（夷）遷殳。內伐泥、鼎、參泉、裕敏、湓（陰）陽洛。王令敔追迦（襲）于上洛、怒谷，至于伊。班。〔註200〕	南淮夷	王畿（洛水南北岸）	（S）＋V1（內）伐＋O	
	2	〈多友鼎〉	2835	唯十月，用嚴（玁）㺇（狁）放（方）㒼（興），實（廣）伐京自（師），告追于王。命武公：「遣乃元士，羞追于京自（師）」。武公命多友衒（率）公車，羞追于京自（師）。癸未，戎伐筍（郇），衣（卒）孚（俘），多友西追。〔註201〕	玁狁 戎（玁狁）	王畿（京師） 郇〔註202〕（王畿）	（S）＋副詞（廣）伐＋O S＋伐＋O	
宣王畿內禦敵	1	〈兮甲盤〉	10174	隹五年三月既死霸庚寅，王初各（格）伐厰㺇（玁狁）于嘼盧。〔註203〕兮囲（甲）從王折首執噽，休亡敃（愍）王易兮囲（甲）馬四匹、駒車。	宣王	玁狁	S＋時間副詞（初）＋V1（格）伐＋O＋處所補語	各，格至義。

〔註200〕相關地望的討論可參陳美蘭：《西周金文地名研究》，頁131～139。

〔註201〕「戎伐筍（郇），衣孚」之「衣」李學勤參考唐蘭讀〈㦤簋〉：「衣博（搏）無眹（尤）于㦤身」之「衣」爲「卒」，訓爲終、盡、已，而讀〈多友鼎〉中的三處「衣」爲「卒」。參李學勤，〈多友鼎的“卒”字及其他〉，《新出青銅器研究》，頁134～137。

〔註202〕「郇」爲陝西郇邑，地近玁狁廣伐之「京師」（宗周王畿）。參李學勤，李學勤，〈多友鼎的“卒”字及其他〉，《新出青銅器研究》，頁134～137。〈論多友鼎的時代及意義〉，《新出青銅器研究》，頁132。

〔註203〕王國維云嘼盧即春秋時之「彭衙」，位於洛水東北。其用兵地與〈虢季子白盤〉「博伐玁允，于洛之陽」相合。參氏著：《觀堂別集》（下）卷二〈兮甲盤跋〉（石家莊：河北教育出版社，2001年），頁243。

				西周晚期				
戰事	序號	器　名	器　號	文　　例	帶隊將領	征伐對象	句型結構	備　註
	2	〈虢季子白盤〉	10173	隹十又二年，正月初吉丁亥，虢季子白乍寶盤。丕顯子白，壯武于戎工（功），經纔（維）四方，尃（搏）伐厰玁（玁狁）于洛之陽，折首五百，執訊五十，是㠯（以）先行。	虢季子白	玁狁	（S）＋V1（搏）伐＋O＋處所補語	
	3	〈不嬰簋〉	4328（器）4329（蓋）	唯九月初吉戊申，白氏曰：「不嬰，馭方厰允（玁狁）廣伐西俞（隅），王令我羞追于西，余來歸獻禽。余命女御（馭）追于畧。女（汝）㠯（以）我車宕（蕩）伐厰允（玁狁）于高陵。女（汝）多折首墊噝（執訊）。	馭方玁狁	西隅	S＋副詞（廣）＋伐＋O	
					不嬰	玁狁	A以B＋V1（宕）伐＋C＋處所補語	
	4	〈四十二年逨鼎〉	《新收》745-1	女（汝）隹克井（型）乃先且（祖）考，闢厰（玁）[狁]，出蕺（捷）于井阿，于曆巌（巌），女（汝）不畏戎。女（汝）□長父，以追搏戎，乃即宕（蕩）伐于弓谷。女執訊獲馘、俘器、車馬。〔註204〕	逨	玁狁	連詞＋V1（宕）伐＋（O）＋處所補語	
其他	1	〈逨盤〉	《新收》757-3	雩朕皇高且，惠中（仲）盠父，盭（戾）龢（和）于政，又（有）成于猷，用會卲（昭）王、穆王，盩政（征）三（四）方，厰（撲）伐楚荊。	盠父	楚荊	（S）＋V1（撲）伐＋O	追敘先祖偉烈，述及高祖惠仲盠父服事昭王、穆王南征楚荊一事
厲宣之際	1	〈柞伯鼎〉	《文物》2006年	隹四月既死霸，虢中（仲）令柞白（伯）曰：「才（在）	昏國無殳〔註205〕	南國	S＋副詞（廣）＋伐＋O	

〔註204〕〈四十二年逨鼎〉地望參見本文「發動戰事」類「出發」項下「出」字文例所引。

〔註205〕鼎銘的最早發表者朱鳳瀚讀作「才（在）乃聖且（祖）周公孫（舊）又（有）共于周邦。用昏無及，廣伐南或（國）」認爲「廣伐南國」的主語是周公，黃天樹結合語法與史實駁其說，蓋「才（在）」多用於追敘往事的時間副詞，且周公無南征之事。黃

西周晚期								
戰事	序號	器名	器號	文　例	帶隊將領	征伐對象	句型結構	備　註
			第五期	乃聖且（祖）周公㲃（舊）又（有）共于周邦。用昏無殳，廣伐南或（國）。今女（汝）期（其）率蔡侯左至于昏邑」。				

　　《後漢書・東夷傳》載：「厲王無道，淮夷入寇，王命虢仲征之，不克，宣王命召公伐而平之」。結合西周晚期的 17 器 30 個「伐」字文例來看，厲王時的最大憂患確實是不斷侵擾的淮夷，淮夷甚至入侵至陝西境內的京師及洛水南北岸，說明入寇之深，直逼周人腹心。厲王時的南征皆因來犯而起，〈㝬鐘〉載厲王翦伐至及子國都，迫使「南夷、東夷具見廿六邦」，可見當時東、南夷族部落眾多，東南邊境的不平靜是周王室晚期的一大威脅，上引古籍載「王命虢仲征之，不克」，可知厲王時伐淮夷尚有失敗的記載，非全然得勝，故而有銘文每見「翦伐」一詞，表明務必一舉殲滅敵人的決心，也無怪乎在〈禹鼎〉裡會厲王下達了「勿遺壽幼」這樣令人寒凜的戰令。此外，據〈多友鼎〉所載，可知厲王時期位於西方的玁狁亦有來犯，這些戰役並延續到宣王時期，諸多戰事耗損了西周國力，連年的傷兵損將，甚而動員一般農民，故《國語・周語》載：「宣王既喪南國之師，乃料民於太原」，周末戰鼓頻仍，再加上天災交迫（旱災）與宮廷亂象（幽王寵幸褒姒），在在爲周王室的衰頹埋下伏筆。

　　西周晚期的「伐」字之前成份較前期豐富許多，常見「動詞＋伐」形成連動結構，以及「副詞＋伐」強調＂伐＂字的程度、範圍等。

　　氏讀「用昏無殳，廣伐南國」爲「因爲昏邑之戎不好，蠻橫侵擾我周王朝南部疆域」。李學勤則隸作「用昏無殳（輸）」，指南方蠻夷方國「昏」向周王朝納貢委輸。鄔國盛視「無殳」爲昏國來犯者私名，季旭昇師皆視「無殳」爲昏國來犯者私名，季旭昇引証戰爭銘文中對外敵的稱呼多以國名、侯名加私名爲例証之，其說可從。相關資料參見朱鳳瀚，〈柞伯鼎與周公南征〉，《文物》2006 年第 5 期。黃天樹，〈柞伯鼎銘文補釋〉，《中國文字》新 32 期，頁 33～40。李學勤，〈從柞伯鼎銘談「世俘」文例〉，《江海學刊》2007 年第 5 期。鄔國盛，〈關於柞伯鼎銘「無殳」一詞的一點意見〉（中國社科院先秦史研究室網頁）。季旭昇，〈柞伯鼎銘「無殳」小考〉，《古文字學論稿》（安徽：安徽大學出版社，2008 年 4 月），頁 31～39。

（4）春秋戰國時期

春秋戰國時期								
時代	序號	器　名	器　號	文　　例	帶隊將領	征伐對象	句型結構	備　註
春秋中期·晉	1	〈子犯鐘〉	《新收》1009 1021	隹王五月初吉丁未，子軷（犯）宕（佑）晉公左右，來復其邦。者（諸）楚刜（荊）不聖（聽）令于王所，子軷（犯）及晉公遙（率）西之六自搏伐楚刜（荊），孔休。	子犯、晉公	楚荊	A及B率C＋V1（搏）伐＋D	春秋中期晉器（晉文公）
春秋晚期·齊	2	〈叔夷鐘〉	272 285（鎛）	尸（夷）箕其先舊及其高祖，緐緐成唐（湯），又（有）敢（嚴）才帝所，專受天命，剸伐賈（夏）司，殷乎靈（靈）師，伊少（小）臣隹楠（輔），咸有九州，處瑀（禹）之堵（土）。	商湯	夏桀	（S）＋V1（剸）伐＋O	叔夷追述先人之語（齊靈公時器）
春秋晚期·齊	3	〈庫壺〉	9733	庫（庚）銜（率）二百乘舟，入酈（筥）從河，台（以）亟伐龘□丘，殺其□□□□殳（擊）者（諸）孚（俘）□□□□□其士女。〔註206〕	庚	萊國〔註207〕	A率B從C以（B）＋副詞（亟）＋伐＋（于）＋D	齊莊公時器
春秋晚期·吳	4	〈攻吳王壽夢之子叡旬郜劍〉	《新收》1407	攻敼（敔）王姑發難壽夢之子叡旬郜（舒），之（往）義（鄯）□。初命伐□，[有]隻（獲）。型（荊）伐郊（徐），余鄗（親）逆攻之。敗三軍，隻（獲）[車]馬，攴（擊）七邦君。〔註208〕	叡旬郜	□國	（S：受事主語）＋時間副詞（初）＋V1（命）伐＋O	吳王之子受命前往徐國鄯邑，準備伐某國
					荊	徐	S＋伐＋O	巧遇楚伐

〔註206〕亟伐，敏疾地征伐。參上節「組織」類「率」字項下註文解釋。

〔註207〕銘謂庚率領二百乘舟，走河道經由筥國攻入萊都，於龘□丘這個地方進行激戰。萊爲齊國東鄰。參張光遠，〈春秋晚期齊莊公時庚壺考〉，《故宮季刊》1982 年第 3 期第 16 卷，頁 83～106。張政烺云靁字从疒，來、里皆聲，即「瘣」字，《爾雅·釋詁》：「瘣，病也」。在此假借爲萊，萊是齊之敵國，故選用此與壞之字以名之。參張政烺，〈庚壺釋文〉，《出土文獻研究》（北京：文物出版社，1985 年），收入《金文文獻集成》第 29 冊，頁 485～486。

〔註208〕「姑發難壽夢」爲器主之父名，即吳王壽夢。「姑發」爲吳國王室氏稱，「難壽夢」

				春秋戰國時期				
時代	序號	器　名	器　號	文　　　　例	帶隊將領	征伐對象	句型結構	備　註
					（楚國）			徐，故迎而戰之
戰國・齊	1	〈陳璋方壺〉	9703	唯王五年，奠（鄭）□〔易〕〔註209〕、隓（陳）旻（得）再立（涖）事歲，孟冬戊辰，大嬰（將）□〔鈛〕孔隓（陳）璋內（納）伐匽（燕）勝邦之獲。	陳璋	燕〔註210〕	S＋V1（納）伐＋O	齊桓公時器
	2	〈陳璋罐〉	9975	唯王五年，奠（鄭）□〔易〕、隓（陳）旻（得）再立（涖）事歲，孟冬戊辰，齊嬰（將）鈛（鍋）孔陳璋內（納）〔註211〕伐匽（燕）勝邦之獲。	陳璋	燕	S＋V1（納）伐＋O	與〈陳璋方壺〉同一事
戰國・吳	3	〈冉鉦鋮〉	428	余以伐鄒（邾），余以伐郤（徐）。〔註212〕	冉	鄒、徐	S＋介詞（以）＋伐＋O	銘甚殘泐，多字不識

　　春秋戰國時期共 7 件（春秋 4 件，戰國 3 件），句型上承西周而有更豐富的變化，如：「A 及 B 率 C＋V1（搏）伐＋D」、「A 率 B 從 C 以（B）＋副詞（元）＋伐＋（于）＋D」、（S：受事主語）＋時間副詞（初）＋V1（命）伐＋O」等，主語的成份較為複雜；而戰國吳器〈冉鉦鋮〉的「S＋介詞（以）＋伐＋O」句型中，介詞「以」字之後省略了提介的器物「鉦鋮」，則為戰國自名兵器特有的語法現象。

　　　　為名。「戲鈞鄐」為吳王壽夢之子，為史載之吳王二子餘祭。餘祭受命前往的「義」即《說文》之「鄴」，臨近徐國，位於今安徽省泗州北。參曹錦炎，〈吳王壽夢之子劍銘文考釋〉，《文物》2005 年第 2 期，頁 67〜74。

〔註209〕□字據陳亞初《引得》所補。

〔註210〕「燕」即燕國。《銘文選》，頁 560。

〔註211〕「入伐」之「入」在此讀作「納」，指繳納，參本論文第四章第四節「攻擊類」（四）「其他」項（2）內。

〔註212〕銘文隸定參于鴻志，〈吳國早期重器冉鉦考〉，《東南文化》1988 年第 2 期，復收入《金文文獻集成》第 29 冊，頁 181。鄒（邾）國位於今山東省，郤（徐）國位於今江蘇省。

　　筆者曾撰專文〈金文「某伐」詞組研究〉討論，並針對「伐」字之前的成份進行形義分析及語法性質上的討論，文末歸納出「某伐」詞組的使用特性如下：〔註213〕

（1）以「施事主語＋某伐＋受事賓語＋（于某地）」爲基本句型
　　施事主語與受事賓語常在不影響文意的狀況下承上省略，少數「某伐」詞組於受事賓語之後以「于」字帶出「某伐」的地點，用以完整敘述戰爭的進程，如「宕伐」詞組。

（2）「某伐」詞組結構以「V1＋V2（伐）」的連動組合最多，佔 75% 強，V1 動詞多見格鬥、滅殺、掃蕩等意義接近的攻擊性動詞，某些「某伐」兩字屬不能拆開的結合，且兩字組合後詞義加強成爲特指，可視爲合義複詞，如「征伐」、「宕伐」、「臺伐」等。

（3）「某伐」詞組在施事對象的使用上具明顯區別性
　　施事主語爲周王：主動出擊：戜（撲）伐、博（搏）伐、各（格）伐、臺（敦）伐
　　　　　　　　　　　被動迎戰：刟伐、叟（捷）伐、令伐、宕伐、來伐、于伐
　　施事主語爲侯國（齊國）：敀伐、內（入）伐
　　施事主語爲敵方（淮夷、玁狁）：內（入）伐、廣伐、〔註214〕敢伐

　　殷器〈小子𤔲簋〉「令伐」詞組是「某伐」詞組中最早出現的用例，爾後「某伐」詞組屢見於西周器，尤集中於西周晚期的宣王及厲王時期，推論與此際征戰頻繁有關。「伐」字之前的動詞說明了「伐」的行爲主次、動作趨向及強度，詞組結構也由單純的連動組合發展出「副詞＋動詞」結構及「助動詞＋動詞」結構，唯這些詞組隨著時代語境的不同而罕見於周後。

〔註213〕該文發表於《古文字研究》第 27 輯（2008 年 10 月），並於「紀念中國古文字研究會成立三十周年國際學術研討會」上宣讀，會中蒙季旭昇、張玉金兩位教授對拙文提供許多寶貴意見，糾補諸多不足處，僅在此深表謝意。

〔註214〕李朝遠指出「廣伐」都是指「敵人」大舉來犯之義。王親征或派大臣出征的軍事行動，稱爲征伐、格伐、撲伐（按李朝遠不認同劉釗釋𢾅爲𦥑，而傾向林澐先生按傳統讀作「撲」）、宕伐等，或有褒貶之分，其說可參。《青銅器學步集》，頁284。

此外，漢儒以降咸認爲先秦典籍中的「伐」字已寓有情感義，亦即付予其褒貶色彩，如《左傳・莊公二十九年》載：「夏，鄭人侵許，凡師有鐘鼓曰伐，無曰侵，輕曰襲」，杜預於「鐘鼓曰伐」下《注》：「聲其罪」；「無曰侵」下《注》：「鐘鼓無聲」；「輕曰襲」下《注》云：「掩其不備」。《疏》云：「凡師至曰襲」。孔穎達《正義》云：「侵、伐、襲者，師旅討罪之名也，鳴鐘鼓以聲其過曰伐，寢鐘鼓以入其境曰侵，掩其不備曰襲，此所以別興師用兵之狀也……《周禮・大司馬》掌九伐之法，賊賢害民則伐之，負固不服則侵之，天子討罪無掩襲之事，唯侵伐二，名與禮合」。〔註215〕所謂「鐘鼓曰伐」，就杜預及孔穎達所言，乃用於討伐有罪過之人，故起兵時需擂鼓鳴鐘，用聲音來表示自己的行動是公開的，具正當性。杜、孔之說代表當時儒者對「伐」字的看法，其實在先秦時期，「伐」字之用並無褒貶美惡之別，敵我兩造互相攻擊爭戰皆可用「伐」，而非僅用於周王室對外的戰爭；若所用得強調被征者爲不義之國，則用「討」字，如《孟子・告子下》云：「是故天子討而不伐，諸侯伐而不討」。焦循《正義》：「討者，上討下也。伐者，敵國相征伐也。五霸強摟牽諸侯以伐諸侯，不以王命也」。再者，「伐」字不涉美惡情感義的用法，從甲、金文裡商周王室攻打方國，以及方國攻打商周王室皆可用「伐」字亦可爲證。金文文例見上文，甲文例如《合》6664 正：「甲辰卜，爭貞：我伐馬方，帝受我祐？」《合》27882：「……來告：大方出，伐我師，惟馬小臣……」等。〔註216〕

3.【戰】

《說文・戈部》云：「戰，鬥也。从戈單聲」，段注：「戰者，聖人所慎也，故引申爲戰懼」。〔註217〕「戰」字甲文未見，早期有學者以甲文「獸」爲「戰」，未確。〔註218〕金文「戰」字僅見於東周時期〈姧蚉壺〉及〈楚王酓忑鼎〉、〈楚王酓忑盤〉，戈旁所从，有「單」及「嘼」兩種寫法，〈姧蚉壺〉（9734，戰國早期）作戰，與小篆形聲俱同。〈楚王酓忑鼎〉（2794、95，戰國晚期）作獸，

〔註215〕晉・杜預注、唐・孔穎達等正義：《春秋左傳正義》（臺北：藝文印書館，1997 年初版 13 刷，《十三經注疏》第 6 冊），頁 178。

〔註216〕參韓劍南：《甲骨文攻擊類動詞研究》（重慶：西南師範大學碩士論文，2005 年），頁 12～13。

〔註217〕段玉裁注：《說文解字注》，頁 636。

〔註218〕劉節，〈壽縣所出楚器考釋〉，《古史考存》，參《古文字詁林》第 9 冊，頁 954。

李孝定謂从嘼乃「單」之繁變，單、嘼實爲盾也。〔註219〕何琳儀云「楚文字單旁演化爲獸形。嘼，《廣韻》『亦作畜。』透紐。單，端紐，故單、嘼疑亦一字之分化」，說與李氏相近。〔註220〕在用字方面，〈斜盜壺〉中的「戰」讀作「憚」，銘云「戰忞（怒）」，即上引段注所云之戰懼義。〈楚王酓忎鼎〉的「戰」作本義，指征戰、作戰、出戰：

> 楚王酓（熊）忎（悍）戰（戰）隻（獲）兵銅。正月吉日，窒盥（鑄）鐈鼎，
> 以共（供）歲（歲）棠（嘗）。（〈楚王酓忎鼎〉，2794、95，戰國晚期，楚
> 幽王）〔註221〕

銘首載楚幽王熊悍在征戰獲勝，俘獲了銅兵器。其句型爲「S＋V1V2＋O」，「戰獲」爲一有順遞關係的連動詞組。

4.【戠】（撲）

《金文編》「撲」字下收有戠（〈㝬鐘〉260，西周晚期，厲王）、戠（〈散盤〉10176，西周晚期，厲王）、戠（戠）〔註222〕（〈兮甲盤〉10174，西周晚期，宣王）三字。其實這個字還見於〈禹鼎〉戠（2833，西周晚期，厲王）、〈逨盤〉戠（《新收》757，西周晚期）以及〈應侯見工鼎〉戠（《新收》1456，西周晚期，厲王）、〈應侯見工簋〉戠（《首陽吉金》，頁 112，西周晚期，厲王）等，凡 7 見。這幾個字以從「苹」爲主要部件，「苹」字之外，〈㝬鐘〉及〈散盤〉從戈；〈兮甲盤〉從厂從収（廾）從刀；〈逨盤〉從厂從廾從斤、〈應侯見工鼎〉從攴等，繁簡不一，暫隸作戠。

〔註219〕李孝定云「戰、戠、戎均合戈盾爲字，其事類雖近，然已衍爲數字矣」，參《金文詁林讀後記》卷十二，頁 424。

〔註220〕何琳儀：《戰國古文字典》（下），頁 1023。

〔註221〕〈楚王酓忎盤〉（10158）銘首記事語與鼎銘相同。

〔註222〕〈兮甲盤〉原拓字作「戠」，可知《金文編》漏摹右旁之「斤」。不過由於原拓右邊的字旁殘泐，故有從刀及從斤二說，劉釗先生認爲是從刀，與〈禹鼎〉所從相同，參劉釗，〈利用郭店楚簡字形考釋金文一例〉《古文字研究》第 24 輯（2002年），復收入氏著：《古文字考釋叢稿》（湖南：岳麓書社，2005 年 7 月），頁 140～148。林澐、李朝遠則以爲從戴家祥：《金文大字典》隸定爲從斤之字是正確的。參林澐，〈究竟是"翦伐"還是"撲伐"〉，《古文字研究》第 25 輯（2004 年），頁 115～118。李朝遠，〈應侯見工鼎〉，《上海博物館集刊》第 10 期（2005 年），復收入《青銅器學步集》（北京：文物出版社，2007 年 8 月），頁 282～293。

「戣」字《說文》未見，金文「戣」字之用除〈散盤〉之外，每與「伐」字結合形成「戣伐」這個固定詞組，有清以來，學者多讀為「撲」，〔註 223〕引《說文》釋「撲，挨也」，「挨，擊背也」證之金文「戣伐」所指為擊伐義。〔註 224〕然而考之金文「戣」字之用，皆為周王室正面攻擊敵方時才用「戣」字，可知《說文》擊背義所帶有的從背後襲擊，具偷襲義之「撲挨解」並不能滿足「戣」字實義所指。關於「戣」字形音義之所由，唐蘭以為當可上溯至卜辭□字：

> 此字作□，像兩手舉辛（或省為一手），撲玉於甾，於山足之意，即璞之本字也。何以言之，从辛之字恆變業（如□變為□，宰變為□），是□即□也。古文字之太繁者，後世恆有省略。此字以撲玉之象為主，□形以示事之所在，甾形以示玉之所盛，均非必要，故其省變當如下圖：□→□→□，則為璞字矣，由象意化為形聲，則為从玉業聲。……卜辭屢言□周，……周為殷之鄰敵，是必征伐之事。蓋□即璞，於此當讀為戣。〈周王㝬鐘〉云：「王章伐其至，戣伐厥都」，戣、薄聲近，故《詩》稱「薄伐玁狁」，〈虢季子白盤〉作「博伐厰□」，周為殷人大敵，故必戣伐矣。
>
> 〔註 225〕

唐蘭釋□為「璞」，指其本義為鑿擊玉石，在甲文裡已用作軍事擊伐之用，讀為「璞周」即為「戣周」，指擊伐有周，此用法與金文「戣伐」文例相符。〔註 226〕然而這樣的論點，近幾年來有不同的意見，劉釗認為舊讀作「戣伐」的「戣」當從「辛」得聲而讀作「踐」或「剗」，古「踐」通「翦」，《詩・召南・甘棠》：「勿翦勿伐」，「翦」者，截、殺也。另《韓詩》作「剗」，剗者，削也。

〔註 223〕從此說者，有吳大澂、劉心源、王國維等，參《金文詁林》，頁 1747。

〔註 224〕段玉裁注：《說文解字注》，頁 614。

〔註 225〕唐蘭：〈釋□〉，《殷虛文字記》（北京：中華書局，1981 年），頁 34～36。唐蘭釋□為「璞」即今「撲」之本字，形義確當，唯其將「撲」從聲音關係繫聯至「搏」，以為一字異體，本文以為不必，詳見下文「搏」字項。

〔註 226〕甲骨「□」今隸作「璞」，共出現 8 例，分別為《合》6812 正、6813、6814、6815、6817、6821、6822 等，全用在對周的軍事行動，如《合》6812 正：「貞令多子族暨太侯璞周，載王事」。

故「戥伐」當讀爲「翦伐」。〔註227〕此說一出，昔日的「撲伐」說開始面臨嚴峻的挑戰。〔註228〕按劉釗的論証主要以裘錫圭考釋郭店楚簡的成果爲依據，裘氏考釋郭店□、□等字从言从業用爲「察」；□、□等字从水从業而用爲「淺」，□、□从攴从業而用爲「竊」，劉氏故而論證這三個假借作察、淺、竊字的聲旁「業」有可能就是「辛」字的變體，並補充了□、□、□、□這幾個从戈或从戈从口而讀作「察」的字。他推論「辛」本爲「辛」的分化字，「辛」字古音在溪紐元部，與精紐元部的「淺」和清紐月部的「察」音都不遠，而「竊」字在典籍中又分別可與「察」、「淺」相通，故而「辛」字的變體自然可分別用爲「察」、「淺」以及「竊」的聲旁。劉氏就是在這樣的基礎上，把西周金文中从業的□、□諸字皆視爲郭店楚簡中的「業」字，視金文上舉諸字中的「業」爲聲旁，而所从之戈、刀爲義符，郭店簡的「淺」字中，「業」就相當於「戔」，〔註229〕從這一角度出發，金文的「戥」就應該讀爲「踐」，「戥伐」就是「踐伐」或「剗伐」，而「踐伐」或「剗伐」也就是「翦伐」，並云：

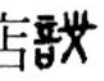

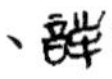

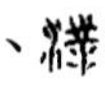

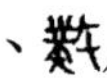

> 翦伐不是一般的擊伐，而帶有斬盡殺絕的意味……〈禹鼎〉銘文說：『王乃命西六師、殷八師曰：㔍(翦)伐噩侯馭方，勿遺壽幼。』所謂「勿遺壽幼」，正是斬盡殺絕的意思，可以作「翦伐」的最好注腳。綜上所述，可見將〈㝬鐘〉銘文的「△伐厥都」、〈兮甲盤〉銘文的「則即刑，△伐」、〈禹鼎〉銘文的「△伐噩侯御方」中的「△伐」讀作「翦伐」，是非常合理並合適的考釋。〔註230〕

至於〈散氏盤〉中的「用矢△散邑」，其文例不同於其他戰爭銘文的「△伐」，該字裘錫圭視爲踏勘田界行爲，典籍中之爲「履畝」，劉釗認爲此處的戥當讀爲「踐」或「察」。並引《玉篇・履部》：「履，踐也」爲證。若視之爲「察」義爲察驗，仍與郭店楚簡的「□」讀爲「察」相同。〔註231〕

〔註227〕劉釗，〈利用郭店楚簡字形考釋金文一例〉《古文字研究》第24輯（2002年），復收入《古文字考釋叢稿》（湖南：岳麓書社，2005年7月），頁140～148。

〔註228〕劉氏之說頗獲學界贊同，如裘錫圭、李學勤等在論及「戥」字時皆從其說。

〔註229〕按劉釗似乎以郭店簡的「業」即爲金文中的「業」。故而行文中凡云郭店簡中皆作「業」，但在討論金文「△伐」中的「△」字偏旁時，則用「業」。

〔註230〕劉釗，〈利用郭店楚簡字形考釋金文一例〉，頁146。

〔註231〕同上註，頁147。

　　劉氏之說的理據首從字形證「業」爲「辛」的變體，而辛爲辛的分化字，這些從辛、辛的字其上部在發展演變中都變爲屮、屮。其論字形演化的論點與唐蘭相符。但是從辛之字演變成从業之字後，是否全然皆讀爲辛聲（溪元）呢？古文字中幾個从業聲（並屋）的字，如僕、璞、撲、鏷等字，發音顯然與「辛」較遠，如此一來，有沒有可能辛、辛在發展過程中，另有一支保留了「璞」玉之「璞」的聲音流傳下來，成爲諸字之聲源？林澐就是站在這樣的觀點上，引郭店簡《老子》中寫作🔣的「樸」字，以及包山簡中寫作🔣的「僕」字証明金文中的「戴」仍應從舊說讀作「撲」，其云：

> 可以看出，這些字中「業」旁的上部，有作屮的，也有作屮的，還有的下面加了「又」的，和裘錫圭認爲應讀爲「察」的🔣字右旁相同。這就證明，即便是在郭店楚簡和包山楚簡的時代，我們并不能見到含有屮、屮的字形就斷言只能讀爲劉釗所謂的「業」的音，還應考慮有讀並紐屋部的「業」的可能。在西周金文中，臣僕的「僕」有从「廾」作🔣的，也有省去一手形从「又」作🔣的，《説文》古文从臣的「僕」字仍从「廾」作🔣，但三體石經古文「僕」字就兩手全省而作🔣了，所以，當我們看到包山簡 183 的「🔣陽人」，并不能因爲它的右旁和🔣字右旁一樣，就斷言只能讀「業」的音，仍然可以考慮讀「業」的音。當然，也不能因爲三體石經中的🔣字省了「廾」，和郭店楚簡「淺」字的聲旁相同，就釋作「俴」。〔註232〕

林澐繼而從金文著手，討論金文中一系列從「業」得聲的字不以「举」（業）爲聲符，而以「業」得聲，這些從「業」得聲的字可推源至唐蘭釋爲「璞」的🔣字，而🔣字所从之「辛」即爲鑿具，「甾」爲盛玉的筐簍：

> 考古發現又已經表明至少在商代中期已經能夠開礦，則字形所表示的怕不是在山足鑿玉，而是深入山體內部開採璞玉了……想必在採玉作業中使用的工具亦與之類似，和這種「辛」形工具共出的還有大量竹編的筐簍，可作字形中的「甾」旁的實證。〔註233〕

〔註232〕林澐，〈究竟是「翦伐」還是「撲伐」〉，頁 116。

〔註233〕林澐，〈究竟是「翦伐」還是「撲伐」〉，頁 117。按「甾」爲盛玉之器最早由楊升
　　　　南提出，不過他認爲🔣字中的「甾」即爲「缶」，而「缶」爲古「寶」字，而讀🔣

林澐認為「」字爾後省掉了「畄」旁，「辛」旁又變為「举」旁，才有較為穩定的「美」旁。〔註234〕林澐從字形與字音切入，對戜字的音義究竟是「𩮑」還是「撲」提供值得再思考理據，其文章見世之後，學界開始反思，隨著2000年上海博物館新入藏〈應侯見工鼎〉的見世，鼎銘戜字作從厂從攴的「」，為戜源於形之證再添一例。〈應侯見工鼎〉首位發文者李朝遠肯定林澐讀戜作「撲」的意見，認為金文「戜」諸字與其說從辛，不如遵《說文》：「美……從举」之論，並特析出戜字中的「美」旁，認為皆近於「举」而與辛較遠。其另舉《說文》举部「讀若浞」，「浞」古音崇紐屋部，與滂紐屋部的「撲」、並紐屋部的「美」、「樸」皆為疊韻，較之溪紐元部的「辛」，△與举在形、音關係上，皆比辛來得近些。李氏並補證楚簡中釋為「察」、「淺」、「竊」的字，無一從厂，這與金文戜字六例中，僅二例未從厂有極大的差異，〔註235〕這樣一來，金文戜字可推源至甲文山中採玉的（撲）字，而楚簡中從辛諸字，則未具有鑿玉於山中的會意之需。〔註236〕

為「保」，誤矣。參陳昭容，〈釋古文字中的「举」及從「举」諸字〉，《中國文字》新22期（1997年12月），頁128～129所引。

〔註234〕劉釗及林澐皆未就「辛」（辛）、「举」、「美」諸字的演變多所著墨，其實關於古文字中的「辛」（辛）、「举」、「美」諸字的關係，陳昭容早有專文詳析，陳師以為唐蘭對字的解釋，最能照顧到形音義各方面的演變，「撲」的本義為鑿擊玉石，戜字從戈則為軍事上擊伐之專義字，而〈分甲盤〉的字從厂，疑即甲文字從之殘留。在金文「僕」之異體（𡹫）裡，也還能看到甲文字像巖穴的部分。字中從廾持辛的「」演變成從廾持举的「」，遂寫成「美」，「美」字乃從举、從廾，举亦聲。「美」在文字中很少獨用，從「美」得聲之字如𡹫、戜、撲、樸皆有鑿擊義。另陳氏引詹鄞鑫之文（詹鄞鑫，〈釋辛與辛有關的幾個字〉，《中國語文》第5期（1983年），頁369～374）討論「辛即鑿具」之說，詹氏引証出土材論指出「辛」與「辛」為商周青銅鑿具之繁簡異形，至於「举」則是這種鑿（辛、辛）柄經過錘擊之後柄頭木質順理撕裂為細絲的反映。參陳昭容，〈釋古文字中的「举」及從「举」諸字〉，《中國文字》新22期（1997年12月），頁121～149。

〔註235〕新出《首陽吉金》中的〈應侯見工簋〉「撲」字作，亦從厂。金文△字共7個字例。

〔註236〕李朝遠，〈應侯見工鼎〉，《上海博物館集刊》第10期（2005年），收入《青銅器學步集》（北京：文物出版社，2007年8月），頁288。

　　林澐與李朝遠的說釋至此，則金文中的「戳伐」究竟是「翦伐」還是「撲伐」已昭然矣。本文將於下段引金文文例就語法上的討論來補證「撲伐」說。
〔註237〕

　　例1.

　　　王肇遹省文武、堇（覲）疆土，南或（國）及子敢臽（陷）處我土。王章（敦）伐其至，戳（撲）伐氒都。及子廼遣閒來逆卲（昭）王，南尸（夷）東尸（夷）具見，廿又六邦。……（〈㝬鐘〉，260，西周晚期，屬王）

南國及子北犯，攻陷周土並佔領據守之，周厲王乃率兵讖殺，並撲擊攻伐至於及子國都，迫使及子屈服，來朝見厲王，同時周土東南方「荒服」地區少數部族首領集體「來王」，進行朝見禮儀。〔註238〕「戳伐」後的受事賓語為南淮夷的國都。

　　例2.

　　　亦唯噩（鄂）侯馭方率南淮尸（夷）、東尸（夷）廣伐南或（國）東或（國），至于歷內。王迺命西六自（師）、殷八自（師）曰：「戳伐噩（鄂）侯馭（馭）方，勿遺壽幼。」（〈禹鼎〉，2833，西周晚期，屬王）

〈禹鼎〉「戳伐」一詞用於周厲王對諸夷領袖鄂侯馭方率南淮夷、東夷大舉叛亂，入侵周土的反擊，王派西六師、殷八師兩支周王室最重要的西土、東土宿衛兵迎戰，並下達「勿遺壽幼」的命令。可知周厲王此役乃是採取屠城戰略，以示對鄂侯馭方率眾反叛的嚴厲反擊。劉釗以此例論證「戳」當有「翦滅」之義，其云「翦伐不是一般的擊伐，而帶有斬盡殺絕的意味……禹鼎銘文說：『王乃命西六師、殷八師曰：闌（翦）伐噩侯御方，勿遺壽幼。』所謂『勿遺壽幼』，正是斬盡殺絕的意思，可以作『翦伐』的最好注腳」。然而綜觀金文5條「戳伐」文例，僅〈禹鼎〉有此措辭強烈之語義，其它4例並未有一舉「殲滅」的文意，再者以鼎銘「戳伐」後的「勿遺壽幼」注解前句「戳」字文義，並不是一個很妥當的解讀方式，蓋這句話為周厲王誓師時所言，「戳伐」為必要動作，這個動作之後並要達到「勿遺壽幼」的要求，故而「勿遺壽幼」乃是表達此次反攻行

〔註237〕上文提到〈散氏盤〉的「用矢戳散邑」之「戳」當為「踐」，指踏勘田界的屢踐，不在軍事銘文討論之列。

〔註238〕〈㝬鐘〉「來王」說參楊寬：《西周史》，頁457。

爲要達到的細節要求，而非是對「戡伐」這一行爲進行解釋，故而「戡伐靈侯馭方，勿遺壽幼」兩個分句乃屬「順承複句」的關係，要「戡伐鄂侯馭方」，且既「戡伐」則必攻至其都、伐至其城、擒其君（鄂侯馭方），圍城之際則「勿遺壽幼」的涵意。從句型結構來看，「戡伐」之後爲受事賓語「鄂侯馭方」，爲南淮夷之長。

例 3.

> 用南尸（夷）屰（逆），敢乍非良，廣伐南國，王令雁（應）侯見工，曰：「政（征）伐半，我[受]令，戡伐南尸（夷）屰（逆）。」我多孚戎。余用作朕剌考武侯障鼎，用𤅢眉壽永令，子子孫孫其永寶用享。（〈應侯見工鼎〉，《新收》1456，西周晚期，屬王）

例 4.

> 唯正月初吉丁亥，王若曰：「雁（應）侯見工，伐淮南尸（夷）屰（逆），敢尃（搏）𤰒（厥）眾嚕（魯），敢加興乍（作）戎，廣伐南國。」王命雁（應）侯正（征）伐淮南尸（夷）屰（逆）。休克。戡伐南尸（夷），我孚（俘）戈。
>
> （〈應侯見工簋〉，《首陽吉金》，頁 112，西周晚期，屬王）

李朝遠考訂〈應侯見工鼎〉中的「應侯見工」爲周公所封之應國之後，應國位於今河南省北方平頂山市，從地理位置來看，正好是〈禹鼎〉所載攻周之鄂國之北，故而應國乃爲周王室阻止鄂軍長驅直入的第一道屛障，〈禹鼎〉中的總指揮「武公」可能與〈應侯見工鼎〉中的「武侯」有關。〔註239〕鼎銘載應侯見工受王命撲伐南夷「屰」起因於南夷中的「屰」其「敢作非良，廣伐南國」（鼎銘）、「敢尃（搏）𤰒（厥）眾嚕（魯），敢加興乍（作）戎，廣伐南國」（簋銘），或與〈禹鼎〉所載南淮夷叛周一事有關。鼎銘「戡伐」一詞之後所接爲直接賓語「南夷屰」，簋銘則簡稱「南夷」。

例 5.

> 佳五年三月既死霸庚寅，王初各（格）伐嚴犾（玁狁）于𦥑盧。兮𤔲（甲）從王，折首執蟲（訊），休，亡敗，王易（賜）兮𤔲（甲）馬四匹、駒車。王令𤔲（甲）政（征）𩁹（治）成周四方責（積），至于南淮夷。淮夷舊我貞晦（賄）人，毋敢不出其貞（帛）、其責（積）、其進人。其貯，毋敢不即

〔註239〕李朝遠，〈應侯見工鼎〉，《青銅器學步集》，頁 286。

餗（次）即市。敢不用令，訊（則）即井（刑）𤕫（撲）伐。（〈兮甲盤〉，
　　10174，西周晚期，宣王）

〈兮甲盤〉「𤕫伐」一詞同樣用在王令句裡，王令兮甲負責徵收淮夷對成周的賦稅，若淮夷敢不從令，則即用重刑，即出兵撲伐，以示周王室之威。「𤕫伐」之後承上省略了受事賓語「南淮夷」。

　　例6.

　　雩朕皇高且，惠中盉（猛）父，盩龢于政，又成于猷，用會邵（昭）王、
　　穆王，盜（剿）政（征）四方，𤕫（撲）伐楚荊。〔註240〕（〈逨盤〉，《新
　　收》757，西周晚期，宣王）

〈逨盤〉銘文長達372字，其敘事爲兩段論，第一段是器主自曰，歌頌祖先助周王室之功績，第二段則記時王對器主的冊命賞賜及器主受命後的頌辭。「𤕫伐」一詞用在對逨之高祖「惠仲猛父」協助昭王及穆王功業的描述，惠仲猛父能安定和協政治，謀略遠大，協助昭王及穆王剿征四方，並參與了昭、穆之際對南伐楚荊之役。「𤕫伐」之後的受事賓語爲「楚荊」。

　　綜上所述，可知「𤕫伐」一詞的動作發出者皆爲周王室，「𤕫伐」一詞的使用具明顯時代特性，爲屬、宣之際對南淮夷進行撲擊時的慣用語彙，所用咸於來犯的夷方，故而常與淮夷來犯時的專用詞「廣伐」搭配出現，形成因果句：淮夷廣伐→我方撲伐。〔註241〕「𤕫伐」僅用於周王室遭受南淮夷侵犯、叛亂時，並多出現在王命句裡，帶有反擊的意味。劉釗以「翦滅」的語義解釋「𤕫」字，並不符合上述5例中，周王室之用兵意在收服蠻夷，以求其「來王」、「進帛」及「納積」的實際情況。

　　5.【𢧜】（捷）

　　「𢧜」字甲文未見，金文作𢧜（〈憲鼎〉2731，西周早期，昭王），从艸从戈从邑，或从丗从戈从邑作𢧜（〈呂行壺〉9689，西周早期，昭王），从艸與从

〔註240〕董珊，〈略論西周單氏家族窖藏青銅器銘文〉，《中國歷史文物》2003年第4期，
　　　　頁42。

〔註241〕〈逨盤〉「𤕫伐」一詞出現在追述昭穆時代先祖功業時，西周昭穆之際與南夷及楚
　　　　荊數度發生大戰，主動攻擊及被動迎戰皆有，符合「𤕫伐」用於反擊的特點。再
　　　　者，〈逨盤〉作於西周屬王時期，亦與「𤕫伐」詞組的慣用時代相符。

艸意同。王國維、郭沫若據三體石經《春秋》殘石「鄭伯捷」之「捷」古文作從木的「㦴」，從木從艸同義證「㦴」爲「捷」，爲學界所從。〔註242〕至於㦴字字形來源，唐蘭釋從艸𢦏聲，認爲𢦏即《說文》戠字，等於金文戠，就是「載」字，通戈。《說文》：「戈，傷也」，故有誅伐義。〔註243〕陳劍則以爲㦴與屮形相類，屮象以戈刈殺草木，爲「翦」之表意初文。〔註244〕

《說文》手部：「𢮱，獵也，軍獲得也。從手，疌聲，《春秋傳》曰人來獻戎捷」。段注：「以疊韻爲訓，謂如逐禽而得之也……《傳》曰『捷，勝也』」。〔註245〕《說文》：「疌，疾也，從又，又手也，從止，屮聲」。〔註246〕管燮初讀𢦏爲捷，乃引《說文》釋「捷」爲軍獲，又篆文「疌」字從屮，並參照〈𤲽鼎〉中㦴字從艸而證同樣從屮的𢦏爲「捷」，指打勝仗。〔註247〕根據考證，戈字當讀爲殺，訓作攻克解。〔註248〕《爾雅·釋詁》：「捷，勝也。」典籍中的「捷」字皆釋作「勝」，並特指軍勝，如《穀梁傳·莊公三十一年》：「軍得曰捷」。《公羊傳·莊公三十一年》：「齊侯來獻戎捷」，注云：「戰所獲物曰捷」。由於攻軍得勝之際每伴隨有戰利品，即戰之所獲，故而典籍「得」、「獲」、「捷」互用無別，如《漢書·衛青霍去病傳》：「捷首虜三萬二百」等。〔註249〕故爾「㦴」字爲「捷」

〔註242〕王國維：〈魏石經殘石考〉，《王國維遺書》第 6 冊（上海：上海書店出版社，1996 年）。郭沫若：《兩周金文辭大系攷釋》，頁 20。近年周鳳五考釋〈四十二年逨鼎〉之「㦴」時提出異議，認爲字當從「廾」不從「艸」，從「廾」則音與略奪之「略」通假，故改讀金文之「㦴」爲「略」（周鳳五，〈眉縣楊家村窖藏〈四十二年逨鼎〉銘文初探〉，《華學》第 7 輯，廣州：中山大學出版社，2004 年）。此說商艷濤撰有專文細舉古文字「廾」字部件與「艸」相類而不混予以駁議，商說可從。參〈金文"㦴"字補議〉，《古漢語研究》2008 年第 2 期，頁 83～85。

〔註243〕唐蘭：《史徵》，頁 242。

〔註244〕陳劍，〈甲骨金文"𢦏"字補釋〉，《甲骨金文考釋論集》，頁 106。陳氏認爲「㦴」所從爲屮，並以此爲聲符，但語帶保留，認爲「㦴」與「芟」、「槭」、「殺」等字的關係值得進一步研究。古文字戈與𢦏的關係詳見本論文第五章戰果類「𢦏」字項下討論。

〔註245〕段玉裁注：《說文解字注》，頁 616。

〔註246〕段玉裁注：《說文解字注》，頁 68。

〔註247〕管燮初，〈說𢦏〉，《中國語文》1978 年第 3 期。

〔註248〕詳見本論文第三章戰果類「勝敗」項「𢦏」下說釋。

〔註249〕參商艷濤，〈金文"㦴"字補議〉，《古漢語研究》2008 年第 2 期，頁 84～85。商

之古文，金國泰認爲「捷」的古義就是「截」，即攔截、截擊，引申而有截獲、戰勝義。〔註250〕金文「戠」可以義項區分爲截擊及捷獲兩類，前者屬攻擊動詞，本文歸於「發動戰事類」下，後者屬戰獲動詞，本文歸於「戰果類」下。「戠」屬截擊義者2見：

例1.

> 王令趨戠（捷）東反尸（夷），寰肇（肇）坐（從）趨征，攻𤔲（鬴）𨾪（敵），眚（省）于人，身孚（俘）戈，用乍（作）寶𨤳（尊）彝。子子孫孫其從（永）寶。（〈寰鼎〉，2731，西周早期，昭王）

例2.

> 女（汝）隹（惟）克奠（尊）乃先且（祖）考，□（鬮）𢓅（獵）[允]（狁），出戠（捷）于井阿，于曆㕻。女（汝）不畏戎。女（汝）𣎴長父，以追搏戎，乃即宕（蕩）伐于弓谷。女執訊獲貮（職）、俘器、車馬。（〈四十二年逨鼎〉，《新收》745-1，西周晚期，宣王）

〈寰鼎〉載「王令趨戠（捷）東反尸（夷）」，此處的「戠」以「攻擊」義爲主要義素，「捷獲」爲附加義素。對照其後的「俘戈」語，或可視「戠」有後驗之「捷勝」意味於其中。〈四十二年逨鼎〉中「出戠（捷）于井阿」施事主語爲逨，因其能出擊制勝且執訊獲貮、俘器車而受王賞。「戠」字用法與〈寰鼎〉相同，「戠」字之後所接爲攻克的對象。

6.【𢽾】（誅）

「𢽾」從戈朱聲，是「誅」字異體，甲文未見，金文僅一例，見於〈中山王𰯼方壺〉作𢽾，戴家祥云：「從言爲口誅，從戈爲刑誅」，其說可從。〔註251〕《說文》言部：「誅，討也。從言，朱聲」。段注：「凡殺戮糾責皆是」。《說文》：「討，治也。從言寸」，段注：「發其紛糾而治之曰討」。〔註252〕在典籍裡，「誅」字之用已寓有褒貶美惡義，故《左傳》裡「誅」字恆用於治亂糾責，如〈隱公

氏列舉十餘例證「捷」具有俘獲義。

〔註250〕金國泰，〈西周軍事銘文中的「追」字〉，《于省吾教授百年誕辰紀念文集》（長春：吉林大學出版社，1996年9月），頁109。

〔註251〕戴家祥：《金文大字典》（中），參《古文字詁林》第3冊，頁122。

〔註252〕段玉裁注：《說文解字注》，頁101。

元年〉下《正義》云：「武庚作亂周公伐而誅之」、〈僖公二十三年〉：「反其國，必得志於諸侯，得志於諸侯，而誅無禮」、〈昭公十三年〉：「吾父再奸王命，王弗誅，惠孰大焉，君不可忍」等，故「誅」字乃是以「殺戮」為主要義項，而寓「譴責討伐」義於其中。金文文例如下：

> 賙忨（願）坙（從）在大夫，以請（靖）郾（燕）疆。氏（是）呂（以）身蒙
> 虢（介）胄，以栽（誅）不忿（順）。郾（燕）旀（故）君子噲、新君子之，
> 不用豊（禮）宜（義），不顤（顧）逆忿（順），旀（故）邦迋（亡）身死，曾
> 亡鬼夫之栽（救）。（〈中山王䜤方壺〉，9735，戰國晚期，中山）

壺銘「以栽（誅）不忿（順）」，乃指中山國大臣老賙親自率兵攻打燕國君臣不正之事，「不順」即指燕國君臣易位之事。

　　兩周金文中共有䜤、伐、戰、戣、戠、栽等 6 個从戈偏旁的軍事攻擊動詞。其中「伐」字以攻擊為主要項義，其軍事用法可上溯至卜辭。「䜤」、「戰」、「戣」、「戠」、「栽」皆始見於金文，除「戰」字外，餘皆金文所獨有。在情感意義上，僅「栽」字具美惡褒貶義，「伐」字在金文中泛用於敵我雙方，尚未見有「討伐不義」的用法。下以簡表說明本文對六字之隸定、六書屬性、釋義及語法主張：

从戈字頭		䜤	伐	戰	戣	戠	栽
六書屬性		形聲	會意	形聲	形聲	形聲	形聲
初形本義		懸物搗擊	以戈刃擊頸	盾形	鑿擊玉石	形聲	討治
釋義	主要義	攻擊	攻擊	征戰	撲擊	攻擊	殺戮
	附加義	糾責治紛	征伐	x	x	捷勝、捷獲	誅討譴責
基本語法結構		S＋䜤＋O	S＋V伐＋O	S＋戰V＋O	S＋撲V＋O	S＋戠＋（于）＋O	（S）＋栽＋O

二、从又等相關偏旁者

　　與又、殳、攴等偏旁相關有關的攻擊類軍事動詞有：1 變（襲）、2 毀、3 殺、4 攴、5 敆、6 臺（敦）、7 攻、8 敆、9 敧、10 戲、11 印（抑）、12 搏、13 羞等 13 個。

1.【燮】（襲）

《說文》：「燮，和也。从言又，炎聲。讀若溼。燮籀文燮从羊」。〔註253〕燮為《說文》重文，又見於炎部，云：「燮，大孰也。从炎从又持辛。辛者，物孰味也。」甲文燮作（《合集》18793）、（《合集》18178）、（《合集》28019），从火或焱或燊，从又持物，會燒熟之意。金文燮作（〈曾伯秉簠〉，4631，春秋早期）、（〈晉公盆〉，10342，春秋），所持之物從甲文的省變作。另有从言之「燮」見於〈秦公鎛〉（270，春秋早期），作。按從甲、金文來看，則从羊之「燮」為本字，从言之「燮」為變體。〔註254〕燮字在甲文裡多見「夕燮」語，于省吾言應讀為「夕溼」，《方言》及《廣雅》皆云：「溼，憂也」，「夕溼」謂夕有憂患也，結合卜辭「夕燮大再至于相」，意謂夕有憂患，某方來侵大舉至於相也。〔註255〕在典籍裡亦有燮寫作「溼」的用法，如《左傳・襄公八年》：「獲蔡司馬公子燮」，《穀梁傳》則寫作「獲蔡公子溼」。典籍裡另有「燮」寫作「襲」者，馬瑞辰認為燮與襲雙聲，故「燮伐」即「襲伐」之假借，其舉《淮南子・天文篇》：「而天地襲矣」，高注：「襲，和也」。又出《詩・大雅・大明》：「燮伐大商」，《風俗通義》則寫作「襲伐大商」，〈大明〉末段有「肆伐大商」句，《風俗通義》引作「襲」。馬氏云：「《三家詩》蓋有用本字作『襲伐』者……『燮伐』與『肆伐』義相成，『襲伐』言其密，『肆伐』言其疾也」。按從音理上看，兩字皆屬寒部，高亨將之歸於「㬜」字聲系；〔註256〕從文意來看，《詩》中燮伐、肆伐、襲伐、皆指攻伐也，用「襲」尤強調輕行疾至的突襲義，故馬氏以此論證傳、箋並訓燮為和之論乃誤。〔註257〕

馬氏之說頗見其理，故高亨《詩經今注》採用其說，余培林《詩經正詁》亦舉〈皇矣〉「是伐是肆」，認為〈大明〉此處之「肆」當與其同義，《箋》云：「犯突也」，猶今語突擊義，〈皇矣〉「是伐是肆」指「於是攻伐之，於是突擊之」。〔註258〕故知先秦「燮」字常假為「襲」。唯需注意上引許書云「燮，和也」，知

〔註253〕段玉裁注：《說文解字注》，頁116。

〔註254〕《甲骨文字詁林》（二），頁1244～1246。

〔註255〕于省吾，〈釋燮〉，《甲骨文字釋林》，頁88～90。

〔註256〕高亨：《古字通假會典》，頁180。「溼與燮」條。

〔註257〕馬瑞辰：《毛詩傳箋通釋》（下）（北京：中華書局，1989年），頁807～808。

〔註258〕余培林：《詩經正詁》，頁515～516、532。

毛《傳》、鄭《箋》以和訓變乃取用當時「變」字通行的其中一種義項。「變」
訓協和義者，典籍亦見，如《尚書・顧命》：「變和天下」、《廣雅・釋詁二》：「抑，
安也」、《方言》：「抑，安也」。

金文「變」有名詞（人名）、動詞兩種用法，動詞又分協和、征伐兩義
項，兩義項之區分端看上下文語境而別，〔註259〕其作征伐義者 2 例，皆為春秋
器：

例 1.

佳王九月，初吉庚午，曾白（伯）棨（漆）愬（哲）聖元武，元武孔齘
（致），克狄（剔）雒（淮）尸（夷），印（抑）變鼉（繁）湯（陽），金鸕（道）
鍚（錫）行，具既卑（俾）方。（〈曾伯棨簠蓋〉，4631、32，春秋早期，
曾）

例 2.

用變不廷。（〈倗戈〉，《新收》469，春秋）

〈曾伯棨簠〉的「印」字讀為「抑」，義有兩解，一作抑止、遏止義；另一作安
和解，據此，則「變」字義項的取用，亦見協和與征伐兩說。如屈萬里〈曾伯
棨簠考釋〉中將「抑」讀作「安」，則此處的「變」亦訓作「和」，並引毛傳釋
「變伐大商」之「變」為和為證。〔註260〕唯結合上下文義，則此處之「變」宜
作「征伐」解。李平心云：「『印變』與『克狄』對舉，義訓相近，印當讀為脣，
變當訓為征。」並舉〈晉姜鼎〉：「卑（俾）串通弘，征繁湯原」及《詩・大雅・
大明》「變伐」與「肆伐」相類為証。〔註261〕李平心對簠銘「變」字的解釋合
理，劉彬徽、〔註262〕李家浩等皆從其說，李家浩則援引更多的旁証認為此處之

〔註259〕金文「變」作安協義者，收入本論文第五章第三節「安協類」第一個字例。

〔註260〕屈萬里，〈曾伯棨簠考釋〉，《中央研究院歷史語言研究所集刊》第 33 本（1962 年），
頁 331～349。

〔註261〕李平心，〈《保卣銘》新釋〉，載《中華文史論叢》第 1 輯，1979 年，頁 57。李氏
將「克狄」之「克」視為動詞，指攻克解。「克」在此亦可視為能願意助動詞，
讀為「能夠」。〈晉姜鼎〉今多隸作「卑（俾）貫涌（通）□，征繁湯（陽）、
飆」。

〔註262〕參劉彬徽，〈金文試釋二則〉，收錄氏著《早期文明與楚文化研究》（長沙：岳麓書
社，2001 年 7 月），頁 158～161。

「變」應依馬瑞辰讀作「襲」爲佳。〔註263〕如《說文》云「變」「讀若淫（濕）」，
典籍常見「變」、「濕」通用例，而「濕」與「隰」爲同源詞，典籍通用無別。
新出〈晉侯穌鐘〉有「甚（湛）樂于邊（原）邐（隰）」語，「邐」確証爲「隰」，指
低淫之地。「邐」字亦見用於〈致簋〉「奔追邐」與〈敔簋〉「追邐」例，則「追
邐」讀作「追襲」無議。〔註264〕

　　按簋銘「抑變」一詞與上句的「克狄（逖）雒（淮）尸（夷）」之「狄」屬同位
語，「狄」者剔也，剔除之義。「抑」指武遏，「變」從音理的角度當爲「襲」之
假借，但讀作「襲」言強調其突擊本義似無必要。蓋「變」字在先秦時期其義
項已從突擊本義泛化作攻擊、征伐義，即專言爲「突擊」，混言爲「征伐」。在
簋銘裡「抑變繁陽」指以武力遏抑繁陽一地，「襲」在讀作「突擊」義反而於義
過密，不好理解。不妨讀作「征伐」解即可。「克狄（逖）雒（淮）尸（夷），卬（抑）
變鄉（繁）湯（陽）」的目的在於使「金甬（道）鍚（錫）行」，穩定繁陽地區原物料的
入貢與交易，這條「金道」即爲當時軍事、經濟、商旅往來的要道，爲兵家必
爭之地。〔註265〕而「狄（逖）」與「卬（抑）變」則爲當時方國以武力控管的經營
方式。〈佣戈〉「變」字之前受介詞「用」字修飾，用法與常見的介詞「以」字
相同，類似的用法見於〈虢季子白盤〉（10173，西周晚期）：「賜用戉（鉞），用
政（征）繺（蠻）方」、〈中子化盤〉（10137，戰國）：「用正（征）柖（莒）」等。

2.【殳】

　　《說文》殳部下載有「殳」字：「殳，繇擊也。从殳豆聲。古文投如此」。
段注：「繇……此即其遙字，繇擊者，遠而擊之」。〔註266〕金文「殳」字見於〈庚
壺〉（9733，春秋晚期，齊莊公），銘載：

　　庚（庚）衒（率）二百乘舟，大（入）齭（莒）從河，台（以）殳伐虒□丘，

〔註263〕參李家浩，〈說「貔不廷方」〉，收入張光裕、黃德寬主編《古文字學論稿》（合肥：
　　　　安徽大學出版社，2008年），頁11～17。

〔註264〕相關論証參本章第四節第三項「從止等相關偏旁者」所收「邐（襲）」字說釋。

〔註265〕陳公柔：〈《曾伯霥簋》銘中的「金道錫行」及相關問題〉，原載中國社科院考古所
　　　　編著《中國考古學論叢——中國社會科學院考古研究所建所四十年紀念》（北京：
　　　　科學出版社，1993年），復收入陳公柔：《先秦兩漢考古學論叢》（北京：文物出
　　　　版社，2005年5月），頁1～12。

〔註266〕段玉裁注：《說文解字注》，頁120。

殺其□□□□毆（毀）者（諸）孚（俘）□□□□□其士女。

「毀」字壺銘首位發表者張光遠摹作𤿭，隸作歐，疑是「瞽」字，指樂師；此說明顯有誤。〔註267〕張政烺肯定張光遠的隸定，視歐爲形聲字，按形聲字右形左聲的原則，則不成字的𧯫「疑原是毀字，讀音微變，遂加咠以爲聲符」，並指戰國文字多此例。〔註268〕按「毀」古音定紐侯部，「咠」見紐魚部，〔註269〕聲母較遠而韻部旁近，仍可說釋。李家浩指𤿭字與西漢簡帛文字「斷」、「鬬」等字所從的「𣅀」旁作「豎」形者相近，故將此字隸作「毀」，析從豆豎聲，讀爲鬬，指戰鬬的人。〔註270〕李家浩說釋有其可參之處，唯「鬬」字係秦漢晚出之字，古文字皆作「鬥」，故從斷當屬晚起，戰國文字亦未見有鬬者。再者，鬬字所從之𣅀，豆上之所從實與咠有別，可否視𧯫爲豎，仍有討論空間。〔註271〕「毀」字甲文作𣪊（《合》35361），云「𣪊羊」（《合》30315）、「𣪊二人卯二牢」（《合》35361），以擊訓之，文從字順，卜辭皆指用牲法，作動詞用。〔註272〕

〈庚壺〉「毀」字所在文句殘泐，張政烺指與〈師袁簋〉（4313，西周晚期）：「毆俘士女牛羊」文義相近。《說文》殳部：「毆，捶毇物也。從殳，區聲」。殳部「毇」下云：「毇，相擊中也，如車相擊，故從殳�也」。〔註273〕手部「擊」下云：「擊，攴也」。〔註274〕許書釋「毆」用「毇」不用「擊」，「擊」爲「攴」義，許愼云「攴」爲「小擊」，「小擊」學界以爲「扑（撲）擊」之訛。則「毇」、「擊」有別，「毇」強調擊中義，段注「捶」乃以杖擊也，故許書釋「毆」乃強調以杖擊中物也。「毆」字俗作「歐」，段注：「此字即經典之歐字，《廣韻》

〔註267〕張光遠，〈春秋晚期齊莊公時庚壺考〉，《故宮季刊》1982 年第 3 期第 16 卷，頁 102。

〔註268〕張政烺，〈庚壺釋文〉，《出土文獻研究》（北京：文物出版社，1985 年），頁 129 ～130。復收入《金文文獻集成》第 29 冊，頁 486。

〔註269〕王輝：《古文字通假字典》，「毀」見頁 140；「咠」見頁 74。

〔註270〕李家浩，〈庚壺銘文及其年代〉，《古文字研究》第 11 輯（1992 年 8 月），頁 94。

〔註271〕參季旭昇：《說文新證》（上），頁 183～184 所引字形。

〔註272〕《甲骨文字詁林》（三），頁 2767～2768。

〔註273〕「毆」、「毇」俱見段玉裁注：《說文解字注》，頁 120。

〔註274〕段玉裁注：《說文解字注》，頁 615。

曰：『俗作毆』是也。……今版本皆作毆。……又云敺是馬部驅之古文，夫敺在馬部爲古文驅，在攴部爲俗殴字，無庸牽合。驅訓馬馳，敺訓捶毂，試思爲淵敺魚，爲叢敺爵之類可改爲驅魚驅爵乎？鄭注《周禮》曰：『凡言馭者，所以敺之納之於善。』豈可改爲驅之納之於善乎？即古閒有假借通用，唐石經固不可易也。」〔註275〕

　　然「敺」字《說文》列爲「驅」之古文，《說文》馬部「驅」下云：「𩢷，驅馬也，敺，古文驅从攴」。各本作「馬馳也」，「驅馬也」爲段玉裁所改。其於「敺」下云：「鞭箠策所以施於馬而驅之也，故古文从攴」。〔註276〕那麼，《金文編》收入的兩個「敺」字到底該如何讀釋讀呢？《金文編》「敺」下云：「从攴，義與驅同」，收有𢾅、𢿛（〈師袁簋〉，4313，西周晚期）：「敺俘士女牛羊」及𢿛（〈多友鼎〉，2835，西周晚期）：「唯馬敺盡復奪」兩文例。《金文編》訓「敺」作「驅」，應是受《說文》影響，而以驅策義釋之。〈多友鼎〉銘當斷作「唯馬敺盡」，盡《說文》訓作傷痛義，「敺盡」馬承源讀作「驅盡」，指多友戰勝後驅殺戎人之馬；〔註277〕李學勤則釋爲「用駕車的馬驅載傷者而歸」，〔註278〕兩位對敺(驅)字之釋皆和《金文編》一樣，受《說文》敺入「驅」下指驅策義而進一步引申說釋。究諸本脈，則當爲鞭捶義之引申。張政烺以《說文》：「敺，捶毂義」釋兩器，並引爲〈庚壺〉「毀」字之釋，當屬卓識。綜上所述，則「毀諸孚(俘)……」之「毀」訓爲「擊」，有擊殺、殺滅之義，其後所接「諸孚」爲擊殺的對象，當爲戰俘，此殺俘之舉，可與〈大盂鼎〉、〈小盂鼎〉所載殺俘致祭呼應。

3.【殺】

　　吳振武讀「𢾅」爲「殺」，視「𢾅」爲「殺」字的表意初文，在甲、金文中作殺戮義解。金文中有「殺」字作𢾅（〈鬲比鼎〉，2818，西周晚期）、𢾅（〈莒叔之仲子平鐘〉178，春秋晚期）、𢾅（吳振武摹）𢾅（張光遠摹）（〈庚壺〉，9733，春秋晚期）、𢾅（〈叔尸鐘〉277，春秋晚期）等。〔註279〕《說文》殺部：「𣫮，

〔註275〕段玉裁注：《說文解字注》，頁120。

〔註276〕段玉裁注：《說文解字注》，頁471。

〔註277〕《銘文選》，頁284～285。

〔註278〕李學勤，〈論多友鼎的時代及意義〉，《新出青銅器研究》，頁128。

〔註279〕《金文編》498字頭「殺」字下僅收〈蔡大師鼎〉之「𣏟」，云「《說文》古文作

戮也。从殳、杀聲。凡殺之屬皆从殺。【圖】，古文殺。【圖】，古文殺。【圖】，古文殺。【圖】，籀文殺」。〔註280〕按從《說文》所收古文、籀文「殳」字左旁來看，可知「杀」旁變化多端，而籀文【圖】字左旁从乂从【圖】，與金文所從相符。

在用法方面，〈莒叔之仲子平鐘〉及〈叔尸鐘〉中的「殺」讀若「徵」，係爲爲鐘鳴象聲字；〈爾比盨〉之「殺」有兩讀，釋作「懲」或「殺」皆可。〔註281〕與軍事用義相關的是〈庚壺〉中的「殺」字，作殺伐、殺戮解。銘云：

> 庚達(率)二百乘舟，大(入)鄘(莒)從河，台(以)元(亞)伐龥□丘，
> 殺其□□□□敀者(諸)俘□□□□□其士女。(〈庚壺〉，9733，春秋
> 晚期，齊靈公)

〈庚壺〉載齊將庚的三次戰績，與記齊靈公賜叔夷以萊都的〈叔夷鐘〉爲同時器，庚與叔夷皆爲齊國滅萊大將。〈庚壺〉中的三場戰役裡，武庚第一、二次滅萊，第三次出征西南。「殺」字所在爲第二次戰役，庚率領「二百乘舟」走河道經由莒國攻入萊都，在龥□丘這個地方進行殺伐。殺字之後受事賓語因銘文殘泐僅見代詞「其」，「其」係指萊都軍隊。

4.【攴】

《說文》攴部：「攴，小擊也，从又卜聲」。〔註282〕學者或以爲从「攴」之字多非小擊義，故許書云「小」或爲「卜」誤。〔註283〕《金文編》之「攴」收於「般」字之下，字作【圖】(〈弔多父盤〉，《集成》未收)，云爲「省舟形」，乃是視爲「般(盤)」之省文。金文另有一常見隸作攴的【圖】字，爲族徽符號，《金文編》收於附錄。〔註284〕按古文字中的「攴」多用作偏旁，而罕見獨用者，金文中確

【圖】，古文以爲蔡字」，失收上述諸「殺」字。參《金文編》，頁207。吳振武語見〈「戠」字的形音義〉，臺灣師範大學國文系、中研院史語所編：《甲骨文發現一百周年學術研討會論文集》(1998年5月10日～12日)(臺北：文史哲出版社，1999年)，頁287。又收於王宇信、宋鎮豪主編：《夏商周文明研究(四)・紀念殷墟甲骨文發現一百周年國際學術研討會論文集》(北京：社會科學文獻出版社，2003年3月)，頁139。

〔註280〕段玉裁注：《說文解字注》，頁121。

〔註281〕吳振武讀作「殺」，馬承源讀作「懲」，析文義，兩可。

〔註282〕段玉裁注：《說文解字注》，頁123。

〔註283〕馬敘倫：《說文解字六書疏證》卷六，參《古文字詁林》(第3冊)，頁604。

〔註284〕張亞初：《殷周金文集成引得》，頁1471。容庚：《金文編》，頁1097。

可隸作「攴」者，張亞初指見於〈九里墩鼓座〉（429，春秋晚期），其銘云：「以攴埜（野）于陳□□山之下」，該字《殷周金文集成釋文》以□示之，而由張亞初隸出爲「攴」。〔註285〕「攴野」或可讀與《詩・豳風・七月》：「八月剝棗」，毛《傳》：「剝，擊也」義近。再者，「攴」字之初文乃像手持敲擊之工具，如杖杸之類，故或有依文意隸「攴」作「殳」者，如〈十五年趞曹鼎〉（2784，西周中期）：「史趞曹易弓矢虎盧（簬）□□十殳」。

以「攴」作擊義，特爲軍事動詞之用者，見於新收器〈攻吳王壽夢之子虘訽郶劍〉（《新收》1407，春晚晚期・吳），其云：

> 攻敔（敔）王姑發難壽夢之子虘訽郶（舒），之（往）義（鄝）□。初命伐
> □，［有］隻（獲）。型（荆）伐邻（徐），余剌（親）逆，攻之。敗三軍，
> 隻（獲）［車］馬，<u>攴</u>七邦君。

劍銘「姑發難壽夢」爲器主父名，即吳王壽夢。「姑發」爲吳國王氏稱，「難壽夢」爲名。「虘訽郶」爲史載之吳王姑發之三子餘祭。餘祭初受命前往臨近徐國的「義」邑（安徽省泗州北），攻伐某國有獲，後遇楚國來伐徐國，於是餘祭迎戰楚軍，後大敗楚之三軍，並俘獲車馬，也一併攴擊了追隨楚國伐徐的七個小國之君。〔註286〕曹錦炎認爲，此擊敗的七國邦君，當是楚徐之戰中，攜武力支援楚國伐徐的七小國邦君。〔註287〕「攴」字在此可迻訓作「擊」也，句型結構爲「（S）＋V＋O（受事賓語）」。

5.【敆】

字見《說文》攴部：「敆，合會也。从攴合，合亦聲」，〔註288〕《說文》「會」字下收有一古文「會」作「佮」，商承祚認爲此从彳之佮爲會遇、會合之本字。〔註289〕本論文於第三章「先備工作」第三節「組織」類中嘗討論讀作「會」的「迨」字，這個字早見於甲文，論者咸認爲从彳从辵無別，迨亦作會遇義解。

〔註285〕張亞初：《殷周金文集成引得》，頁422。中國社科院考古所：《殷周金文集成釋文》（第1冊），頁472。

〔註286〕參曹錦炎，〈吳王壽夢之子劍銘文考釋〉，《文物》2005年第2期，頁67～74。

〔註287〕同上註。

〔註288〕段玉裁注：《說文解字注》，頁125。

〔註289〕商承祚，〈說文中之古文攷〉，《金陵大學學報》第5卷第2期，參《古文字詁林》第5冊，頁402。

〔註290〕《爾雅・釋詁》:「敆、郃、盍、翕、仇、偶、妃、匹、會,合也。……妃、合、會,對也。」〔註291〕可知以「合」爲偏旁的合、敆、佮、迨諸字,皆以會合義爲訓。唯「敆」在古文字資料裡,僅見於金文新收器〈史密簋〉(《新收》363,西周中期,懿王),銘云:

> 隹十又一月,王令師俗、史密曰:「東征,敆南尸(夷)」。盧、虎會杞尸(夷)、舟(州)尸(夷),雚(觀),不所(質),廣伐東或。齊白、族土(徒)、遂人乃執啚(鄙)寬亞(惡)。師俗率齊白、遂人,左□[周]伐長必。史密右率族人、釐(萊)白(伯)、僰、眉(殿),周伐長必,獲百人,對揚天子休,用乍朕文考乙白障簋,子子孫孫其永寶用。

〈史密簋〉記西周中期時一次南夷的集結來犯,時盧(今安徽盧江西南)與虎(安徽長豐南),與杞夷(由河南遷往山東後周人賤稱爲夷)、州夷(今山東安丘)集結聯盟,大舉攻進周王室東土。其中「敆」字學界看法不一,首位發表者陝西安康博物館館長李啓良訓作"聯合"義,云銘載「周天子分命師俗、史密二人率軍聯合南夷中的盧、虎、會,杞夷、舟夷中的雚、不、所等廣伐東國一事」,〔註292〕視「敆」爲聯合義,而下句中的「會」爲國名,此次聯合廣伐之東國爲齊國,其說明顯訛誤,故不可從。吳鎭烽於同期刊物發表〈史密簋銘文考釋〉一文,訓「敆」爲會合、合伙、群夥之意,而「膚虎」爲率眾侵伐周王朝東部的南淮夷首領,而其下的「會」字則爲會合、聚合之意,杞夷、舟夷是南夷膚虎叛亂的參與者,故銘文斷句爲:「王令師俗、史密曰:『東征』。敆(會)南尸(夷)膚(膚)虎會杞尸(夷)、舟(州)尸(夷)」。〔註293〕如此釋讀乃是考慮到下句「會」字,視「敆」、「會」義同。李學勤隸定同此,但指出前一「會」字爲「值、逢」意,後者指「聯合」、「會盟」,盧、虎是兩種南夷,故斷句作:「王令師俗、史密曰:『東征』。敆(會)南尸(夷)膚(盧)、虎會杞尸(夷)、舟(州)尸

〔註290〕《説文》辵部下收有迨字,云:「迨,遝也」,遝下云「迨」也,兩字互訓。段玉裁於「遝」下注云:「《廣韻》:『迨、遝,行相及也』……《方言》:『迨、遝,及也』」,以相及義訓迨,當爲會合義之引申。參《説文解字注》,頁71。

〔註291〕晉・郭璞注、宋・邢昺疏:《爾雅注疏》(臺北:藝文印書館,1997年初版13刷,《十三經注疏》第8冊),頁9。

〔註292〕李啓良,〈陝西安康市出土西周史密簋〉,《考古與文物》1989年第3期,頁7。

〔註293〕吳鎭烽,〈史密簋銘文考釋〉,《考古與文物》1989年第3期,頁56。

（夷）」，是說「適逢南夷中的盧、虎與杞、州兩國勾結，作亂不敬，侵擾了周朝的東土」，這是銘文史事的背景。〔註294〕

　　李氏對南夷諸國的考釋對正確釋讀銘文提供了良好的線索，唯其對「敆」字之釋，似有未明之處。張懋鎔在〈安康出土的史密簋及其意義〉一文中，針對「敆」字有較爲細緻的分析，其云：

> 敆字見於《爾雅・釋詁》：「敆，猶合也。」又見於《説文》：「合會也，从攴、合，合亦聲。」通觀字書，都解作會合義。但是從銘文分析，「敆南夷」是東征的目標，自然絕非會合南夷，而應是敲擊南夷。再從字形分析，敆字从攴、合。攴，《説文》曰：「小擊也。」合字上部亼爲蓋，下部𠙵形是器皿，古文字中習見，即用手（或持物）敲擊，使器皿與蓋嚴合，這是它的本義。本銘「敆」字正用其本義，即合而擊之，或曰圍而合之。聯繫上文王命師俗、史密二人掛帥東征，下文又談及師俗率齊師、史密玄（筆者按：實爲「率」字）族人分兵包抄，合而擊之，「敆」字本義昭然若揭。其實《説文》中尚留存此字本義的蛛絲馬跡。《説文》曰：「从攴合」，説明它是會意字，所謂會意者，其義必須由兩部分會合，方見其所指，如果只解爲“會合”義，合字即能表示，又何用「攴」旁？……「敆」字既然作合擊解，則只能在南夷後斷句，即「王命師俗、史密曰東征，敆南夷」爲一句。〔註295〕

據張氏所言，則「敆」（張文皆作「敆」）乃謂「合而擊之」，所合者，爲周師及諸侯聯軍，所擊者爲不安於本分，聯軍「廣伐東國」的諸夷。張永山補證段注

〔註294〕如李學勤，〈史密簋銘所記西周重要史實考〉，《中國社會科學院研究生院學報》1991年第2期，頁5～9，復收入《青銅器與古代史》，頁317～326，即採此説。這樣的斷句爲方述鑫、沈長雲及李仲操所從，方文見〈「史密簋」銘文中的齊師、族徒、遂人——兼論西周時代鄉遂制度與兵制的關係〉，《西川大學學報》（哲學社會科學版）1998年第1期，頁84～90。沈文見〈由史密簋銘文論及西周時期的華夷之辨〉，《河北師院學報》（社會科學版）1994年第3期，頁23～28。李文見〈再論史密簋所記作戰地點——兼與王輝同志商榷〉，《人文雜誌》1992年第2期，頁99～101。

〔註295〕張懋鎔，〈安康出土的史密簋及其意義〉，《文物》1989年第7期，後收入《古文字與青銅器論集》（北京：科學出版社，2002年），頁26。

謂「合會」即「俗云敆縫」，朱駿聲引《爾雅・釋詁》、《太玄・玄告》申論這種意見說敆「猶合也」，「俗謂之合縫」，故確認「敆」字是表示通過人工使事務合攏在一起的行動，「東征，敆南夷」正是這樣的行為，張氏之言周軍分兩路包抄攻擊敵人有一定的道理。〔註296〕說釋至此，可知〈史密簋〉「敆」字係為會合義之「合」添加「攴」旁以示攴擊義而成之字，為周金特有之屬軍事動詞，爾後其从攴之義項不特顯明，遂與迨、佮諸字共訓為會合也。

此外，學界多指〈史密簋〉與〈師袁簋〉關係密切，所記極有可能為同一次戰役，結合〈師袁簋〉銘文來看，可知懿王時原臣服於周王室的淮夷（盧虎）聯合山東境內的杞夷、舟夷共同作亂，周王於是派師袁為主帥，率左右虎臣為前軍，師俗率齊、遂人為左軍，史密率族人、釐（萊）白、僰殿後，合擊南夷，實際的軍事行動則是採包圍戰術攻進南夷的重要據點「長必」。

6.【羣】（敦）

金文有一訓作「伐」的羣字，字作羣（〈寡子卣〉05392，西周中期）、羣（〈麩鐘〉260，西周晚期）、羣（〈不嬰簋〉4329，西周晚期）、羣（〈禹鼎〉2833，西周晚期、〈晉侯穌鐘〉新收872，西周晚期）等，這個字到了戰國增加了从攴的偏旁作𩤱（〈陳純釜〉10371），作器名用。這個从㐭从羊的字早見於甲文，作羣（《合》137正）形，與金文形同，或於㐭、羊之間加一短橫作羣（《粹》1043），這樣的字形到西周早期金文裡還有遺留，如〈鼓羣觶〉作「羣」形。上述金文諸字，今皆楷隸作「敦」，之所以从攴，乃用以強調其在金文中的攻擊義。至於羣字的初形本義，當與㐭、羊有關。

《說文》攴部「敦」下云：「敦，怒也，詆也，一曰誰何也。从攴羣聲」。段注：「此字本義訓責問，故從攵」。〔註297〕㐭（享）部下云：「羣，孰也。从㐭，从羊。讀若純。一曰鬻也。羣，篆文羣」，段注：「凡从羣者，今隸皆作享，與㐭之隸無別」。〔註298〕《說文》：「㐭，獻也。从高省，曰象孰物，《孝經》曰：『祭則鬼㐭之』」。〔註299〕孫詒讓疑許慎訓羣為「鬻」乃「鬻」字之誤，「鬻」與「煮」

〔註296〕張永山，〈史密簋銘與周史研究〉，《盡心集：張政烺先生八十慶壽論文集》（北京：中國社會科學出版社，1996年11月），頁188。

〔註297〕段玉裁注：《說文解字注》，頁126。

〔註298〕段玉裁注：《說文解字注》，頁232。

〔註299〕同上註，頁231。

爲古今字，以煮熟之物獻於宗廟，故臺的本義即獻於宗廟的臺熟之物。楊樹達繼承孫氏之說，引《詩・小雅・信南山》：「是烝是享，苾苾芬芬」證「臺」之本義蒸煮，「苾苾芬芬」是蒸煮時香氣之四溢，後亯、臺皆隸變作「享」，其說可從。〔註300〕

作攻擊義的「敦」字亦見於傳世典籍，如《詩・魯頌・閟宮》：「敦商之旅」，鄭《箋》：「敦，治也」，孫詒讓《古籀拾遺》引而證金文「敦伐」爲：「言治而伐之也」，另《詩・大雅・常武》：「鋪敦淮濆」之「鋪敦」，孫詒讓疑即金文「敦搏」之倒文。「鋪」與「搏」皆從「甫」得聲，郭沫若說與孫氏同。〔註301〕屈萬里引《詩・魯頌・閟宮》：「敦商之旅」及《孟子・萬章》釋〈康誥〉：「凡民不譈」之「譈」爲誅殺義，證之金文的「敦」爲殺伐義，其說較鄭《箋》訓「敦」爲「治」爲佳。治金文者一般認爲「敦伐」與「撲伐」、「搏伐」等語同義，但對於「敦」字所象如何有攻擊義未能明白。張世超云「敦」本訓擊、訓捕，𢼊爲其象事本字，不知所從爲何？〔註302〕

甲文之「敦」有兩種用法，一爲地名，如《合》24232：「丁未卜，王在敦？」二用爲攻擊類動詞，如《合》6463：「勿呼敦尸？」《合》6959：「辛巳卜，殼貞：呼雀敦鼓？」等。「敦」字既可用於商攻方國句，亦見方國攻商時用。如《英》569：「貞：舌方弗敦？」等。〔註303〕早期學者多從王國維訓「臺（敦）」、「搏」爲「迫」，而從「逼迫」、「迫進」義來理解「敦」字的甲文用法，如姚孝遂、肖丁：「『臺』當有迫近其境加以圍攻之意。卜辭所見敵方來『臺』者，只有『舌』、『土』、『方』這些勢力強大的敵國，《前》8.12.2：『方其臺大邑』，謂『方』迫而圍攻『大邑』，即商邑，從此可以有助於使我們了解『臺』之涵義」。〔註304〕然從姚、肖所舉文例中的「臺」只能看出具攻伐義，特從「逼迫」義去理解略

〔註300〕孫詒讓：《籀高述林》卷十、楊樹達：《積微居小學述林》，頁73～74，參張世超：《金文形義通解》（中冊），頁1378。

〔註301〕參張世超：《金文形義通解》（中冊），頁1380。郭沫若：《兩周金文辭大系攷釋》，頁107。

〔註302〕張世超：《金文形義通解》（中冊），頁1380。

〔註303〕韓劍南：《甲骨文攻擊類動詞研究》（重慶：西南師範大學碩士論文，2005年），頁32。

〔註304〕《甲骨文字詁林》（第3冊），頁1940。

顯勉強。

金文今隸作「敦」而讀爲攻擊義的「臺」凡 5 見，皆不從攴：

例 1.

> 臺(敦)不叔(淑)，□乃邦，烏虖(乎)。訣帝家，以寡子乍(作)永寶，子。(〈寡子卣〉，5392，西周中期)

例 2.

> 南或(國)畏子敢臽(陷)處我土。王臺(敦)伐其至，戠(撲)伐氒都。畏子迺遣閒來逆卲(昭)王，南尸(夷)東尸(夷)具見，廿又六邦。(〈訣鐘〉，260，西周晚期，屬王)

例 3.

> 王至晉侯穌臼，王降自車，立南卿，窺令晉侯穌自西北遇(隅)臺(敦)伐匐戲，晉侯逹氒亞旅小子或人先啟入，折首百，執嗉十又一夫。(〈晉侯穌鐘〉，《新收》873，西周晚期，屬王)

例 4.

> 雩禹以武公徒駿(馭)至于霝(鄂)。臺(敦)伐霝(鄂)，休隻(獲)氒君駿(馭)方。(〈禹鼎〉，2833，西周晚期，屬王)

例 5.

> 戎大同，坐(從)追女(汝)；女(汝)彶(及)戎，大臺(敦)戠(搏)。女(汝)休，弗呂(以)我車圅(陷)于囏(艱)。女(汝)多禽(擒)，折首墊嗉(執訊)。(〈不嬰簋〉，4328 器、29 蓋，西周晚期，宣王)

五例中除西周中期的〈寡子卣〉「敦」字之後直接敦伐的對象，句型較爲簡單外，其餘之「敦」皆與另一動詞相接，形成同義複詞詞組，如〈訣鐘〉與〈禹鼎〉的「敦伐」、〈不嬰簋〉的「敦搏」等，從〈訣鐘〉的「敦伐」與下句「撲伐」對文，可由此確定「敦」字詞義當與「撲」相同，亦與「搏」字相近。金國泰論〈不嬰簋〉之「敦」時云：「『敦』都發自一方，而且都發自周師。與卜辭相比，『敦』在周代明顯用於褒義。『搏』本義也是一方對另一方的打擊。可見簋銘『敦搏』只能是周師一方的行爲。因此，『及』不是連詞，是動詞。『女及戎，大敦搏』是說不嬰率師挺進到『戎大同從追』處，即獫狁大規模集結抗擊處，

是獫狁領地，給獫狁阻擊部隊以沉重打擊。以下說『女（汝）休，弗吕（以）我車
圅（陷）于囏（艱）』，『囏』指險要處的阻擊，與前句『大同從追』呼應。」〔註305〕
按上文提及甲文「敦」字的施事主語商及方國俱見，金文則恆以周師爲施事主
語，然難以由此推論「敦」於有周時期已寓情感褒貶義，金氏該文論「敦」、「及」、
「囏」之詞性皆猶有可商之處。

7.【攻】

《說文》工部：「工，巧飾也，象人有規矩也」。〔註306〕「攻」字收於《說
文》攴部，云：「攻，擊也。从攴工聲」。〔註307〕按甲文有「工」無「攻」，「工」
作 **工**（《合》5623），金文作 **工**（〈矢令方彝〉，9901）。許書云「工」象規矩，古
文字學者歷來則有伐木斧形、曲尺說、長方形有孔石磬說、上部爲矩下部有刃
之工具等；〔註308〕疑後爲強調工匠攻治的動作而增攴作「攻」，訓作擊。〔註309〕
在金文裡，「攻」字與軍事相關者，有攻擊、攻打之動詞義以及軍事、軍功之名
詞義。另常寫作「攻」而用作「工」，如「攻（工）師」、「攻（工）尹」之屬。
金文作攻擊義之「攻」凡3見：

例1.

> 王令趞戱（捷）東反尸（夷），霆肇從趞征，攻𠕋（蹻）無啻（敵），省
> 𢎥（于）人（𢆶）身，孚（俘）戈，用乍寶尊彝。子子孫孫其迮（永）寶。
>
> （〈霆鼎〉，2731，西周中期，昭王）〔註310〕

「攻𠕋」之「攻」，有攻擊、進攻之義，𠕋爲金文𠕋字的通用寫法，馬承源、張
亞初皆以爲「蹻」之假借，《廣雅・釋詁》三：「蹻，拔也」。唐蘭則以勺、㑹
音近，从勺與从㑹之字每相通，如約即綸、汋即淪等，證鼎銘𠕋字通「扚」，而
引《說文》：「扚，疾擊也」爲證。按兩造說「𠕋」詞義相近，唯訓𠕋作「蹻」
較訓「扚」來得直接明快，不煩再讀作勺而借作「扚」。「攻𠕋」的施事主語「霆」

〔註305〕金國泰，〈西周軍事銘文中的「追」字〉，《于省吾教授百年誕辰紀念文集》（長春：
　　　　吉林大學出版社，1996年9月），頁111。

〔註306〕段玉裁注：《說文解字注》，頁203。

〔註307〕段玉裁注：《說文解字注》，頁126。

〔註308〕季旭昇：《說文新證》（上），頁375～376。

〔註309〕張世超：《金文形義通解》（上），頁753。

〔註310〕王系依彭裕商所訂。

承上省略，「攻𢽳」之後亦承上省略了受事賓語「東反夷」，而是接以結果補語「無敵」。

例2.

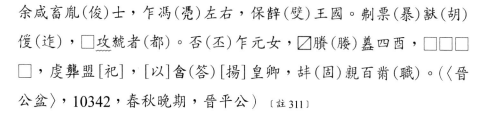

余咸畜胤（俊）士，乍馮（憑）左右，保辥（嬖）王國。刺景（暴）猷（胡）
僮（迍），□攻虩者（都）。否（丕）乍元女，☑賸（勝）譱四酉，□□□
□，虘𩰌盟〔祀〕，〔以〕會（答）〔揚〕皇卿，辪（固）親百嗇（職）。（〈晉
公盆〉，10342，春秋晚期，晉平公）〔註311〕

〈晉公盆〉爲一媵器，作器者爲晉平公，器銘內容分三段，首段追敘先祖爲武
王之子，成王之弟，左右武王，膺受大命，受封於「唐」，建立了晉邦。次段晉
平公自云帥型先王，勠力國政，廣召賢士，除暴安良。末段記嫁女於楚之事。「刺
景（暴）猷（胡）僮（迍）」有除暴安良之意，「□攻虩者（都）」之「攻」前一字殘泐
不識，「虩都」之「虩」在金文多作儆慎恐懼義，在此假借作「卻」；「卻」者，
退卻也。〔註312〕據此，「攻虩」有「攻退」義。晉國攻退之「都」當指前句所
云「暴迍」之國屬也。

例3.

攻𢽳王姑發難壽夢之子戲𤔲郘，之（往）義（鄰）□。初命伐□，有隻
（獲）。型（荊）伐郘，余斳（親）逆攻之。敗三軍，隻（獲）〔車〕馬，攴（擊）
七邦君。（〈攻吳王壽夢之子戲𤔲郘劍〉，《新收》1407，春秋晚期，
吳）

吳王之子餘祭受命前往徐國鄰邑，準備伐某國，巧遇楚伐徐，故迎而戰之。攻
擊的對象爲荊楚，以代詞「之」表示。綜上三例，可知「攻」以攻擊義爲主，
其後所接受事賓語即攻伐的對象，可承上省略。

〔註311〕〈晉公盆〉又名〈晉公蠤〉，舊依銘文「余雖今小子」而定器主爲經傳載其私名爲
　　　　「午」的「晉定公」，後李學勤証晉國文字「虫」字每似「雖」之左旁之「彡」，
　　　　指出「雖」應是「雖」字，「余雖小子」即金文常見的「余惟小子」，故是「雖」
　　　　語詞而非人名，繼而覈諸《左傳》昭公四年楚靈王請婚於晉，平公許之而定〈晉
　　　　公盆〉爲晉平公器，時平公二十一年，西元前537年。參〈晉公蠤的幾個問題〉，
　　　　《東周與秦代文明》（北京：文物出版社，1984年6月）。
〔註312〕高亨：《古字通假會典》（山東：齊魯書社，1997年7月），頁872～873。

8.【臽】

「臽」字《說文》未收，古文字材料裡，僅見於金文新收器〈晉侯穌鐘〉
（新收 873，西周晚期，厲王），銘云：

　　……王至于匔（鄆）𧷍（城），王親遠省自。王至晉侯穌自，王降自
　　車，立南卿，親令晉侯穌自西北遇（隅）𦙾（敦）伐匔（鄆）𧷍（城），
　　晉侯達㽙亞旅小子或人先臽入，折首百，執嘼十又一夫。

這個字馬承源首隸作「臽」，釋作「陷」，〔註313〕細審拓片，攴旁左側臼字之上
當爲人而非從爪，故以隸作「臽」爲佳；至於馬氏訓作「陷」者當指攻陷義，
其說可從。〔註314〕按「陷」字甲文作𣥠，「凵」上所陷者有鹿、牛、麗等獸牲，
字象陷牲於坎中，作名詞時指陷阱，作田獵動詞則指陷獸，或指祭祀動詞，如
「陷于河二宰」等。甲骨文亦有陷人以祭的𣥠，即「臽」之初文。根據于省吾
的說法，「臽」本從凵，從臼的臽乃後起字，從阜的「陷」，又係「臽」的後起
字，後世「陷」行而「臽」廢。〔註315〕「臽」字入《說文》臼部：「臽，小陷也，
從人在臼上」。段注：「阱者，陷也，臽謂阱之小者……古者掘地爲臽，故從人
臼，會意，臼猶坑也」。〔註316〕至於《說文》阜部下所收「陷」云：「陷，高下
也，從𨸏臽聲」，〔註317〕已非陷字本訓。

　　〈晉侯穌鐘〉銘載周厲王三十三年時率晉師東征夙夷，晉侯首戰率晉師攻
陷夙夷所在的鄆城，折首百，執訊 11 夫，首戰告捷。「陷」字所在句型爲「A
（主語）率（V1）B（兼語）先（時間副詞）陷（V2）入（V3）」，「陷入」爲
一具時間先後順序的連動結構，晉師先攻「陷」後進「入」，佔有鄆城。

9.【𢾀】

　　「𢾀」字《說文》所無，甲文未見，金文僅見於〈史牆盤〉（10175，西周
中期），作𢾀形。銘載：

〔註313〕馬承源，〈晉侯穌編鐘〉，《上海博物館集刊》第 7 輯（1996 年），頁 6。

〔註314〕金文另有以「臽」作「陷」指攻陷義者，見〈㝬鐘〉（260，西周晚期，厲王）：「南
　　　或（國）𦎫子敢臽（臽，陷）處我土」。參本文「攻擊類」之「其他項」下。

〔註315〕于省吾，〈釋𡲢、𡲢、𡲢、𡴎、𡴎〉，《甲骨文字釋林》（北京：中華書局，1999
　　　年 11 月），頁 275。

〔註316〕段玉裁注：《說文解字注》，頁 337。

〔註317〕段玉裁注：《說文解字注》，頁 739。

弘（宏）魯卲（昭）王，廣敝楚荊（荊），隹寏南行。

「敝」字唐蘭隷作敝，謂从𦰩與「能」字不同，「能」从𠂕，該字从𠤎。𦰩即貔（豼）字，𦰩當與敀通，借爲「批」，《廣雅‧釋詁三》：「搣，擊也」。〔註318〕裘錫圭引《說文》「能」从目（台）聲，而古籍「台」、「能」互文而證「能」、「台」古音極近，釋「敝」爲「笞」。〔註319〕李仲操讀爲「柔遠能邇」之「能」，作順習講。〔註320〕陳世輝讀作「懲」，懲治義，銘云「廣敝楚荊」與《詩‧魯頌‧閟宮》：「荊舒是懲」所指相同。〔註321〕

按敝字明顯從能从攴，从攴當屬後加形符，用以強調其動作義。至於「能」字形義，《說文》云其爲「熊屬，足似鹿，从肉，㠯聲」。古籍「能」、「熊」通用無別，學者多謂原指熊屬的「能」字在以賢能義爲普遍用法後，另作添筆劃而成「熊」字以還原本義，唯該說爲季旭昇所駁，其云能、熊聲韻未近，因此能熊只能看成同類動物，以形義俱近，故文獻偶有互用；季氏亦認爲許書誤以頭形爲「㠯」聲、誤以大嘴巴爲「从肉」，「能」字實爲象形矣。〔註322〕甲文未見「能」字，〔註323〕金文中的「能」字共 14 見，字體前後期無較大變化，歷

〔註318〕唐蘭：《史徵》，頁454。

〔註319〕裘錫圭，〈史墻盤銘解釋〉，《文物》1978年第3期，收入《金文文獻集成》第28冊，頁390。馬承源《銘文選》補證裘氏之說，並引《說文》：「笞，擊也」，云「敝」義爲捶擊，「廣敝楚荊」是指大擊楚荊」。見《銘文選》（三），頁155。

〔註320〕李仲操，〈史墻盤銘文試釋〉，《文物》1978年第3期，復收入《金文文獻集成》第28冊，見頁391。徐中舒、李學勤亦發此論，徐云敝从攴能聲，能本獸名，引申爲才能之能，此用爲動詞故从攴。象以攴馴伏走獸之形，其義與柔擾同，有安撫義。參徐中舒，〈西周墻盤銘文釋〉，《考古學報》1978年第2期，收入《金文文獻集成》第28冊，頁395。李云「能」是親善之意，見〈論史墻盤及其意義〉，《新出青銅器研究》，頁76。

〔註321〕陳世輝，〈墻盤銘文解說〉，《考古》1980年第5期，復收入《金文文獻集成》第28冊，頁398。于省吾〈牆盤銘文十二釋〉贊同其說，見《古文字研究》第5輯（1981年），復收入《金文文獻集成》第28冊，頁400。趙誠，〈牆盤銘文補釋〉亦從之。見《古文字研究》第5輯（1981年），復收入《金文文獻集成》第28冊，頁404。

〔註322〕季旭昇：《說文新證》（下），頁105。

〔註323〕孫海波《甲骨文編》、徐中舒《甲骨文字典》、《漢語古文字字形表》、李孝定《甲骨文字集釋》及于省吾《甲骨文字詁林》皆無論略此字。《合集》1169有一《類纂》

來在討論金文「能」字以及以「能」爲偏旁的字，如「羆」（〈鄂君啓節〉12110，戰國）、「敵」等字時，論者多依許書能字目（台）聲說，而由聲韻關係提出假借的說法來釋訓文字，證據充足可信，本文從之。〔註324〕

再來看「敵」字。唐蘭ㄥㄥ、ㄴㄴ之別係屬強分，觀金文所有「能」字「育」右之所從，有作ㄥㄥ者，亦有作ㄴㄴ者，故此部件不能作爲「敵」屬「貔」的佐證。裘錫圭從能的聲符「台」論「敵」爲「笞」之假借頗具見地，郭店楚簡有諸多假「羆」爲「一」之例，諸字皆从「能」旁之聲符「台」得聲，故裘說可從。〔註325〕至於字義方面，「廣敵楚荊（荊），隹賁（貫）南行」是昭王最重要的功業，李仲操、徐中舒、李學勤等由此論「敵」字即金文習語「柔遠能邇」之「能」，並云史載昭王南征，戰況慘烈，而此處卻用「能」，強調南行的過程是安撫、順習而親善的，乃是統治者常用的「美化」筆法。按「柔遠能邇」的「能」亦見於《詩·大雅·民勞》：「柔遠能邇，以定我王」，有安定親睦義，作動詞用。唯既爲安撫親善之「能」，用與習語相同，又何需添支作「敵」呢？筆者以爲李、徐之說和陳世輝讀作懲治之「懲」者，皆不若裘說來得直接穩當，裘讀「敵」爲「笞」，可參《說文》竹部對「笞」字的訓釋：「笞，擊也」；故而「廣敵楚荊（荊）」即「廣擊楚荊」，詞組類型與〈禹鼎〉的「廣伐東國」、〈多友鼎〉「廣伐京師」，及〈不嬰簋〉的「宕伐玁狁」相同。

10.【敵】

「敵」字甲文未見，《說文》未收，僅見於金文〈叔尸鐘〉（272，春秋晚期·

隸爲「熊」的字，張世超《金文形義通解》隸作「能」，該字在卜辭用法不明，且形體與金文「能」字差異頗大，故可否視爲「能」義指熊屬，頗值得商確。季旭昇於《說文新證》（下），頁105「能」字下收有字（《合集》19703）《釋文》隸爲「兜」。由於該片爲殘片，殘詞「……　　……　　……」，文義所指未明，字與金文「能」字形義未必相同，暫疑不論。

〔註324〕如郭沫若，〈關於鄂君啓節的研究〉，《文物參考資料》1958年第4期，頁3～7。商承祚，〈鄂君啓節考〉，《文物精華》1963年第2期，頁52。朱德熙、李家浩，〈鄂君啓節考釋（八篇）〉，《紀念陳寅恪先生誕辰百年學術論文集》（北京：北京大學出版社，1989年12月），頁64。

〔註325〕見於〈五行〉簡16：「其義（儀）羆（一）也」；〈語叢四〉簡25～26：「羆（一）家事乃有祐」；〈太一生水〉簡7：「羆（一）缺羆（一）盈」等。參王輝：《古文字通假字典》，頁592。

齊靈公），字作🔣，銘云：

> 尸（夷）篋其先舊及其高祖，虩虩成唐（湯），又（有）敢（嚴）才帝所，尃
> 受天命，剗伐頊（夏）司，🔣𠂤靈（靈）師，伊少（小）臣佳榑（輔），咸有
> 九州，處堣（禹）之堵（土）。

該段銘文爲叔夷數典先祖成湯能伐夏桀，攻其凌暴之師，並以賢相伊尹爲輔，故能佔有九州，處守禹土。「𢽾」字从攴从貫，張亞初《引得》及《殷周金文集成釋文》皆隸作「敗」，然金文「敗」作🔣（〈五年師旋簋〉，4216，西周晚期）、🔣（〈鄂君啓車節〉，12110，戰國中期）、从二貝之形乃自甲文「敗」作🔣繁化所致，與鐘銘之「🔣」絕不相類。

《說文》毌部：「貫，錢貝之毌也。从毌貝」。其前「毌」字下云：「毌，穿物持之也，从一橫𠔃，𠔃象寶貨之形」。〔註 326〕按「毌」字金文作🔣，象盾形，唐蘭早已指出金文中作串貝之形的🔣（〈中方鼎〉2751、52，西周早期・昭王）、🔣（〈晉姜鼎〉2816，春秋早期）：「當是貫的初文」，〔註 327〕故「貫」字本象串貝之形，而非許書所云「从一橫𠔃」也。「貫」作動詞用時，有貫穿、擊中之義，如《詩・齊風・猗嗟》：「射則貫兮」，毛《傳》：「貫，中也」。「貫」的擊中義當是從串貝義引申而來，其在金文中添「攴」作「𢽾」者，當是增攴以強調其動作義，歷來字書皆視其爲「貫」字之繁寫，與「貫」同義。〔註 328〕如此來看，則〈叔尸鐘〉的「𢽾」乃爲擊中之義，在此作「擊滅」解，「𢽾𠂤靈（凌）師」即指擊滅有夏凌暴之師。

11.【印】（抑）

《說文》印部共收三字，依印、㕔、抑分列。一、「印」：「🔣，執政所持信也，从爪卩」，二、「㕔」：「🔣，按也，从反印」，第三個「抑」是俗字：「🔣，俗从手」。許書所云的「印」指的是印鑑之「印」，名詞。🔣（㕔）、🔣（抑）訓「按」，段注云「按當作按印也，淺人刪去印字耳。按者，下也，用印必向下按之，本

〔註 326〕段玉裁注：《說文解字注》，頁 319。

〔註 327〕唐蘭，〈論周昭王時代的青銅器銘刻〉，原載《古文字研究》第 2 輯（1981 年），收入《唐蘭先生金文論集》（南京：紫禁城出版社，1995 年），頁 290。

〔註 328〕如清・閔齊伋撰；清・畢弘述訂：《六書通》（清光緒四年（1878）繡谷三餘堂重刊本）等。

義也，引伸之爲凡按之偶内則而敬抑搔之」。〔註329〕段氏之說大抵符合「印」字義項發展之況。「印」字甲文作☒（《合》797），金文作☒（〈曾伯黍簠〉4631，春秋早期），容庚於《金文編》「印」字下云：「印，从爪从卩，象以手抑人而使之跽，其義如許書之抑，其字形則如許書之印，意、印、抑爲一字，羅振玉說」。〔註330〕按羅振玉云卜辭☒字本象以手抑人而使之跽，即許書「抑」字本義，以訓按、屈、枉、止爲本義，引申而有安、治、愼密及謙抑之稱。本訓爲按抑的「印」因後世執政以印施治，故假借爲印鑑之印，爲使名詞的「印」與按抑之「印」有所區別，故造「印」之反書「🔲」以明「按」義，後增「手」作「抑」成爲一形聲字。〔註331〕

　　「印」在甲文的用法不甚明瞭，卜辭常見「狩☒」、「禽☒」、「圍☒」、「執☒」例，朱歧祥云此處之☒可隸作「奴」，是外族遭殷人擒服者，可參。〔註332〕金文中的「印」凡3見，1見於〈毛公鼎〉：「用印（仰）邵（昭）皇天」，「印」在此讀作「仰」。另一「印」字見於〈曾伯黍簠〉及〈梁伯戈〉，皆」讀作「抑」，有抑止、遏制之義：

　　例1.

　　　　佳王九月，初吉庚午，曾白（伯）黍（漆）悊（哲）聖元武，元武孔嗣（致），克狄（剔）雉（淮）尸（夷），印（抑）燮鄴（繁）湯（陽），金甬（道）鍚（錫）行，具既卑（俾）方。……（〈曾伯黍簠〉，4631，春秋早期，曾國）

　　例2.

　　　　梁伯乍（作）宮行元用，印（抑）勉（鬼）方綝（蠻），印（抑）攻旁（方）。
　　　　（〈梁伯戈〉，11346，春秋早期）

〈曾伯黍簠〉之「印」歷有「安」、「抑」兩說，結合上下文義，以「抑」字爲

〔註329〕段玉裁注：《說文解字注》，頁436。

〔註330〕《金文編》，頁645。

〔註331〕羅振玉：《增訂殷墟書契考釋》，參自《甲骨文字詁林》（第1冊），頁412。按羅氏釋「印」之引申義等乃是針對段氏對「🔲」的注文進行闡發。

〔註332〕朱歧祥：《殷墟甲骨文字通釋稿》（台北：文史哲出版社，1989年12月），頁52。徐中舒將某部份「印」視爲方國名，就其所舉「喪印」之例來看，或可視爲喪奴。參《甲骨文字典》，頁1012。

是。參本節第一個字例「變」。〈梁伯戈〉中「抑」字之後所接「蠻方」、「攻方」俱爲所抑遏之地，用法與〈曾伯霥簠〉相同。

12.【搏】

《金文編》「博」字下收有𤼈〈畎簋〉、𤼈+〈師袁簋〉兩字；〔註333〕另於「搏」字下收𤼈(博)〈多友鼎〉、𤼈(戟)〈不娶簋〉、𤼈(厚)〈臣諫簋〉、𤼈(搏)〈畎簋〉等字，云「从干經典通作薄」，〈畎簋〉下注云「或从十」。〔註334〕〈畎簋〉𤼈、𤼈分入「博」、「搏」兩字其實不必，〈畎簋〉兩字僅左旁「十」中間點筆力道深淺不同，當爲一字，不需別列；新出〈子犯編鐘〉「博(搏)伐荊楚」之「博」裘錫圭摹作𤼈，認爲和《金文編》「搏」字條下所收从干、从戈、从十（包括入「博」字項下的〈師袁簋〉）等相同，裘云：

> 此形所从之「十」，《金文編》逕以爲「十」字，實爲象盾形的「毌」字，亦即干戈之「干」之本字。干、弋皆爲戎器，从「戈」，从「毌」、从「干」同意。劉心源《奇觚室吉金文述》釋虢盤「搏」字說：「搏即博，从干取義，後人省从十，《詩》用薄爲之（引者按：〈小雅・六月〉：『薄伐獫狁』句）。」（卷八，頁18）此説有理，但「博」字所从之「十」應是「毌」之簡化。「戎」字本从「毌」，後來簡化爲从「十」，與此同例。……所以从戈專聲、从干專聲和从毌專聲之字，都應釋爲「搏」。從字形和文例看，「搏」大概就是「博」的後起字，但《金文編》直接把「博」字的一些比較原始的字形釋作「搏」，則是不妥當的。《説文・三上・十部》：「博，大通也，从十，从尃。尃，布也。」這是由於附會已簡化的字形立説，錯把「博」的假借義當作了本義。〔註335〕

裘氏之説可從。另外在新出〈柞伯鼎〉裡，亦有假「尃」作「搏」例；新出〈應侯見工簋〉中的搏从口作「嚗」。《説文》：「博，大通也。从十尃，尃，布

〔註333〕《金文編》，頁135。

〔註334〕《金文編》，頁776。

〔註335〕裘錫圭，〈也談子犯編鐘〉，《故宮文物月刊》13卷第5期（總149期）（1994年8月），頁112～113。又，「毌」爲盾之古文字形並非裘氏初發，于省吾結合殷墟出土墓槨蓋的盾痕已證和古文字的盾形完全相符，參〈釋盾〉，《古文字研究》第3輯（1980年11月），頁1～6。

也，亦聲」；〔註336〕「搏，素持也。从手專聲」，段注：「訓爲搏擊與素取無二義」。〔註337〕金文未見寫作从手从專的「搏」，今日常用的「搏」字當爲後起字，究其偏旁之所由，則🔲、🔲、🔲、🔲、🔲+當入「博」字項下爲佳，作動詞用。〔註338〕《廣雅‧釋詁》三：「搏，擊也」，此爲「博」字本義，後「博」字假借爲形容大也、通也，故而造「搏」字以表其本。〔註339〕

　　金文常見的「搏伐」典籍作「薄伐」，如《詩‧小雅‧出車》：「薄伐西戎」、《詩‧小雅‧六月》：「薄伐玁狁」等，「薄伐」之後直接攻擊的對象，金文用法與之相同，凡11例：

（1）西周早期

例1.

　　隹戎大出[于]軝，井(邢)侯𢀛(搏)戎，征(誕)令臣諫[以]🔲🔲亞旅
　　處于軝，[從]王🔲🔲。（〈臣諫簋〉，4237，西周早期，成康之際）

（2）西周中期

例2.

　　隹十月初吉壬申，駿(馭)戎大出于櫨(楷)，䓨搏戎，執𫎇(訊)隻(獲)
　　馘。櫨(楷)侯𢌿(厘)䓨馬四匹、臣一家、貝五朋。䓨揚侯休，用乍櫨(楷)
　　中(仲)好寶。（〈䓨簋〉，《新收》1891，西周中期，穆王）〔註340〕

〈䓨簋〉記載馭戎大出，侵犯楷國，李學勤引楊樹達釋〈不娶簋〉之「馭方玁狁」之「馭」爲朔之假借，朔者，北方也，故此處「馭戎」即「朔戎」，即北方之戎。其考証楷國位於今陝北，故常受北方戎人侵犯，此器記其中一次戰事，

〔註336〕段玉裁注：《說文解字注》，頁89。

〔註337〕段玉裁注：《說文解字注》，頁603。

〔註338〕「搏」、「博」甲文未見，至於作爲聲旁的「專」，从甫从又，甫甲文作🔲，羅振玉云象田中有疏，乃圃之初文。甲文有一🔲（《合》8275正），《甲骨文字詁林》（三）云「當爲祭祀之對象」，頁2121。

〔註339〕參陳漢平：《金文編訂補》（北京：中國社會科學出版社，1993年9月），頁137。《說文》：「薄，林薄也。从艸溥聲」段注：「林木相迫不可入曰薄，引伸凡相迫皆曰薄」（頁41），可參看。

〔註340〕銘文內容與斷代參李學勤，〈䓨簋銘文考釋〉一文，《故宮博物院院刊》2001年第1期（總第93期），頁1～3。

楷侯命楷仲（亦見於〈奚方鼎〉）之子䓪禦敵，䓪有功而受賞。「䓪搏戎」可以理解爲䓪率軍搏擊來犯之朔戎，與〈臣諫簋〉同屬爲標準的「S＋V＋O」句型。

例 3.

隹六月初吉乙酉，才臺𠂤，戎伐馭，𢦏達（率）有嗣、師氏䢅（奔）追𨞛（襲）戎于䣙（棫）林，博（搏）戎䵟（胡）。……衣（卒）搏，無䀠（尤）于𢦏身。〔註 341〕（〈𢦏簋〉，4322，西周中期，穆王）

簋銘之戎李學勤釋爲徐戎，即徐淮，九夷之一，位居今江蘇泗洪一帶，曾率九夷伐周，故而引發穆王令楚滅徐之事，〈𢦏簋〉中𢦏即〈遹甗〉中的師雍父，亦即〈彔簋〉中的伯雍父。當時以徐夷爲首的淮夷侵周，穆王命伯𢦏率成周師氏禦敵，在䵟發生搏戰，䵟即位于今安徽阜陽的胡國，是成周通往淮水流域的必經之地。〔註 342〕「博（搏）戎䵟（胡）」的主語𢦏承上省略，句末「胡」地之前省略了介詞「于」。句型爲「（主語）＋搏＋受詞＋（介詞）＋處所補語」，乃繼承西周早期「S＋V＋O」而再有擴展。簋銘的第二個「搏」爲「時間副詞＋搏」的組合，強調最後「搏」的行爲持續到最後的結果。〔註 343〕

（3）西周晚期

例 4.

唯十月，用嚴（玁）𤞷（狁）放（方）𢍰（興），󠄀廣（廣）伐京𠂤（師），告追于王。命武公遣乃元士羞追于京𠂤（師），武公命多友銜（率）公車羞追于京𠂤（師）。癸未，戎伐筍（郇），衣（卒）孚（俘）。多友西追，甲申之脣（晨），䡇（搏）于邾（𨚕、漆），多友右（有）折首、執訊、凡𠂤公車折首二百又□又五人，執訊廿又三人，孚戎車百乘一十又七乘，衣（卒）𠭯（復）筍（郇）人孚。或（又）䡇（搏）于龏（共），折首卅又六人，

〔註 341〕〈𢦏簋〉中的「䣙（棫）林」《左傳》有二，一位今陝西境內，一位今河南中部，「䵟（胡）」國亦有南方的歸姓之「胡」與陝西媿姓之「胡」，裘錫圭論証此棫林當位今河南葉縣，並同意李學勤對「胡國」地望的看法。參裘錫圭，〈論𢦏簋的兩個地名——棫林和胡〉，《古文字論集》。

〔註 342〕李學勤，〈從新出青銅器看長江下游文化的發展〉，《新出青銅器研究》，頁 264～265。

〔註 343〕參楊伯峻、何樂士：《古漢語語法及其發展》（上），頁 262。

執訊二人，孚車十乘，從至。〔註344〕追<ruby>尃<rt>搏</rt></ruby>（搏）于世，多友或（又）右（有）折首、執訊。乃<ruby>趩</ruby>追至于楊冢。公車折首百又十又五人，執訊三人，唯孚車不克目，衣（卒）焚，唯馬<ruby>毆</ruby>（驅）<ruby>盡</ruby>。<ruby>匐</ruby>（復）奪京<ruby>自</ruby>（師）之孚。（〈多友鼎〉，2835，西周晚期，屬王）

〈多友鼎〉共記一役5戰，這場戰役起因於玁狁於十月大舉集結，廣伐京師，京師告急故屬王命武公遣元士至京師禦敵，鼎銘「搏」字共出現3次，分居於第2戰、第3戰及第4戰，皆以「搏＋于＋某地」的句型出現，主語皆承上省略。第3戰的「搏」字之前添一連詞「或（又）」字，開啓第3戰的描述。第4戰以連動結構「追搏」表述連戰皆捷，周軍趁勝追擊的景況。

例5.

唯正月初吉丁亥，王若曰：「雁（應）侯見工，伐淮南尸（夷）<ruby>屰</ruby>（逆），敢<ruby>尃</ruby>（搏）<ruby>氒</ruby>（厥）眾<ruby>魯</ruby>（魯），敢加興乍（作）戎，廣伐南國。」王命雁（應）侯正（征）伐淮南尸（夷）<ruby>屰</ruby>（逆）。休克。<ruby>氒</ruby>伐南尸（夷），我孚（俘）戈。

（〈應侯見工簋〉，《首陽吉金》，頁112，西周晚期，屬王）

《首陽吉金》所載〈應侯見工簋〉與《新收》1456〈應侯見工鼎〉銘文內容相近，器主應侯見工（或隸作見作「視」）所處年代爲西周晚期屬王早年，自1974年〈應侯見工鐘〉於陝西藍田紅門寺出土後，近年來可繫聯爲同一器主的應侯諸器（簋、壺、鐘、鼎）相繼出土，學者稱之爲應侯見工諸器。〔註345〕

李朝遠撰文討論〈應侯見工鼎〉時，認爲器銘所載與屬王抗擊鄂侯馭方來犯有關，「屰」可能就是鄂侯馭方所率諸邦國的一支；李學勤則視「屰」爲南夷首長名。簋銘從口之「尃」周金僅見此例，李學勤引〈師寰簋〉「今敢博（薄）氒眾」舊說讀「尃」作「薄」，訓作「迫」，逼迫之義，斷句作「敢尃（薄）氒（厥）

〔註344〕此處「從至」有上讀及下讀兩種斷句，以李學勤從上讀爲佳，「或（又）尃（搏）于龔（共），折首卅又六人，執訊二人，孚車十乘，從至。」是對第三戰的描述，語末「孚車十乘，從至」，指的是所俘玁狁之車隨多友之軍而歸，對照下文第四戰（追搏于世）無俘車，以及第五戰（追至于楊冢）「唯孚車不克以，卒焚」之語，可知「從至」是第三戰中對「孚車十乘」的結果補語。參李學勤，〈論多友鼎的時代及意義〉，《新出青銅器研究》，頁128。

〔註345〕參李學勤，〈論應侯視工諸器的時代〉，原載《青銅文化研究》第4輯（2005年），後收入《文物中的古文明》（北京：商務印書館，2008年），頁252～257。

眾」，云兩例皆將指君長迫其眾，目的在於將叛亂之罪歸於君長，不在民眾。
〔註346〕唯〈師袁簋〉之「博」應讀作「搏」，搏擊義，詳下。「敢尃(搏)氒(厥)眾魯(魯)」中的「魯」字訓善，該段銘意指南淮夷丯敢出兵攻打南國地區降服於周王的良善小國，引發戰爭，膽敢多次興兵作戰，廣泛地侵擾南國，故周王遂命應侯見工征伐之。〔註347〕

例6.

> 惟四月既死霸，虢仲令(命)柞白(伯)曰：「在乃聖祖周公繇(舊)又(有)共(功)于周邦。用昏無殳，廣伐南國，今汝娶(其)衛(率)蔡侯ナ(左)至於昏邑。」既圍𩫖(城)，令(命)蔡侯告逪(報)虢仲、趙氏曰：「既圍昏」。虢中(仲)至。辛酉，尃(搏)戎，柞白(伯)執訊二夫，隻(獲)戜(馘)十人。(〈柞伯鼎〉，《文物》2006年第五期，西周晚期，屬宣之際)

〈柞伯鼎〉載屬宣之際，因昏國國君無殳廣伐南國，故而虢仲令柞伯率蔡侯從左方攻入昏邑，採包圍戰術進行搏伐，後柞伯獲勝，執訊2夫，獲馘10人。

例7.

> 王若曰：「師袁，戓(越)！淮尸(夷)繇(舊)我𧴩(帛)畮臣，今敢博(搏)氒眾，叚反氒工吏，弗速(蹟)我東鄙(國)。今余肇令女(汝)達(率)齊帀(師)，呉(紀)、釐(萊)、僰，眉、左右虎臣正(征)淮尸(夷)」，即質氒邦獸(酋)，曰冉、曰舝、曰鈴、曰達。(〈師袁簋〉，4313、14，西周晚期，宣王)

簋銘之「博」舊讀爲「薄」，訓作「迫」，斷句作「今敢博(搏)氒眾叚」指淮夷竟迫使原本應提供帛賄的奴隸有閒暇。〔註348〕唯此說法意有未盡處，故近來已獲修正，該句當斷作「今敢博(搏)氒眾，叚反氒工吏」，「搏」的施事主語與他

〔註346〕李學勤，〈「首陽吉金」應侯簋考釋〉，香港浸會大學《人文中國學報》第15期(上海：上海古籍出版社，2009年9月)，頁3。

〔註347〕李學勤云「魯」從「魯」聲，與「蘇」相同皆從「魚」得聲，故疑魯可能讀爲「胥」，釋作「皆」。並讀「加興乍(作)戎」之「加」爲「格」，訓作彊悍義，其說頗爲滯礙，本文不從。

〔註348〕郭沫若舊說，馬承源《銘文選》，頁307、張亞初《引得》承之，此說已爲李學勤所駁。

器專指王室軍隊不同，在這裡指的是不納貢的淮夷。其所「搏」之「眾」的身份于省吾認爲是周朝庶民百姓。〔註349〕「叚」舊視作爲語詞，〔註350〕孟蓬生從音讀及語法位置、語法作用分析，證當讀作「敢」。〔註351〕「工吏」指的是周王朝派駐當地收納貢賦的王官。該句句型上承「S＋搏＋O」而有所發展，除主語承上省略外，「搏」字之前增添時間副詞「今」及助動詞「敢」，受事賓語也以代詞取代。

例8.

　　唯九月初吉戊申，白氏曰：「不嬰，馭方厰允（玁狁）廣伐西俞（隃），
　　王令我羞追于西，余來歸獻禽。余命女御（禦）追于箸。女（汝）吕（以）
　　我車宕伐㲋允（玁狁）于高陵。女（汝）多折首䙴嗓（執訊）。戎大同，
　　從追女（汝）；女（汝）彶（及）戎，大轟戟（搏）。女（汝）休，弗吕（以）
　　我車圅（陷）于囏（艱）。女（汝）多禽，折首䙴嗓（執訊）。」（〈不嬰簋〉，
　　4328 器、29 蓋，西周晚期，宣王）

「戎大同，從追女（汝）；女（汝）彶（及）戎，大轟（敦）戟（搏）」中的「及」一般視爲連詞，金國泰結合上下文意，提出上句「戎大同從追女（汝）」中的「從」在典籍有迎擊和正面進攻等意義（典籍有「禦」、「從」互文例），該句是說玁狁大規模集結，正面攻擊、抗禦周師（在不嬰宕伐玁狁於高陵後），「從追」是一種迎面抗敵的動作。〔註352〕故而不嬰挺進至玁狁集結處，「女及戎」中的「及」有追及之義，不嬰追及玁狁，對其展開激烈的搏殺。〔註353〕然究其所論，則「及」

〔註349〕于省吾，〈關於「釋臣和鬲」一文的幾點意見〉，《考古》1965 年第 3 期。

〔註350〕舊依屈萬里讀《詩》「不我遐棄」、「不遐有愆」所釋。參屈萬里：《詩經詮釋》（臺北：聯經出版社，1998 年 1 月），頁 17。

〔註351〕孟蓬生，〈師袁簋「弗叚組」新解〉，文見復旦大學出土文獻與古文字研究中心網站：http://www.guwenzi.com/SrcShow.asp?Src_ID=705。（2009 年 2 月 25 日發佈）

〔註352〕金國泰，〈西周軍事銘文中的「追」字〉，《于省吾教授百年誕辰紀念文集》（長春：吉林大學出版社，1996 年 9 月），頁 111。

〔註353〕金國泰云「『敦』都發自一方，而且都發自周師。與卜辭相比，『敦』在周代明顯用於褒義。『搏』本義也是一方對另一方的打擊。可見簋銘『敦搏』只能是周師一方的行爲。因此，『及』不是連詞，是動詞。『女及戎，大敦搏』是說不嬰率師挺進到「戎大同從追」處，即玁狁大規模集結抗擊處，是玁狁領地，給玁狁阻擊部

按傳統理解爲連詞，訓作「與」亦可通，不必過於強調不墊「追及」至玁狁處，再者，作追及、追逮義解的「及」字僅見於甲文，如「及今三月」、「貞乎追□及」等，〔註354〕金文中的「及」字或有從彳作「彶」者，但皆不作追及義，而作介詞、連詞或假爲「急」。唯一的動詞例見〈保卣〉（5415，西周早）：「王令保及殷東或（國）」，「及」作「眚及」之用義。〔註355〕「大敦搏」中，「敦」有殺義，「敦搏」爲連動詞組，其前受程度副詞修飾，強調戰況的激烈。

　　例9.

　　女（汝）隹克井（型）乃先且（祖）考，關厰（玁）〔狁〕，出戡（捷）于井阿，
　　于曆厰（岩），女（汝）不畏戎。女（汝）□長父，以追搏戎，乃即宕（蕩）
　　伐于弓谷。女執訊獲馘、俘器、車馬。（〈四十二年逨鼎〉，《新收》
　　745-1，西周晚期，宣王）

鼎銘「女（汝）□長父以追搏戎」中的□字不識，「追搏戎」一詞較易理解，唯其前的「以」受限於□字不識，不好理解。金文之「以」有多種用法，此處以釋作介詞，義同「用」及釋作動詞，作率領義者較爲何能，唯經上節的分析，知金文作率領義的「以」字之後恆見所率軍隊名，故此處「以追搏戎」中的「以」以釋作「用」者爲佳，其所提介的對象，或即爲前置的「女」（逨）及「長父」所率之周師。「追搏」爲一連動結構，作追擊搏擊解，「追搏」之後所接受事賓語「戎」，即首段之「玁狁」。

　　例10.

　　隹十又二年正月初吉丁亥，虢季子白乍寶盤。不顯子白，壯（壯）武
　　于戎工（功），經緞（維）四方，搏（搏）伐厰猃（玁狁），于洛之陽，折
　　首五百，執訊五十，是吕（以）先行。（〈虢季白子盤〉，10173，西周
　　晚期，宣王）

隊以沉重打擊。以下說『女（汝）休，弗吕（以）我車圅（陷）于艱（艱）』，『艱』指險要處的阻擊，與前句『大同從追』呼應。」上文已提及金氏對「敦」、「及」、「艱」字詞性詞義說釋皆猶有可商，該銘諸字之用未如金氏所言。金氏之論見〈西周軍事銘文中的「追」字〉，頁111。

〔註354〕黃德寬主編：《古文字譜系疏證》（四）（北京：商務印書館，2007年5月），頁3832～3833。

〔註355〕張世超：《金文形義通解》（上），頁637。

例11.

　　隹王五月初吉丁未，子軋（犯）宕（佑）晉公左右，來復其邦。者（諸）

　　楚荊（荊）不聖（聽）令于王所，子軋（犯）及晉公達（率）西之六自（師）

　　博（搏）伐楚荊（荊），孔休。（〈子犯編鐘〉，《新收》1009、1021（同

　　銘第二套），春秋中期，晉國）

兩器「搏伐」兩字屬同義連用。

　　「搏」字句型發展可圖示如下：

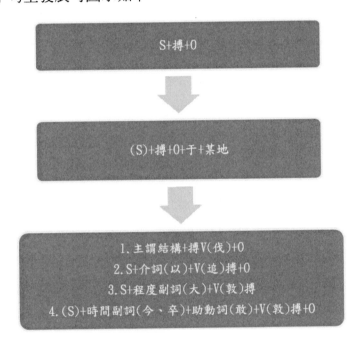

13.【羞】

　　《說文》丑部：「羞，進獻也。从羊丑，羊所進也，丑亦聲」。段注：「犬肥

者獻之，犬羊一也，故从羊，引申之凡進皆曰羞」。〔註356〕羞字甲金文作🖐（《合》

1048）、🖐（〈五年師旋簋〉4216，西周晚期），持羊進獻的本義明顯，許說可從，

從進獻義引申有「進」義，這樣的用法散見於先秦典籍，如《爾雅・釋詁》：「羞，

進也」。金文的「羞」除了加於器名前如「羞鼎」、「羞鬲」、「羞壺」等指進獻義

外，並常見與「追」形成「羞追」詞組，用指「進擊」義，其例有三：

例1.

　　隹王五年九月，既生霸壬午，王曰：「師旋，令女（汝）羞追于齊，儕

〔註356〕段玉裁注：《說文解字注》，頁752。

（賣）女（汝）毌五、易（錫）登盾生皇（鳳）、畫內（柲）戈琱戒、骹（緱）必（柲）、彤沙。敬毋敗速（績）。」旒敢揚王休，用乍寶簋。子子孫孫永寶用。（〈五年師旒簋〉，4216～18，西周晚期，屬王）

例2.

唯十月，用嚴（玁）猲（狁）放（方）襲（興），賓（廣）伐京自（師），告追于王。命武公遣乃元士羞追于京自（師），武公命多友衛（率）公車羞追于京自（師）。癸未，戎伐筍（郇），衣（以）孚（俘）。多友西追，甲申之脣（晨），𧖟于龏。（〈多友鼎〉，2835，西周晚期，屬王）

例3.

唯九月初吉戊申，白氏曰：「不娶，馭方厰允（玁狁）廣伐西俞（隃），王令我羞追于西，余來歸獻禽。余命女御（禦）追于䇲。」（〈不娶簋〉，4328 器、29 蓋，西周晚期，宣王）

三例之「羞」有進擊義是沒問題的，除〈五年師旒簋〉文意不明外，〈多友鼎〉、〈不娶簋〉中的「羞追」一詞皆用於外敵來犯時，王令「羞追」的作戰地點「京師」、「西隃」皆爲外敵侵擾之地，金國泰由此討論「羞追」之「追」不應簡單視作追逐義，而應視作「抵禦」義，「羞追」屬被動迎戰、應急抗禦。至於〈五年師旒簋〉中未言來犯但言「羞追于齊」，當是類似《春秋》習見的「隱諱」筆法。〔註357〕按三例中「羞追」之後皆以介詞「于」帶出作戰地點，此作戰地點爲外敵侵犯之地，屬周領土，王令軍隊挺進此戰區，與敵人作戰，這是「羞追」詞組與其他攻擊類動詞在句型上的最大不同處，與此相似的僅見於〈敔簋〉和〈𢦔簋〉中的「追𦥼（襲）」一詞，兩者皆以「V1V2＋于＋處所補語」的方式呈現，而「追𦥼（襲）」之前亦同樣有來犯之述，故金氏對「羞追」的理解頗有可參之處，唯考諸金文諸「追」字文例，當仍以追逐義爲主要義素，而於戰爭銘文的敘事背景下間或參有「驅敵」之附加義素爲佳。故而「羞追」仍應以進擊義爲主。

綜上所述，金文 13 個與殳、又、攴偏旁相關之攻擊類軍事動詞中，以從

〔註357〕金國泰，〈西周軍事銘文中的「追」字〉，《于省吾教授百年誕辰紀念文集》（長春：吉林大學出版社，1996 年 9 月），頁 109～113。其爲合理說明「追襲」乃爲禦敵之爲而云〈五年師旒簋〉採用春秋筆法諱去外敵入侵一事，似言過矣。

「攴」偏旁者數量最多，佔 7／13，其中有 3（敓、斂、斁）／7 是《說文》及其他古文字皆未見的獨創字，諸字之形構皆爲左聲右形之形聲字，且敓、斁二字聲符兼義，从攴之字皆以「攻擊」爲主要義素，附加義素則有擊中（斁）、會合（敓）、擊敗（攴）等。「殳」部的「毀」同樣以「攻擊」爲主要義素，而以「殺滅」爲附加義素。在構詞方面，以手部的「搏」構詞最爲靈活，使用數量也最多，可與助動詞結合形成「敢搏」詞組，以每與其他動詞結合形成連動詞組，如「追搏」、「敦搏」等，是又、攴、殳部類攻擊類動詞中最爲活躍的動詞。這些動詞的另一大特色，是除〈師袁簋〉之「搏」字施事主語爲淮夷外，其餘諸例施事主語皆爲周軍，故動詞之後直接受事賓語，皆爲攻擊的對象，這些對象皆爲敵方，可見「施事主語＋攻擊動詞＋受事賓語」句型的穩定性。

三、从止等相關偏旁者

本單元討論一系列與止、彳、辵等相關偏旁有關之攻擊類軍事動詞，計有：達（撻）、追、逐、征、劉（襲）、𡭪（躪）等 6 個。

1.【達】（撻）

在金文中，作爲「撻伐」的「撻」字寫作「達」，「達」字本有通達義，《說文》入辵部，云：「䢔，行不相遇也。从辵㚔聲。《詩》曰：『挑兮達兮』」，並收或體「达，達或从大，或曰迭」。段注：「讀如撻，今俗說不相遇尚有此，乃古言也，……訓通達者，今言也」。〔註358〕按就段注所言，「達」、「撻」音同，本可假借，而「達」字今日普遍用作通達義。「達」字所从之「㚔」入《說文》羊部：「㚔，小羊也，从羊大聲，讀若達同。㹽，㚔或省」，段注：「羊當作羔字之也……羊子初生名達，小名羔……大曰羊」。〔註359〕

舊云甲文未有「達」字，另有 𡕹（《合》27745）字與《說文》「達」之或體「达」形同，作人名使用。趙平安根據郭店楚簡「達」字作 𨖷、𨙻、𨘷，聯繫到甲文中舊釋爲「途」的 𡕹、𡕹、𡕹 等字實應釋爲「達」，這些「達」字多用作「致」解，表示「讓……來」或「讓……去」，如《合集》6047：「貞：虫陟令達𡴀，八月」，「𡴀」爲商王臣屬，受商王差遣，「令達𡴀」指「下令讓𡴀來（或

〔註358〕段玉裁注：《說文解字注》，頁 73～74。

〔註359〕段玉裁注：《說文解字注》，頁 147。

去）」。某些「達」則用作「撻伐」義，如《合》32899：「庚辰貞：令乘望達（撻）辨方」，亦有撻虎方者，如《合》6667：「叀其達（撻）虎方告于大甲，十一月」等。有時候由於「達」的對象與殷王朝關係密切，這時候的「達」既可理解爲「撻伐」，也可理解爲「致」，如《合》6034正：「貞：勿呼達（撻、致）沚」，這是因爲「沚」是商王呼令的對象，也是曾是商王征伐的對象之故。先秦典籍亦每見用「達」作「撻」者，如《尚書・顧命》：「用克達殷，集大命」，曾運乾《尚書正讀》：「達，即古撻字，猶云撻伐也。」屈萬里《尚書釋義》：「達，撻也。」亦有學者將「達殷」之「達」釋爲「討伐」「擊」等。〔註360〕如此，則「達」字在甲文時就是一個形聲字，兼有「往致」及「撻伐」兩個義項。〔註361〕

　　《說文》手部收有「撻」字，云：「𢱢，鄉飲酒，罰不敬，撻其背，从手，達聲。𢽳，古文撻。」〔註362〕關於「撻」字的訓釋，《廣雅・釋詁》：「撻，擊也」。《禮記・內則》：「而撻之流血」，鄭注：「撻，擊也」。《周禮・小胥》：「而撻其怠慢者」。《禮記・鄉飲酒義》：「撻其背」亦指鞭笞。玄應《一切經音義》：「撻，笞也」。可知「撻」有打擊意，古今基本一樣，沒有多大改變；而所「撻」擊的對象，小至個人，大至國族，皆可用「撻」字。

〔註360〕趙平安，〈「達」字兩系說——兼釋甲骨文所謂「途」和齊金文中所謂「造」字〉，《中國文字》新 27 期，頁 51～63。然趙平安也承認有些「達」字由於賓語涵義不明，故一時弄不清它的具體用法。

〔註361〕甲文另有一𫟒字隸作𢼸或𢼜，用爲動詞，張亞初將之釋爲「撻」之本字，會刑具（代表奴隸罪人）與手持鞭杖作敲擊狀，後加上表示行動的意符彳便演變成撻，可備一說，參張亞初，〈甲骨金文零釋〉，《古文字研究》第 6 輯（1981 年 11 月），頁 160～161。惟該字姚孝遂認爲在甲骨文中似乎不見有撻伐義，似通作「執」。參《甲骨文字詁林》（第 3 冊），頁 2586 按語，韓劍南於碩論《甲骨文攻擊類動詞研究》中分析道：「若以此說驗之於甲骨卜辭，則有許多文例難以解釋」（頁 32）。暫備此而不論。另晉國兵器銘文末尾常有「𢽳齋」一語，黃盛璋讀作「撻齊」，「撻」者，擊也；「齊」者，劑也。其對「𢽳」字的理解與張氏相同，認爲戰國文字中的𢼸、𢼜都是「撻」字，秦統一後行撻廢𢼸、𢼜。至於「𢽳（撻）齋（劑）」則爲製造兵器技術上的一個術語，指錘擊金屬原料的調劑，代表製造兵器。參〈「𢽳（撻）齋（劑）」及其和兵器製造關係新考〉，《古文字研究》第 15 輯（1986 年 6 月），頁 253～276。張亞初《引得》從黃說，凡兵器銘文末之「𢽳齋」皆隸作「𢽳（撻）齋（劑）」，參《殷周金文集成引得》，頁 910。

〔註362〕《說文解字注》，頁 614。

　　金文「達」字作𧗸（〈史牆盤〉，10175，西中），𨔤（〈保子達簋〉，3787，西周晚期）等，多作人名使用，作撻伐義者，見西周中期的〈牆盤〉及西周晚期的〈逨盤〉：

例1.

　　𩁹（迅）圉武王，遹征（正）四方，達（撻）殷畯（悛）〔註363〕民，永不（丕）巩（鞏）。狄（剔）盧〔註364〕髟〔註365〕，伐尸（夷）童（東）。〔註366〕

　　（〈牆盤〉，10175，西周中期，恭王）

盤銘載迅猛強圉的武王，巡征西方，「達（撻）殷畯民」爲追述武王功烈語，「達」字唐蘭讀作「通」應是受《尚書·顧命》：「昔君文王、武王……用克達殷，集大命」之「達」，《正義》云：「能通殷爲周，成其大命，代殷爲主」的影響，〔註367〕裘錫圭正《尚書·顧命》：「昔君文王、武王……用克達殷集大命」之「達」近人確解爲伐之撻，覈之典籍與盤銘之「達」，則讀「撻」確也，學者多從之。〔註368〕該句銘文可譯爲：迅猛威武的武王，巡征四方，撻伐殷紂，安定人民，使周朝天子得到永久的大大鞏固。武王克殷後東征，驅除盧、髟，征

〔註363〕「畯」字釋讀不一，有讀爲「悛」，指改正向善（裘錫圭，〈史牆盤銘解釋〉，《文物》1978 年第 3 期）及安定（連劭名，〈史牆盤銘文研究〉，《古文字研究》第 8 輯（1983 年））兩種說法，或讀爲「俊」，指農民（唐蘭：《史徵》）、才俊之士（于豪亮，〈牆盤銘文考釋〉，《古文字研究》第 7 輯（1982 年））、才武之士指強大的部族（徐中舒，〈西周墻盤銘文箋釋〉，《考古學報》1978 年第 2 期）。本文從連劭名之說。

〔註364〕「盧」有感歎詞「嘑」與方國名兩種說法，結合上下文例和語境來看，「盧」以方國說爲尚，相關論證可參劉士莪、尹盛平，〈微氏家族青銅器群研究〉，《西周微氏家族青銅器群研究》（北京：文物出版社，1992 年），頁 43～46。

〔註365〕「髟」字原形作𩑰，卜辭中亦作地名用，是一個和商互有交往與攻伐的方國或部族。參見林澐，〈釋史牆盤銘中的「逖盧髟」〉，《陝西博物館館刊》第 1 輯（1994 年），復收於《林澐學術文集》（一）（北京：中國大百科全書，1998 年），頁 174～183。

〔註366〕「夷童」有「夷地東國」以及蔑稱「夷」爲「僮」的兩種看法，但總之皆指今山東一帶的東方區域。

〔註367〕《史徵》，頁 218。趙誠、連劭名皆從其說。

〔註368〕裘錫圭，〈史墻盤銘解釋〉，《文物》1978 年第 3 期，復收入《古文字論集》，頁 371～385。

伐夷東。

例 2.

逨曰，不顯朕皇高且單公，趞趞克明厥心奔德，夾詔文王、武王，達（撻）
殷，應受天魯令，匍有四方，並宅厥堇疆土，用配上帝。（〈逨盤〉，
《新收》757-3，西周晚期）

〈逨盤〉「撻」字所在段落文意與〈牆盤〉銘載相仿，皆位於銘文前段，爲某氏
族後世子孫作器時對先世追隨先王之功烈追記，其中提及文武時期之功者，必
云「達（撻）殷」之事。兩器「撻殷」的句型爲「(S) ＋V（撻）＋O（殷）」，主
語皆承上省略，「撻」的對象皆爲周之宿惡「殷」。

2. 【追】

《說文》辵部「追」下云：「𧾷，逐也。从辵𠂤聲」，並於次文「逐」下云
「𧼷，追也。从辵豕省聲」，追、逐互訓。〔註369〕甲文「追」字作𧾷（《合》20461），
从止从𠂤，「𠂤」的初形本義上文談及「師」字時嘗參酌裘錫圭的看法，視爲人
工堆築之高出地面的堂基建築，爲「堆」之古字，而甲文師旅之「師」亦每作
𠂤。羅振玉以爲「𠂤即古文『師』字，金文與此同」。〔註370〕楊樹達據此論甲文
之「𠂤」象師在前而人追逐之，並云卜辭追、逐「二字用法劃然不紊，蓋追必
用於人，逐必用於獸也」、〔註371〕「蓋追用字於戰陳，見追者必爲人也……逐
字本專用於狩獵，見逐者乃禽獸而非人，故與追爲追人者不同。然則二字用法
之殊，由於二字構造之本異」。〔註372〕其說乃視「𠂤」爲會意字，李孝定駁云
「舍戰陣外追之不必从師，追字但以𠂤爲聲耳」，則是視爲形聲字。按卜辭之
「追」有用於軍事攻擊者，如《合》6946（正）：「犬追亘，無其及」等，亦有
用法不明者，如《合》14454：「貞：追弗其氐牛」、《合》14455：「貞：追氐〔牛〕」，
〔註373〕卜辭「追氐牛」是否就是李孝定所云「舍戰陣外追之」乎？如此一來，
卜辭𧾷字所之之「𠂤」已然會意兼聲矣。

〔註369〕段玉裁注：《説文解字注》，頁 74。
〔註370〕羅振玉，《增訂殷墟書契考釋》（中），頁 20。參《金文形義通解》（上），頁 333。
〔註371〕楊樹達，〈釋追逐〉，《積微居甲文說》（上海：上海古籍出版社，2006 年），頁 27。
〔註372〕同上註，頁 28。
〔註373〕《甲骨文合集釋文》（二）。

金文「追」字作𧿬（〈夨令方彝〉，9901，西周早期）、𧼊（〈燮作周公簋〉，4241，西周早期）、𧾷（〈墜貯簋蓋〉，4190，戰國早期），較諸卜辭，以增彳而作从「辵」之「追」最爲常見，〈燮作周公簋〉易「止」爲「囗」，疑受「遣」字作𧼈（〈小臣謎簋〉，4238，西周早期）影響。至於春秋時期「追」所从之「𠂤」作𧿬，則應是受𦥑（〈毛公鼎〉，2841，西周晚期）影響所致。〔註374〕

在字義方面，卜辭之「追」多用於軍事行動，表追擊義，全用於商對方國的行動，其前與使令動詞構成「令追」、「呼追」詞組，或與其他趨向動詞結合，如「往追」等。金文之「追」義項從追逐、追擊義引申有追溯、追念、追孝之用，前者如〈召尊〉（6004，西周早期，昭王）：「白（伯）懋父錫𧾷（召）白馬，每（晦）黃髮敄（微），用□不杯。𧾷（召）多用追于炎，不𤣥（肆）白（伯）懋父𡤵（賄）。」銘中的「追」用指追念，指召追溯在炎地時正直的伯懋父賜白馬的事。〔註375〕後者如常見的「敢追明公賞于父丁」、「追孝于乍皇考」、「追孝于前文人」等；而「追」在先秦傳世典籍裡，則恆用作追逐義，並常用於逐惡事，如《周禮‧秋官司寇‧脩閭氏》：「而比其追胥者，而賞罰之」，鄭玄《注》：「追，逐寇也」等。

金國泰首發金文「追」字具抗禦義，〔註376〕其論點之出，乃基於視「追𣪠」、「禦追」、「羞追」等爲意義相近的詞組，具有同義複詞的關係，而「御」、「𣪠」有攔阻義、〔註377〕「羞」有進攻、攻殺義，故而「追𣪠」、「禦追」、「羞追」的「追」亦與「御」、「𣪠」、「羞」字義接近或一致。金氏另從銘文所記戰例來看「追」的意義，發現銘文「追」字每用於外敵侵犯的戰爭銘文，因有外犯而王命周軍「羞追」，這種抗禦或驅逐來敵的「追」字乃屬被動迎戰，與主動進攻或主動反擊到敵域用「伐」、「征」明顯不同。再者，周軍「追𣪠」、「禦追」、「羞

〔註374〕《金文形義通解》（上），頁333。

〔註375〕參《銘文選》（三），頁71。

〔註376〕金國泰，〈西周軍事銘文中的「追」字〉，《于省吾教授百年誕辰紀念文集》（長春：吉林大學出版社，1996年9月），頁109～113。

〔註377〕此字舊說紛云，馬承源於新出〈晉侯𮂥盨〉中將銘文「遣𣪠」讀作「原隰」，並引《周禮‧夏官》：「遣隰」爲證，故知𣪠字發音與「㬎」有關，裘錫圭因此一改舊讀𣪠爲「攔」的說法，而改讀「追𣪠」爲「追襲」，「𣪠」字形義大白矣。相關論證詳見本單元第5字例「𣪠」下說釋。

追」之地皆爲敵人侵犯之所在，而非敵人竄逃脫逸處，故將這些「追」字讀爲迎擊、抗禦義，要比讀作追擊、追逐義來得明確，並疑「追」的字根「𠂤」（堆）本高出平地，故而生阻礙義，由此派生出「追」有阻擋義，引申有攔截、攔擊、抗禦義。唯金氏亦承認金文之「追」亦有尾隨追擊的用法，並以一詞多義、相反同根、施受同詞爲之作解。

按金氏「追」字之論有兩點可議，其一，視「追𢿂」、「禦追」、「羞追」爲同義複詞，且「追」字之釋需隨搭配的動詞之主要義素而定，並且要結合上下文意才能明確「追」字在文中的用法，殊爲怪甚。若誠如金氏所言，上舉詞組乃屬同義複詞，則其義項當以兩詞之共同義素爲主，但「追」字與「𢿂」（襲）、[註378]「禦」字的相同義素皆爲「攻擊」而非抵禦，故而不當以「𢿂」釋「追」，或以「禦」釋「追」，且「羞追」強調的是進攻追擊義，視作抗禦義明顯不妥。釋「追」與𢿂、禦、羞結合後形成同義複詞，強調的是阻攔、抵禦義，並以相反同根、施受同詞爲「追」字兼有追逐、攔阻義作解，恐需更多的證據。

再者，將𢿂字釋爲「絕」，讀作「捷、截」，乃爲金氏論「追」具攔阻義之要據之一，然金氏釋𢿂（𢿂）爲「絕」字之變，云「絲」下從止，似倒刀形，乃從冂琶聲，琶象刀斷絲者，誠屬非是。按𢿂（𢿂）字之「絲」下從所從非刀，乃從止，金氏說形明顯有誤，故而其釋作「絕」而讀如「截」、「捷」者乃不可從，再由此讀「追𢿂」爲追截、追捷、攔捷、阻擊等義則不可觀也，由此而推諸「追」字字根爲礙行之土堆，更屬非議。

另金氏舉先秦典籍中的「追」遺存有迎擊、攔擊、抗禦一類以爲佐證，然其所引《左傳・桓公六年》：「楚武王侵隨，使章成求焉，軍於瑕以待之。隨人使少師董成……王毀軍而納少師。少師歸，請追楚師」之「追」，乃是隨國之臣趁攻隨之楚軍依約退師之際，欲毀約追擊楚軍之謂，「追」當理解爲追擊義，非爲攻擊義。

再者，金氏言：「彝銘凡主動進攻或主動反擊到敵域，多用『伐』、也用『征』，而抗禦或驅逐來敵用『追』，也用『戍』和『御』」，然〈五年師旋簋〉（4216～18，西周晚期・懿）銘云：「隹王五年九月，既生霸壬午，王曰：『師旋，令女（汝）

羞追于齊，儕(賚)女(汝)毋五、易(錫)登盾生皇(凰)、畫内(枘)、戈瑅肴、骹(緱)必(柲)、彤沙。敬毋敗速(續)。』旂敢揚王休，用乍寶簋。子子孫孫永寶用。」則「追」字之前未見有來犯之詞，金氏云此乃「《春秋》諱飾的樣板」，略顯牽強。且金文「戍」僅用於戍守義，未見抵禦之用。〔註379〕

那麼，該如何解釋「追」字所在作戰地點常見爲外敵侵犯之處？筆者以爲，「追」字本含「追逐」、「攻擊」兩義素，外敵來犯而王令「追」之，當有「追擊」而「驅逐」出周土的含意。考諸金文諸「追」字文例，當仍以追逐義爲主要義素，而於戰爭銘文的敘事背景下間或摻有「驅敵」之附加義素，如此較能合理說明「追」字之用。下就 8 器「追」字之用詳述之：

例 1.

　　□陵貯眔子鼓晶鑄旅趞。隹巢來伐，王令東宮追㠯六㠯(師)之年。

　　（〈陵貯簋〉，4047，西周早期）

東淮夷巢國前來侵迫有周，時王令東宮太子率六師追擊之。有來犯而「追」之，故此處的「追」含有追擊驅逐之義。句型結構爲「S1＋V1＋O（兼語）＋V2（追）＋（O）＋介＋補語」，「王令東宮追以六師」爲定語，「之」爲結構助詞，「年」爲中心語。

例 2.

　　隹六月初吉乙酉，才臺(堂)㠯，戎伐馭，威達(率)有嗣、師氏偸(奔)，
　　追勁(襲)戎于䑠(域)林，博(搏)戎戠(胡)。朕文母競敏窮行，休宕
　　毌心，永竷(襲)毌身，卑(俾)克毌啻(敵)。（〈威簋〉，4322，西周中
　　期，穆王）

按「奔」有急馳義，此處之「奔」乃指爲禦敵侵犯而發的急行軍，「奔追襲」多視爲三動詞連用，何樹環斷句作「奔追，襲戎」。〔註380〕按此處之「戎」參〈威方鼎〉，知爲淮戎之省，即淮夷。淮夷侵伐馭地（地望不詳），以威領率的周軍快速前往受敵入侵的馭地後，追擊襲戎至於域林（今河南葉縣東北），該次戰鬥

〔註379〕詳見本論文第四章「發動戰事類」下第三節「防禦項」動詞第 8 個字例「戍」字條說釋。

〔註380〕此處斷句及說釋參何樹環博論《西周對外經略研究》，頁 183、186。何氏於該銘贊同金國泰「追」爲抗禦的說法，與本文意見不同。

迫使淮夷向東退卻，周軍復而在胡地與戎進行搏擊戰。故該分句宜斷句作「奔，追襲」爲佳。句型結構爲「S（彧）＋V1（率）＋O1（有司、師氏）〔兼語〕＋V2（奔），V1（追）V2（襲）＋O（戎）＋介（于）＋處所補語（域林）」。

例3.

> 隹七月初吉丙申，晉侯令冒追于佣，休，又（有）禽（擒），侯釐冒輷胄、母、戈、弓、矢束、貝十朋。受茲休。用乍寶簋，其孫子子永用。（〈冒鼎〉，《新收》1445，西周中期）

〈冒鼎〉爲西周中期罕見的晉器，晉侯命令冒「追于佣」，冒有所擒獲，故受晉侯賞賜。從「追」與「禽」字之用來看，此處之「追」當爲軍事追擊，所擒者爲戰場上之俘虜。

例4.

> 隹王五年九月，既生霸壬午，王曰：「師旋，令女（汝）羞追于齊，儕（賚）女（汝）母五、易（錫）登盾生皇（凰）、畫內（枘）、戈琱戚、骸（緱）必（柲）、彤沙。敬母敗速（績）。」旋敢揚王休，用乍寶簋。子子孫孫永寶用。（〈五年師旋簋〉，4216～18，西周晚期・懿王）

簋銘未明發軍之由，「羞追」詞組中的「羞」有進擊義，則「羞追」當爲主動進擊之用。句型結構爲「（S）＋V1（令）＋O1（兼語）＋V1V2（羞追）＋介（于）＋O2（齊）」。

例5.

〈多友鼎〉（2835，西周晚期，厲王）〔註381〕鼎銘「追」字6見，散見於三段戰事中：

第一戰：

> 唯十月，用嚴（玁）㺇（狁）放（方）興（興），賓（廣）伐京自（師），告追于王。命武公：「遣乃元士，羞追于京自（師）。」武公命多友衛（率）公車，羞追于京自（師）。

首段載十月時因玁狁集結大起，廣伐京師，故而京師告王驅敵一事，第一個「追」

〔註381〕〈多友鼎〉銘文隸定、地望推斷及銘意釋讀參考李學勤的說法，見〈論多友鼎的時代及意義〉，《新出青銅器研究》，頁 126～133。以及〈多友鼎的"𢆶"字及其他〉，《新出青銅器研究》，頁 134～137。

與「告」結合成「告追」詞組，主語是京師，其向王報告玁狁來犯京師之軍驅敵一事；參考卜辭之「告」有軍情上報之義，則「告追」或指傳遞玁狁來犯而京師抗敵驅擊之軍事情報，故「追」字動詞做名詞用。〔註382〕〈多友鼎〉銘之特例爲凡承上之句每每不重出主詞。〔註383〕王於是命令武公派遣上士「羞追」于京師，此處之「羞追」與〈五年師旋簋〉的主動進擊不同，屬被動出戰，因京師告急而武公受命麾軍挺進京師驅敵。第三個「羞追」則爲武公受命後下令手下部將多友率官家兵車一同前往，爲舉兵挺進京師的細節描寫。

第二戰：

> 癸未，戎伐筍（郇），衣（卒）孚（俘），多友西追。甲申之脣（晨），搏（搏）
> 于郗（漆），多友右（有）折首、執訊：「凡吕（以）公車折首二百又□又
> 五人，執訊廿又三人，孚（俘）戎車百乘一十又七乘，衣（卒）匓（復）
> 筍（郇）人孚（俘）」。

到了十月中旬癸未這一天，玁狁攻擊王畿之內近於京師的郇邑，最後俘獲郇地人俘，多友於是向西追擊，欲奪回被俘之郇人。從周師經京師、郇，運動方向係自東而西，第二天甲申之晨，與玁狁搏擊於郇地之西的漆地，多友多折首執訊，並奪回前一天被玁狁俘虜的郇人。第二戰之「追」爲追逐、追擊義，其前受方位副詞「西」修飾。

第三戰：

> 或（又）搏（搏）于龔（共）。折首卅又六人，執訊二人，孚（俘）車十乘，
> 從至。追搏（搏）于世，多友或（又）右（有）折首、執訊，乃趩（逞）追，
> 至于楊冢，公車折首百又十又五人，執訊三人，唯孚（俘）車不克吕
> （以），衣（卒）焚，唯馬歐（驅）盡，匓（復）奪京自（師）之孚（俘）。

此時西逃的玁狁猶有殘餘勢力，與多友之軍再次於「共」（位今甘肅）正面交戰，

〔註382〕學者從卜辭觀察到商王朝設有軍事「馹傳」，範圍可達到大邑商周圍二、三百里範圍，用以傳遞軍事情報。參于省吾，〈殷代的交通工具和馹傳制度〉，《東北人民大學人文科學學報》1995 年第 2 冊，頁 103～108。郭旭東，〈商代的軍情觀察與傳報〉，收於《殷商文明論集》（北京：中國社會科學出版社，2008 年），頁 272～274。雷晉豪：《「周道」：封建時代的官道》（臺南：國立成功大學歷史研究所碩士論文，2009 年），頁 140。

〔註383〕參上註首文，頁 127。

多友小勝，「折首卅又六人，執訊二人，孚（俘）車十乘」，並將所俘玁狁之車隨多友之軍而歸。〔註384〕多友連戰皆捷，一路向西追擊至「世」（地望不明），再有斬獲後一路突擊追殺直到楊冢（地望不明）。第三戰「追搏」連動詞組謂追逐而搏擊也，「遀追」一詞李學勤讀作「軼追」，引《左傳》隱元年注：「軼，突也」，謂突擊追逐之義。鼎銘出土報告及其後多數學者咸認爲遀即「逞」字繁寫，如劉雨舉《廣韻》：「逞，疾也」、〔註385〕黃盛璋舉《說文》：「楚謂疾行爲逞」，《方言》：「逞，快也」，又曰：「自關而西曰快」爲證，認爲漢代方言猶用「逞」爲「快」，「逞追」即疾追、快追。〔註386〕

例 6.

> 隹王十月，王才成周。南淮尸（夷）遷殳。内伐泿、鼎、參泉、裕敏、渝（陰）陽洛。王令敔追御（襲）于上洛、恁谷，至于伊。班。（〈敔簋〉，4323，西周晚期，屬王）

南淮夷聚集往内伐至周王畿要地，王於是命令敔追擊突襲于上洛（陝西商縣）〔註387〕、恁谷，一直交戰到西周腹地的伊水，方大獲全勝班師回朝。〔註388〕「追襲」，追擊突襲。

例 7.

> 唯九月初吉戊申，白氏曰：「不娶，馭方厰允（玁狁）廣伐西俞（隅），王令我羞追于西，余來歸獻禽。余命女御（禦）追于署。女（汝）吕（以）我車宕伐厰允（玁狁）于高陵。女（汝）多折首執嗛（執訊）。戎大同從

〔註384〕李學勤視「從至」之主語爲所俘獫狁之車，其被俘而"跟隨"（從）多友之軍"至"周軍紮營地。

〔註385〕田醒農、雒忠如，〈多友鼎的發現及其銘文試釋〉，《人文雜誌》1984 年第 4 期。劉雨，〈多友鼎銘的時代與地名考訂〉，《考古與文物》1982 年第 3 期，收入《金文文獻集成》第 28 冊，頁 521～525。

〔註386〕黃盛璋，〈多友鼎的歷史與地理問題〉，《人文雜誌》1983 年第 1 期，收入《金文文獻集成》第 28 冊，頁 526。

〔註387〕《銘文選》（三），頁 287。

〔註388〕陳連慶論銘載交戰路線，乃是淮夷西來而由南而北，敔受命後自成周出發，由東而西，進至上洛恁谷，尾追淮夷，肅清之後再折返到伊水上游，凱旋歸洛陽，可參。見〈敔簋銘文淺釋〉，《古文字研究》第 9 輯（1984 年）。

追女（汝），女（汝）彶（及）戎大臺（敦）戟（搏）。女（汝）休，弗旲（以）

我車圅（陷）于囏（艱）。女（汝）多禽，折首埶嬓（執訊）。」（〈不娶簋〉，

4328 器、4329 蓋，西周晚期，宣王）

馭方玁狁廣伐西隅，故王令白氏前進於西隅追逐驅敵。此爲「羞追」用意。白氏首戰告捷，於是先行歸告禽，此時敵軍猶有殘留勢力，故白氏命不其留意要抵禦殘軍，並追擊至於嶨地。兩軍於高陵產生激戰，不其以官方兵車掃蕩玁狁，多折首執訊，唯當此之際，玁狁殘軍再次集結，攻打追擊欲班返的不其軍隊，故雙方再次展開大殺搏，不其大獲全勝，一舉殲滅敵軍。簋銘「羞追」一詞散見他器，「禦追」、「從追」則爲簋銘特有，〔註389〕皆爲連動結構，「禦追」者，先禦後追也。「從追」之「從」在甲文及傳世典籍裡常見用於狩獵或戰爭場合，值此之際，則從不作隨行解，而有追逐、追擊、進攻義，〔註390〕此處之「從」即作此解，故「從追」可視爲同義複詞也，值得注意的是，「從追」一詞的施事主語爲玁狁，這是「追」字在周金中唯一一例以敵方爲施事主語者。

例 8.

女（汝）隹克弗井（型）乃先且（祖）考，闢厰（玁）[狁]，出戟（捷）于井阿，于曆厰（巖），女（汝）不畏戎。女（汝）□長父，以追搏戎，乃即宕（蕩）伐于弓谷。女（汝）執訊隻（獲）馘、俘器、車馬。（〈四十二年逨鼎〉，《新收》745～1，西周晚期，宣王）

「追搏」，追擊也。此爲宣王追敘器主逨和長父爲摒除玁狁，出發捷擊，與玁狁於井阿、曆岩進行激戰，並追擊之，終能於弓谷處進行徹底掃蕩。據李伯謙推測，銘文交戰數地當在今山西省中南部的洪洞縣坊堆的永凝堡一帶，是西周晚期玁狁經常入侵之地。

綜上所述，「追」字常用於外敵入侵時王命周軍於第一時間「奔追」或「羞追」，隨著戰程推移，常以數個「追于某」之作戰地點以示敵軍節節敗退的戰況。這時的「追」字之用，有逐亡的「西追」，常見的「某追」之「某」或可視爲戰

〔註389〕簋銘「從追」鄧飛另有新解，云「從」實當隸爲「永」，意爲"向前行進"，「永追」爲一連動結構。按審之銘拓（蓋、器），視爲「從」字無誤。鄧氏之文見〈不其簋銘文"永追"考〉，《伊犁師範學院學報》2002 年第 4 期，頁 20～24。

〔註390〕張世超，〈說從〉，《松遼學刊》1985 年第 4 期，頁 38～39 轉 45。

術的說明，如持續抗禦的「禦追」，或使用突擊戰術「襲追」，接連數個「追」字之後，常以最終能一舉殲滅敵軍的「宕伐」爲軍勝之尾語。

3.【逐】

《說文》辵部：「𧿮，追也。从辵豕省聲」，[註391]上文嘗提《說文》追、逐互訓，「逐」字甲文作𧰻（《合》10229 正），卜辭每用於狩獵，爲逐獸之專用字，與「追」專用於軍事粲然有別。金文「逐」字增彳作𨖳（〈逐簋〉，2972，西周早期），西周早期三例皆爲名詞（人名）之用，唯一的動詞用法見於新收器〈晉侯穌鐘〉（《新收》878，西周晚期，厲王）：「王至，淖淖列列，尸（夷）出盉（奔）。王令晉侯穌達（率）大室小臣、車僕從，述（遂）逐之。」銘載指周厲王督率軍隊東征，主攻宿夷及鄆城，以晉侯穌所率領的軍隊爲主力，其首戰宿夷，次攻入鄆城，王隨後來到，「淖淖列列」爲重文，馬承源讀爲形容夷人恐懼憂傷之貌，李學勤、黃錫全指爲地名，釋爲「王至淖列，淖列夷出奔」，兩說均未當。[註392]陳美蘭從銘文內容、語法結構分析，並檢討「淖列」一詞在先秦典籍中的用法，認爲當讀爲「淖淖烈烈」，是形容周王之師到達鄆城時之軍容威武貌。其說舉證充分，較諸前說爲妥當，今從之。[註393]銘載王來到後軍容威武，敗夷竄逃，王遂令晉軍率令領其族師車僕追擊之。「從」字與〈不其簋〉「從追」之「從」相同，爲追擊義也，「遂」字在此作爲連接（關聯）副詞。鐘銘「從，述（遂）逐之」，即「從逐之」之繁形，即「從追」，簋銘用「追」鐘銘用「逐」，皆指追逐、驅逐義也。由此可知卜辭追、逐二字至西周晚期已見混同現象。

4.【征】

本論文嘗於第三章「先備工作類」第一節「巡查項」第 7 個字例中討論過「征」這個字，「征」字初形爲「正」，本義爲「出行」，在甲文裡已兼有征伐及巡行兩義，金文中的「征」常見作習語「某行某征」，成爲虛化的語詞，歸於巡

[註391] 段玉裁注：《說文解字注》，頁 74。

[註392] 李學勤，〈晉侯蘇編鐘的時、地、人〉，《中國文物報》1996 年 12 月 1 日，後收入《夏商周年代學札記》，頁 7～11。黃錫全，〈晉侯蘇編鐘幾處地名試探〉，《江漢考古》1997 年第 4 期。

[註393] 陳美蘭，〈金文札記二則——「追𡨥」、「淖淖列列」〉，《中國文字》（新 24 期），頁 61～70。

省類動詞。除此之外，用以辨別巡省之「征」與攻擊之「征」的重點，在於「征」
字是用否用於戰爭銘文的描述中，並伴隨有伐、搏等軍事用語，且文末計有軍
獲記載。以這樣的條件檢視金文之「征」，則屬攻擊義之「征」者計有 30 例，
這些用作出擊征伐的「征」有作初形者：Ꝙ（〈中子化盤〉，10137，戰國），亦
有以增「攴」旁作「政」爲之者，如〈虢季子白盤〉（10173，西周晚期）作ꝗ
等，今依時代析其用法於次：

（1）殷商時期

殷商時期							
戰事	器　名	器　號	文　　例	帶／參隊將領	征伐對象	句型結構	備　註
帝乙東伐人方	〈小臣艅尊〉	5990	丁子（巳），王省夔京，王易（錫）小臣艅（俞）夔貝。隹王來正（征）人方，隹王十祀又五，彡（肜）日。	王	人方	S＋V1（來）V2（征）＋O	人方爲帝乙、帝辛時敵國。尊銘載帝乙15祀伐人方事。〔註394〕

　　殷商「征」字 1 例，字作「正」，屬大事記年語，依商金行文慣例，置於文
末。以標準句型「S＋V1（來）V2（征）＋O」呈現。

（2）西周早期

西周早期							
戰事	器　名	器　號	文　　例	帶／參隊將領	征伐對象	句型結構	備　註
武王征商	〈利簋〉	4131	珷（武）征商，隹甲子朝，歲鼎（當），克。聞（昏）夙（夙）又（有）商。辛未，王才闌（管）自（次），易又（右）事利金，用乍檀公寶尊彝。〔註395〕	武王	商	S＋V（征）＋O	

〔註394〕馬承源：《銘文選》（三），頁3。

〔註395〕〈利簋〉銘文中的「歲鼎克聞夙（夙）又（有）商」歷來多釋，其中將該句斷作「歲
　　　　鼎（當），克聞，夙（夙）又（有）商」，譯作武王征商，在甲子這天早上，歲星中天，
　　　　史官報聞於周武王，是役迅速佔有商土，結合古文獻記載與實際計算天文術數法，
　　　　較能照顧銘文全體，故近年學者多從。將「歲」視爲「歲星」者，于省吾最早提
　　　　出，見〈利簋銘文考釋〉，《文物》1977 年第 8 期。以張政烺〈利簋釋文〉，《考古》

西周早期							
戰事	器　名	器　號	文　　　例	帶／ 參隊將領	征伐對象	句型結構	備　註
成王 東征	〈疐方鼎〉	2739	隹周公于征伐東尸(夷)， 豐白(伯)、專古(薄姑)咸 弋。公歸祼于周廟。戊辰， 飲秦(至)飲，公賞疐貝 百朋，用乍尊鼎。	周公	東夷 〔註396〕	S＋V1(于)V2 (征)＋V3(伐) ＋O	《史記‧周 本紀》：「召 公爲保，周 公爲師，東 伐淮夷，殘 奄，遷其君 薄姑」。
	〈剴(矔) 刦尊〉	5977	王征埜(奄)，易剴刦貝 朋，用乍蒿(高)且(祖)缶 (寶)尊彝。	成王	奄	S＋V(征)＋O	
	〈剴(矔) 刦卣〉	5383	王征埜(奄)，易(賜)岡刦 貝朋，用乍(作)魚(盧)高 祖缶(寶)尊彝。	成王	奄	S＋V(征)＋O	
昭王 征東 反夷	〈小臣謎 簋〉	4238	叡！東尸(夷)大反，白 (伯)懋父㠯(以)殷八自 (師)征東尸(夷)。唯十又 一月，遣(遣)自䍐自 (師)，述東陕，伐海眉。 雫冞復歸才牧自(師)。白	伯懋父	東反夷	S＋V1(以)＋ O1(兼語)＋V2 (征)＋O2	舊謂伯懋父 爲衛康叔之 子康伯髦故 定爲康王 器，今正。 〔註397〕

1978 年第 1 期。李學勤〈利簋銘與歲星〉，《夏商周年代學札記》，頁 204～205，以及黃懷信，〈利簋銘文再認識〉，《歷史研究》1998 年第 6 期。張培瑜、張健〈文獻記載的三代世系年代伐紂天象與歲鼎〉，《人文與社會學報》第 1 期（高雄：義守大學，2002 年 9 月），頁 11～29 等皆撰文補證此説。後劉釗〈利簋銘文新解〉，《古文字研究》第 26 輯（2006 年 11 月），指「歲」指歲星，「鼎」讀爲「當」，「歲鼎」就是歲當，「歲」爲名詞，「當」爲動詞，「歲」字在前乃是賓語前置，故「歲當」指的就是「與歲相對」、「與歲相衝」，先秦典籍記載攻打歲星所在之國，從軍事上看極爲不利，此本爲兵家大忌，但武王知難而上，反天道而行，其實是爲了突出武王伐紂是民心所向、以有德勝無德，才有人定勝天，在諸多止利的情況下取得了勝利。而「克」在此讀爲"戰勝"義，「昏夙」指剛剛放亮，日將出而夜未盡之時。按劉氏之説帶有總結性意味，本文從之。

〔註396〕「薄姑」位今山東臨淄西北五十里，靠近濟水處。「豐伯」位今山東益都西北。周初東夷地望參楊寬：《西周史》，頁 144～145 所載，不再註明。

〔註397〕參彭裕商：《西周青銅器年代綜合研究》，頁 271。

				西周早期				
戰事	器　名	器　號	文　　例		帶／參隊將領	征伐對象	句型結構	備　註
			（伯）懋父嘏（承）王令易自（師）逨征自五齵貝。小臣謎蔑曆，眾易貝，用乍寶尊彝。					
	〈呂行壺〉	9689	唯三月，白懋父北征，唯還。呂行戠（捷），孚貝。用乍寶尊彝。		伯懋父		S＋方位詞（北）＋V1（征）	器主呂行隨行有功受賜
	〈霆鼎〉	2731	王令趞戠（捷）東反尸（夷），霆肇從趞征，攻開（臨）無啻（敵），省于夆身，孚（俘）戈，用乍寶尊彝。子子孫孫其泳（永）寶。		趞／霆	東反夷	S＋V1（從）＋O＋V2（征）	器主「霆」為趞將，隨趞東征受賞
昭王南征	〈小子生尊〉	6001	隹王南征，在□。王令生辨事□公宗。小子生易金、鬱鬯，用乍爯寶尊彝，用對揚王休。		王	（楚荊）	S＋方位詞（南）＋V1（征）	大事記年：昭王南征楚荊
	〈誨鼎〉	2615	唯甶（叔）從王南征，唯歸。隹八月才（居）□，誨（誨）乍寶鬲鼎。		王／鴋叔	（楚荊）	S＋V1（從）＋O（王）＋方位詞（南）＋V2（征）	又名〈鴋叔鼎〉、〈誨鼎〉
	〈誨簋〉	3950、51	唯九月，鴋（鴋）叔從王、員征楚荊，在成周，誨乍（作）寶簋。		王／鴋叔	楚荊	S＋V1（從）＋O1（王）＋V2（征）＋O2（楚荊）	器主同〈誨鼎〉
	〈犾馭簋〉	3976	犾馭（馭）從王南征，伐楚荊，又（有）得，用乍父戊寶尊彝。		王／犾馭	（楚荊）	S＋V1（從）＋O（王）＋方位詞（南）＋V2（征）	

　　西周早期「征」字共 11 例，全用於周王室對外攻擊時，其中有主動出擊，亦有被動出戰者（東反夷），句型方面則在基本結構「S＋V（征）＋O」下逐漸豐富，有「于征伐」的連動結構，強調「征」的動作性，隨著句型的複雜化，兼語句開始出現，以「S＋V1（以）＋O1（兼語）＋V2（征）＋O2」為主，昭王時期則以「S＋方位詞（南）＋V1（征）」置於句首的型式最為常見。西周早期已見「征」、「伐」連用例，兩字用法最大的差別，在於以「征」言大概再以「伐」言細節，如〈犾馭簋〉：「王南征，伐楚荊」。

（3）西周中期

戰事	器　名	器　號	文　　例	帶/參隊將領	征伐對象	句型結構
穆王東南用兵	〈師旂鼎〉	2809	唯三月丁卯，師旂眾僕不從王征于方。臨（雷）事（使）氒友弘目（以）告于白（伯）懋父，才芬。白（伯）懋父廼罰得毇古三百乎，今弗克氒罰。懋父令曰：「義（宜）敕（播）！戲！氒不從氒右征。今母（毋）敕（播），其又內（納）于師旂。」	王/伯懋父/師旂	于方〔註398〕	1.名詞（師旂眾僕）＋否定副詞(不)＋動詞(從)＋名詞(王)＋動詞(征)＋名詞（于方） 2.代名詞（氒）＋否定副詞(不)＋動詞(從)＋代名詞（氒右：師旂）＋動詞(征)
	〈班簋〉	4341	王令吳白（伯）曰：「目（以）乃自（師）左比毛父！」王令呂白（伯）曰：「目（以）乃自（師）右比毛父！」遣令曰：「目（以）乃族從父征」，訟（肇）城（誠）衛父身，三年靜（靖）東國，亡不成尤（尤）。	遣	（東國）	(S)＋以（動詞）O1（乃族：兼語）＋V1（從）＋O2（父）＋V2（征）
懿王	〈孟簋〉	4162～64	孟曰：朕文考眔毛公、遣仲征無需。毛公易朕文考，自氒工（功）。	孟父、毛公、遣仲	無需	S1＋連詞（眔）＋S2、S2＋V1（征）＋O
	〈史密簋〉	《新收》646	隹十又一月，王令師俗、史密曰：「東征，敆南尸」。膚虎會杞尸、舟尸，蓳（觀），不所（質），廣伐東或。	師俗、史密	（東南夷）	(S)＋方位詞（東）＋V（征）

西周自穆王以降，淮夷漸盛，與周人屢相攻伐，西周王朝的用兵主要在南方江漢地區，但用兵的對象則由昭王時的楚荊轉向了淮夷。〔註399〕在西周中期的四例「征」字用例中，除〈史密簋〉為東南夷反叛作亂外，其餘皆為周王室主動出兵，句型與早期相仿。

〔註398〕于方即甲骨文中的「盂方」，位今河南睢縣附近，參《銘文選》（三），頁60。
〔註399〕彭裕商：《西周青銅器年代綜合研究》，頁301。

（4）西周晚期

西周晚期							
戰事	器　名	器　號	文　　例	帶／參隊將領	征伐對象	句型結構	備　註
屬王南征	〈無曩簋〉	4225〜28	隹十又三年正月初吉壬寅，王征南尸（夷），王易無曩馬四匹，無曩拜頴首。	王	南夷	S＋V＋O	
	〈伯㦰父簋〉	《首陽吉金》，頁106	惟王九月初吉庚午，王出自成周，南征，伐戾龏（子）：麋（英）、桐、濔，伯㦰父从王伐，親（親）執訊十夫、馘廿，得孚（俘）金五十勻（鈞）。	王	南夷	(S)＋方位詞（南）＋V	
	〈鄂侯馭方鼎〉	2810	王南征，伐角、鄱，唯還自征，才㘱。噩（鄂）侯馭方內（納）豊（醴）于王，乃裸之。馭（馭）方宿（侑）王。	王	（南夷）	S＋方位詞（南）＋V	與〈伯㦰父簋〉為同次戰役。角、鄱（遹）為淮夷邦國。
	〈翏生盨〉	4459	王征南淮尸（夷），伐角、溝（津），伐桐、遺（遹），翏生（甥）從。執嘫（訊）折首，孚戎器，孚金。	王	南淮夷	S＋V＋O	與〈伯㦰父簋〉為同次戰役
	〈虢仲盨蓋〉	4335	虢仲以（與）王南征，伐南淮尸（夷），才成周，乍旅盨，丝（茲）盨友（有）十又二。	王／虢仲	（南夷）	S＋方位詞（南）＋V	
	〈應侯見工鼎〉	《新收》1456	隹南尸（夷）茊（逆），敢乍非良，廣伐南國，王令雁（應）侯見工，曰：「政（征）伐茊（逆），我[受]令，戜（撲）伐南尸茊（逆）。」我多孚戎。	應侯見工	逆	(s)＋V1（征）＋V2（伐）＋O	南夷茊來犯故屬王下令征伐。
	〈應侯見工簋〉	《首陽吉金》，頁112	唯正月初吉丁亥，王若曰：「雁（應）侯見工，伐淮南尸（夷）茊（逆），敢尃（搏）氒（厥）眾譬（魯），敢加興乍（作）戎，廣伐南國。」王命雁（應）侯正（征）伐淮南尸（夷）茊（逆）。休克。戜伐南尸（夷），我孚（俘）戈。	應侯見工	淮南夷茊	S＋命＋O（兼語）＋V1（征）＋V2（伐）＋O	

戰事	器　名	器　號	文　　例	帶／參隊將領	征伐對象	句型結構	備　註
				西周晚期			
	〈戎生編鐘〉	《新收》1616	劫遣鹵（鹽）責（積），卑（俾）譜（潛）征䌛（繁）湯（陽），取乓吉金，用乍（作）寶協鐘。	戎生	繁陽	V1（俾）＋adv（潛）＋V2（征）＋O	晉器〔註400〕征繁陽以獲取青銅原料
宣王伐淮夷	〈師寰簋〉	4313、14	王若曰：「師寰，戔（越）！淮尸（夷）繇（舊）我員（帛）畮臣，今敢博（搏）乓眾，叚反乓工吏，弗速（蹟）我東郻（國）。今余肇令女（汝）達（率）齊市（師），曩（紀）、釐（萊）、僰，眉（殿）。左右虎臣正（征）淮尸（夷）」，即質乓邦獸（酋），曰冉、曰鏊、曰鈴、曰達。	師寰	淮夷	S＋V1（令）O1（兼語）V2（率）＋O2＋V3（征）＋O3	
宣王伐玁狁	〈虢季子白盤〉	10173	隹十又二年，正月初吉丁亥，虢季子白乍寶盤。不顯子白，壯武于戎工（功），經纘（維）四方，搏（搏）伐厰狁（玁狁）于洛之陽，折首五百，執訊五十，是目（以）先行。趄趄子白，獻馘（馘）于王。王孔加（嘉）子白義。……王賜乘馬是用左（佐）王，賜用弓、彤矢，其央；賜用戉（鉞），用政（征）緣（蠻）方。子子孫孫萬年無疆。	虢季子白	玁狁	介詞（用）＋V（征）＋O（蠻方）	

〔註400〕「譜」馬承源舉《爾雅‧釋詁》云：「諲也」，爲毀義（馬承源，〈戎生鐘銘文的探討〉，《保利藏金》（廣州：嶺南美術出版社，1999年），頁364）。李學勤讀爲「潛」，意爲深（李學勤，〈戎生編鐘論釋〉，《保利藏金》，頁376）。裘錫圭亦讀「譜」作「潛」，舉《左傳》屢言「潛師」、「潛軍」、「潛涉」指「潛」是一種不讓敵人覺察的軍事行動，「譜征繁湯」爲上句「劫遣鹵責（積）」的目的賓語（裘錫圭，〈戎生編鐘銘文考釋〉，《保利藏金》，頁370）。按裘說可從。「潛」在此有「暗地的」意思，爲一狀態副詞。

西周晚期							
戰事	器　名	器　號	文　　例	帶／參隊將領	征伐對象	句型結構	備　註
宣王時期載昭穆戰事	〈逨盤〉	《新收》757-3	雫朕皇高且，惠中（仲）盠父，盭（戾）龢（和）于政，又（有）成于猷，用會邵（昭）王、穆王，盜（剿）政（征）三（四）方，斷（撲）伐楚荊。	盠父	四方	(S)＋V1（盜）V2（征）＋O	追敘先祖偉烈，述及高祖惠仲盠父服事昭王、穆王南征楚荊一事

西周晚期「征」見於 11 器，多見於屬王南征之載，「S＋V＋O」成為銘首記事的基準句型，「征」、「伐」並見時，「伐」字用於較細節的戰事描述，並見「剿征」、「征伐」連動詞組。

（5）春秋戰國時期

春秋戰國時期							
時代	器　名	器　號	文　　例	帶／參隊將領	征伐對象	句型結構	備註
春秋早期	〈晉姜鼎〉	885	劼遣我，易鹵賨（積）千兩。勿灋（廢）文侯覭（顯）令，卑（俾）貫甬（通）□，征繁湯（陽）、䰙，取氒吉金，用乍（作）寶尊鼎。用康醴（擾）妥（綏）裹（懷）遠赾（邇）君子。〔註401〕	晉文侯	繁陽、䰙	(S)＋V＋O	晉器

〔註401〕〈晉姜鼎〉作器者為女性，晉姜是嫁給晉文侯的齊國姜姓女子，其自述因掌理晉國後宮有功，受夫君晉文侯賞賜鹵積等物資，用以佐助夫君貫通□地、征伐繁陽和䰙地，以獲取青銅。此處所貫通之道，除了為征繁陽及䰙地做準備，其向南發動軍事行動的主要目的，當是獲取南方盛產的金錫資源。根據陳公柔的說法，西周初年以來，周人經營南土、東土，伐荊蠻、克淮夷，用政治、軍事手段敉平江漢平原以及淮水流域諸多方邦，其戰爭目的之一，在於獲取盛產的金錫資源。故《詩·魯頌·泮水》：「憬彼淮夷，來獻其琛，元龜象齒，大賂南金」，其說可為兩周積極向南「貫行」的目的作解。參陳公柔，〈「曾伯霥簠」銘中的「金道錫行」及相關問題〉，原載中國社會科學院考古研究所編著，《中國考古學論叢——中國社會科學院考古研究所建所四十年紀念》（北京：科學出版社，1993年），後收錄氏著：《先秦兩漢考古學論叢》（北京：文物出版社，2005年），頁2。

春秋戰國時期							
時代	器 名	器 號	文　　例	帶／參隊將領	征伐對象	句型結構	備註
戰國	〈䚅羌鐘〉	157～161	唯廿又再祀，䚅羌乍成(戎)，氏(是)辟(匹)韓宗，敲(徹)達(率)征秦、迻(迲)齊入張(長)城，先會于平陰(陰)。〔註402〕	䚅羌	秦	副詞(徹)＋V1(率)＋V2(征)＋O2(秦)＋V3(迲)＋O3(齊)	晉器(早期)
	〈中子化盤〉	10137	中子化用保楚王，用正(征)桓(莒)，用擇其吉金，自乍盤(浣)盤。	中子化	莒	介詞(用)＋V(征)＋O(莒)	楚簡王
	〈中山王𰯊鼎〉	2840	含(今)盧(吾)老賙䫍(親)達(率)參軍之眾，目(以)征不宜(義)之邦，歔(奮)桴晨(振)鐸，鬮(關)啓封疆，方響(數)百里，剌(列)城響(數)十，克僖(敵)大邦。	司馬賙	不義之邦(燕)	介詞(以)＋V(征)＋O(不義之邦)	中山國(晚期)
	〈𰯊蚉壺〉	9734	佳司馬賙訴(斷)詻(謣)戰(俾)忞(怒)，不能盗(寧)處。達(率)師征郾(燕)，大啓邦冴(宇)，枋(方)響(數)百里，住邦之𣍒(幹)。	司馬賙	燕	(S)＋V1(率)＋O1(兼語)＋V2(征)＋O2(燕)	中山國

　　東周時期「征」凡 5 器，春秋 1 器句型上承西周，戰國時期則習見介詞「以」、「用」位於「征」字之前，介詞之後承上省略引介之原因目的與軍隊。

　　「征」、「伐」兩字是甲、金文中最常見到的攻擊類軍事動詞，兩字的用法在甲、金文中有明顯的不同：

　　①甲骨文中的「征」與「伐」

　　甲骨文「征」字在商攻方國及方國攻商時皆可使用，唯這樣的使用情況僅出現在前四期中，尤以第一期數量較多。商人到了武丁時期「征」的「上征下」觀念已經確立，故第五期開始，就出現了《孟子·梁惠王上》所云：「征者，上伐下也」的使用狀況，亦即「征」字僅用於商攻方國，而不見於方國攻商者，

〔註402〕「作戎」之「作」，起兵也，「作戎」意謂興師，在此可解作䚅羌整編或訓練軍隊。「氏(是)辟(匹)韓宗」，謂䚅羌輔佐韓宗。「敲(徹)達(率)征秦」之「徹」趙平安改為徹，讀為輒，當專擅講。謂專率征秦，迫使齊軍退到長城以內。參見陳雙新的匯釋，見《兩周青銅樂器銘辭研究》，頁 225～236。

這樣的用法在金文及傳世文獻裡可以得到證明。〔註403〕

②金文中的「征」與「伐」

金文「征」字僅用於殷周王室對外攻擊時，外敵進攻周土未見有用「征」者，而「伐」字則敵我雙方皆可使用，尤「廣伐」一詞的施事主語必爲敵方，「伐」字的這種用法甲、金文俱同。再者，「伐」字習以「Ｖ伐」結構出現，某些連動詞組不可拆解，形成合義複詞。反觀「征」字，「Ｖ征」結構僅見於〈逨盤〉的「盜征」，以「征」字爲首的「征Ｖ」結構亦僅見於二例「征伐」之詞，構詞靈活度顯然遠不及「伐」字。

再者，「征」字多用於銘首記年語，故多爲簡單的「Ｓ＋Ｖ＋Ｏ」句型，或「Ｓ＋方位詞＋征」語，而「伐」字多見於句中，對戰事的對象進行較細緻的描述，如〈狀駿簋〉：「狀駿（馭）從王南征，伐楚荊」、〈令簋〉：「王伐楚伯，在炎」、〈史密簋〉：「史密右率族人、萊伯、僰，眉（殷），周伐長必」。〈翏生盨〉：「王征南淮尸（夷），伐角、溝（津），伐桐、遹（遹）」等。由此看來，「征」字似乎承其本義而多有「出」而「征」之的出發動態，而「伐」則是"出征"之後緊接著進行的攻擊行動，故周金僅見先「征」後「伐」例，而未見「伐」字居「征」字之前者。從「伐」字之後所接賓語爲攻擊的具體對象來看，亦可爲証。

③典籍中的「征」與「伐」

《孟子‧盡心下》：「征者，上伐下也，敵國不相征也」。《國語‧周語上》：穆王征犬戎。」注：「征，正也，上討下之稱。」《書‧胤征》傳：「奉辭伐罪曰征」，《疏》：「奉責讓之辭，伐不恭之罪，名之曰征。征者正也，伐之以正其罪」。可知典籍之「征」已發展出上對下，有義者攻不義者之別，這樣的用法自武丁時期的甲文已見。而在先秦時期，「伐」字之用則無褒貶美惡之別，敵我兩造互相攻擊爭戰皆可用「伐」，而非僅用於周王室對外的戰爭；若所用得強調被征者爲不義之國，則用「討」字，如《孟子‧告子下》云：「是故天子討而不伐，諸侯伐而不討」。焦循《正義》：「討者，上討下也。伐者，敵國相征伐也。五霸強

〔註403〕參韓劍南碩論：《甲骨文攻擊類動詞研究》，頁7～8。陳煒湛〈甲骨文同義詞研究〉中嘗論及甲骨文中的征與伐「似無感情或程度深淺的差異，幾乎凡稱征者均可稱伐，凡稱伐者也幾乎都可稱征」，但其文也指出有幾個明顯例外的用例，其以「這也許是貞人同詞習慣所致」爲釋，所下結論明顯與甲文實況不符，當正。參《甲骨文論集》（上海：上海古籍出版社，2003年12月），頁35～58。

摗牽諸侯以伐諸侯，不以王命也」。「伐」字在甲金文及先秦典籍裡，皆不涉美惡情感義的用法。

5.【鄰】（襲）

《殷周金文集成》中有幾個構形相近的字，作▉（〈鄰鬲〉，741，殷商）、▉（〈鄰泟簋〉03990，殷商）、▉（〈白鄰簋〉，03488，西周早期）、▉（〈兓簋〉，04322，西周中期）、▉（〈敔簋〉04323，西周晚期）、▉（〈晉侯穌鐘〉，《新收》852、853、854、856，西周晚期・晉）諸形，該字殷商及西周中期多从茲、从止、从卩，可隸作「鄰」，到了西周晚期，增从彳，可隸作「鄰」。在用法方面，前三例作人名使用，〈兓簋〉、〈敔簋〉中作動詞，〈晉侯穌鐘〉中則爲名詞。該字歷來治金石學者釋爲「迎」、〔註404〕《金文編》將▉、▉、▉收於「御」字下，讀作「禦」，這是該字最普遍的釋讀方法。〔註405〕釋爲「迎」無理據，釋作「御」者，主要是建立在其所从之▉與「御」▉、▉所从之「午」▉、▉因相近而形訛；然「御」字之「午」僅數例訛作▉而近絲形，卻未見逕作「▉」者，故▉爲▉形之訛者，並無可靠根據。

裘錫圭從戰國璽印文字證明隸作「茲」的▉，乃是「絲」的省文，在戰國璽印文字裡可看作「聯」字的替代者，但印文中的「茲」字絕不會是「絲」或「系」字。至於「絲」的形義，從「絲」字象兩「系」相連這點來看，字義應與「聯」、「系」等字相同或相近，尤於「絲」（聯）、「聯」同爲來母元部字，古音也很接近，也許「絲」就是「聯」的本字。裘氏進一步討論該字在金文〈兓簋〉「追▉戎于臧林」、〈敔簋〉：「追▉于上洛悆谷」中的用法，認爲如果「鄰」字所從的「絲」是一個音符，或是兼有表音作用的意符的話，這個字就可能是遮闌之「闌」的古字，「追闌」猶言追蹤邀擊。〔註406〕將該字釋作闌確實比讀

〔註404〕王黼《宣和博古圖錄》、薛尚功《歷代鐘鼎彝器款識法帖》、王俅《嘯堂集古錄》等。

〔註405〕容庚：《金文編》，頁115。同此說者有孫詒讓《古籀拾遺》、郭沫若《大系攷釋》、唐蘭《古文字學導論》、吳閩生《吉金文錄》、馬承源《銘文選》等。該字另有讀作「顯」（吳大澂：《說文古籀補》）、「絕」（劉心源《奇觚室吉金文述》、金國泰〈西周軍事銘文中的「追」字〉）等，歷來說釋董理可參考陳美蘭的整理，參氏著〈金文札記二則——「追鄰」、「淖淖列列」〉，《中國文字》新24期（1998年12月），頁61～70。

〔註406〕裘錫圭，〈戰國璽印文字考釋三篇〉，《古文字研究》第10輯（1983年7月），頁

作「禦」來得合理。

1992 年春天，上海博物館收歸了遭盜掘的「天馬——曲村晉侯墓地」文物，其中的〈晉侯䩨盨〉器主爲西周晚期孝、夷間的晉厲侯，即《史記・晉世家》所載厲侯福，銘載晉侯䩨作寶盨，「其用田獸（狩），甚（湛）樂于邍（原）𨘢（隰）」，其中的「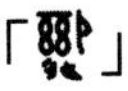」字馬承源視爲从辵从𨟻，隸作「𨘢」，引《周禮・夏官》：「邍師，掌四方之地名，辨其丘陵墳衍邍隰之名」，《說文》：「邍，高平之野人所登」、「隰，阪下濕也」及《爾雅・釋地》：「下濕曰隰，大野曰平，廣平曰原……下者曰隰」等證「邍隰」爲高平和低濕之地。𨘢又見於石鼓奉敕，作「溼」，所从聲符與此相同。〔註 407〕按〈晉侯䩨盨〉的「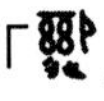」从彳之形與〈敔簋〉「」字相同，即上文討論之「𨛣」，馬承源據文義讀爲隰文從字順，且有典籍爲証，爲研究者對𨛣字的音讀提供了另一個方向的思考。裘錫圭贊同馬承源對盨銘「𨛣」字之釋，並據此糾正昔讀〈㦿簋〉、〈敔簋〉「追𨛣」爲「追闌」的說法，認爲「隰」與「襲」《廣韻》皆音「似入切」，上古都是邪母緝部字，故疑「追𨛣」之「𨛣」當讀爲襲擊之「襲」。〔註 408〕

裘氏之說，引起了學者的注意，陳美蘭首先從文義的角度，就先秦文獻中的「襲」字之用檢討〈㦿簋〉、〈敔簋〉兩器之「𨛣」。其指出「襲」的本字作「褺」，本指死者身上覆加衣服的這個動作，引申有掩襲之義，在先秦典籍中「襲」字用法多樣，襲擊義是其中之一，所指並非大張旗鼓的征伐動作，而是輕裝出襲、攻其不備的克敵行動，此用法在先秦文獻及出土文字中屢見不鮮，如《左傳》莊公二十九年載：「凡師，有鐘鼓曰伐，無曰侵，輕曰襲」、《銀雀山漢墓竹簡〔壹〕・孫臏兵法》：「繞山林以曲次，襲國邑以水則」等，而〈㦿簋〉、〈敔簋〉「追𨛣」兩字則可理解爲爲㦿及敔兩人在急迫的追敵行動中，追討並襲擊敵戎。〔註 409〕

85～93。

〔註 407〕馬承源，〈晉侯䩨盨〉，《第二屆國際中國古文字學研討會論文集》（香港：香港中文大學中文系，1993 年 10 月），頁 221～229。

〔註 408〕裘錫圭，〈關於晉侯銅器銘文的幾個問題〉，《傳統文化與現代化》1994 年第 2 期（總第 8 期），頁 35～41。

〔註 409〕陳美蘭，〈金文札記二則——「追䩨」、「淖淖列列」〉，《中國文字》新 24 期（1998 年 12 月），頁 61～70。

師玉梅則從音節緩讀分化的角度解釋从𢇍之字的語音關係。蓋語有疾緩，古已有之，緩言可使音節分化，而緩言的兩個音節還可出現進一步的分裂，如「滾」分化爲「骨碌」等，她找出《方言》中有與系、聯、䜌相對應的音讀關係者，證明系、隰、溼、聯、䜌、顯等字古音皆源於*xrian，緩讀即如今天所言之雙音詞「系聯」，緩讀進一步分化，系、隰、溼等字取其聲，即讀緩讀的前一音節；䜌、聯取其韻，即讀後一音節。故證裘錫圭將讀如「闌」是可以接受的，而在〈晉侯穌盨〉中既有文獻可參照，可讀如隰。〔註 410〕

所謂「前修未密，後出轉精」，有了馬承源及裘錫圭震韓發贖的論述，加上陳、師二氏的舉證，終使得、長年之謎，渙然冰釋。以下就「𨞟」字的句型結構補充說明其軍事用法：

例 1.

> 隹六月初吉乙酉，才𡍬(堂)𠂤，戎伐馭，𢦚逵(率)有嗣、師氏𡗚(奔)，追𨞟(襲)戎于臧(域)林，博(搏)戎𠯋(胡)。(〈𢦚簋〉，4322，西周中期，穆王)

淮夷侵伐馭地，𢦚率軍快速的前往追擊驅逐之，並在域林與淮夷發生一次戰鬥，淮夷向東退卻，周軍復而在胡地與戎進行搏擊戰。「𨞟(襲)戎于臧(域)林」的句型結構爲「V（襲）＋O（戎）＋介（于）＋處所補語（域林）」。

例 2.

> 隹王十月，王才成周。南淮尸(夷)遷殳。內伐溩、昴、參泉、裕敏、滄(陰)陽洛。王令敔追御(襲)于上洛、炂谷，至于伊。班。(〈敔簋〉，4323，西周晚期，厲王)

南淮夷聚集往內伐至周王畿要地，王於是命令敔追擊突襲于上洛（陝西商縣）、炂谷，一直交戰到西周腹地的伊水。「追襲」爲一連動結構，謂追擊突襲，其後省略受事賓語「戎」。句型結構爲「S（王）＋V1（令）＋O（敔：兼語）＋V2（追）＋V3（襲）＋介（于）＋處所補語（上洛炂谷）」。〈𢦚簋〉、〈敔簋〉兩器「襲」字之用說明了追擊來犯敵人的戰術應用。

〔註 410〕師玉梅，〈釋〉，《漢字研究》第 1 輯（北京：學苑出版社，2005 年），頁 437～439。師氏另有〈系、聯、䜌等字同源〉，《古漢語研究》2006 年第 1 期（總第 70 期），頁 27～29 一文可參看。

6.【𠕋】（籥）

「𠕋」字見於〈憲鼎〉（2731，西周早期，昭王）〔註411〕，字作「𤰔」，銘
云：「王令趞戲（捷）東反尸（夷），憲肇從趞征，攻𠕋無啻（敵），省于毕身，孚
（俘）戈，用乍寶尊彝。子子孫孫其迷（永）寶」。𠕋字甲文作「𤰔」（《合》4720），
金文作「𤰔」（〈士上卣〉，5421，西周早期）、「𤰔」（〈散盤〉，10176，西周晚期），
甲、金文同構，或增「口」以示意，即今之「龠」字，《說文》龠部：「龠，樂
之竹管，三孔，以和眾聲也。从品龠。凡龠之屬皆从龠」。〔註412〕故而𠕋繁形
作「龠」，初文象編管樂器，端處突出二口，以示可以吹奏，而管內中空之形
與「冊」之作「𠕋」（《合》27287）同化，遂誤爲从冊。〔註413〕「𠕋」在甲骨文及
〈士上卣〉裡皆作祭名使用，讀爲「禴」，〈散盤〉之「𠕋」則用指樂師之名，
在〈憲鼎〉中的用法，歷來有讀作「戰」、〔註414〕「扚」、〔註415〕「躍」、〔註416〕
「籥」〔註417〕者；容庚誤視𠕋爲「單」字之複而隸作「戰」，殊誤。唐蘭讀作
「扚」，謂勺、龠音近可由礿即禴字可證，並引《說文》：「扚，疾擊也」將之訓
作「疾」。「躍」字說爲郭沫若首發，多數學者從之；〔註418〕馬承源則視爲
「籥」之假借，引《廣雅・釋詁三》：「籥，拔也」，讀鼎銘「攻𠕋無啻（敵）」爲
「攻城拔邑而無敵」。〔註419〕按說者皆從通假的角度出發，讀作「扚」與讀作

〔註411〕本器《集成》定爲西周中期器，《銘文選》訂爲西周早期康王時器，彭裕商則依銘
　　　　文內容可繫聯同爲昭王時器的〈寧鼎〉、〈嗣鼎〉，且器形、紋飾均同上二器，故訂
　　　　〈憲鼎〉爲昭王時器，下限或延及穆王早年，今從之。參《西周青銅器年代綜合
　　　　研究》，頁 275〜276。

〔註412〕段玉裁注：《說文解字注》，頁 85〜86。

〔註413〕黃德寬主編：《古文字譜系疏證》（一），頁 865。

〔註414〕《金文編》云「𠕋」乃「單」字重見之形，故收𠕋於「戰」字之下，云「不从戈」，
　　　　將該分句讀作「攻戰無敵」。見頁 825。

〔註415〕唐蘭：《史徵》，頁 242。

〔註416〕郭沫若：《大系攷釋》，頁 20。

〔註417〕《銘文選》（三），頁 52、《殷周金文集成引得》。

〔註418〕如張世超：《金文形義通解》，頁 444。黃德寬：《古文字譜系疏証》，頁 865 等。
　　　　唯黃氏之書乃舉〈中央勇矛〉（11566，春秋戰國）之「甬（踴）龠（躍）」爲解，其
　　　　所舉者爲郭氏所引《易・萃》之六二：「孚乃利用禴」釋文：「禴，蜀才本作躍」
　　　　爲證。

〔註419〕《銘文選》（三），頁 52。

「躍」所示之義皆爲「疾」，[註420]訓作「疾」與訓作「拔」皆合銘意，唯馬氏說較佳，論証如下：其一，「鐍」字即從「龠」得聲，不煩再讀作勺而借作「扚」。其二，「攻鐍無敵」爲一動補結構，「無敵」一詞作爲動詞「攻鐍」的結果補語，強調「攻鐍」的結果，「攻鐍」可視爲順遞結構，彼此有先後主次關係，攻擊告捷後拔城，「攻」、「鐍」兩字不可逆轉。「攻」以攻擊義爲核心義素，「鐍」之所示，以「拔除」義較「疾迅」來得妥適。「攻鐍」的施事主語「憲」承上省略，「攻鐍」之後亦承上省略了受事賓語「東反夷」，而是接以結果補語「無敵」。

下以簡表說明本項 6 字之隸定、六書屬性、釋義及語法主張：

金文從足攻擊動詞	金文之六書屬性	初形本義	釋義	語　　法　　結　　構
達（撻）	形聲	往致	擊打	(S)＋V（撻）＋O（殷）
追	形聲	追逐	追擊	(S)＋V1（令）＋O1（兼語）＋V1V2（追）＋介（于）＋O
逐	會意	逐獸	驅擊	(S)＋adv（遂）＋V（逐）＋O
征	形聲	出行	征伐	S＋V1（以）＋O1（兼語）＋V2（征）＋O2
衛（襲）	形聲	系聯	襲擊	V（襲）＋O＋介（于）＋處所補語
鐍（鐍）	象形	管樂器	拔除	V1V2（鐍）＋結果補語

四、其　他

本項所列諸動詞大抵屬攻擊類，唯攻擊義不若上述動詞明顯，而是指涉一種攻擊形態，故而諸字造字取象殊異，所從偏旁不再是強調撲擊、擊打、追逐的戈、攴、辵等。歸於其他類的動詞計有：靜（靖）、內（入）、圍、兼、罙（深）、臽（陷）、并（併）、鍈（鎮）等 8 個。

1.【靜】（靖）

「靜」字收於《說文》青部：「靜，宷（審）也。從青爭聲」，乃是指靜安而人心能有審度。[註421]「靜」字甲文未見，金文作（〈靜簋〉，4273，西周中期）、（〈靜卣〉，5408，西周中期），從青從爭，偏旁「青」乃從生從井，〈靜

〔註420〕《說文》：「躍，迅也。從足翟聲」。

〔註421〕段玉裁注：《說文解字注》，頁218。

篤〉之「靜」井中似有圓點而隱約不清。金文中的「靜」除作人名使用外，另有安靜、安寧及平定鎮撫之義，即典籍常見的「靖」字，《說文》：「靖，立竫也」，「竫，亭安也」，《爾雅‧釋詁》：「靖，治也」。「靖」在典籍裡常用指軍事平定義，如《尚書‧周書‧無逸》：「嘉靖殷邦」、《左傳‧僖公二十七年》：「靖諸內而敗諸外」等。金文以「靜」為「靖」，指武力鎮壓者，共5見：

例1.

> 王令吳白（伯）曰：「吕（以）乃自（師）左比毛父！」王令呂白（伯）曰：「吕（以）乃自（師）右比毛父！」趞令曰：「吕（以）乃族從父征」，𦎫（肇）城（誠），衛父身，三年靜（靖）東國，亡不成旡（尤）。（〈班簋〉，4341，西周中期，穆王）

〈班簋〉載穆王令毛公、吳伯、呂伯、趞伐東國亂戎，作器者班及銘文中的趞，「𦎫（肇）城（誠），衛父身，三年靜（靖）東國，亡不成旡（尤）」為班總結戰功之語。云己領受王命之後，誠敬執事，護衛父執輩的毛公，歷三年平定東國，沒有戰敗過失。

例2.

> 武父迺獻于王，迺曰（謂）武公曰：「女（汝）既靜（靖）京自（師），釐（釐）女（汝），易女土田。」丁酉，武公才獻宮，迺命向父召（召）多友，迺徿于獻宮，公寴曰（謂）多友曰：「余肇事（使）女（汝），休不噂（逆），又（有）成事，多禽（擒），女（汝）靜（靖）京自（師）。易女（汝）圭瓚一、湯（錫）鐘一肆、鐈鋚百匀（鈞）。」（〈多友鼎〉，2835，西周晚期，厲王）

〈多友鼎〉載玁狁廣伐京師一事，厲王命武公為帥領軍差追於京師，多友銜武公之命西追，大獲其勝。鼎銘「靜」作「靖」者兩見，一用於武公獻功於王時的王勉語，其云「汝既靖京師」，一用於武公受賜或再賜予部下多友時語，云「汝靖京師」，兩句語法結構相同，唯王蔑武公句於「靖」前加一時間副詞「既」耳。

例3.

> 咸畜（蓄）百辟胤（俊）士，龏龏（讘讘）文武，鋠（鎮）靜（靖）不廷，柔燮百邦，于秦執事，乍盄（淑）龢[鐘]秉名曰者」。（〈秦公鎛〉，270，

春秋晚期早段，秦景公）

例 4.

盬盬(藹藹)文武，鋽(鎮)**靜**(靖)不廷，虔敬朕祀，乍噂宗彝。（〈秦
公簋〉，4314，春秋晚期早段，秦景公）

〈秦公鎛〉、〈秦公簋〉作器者皆爲春秋晚期早段的秦景公，[註422] 鎛、簋銘辭
相近，「鋽(鎮)**靜**(靖)不廷」指的是鎮壓平定不來朝廷朝覲的方國，即以軍事
武力鎮壓不廷方。

例 5.

賙忨(願)**竝**(從)在(士)大夫，以**請**(靖)**郾**(燕)疆。氐(是)以身蒙繙
冑，以**栽**(誅)不**恖**(順)。（〈中山王嚳方壺〉，9735，戰國晚期，中山
國）

壺銘假「請」爲「靜」(靖)，「請」，清紐耕部，「靜」，從紐耕部，韻同聲近，
例可通假。「以靖燕疆」指中山國國臣老賙願與士大夫，以鎮壓爲人臣而反以其
王爲臣的燕國。

上述五例以「靜」、「請」爲「靖」文例，「靖」字之後的受事賓語皆爲施事
者欲平定的對象，「靖」字之前受時間副詞「既」及原因介詞「以」字修飾。

2.【內】（入）

「入」字見《說文》入部，云：「𠓜，內也。象從上俱下也。凡入之屬皆从
入」。「入」部收「內」字，云：「內，入也。從冂入，自外而入也。」[註423] 許
慎之說形不可解，朱駿聲以爲「象艸木根入地形」、林義光則云「象銳端之形，
形銳而可入物也」，張世超指「象門前之歧徑，眾徑歸一嚮『宀』（廬），乃爲進
入之形勢」，皆無足據。[註424] 甲文之「入」作𠓜（《合》22274）與「內」、「納」
同用，用指出入、內外、貢納等義，古文字「入」、「內」、「納」同源已爲學界
共識。金文之「入」作𠓜（〈尤伯尊〉，5998，西周早期）、人（〈大盂鼎〉，2837，

〔註422〕陳昭容，〈秦公簋的時代問題：兼論石鼓文的相對年代〉，《中央研究院歷史語言研
究所集刊》第 64 本第 4 分（1993 年），頁 1077～1111。

〔註423〕段玉裁注：《說文解字注》，頁 226。

〔註424〕朱、林之說參《甲骨文字詁林》（三），頁 1903。張氏之說見《金文形義通解》（中），
頁 1239。

西周早期），戰國文字作𡗡（楚・曾1正）。金文「內」字作𡹉（〈豆閉簋〉，4276，西周中期），楚簡作𡗉（包2.7），可知自西周時期，尖端之處逐漸向上拉長，至東周時期則添橫劃，與「大」字作𡗕（〈散氏盤〉，10176西周晚期）之形者近似，春秋晚期〈庚壺〉中有一舊釋作「大」的𡗕（摹本），即「入」之誤釋。金文中的「入」、「內」作動詞用有兩義，作進入義時屬位移動詞，作攻入解時，則屬軍事動詞。共4器5例：

（1）寫作「入」者

例1.

> 王至晉侯穌𠂤，王降自車，立南卿，親令晉侯穌自西北遇（隅）章（敦）伐匔（鄆）𣪝（城），晉侯達𠂤亞旅小子𢧩人先啟入，折首百，執嘼十又一夫。（〈晉侯穌鐘〉，《新收》872～874，西周晚期，屬王）

銘載周厲王三十三年時的征夙夷之戰首勝戰況，晉侯受厲王之令攻陷鄆城，折首百，執訊11夫。

例2.

> 齊三匐（軍）圍鳌（萊），衰（崔）子埶（執）𣪊（鼓），庚入門之，埶（執）者（諸），獻于𪟉公之所。……庚（庚）銜（率）二百乘舟，入𥫱（莒）從河，台（以）𪟉伐𪟉□丘，殺其□□□□𣪊（擊）者（諸）孚（俘）□□□□□其士女。（〈庚壺〉，9733，春秋晚期，齊）

〈庚壺〉載齊將武庚的三次戰績，「入」字見於第一、二次的滅萊之役中，首役之「入」用指武庚率齊三軍包圍萊都，順利攻破，進入城邑。第二個「入」用指庚率領二百乘舟，走河道經由莒國攻入萊都，「入莒從河」中「𥫱」字張光遠、張政烺皆隸作「筥」釋爲春秋國名「莒」，位於山東東南，近萊國。

例3.

> 廿又再祀，驫羌乍戎（戎），氏（是）辟（匹）韓宗，敦（徹）達（率）征秦迮（逤）齊，入𢜔（長）城，先會于平陰（陰）。（〈驫羌鐘〉，157～161，戰國早期，晉）

銘謂驫羌整編軍隊，輔佐韓宗，專率征伐山東齊魯之交的秦國（非關中之秦），

迮迫齊軍，攻入齊長城，並最先與齊軍在平陰交鋒。

（2）寫作「內」者

例4.

> 員從史旗伐會（鄶），員先內（入）邑。員孚金，用乍旅彝。（〈員卣〉，
> 5387，西周中期，昭王）

〈員卣〉之「內」皆爲攻入義，〈員卣〉之「入邑」爲「入鄶邑」之省。陳璋二器銘文相近，器爲田齊桓公午五年時，陳璋攻伐燕的亳邦所得。三器皆先云「入伐某邑」，再云俘獲。

「內」字的其他用法另有〈陳璋方壺〉與〈陳璋鱶〉需另作解：

例5.

> 唯王五年，奠（鄭）易陳得再立（涖）事歲，孟冬戊辰，大夒（將）錢孔、
> 陳璋內（納）伐匽（燕）李（勝）邦之獲。（〈墜璋方壺〉，9703，戰國中期，
> 齊）

例6.

> 唯王五年，奠（鄭）易陳得再立（涖）事歲，孟冬戊辰，齊夒（將）錢孔、
> 陳璋內（納）伐匽（燕）李（勝）邦之獲，廿二，重金絡襄（鑲），受一言（觳）
> 五鈞。（〈墜璋鱶〉，9975，戰國中期，齊）

二器銘文相近，皆載齊將陳璋伐燕勝邦而獲器之事，銘文「內伐」兩字舊讀作「入伐」，李學勤、祝敏申以爲以齊伐燕，不宜稱「入伐」，而當讀作「納伐」，指陳璋向齊朝獻納伐燕大勝之獲，據此，則此處的「內」應作「納」，有交、獻之義，不爲攻擊類動詞。該器即爲齊宣王五年（B.C. 315）時，齊乘燕王噲讓位子之，燕發生內亂而破燕所擄獲的燕國青銅器，銘文爲齊獲器後刻。〔註425〕

3.【圍】

《說文》口部云：「圍，守也。从口韋聲」，〔註426〕「圍」字初文作韋：

〔註425〕李學勤、祝敏申，〈盱眙壺銘與齊破燕年代〉，《文物春秋》創刊號（1989年），頁
　　　　13～17。

〔註426〕段玉裁注：《說文解字注》，頁281。

（《合》346），商金文常見族氏銘文蠤：（〈蠤瓶〉，6638，殷商），象四足繞邑，以示眾人圍城之形，李孝定云：「自城中者言之謂之衛，自其外者言之謂之圍。」〔註427〕由此孳乳出有包圍義之「圍」與捍衛義之「衛」。甲文有「韋」無「圍」，「韋」字在甲文有从囗从二止（趾）之字、亦有从三趾者作：，足趾分置囗之上下居多，偶見撲隔於兩側者；趾向不定。甲文之「韋」字多見，皆作名詞用，有人名、族稱、地名等三種用法，沒用作包圍、合圍的例句。金文之「韋」字也只用作人名或地名。〔註428〕「圍」字金文2見，一為西周晚期的〈柞伯鼎〉，2見於春秋晚期齊莊公時之〈庫壺〉，可見「圍」的產生甚晚，使用不甚頻繁。

　例1.

惟四月既死霸，虢仲令柞伯曰：「在乃聖祖周公縣（舊）又（有）共（功）于周邦。用昏無殳廣伐南國，今汝娶（其）衎（率）蔡侯左至於昏邑」。既圍城，令蔡侯告逾（報）虢中（仲）、趙氏曰：「既圍昏。」虢中（仲）至，辛酉，專（搏）戎，柞伯執訊二夫，獲馘十人。（〈柞伯鼎〉，《文物》2006年第五期，西周晚期，屬宣之際）

〈柞伯鼎〉載屬宣之際，因昏國國君無殳廣伐南國，故而虢仲令柞伯率蔡侯從左方攻入昏邑，採包圍戰術進行搏伐，後柞伯獲勝，執訊二夫，獲馘十人。鼎銘「圍」字兩見，一作「圍城」，一作「圍昏」，所指相同，即包圍昏國城邑。兩「圍」字之前並受時間副詞「既」字修飾。

　例2.

齊三匃（軍）圍鰲（萊），衰（崔）子娶（執）敱（鼓），庫入門之，娶（執）者（諸），獻于靈公之所。（〈庫壺〉，9733，春秋晚期，齊）

壺銘共載齊軍三次戰役，「圍」字居銘文首段，敘述齊國三軍圍攻萊國國都（今山東黃縣東南），身為五鄉之帥的崔子執擊軍鼓，庫攻入城門，俘獲敵眾，告獻於齊靈公之所，所記為壺銘第一次戰役。「齊三軍圍萊」為「S＋V＋O」結構，施事主語「齊三軍」所指為「庫所率之三軍」。

〔註427〕李孝定：《金文詁林讀後記》，頁46。
〔註428〕參韓劍南之碩論：《甲骨文攻擊類動詞研究》，頁6。

4.【兼】

《說文》「兼」字入秝部：「兼，并也。从又持秝，兼持二禾，秉持一禾。」〔註429〕「兼」字甲文未見，金文作兼（〈徐王子旃鐘〉，182，春秋晚期）兼（〈商鞅量〉，10372，戰國），與小篆同，會一手同持二禾，以示兼有、兼并之義。郭店楚簡作兼（〈語叢〉3.33），訓「并」，亦有通假作「廉」者，如〈語叢〉2.4：「兼（廉）生於愨」。金文之「兼」多作人名使用，如〈十七年丞相啓狀戈〉（11379，戰國晚期）：「丞兼」。十三經中常見「兼＋N」用法者，如《尚書‧商書‧仲虺之誥》：「兼弱攻昧」，《禮記‧文王世子》：「兼天下而有之」，則「兼」示兼併義明顯。唯十三經中凡為「兼＋V」者，則此時的「兼」多屬兼及義，詞義已較虛化，可見「兼」字由動詞向連詞的過渡痕跡。如《禮記‧內則》：「周人脩而兼用之」，《春秋左傳‧襄公‧傳二十六年》：「晉侯兼享之」。金文「兼」作動詞本義用指兼併，如：〔註430〕

> 廿六年，皇帝盡并（併）兼天下諸侯，黔首大安，立號為皇帝，乃詔
> 丞相狀、綰，灋（法）度量則不壹歉疑者，皆明壹之。（〈商鞅量〉，
> 10372，戰國，秦）

「并兼」一詞十三經未見，在上古漢語傳世語料裡，謹見於子書，如《墨子‧非攻下》：「今天下之諸侯將猶多皆免攻伐并兼，則是有譽義之名，而不察其實」、《商君書》：「臣妾者，貧富之謂也。同實而相并兼者，彊弱之謂也」。〔註431〕則〈商鞅量〉「并兼」一詞乃出土文獻中的最早用例。「并兼」為同義複詞，其後所接為併吞的對象，作為對象賓語的「天下」乃為泛稱。

5.【罙】（深）

「罙」篆文作「突」，入《說文》穴部：「突，深也。一曰竈突，从穴火，求省。讀若禮三年導服之導。」段注：「此以今字釋古字也。突、深古今字。篆作突，深隸變作罙、深。水部深下但云水名，不言淺之反，是知古深淺字作罙，

〔註429〕段玉裁注：《說文解字注》，頁332。

〔註430〕「兼」在金文中已見虛化作連詞使用者，如〈徐王子旃鐘〉：「兼台（以）父兄庶
　　　　士」。

〔註431〕資料來源：「中央研究院上古漢語標記語料庫」，網址：http://dbo.sinica.edu.tw/
　　　　Ancient_Chinese_tagged/。

深行而罙廢矣。有穴而後有淺深，故字从穴。《毛詩》：『罙入其阻』，《傳》曰：『罙，深也』。」〔註432〕由段氏之說知今日之「罙」乃自篆文「突」隸變而來，從水作深乃強調水深也。甲骨文罙作🐦（《合》6357）、🐦（《合》7082）、🐦（《合》13747），从宀从又，會手探宀之意，爲探之初文，〔註433〕王欣云《合》6357：「舌方弗🐦西土？」中的🐦爲敵方的軍事行動。〔註434〕甲文有「深」字作🐦（《合》5362）、🐦（《合》557），从水罙聲。金文「罙」字作🐦（〈禹鼎〉，2833，西周晚期），🐦（〈罙作寶彝甗〉，855，西周早期），〔註435〕「深」字僅見於中山器，作🐦（〈中山王𰻝方壺〉，9735，戰國晚期）。楚簡作🐦（《郭店·老甲》8）、🐦（《郭店·性自命出》23），皆指深淺之深。

在用法方面，甲骨之「罙」見於戰爭卜辭，如《合》6357：「貞：舌方弗罙（深）西土？〔貞〕：舌〔方〕其罙（深）西土？」〔註436〕按「罙」在先秦典籍裡多見深淺之深，用於戰爭描述，則指入境深也。如《詩·商頌·殷武》：「奮伐楚荊，罙入其阻」。《疏》云：「能奮揚其威武，往伐荊楚之國，深入其險阻之內。」又《國語·晉語》：「秦寇深矣」，韋昭《注》：「深，入境深也。」金文之「罙」用法與上述相同者，僅見於〈禹鼎〉：

> 亦唯噩（鄂）侯馭（馭）方達（率）南淮尸（夷）、東尸（夷），廣伐南或（國）、東或（國），至于歷內。王迺命西六𠂤（師）、殷八𠂤（師）曰：「𠠂（撲）伐噩（鄂）侯馭（馭）方，勿遺壽幼。」肆（肆）𠂤（師）彌突（罙），匋（洶）匩（恇），弗克伐噩（鄂）。」肆（肆）武公迺遣禹達（率）公戎車百乘、斯（廝）馭（馭）二百、徒千，曰：「于匩（將）朕肅慕，惠西六𠂤（師）、殷八𠂤（師），伐噩（鄂）侯馭（馭）方，勿遺壽幼。」雩禹以武公徒馭（馭）至於噩（鄂），敦伐噩（鄂），休，隻（獲）氒（厥）君馭（馭）

〔註432〕段玉裁注：《說文解字注》，頁347～348。

〔註433〕黃天樹，〈禹鼎銘文補釋〉，《古文字學論稿》，頁64。另參黃德寬主編：《古文字譜系疏證》（四），頁3918。

〔註434〕參王欣：《甲骨文軍事刻辭研究》，頁16～17。

〔註435〕《集成》誤釋〈罙作寶彝甗〉之「罙」爲「守」，定名爲〈守作寶彝甗〉。金文「守」作🐦、🐦🐦等，从宀从寸，與罙作🐦，又字左右兩側各有一點不同，《集成》之誤已爲學界所正。參上註。

〔註436〕例見黃天樹所引，參〈禹鼎銘文補釋〉，《古文字學論稿》，頁63。

至方。(〈禹鼎〉2833，西周晚期，厲王)

「自(師)彌突(罙)，匐(洵)匩(恇)」舊讀作「自(師)彌宨(忱)匐匩(恇)」，彌者，久也。宨者，忱也，義爲懼。匐者，周帀，重疊義。匩同恇，懼也。該說以徐中舒爲代表，[註437] 多數學者從之。[註438] 銘意在於強調奉命撲伐鄂侯馭方的西六師、殷八師軟弱懼戰，只能依靠武公的親軍出征才達王命，擒鄂侯馭方，終止戰事。學者多以之與史料相驗，論述厲王無道以至軍心渙散，正規軍敗亡之況。

吳大澂首釋金文 爲突(罙)，[註439] 黃天樹認爲〈禹鼎〉之 與此同形，也應釋作突(罙)，並舉卜辭及典籍用法爲證，認爲甲骨金文「」字象把手伸進器皿中試探深淺，後來器皿訛爲「穴」，手形訛爲 ，遂爲小篆之 。故鼎銘「自(師)彌突(罙)」指西六師和殷八師奉王命出軍深入鄂境(江漢流域)。「匐(洵)匩(恇)」之「匐」從勹旬聲，在此讀作「洵」，《爾雅·釋詁》：「洵，信也」，在這裡作副詞用，訓爲確實。「匐(洵)匩(恇)」指確實恇懼。[註440] 正因西六師和殷八師深入鄂境而恇懼，故「弗克伐鄂」，無法達到王命「勿遺壽幼」的要求，故才另派武公族軍出動支援，終能「休獲鄂侯馭方」，大竟其事。

觀上論，則〈禹鼎〉之 隸作「罙」，用指戰爭時深入敵境者，當爲「罙」義之引申用法，其詞義內容與上舉之「入」、「內」相近，皆有攻入之義，唯「罙」字強調入境之深。〈禹鼎〉罙字之後的深入地點承上承略，當指鄂境或鄂都。

6.【臽】(陷)

本文在手部攻擊類動詞裡曾討論過出現在〈晉侯穌鐘〉的「敃」，「敃」字的初形爲「臽」，甲文作 (《合》10659)，字象陷牲於坎中形，後添阜旁作「陷」，「陷」行而「臽」廢。《說文》臼部：「臽，小阱也。从人在臼上」。[註441] 〈晉侯穌鐘〉作「敃」，乃是增「攴」以強調攻擊義。在金文裡另有作本形的「」

〔註437〕徐中舒，〈禹鼎的年代及其相關問題〉，《考古學報》1959 年第 3 期，後收入《川大史學·徐中舒卷》(四川：四川大學出版社，2006 年 8 月)，頁 374～397。

〔註438〕如馬承源：《銘文選》(三)，頁 283。王輝：《商周金文》，頁 219，俱採此說。

〔註439〕吳大澂：《愙齋集古錄》第 17 冊第 6 頁 2 器。

〔註440〕黃天樹，〈禹鼎銘文補釋〉，《古文字學論稿》，頁 64。

〔註441〕段玉裁注：《說文解字注》，頁 337。

字，見於〈猷鐘〉（260，西周晚期，屬王），銘云：

> 王肇遹省文武、堇（覲）彊（疆）土，南或（國）及虤（子）敢臽（陷）處我
> 土。王童（敦）伐其至，戠（撲）伐氒都。及虤（子）廼遣閒來逆卲（昭）
> 王，南尸（夷）東尸（夷）具（俱）見，廿（二十）又六邦。

「南或（國）及子敢臽（陷）處我土」的結構爲：主語（南國及子）＋助動詞（敢）＋動詞（陷處）＋賓語（我土）。施事主語爲南方及國的君主，「臽」字之前以意願類助動詞「敢」表示冒犯義，「敢陷處」的語法結構爲「助動詞（敢）＋V1（陷）＋V2（處）」，「敢」字在此猶言「膽敢」、「竟敢」，乃用於輔助說明其後的動詞謂句「陷處我土」，此處之「臽」當訓作攻陷解，有入侵騷擾的意思，與其後的「處」形成連動結構，「處」字在此訓作據有義，「陷處我土」意爲進陷侵占我周朝的疆土。〔註442〕

7.【并】（併）

「并」字甲文作（《合》6055），金文作（〈中山王𩵚鼎〉，2840，戰國晚期），《說文》入从部：「𢆶，相从也。从从开聲。一曰从持二干爲并」。段注：「二人持二竿，是人持一竿，并合之意」。〔註443〕從甲文看，并字非有从二竿者，亦有从一竿者，實所从之「二」、「一」乃示二人相并之指事符號，以別於「从」，許云「从持二干」及段注「人持一竿，并合之意」皆未確。〔註444〕「并」字在甲文中用作地名使用，〔註445〕在金文裡則有「吞併」、「兼併」之義，這也是典籍常見的「并」字用法，如《廣雅·釋言》：「并，兼也」、《戰國策·魏策》：「魏并中山」、《漢書·藝文志》：「并爲《倉頡篇》」，注：「并，合也」，〔註446〕則「并」字即今「併」也，金文用例如下：

〔註442〕按「處」作，舊誤視作「虐」（《銘文選》（三），頁279、于省吾《吉金文選》上1.1），唐蘭隸作「處」，謂「陷我土而處之也」（《史徵》，頁505）。陳雙新引証典籍之「處」有享有、據有義，其說可參，見《兩周青銅樂器銘辭研究》，頁127。

〔註443〕段玉裁注：《說文解字注》，頁390。

〔註444〕于省吾，〈釋古文字中附劃因聲指事字的一例〉《甲骨文字釋林》，頁457。季旭昇：《說文新證》（下），頁18。

〔註445〕《甲骨文字詁林》（一），頁140。

〔註446〕參《戰國古文字典》（上），頁832。

例 1.

昔者，吳人并(併)雪(越)，雪(越)人飫(修)嫠(教)備恁(信)，五年覆吳，皮(克)并(併)之，至于含(今)。(〈中山王嚳鼎〉，2840，戰國晚期，中山國)

例 2.

廿六年，皇帝盡并(併)兼天下諸侯，黔首大安，立號爲皇帝，乃詔丞相狀、綰，灋(法)度量則不壹歡疑者，皆明壹之。(〈商鞅量〉，10372，戰國，秦)

兩器之「并」皆爲兼併、吞併義，句型結構爲「S＋V（并）＋O」，施受關係明顯。

8. 【鍦】(鎮)

「炅」字入《說文》火部，云：「炅，見也，从火、日」，段注：「此篆義不可知，《廣韻》作『光也』，似近之」。〔註447〕《說文》「愼」之古文作𢡕，或隸作「睿」，〔註448〕多視爲「炅」字上下兩符互迻，故以爲「炅」之異體。〔註449〕漢代帛書、竹簡有「炅」字，多用如「熱」字，如馬王堆帛書《老子・德經》甲本：「趮勝寒，靚勝炅」，乙本已殘，今傳世通行本作：「燥勝寒，靜勝熱」等。〔註450〕「炅」字既爲熱，引申而有光明之義，王輝疑《說文》所收「烜」字爲「炅」之訛字，並舉宋太宗原名趙匡義，即位之後改爲炅，字光義，名字取義相關，可見時人認爲炅即光明義。〔註451〕戰國文字「炅」字獨用者，僅見於燕印，作人名使用。魏方足布有字作「郒」，从邑炅聲，地名。戰國文字另有作「宎」者，从宀炅聲，或認爲是冥的異文。可知「炅」字始見於西周以後，一般作聲符使用。至於「炅」字音讀，多視从日聲。〔註452〕「日」古音日紐質部，與禪

〔註447〕段玉裁注：《說文解字注》，頁 490。

〔註448〕段玉裁注：《說文解字注》，頁 507。

〔註449〕黃德寬主編：《古文字譜系疏証》（三），頁 2129。

〔註450〕王輝，〈秦器銘文叢考〉(續)，《考古與文物》1989 年第 5 期。參《金文文獻集成》第 29 冊，頁 598。

〔註451〕同上註。

〔註452〕許書云：炅字从火日，會意也。學者多指炅从日得聲，這是參考「熱」古音泥紐

紐眞部的「愼」，聲紐同爲舌上音，韻可通轉。由此繫聯春秋晚期早段的秦景公二器〈秦公鎛〉與〈秦公簋〉，銘文之「鍈」可讀作「鎭」：

例1.

　　咸畜（蓄）百辟胤（俊）士，蠪蠪（藹藹）文武，**鍈**（鎭）靜（靖）不廷，柔燮百邦，于秦執事，乍盄（淑）龢［鐘］夆名曰旹。（〈秦公鎛〉，270，春秋晚期早段，秦景公）

例2.

　　蠪蠪（藹藹）文武，**鍈**（鎭）靜（靖）不廷，虔敬朕祀，乍噂宗彝。（〈秦公簋〉，4315，春秋晚期早段，秦景公）

銘文「鍈靜（靖）不廷」之「鍈」，從金從炅，與古音端紐眞韻的「鎭」，聲母古同爲舌上音，韻部可對轉，則「鍈」與「鎭」例可通假。再從字義來看，「鎭靖不廷」指鎭壓平安不來朝覲的方國，文從字順，則「鍈」讀作「鎭」可也。典籍「鎭靖」一詞最早見於唐人注《左傳》語，從金文文例可知早在春秋戰國時期，即爲秦人用語。

　　兩周金文軍事動詞中，以攻擊類動詞數量最多，是軍事動詞中最重要也是最複雜的小類，由於各動詞皆以「攻擊」爲核心義素，間或以「出兵」、「攻克」、「撲擊」等爲附加義素，唯在用法上無明顯義項之別，故難以此細微義項之別做爲綱目之舉，故而本節討論按各字所從義符偏旁分爲從戈、從又、從止及其他4類：

相關偏旁	動　　　　　　　　詞
戈	1 戲、2 伐、3 戰、4 戣（撲）、5 戜（捷）、6 栽（誅）
又、攴、殳	1 燮（襲）、2 殷、3 殺、4 攴、5 敆、6 臺（敦）、7 攻、8 敊、9 敵、10 戡 11 印（抑）、12 搏、13 羞
止、彳、辵	1 達（撻）、2 追、3 逐、4 征、5 翻（襲）、6 冊（踚）
其　他	1 靜（靖）、2 入、3 圍、4 兼、5 罙（深）、6 臽（陷）、7 并（併）、8 鍈（鎭）

月部，又《周禮》「涅」字異文作旾，而「涅」古音泥紐質部，與「日」日紐質部音近而得。參劉樂賢，〈釋《説文》古文愼字〉，《考古與文物》1993年第4期。

　　從上表 33 個動詞可知，攻擊類動詞以从又偏旁者數量最多，从攴、攴諸字之「殳」、「攴」多爲後來添加之義符，用以強調攴擊義。在使用頻率方面，「伐」字共 65 例，是使用頻度最高的攻擊類動詞，其次是「征」字，計 33 例。在語法結構方面，則以「S＋V＋O」爲標準句型，施事主語以王臣居多，賓語則爲攻擊的對象。諸動詞常形成連動結構，其中「撲伐」凡 5 見，是最頻繁出現的連動詞組，幾成熟語。

第五節　覆　滅

　　屬覆滅義的軍事動詞共有 12 個，這些動詞之後的賓語爲殲滅、除去的對象，基於文字義符特性，輒見从斤、从刀者，與計有 1 斲、2 覆、3 盪、4 狄（剔）、5 貓（剔）6 剌、7 斵（墮）、8 刷、9 關、10 滅、11 喪、12 勝，今分述於下：

1.【斲】

　　「斲」僅見於〈師袁簋〉（4313、14，西周晚期，宣王），字作𣂳，从夕从斤从貝，金文另有一从又之「貲」與之相近，字作𣂾（〈儼匜〉，10285，西周晚期）、𣂡（〈師旂鼎〉2809，西周中期）。〔註 453〕一般認爲斲、貲兩字相同。〔註 454〕《說文》有貲（叡）無斲（𣂳），貲入攴部：「𣂾，深堅意也。从攴从貝，貝，堅實也，讀若概」。〔註 455〕《金文編》則釋貲爲从死从貝，〔註 456〕〈儼匜〉及〈師旂鼎〉中的「貲」皆非《說文》本訓，而爲從「叡」聲假借「獻」聲的法律用語，李學勤將之讀作「讞」，《說文》：「讞，議罪也」，義近於判決。依李說，則〈儼匜〉云「王在荓上宮，伯揚父迺成貲」，乃指伯揚父以其判決向王稟報；〈師旂鼎〉云「旂對𠭰貲于𨾊彝」則是師旂把判決內容記於器上。〔註 457〕唯李

〔註 453〕〈師旂鼎〉之𣂡不从斤，而从尸。

〔註 454〕如吳式芬：「斲即叡字」，劉心源：「斲即叡字，从斤者變文」，孫詒讓：「斲當即《說文》叔部叡字之異文」，高田忠周：「从斤，斤亦所以敗之具也」，諸家所持之論，大抵爲从又常與从攴混，从攴者爲手持工具，與从斤意象相同，皆爲可持之以敗器之具，故可通。參《金文詁林》（下），頁 2016。唯斲、叡《金文編》分列爲二，〈師袁簋〉收於「斲」字下，云《說文》所無。參《金文編》，頁 927。

〔註 455〕段玉裁注：《說文解字注》，頁 163。

〔註 456〕《金文編》，頁 279。

〔註 457〕李學勤：《青銅器與古代史》，頁 391。

氏說釋用於〈儼匜〉可，於〈師旂鼎〉則於語法上明顯有誤。「賢于障彝」之「賢」當爲動詞，若依李氏之說，則是將「賢」名詞活用爲動詞，爲「鑄刻此定讞」義，於此雖合於鼎銘文義，於「賢」（讞）之活用例看，過於牽強。

　　要合理解釋〈師袁簋〉及〈師旂鼎〉「質」（賢）字之義，仍需回過頭對字形有清楚的認識，先來看兩字所从的叔，《說文》叔下云：「𠬹，殘穿也。从又卢（歺），卢亦聲。凡叔之屬皆从叔。讀若殘」。〔註458〕甲骨文無叔字，而有从叔从貝的賢，字作𧵑（《合》28151）。《說文》歺部下云：「卢，列骨之殘也。从半冎。凡歺之屬皆从歺。讀若櫱岸之櫱」。李孝定認爲甲骨文「骨」字作𣎆，象卜用牛肩胛骨之形，爲骨之初字，而冎爲骨之古文，正从半𣎆，與許說合。〔註459〕唯今知甲文「骨」字作𣍘（《合》32770），與許書釋爲列骨之殘的「卢」形不類。𣎆字裘錫圭釋肩，〔註460〕則肩字之半與歺仍有距離；吳匡則以爲「歺」上所从爲「卜」字，其下所从爲龜殼之象形，季旭昇駁之曰：「甲骨歺字形體多種，但下部都作方折形，不象龜甲，其上从“卜”形也不足以會穿之義」。〔註461〕于省吾則云：「歺爲列之初文，从刀作列乃後起字」，于氏並分析甲文中从歺的桌、𤔲、𤬛、𧆊多有並列之義，唯未細述形體所從。〔註462〕季旭昇以爲上述諸說都無法合理解釋字形，其云：

> 從形體學來觀察，甲骨文中與「歺」形最接近的，應該是「弋」字，「弋」字在甲骨文中主要作「𢍐」形，象下端尖銳之木杙，用來掘地，或樹杙於地，以其常用以杚地，因此下端容易裂開，「𢍐」形裂開即成「𠧪」形。歺字象木杙裂開之形，引伸有裂解、殘敗等意義。甲骨文从歺結構的字，不外這兩類意義。至於作「並列」、「皆」義的，可能是假借。〔註463〕

〔註458〕段玉裁注：《說文解字注》，頁163。

〔註459〕李孝定：《甲骨文字集釋》第4，頁1492～1498。

〔註460〕裘錫圭，〈說「肩凡有疾」〉，《故宮博物院院刊》2000年第1期，頁1～7。

〔註461〕季旭昇：《說文新證》（上），頁324～325。

〔註462〕于省吾，〈釋歺、桌、𤬛、𤔲、𧆊〉，《甲骨文字釋林》，頁371。此說爲蔡哲茂所從，云該字後引申有行列義，故再造「裂」字以示殘裂之義。參蔡哲茂，〈甲骨文葬字及其相關問題〉，《第二屆國際中國古文字學研討會論文集續編》，頁119～132。

〔註463〕季旭昇：《說文新證》（上），頁325。

按本論文嘗於第三章先備工作類第一節「巡查」項第9字例中討論過「𢇍」字，季氏對「弋」形之說釋符合「弋」字在先秦典籍及出土文獻中的用法，則「弋」實爲「杙」之象形字，其上象木椿一端銳而斜形，中段纏束繩索繫牲，下端則插地以立之，故季氏云弋裂而成歺者，釋形可從。用字方面，由木橛殘裂之形引伸爲裂解、殘害義，添「又」、「斤」而從貝，以示以手持器鑿裂、擊刻於物，後所裂解者不僅限於龜甲貝骨，解裂、刻裂他物皆可用「賮」（賮），該字遂引申有傷裂義，與同樣具有傷殘義的「刻」字用法相同，如《尚書‧微子》：「我舊云刻子」，孔穎達《疏》：「刻者，傷害之意」等，此用遂爲〈師旂鼎〉及〈師寰簋〉銘文所示。〈師旂鼎〉云「旂對氒賮于尊彝」，指師旂將白懋父對其眾僕不從王征一事的判決刻於鼎彝。〈師寰簋〉銘載：

> 王若日：「師寰，爰！淮尸（夷）繇（舊）我䝿（帛）晦臣，今敢博（搏）氒眾，叚反氒工吏，弗速（蹟）我東郣（國）。今余肇令女（汝）達（率）齊帀（師），曩（紀）、𠭥（萊）、僰、肩（殿），左右虎臣正（征）淮尸（夷），即賮氒邦獸（酋），日冉、日㷉、日鈴、日達。」（4313、14，西周晚期，宣王）

簋銘載淮夷造反攻擊周王朝派駐於當地收納貢賦的王官，使周之東國出現了不循道的事，故令師寰率齊、紀、萊、僰等諸侯國之軍殿於前鋒左右虎臣之後以爲後軍，出發前往反夷，以折淮夷邦酋之首爲要務。「即」字之後未接目的地，而是逕接一動詞謂語句「賮氒邦獸（酋）」，「賮」在這此用指殘殺義，所殘殺者爲造反之淮夷邦酋，「賮氒邦獸（酋）」與下文載師寰「休既有功，折首、持訊」相呼應。

2.【覆】

「覆」字甲文未見，金文僅見於〈中山王嚳鼎〉（2840，戰國晚期）字作𧗊，《金文編》云：「覆，从辵」，[註464]「覆」字《說文》入襾部：「覆，覂也。从襾，復聲……一日蓋也。」[註465] 與收錄於前的「覂」字互訓，段注用與反復之「復」相同。《說文》彳部：「復，往來也。从彳，𡚤聲」，[註466] 另於夊部下

[註464]《金文編》，頁548。

[註465] 段玉裁注：《說文解字注》，頁360。

[註466] 段玉裁注：《說文解字注》，頁76。

收有「复」字，云：「夏，行故道也。从夂畐省聲」。〔註467〕甲文有「复」無「復」，

「复」字作 夏（《合》43），或用爲人名、地名，作動詞用者，訓作往來、歸返，

如《合》7772 正：「王复；王弜复」。〔註468〕「夏」字形所由歷來說解不一，羅

振玉視 亞 爲 畗 字之省，从夂，象足形自外至，亦往而復來義；李孝定疑 亞 象器

形，在此作聲符使用；徐中舒則云 亞 象半穴居前後有兩道出入之形，从夂，象

足趾從門道外出之形，故偏旁從复之字，如覆、復、複就有覆蓋、重複、複雜

諸義。〔註469〕

　　金文之「复」僅見於〈矞比盨〉（4466，西周晚期），作 旲，邑名。金文「復」

字作 復（〈小臣謎簋〉，4238，西周早期）、復（〈散氏盤〉，10176，西周晚期）、

復（〈多友鼎〉，2835，西周晚期）諸形，乃是在初形「复」上增添彳、辵與勹

旁等，具歸返、返還、回報等義。由於〈斿螽壺〉之「復」作反復解，故一般

視與〈斿螽壺〉之「復」寫法完全相同的〈中山王�鼎〉之 復 爲「復」之異體；

唯該字在〈中山王�鼎〉訓作「覆」，用指傾覆、覆滅義。

> 昔者，吳人并（倂）雩（越），雩（越）人餤（修）斅（教）備㤖（信），五年
>
> 覆吳，皮（克）并（倂）之。（〈中山王�鼎〉，2840，戰國晚期，中山）

本段引文位於鼎銘末段，是中山王�鑑史以照今的自我警語，其舉吳越之戰，

吳人并越，越王句踐雖兵敗卻能引領越人修治國之道並備信義，故歷五年伐吳

有成，覆滅吳國，并沒之。

　　3.【盜】

　　〈秦公鐘〉（262～266，春秋早期）有銘云「盜百蠻（蠻），具即其服」，

〔註470〕盜字《金文編》隸作「盜」，云《說文》所無。〔註471〕《說文》次部「次」

字之下云「次，慕欲口液也。从欠水。凡次之屬皆从次。㳄，次或从侃（聲），㳄，

籀文次。」〔註472〕可知次的籀文作㳄，學界多依此而將〈秦公鐘〉盜字隸作盜，

〔註467〕段玉裁注：《說文解字注》，頁 235。

〔註468〕《甲骨文字詁林》（一），頁 864。

〔註469〕《甲骨文字詁林》（一），頁 862～864。姚孝遂按語採李孝定之說，視甲骨文复所
　　　　從之 亞 象某種器物之形，作爲聲符，見《甲骨文字詁林》（一），頁 864。

〔註470〕器於 1978 年 1 月陝西寶雞太公廟出土，另有鎛三枚，銘文相同。

〔註471〕《金文編》，頁 347。

〔註472〕段玉裁注：《說文解字注》，頁 418。

視爲「盜」字異體，至於汝、皿二旁之間的 **公** 乃爲添加的指事符號。〔註473〕《說文》皿部：「**盍**，厶利物也。从汝皿。汝，欲也，欲皿爲盜」。〔註474〕盜甲骨文作 **遙**，僅見於《合集》8351，葉玉森誤釋爲盈，《甲骨文編》入於附錄，于省吾云甲文从舟乃爲从皿之誤，而甲文汝字象以手拂口液之形，亦有象口外流形，與「涎」互爲古今字。甲文唯一的 **遙** 字用法與汝相同，是從口液的本義引申爲水流泛濫無方，此義又與後世盜竊之義相因。至於「汝」字另有作祭名(延祭)及連續或施行義之用者。〔註475〕

〈秦公鐘〉的「盜」字用法學界看法分歧，王輝結合《說文》汝之籀文作 **鬱**，秦公鐘「皿」上之汝作 **鬱**，以及《石鼓文・汧沔》：「其鑑氐鮮」，故據而論「盜」作「盜」是秦文字的特點，〔註476〕在釋義方面，「盜」本指竊賊，亦指小人，舉《詩・巧言》：「君子信盜」，鄭箋：「盜謂小人」；《公羊傳・定公八年》：「不言盜取」，孔穎達注：「盜是卑賤之稱」等爲證，視鐘銘該句爲「秦周圍諸戎蠻服事、服從於秦」。吳鎭烽亦做此論，指這是秦統治者「對周圍部族方國帶侮辱性的稱呼」。〔註477〕孫常敍則從石鼓文之「鑑」以「盜」爲其聲符，論「盜」與「鑑」同音，而「汝」典籍常作「涎」、「唌」，從「延」得聲，是汝與延同音，故證馬敍倫將《石鼓文》中的「鑑」視爲「脡」(生肉醬)的借字，讀作「其脡至鮮」是可行的。在鐘銘裡，「盜百蠻具即其服」乃是借「盜」爲「延」，延有引進之義，該句指「引百蠻俱就其服」。〔註478〕伍士謙則釋盜通假借「羨」，引《說文》：「羨，願欲也」讀該句爲「願百蠻皆即其服」。〔註479〕馬承源乃視盜音假爲兆，即億兆之兆，以言指百蠻人多，讀該句作「眾多的百蠻之族都遵守

〔註473〕黃德寬：《古文字譜系疏證》（一），頁854。

〔註474〕段玉裁注：《說文解字注》，頁419。

〔註475〕于省吾：〈釋汝、盜〉，《甲骨文字釋林》（北京：中華書局，1999年），頁383～387。

〔註476〕王輝：《商周金文》，頁275。

〔註477〕吳鎭烽，〈新出秦公銘考釋與有關問題〉，《考古與文物》創刊號（1981年），頁88。

〔註478〕孫常敍，〈秦公及王姬鐘、鎛銘文考釋〉，《東北師大學報》（哲學社會科學版）1978年第4期，頁16～17。

〔註479〕伍士謙，〈秦公鐘考釋〉，《四川大學學報》（哲學社會科學版）1980年第2期，頁107。

他們的職份」。〔註480〕

　　滋字的討論隨著新出器〈逨盤〉（《新收》757-3，西周晚期，宣王）的出現而有了新的思考，盤銘載「雩朕皇高且，惠中（仲）盠父，盭（戾）龢（和）于政，又（有）成于獻，用會邵（昭）王、穆王，滋政（征）三（四）方，厮（撲）伐楚荊」，盤銘文字語句與〈秦公鐘〉頗有相近之處，如「盭（戾）龢（和）」及「滋」字之用等，兩詞語皆用於作器者稱揚功業的話語，所不同者，爲〈逨盤〉用於追述先祖功烈，而〈秦公鐘〉用以記敘己身功伐。〈逨盤〉之「滋」王輝讀作「剿」，「剿」字《說文》未收，歷來字書皆視爲「剿」字異體。《說文》：「剿，絕也」、《廣韻》：「剿，截也」，《尚書・甘誓》：「天用剿絕其命」，《宋書・孟龍符傳》：「及西剿桓歆，北殄索虜」，王輝據此讀「滋政」作「剿征」，「剿」在此有討伐滅絕義，並以此回過頭來釋讀〈秦公鐘〉銘爲「剿征百蠻」。〔註481〕彭曦則讀作「延」，訓爲連續或施行；〔註482〕董珊的看法與彭曦相同，認爲〈逨盤〉及〈秦公鐘〉的滋可讀作「延」或「施」，兩字典籍通用不別，在〈秦公鐘〉裡謂安定秦國本土之後，又外施政令至於百蠻，使其都來入秦執事，與〈逨盤〉銘「施政四方」意思相近，這樣的看法與孫常敘在〈秦公鐘〉的理解相同。〔註483〕何琳儀則讀滋作「濯」，滋與「兆」、「翟」聲系可通，盤銘「滋政」可讀「濯征」，「濯」者典籍訓作大、遠，「濯征四方」，意謂「大伐四方」。〔註484〕

　　上述前輩學者皆從通假的角度談「滋」字之用，努力找出最恰當的通假字以爲訓，力求合於文意脈絡。先看〈秦公鐘〉，將鐘銘「滋」字釋作「盜」（盜賊）、「兆」（兆數）者，乃是將「滋」字作名詞用，唯結合銘文上下文句來看，此段乃是秦公及王姬自敘己功，云己能「盭（戾）龢（和）胤（俊）士，咸畜

〔註480〕《銘文選》，頁 607。

〔註481〕王輝，〈逨盤銘文箋釋〉，《考古與文物》2003 年第 3 期，頁 84～85。

〔註482〕彭曦，〈逨盤銘文的譯及簡析〉，《寶雞文理學院學報》（社會科學版），第 23 卷第 5 期（2003 年 10 月），頁 12。

〔註483〕董珊，〈略論西周單氏家族窖藏青銅器銘文〉，《中國歷史文物》2003 年第 4 期，頁 43。

〔註484〕何琳儀，〈逨盤古辭探微〉，《安徽大學學報》（哲學社會科學版）第 27 卷第 4 期（2003 年 7 月），頁 12。

（蓄）左右，蠚蠚允義，翼受明德，以康奠龏（協）朕或（國），溢百䜌（蠻），具即其服」，在「溢百蠻」句之前的每個分句都是以動詞爲句首，整段話以「具即其服」作結，是作器者上述所戮力而爲產生的偉大功業，考量到鐘銘的語感層次，則「溢」字的詞性當以動詞爲適，以之檢討伍士謙的「羨」字說及孫常敘的「延」字說，又以孫氏之說爲尙。

再依語法關係來檢視〈逨盤〉之「溢」，可以看出「溢政（征）三（四）方，厰（撲）伐楚荊」兩句語法結構相同，皆爲動補結構句，句中「征」、「伐」詞性及詞義都很接近，故「溢」字的詞性與用法也應與「厰」字相近或相同，厰字今寬隸作「撲」，具擊伐義，那麼，與之語法地位相對應的「溢」字，也應該是個動詞。本論文在分析「征」、「伐」兩字特性時，嘗析出「征」多置於「伐」字之前而承其本義表「出而征之」的出發動態，「伐」字則多見於「征」字下句中，用以對戰事的對象進行較細緻的描述。在詞組特性上，「伐」字之前可與助動詞、動詞、副詞詞組搭配，形成各種豐富樣貌的「某伐」詞組；而「征」字的構詞靈活度遠不及「伐」，僅見屬連動結構「于征」詞組，如此一來，討論「溢征」詞組的「征」字詞性時，就不得不就當時「某征」詞組的發展事實來進行思考，如果說連動結構是當時「某征」詞組的唯一表現，則盤銘之「溢」屬動詞的可能性最高，以此檢視前輩學者對盤銘「溢」字的看法，則王輝的「剿」字說、彭曦、董珊的「延」字說，皆比何琳儀的「濯」字說來得可信。再從用法上看，王輝舉《尙書·甘誓》：「天用剿絕其命」，《宋書·孟龍符傳》：「及西剿桓歆，北殄索虜」兩例強調「剿」（劋）字的滅絕義，其實典籍將「剿」字用於「征」字之前即用以強調此「征」務必徹底鏟除異己的決心；盤銘之「溢政」對象爲不廷的四方，其中尤以楚荊最爲周王心腹大患，則〈逨盤〉此句用「剿征」者，合理可從。再從「溢政（征）三（四）方，厰（撲）伐楚荊」兩句相對的觀點來看，則「剿」字說自然也比「延」字說來得精確，也較能合理表達文意，回過頭來看〈秦公鐘〉，將鐘銘「溢」讀作「剿」，亦無罣礙。

4.【狄】（剔）

「狄」字《說文》入犬部，云：「狄，北狄也，本犬種，狄之爲言淫辟也。從犬亦省聲」。按各本「狄」字下作「赤狄也」，段注本正之爲北狄。〔註485〕「狄」

〔註485〕段玉裁注：《說文解字注》，頁481。

甲文未見，典籍多用爲部族名，在金文裡作 （〈牆盤〉，10175，西周中期）、（〈默狄鐘〉，49，西周中晚期）、（〈曾伯霖簠〉，4631、32，春秋早期），字從犬從火，〈曾伯霖簠〉之「火」旁增飾筆而近「赤」，仍屬「火」。「狄」字在金文除作爲人名，皆假爲「剔」，指剔除義。《說文》辵部收有「逖」字，云：「，遠也。從辵狄聲。古文」。按「狄」古音定紐錫部，「剔」透紐錫部，聲母同爲舌頭音，韻母相同，音近可通。〔註486〕在典籍裡亦每見通用例，如《詩·魯頌·泮水》：「桓桓於征，狄彼東南」、《詩·大雅·抑》：「用戒戎作，用逷蠻方」，《潛夫論·勸將》引此詩句，「逷」作「逖」。二首詩句鄭《箋》皆校云：「狄當作剔，治也」、「逷當作剔，治也」。「剔」者大徐本《說文》云：「剔，解骨也」，在典籍裡引申有剔治、剔除、剔削之義，金文用作剔除義者 3 見：

例 1.

　　（迅）圉武王，遹征（正）四方，達（撻）殷畯（畯）民，永不（丕）巩（鞏）。狄（剔）虘髟，伐尸（夷）童（東）。（〈史牆盤〉，10175，西周中期，恭王）

例 2.

　　雪朕皇高且公尹，克逑匹成王成受大令，方狄（剔）不言（享），用奠四或萬邦。（〈逑盤〉，《新收》757-3，西周晚期，宣王）

例 3.

　　隹王九月初吉庚午，曾白（伯）霖慇（哲）聖元武，元武孔嵞（致），克狄（剔）雓（淮）尸（夷），印（抑）爕鄉（繁）湯（陽），金簠（道）鍚（錫）行，見既卑（沛）方（滂）。（〈曾伯霖簠蓋〉，4631、32，春秋早期，曾）

或有學者舉《說文》：「逖，遠也」以爲諸「剔」、「狄」字當用與此義，故釋金文及典籍之「狄」有驅逐義，唯此釋不若訓作「剔除」者來得貼合文字及銘文本義。上列三器諸「狄」字之後所接皆爲周王室心腹大患，〈逑盤〉所務「剔」之「不享」，即後文所云之「不廷」，即不來臣事（包含朝見與獻納）周邦的方

〔註486〕高亨：《古字通假會典》（濟南：齊魯書社，1989 年）收有「易與狄」條，參頁 467。
　　　　另第 468 頁有「鬄與剔」條，〈泮水〉的「狄」《韓詩》作「鬄」，云：「鬄，鬄除也」。

· 283 ·

國，也就是與周邦敵對者。「狄」字之前之「方」爲時間副詞，有「始」義，《廣雅‧釋詁》：「方，始也」。〔註487〕〈史牆盤〉中武王所剿之「虘髟」，爲西周時期位於成周東北方的兩個方國。「狄」字在此與「伐」字對文互見，措辭強烈，帶有剷除的決心。〈曾伯霥簠蓋〉中的「剝」字之前受助動詞「克」字修飾，強調剷除淮夷，抑變繁陽，務使金道錫行的積極目的。

5.【貓】（剝）

《集成》358 號〈五祀猷鐘〉爲西周晚期屬王時器，與〈猷鐘〉、〈猷簋〉爲同一人所作，銘末云：「文人陟降，降余黃糧（黺），受（授）余屯（屯）魯，貓不廷方」。「貓」舊釋爲从雍从皿，李朝遠舉《說文》鼠部「䶅」字：「䶅，鼠屬。从鼠益聲，貓或从豸作」，知貓爲䶅之或體，並探討文獻「不廷（庭）方」前的動詞成分，推測「貓」有「正」或「安撫」之義。

李氏之說顯然受《詩‧大雅‧韓奕》：「榦不庭方」之「榦」歷多以「正」訓之，而金文〈毛公鼎〉「裹不廷方」之「裹」多解爲「懷」具安撫義所影響。本文第四章第三節防禦類「榦」字下已證〈韓奕〉之「榦」同〈戎生編鐘〉之「榦」，皆讀作捍，捍衛義也。故以「正」訓「貓」並不可從。傳世文獻中，「不庭方」或作「不庭」，其前動詞皆作討伐義，如《左傳‧隱公十年》：「以王命討不庭」、《左傳‧襄公十六年》：「同討不庭」、《左傳‧成公十三年》：「謀其不協而討不庭」等。銘文亦有類似用法，如〈佣戈〉：「用變不廷」等。李家浩認爲〈五祀猷鐘〉中的「貓」應該是「剝」的假借字。「貓」者从豸益聲，易、益古通，如〈德鼎〉云：「王益德貝廿朋」，〈德方鼎〉「益」字作「易」，郭沫若據器銘所示「易」（𤳂）形乃「益」（𤭯）之半，認爲「易是益字的簡化」。〔註488〕李氏另舉〈攸叔簋〉銘云：「嗌貝十朋，用作寶簋」証鐘銘「貓」當讀

〔註487〕參王輝之釋，見〈逨盤銘文箋釋〉，《考古與文物》2003 年第 3 期，頁 83。董珊訓「方」作「徧」，有遍及義，結合上下文來看，則以武王受命始剝不方之說爲佳。董文見〈略論西周單氏家族窖藏青銅器銘文〉，《中國歷史文物》2003 年第 4 期，頁 43。

〔註488〕郭沫若，〈由周初四德器的考釋談到殷代已在進行的文字簡化〉，《文物》1959 年第 7 期。收入《郭沫若全集‧考古編 6》（北京：科學出版社，2002 年），頁 221～224。此參自李家浩，〈說「貓不廷方」〉，收入張光裕、黃德寬主編：《古文字學論稿》，頁 16。

為「遏」或「逑」。〔註489〕覈諸金文〈逨盤〉「方狄（剔）不享」、《詩·大雅·抑》:「用遏蠻方」的用法，李氏之說可從。〈五祀獸鐘〉的「貓」當讀如「遏」，剔除義也，剔除不朝於王室的方國，這是器主獸上承皇恩，務勤力緟續的先人志業。

6.【刜】

「刜」字入《說文》刀部:「刜，擊也。从刀弗聲」，段注:「《左傳》:『苑子刜林雍，斷其足』，齊語」。〔註490〕《說文》手部云:「擊，攴也」，攴部則云「攴，小擊也」，蓋皆為擊義，而「刜」字从刀，頗費解，故《說文》之釋早期學者多疑之，如柯昌濟云:「刜，《說文》擊也，與此文訓不屬，疑刜字從刀，古訓或引申為絕斬之誼，不刜猶云不絕矣」。馬敘倫則疑刜為刐之轉注字，其引段注所列《左傳》之《正義》為例:「《正義》曰:刜，擊也，字從刀，謂以擊也。今江南猶謂刀擊為刜。倫謂兵器皆先擊，不獨刀也。江南謂刀擊為刜者，字仍為拂也，擊也非本義本訓」。〔註491〕馬敘倫之說應是參考《說文》訓「拂」為「過擊也」，段注:「徐鍇曰:『擊而過之也』，刀部曰:『刜，擊也』，與拂義同」而來。〔註492〕《說文》:「過，度也」，〔註493〕故以「擊而過之」來訓「刜」，則有擊斷之義，較能符合刀擊所會之削斷、砍斷、斷絕等義。《廣雅·釋言》:「刜，斫也」，又〈釋詁〉:「刜，斷也」，而歷來字書亦皆以斫、斷訓「刜」，故「刜」之本義當為用刀砍擊，後引申有擊斷、擊滅義。

「刜」字甲文作𠛧（《合》4814），金文作𠛧（〈晉公盆〉，10342，春秋），甲金文同形。甲文之「刜」除作為人名或方國名之外，疑亦有「斷」義，如《合》78:「各雲自北，雷征，大風自西刜雲，率雨」，此「刜」字徐中舒訓作「斷」，〔註494〕趙誠釋作「吹拂擊打」義。〔註495〕金文之「刜」僅2見，1見於〈作冊

〔註489〕同上註。

〔註490〕段玉裁注:《說文解字注》，頁183。

〔註491〕柯昌濟:《韡華閣集古錄跋尾》、馬敘倫:《說文解字六書疏證》卷八，參自《古文字詁林》（四），頁568。

〔註492〕段玉裁注:《說文解字注》，頁615。

〔註493〕段玉裁注:《說文解字注》，頁71。

〔註494〕徐中舒:《甲骨文字典》，頁473。

〔註495〕趙誠:《甲骨文簡明詞典》，頁371，參《甲骨文字詁林》（三），頁2455。唯姚孝

簋卣〉（5427，西周早期），「㓷」字位於銘末，云「遺祐石（祏）宗不㓷」，指作器者「簋」能與受宗廟祖考之祐助而不斷嗣，〔註 496〕1 見於〈晉公盆〉（10342，春秋晚期，晉平公），爲軍事動詞，可訓作擊滅也：

> 余咸畜胤（俊）士，乍馮（憑）左右，保辪（嬖）王國。㓷嫢（暴）䨳（舒）弢（迮），□攻虩者（都）。

〈晉公盆〉爲春秋晉器，銘載晉平公自敘能帥型先王，安和萬邦，保治王國，除暴安良，平息外犯。「㓷嫢（暴）」之「嫢」今作「票」，古音滂紐宵韻，〔註 497〕與並紐藥韻的「暴」同爲聲母唇音，〔註 498〕韻部陰入對轉，例可通假。「㓷暴」有擊滅暴者義，「舒迮」來指平定來犯，「㓷暴舒迮」用指晉平公之功績。

7.【𨻰】（隳）

「𨻰」字見於新出器〈燕王職壺〉，由周亞於《上海博物館集刊》第八輯中首次刊布。周亞將銘文隸定如下：〔註 499〕

> 唯郾（燕）王職𨻰（涖）𤔲（阼）𢍜（承）祀乇幾卅，東戕（創）𢽾國。命（命）日任（壬）午，克邦𨻰（隳）城，威（滅）水齊（齊）之𢽾（殺）。

本文所要討論的「克邦𨻰（隳）城」之「𨻰」字，該字周文摹作𨻰，指出與銘文第 5 字摹作𨻰（䇐）者，所从義符皆爲𦍌（䇐），䇐字聲符爲立，讀作「涖」，𨻰字聲符爲「左」，讀如「隓」，該字據段注：「小篆作“𡐦”，隸變作“墮”，俗作“隳”」。「隳」在典籍裡有壞、毀義。故「克邦𨻰（隳）城」指的是攻克其國、毀壞其城。

針對壺銘兩個从𦍌（䇐）之字的隸定，董珊與陳劍有不同的意見。〔註 500〕兩人首從古文字一般爲左形右聲的結構規律否定周氏以𦍌爲形符的看法，繼而根

遂按語不以「斷」訓「㓷」，其云「㓷仍當訓擊，謂大風加速雲雨之來臨」。姚說窒礙，當以徐、趙之說爲尚。

〔註 496〕《銘文選》，頁 95。

〔註 497〕郭錫良：《漢字古音手冊》，頁 169。

〔註 498〕郭錫良：《漢字古音手冊》，頁 159。

〔註 499〕參周亞，〈郾王職壺銘文初釋〉，《上海博物館集刊》第 8 期（2000 年 12 月），頁 144～150。

〔註 500〕董珊、陳劍，〈郾王職壺銘文研究〉，《北京大學中國古文獻研究中心集刊》第 3 輯（2002 年 10 月），頁 29～54。

據裘錫圭論證包山和郭店簡中🔣、🔣等從言從羕讀爲「察」的字，與郭店簡所見的讀作「淺」的🔣、🔣諸字，其所從之右旁聲符，俱與三體石經之「踐」字古文作🔣者極爲近似，故而裘氏論證這幾個字的右旁聲符皆是由「戔」形訛變而成。〔註501〕董、陳之文析三體石經古文「踐」字從𨸏從土從🔣，與壺銘第5字🔣、第22字🔣所從右旁之寫法極爲近似，〔註502〕其中壺銘之🔣即由石經古文🔣演變而成，其上部由演變成「吅」可由燕璽「綿」字作🔣、🔣，第二印所從帶旁的上下兩部分即由第一印演變而來，證「吅」等同於「丗」，故證壺銘🔣、🔣右旁乃爲裘氏所說的那種「戔」的基礎上改造上半部分，而形成的又一種「戔」的變體，故隸壺銘「🔣」字爲「踐」，當讀作「殘」，並引證典籍常見「殘城」的說法，舉《墨子・天志下》：「殘其城郭」、《淮南子・齊俗》：「克殷殘商」，指出這類「殘」的詞義是「毀滅」，故燕王職壺之「克邦殘城」的「殘」可訓爲「毀」，「城」可能專指齊國都臨淄城。〔註503〕黃錫全則主張〈燕王職壺〉中的🔣和🔣本從🔣聲，而三體石經「踐」字古文🔣實即壺銘🔣字所演變，亦即讀作「踐」的🔣本從🔣聲，與裘氏所說的二戈並列的形體沒有關係。它之所以讀作「踐」，是因爲辛、吅與戔聲相近的緣故。黃氏特別指出楚簡中一系列🔣、🔣、🔣、🔣、🔣、🔣、🔣、🔣、🔣、🔣、🔣、🔣、🔣、🔣與三體石經「踐」字古文偏旁相近的字，可據之改釋從「戔」與或「戔」聲讀音相近的字，但不能一概而論。〔註504〕那麼，上列楚簡所從的🔣還有什麼樣的可能來源呢？黃錫全據新發現的一件尖足空首布上的銘文丁🔣，探討上列楚簡所從的🔣與空首布相同，可能是從「帶」，讀爲「綿」或「諦」，訓審察，則不少文義均能講通。〔註505〕回到壺銘本身來看，黃錫全認爲壺銘第5字🔣從「吅」聲，假爲「踐」，

〔註501〕裘錫圭，〈太一生水「名字」章解釋——兼論太一生水的分章問題〉文末附誌，《古文字研究》第22輯（2000年7月），頁225。

〔註502〕董珊、陳劍所摹。

〔註503〕董珊、陳劍，〈郾王職壺銘文研究〉，頁43。

〔註504〕黃錫全，〈燕破齊史料的重要發現〉，《古文字研究》第24輯（2002年7月），頁248～249。

〔註505〕對此黃氏另有專文討論，參〈尖足空首布「下虎」考〉，《中國錢幣》2000年第2期；又見〈楚簡「諦」字簡釋〉，《簡帛研究2001》（廣西：教育出版社，2001年），俱收入《先秦貨幣研究》（北京：中華書局，2001年）。

第 22 字▨从「▨▨」聲，隸作𡢃，讀爲「毀」，指「▨▨」曉母元部，「毀」曉母微部，兩字聲母相同，音近可通。而「毀」又與曉母歌部的「隳」音義皆近，故也可以讀𡢃爲隳。

綜上所述，壺銘第 22 字，周亞隸作▨，讀作隳，董珊、陳劍隸作踐，讀作殘，黃錫全隸作𡢃，讀作隳，與周亞所訓相同，唯對字形的隸定和分析是不同的。

關於楚簡一系列从▨、▨、▨、▨、▨的字，本文於上節討論攻擊動詞「戩」時曾做過討論，諸字所從右旁有業、㦰、辛、帶諸說，劉釗在裘錫圭的啓發下認爲諸字之右旁乃爲辛字的變體，而辛本爲「辛」的分化字，「辛」古音溪紐元部，與「淺」的清紐月部音近而通。〔註506〕陳劍後據劉釗之說承認自己在〈郾王職壺銘文研究〉一文中對「踐」字的分析不確。〔註507〕林澐則贊同董珊、陳劍的讀法，讀〈燕王職壺〉▨爲「踐」、▨爲「殘」，並認爲劉釗釋此二字均从「辛」的變體「𢆉」是可信的，最主要的證據，是三體石經中古文「踐」字作▨，故肯定劉釗讀「辛」爲「辛」之變體，認爲這要比裘錫圭用「察」、「竊」古通，而「竊」、「淺」音近義通這樣的迂迴證明法更爲直捷了當。〔註508〕按三體石經之踐作▨，董珊、陳劍又能舉燕系文字之偏旁有從「▨」演化成「▨▨」者，實爲壺銘▨、▨破譯之關鍵，唯▨字若與上述楚簡諸字相同，則▨字與楚簡中劉釗視爲从「辛」之字有作▨、▨、▨者下部不類。關於這一點，蘇建洲撰文討論《上博（五）·苦成家父》簡 9「帶」字時，引〈燕王職壺〉及楚簡之例，證▨▨、▨、▨三形可以互作外，且古文字「▋」、「人」、「火」存在著字形演變的現象，這就說明了上引楚簡「辛」字下方有豎筆作「▋」，亦有歧筆作「人」、

〔註506〕劉釗，〈利用郭店楚簡字形考釋金文一例〉，《古文字研究》第 24 輯（2002 年 7 月），復收入氏著：《古文字考釋叢稿》（湖南：岳麓書社，2005 年 7 月），頁 140～148。

〔註507〕參陳氏〈甲骨金文"戩"字補釋〉，《甲骨金文考釋論集》，頁 102 註 2 所云。其實陳氏於壺銘之釋字並無誤，參下文。

〔註508〕唯林澐認爲這些含有「辛」旁的字應該有其複雜的來源，不當歸納爲同一個表音偏旁，這是因爲含有「辛」的偏旁並不全以「辛」爲聲符，如「糞」和「對」即是。故「戩伐」仍應讀爲「撲伐」。參林澐，〈究竟是"𣪊伐"還是"撲伐"〉，《古文字研究》第 25 輯（2004 年），頁 115～118。

「火」之例，蘇文認爲楚簡中一系列以「帶」字爲來源，上部寫作⧚或⧚的「業」字，同樣是繼承甲、金文的「帶」字作⧚（《花園莊》451.3）、⧚（〈子犯編鐘〉）而來，其初形爲季旭昇所指：「『帶』字中間象紳帶交組之形」，故而諸字似不必要與「辛」聯上關係。〔註509〕其說可謂爲業字另有一「帶」字來源，提供另一條重要線索，唯這樣的解釋仍需考量據楚文字以考燕文字之合理性。

那麼，該怎麼解釋楚簡中這個寫作「业」的偏旁，卻擁有帶、戔、業、對諸多讀法呢？本文贊成林澐所言，這些含有「业」旁的字有其複雜的來源，不當歸納爲同一個表音偏旁。亦即諸字字形相近，但來源當有所不同，其間的演變關係目前還沒有充足證據可予合理說明，這樣的說法無疑是較妥當的。〔註510〕再回頭來看〈燕王職壺〉中「克邦⧚城」的「⧚」字，黃氏隸字作「䂓」指從「吅」聲而訓作「毀」，無論在字形的隸定和分析上，皆較諸家之說合理，在釋義方面，「隓」字段注「本敗城阜之稱，故其字从阜」，可與⧚字从「阜」對照。《呂氏春秋·順說》：「隓人之城郭」，高誘注曰：「隓，壞也」。《老子》二十九章：「或載或隳」，陸德明《釋文》：「隳，毀也」，則將⧚字隸嚴隸作䂓，寬隸作「隓」，指毀壞義，較視爲「戔」字變體隸作「踐」，讀作「殘」來得妥適，故本文從黃氏之說，讀「䂓」作「隓」，「克邦隓城」，則爲燕王職二十八年伐齊之役的具體行爲描述，「克邦隓城」一詞可與壺銘下文「滅齊」對看。綜上所述，則壺銘當重新釋讀如下：「唯郾（燕）王職，䂓（踐）⧚（阼）⧚（承）祀，毛（度）幾卅，東戡（討）⧚國。⧚（命）日任（壬）午，克邦䂓（隓）城，滅齊（齊）之秾（獲）」。

8.【刷】

「刷」字金文僅見於〈叔夷鐘〉（272-8，春秋晚期，齊靈公），爲器主叔夷數典先祖，云其高祖成湯能領受天命之敍語：「刷伐頭（夏）司，敗厥靈（靈）師，伊少（小）臣佳補（輔），咸有九州，處⧚（禹）之堵（土）。」「刷」字鐘、鎛皆摹作

〔註509〕蘇建洲，〈《苦成家父》簡9「帶」字考釋〉，原發表於《中國文字》新33期（2007年12月），後增補了幾個字形證據發表於「復旦大學出土文獻與古文字研究中心」網站，網址：http://www.guwenzi.com/Srcshow.asp?Src_ID=447。

〔註510〕參林澐，〈究竟是"翦伐"還是"撲伐"〉，《古文字研究》第25輯（2004年），頁115～118。

「𠛱」，嚴隸作「𠛱」，〔註511〕字《說文》未見，《集韻》：「𠛱，削也」，以削釋之，符合文義。「𠛱伐頋（夏）司」，「𠛱」者，削滅也，「伐」，擊也，「𠛱伐夏司」指的是削滅夏的統治，「𠛱」字與下文「戲」字相呼應，「戲」者作擊滅解，指擊滅有夏凌暴之師。

9.【闢】

「闢」見《說文》門部：「闢，開也。从門，辟聲。𨷺，《虞書》曰：『闢四門』。从門，从𦵩」。段注以爲「《虞書》曰闢四門」六字當在或體闢字之上，《虞書》當作《唐書》。〔註512〕闢字从門从𦵩，𦵩爲攀之本字，會開門之義，爲《說文》本訓。「闢」字甲文未見，金文作𨶄（〈大盂鼎〉，2837，西周早期）、𨷺（〈中山王𰯼鼎〉，2840，戰國）、𨷺（〈大武戈〉，11063，戰國晚期）三形，西周時期多作𨶄形，與《說文》或體相同。〈中山王𰯼鼎〉添飾筆「＝」於𦵩字下，〈大武戈〉則增聲符「o」（璧）以標音。從金文字形來看，可知推門雙手乃从𦥑演變成𦥑再訛成𦵩。〔註513〕「闢」在金文中的動詞義有開闢及摒除兩者，後者屬軍事動詞，凡3見：

例1.

盂，不顯玟（文）王受天有（佑）大令，在珷王嗣玟（文）乍邦，𨶄（闢）𠬝匿（慝），匍（敷）有四方，畯正𠬝，在雩（于）御事。（〈大盂鼎〉，2837，西周早期，康王）

例2.

女（汝）隹克弗井（型）乃先且（祖）考，𦥑（闢）敱（獫）[狁]，出戲（捷）于井阿，于曆巖（岩），女（汝）不畏戎。（〈四十二年逑鼎〉，《新收》745～1，西周晚期，宣王）

例3.

大武闢兵。（〈大武戈〉，11063，戰國晚期）

〈大盂鼎〉云「闢𠬝匿」，指武王屏除、排除了商之惡，即商紂王及其腐敗的百

〔註511〕張亞初隸作「𠛱」，參《集成引得》，頁888。

〔註512〕段玉裁注：《說文解字注》，頁594。

〔註513〕字形演變參黃錫全，〈「大武闢兵」淺析〉，《江漢考古》1983年第2期，頁47～50。

官。〈逨鼎〉中的關字原字殘泐，僅存其下之 <ruby>屮</ruby>，多視爲「關」字之殘，義同爲屏除，從殘跡及文法位置來看，此說可從。〔註514〕〈大武戈〉銘載「大武關兵」，即言至大之武德當屏除兵戈之意，與春秋時所言之「止戈」、「戢兵」義同，爲當時「武有七德」之一。黃錫全云：「關兵即辟兵，出土文物、古代典籍中習見『辟兵』一詞，是避免、止息兵災和壓勝之義」，〔註515〕可視爲「關」字義的引申用法。

10.【滅】

「滅」字甲文未見，甲文僅見「滅」之省體「烕」，字作 <ruby>烕</ruby>（《英》2564），當地名用。「烕」字亦見於金文，作 <ruby>烕</ruby>（〈伯姜鼎〉，2791，西周中期）讀作「蔑」，指蔑歷；楚簡作 <ruby>烕</ruby>（郭店·唐虞28）讀「滅」，指滅絕。滅字另有省體作「威」者，甲文未見，金文僅見於〈子禾子釜〉（10374，戰國），作 <ruby>威</ruby>，銘云「關人築桿威釜」，則此「威」有「沒」、「減少」義，指關吏舞弊，於釜內築桿以減少其量。〔註516〕戰國文字則見於詛楚文，作 <ruby>威</ruby>，云「伐威我百姓」，則「威」用爲滅絕義。今日常見指滅絕義的「滅」字在古文字裡僅見於東周金文及秦印，金文見新收器〈燕王職壺〉作 <ruby>滅</ruby>，另1見〈子犯編鐘〉作 <ruby>滅</ruby>。

《說文》有威、滅兩字，威字入火部，云「 <ruby>威</ruby>，滅也。从火、戌。火死於戌，陽氣至戌而盡。」《小爾雅·廣詁》：「威，沒也」。滅字《說文》入水部：「 <ruby>滅</ruby>，盡也。从水，威聲。」《爾雅·釋詁》：「滅，絕也」。究諸滅、威字形，从火从戌，火指兵燹，戌象斧鉞之形，乃會兵火所滅之意，典籍多作滅。〔註517〕金文「滅」字用指覆滅：

例 1.

　　隹王五月初吉丁未，子軹（犯）宿（佑）晉公左右，來復其邦。者（諸）

　　楚荊（荊）不聖（聽）令（命）于王所，子軹（犯）及晉公達（率）西之六自

　　（師）搏伐楚荊（荊），孔休。大上楚荊（荊），喪辠（厥）自（師），滅辠（厥）

〔註514〕相關討論見李零，〈讀楊家村出土的虞逨諸器〉《中國歷史文物》2003 年第 3 期、董珊〈略論西周單氏家族窖藏青銅器銘文〉《中國歷史文物》2003 年第 4 期、裘錫圭，〈讀逨器銘文札記三則〉《文物》2003 年第 5 期等。

〔註515〕黃錫全，〈「大武關兵」淺析〉，《江漢考古》1983 年第 2 期，頁 50。

〔註516〕郭沫若：《大系攷釋》，頁 221。

〔註517〕《古文字系疏証》（二），頁 2490～2491。

禹（玉）。（〈子犯編鐘〉，《新收》1009、1021，春秋中期，晉）

〈子犯編鐘〉：「滅氒（厥）禹」之「滅」指消滅義，其前承上省略施事主語「子犯及晉公」，銘文「大上楚拗（荊），喪氒（厥）𠂤（師），滅氒（厥）禹」中，3 個動賓結構的分句連續排列，「上」（攘）、「喪」、「滅」所在語法地位相同，義項相近。「滅」字所接賓語作 **𣥏**，李學勤隸作「禹」讀「渠」，義爲「帥」也，指楚帥子玉；［註518］蔡哲茂承其說，隸作「禹」但讀作「玉」，指子玉；裘錫圭隸作「瓜」讀爲「孤」，典籍稱掌權大臣爲「孤」，故孤所指即李學勤所認爲的楚帥子玉。［註519］張光遠隸乍「蜀」讀作「屬」，解爲部屬；黃錫全隸作「亢」，指爲人頸，後又疑爲「尢」讀如「狂」，指狂妄的子玉。羅衛東則將其釋作「年」，指軍隊的糧草。陳雙新指釋蜀、亢、尢、年等於字形字義皆有不妥，釋禹、瓜者於形義較近，尤以釋禹者爲佳。［註520］從「喪氒（厥）𠂤（師），滅氒（厥）禹（玉）」爲兩語法結構相同、語義成分相近的狀況來看，則「師」、「禹」項義亦應相近，則前句「師」指楚軍，後句之「**𣥏**」隸作「禹」指楚帥子玉者，符合文意層層遞進明朗的章法規律，較諸說來得貼切。

例 2.

唯郾（燕）王職，踔（踐）𥂁（阼）𢆶（承）祀，屯（度）幾卅，東戜（討）**𢼸**國。啻（命）日任（壬）午，克邦犀（驪）城，滅𪉖（齊）之茇（獲）。（〈燕王職壺〉，《新收》1483，戰國晚期，燕）

〈燕王職壺〉首刊者周亞將壺銘末句隸作「威（滅）水𪉖（齊）之戕（殺）」，認爲威字「𢾭」下有一字作「𣲚」形，似水形，與〈中山王𗊊鼎〉之「淵」**𣲚**所從之水相同，故可隸作「水」。壺銘「**𣲚**」字下爲**𪉖**（𪉖－齊），周亞將「水齊」連讀，特指有天齊泉的齊國之都臨菑，銘云「滅水齊城」，即指臨菑被攻佔，意味著齊國的失敗。［註521］裘錫圭則認爲所謂的「水」實屬於其上的「威」，故**𢾭**、

［註518］李學勤，〈補論子范編鐘〉《中國文物報》1995 年 5 月 28 日。李學勤，〈子范編鐘續談〉，《中國文物報》1996 年 1 月 7 日。

［註519］裘錫圭，〈也談子犯編鐘〉，《故宮文物月刊》第 13 卷第 5 期（1995 年 8 月），頁 114。

［註520］陳雙新，〈子範編鐘銘文補議〉，《考古與文物》2003 年第 1 期，頁 85～86。

［註521］周亞，〈郾王職壺銘文初釋〉，《上海博物館集刊》第 8 期（2000 年 12 月），頁 148～149。

🔣爲一字，即「滅」。〔註522〕按金文「滅」之省體「烕」作🔣（〈伯姜鼎〉，2791，西周中期）、楚簡作🔣（郭店·唐虞 28），楚簡偏旁佈局與🔣相同，考量壺銘爲直書，則隸🔣作「滅」者合理可從；「滅齊」指消滅齊國。

11.【喪】

甲骨文「喪」字凡二百餘見，異構甚繁，有从二口者作🔣（《合》10927 正）、从三口者作🔣（《合》1083）、从四口者作🔣（《合》28932）等形，亦有从五口六口者。「喪」🔣字乃「桑」🔣增口而來，甲文之「桑」本象木形，《說文》：「🔣，蠶所食葉木。从叒木。」「桑」字甲文作地名用，「🔣」从桑从口，于省吾以从兩口者爲初文，其从數口者乃隨時滋多所致，所从之兩口代表器形，乃採桑時所用之器，〔註523〕後借爲喪亡之喪，故金文之「喪」从「亡」，作🔣（〈旂鼎〉，2555，西周早期）、🔣（〈毛公鼎〉，2841，西周晚期），亡亦聲。或假借爲昧爽之「爽」而从日作🔣，晚周文字「亡」旁或演化爲🔣，如春秋晚期〈洹子孟姜壺〉（9729）：🔣。

甲骨文「喪」字用法有三：一，用爲人名。二，用爲地名，此例最常見。三，用爲喪亡之喪，如「其喪眾」、「不喪眾」、「不喪人」、「喪師」等，皆指征伐之喪眾人、喪軍旅與否。又有「喪羊」之語，指放牧爲言。〔註524〕金文之「喪」有名詞、動詞二種用法。名詞用指人名、職喪之官（喪史）、喪事、禍事，或假作「爽」時，則指時間詞「昧爽」。「喪」的動詞用法有指喪命、喪失者，如〈洹子孟姜壺〉：「喪其人民都邑」、〈量侯簋〉：「勿喪」等。「喪」字並常用指國家、帝位及軍旅之喪亡、滅亡，前者如〈毛公鼎〉（2841，西周晚期）：「迺唯是喪我國」，係指周厲王暴虐，國人逐之奔彘事。軍旅之喪亡者，見下列 3 器：

例 1.

> 我聞殷述（墜）令，隹殷邊侯田（甸）雩殷正百辟，率肆于酉（酒），古（故）
> 喪自（師）已（矣）。（〈大盂鼎〉，2837，西周早期）

〔註522〕裘氏之說未有專文，乃其回告予董珊之語。參董珊、陳劍，〈郘王職壺銘文研究〉，《北京大學中國古文獻研究中心集刊》第 3 輯（2002 年 10 月），頁 46～47。

〔註523〕甲文从口之字象器皿形者常見，如昌字作🔣，古字作🔣，象置貝、置盾於器皿之中。參于省吾〈釋🔣〉，《甲骨文字釋林》，頁 256。另參〈釋喪〉，頁 75～77。

〔註524〕于省吾〈釋喪〉，《甲骨文字釋林》，頁 77。

例2.

> 隹王五月初吉丁未，子軏（犯）宕（佑）晉公左右，來復其邦。者（諸）楚荊（荊）不聖（聽）令于王所，子軏（犯）及晉公達（率）西之六自（師），搏伐楚荊（荊），孔休。大上楚荊（荊），喪卑（厥）自（師），滅卑（厥）禹（玉）。（〈子犯編鐘〉，《新收》1009、1021，春秋中期，晉）

例3.

> 隹（唯）正月□□丁亥，□□之子[余冉]，[擇厥]吉金，[用自]乍（作）鉦鋮。台（以）□台（以）船，其☒川，其☒，其☒盂舍，以陰以[陽]，余台（以）行☒師，余台（以）政旬（台）徒，余台（以）乙郎，余台（以）伐邾（徐），羡子孫余冉，鑄此鉦鋮，女（汝）勿喪勿敗，余處此南疆，萬葉（世）之外，子子孫孫，永堋乍（作）台（以）□□。（〈冉鉦鋮〉，428，戰國早期）

〈大盂鼎〉「喪」字句為王若曰語，「故喪師矣」乃為前句殷朝內外沉湎於酒的果句。〈子犯編鐘〉之「喪厥師」主語為承上省略之子犯、晉公所率西六師，該軍所滅喪者為楚荊軍旅。〈冉鉦鋮〉中的「汝勿喪勿敗」，結合上句「余以行☒師」的器用說明，可知此處所「勿喪」者為「勿喪師」之省，是作器者冉對自己的警語。三例之動賓結構皆為「使賓‧動（喪）」結構，「喪」字表示賓語的動作，賓語為施事賓語，為古漢語中的「使動用法」。

12.【勝】

東周銘文裡有一個舊釋作「亳」的字，見戰國中期齊器：

例1.

> 唯王五年，鄭陽陳得再立事歲，孟冬戊辰，大燮（將）錢孔、陳璋內（納）伐匽（燕）（勝）邦之隻（獲）。（〈陳璋方壺〉，9703，戰國中期，齊）

例2.

> 唯王五年，鄭陽陳得再立事歲，孟冬戊辰，齊燮（將）錢孔、陳璋內（納）伐匽（燕）（勝）邦之隻（獲），廿二，重金絡襄（鑲），受一言（觳）五鈢。（〈陳璋罍〉，9975，戰國中期，齊）

二器銘文差異僅「燮」字之前，一作「大」一作「齊」。銘載齊將陳璋伐燕勝

邦而獲器之事。銘文之「🔣」陳夢家隸作「亳」。讀作「亳」者歷有二解：一據《左傳・昭公九年》「肅慎燕亳吾北土也」，認爲「燕亳邦」是國名或地名；一指典籍所載之「亳社」，爲宗廟之謂，故「燕亳」爲燕國建於首都亳社。〔註525〕李學勤疑「亳」爲動詞，讀爲「薄」，訓作「至」，「薄邦」讀作「至邦」，指到燕的都城。〔註526〕董珊、陳劍細校兩器銘文照片和摹本，發現🔣字上從「大」形，與「亳」作🔣者頂部不同，且🔣中間部分作「几」，其下所從也與亳的聲符「乇」大不相同，陳璋兩銘所從較像「力」旁，故析🔣字從大從几從力，即兵器銘文常見從力從乘聲，嚴隸作「勅」，寬隸作「勝」之異體，〔註527〕這種寫法的「勝」見於齊系陶文，是齊文字的特殊寫法。〔註528〕「勝邦」即勝國，古文獻常見「勝國」一詞，〔註529〕所指非勝利義，而是偏於滅國解，如《周禮・春官・喪祝》：「掌勝國邑之社稷之祝，以祭祀禱祠焉。」鄭玄注：「勝國邑，所誅討者。」孔疏：「古者不滅國，有違逆被誅討者，更立其賢子弟，還得事其社稷。」董、陳之文並舉典籍常見「勝」、「伐」對文例，以證陳璋二器「伐燕勝邦」中「伐」、「勝」之用，如《淮南子・齊俗》：「昔武王執戈秉鉞以伐紂勝殷，搢笏杖殳以臨朝」等。陳璋二器之「勝」字不作勝利解，在此通「滅」，「勝邦」指「滅邦」。「勝邦之獲」與〈燕王職壺〉「滅齊之獲」語義相同，所不同者，陳璋二器本爲燕制，銘文爲齊國後刻，銘載所滅之邦爲「燕」；〈燕王職壺〉本爲齊器，銘文爲歸燕以後所加刻，銘載所滅之邦爲「齊」，三器俱陳，足與典籍所載戰國時期齊、燕互相攻搶寶器之記載相驗也。

上列 12 個屬覆滅、摒除義之動詞，語法結構明顯，皆爲標準的「施－動－

〔註525〕前者以陳夢家、丁山爲代表，參林澐的整理，文見〈「燕亳」和「燕亳邦」小議〉，收入《林澐學術文集》（北京：中國大百科全書出版社，1998 年），頁 184～189；後者見周陸曉，〈盱眙所出重金絡轆、陳璋圓壺讀考〉，《考古》1988 年第 3 期，復收入《金文文獻集成》第 29 冊，頁 536～538。

〔註526〕李學勤、祝敏申，〈盱眙壺銘與齊破燕年代〉，《文物春秋》創刊號（1989 年），頁 14。

〔註527〕如〈廿九年高都令劍〉（11652，戰國晚期），其中「勅」作人名使用。

〔註528〕董珊、陳劍，〈郾王職壺銘文研究〉，《北京大學中國古文獻研究中心集刊》第 3 輯（2002 年 10 月），頁 48～49。

〔註529〕典籍未見「勝邦」語，當是漢代避劉邦之諱而改「邦」爲「國」故。

賓」結構，施事主語爲方國侯王及王臣，動詞之後所接受事賓語，皆爲施事者務必消滅摒除的敵國外患。在用字方面，「刜」、「喪」、「盜」、「滅」、「獮」之初形或於甲文現踪，然多作名詞用，若用爲動詞義者，亦未有覆滅義，楚簡亦未見其用，可知這 12 個覆滅義動詞爲兩周時期特有的用法，深具時代特性。在使用分期上，用於西周早期的僅見「喪」（1／3：西周早期一例，餘二例爲東周時期）、「鬮」（1／3）；西周中期僅見「狄（剔）」（1／3），西周晚期見「質」、「狄（剔）」（1／3）、「鬮」（1／3）、「獮（剔）」；尤以覆、皣（隓）、刷、勝等皆僅見於東周金文，乃屬特定時空環境、語境下的新成字。

第六節　救　援

救援類軍事動詞有強調救援義的救、復，以及強調協助義的重，共計 3 字，分述如下。

1.【救】

「救」字《說文》入攴部：「𣂪，止也。从攴求聲」，段注：「《論語》子謂冉有曰：『女弗能救與』，馬曰：『救猶止也』。馬意救與止稍別，許謂凡止皆謂之救」。〔註530〕據段注所言，知許書乃是以救止訓救。甲文無「救」，「救」所從之「求」甲文作𠬶（《合》1495），舊以爲「希」，不可信。𠬶字不識，或謂象多足蟲之形，即「蟲」之初文，〔註531〕《說文》蚰部：「𧎼，多足蟲也。从蚰，求聲。𧎼，𧎼或从虫。」〔註532〕《說文》衣部：「𧙗，皮衣也。从衣，求聲。一曰，象形，與衰同意。𧚍，古文省衣」。〔註533〕《說文》視𧚍爲「裘」之省衣說不可信，實爲假借用法。〔註534〕《古文字譜系疏証》以「求」之初形本義論證從「求」得聲諸字義項之派生，其云：

> 求，象多足蟲之形。蟲之初文。按蟲有能以尾夾人、足多且長、體
> 扁平、長等特徵。故從求得聲之字，多由其特徵而派生。《說文》

〔註530〕段玉裁注：《說文解字注》，頁 125。

〔註531〕黃德寬主編：《古文字系疏証》（一），頁 483。

〔註532〕黃德寬主編：《古文字系疏証》（一），頁 682。

〔註533〕黃德寬主編：《古文字系疏証》（一），頁 402。

〔註534〕甲、金文之「求」皆非本義之用，而是讀爲祈求義，或用爲索求義。

「捄，盛土於梩中也。」《詩・大雅・緜》鄭箋「捄，捊也。築墻者捊聚壤土，盛之以虆而投諸版中。」《說文》「絿，急也。」段注「絿之言糾也。」糾有糾合之義。《說文》「逑，斂聚也。」由尾之夾斂人引申而有聚斂之義。又有搜求之義。《玉篇》「宲，索也。」《說文》「索，入家搜也。」賛爲賕之增繁字。以財求人辦事，亦有搜求之意，故捄、絿、逑、宲、賛等字屬此派生系列。〔註 535〕

「救」字从攴从求，上述引文從同源詞的角度解字，謂蟲能以尾夾斂人，故而引申有搜求義，再由搜求義引申出搜救義與救援義，據此，或可釋从攴之「救」乃用以強調搜救的動作性，唯此字源說仍需更多證據的證明。金文「救」字作（〈周窀匜〉，10218，西周晚期）、（〈秦王鐘〉，37，戰國中期）、（〈𠛬篙鐘〉，38，春秋晚期），至戰國時期發展出从戈之異體「戟」，作形（〈中山王嚳鼎〉，2840，戰國晚期），楚簡則兩形俱見，如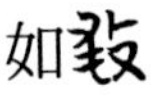（包 2.228）、（包 2.226）等，所用與金文相同。「救」之動詞用法乃指救援、解救，「戟」則有假爲「仇」者，見〈中山王嚳鼎〉：「戟（仇）人才（在）仿（旁）」。釋作救援義的「救」字凡 2 見：

例 1.

隹𠛬(荊)篙(曆)屈栾(夕)，晉人救戎於楚，競(竟)……。(〈𠛬篙鐘〉，38，春秋晚期至戰國早期，楚)

有兩器與〈𠛬篙鐘〉的內容高度相關，宜一同參看：

……秦，王卑(俾)命競(竟)坪(平)王之定，救(求)秦戎。(〈秦王卑命鐘〉，37，春秋晚期至戰國早期，楚)

惟弍(弍日)，王命競(竟)之定救（求）秦戎，大有社(功)于洛之戎，用作社彝。(〈景之定器〉《文物》2008 年第一期，春秋晚期至戰國早期，楚)

〈𠛬篙鐘〉是三器中最早出土的，1957 年於河南信陽長台關一號墓出土，屬編鐘的第一件，與同墓的其他各件原非一套，銘文僅存開始部分。〔註 536〕銘文所

〔註 535〕黃德寬主編：《古文字系疏証》（一），頁 487。

〔註 536〕李學勤：《失落的文明》（上海：上海文藝出版社，1997 年），頁 165。

載爲楚歷二月時，〔註537〕晉人前往楚國國境以援兵一事，或云〈荊歷鐘〉銘首兩句屬大事記年，唯銘末失「之歲」語。〔註538〕鐘銘「救戎」一詞所指涉的救援行動頗費解。顧鐵符、馬承源皆認爲此戰事可與《左傳・哀公四年》所載楚國欲滅戎蠻，而晉人前往營救之史事參看，時值楚昭王二十五年（B.C. 491），《左傳》云：「蠻氏潰，蠻子赤奔晉陰地」，所謂「晉人救戎於楚」，當即指晉庇護戎蠻而言，故而將器定爲春秋晚期的楚昭王時器。〔註539〕劉彬徽認爲就形制時代特點來看，則所定年代過於偏早，宜將之相對年代訂爲戰國早期，唯如此一來救戎於楚境一事未能找到文獻記載的依據。〔註540〕由於該器銘文屬殘段不全，故在斷句、釋讀上顯得歧意。

〔獣簿鐘〕銘文的難點在〈秦王卑命鐘〉及新出「竟之定」系列楚器公布後，有了解答。〈秦王卑命鐘〉又名〈當陽鐘〉，1973 年於湖北省當陽縣季家湖楚遺址出土，和〈獣簿鐘〉相同，皆爲編鐘中的一件，銘文僅存中間部分，《集成》定爲春秋晚期器。該器甫公布，隨即引起學界關注，從文例來看，一般認爲與〈獣簿鐘〉爲同時器，研究焦點則擺在兩器的國別、銘文釋讀及斷代等。就國別而言，有秦、楚二說，鄒芙都歸結眾說，從字體及個別字形如「秦」、「坪」等結構深具典型楚風格，而不見於秦器，且「王」、「坪」、「戎」等字豎筆中間加粗亦屬楚文字的特有裝飾風格，主以楚器說爲當。〔註541〕至於銘文的斷句、釋讀、斷代可謂各家歧意疊出，互難相服，今舉其要者羅列

〔註537〕朱德熙讀「獣簿」爲「荊歷」，「屈栾」爲「屈夕」，即楚曆二月月名，相當於夏正十一月。參氏著〈獣簿屈栾解〉，《方言》1979 年第 4 期，復收入《金文文獻集成》第 29 冊，頁 225。朱氏之解已得楚簡之証，爲學界所從。

〔註538〕〈獣簿鐘〉舊説「辭意未盡」，董珊云〈秦王鐘〉與該銘文例相近，而有此説。參董珊，〈出土文獻所見「以謚爲族」的楚王族——附説《左傳》「諸侯以字爲謚因以爲族」的讀法〉，復旦大學出土文獻與古文字研究中心網頁（2008 年 2 月 17 日首發）：http://www.gwz.fudan.edu.cn/SrcShow.asp?Src_ID=341。

〔註539〕顧鐵符：《夕陽芻稿》（北京：紫禁城出版社，1988 年），頁 88～89。馬承源：《銘文選》（四），頁 426。

〔註540〕劉彬徽，《楚系青銅器研究》（湖北：教育出版社，1995 年），頁 341。

〔註541〕黃錫全、劉森淼，〈「救秦戎」鐘銘文新釋〉，《江漢考古》1992 年第 1 期，頁 74，另鄒芙都：《楚系銘文綜合研究》（成都：四川大學歷史文化學院博士論文，2004 年 4 月），頁 69 亦見相關描述。

於次：

（1）「救戎」

〈嘼篙鐘〉「救戎」一詞可參考〈秦王卑命鐘〉「救秦戎」一語，後兩器於施受雙方皆有較爲明確的記載。則〈嘼篙鐘〉之「救戎」有可能是〈秦王卑命鐘〉、「救秦戎」之省語。「秦戎」早期多視爲秦兵、秦軍。

（2）「競平王之定」

〈秦王卑命鐘〉王俾命的「競坪王之定」歷來說解紛歧，舉要如下：

①樂名說：饒宗頤讀作「秦王卑命，競埇，王之定，救秦戎」，指秦王使命鐘埇競作，「王之定」是古代秦樂時的習語，並斷爲秦昭襄王器。〔註542〕按「埇」字據楚簡知當釋爲「坪」，故饒氏鐘埇說不可信。

②地名說：

A.「竟平」爲地名：李零讀作「秦王卑命競（竟）坪（平），王之定（從）救秦戎」，「竟平」爲地名，指秦王使命於竟平地，楚王決定救援秦兵。〔註543〕何琳儀讀作「秦王卑命，競（境）埮（平）王之定，救秦戎」，銘意無說。〔註544〕

B.「定」爲地名：黃錫全、劉森淼讀爲「秦王卑命，竟坪（平）王之定，救秦戎」，謂「秦王卑」乃秦哀公畢，「竟」有武力強大之義，「竟平王」指強大的楚平王，「之定」前往「定」這個地方。可意譯爲：「受秦王卑（秦哀公畢）求師之命，強大的楚平王率援軍至定營救秦軍」。故器乃是秦國與他國發生戰爭而向楚國討救兵之記錄。〔註545〕唯黃、劉兩氏指出該器所載未見於史事文獻，待考。按黃、劉兩氏訓「竟平王」爲秦王對楚王的襃敬之稱，「之」爲往，「定」爲地名，則此襃稱是否何理、所前往救秦軍之「定」爲何處至，皆費解。

〔註542〕饒宗頤，〈說競埇、埇夜君與埇皇〉，《文物》1981 年第 5 期，頁 75。

〔註543〕李零，〈楚國銅器銘文編年匯釋〉，《古文字研究》第 13 輯（1986 年）。李零後不從此說，詳下文。

〔註544〕何琳儀：《戰國文字通論》（北京：中華書局，1989 年），頁 136。

〔註545〕黃錫全、劉森淼，〈「救秦戎」鐘銘文新釋〉，《江漢考古》1992 年第 1 期。

③人名說：李零據河南新蔡葛陸楚簡，提出「競平王」應讀爲「景平王」，係楚平王的雙謚。〔註546〕董珊從此說，並詳細舉證傳統文獻常見之「族稱＋之＋名」人名格式，討論此「競（竟）坪（平）王之定」五字即出土文獻常見的「謚（王）＋之＋名」之人名稱謂，其云：

> 「競坪王」讀「景平王」，即楚平王，「競坪」是楚平王的雙字謚法，楚三大族「屈」、「昭」、「景」之「景」氏即取楚景平王謚法的前一字爲族稱。據此，楚文字材料裏用作族氏的「競」字都當讀爲文獻中的謚字「景」。這是近年楚王族研究的一項重要發現。但是，從前的研究者常將鐘銘「競坪王之定」的「之」字看作動詞，訓「之」爲「往」，認爲這五個字的意思是：「景平王去往‘定’這個地方」。這是不對的。我認爲，「景平王之定」與前述「龔王之卯」、「臧王之墨」文例相同，所不同的是稱楚平王的雙字謚法爲「競坪王」，所以，「景平王之定」也應是個人名，「景平王」是指「定」的氏族，這個人是楚景平王的後代。〔註547〕

董氏文舉 11 個包含上博簡、包山簡、金文等出土文獻「謚（王）＋之＋名」的稱謂模式，並遍檢古籍中「某之某」（如燭之武）類人名，總結其例，證楚王族有九族乃以謚法爲族，「競（景）坪（平）」爲其中之一，這種「以謚爲族」之族在東周各諸侯國乃爲普徧情況，同一氏族之人祭祀同一先祖，以祭祀爲中心形成了同族在社會生活中的種種共同利益，在春秋戰國時期的特殊時空背景下，具積極歷史作用。至於〈秦王卑命鐘〉鐘銘的語法結構，董氏認爲可以分析得比較簡單：

> 「景平王之定」是一個兼語，它既作「卑（俾）命（令）」的賓語，又作「救秦戎」的主語。「景平王之定」這個人可能是曾入秦爲臣的楚人。《史記・商君列傳》記載商鞅因景監見秦孝公，《索隱》：「景姓，楚之族也。」景監是入秦爲臣的楚人，正與「景平王之定」的

〔註546〕李零，〈楚景平王與古多字謚〉，《傳統文化與現代化》1996 年第 6 期。

〔註547〕董珊，〈出土文獻所見「以謚爲族」的楚王族——附說《左傳》「諸侯以字爲謚因以爲族」的讀法〉，復旦大學出土文獻與古文字研究中心網頁（2008 年 2 月 17 日首發）：http://www.gwz.fudan.edu.cn/SrcShow.asp?Src_ID=341。

情況相類。「景平王之定」既可能是秦臣，因此秦王能夠命令他去救秦戎。「秦戎」詞見《管子‧小匡》「（齊桓公）西服流沙西虞，而秦戎始從」，就是指秦人，有貶義。秦王鐘是楚器，在銘文中使用「秦戎」這個帶有貶義的詞來稱呼秦人，並不奇怪。

董氏於人名格式說引証詳確，合理可從。唯於解釋鐘屬楚制、作器者為楚人，則「競（竟：景）平王」既為楚平王，則「競（竟：景）平王之定」的王族身份如何臣事於秦國，參與秦國戎事時略顯牽強，值得再思索。〔註548〕

張光裕於《文物》2008 年第一期刊布了一批新見楚式青銅器凡 29 件，計有盤 1、匜 1、帶蓋鼎 7、鬲 7、簋 8、豆 2、甗 1、方壺 2 等，盤、匜見楚王酓（熊）忎稱號，鼎、簋另鑄有「君」字銘文，再結合諸器之數目及組合，充分展示器（墓）主身分之尊貴。該批器中的鬲、豆及其中 2 件簋有 21 字鑄銘：「惟貳（式日），王命競（竟）之定救秦戎，大有社（功）于洛之戎，用作社彝」。〔註549〕該批器本文暫稱為〈景之定器〉。該批器公布後，學界很容易將三器參看，舊釋未清的迷團有了確釋的可能。張光裕文中即提出〈景之定器〉：「競之定」即〈秦王卑命鐘〉：「競平王之定」之省，「競平王」即楚平王。〔註550〕至於〈秦王卑命鐘〉的斷句，張光裕參照新出〈景之定器〉：「王命竟之定，救秦戎」一語，認為〈秦王卑命鐘〉之「秦」當上讀，宜銜接另一佚失之鐘銘，故〈秦王卑命鐘〉應斷句作「秦，王卑（俾）命競（景）坪（平）王之定，救秦戎」。〔註551〕

李學勤援引顧鐵符在討論〈䣄篞鐘〉時根據《春秋》經傳對於晉、楚與伊洛諸戎的關係描述，認為三器所指實為楚昭王二十五年所載，晉、楚環繞諸戎問題的爭奪。〔註552〕至於器主稱謂及身分，則同意李零的楚王雙諡說法，認為

〔註548〕銘首語「秦王」，史載秦惠文王十三年稱王（B.C. 325），故器當屬戰國中期秦惠文王稱王時器，董氏此番推論與李零相同。

〔註549〕新出楚器由張光裕首發，見張光裕，〈新見楚式青銅器器銘試釋〉，《文物》2008年第 1 期，頁 79。

〔註550〕張光裕，〈新見楚式青銅器器銘試釋〉，《文物》2008 年第 1 期，頁 80。唯張氏採用黃錫全的看法，認為「竟」為地名，因楚平王時封於竟地而稱「竟平王」。故以為〈秦王卑命鐘〉：「竟平王之定」中「竟平王」為王名，「之」為動詞，「定」為一處所詞。

〔註551〕張光裕，〈新見楚式青銅器器銘試釋〉，《文物》2008 年第 1 期，頁 79。

〔註552〕其實馬承源於《銘文選》裡亦採此說。參《銘文選》（四），頁 426。

三器器主相同，「景平王之定」簡稱爲「景之定」是採用其一諡的作法，器主爲楚平王之子，楚昭王的兄弟。李氏參考〈秦王卑命鐘〉：「秦，王卑（俾）命競（景）坪（平）王之定，救秦戎」語，及新見〈景之定器〉云：「惟式日，王命競（景）之定救秦戎」，認爲〈智篙鐘〉末字之「竟」很可能是「景平王之定」或「景之定」的首字。〔註553〕據此，〈智篙鐘〉當斷句爲「隹智（荊）篙（曆）屈桼（夕），晉人救戎於楚，競（竟）……」，施救主語爲晉人，所救者之「戎」即〈秦王卑命鐘〉及新出〈景之定器〉中的「秦戎」，實指伊洛諸戎。〈智篙鐘〉的「於楚」不作處所補語，而指從楚人的勢力範圍裡出手拯救奔至晉地的伊洛戎蠻。銘末之「競（竟）」當接另器，所指爲景平王參與救秦戎（伊洛之戎）之事，他並推測器主景之定就是《左傳》裡出面與晉軍交涉蠻戎的司馬販。〔註554〕

　　景之定諸器說釋至此，可謂昭然大白矣。唯三器之「救」字義項並不相同，可再細分。〈智篙鐘〉云：「晉人救戎於楚」，則此「救」字作軍事救援解無議。〈秦王卑命鐘〉云：「王卑（俾）命競（景）坪（平）王之定，救秦戎」據左傳所載，知蠻戎奔晉，爲晉人所救，楚將司馬販前往交涉，曉以「晉楚有盟，好惡同之」道理，迫使晉不得已，將蠻氏君臣送交楚軍。則〈秦王卑命鐘〉之「救秦戎」的施事主語既爲景平王，知「救」字當讀作本義「求」，指搜求、求索。新出〈景平王器〉中的「救」字亦作此解。其實西周晚期楚器〈楚公逆鎛鐘〉（《新收》891-896）裡的「求」字，所用即此：「楚公逆出求人，用祀三（四）方首，休，多禽（擒）」。

　　例2.

　　　鄭（燕）厇（故）君子噲、新君子之，不用豊（禮）宜（義），不辨逆惌（順），厇（故）邦迖（亡）身死，曾亡紀（一）夫之救（救）。（〈中山王䥽方壺〉，9735，戰國晚期，中山國）

壺銘敘燕國臣主亂位引起內亂，鄰近的齊國、中山國起而伐燕，燕亡而故君、新君俱沒，未曾有一人相救。

〔註553〕 李學勤，〈論「景之定」及有關史事〉，《文物》2008年第2期，頁56～58。

〔註554〕 至於伊洛之戎爲何稱爲秦戎，李學勤引《左傳・襄公十四年》晉范宣子人與戎子駒支的對話：「秦人迫逐乃祖吾離于瓜州，乃祖吾離被苫蓋，蒙荊棘，以來歸我先君。」推測伊洛諸戎本來是由關中秦地遷來之故。參李學勤，〈論「景之定」及有關史事〉，頁57。

　　上引二個「救」字用例，皆用於東周時期，具明顯時代特徵，「救」字有拯救、援救之義，西周軍事銘文所載戰事皆爲周王室與外敵（淮夷、玁狁）的對抗，此時各諸侯國爲必備的支援軍，周王可任意就地形地理調派諸侯國應戰，應援的諸侯軍或爲左軍、右軍、後軍，而主力軍隊必爲西六師或殷八師，各諸侯國軍隊扮演配合支援的角色，是西周對外戰事上的常備軍屬，稱不上是救援的角色。東周時期天下分裂，至戰國時期七國并興稱雄，各國之間以各種形式（婚姻、同盟）形成盟約關係，這種關係皆以穩定己身家國爲最大考量，故無永遠的盟友，也無永遠的敵人，端看局勢而趨勢改變，故楚器〈斷簹鐘〉云「晉人救戎於楚競（境）」；而中山國器〈中山王𦥑方壺〉則云燕亂眾國伐之，而「曾亡銳（一）夫之救（救）」。楚簡中的「救」字亦用於大事記年語，如包山228：「救郙之歲」等，以上所指皆爲戰事中的救援行動，爲連年進行兼併戰爭的東周（尤以戰國爲主）特徵用語。

2.【復】

　　甲文有「复」無「復」，字作�，從𠬞下作倒止（入）狀，象足形自外至，往而復來義。[註555] 金文除〈爾比盨〉（4466，西周晚期）作�复外（入訛爲入），多增「彳」作復（〈小臣言謏簋〉，4238，西周早期），或有增辵者，如𧗸（〈散氏盤〉，10176，西周晚期），亦有勹從復，「勹」視爲疊加聲符，隸作「匐」，如𤔲（〈多友鼎〉，2835，西周晚期）等。在用義上，「復」在甲文有往復、回復義，金文則有再次、歸付、返回、回報、歸返、歸還等義。其中〈多友鼎〉及〈敔簋〉之「復」用指歸還、收復被俘虜之人俘，本文將之歸於「救援」項下：

例1.

　　唯十月，用嚴（玁）狁（狁）放（方）興（興），實（廣）伐京自（師），告追于王。……多友西追……卒匐（復）筍（郇）人孚。……從至，追搏于世，多友……執訊三人，唯俘車不克以，卒焚，唯馬殴（驅）盡。匐（復）奪京自（師）之孚。（〈多友鼎〉，2835，西周晚期，屬王）

例2.

　　隹王十月，王才成周。南淮尸（夷）遷殳。内伐溼、昷、參泉、裕敏、

澮（陰）陽洛。王令敽追𤲩（襲）于上洛、怒谷，至于伊。班。長榜（榜）
戜（載）首百，執訊卅，襄（奪）孚人四百，𣊫于燓（榮）白之所，于怒
衣聿，復付氒君。（〈敽簋〉，4323，西周晚期，屬王）

二器之「復」有回復、歸還、收復之義。銘文所敘戰事皆爲外敵來犯，周王起
而應戰，奪還了之前被敵人俘虜的人。〈敽簋〉云「復付氒君」，則「復」字之
下省略了賓語「俘」（被南淮夷俘虜之人）。「復付」乃指歸還俘虜交給其主
人。〔註556〕

3.【叀】

「叀」字《說文》入「叀」部：「叀，小謹也。从幺省，从屮。屮，財見也，
田象謹形，屮亦聲。凡叀之屬皆从叀，㕜，古文叀。㕜，亦古文叀。」〔註557〕按
叀字甲骨文作㕜（《合》22741）、㕜（《合》34338）；金文作㕜（〈蔡姞簋〉，4198，
西周中期）、㕜（〈毛公鼎〉，2841，西周晚期）；㕜（〈禹鼎〉，2833，西周晚期）；
郭店楚簡作㕜（《郭店・忠信 5》）等，異形甚多，許書釋小謹不可從；學者多
以爲象紡塼形，是紡塼之塼的初文。字形可依特徵區分成兩組，一組以「㕜」
爲代表，象上端帶一緒的紡塼；一組以「㕜」爲代表，象上端帶三緒的紡塼。
〔註558〕卜辭中一緒的㕜與三緒的㕜用法並不相同，帶一緒者多用指虛詞，帶三
緒者多用指人名，並有用作「及」義者。〔註559〕在金文裡，「叀」字除用作人
名外，多用作語助詞，猶唯、惟也。並常用作「惠」，訓作和順、仁愛、和善
等。

「叀」字有「助」義爲何樹環提出，其由〈遫盤〉之「會」有「助」義獲
得啓發，析「會」與讀作「惠」的「叀」上古音近，聲母同爲匣母，韻部月脂
旁對轉，故以之細究金文中的叀字，認爲〈毛公鼎〉：「虔夙夕，叀我一人雖（擁）
我邦小大猷」、〈師詢簋〉：「令汝叀雖（擁）我邦小大猷」及〈𤼈尊〉：「叀王龏
德裕天」三器之叀往昔多訓爲「順」者，意有未安，實應訓爲「助」。其從叀字

〔註556〕《銘文選》（三），頁 287。

〔註557〕段玉裁注：《說文解字注》，頁 161。「从屮」及「田象謹形」皆段氏所補。

〔註558〕參《甲骨文字詁林》（四），頁 2979～3000。

〔註559〕參李孝定：《甲骨文字集釋》，頁 1431～1432。宋華強，〈釋賓組卜辭「叀」字的
一種特殊用法〉，《甲骨文疑難語辭例釋》（河南：鄭州大學歷史學院碩士論文，2002
年），頁 34～37。

所在分句皆屬王誥教之語，在相近的文字材料中，多屬佐助輔弼之意的語詞，如〈康誥〉：「亦惟助王宅天命」、〈者沪鐘〉：「哉弼王宅」等，故認爲諸器之叀當訓作「助」，其用法及釋義同〈逨盤〉「會詔康王……用會昭王、穆王」之「會」。〔註560〕

黃天樹贊同何氏之說，認爲殷墟戰爭卜辭中的「叀」也有可訓爲「助」者，如《合集》6946：「丁卯卜，爭貞：呼雀叀戎枎？九月。」雀爲人名，叀訓爲「助」，大意是占卜呼令雀協助征伐方國「枎」好不好？另《合集》27997：「戍及盧方？弗及？彎方叀盧方作戎？」中，「戍」指殷人的軍事人員；「及」是追及義，大意是占卜彎方會不會協助盧方作戰。〔註561〕在金文材料方面，黃氏指出〈禹鼎〉中的叀亦與上引卜辭用法相同。〈禹鼎〉文例如下：

> 肄（聿）自（師）彌突（罙），匐（洶）匚（恇），弗克伐噩（鄂）。肄（肆）武公乃遣禹達（率）公戎車百乘、斯（厮）駭（馭）二百、徒千，曰：「于匚（將）朕肅慕，叀（惠）西六自（師）、殷八自（師），伐噩（鄂）侯駭（馭）方，勿遺壽幼。」雩禹以武公徒駭（馭）至於噩（鄂），敦伐噩（鄂），休，獲厥君駭（馭）方。（〈禹鼎〉2833，西周晚期，屬王）

上節攻擊類「其他」項「罙」字條下已討論過黃天樹對「肄（聿）自（師）彌突（罙），匐（洶）匚（恇）」的理解，該句可意譯作：西六師和殷八師深入鄂境而確實恇懼，故不能攻下鄂都。在這樣的情況下，武公於是派遣禹率武公戎車、徒馭「于匚（將）朕肅慕」；于者，虛詞無義。匚讀作「將」訓作「奉」。「肅慕」讀爲「肅謨」，該分句爲武公對禹的命辭，意思是要禹執行其嚴密計謀。〔註562〕此計畫的內容及目的則是「叀（惠）西六自（師）、殷八自（師），伐噩（鄂）侯駭（馭）方，勿遺壽幼」。舊皆訓此「叀」字作「惠」，指仁惠，故讀「叀（惠）西六自（師）、殷八自（師）」指施仁惠於失敗的西六師、殷八師。〔註563〕今依何樹環所析訓爲「助」，在鼎

〔註560〕何樹環，〈金文「叀」字別解〉，《文字的俗寫現象與多元性——通俗雅正・九五經典：第十七屆中國文字學全國學術研討會論文集》（臺北：聖環圖書公司，2006年），頁319～334。

〔註561〕黃天樹，〈禹鼎銘文補釋〉，《古文字學論稿》（合肥：安徽大學出版社，2008年），頁66。

〔註562〕同上註。

〔註563〕如馬承源《銘文選》（三），頁282。

銘裡用指軍事救援、援助，指禹率武公族軍援助西六師、殷八師，則文意較諸舊說通順合理，其說可從。

　　救援類軍事動詞有救、復、叀 3 個，3 字義項容或小別，救、復用指救援義，叀字則在救援義外，強調援助、協助義。救、復使用方式與今日無別，叀字金文多作語詞，或讀如「惠」，用指戰事救助者僅 1 見，該用法今日不復見。